宁夏诗歌学会丛书

杨梓 主编

宁夏诗歌史

黄河出版传媒集团
阳光出版社

图书在版编目(CIP)数据

宁夏诗歌史 / 杨梓主编. —银川：阳光出版社，2015.4
ISBN 978-7-5525-1785-9

Ⅰ.①宁… Ⅱ.①杨… Ⅲ.①诗歌史-宁夏 Ⅳ.①I207.209

中国版本图书馆CIP数据核字(2015)第072487号

宁夏诗歌史

杨梓 主编

责任编辑　赵维娟　谢瑞
封面设计　黄河梦
责任印制　岳建宁

黄河出版传媒集团
阳光出版社　出版发行

地　　址	宁夏银川市北京东路139号出版大厦（750001）	
网　　址	http://www.yrpubm.com	
网上书店	http://www.hh-book.com	
电子信箱	yangguang@yrpubm.com	
邮购电话	0951-5045842	
经　　销	全国新华书店	
印刷装订	宁夏精捷彩色印务有限公司	
印刷委托书号	（宁）0017183	

开本　880mm×1230mm　1/16
印张　25.5
字数　400千字
版次　2015年4月第1版
印次　2015年4月第1次印刷
书号　ISBN 978-7-5525-1785-9/I·554

定价　50.00元

版权所有　翻印必究

序：地方书写的意义

耿占春

我对历史书写者常常怀着一种敬畏之感，这是因为历史书写需要刘知己所说的"史才"、"史学"和"史识"，章学诚说史家三长"得一不易，而兼三尤难"，所以又说"千古多文人而少良史"。而《宁夏诗歌史》的令人信赖之处在于，主编杨梓不仅是宁夏本土诗人学者，他还曾以诗歌的方式书写过大部头的《西夏史诗》，于史于诗对宁夏都有深入研究。而说实话我是没有资格写这篇序文的，无论是宁夏历史还是具体到诗歌史，都是一个知识盲点，但对我来说这是认识和熟悉一个地方的一种方式，又能够借此接触过去了解较少的知识领域，所以愉快地接受了杨梓友好的提议，怀着学习的机会写一点与《宁夏诗歌史》相关的读后感，也以此就教于杨梓和本书十多位长期生活写作在宁夏的诗人和研究者。

笼统地看，20世纪后半期以降，大陆文学研究界经历了三次文学史写作，即80年代之前占主导的"左翼文学"叙述，80年代中后期力图恢复文学主体地位的启蒙叙述，以及新世纪以来开始慢慢形成的以中国文化传统为背景的叙述。前两次叙述可以在更早的胡适、郑振铎、茅盾等人的文学史叙述中找到踪迹，五四之后无论是自由叙述还是左翼叙事，都反对传统文化。前两次文学叙述的历史语境都难免意识形态的支配，第三次叙述则是在回归文学自身的历史属性这一意图中展开的。《宁夏诗歌史》可以视为20世纪以来第三次文学史叙述的一个组成部分。

地方文学史写作一方面致力于梳理出地方文学自身的历史线索，描绘出一种地方文学的历史地貌，通常情况下它还需要处理地方与国族文学的关联。《宁夏诗歌史》的叙述框架仍然是鸦片战争之前的"古代"、鸦片战争到结束于40年代的"近代"以及1949年至今的"现代"，在每一文学史分期之前，编撰者都会给出相应阶段的"中国文学史"背景作为参照，以期形成一个完整的历史连续体。地方性文学史的书写分享了与国族文学史相同或相似的叙述框架，但在内容上又有很大不同，它不仅是国族本位的，还是民族文化本位的，民族成为诗歌史叙述的基本"单位"及其较为稳定的话语特质。可以说《宁夏诗歌史》的写作非常自觉地处理了这一领域的问题。同时，本书也充分注意到，对于宁夏这样一个多民族聚居、较早开始民族交流与融合的地区，农耕文化、游牧文化、伊斯兰文化和西夏文化等多种文化形态相通共融，并展现出更加复杂、多元的写作线索。"宁夏诗歌史"是一个笼统的称谓：从时间跨度看，从唐宋夏元一直到"90后"的宁夏诗人；从诗人分布看，不仅有生活在宁夏的宁夏人和外省人，也有客居或定居于其他省市的宁夏人；另外，宁夏的回族诗人也以汉语写作，"宁夏诗歌史"实际也是一部"宁夏汉语诗歌史"。

在此意义上，《宁夏诗歌史》的写作充分注意到地方性诗歌写作与中国诗歌传统之间的连续性与"转型"问题。如同该书主编杨梓在《跋：执毫品塞上，舞墨言春秋》中认为，中国古典诗词的"情景结构"传统不同于西方诗歌的"情事结构"传统，而现代诗与古典诗词之所以会出现断裂，正源自前者对古典诗词"情景结构"的放弃而继承了西方诗歌"情事结构"的传统。杨梓并且提出一种预言，"再过五十年或者一百年，回望以'情事结构'为主的现代诗的发展，因为背离了中国诗歌的'情景结构'传统而不会成为中国诗歌发展的主流，因为结构之于诗，如同骨骼之于人。"这是本书主编杨梓的一种深具个人史识的总体判断，但因本书又是一次集体写作，写作者在视野、认识、判断上会有参差，不一定每个部分都体现出统一的认知。

关于地方诗歌史的总体构想与论者之间的视域差异，也容易构成叙述上的散点透视，带出诸论者更多的意识和无意识，有利于更好地理解当前的文学史尤其是地方文学史的写作。或许可以尝试将"情景结构"和"情事结构"一道纳入诗学范畴,事实上亦是如此,如在论及杨建虎较多受中国古典诗词影响时,论者则担心其"缺憾在于似曾相识的古典与婉约,在扩展了他诗歌影响力的同时,也覆盖他的原创力"(第四章第二节第223页),不因其保持了"情景结构"而放弃批评意见。与之同时,《宁夏诗歌史》中所描述的70年代以后的写作则更加注重叙事性,即普遍注重日常生活细节的书写,其实不唯70年代如此,50年代的骆英和60年代的杨森君、梦也在这方面已经作出了不小努力,他们以具有方言意味的"情事结构"的叙述,彰显了没有抒情性可言的小人物所承受日常生活中的历史重负。对这些诗歌写作的阐释似乎可以搁置诸如"中华民族文化精神"这样的国家修辞,正如论者所说:"发轫于90年代中后期的那场轰轰烈烈的个人化叙述,使现代诗歌走下神坛,日常生活入诗,口语化写作,最大的意义在于拓宽了诗歌的创作空间"(第四章第一节第169页)。

作为一部地方诗歌史书写,在保持着国族历史叙事的参照,尤其是历史和时间参照的同时,《宁夏诗歌史》的叙事较为充分地注意到了诗歌写作的地方文化特性,西部、塞上、西夏、回族,这些地方性的因素得到了应有的关注。这一地方性在《宁夏诗歌史》论及70后诗歌时亦有明确论述:当全球化成为我们所处时代的知识语境,"时空压缩"导致"无地方性"的城市诞生;《宁夏诗歌史》的书写自觉地强调"诗歌'在地性'的形成","让诗歌具有'在地'中国、'在地'宁夏的品格"(第四章第二节第209页)。这些论述显示了该书主编和诸位编撰者的基本共识。问题可能在于将地方性与日常生活分而治之,也就是将地方文化去历史化或抽象化(就像将民族文化本质化一样),抽去其中可分享、可传递的物质生活细节,而以一种强制性的姿态占领某块高地:"于是地域、本土等词汇在日常性、经验性、个人化等词汇之后,成为诗人与诗人之间创造异质的关键词"(第四章第二节第209页)。这也是《宁夏诗歌史》的编撰者所意识到的隐忧。地方性、日常生活和语言曾经是当代诗歌摆脱国家话语宰制的一个基本杠杆,但是现在,国族叙事又可能借"地域"、"本土"这些往往已僵化为本质主义的概念暗度陈仓。如何根据日常生活的压力结构创造出一个区别于国家话语、既忠于个体感受又能与共同体的共通感进行对话的地方性社会空间,这可能是很多诗人和书写者所面临的一个意义深远的问题,

《宁夏诗歌史》的编撰者们已将这一论域展现在读者的视野之中。

源于诗歌或文学的特质，文学史写作需要一条或多条线索，或者说需要一种非线性的叙述，如前所提及的，《宁夏诗歌史》有两条线索比较明显，一是历史分期及历史事件参照框架上的国族叙事，二是诗歌艺术表现形式与特质方面的地方文化叙述，协调二者之间的关系却并非易事。前者如 1957 年张贤亮因之获二十二年劳教之灾的长诗《大风歌》，再如肖川关于西部大开发的诗歌《这巍巍山这沉沉瀚海这厚厚荒壤》，诗中的个体融入了国家，论者指出他们的作品"集中体现了这个时代的变革运动以及与其相适应的时代风尚和美学风范"。据此反观，《宁夏诗歌史》的叙述立场不同于威廉姆斯《剑桥美国文学史》中以"西部方言"对艾略特"遵从着课堂英语精华"的《荒原》提出质疑，也不像威廉姆斯那样严格区分文学的"本土性"和"民族性"。如在谈到屈文焜和回族诗人高深时均认为"这是典型的天人合一的中国诗歌抒情传统"，不仅把海瑞（《我默立在海瑞墓前》）看成是回族的光荣，"更把他视为中华民族的骄傲"。虽然"本土性"和"民族性"都是历史的生成，但后者往往因为国家的介入落入文化本质主义的论述，"天人合一"的阐释背后亦常常有着隐蔽的"国身通一"的权力支撑。在论及朱元璋第十六子朱栴《黄沙古渡》时作者亦认为诗中所描写的"无垠的黄沙，无尽的黄河，风雨滋润着大地，湖水微波荡漾，汀州绿草茵茵。这一切都在衬托一个主题，那就是'万里边夷朝帝阙'"（第一章第二节第 019 页）。国族意识很容易吸取其悠久的帝国传统，成为一种主动建构的或无意识的"东方主义"，使得一种地方性叙述的意义为一种国族叙事所冲淡。

地方书写既需要有国族叙述的参照，更需要跳出一直占据主流地位的国族叙事框架，以进一步彰显出地方的、本土的以及传统文化的多元性，乃至进一步深入诗歌创造的个体属性。就此而言，地方性文学史书写依然存在着的某种封闭性或许并非是地方性自身所致，而是国族叙事对地方性的笼罩造成的。周作人于 1932 年在辅仁大学所作的《中国新文学的源流》讲演中，他质疑了韩愈尤其是宋明理学以来愈加浓重的载道主义，以非线性的文学史模式回应了实质上是载道主义后裔（桐城派）的胡适和陈独秀的线性文学史观，给予地方而非民族以优先地位。30 年代的民族思想语境自然非常特殊，这里存而不论，但就文学史的书写而言，在基于共享文化的地方性书写中，线性时间的缺席，美学趣味与风格的多样性，确实可以创造出一种与国族文学的线性历史叙述截然不同的视野。在这方面，《宁夏诗歌史》的阅读让人尚存意犹未尽之感，或许正像历史本身并非一种完成了的认知客体一样，地方史的书写在史观、范式、体例都尚且走在探索的途中。

一部诗学观念多元而文献浩瀚的《宁夏诗歌史》所作出的贡献、所揭示的论域远不止这些，在编撰者总揽宁夏诗歌史的整体景观之际，在今古诗歌佳作之中的逗留之时，他们既提供了植根于一种感性经验的地方史书写，又体现出作为一种语言艺术的"在地性"的认知。这是一部通过感性、感受、情感所勾画的地方史，又是通过地方性经验的表达所呈现的一部宁夏人的"心灵史"。正是诗歌史中的感性经验的演变、情感的顿挫、某种独特感受性的形成，揭示了一种更为隐秘的历史，它是一个地方的物质生活史下面涌动着的连续又断裂的内心生活史或社会心态史。

2015 年 2 月 25 于海口

目 录 contents

- 001　导论：抒写地域而歌咏民族的宁夏诗歌
  - 010　第一章　古代：塞上诗词中的雄浑与秀丽
    - 012　第一节　唐宋夏元：烽火台下孤独的背影
    - 018　第二节　明代：从想象到亲历的逐渐丰富
    - 031　第三节　清代：集大成的风情面貌与艺术特质
- 048　第二章　近代：一条并未断流的诗歌血脉
  - 048　第一节　动荡之外的蛇行小溪
  - 063　第二节　偏远区域的点滴蓄积
- 067　第三章　现代：贺兰与六盘间的潺缓歌吟
  - 067　第一节　政治与生活、民歌加古典的共同影响
  - 087　第二节　西部诗歌：地域抒写的强劲展开
  - 102　第三节　个体化：回到诗歌本身的艰难肇始
  - 119　第四节　回族诗人：并肩耕耘于塞上大地
  - 137　第五节　古体诗词：繁星璀璨映心灵
  - 153　第六节　《朔方》：诗歌生态的核心园地
- 163　第四章　新世纪：黄河富宁夏的枝繁叶茂
  - 163　第一节　60后诗人：独具诗美意味的一支劲旅
  - 205　第二节　70后诗人：因被遮蔽而奋力突围
  - 236　第三节　80后诗人：勇于张扬个性的青春景象

250　第四节　回族诗人：倾情渲染民族特点
279　第五节　女诗人：长河两岸的四季芬芳
304　第六节　诗歌评论：鸟之一翼亟待丰满
333　第七节　绿色诗歌：从西部边陲走向全国

350　附录：诗坛纪事

393　杨梓／跋：执毫品塞上，舞墨言春秋

导论：抒写地域而歌咏民族的宁夏诗歌

宁夏历史上就是一个多民族聚居的地区，也是一个多种文化形态相通共融的区域。水洞沟古人类文化遗址位于宁夏灵武市，是三万年前人类繁衍生息的圣地，被誉为"中国史前考古的发祥地"。秦汉时期，被称为德水的黄河，经过秦渠流向宁夏平原，将荒地旱原变成塞上江南，"天下黄河富宁夏"不仅是黄河开辟的巨大工程，也是宁夏人民创造的光辉诗篇。从此，以儒家思想为核心内容的中原农耕文化就在这片土地上扎根。唐宋时期，"安史之乱"后，唐太子李亨在宁夏灵州登基，尊玄宗为太上皇，布于天下；同时，丝绸之路将伊斯兰文化逐渐引入宁夏。以党项族为主、以兴庆府（今银川市）为国都的西夏王朝立国189年，而政权从"虽未称国而王其土"的银夏（今陕北）到明正土司嗣斩而绝的木雅（今四川康定）存在819年。宁夏之名始于元代，取西夏灭亡"夏地安宁"之意。明清时期的宁夏，是中央政府用心经营的地方，大批中原人和江南人或移民或谪戍或流寓宁夏，带来了中原文化的深厚和江南文化的秀丽。

地理环境和历史进程的特殊性，古代的宁夏社会以农耕、放牧、通商、战争为主，表现在文化上一直具有从相互了解到相互认同的多元多姿的特点，这也是移民地区的特点。生长于塞上大地的民众前几代也是移民而来，新移民到这里的民众只能把塞上当作自己的家园，而且每个民族的人数都没有绝对优势，便不可能对其他民族构成生死存亡的威胁，除了蒙古与党项之外。虽然农耕文化、黄河文化、游牧文化、丝路文化、伊斯兰文化、西夏文化等各种文化异彩纷呈，但都学习并继承了中华优秀的传统文化。"既来之，则安之"，原意是"既然他们来了要把他们安顿好"，指的是政府；但民众理解为"既然自己来了要安定下来"，塞上就是他们的家园，所以在传统文化的影响下，各族人民都能和睦相处，形成了南北认同、东西交融，既有北方之雄浑厚重又有江南之清秀柔美的鲜明特色的塞上文化。而这种独特的塞上文化无疑为以后的宁夏社会和宁夏文化奠定了基本的精神底色，同时也为宁夏的文学艺术创作提供了极其深厚的精神资源。毋庸讳言，宁夏虽然地处远离政治经济中心的偏远之地，但宁夏从来不缺乏文学创作的矿藏。相反，一个历史时期的苦难历程和物质生活的相对贫乏，反倒催生了文学无边的想象与真情流淌的歌唱。

"陇头流水，鸣声呜咽"（北朝乐府民歌），"回中道路险，萧关烽堠多"（卢照邻），"蝉鸣桑树间，八月萧关道"（王昌龄），"大漠孤烟直，长河落日圆"（王维），"贺兰山下果园成，塞北江南旧有名"（韦蟾），"回乐峰前沙似雪，受降城下月如霜"（李益），"灵州城下千株柳，总被官军斫作薪"（张舜民），"贺兰山下河西地，女郎十八梳高髻"（马祖常）等等，中国诗人在塞上大地留下诸多名篇佳句，但不能将他们称为塞上诗人。而唐时的李益可以说是塞上诗人，因为他出生在甘肃，但他北游河朔，在塞上的幕府度过约二十年的时光，写下了大量的边塞诗。北宋的张元可以说是塞上诗人，他是北宋永兴军路华州华阴县人，西夏立国前投奔西夏，官至国相，现只留二首诗和两个残句。元代诗人王翰生于1333年，先祖为西夏人，世居灵州。王翰十六岁袭职千户长镇庐州（今合肥），后又升为庐州路治中、潮州路总管、福建行省参知政事等，明洪武十年（1377），王翰决心不事二主，引刃自杀，卒年四十五岁。李佩伦认为王翰是宁夏诗人（《论元代宁夏诗人王翰》，《宁夏社会科学》1993年4期），但其家族是"元灭西夏，入居内地"，那么王翰是在西夏灭亡六年后出生的，肯定出生在内地，所以把王翰说成安徽诗人或福建诗人均可，但说成宁夏诗人有所牵强。直到明朝，明太祖朱元璋的第十六子朱栴于洪武二十四年（1391）册封为庆王。他在韦州城（今宁夏同心韦州镇）居住了九年，管理庆阳、宁夏、延安、绥德诸卫军务，负责镇守塞上疆土。在宁夏城（今银川市）居住三十六年，直至病逝。创作了大量的诗作，编纂《宣德宁夏志》。林季芳、唐鉴、陈德武、胡官升、李守中、潘元凯、承广、郭原等诗人或谪戍或流寓宁夏，而王用宾、释静明、朱秩炅、夏景芳、朱平斋、胡汝砺、胡琏、骆用卿等为宁夏本土诗人，保绩、冯清、陶希皋、杨守礼、石茂华、罗凤翔、萧如熏、黄嘉善等诗人或为宁夏巡抚或为总兵。清代的宁夏诗人就更多了，黄图安、刘芳猷、常星景、俞益谟、岳咨、俞汝钦、幻闻、朱亨衍、胡秉正、方张登、黄恩锡、顾光旭、王赐节、张映梓、黄璟、徐保字、张梯、郭鸿熙、陈日新、朱美燮、赵惟熙、锡麟、韩庆文、张维岳等。

　　宁夏古代文学除了诗歌，别无其他，所以论述宁夏古代诗歌就代表了宁夏古代文学，或者说宁夏古代诗歌史就是一部宁夏古代文学史。宁夏古代诗歌的发展是渐趋兴盛的，无论是在质量上还是在数量上都呈上升趋势，从秦汉时期寥寥几首到唐代的大量涌现，尤其是边塞诗蔚为壮观；经过宋夏元战乱的过渡时期，直接开启了宁夏明清诗歌的繁荣发展。宁夏古代诗歌既带有浓厚的地域文化特征，又有古典传统的美学范式。

　　近代诗歌创作，是从传统的古典诗歌到现代新诗的过渡，在中国诗歌史上占有不容忽视的地位。而处于中国西北的宁夏，相对来说依然比较宁静和保守，诗人创作的依然是古体诗词，几乎没有反映大的社会变革，他们都很有才华和能力，也展现出了他们的梦想和力量。与古代相似，一些受过良好教育的青年才俊被选派到宁夏为官，吴复安、杨巨川、叶超、张维翰、徐庭芝、段云、贾朴堂等诗人，无论是造福一方，还是诗歌创作，都为宁夏作出了不可磨灭的贡献。宁夏近代的诗人为数不多，诗作传世也较为稀少，但这一血脉并未断流，虽纤细却一直流到现代，从而使宁夏的现代诗得到空前的繁荣。

　　宁夏新诗的发展与全国诗坛大格局的发展相一致，也经历了白话诗、朦胧诗和现代派诗的发展历程。但由于受地域文化和宗教文化的影响，汲取信天游、花儿、民歌等形式的营养，呈现出不同的特色。宁夏的新诗有政治抒情诗，有以工农业为题材的诗，有歌咏西部自然的诗，也有纯粹个体化的现代诗。宁夏不同时期的诗人，其共同点在于以生活其中的西部为背景，表现了西部特有的苍凉和辽阔，既有饱含深情的吟咏，又有直抒胸襟的豪迈，更有出其不意的泅染和意象万千的泼墨。可以说，宁夏新诗在表现内容和方式上都呈现出丰富多彩的景象。由于历代诗人推崇高尚的诗歌理念、继承传统文化的意义、保存诗歌活跃的氛围，才为宁夏诗歌的发展注入了一股无形的力量，从而使宁夏诗歌在发展历程中，不为潮流所惑，不为名利所诱，始终坚守着传统古典诗词的本质成分，始终行进在中国诗歌主流的发展历程之中。宁夏诗人将塞上大地的地域特色和民族特点融入创作，为西部和中国诗歌的繁荣作出了独特的贡献。

新中国成立后，《宁夏日报》开办副刊《宁夏川》，宁夏文联创办《群众文艺》，都推动了新诗的萌芽。这一时期宁夏新诗的创作人员较少，以朱红兵、王世兴、姚以壮等为代表，主要从事信天游、花儿、民歌体诗歌的创作。这些诗人的作品大多以歌颂新中国成立后而呈现出的崭新面貌，以及翻身得解放的普通劳动大众对党的热爱之情。诗风单纯质朴，容易被大众接受。

由于宁夏属陕甘宁边区之一，一些在全国较有影响的进步诗人如李季、郭小川、王亚凡等先后来宁夏深入生活，并从事诗歌创作，留下了《阿拉善组诗》、长诗《银川曲》（合著）等作品，极大地带动了宁夏新诗的发展。其中以李季在盐池县创作完成的长诗《王贵与李香香》最具代表。1957年，张贤亮的长诗《大风歌》在《延河》发表，引起全国反响。1958年，宁夏回族自治区成立前后，从全国各地陆续来了一批支宁的知识分子，其中诗人中有早在30年代就从事新诗运动的李震杰、在上海新文艺出版社当过编辑的罗飞、辽宁诗人高深、北京诗人吴淮生等。其中，罗飞的《人的标本》、高深表现西部风情的《羊皮筏子》、秦中吟表现回汉人民热爱党的《金线银线五彩线》等作品，堪称那一时期宁夏的力作。

20世纪50至60年代，中国作家协会副秘书长王亚凡于1960年底下放宁夏农业第一线。他写道："我要去遥远的塞北，／老红军把他的草鞋送给我，／他们那里山高又落雪，／无敌的草鞋会唱无畏的歌"（《友爱》）。王亚凡于1961年1月8日在灵武逝世，葬于灵武县烈士陵园，永远地留在了宁夏。1968年，宁夏回族自治区成立十周年之际，由宁夏人民出版社编辑出版了宁夏第一本诗歌集《飘香的沙枣花》，将当时优秀的诗歌作品悉数收录。

70年代，肖川《唱在金秋》、吴淮生《不到长城非好汉》、蔡锦启《给大山通告》荣获宁夏第一届文艺评奖一等奖,李震杰、秦中吟、王庆、刘国尧、高琨、赵福辰、高深、邓海南等陆续在《人民文学》《诗刊》《宁夏文艺》上发表作品,并在宁夏第一届文艺评奖中获奖。宁夏诗人作品选《光辉永照宁夏川》于1978年由宁夏人民出版社出版。随后,肖川逐渐成长为中国诗坛的一员骁将,发表了大量的诗作,出版诗集《塞上春潮》,被誉为"塞上诗人"。吴淮生出版了诗集《塞上山水》。

80年代,肖川、刘国尧、高深、丁文、罗飞、马忠骥、杨少青、罗存仁等诗人的创作量多质优,少了些政治因素,多了些诗歌本质的成分。刘国尧《一号宿舍》入选《1949—1979诗选》。肖川《中年的船,没有港湾……》入选《中国新诗年编》,肖川因创作成就突出,被宁夏党委、人民政府授予"宁夏知识分子专业技术工作突出贡献奖"。罗飞《人的标本》入选《1982年诗选》。80年代后期,导夫、薛刚、权锦虎、杨云才、刘中等以《宁夏青年报》为阵地,他们的作品被半个版地推出,为宁夏诗坛带来不小的震动,为宁夏"60后"诗人集体亮相起到了表率作用。荆竹曾说:"《宁夏青年报》在领导宁夏诗歌新潮流。"而杨云才一出手就在《民族文学》《诗刊》等发表诗作。

90年代,肖川、罗飞、吴淮生、屈文焜、马钰、柳风等诗人坚持创作,60后诗人集体亮相。他们可以分为两个诗群,即西海固诗群和川区诗群。西海固诗群是围绕六盘山和黄土高原这一区域进行创作的诗人群体,他们相对独立地行走于六盘山的周围,坚持本土化的写作立场,弘扬民族文化,继承了中国古典诗词创作的优秀传统,写出了大量既有较深思想内涵又有较高艺术价值的诗作。概括来说,西海固的诗歌呈现出本土化、民族化和传统化三大特点。代表性诗人有虎西山、梦也、冯雄、王怀凌、张铎、唐晴、周彦虎等。川区诗群是围绕贺兰山和河套平原这一区域进行创作的诗人群体,他们敢于打破经营多年的创作模式,打破业已形成的风格,对西方现代主义和后现代主义创作手法有所借鉴,似乎一直在寻找一条最适合自己的创作之道,具有探索性、现代性和口语化倾向,代表人物有杨森君、贾羽、杨云才、刘中、洪立、米雍夷等。而杨梓开始创作《西夏史诗》,邱新荣以历史为题材进行创作,是抒情史诗和历史抒情诗,与两个地域性诗群有所不同。宁夏诗人的作品纷纷进入了全国诗选,罗飞、杨梓、高深的诗作入选《中国诗歌年鉴1996卷》,高深、刘国尧、罗飞、吴淮生、肖川、杨梓的诗作入选《新中国50年诗选》。此后,宁夏诗人入选全国选刊选本不胜枚举。1999年,杨梓发表的系列《西夏史诗》受到《诗刊》的关注,应邀参加诗刊社第十五届"青春诗会",是宁夏第一个参加该会的诗人,自此由地方走向全国。

进入21世纪,宁夏60后诗人全面崛起,70后诗人紧随其后。首先是《诗刊》2001年8期在头条位置"每月诗星"栏目推出杨梓的个人作品专辑,《诗选刊》2001年11期在"中国当代诗人问答录"推出杨梓的《答〈诗选刊〉21问》。《十月》推出"西海固的诗";《诗潮》《星星》《绿风》《中国诗人》《西部·新世纪文学》《扬子江》《诗歌月刊》等先后推出"宁夏诗人作品专辑"。《朔方》大力推举本地作家、诗人,在"本期一家"栏目先后推出王怀凌、梦也、虎西山、杨森君、洪立、泾河、杨建虎、林一木、单永珍、冯雄、安奇、马占祥、李壮萍、张不狂等诗人的作品专辑。他们的作品纷纷亮相于《诗刊》《星星》《诗歌月刊》《十月》《绿风》等,并入选多种选刊、选本,出版一部或几部个人诗集。多次荣获宁夏文艺评奖诗歌奖。杨梓具有历史化、民族化、古典化创作倾向;杨森君从心象化创作走向西域;单永珍具有民族化、地域化创作倾向;邱新荣具有历史化创作倾向;虎西山、洪立具有传统化创作倾向;王怀凌具有本土化创作倾向;梦也、米雍衷具有心象化创作倾向;冯雄具有风格化创作倾向;张联具有同题材化创作倾向等。杨梓的《西夏史诗》、杨森君的《西域诗篇》先后列入中国作协重点作品项目。2006年,单永珍应邀参加"贺兰山·第二十二届青春诗会"。宁夏60后诗人都形成了自己较为独特的风格,互相的差异性较大,这就丰富了宁夏诗歌。但也有自我重复的现象,缺乏突破和创新,尤其在语言和语境上有模式化的倾向。或许与宁夏的地域有关,一方面宁夏并非经济前沿地带,他们的创作与经济没有多大关系,同样与全国的诗潮也关系不大;但另一方面宁夏地处西部,又无形地遮蔽了他们的视野。

宁夏70后诗人虽一度"前有60后强敌、后有80后追兵"地被遮蔽一时,但他们最终突出重围,浮出历史地表。他们以其丰硕的战果成为宁夏诗坛不可或缺的力量。郭静以安静为姿态进入他的地理,并发出优美的歌吟；安奇的古典、边塞和文人情怀三位一体，营造着他的多愁善感；张不狂的日常化、口语化、散文化的尝试，写出逼真的生命感受；杨建虎的诗以美丽、安静、温情的罗曼蒂克的气质代表了西海固诗歌的另一幅面孔；阿尔接近现实，接近真实的个人写作，是一种自由的敞开的表达式的诗歌写作；谢瑞以城市为题材，其诗是从这个空间内部生长出来的，带着城市内在的隐秘和对人的捆绑；刘乐牛立在城市的地平线上，他念念不忘自己所由来的乡村，一直在回忆他的爱情。还有唐荣尧的柔情而豪迈、刘学军的本土与风骨、林混的口语和精练、孙志强委婉中的跳脱、西野平淡中的奇思等，这些70后诗人风格迥异，不仅壮大了宁夏诗人的阵容，也丰富了宁夏诗歌的创作。2012年，马占祥应邀参加诗刊社第二十八届"青春诗会"。

宁夏80后诗人刘岳、王西平、李兴民、张虎强、屈子信、王佐红、秦志龙、许艺、火禾、田鑫、十画、刘京等，90后诗人石杰林等，较为优秀，一直在坚持创作，让我们看到宁夏诗歌的希望。

宁夏回族自治区成立于1958年，主要回族诗人王世兴、高深、马乐群、杨少青等，他们以工农业生产和农村生活为题材，以高昂而明快的政治抒情诗和"花儿"抒情诗为主，把叙事与抒情相结合，表现出一个回族诗人坚忍顽强的性格和正气凛然的风骨，充满了浓郁的乡土气息和民族特点。他们与汉族诗人一起，成为塞上大地现代诗的并肩拓荒者。王世兴《莲花滩》（长诗）和高深《致诗人》荣获第一届全国少数民族文学创作奖"骏马奖"。80和90年代，马钰、沙新、何克俭、马忠骥、井笑泉、杨云才、丁学明、尹乔等回族诗人纷纷活跃，使宁夏回族诗歌创作逐渐走向成熟，形成了一个回族诗歌创作群体。沙新《祖国，请为他们记功》荣获第二届全国少数民族文学创作奖"骏马奖"二等奖，杨云才的《大西北恋歌》荣获第三届全国少数民族文学创作奖"骏马奖"新人新作奖，高深《大漠恋歌》（诗集）荣获第四届全国少数民族文学创作奖"骏马奖"，杨少青《大西北放歌》（诗集）荣获第五届全国少数民族文学创作奖"骏马奖"。以贾羽、李春俊、杨云才、雪舟、单永珍、马占祥、泾河等为代表的宁夏60后和70后回族诗人，不但在宁夏颇具影响力，而且在全国诗坛也占有一席之地。他们主要以西部和宁夏为背景，着力描写人的生存环境、生命体验和人生感悟等。表现出北方的辽阔和西部的苍凉，呈现出不同的特色，具有强烈的民族意识、地域特色和独特的审美情感。

宁夏女诗人的创作相对滞后，大部分女诗人只是业余爱好了一番，写了一些发了一些之后就沉寂了，或转战其他领域了。20世纪80年代，以刘秀凡、陈幼京、范一凤等为代表的女诗人开始在刊物发表作品。她们的诗歌，保持着较为上乘的质量，从根本上忠实于个人的疼痛与隐私，大胆地呈现女性生命的体验，以其自我意识的觉醒和对女性心理的深层挖掘，在宁夏诗坛形成一定的影响。80年代后期至90年代，陈晓燕、王慧、唐晴、莲子、李壮萍、羽萱等人成为女诗人活跃的代表，诗作发表于《诗刊》《民族文学》《十月》《绿风》《星星》《朔方》等，先后出版了个人诗集。其中不乏不让须眉的优秀之作，为宁夏诗歌注入了新的活力。90年代至今，宁夏女诗人的队伍不断壮大，又涌现出了赵晓宁、胡琴、王江辉、林一木、朱敏、查文瑾等一批女诗人。她们的诗歌内容宽泛，观察深刻，不断在创作中探索独特的话语方式；她们的诗歌，面向词语本身，较为复杂地挖掘了诗歌语言潜在的魅力；她们的诗歌重视生活题材，强调结构之美，借助于意象构建倾听语言与敞开生命的形式。

新中国成立尤其是新世纪以来，宁夏60后诗人集体崛起，70后诗人冲出重围，80后诗人勇于革新，形成了宁夏诗歌史上最为强大的力量，这一"塞上集团军"集体走向全国诗坛，部分诗作被译为外文，成绩卓然。但在宁夏现代诗人风光的后面，离不开一大批促进宁夏诗歌繁荣的幕后英雄，他们或评论、或编辑、或出版、或组织，是宁夏现代诗歌较之于古代、近代最为不同而特别的方面，也是众多而且是最为有力的推手。诗人和评论家对宁夏诗人作品予以批评，或长篇专论，或评论诗作，或作序诗集，是宁夏诗歌繁荣"鸟之双翼"中重要的一翼。各个报刊、诗刊、内刊、民刊、网络、出版社等编辑，为宁夏诗歌的筛选、编辑和面世起到了决定性的作用，他们秉烛伏案，修改润色，点石成金，让每一首作品都穿上最美的嫁衣出现在读者面前。各级宣传部、文联、作协、学会、报刊社等，组织举办了各种形式的诗会、研讨会、诗歌节等，促进了宁夏诗人与全国诗人的交流；各级文联进行诗歌评奖，肯定成就，激励创作。这对开阔诗人视野、提升诗人境界、提高创作水平有着不可低估的积极作用。是的，诗评家、编辑家、活动组织者，他们辛劳于幕后，任劳任怨，无私奉献；他们一双双有力的大手，把县市诗人推到宁夏诗坛，再把宁夏诗人推向全国诗坛，为宁夏现代诗歌事业作出默默无闻而非常突出的贡献。

诗歌创作从来都是关乎灵魂的事业。诗歌可以是照亮人类精神的灯火，可以是对人类命运的深刻关注，也可以是人类美好情怀的诗意表达。在宁夏诗人的心目中，诗歌是一个圣洁的词，他们对诗歌往往怀有宗教般的虔诚，抱着一种神圣感来从事创作，态度严肃而认真，天然地具有社会责任感和人生使命感。他们将自己的生命融入诗歌，把自己的心血和智慧奉献给诗歌，他们愿意成为诗歌的殉道者，而不去关心诗歌能够给个人带来什么样的回报。正因为对诗歌事业的认真持守和痴情奉献，宁夏的诗人在不长的时期之内取得了不凡的成就，并赢得了读者对他们发自内心的尊重。

是的，回首塞上金戈铁马的峥嵘岁月，回顾宁夏翻天覆地的巨大变迁，梳理从塞上到宁夏、古体到现代的诗歌发展脉络，不禁令人感慨万千。塞上及宁夏诗人继承和发扬中华民族优秀文学传统，学习和借鉴世界各国优秀文化成果，尊重诗歌规律，敢于探索和创新，担当起了讴歌人民、鼓舞人心、憧憬未来的光荣职责，创作了大量思想性、艺术性和可读性俱佳的优秀作品。这些作品生动抒写了宁夏各族人民的生活和命运，充分展示了人民生活当中真善美的情愫，深情描绘了宁夏人民奋斗拼搏的历史画卷、心灵图景和精神世界。他们的创作不仅集中体现了诗人的良知、才华和品格，审美把握了宁夏各族人民生存状态、生活情景和命运轨迹，而且成为宁夏文学中与小说一样有力腾飞的一支翅翼，成为备受外界关注的一张响亮名片，成为宁夏文化建设和发展的一个重要组成部分。

第一章　古代：塞上诗词中的雄浑与秀丽

　　宁夏古代诗歌，是中国古代诗歌的重要组成部分，在文学发展史上具有独特的地位。宁夏古代文学除了诗歌，别无其他，所以论述宁夏古代诗歌就代表了宁夏古代文学。宁夏古代诗歌既带有浓厚的地域文化特征，又有古典传统的美学范式。宁夏历史悠久，水洞沟古人类文化遗址是三万年前人类繁衍生息的圣地；宁夏文化灿烂，农耕文化、黄河文化、游牧文化、丝路文化、伊斯兰文化、西夏文化等各种文化，相互碰撞、相互交流、相互融合。宁夏古代诗歌具有言简旨远、短小精悍、由小见大、寄托深远的特征，将宁夏文化的精髓最大限度地展示在人们面前。无论是主题内容，还是句法形式，抑或艺术风格，宁夏古代诗歌都呈现出一种多元化的倾向，给人以景的可观、情的陶冶和美的感受。

　　宁夏古代诗歌的发展，无论是质量上还是数量上都呈逐代上升的趋势。先秦两汉、魏晋南北朝时期寥寥几首；隋唐五代时期大量涌现，尤其是边塞诗蔚为壮观；宋夏元时期，宁夏诗歌相对较少，呈现出由描述战争到自然风光的一个过渡时期，其所反映出的理性思维与艺术特质，直接开启了宁夏明清诗歌的繁荣发展。

　　宁夏古代诗歌具有悠久的历史文化传统与鲜明的地域民族特征，《周易·系辞》云："仰以关于天文，俯以察于地理。"将《周易》这个思维理念运用于宁夏诗歌史的研究意义深远。纵观宁夏古代诗歌的发展，大体上可以分为三个时期，即唐前、唐宋夏元和明清时期。

唐前时期，除《诗经·小雅》中的作品，在一定程度上反映了周代礼乐文化精神对塞上地区的渗透外，其他阶段多为诗人对塞上的想象之词。《诗经》中的《采薇》《出车》《六月》《采芑》，主要记述了周朝与猃狁之间的矛盾冲突。如《小雅·六月》："薄伐猃狁，至于大原。""来归自镐，我行永久。""大原"指今宁夏固原一带，"镐"指今宁夏灵武一带。中国古代各民族之间的矛盾冲突是不可避免的，正因为有了矛盾冲突才有矛盾和解后的融合，才有了如今的中华民族大家庭。汉代以后的乐府民歌、文人诗词，涉及塞上及宁夏内容的多为描写民族之间的战争，如汉乐府鼓吹曲辞《汉铙歌十八曲》之一的《上之回》就是汉武帝出发巡幸回中道，亦可指回中宫（今宁夏固原境内）时乐队演唱的颂歌。像《饮马长城窟行》《陇头吟》等乐府民歌，还有董绍《高平牧马诗》："走马山之阿，马渴饮黄河。宁谓胡关下，复闻楚客歌。"董绍曾在高平（今宁夏固原）牧马而写此诗。这些都描写了六盘山地区的地理风物，是研究宁夏古代历史地理不可忽视的文献资料。

唐宋夏元时期，此阶段诗词数量迅速增长，质量亦尤为可观。处于诗歌发展黄金期的唐代，为宁夏诗歌打上了时代的烙印，众多塞内诗人亲历塞上，饱受大风起兮的苍凉和烽火硝烟的残酷，诉说战乱之痛和思乡之苦，为宁夏诗歌史上增添了璀璨的光辉。如卢照邻、沈佺期、王昌龄、高适、岑参、朱庆余、曹松、卢汝弼、韦蟾等诗人写了大量有关塞上的诗。这些诗人虽不能称为塞上或宁夏诗人，但他们抒写塞上或宁夏的诗作，也可视为宁夏古代诗歌的重要组成部分，是宁夏诗歌发展的源头活水，在宁夏诗歌史上占有举足轻重的地位。

明清时期，宁夏诗歌发展中较为辉煌，诗歌数量甚多，诗人辈出，他们多为镇守宁夏的官员、守将，亲眼目睹宁夏的山川地貌、风土人情，所咏诗词题材丰富，皇清颂声不绝如缕，感悟吟咏鱼贯而出。

第一节　唐宋夏元：烽火台下孤独的背影

隋文帝开皇九年统一全国，结束了二百七十余年南北分裂的政治局面，同时也使文学的发展纳入统一的进程中，但是隋朝短期而亡。公元618年，李渊即帝位于长安，改国号为唐，并于武德七年统一了全国。唐代是我国历史上政治军事强大、文化经济繁荣的一个朝代，国力的强大，为文化的发展创造了极为有利的环境。唐代辉煌的文学成就最主要的体现在诗歌方面，正如王国维在《人间词话》中所说"凡一代有一代之文学，楚之骚，汉之赋，六代之骈语，唐之诗，宋之词，元之曲，皆所谓一代之文学，而后世莫能继焉者"。正是由于有唐代名家、名作层出不穷，才使得唐代诗歌在整个中国的文学长河中如无比璀璨的明珠，几与日月同辉。

唐代的边塞诗数量可观，并且成就很高，这是因为当时的文人士大夫普遍渴望建功立业，而建功立业的重要途径就是奔赴沙场、守家卫国。地处西北的宁夏正是帝国的边疆地区，在这里各民族之间互相征战，一旦越过萧关，就会直逼中原，所以便有万千将士们驻守在此。此外，宁夏又因贺兰山的屹立挡住风沙，黄河的缓流而润泽大地，成就了这一地区独特的自然风光，被称为"塞北江南"，因而描写宁夏自然地理环境的诗歌也为数众多。宁夏诗歌在隋唐时代有所发展，尽管缺乏宁夏本土诗人，但表现塞上的作品数量增多，内容更加广泛，形式更加多样，具有明显的地域特色。如卢照邻《上之回》："回中道路险，萧关烽堠多。五营屯北地，万乘出西河"；沈佺期《陇头水》："陇山飞落叶，陇雁度寒天；愁见三秋水，分为两地泉"；王昌龄《塞下曲》："蝉鸣空桑林，八月萧关道。出塞入塞寒，处处黄芦草"；高适《塞上闻笛》："雪净胡天牧马还，月明羌笛戍楼间。借问梅花何处落，风吹一夜满关山"；岑参《胡笳歌，送颜真卿使赴河陇》：

"凉秋八月萧关道,北风吹断天山草。昆仑山南月欲斜,胡人向月吹胡笳";朱庆余《望萧关》:"渐见风沙暗,萧关欲到时。儿童能探火,妇女解缝旗";曹松《塞上》:"砂中程独泣,乡外隐谁招。回首若经岁,灵州生柳条";卢汝弼《和李秀才边庭四时怨》:"朔风吹雪透刀瘢,饮马长城窟更寒。半夜火来知有敌,一时齐保贺兰山";韦蟾《送卢潘尚书之灵武》:"贺兰山下果园成,塞北江南旧有名。水木万家朱户暗,弓刀千队铁衣鸣"等等。

在唐代这一历史阶段,有关宁夏诗歌的总体成就和特点体现在如下几个方面:

第一,表现领域的开阔性。从魏晋以来到隋朝社会,宫廷诗歌一直占据主流,而这一时期的诗歌在表现领域方面逐渐从宫廷台阁走向关山塞漠,完全打破六朝以来的浮靡诗风,呈现出异样的精神气质。作者也从宫廷官吏扩大到一般寒士。这种转变使得诗歌在表现内容上不断扩大。

第二,诗歌形式的多样性。除了在内容方面的广泛性以外,宁夏诗歌在体裁方面也是诸体兼备,有古风、五言律诗、五言绝句、七言律诗、七言绝句、歌行体、排律以及组诗等等样式,形式的多样性使诗歌既有程序的约束又有广阔的创造空间。

第三,情思格调的复杂性。由于诗歌描写内容的多样性,表现出来的情感也是多样的,有表现杀敌报国的豪情壮志,有歌颂塞上风光的清新明秀,有对战争的厌恶,也有对守边将士的同情等等。诗歌表达情感的方式更加丰富,风格亦多姿多彩,万紫千红。

唐诗吸收了前代诗歌艺术的一切经验,又加以发扬创造,达到了难以企及的高峰。宁夏这一时期的诗歌,因其独特的地域色彩而呈现出特有的文化内涵与风采情韵。边塞诗的数量明显增多,多是表现立功边塞的志向和慷慨激昂的情怀。而盛唐诗歌已经达到了声律风骨兼备的完美境界,正如殷璠所说的"神来、气来、情来",这是盛唐诗风形成的标志。王维的名篇《使至塞上》:"单车欲问边,属国过居延。征蓬出汉塞,归雁入胡天。大漠孤烟直,长河落日圆。萧关逢侯骑,都护在燕然。"这是王维奉命赴甘州慰问将士途中所作的一首纪行诗,而"大漠孤烟直,长河落日圆"正是宁夏中卫沙漠与黄河的真实写照。这首诗以豪迈飘逸之气融贯于出色的景物描写中，形成雄浑壮阔的诗境。大漠上孤独的狼烟无风吹拂、黄河上夕阳浑圆却缓缓落下，虽透露出盛唐诗人的豪迈气概但更多的是伤感和惋惜。

当唐朝处于盛世的巅峰时，爆发了"安史之乱"，从此走向衰落，那种昂扬奋发的精神、乐观情绪和慷慨气势，已成为遥远而不绝如缕的余响，诗歌创作也由雄浑的气概转向淡远的情致，孤寂、冷漠、散淡的情绪弥漫整个诗坛。

晚唐诗人李益曾在塞上幕府度过约二十春秋，在此稍加论述。

李益（748—829），字君虞，姑臧人，后迁郑州。大历四年（769）进士，初任郑县尉。后北游河朔，贞元十三年（797）任幽州节度使刘济从事。历任秘书少监、集贤殿学士、左散骑常侍、礼部尚书等。李益诗风豪放明快。"大历十才子"之一，与李贺齐名。今编《全唐诗》二卷。

因其一生有十多年的军旅生涯，因此边塞诗写得极好，尤其是七绝，常常是壮烈、慷慨之中带一点伤感和悲凉。如《夜上受降城闻笛》："回乐峰前沙似雪，受降城下月如霜。不知何处吹芦管，一夜征人尽望乡。"这首诗写月下诗人登上受降城（古宁夏灵州），眺望回乐峰，沙漠在月色里是一片清冷的雪白，脚下的受降城，同样是一片如霜的月色。就在这荒凉清冷的边塞之夜，引发了思乡之情。"一夜征人尽望乡"一句，是夸张之词，但又确切地表现了此时边关将士久戍思归的心境。再如他的另外一首《暮过回乐峰》："烽火高飞百尺台，黄昏遥自碛西来。昔时征战回应乐，今日从军乐未回。"诗中表现了将士们为国守边，以从军为乐的豪迈之情。李益的诗带着盛唐的慷慨激昂，但其中也弥漫着感伤悲凉的情绪。

宋朝时期，有关宁夏诗歌数量虽然不多，但取得了令人瞩目的艺术成就。由于战乱的频仍、政局的动荡、民族融合的加剧、传统文化的发展等，此阶段的诗词作品自然呈现出奇异的色彩与闪耀的光芒，其字里行间所渗透的内涵情志、思维理念和文化精魂远逾前代，直启后世。

宋代诗词发展浸盛，名家辈出，是故后人以"唐音宋调"并称唐宋诗歌。宋人追求理性，宋诗呈现出理趣；宋词由于相对通俗，则呈现出意趣。有关塞上及宁夏宋代诗词虽寥寥几首，却别有一番艺术魅力。北宋著名文人范仲淹的词之代表作是那首脍炙人口的《渔家傲·秋思》，自其问世，历代学者均交口称誉，推崇备至。范仲淹在延州（今陕西延安）时，写了著名的《渔家傲·秋思》和《清凉漫兴》等诗词。宋仁宗庆历元年（1041）五月，范仲淹因致书西夏国王嵬名元昊（元昊称帝后，削去唐宋赐姓李赵，改先辈跋拔氏为嵬名氏，故西夏皇族都姓嵬名，而非李氏），以"擅与通书"的过失调离延州，改知庆州。《渔家傲·秋思》："塞下秋来风景异，衡阳雁去无留意。四面边声连角起，千嶂里，长烟落日孤城闭。浊酒一杯家万里，燕然未勒归无计。羌管悠悠霜满地。人不寐，将军白发征夫泪。"此词意境苍凉壮阔，格调慷慨豪放。上阕写景，将塞下荒凉的秋景描绘得淋漓尽致；下阕写情，将戍边将士思乡之情渲染得悲怆凄凉。此词情景浑融，曲婉悲壮，因而艺术成就极高，对后世苏东坡、辛弃疾的豪放词影响颇深。

抒写塞上的诗还有张舜民《西征回途中二绝》："灵州城下千株柳，总被官军斫作薪。他日玉关归去路，将何攀折赠行人。""青铜峡里韦州路，十去从军九不回。白骨似沙沙似雪，将军休上望乡台。"苏轼的《枸杞》是一首对宁夏特产枸杞描摹赞颂的五言古体诗，"灵庞或夜吠，可见不可索。仙人倘许我，借杖扶衰疾"。全诗朴实无华，别具韵味。陆游的《陇头水》是一首借乐府古题而抒发情志的诗，表现了爱国情怀与赤子丹心，借景抒情，直抒胸臆。"陇头十月天雨霜，壮士夜挽绿沉枪。卧闻陇水思故乡，三更起坐泪数行"。

西夏诗歌和与其同时代的宋诗一样，都是中国文学的组成部分。尽管西夏诗歌的资料奇缺，尚未发现代表性诗人，但不难窥见西夏诗歌的特点——寻根探源、劝世扬善、抒描风情、反映历史、想象奇特、朴拙素雅等。同时，西夏诗歌有五言和七言，多为杂言，在形式上深受汉诗的影响，但西夏诗歌里浓厚的神话传说、宗教色彩和强烈的民族意识，使西夏诗歌成为中国古典诗歌园圃中一朵独具特色的奇葩。

西夏的诗人主要是皇帝和宫廷官员，现知的诗人有从中原投奔西夏而位至国相的张元、作过《灵芝歌》的崇宗乾顺、创作宗教诗的嵬名瓦等，而西夏的大部分诗歌均已佚名。目前出土的西夏诗歌作品有《西夏诗集》，宗教诗《忍教搜寻颂》，五言诗《新集金碎掌直文》，四言诗《四言纪事文》，杂言诗《月月乐诗》《颂师典》《新修太学歌》《西夏宫廷诗》，诗体类书《圣立义海》，西夏史诗《夏圣根赞》等，但都流落异国，深锁冷宫。

西夏诗歌主要有张元的《好水川役后题界上寺壁》和《雪》。张元，名不详，原为北宋永兴军路华州华阴县人。在北宋累试不第，于1038年之前，与好友吴昊改名来到西夏。二人在一家酒馆里饮酒，并在墙上写下"张元吴昊来饮此楼"，意在引起鬼名元昊的注意。元昊称帝建国后不久，即任命张元为中书令，官至国相。《好水川役后题界上寺壁》云："夏竦何曾耸，韩琦未是奇。满川龙虎举，犹自说兵机。"张元"负气倜傥，有纵横才"，在好水川之战大败宋军，此诗即是对此战胜利的歌颂。此诗是现实主义之作，用宋朝两位大将夏竦、韩琦名字的谐音予以反讽，得意之情溢于言表，跃然纸上。此诗短小精悍，语言犀利，贬斥宋将，夸耀己威，质朴无华，浅显平白。张元还写过一首《雪》："五丁仗剑决云霓，直取银河下帝畿。战死玉龙三十万，败鳞风卷满天飞。"这首诗可以说是西夏诗歌浪漫主义的代表之作，既写景又抒情；表面上描述战争，实质上肆写飞雪；既用"五丁"之典，又暗含大败宋军三十万之意，颇得中国古典诗歌之神韵。

还有西夏《大诗》片段："太阳足腿妹女嬉，斗日下，姑女戏。月亮西方灵童玩，月升西，罗孩戏，天下白鹤恋黑愚。……天被相撑不动摇，不急广起坡头烟，缓缓升起高地云，远远降下速不勒"（摘自《圣立义海研究》，宁夏人民出版社，1995年）。把阳光比成女孩的长腿，来自神话中的"白鹤"恋上了党项人的祖先"黑愚"，党项人"速不勒"便络绎不绝。这既是西夏的神话体的诗，也是党项族起源的传说，具有浓厚的神话传说色彩。

元代诗歌主要以马祖常与贡师泰为代表。马祖常《灵州》云："乍入西河地，归心见梦余。葡萄怜美酒，苜蓿趁田居。少妇能骑马，高年未识书。清明重农谷，稍稍把犁钥。"此诗通过流畅舒缓的语言，将自己在西河之地的见闻描述得生动形象，展现了灵州地区人民粗犷、豪迈的习性和亦农亦牧的生产生活情况。其《河西歌效法长吉体》，"贺兰山下河西地，女郎十八梳高髻。茜根染衣光如霞，却召瞿昙作夫婿。"这实际上是西夏女子的装扮，而"瞿昙"是佛学用语，为印度一个尊贵的姓氏，在此借指和尚。西夏以佛教治国，灭亡后很多僧侣只能入世还俗。贡师泰的《黄河行》是一首歌行。效法李白之歌行诗，气势雄浑，跌宕起伏，极尽铺陈之能事，将洪涛巨浪、悬崖飞沙、断岸决石，描摹得生动形象，摇曳多姿。其《题杨得章监宪贺兰山图》："太阴为峰雪为瀑，万里西来一方玉。使君坐对贺兰图，不数江南众山绿。"这是一首题画诗，雪白，瀑泻，玉润，山绿，大有"一览众山小"之意。

综上所述，能称为宁夏古代诗人恐怕只有李益和张元，其他诗人虽不能称为塞上或宁夏诗人，但他们抒写塞上或宁夏的诗作，也可视为宁夏古代诗歌的重要组成部分。宁夏唐宋夏元诗歌主体多元，风格多样，借景抒情，咏物抒怀，或含蓄深沉，或质朴纯真。上承五代，下启明清，呈现出蓬勃向上的风采情韵，取得了很高的艺术成就，是宁夏诗歌发展的源头活水，在宁夏诗歌发展史中占有重要的一环。

第二节　明代：从想象到亲历的逐渐丰富

在元代文学的基础上，明代文学的发展历程有曲折也有突进，呈现一种波浪的态势，诗歌在前代的基础上有了新的发展。地处西北地区的宁夏在这一背景下也呈现出兴盛的状态，诗歌的发展、流变及特点自然呈现出不同的风貌。

时代的变迁、风尚的演变自然会影响到文学的发展。总体说来，宁夏明代诗歌的发展历程大体上可以分为前期、中期、后期三个阶段。前期是指从明朝开国到宣德一朝，中期指明英宗正统到嘉靖一朝，后期则是指万历朝到明朝灭亡。前期诗歌内容多歌功颂德，艺术上讲究雍容典丽。中期诗歌受文学复古思潮的影响，重视时政题材成为一个重要特点——内容较多描写个人的生活遭遇，直言政治弊端与民生疾苦，以及渴望为国建功的愿望，诗风较多慷慨激昂。后期诗歌的内容一方面不同于中期重视时政题材的特征，开始倾向于日常生活的题材，表现个人的个性化情感；另一方面，因宁夏是边疆地区，诗歌内容也有边疆军事形势的描述，诗风转向含蓄深沉。总之，宁夏明代诗歌的成就有以下几点：

首先是题材内容较为丰富。与以往各代相比，明代诗人和诗作的数量远远超过以往各代，因此宁夏明代诗歌的题材内容较为丰富，几乎涵盖了社会生活的各个方面，有写景状物、写人叙事、抒情言志、议论说理等几大类。写景状物类有山水风景诗、边塞诗、咏物诗等；写人叙事类有纪事诗、叙事诗、家庭生活诗等；抒情言志类主要有爱国思乡、怀古感伤、羁旅闲适、游览登临等；议论说理类则有讽喻政论、咏史题咏等诗篇。

其次是艺术风格较为多彩。宁夏明代诗人在充分继承了传统诗词的艺术技法的基础上进行创新，又融合了地域文化的因素，因此宁夏明代诗歌就形成了各具特色的艺术风格。既有典雅平正，又有含蓄深沉；既有豪放旷达，又有质朴洒脱；既个性鲜明，又丰富多样。

再次是诗歌体裁形式多样。宁夏明代诗歌的体裁可谓众体兼备，古体诗方面有四言、五言、七言、杂言、乐府、歌行等几种体式，近体诗主要有五七言绝句、律诗以及排律等。

受时代背景的影响和地域环境的制约，宁夏明代诗歌形成了独有的成就与特色。

从明朝建立到宣德一朝这一阶段，随着经济的复苏，人们的生活相对稳定，弱化了士人的忧患意识，而思想文化上的专制又平添了创作上的不安感。精神上贫乏的知识分子在追求仕途进取和自我平衡的心态中欣赏一种平稳和谐的美，故诗歌多歌功颂德，诗风多雍容典雅。

宁夏明代的代表诗人主要是朱栴、陈德武、承广、释静明、王琼、冯清、杨守礼、齐之鸾、萧如薰、孟霦、罗凤翔、李汶、石茂华等。

朱栴（1378—1438），原名朱木旃，号凝真，明太祖朱元璋的第十六子。洪武二十四年（1391）册封为庆王。他在韦州城（今宁夏同心韦州镇）居住了九年，管理庆阳、宁夏、延安、绥德诸卫军务，负责镇守塞上疆土。在宁夏城（今银川市）居住三十六年，直至病逝。编纂《宣德宁夏志》。

其诗以七律见长，常用白描手法刻画景物，抒写情怀，语言朴素畅达，意境开阔，具有一定的地方色彩。如《黄沙古渡》："黄沙漠漠浩无垠，古渡年来客问津。万里边夷朝帝阙，一方冠盖接咸秦。风生滩渚波光渺，雨打汀洲草色新。西望河源天际远，浊流滚滚自昆仑。"无垠的黄沙，无尽的黄河，风雨滋润着大地，湖水微波荡漾，汀州绿草茵茵。这一切都在衬托一个主题，那就是"万里边夷朝帝阙"，整个塞上一片承平景象。《贺兰大雪》："北风吹沙天际吼，雪花纷纷大如手。青山顷刻头尽白，平地须臾盈尺厚。……丈夫志在立功名，青海西头擒赞普。"诗人借壮阔的雪景表现的是建功立业的情怀，颇具气势，富有感染力。《戊戌岁金波湖合欢莲》："圣泽周流遍八埏，穷边喜见合欢莲。同根一柄凌波出，共蒂双头照水妍。"此诗开篇先是赞颂圣泽遍布天下各个角落，自己在边塞地区也感受到了皇恩盛泽，接着用白描手法刻画同根共蒂的合欢莲，由此感叹大好的春光，同时也赞颂了国家的繁荣昌盛。《夏日游丽园景》:"鸣鸠频唤雨,布谷苦催耕。麦浪因风起,戎葵向日明。"此诗将仲夏游园的过程写的清新自然,所写的鸣鸠、布谷的叫声,麦浪、戎葵的姿态呈现出一片祥和,透露出作者夏日游园的闲适心情,语言质朴,意境清新自然。

  朱栴所作的诗歌中除写景状物外还有表达思乡的诗作。《登宜秋楼二绝句》(之一):"亭皋木落水空流,陇首云飞又早秋。白草西风沙塞下,不堪吟倚夕阳楼。"《登宜秋楼二绝句》(之二):"楼头怅望久踌躇,目送征鸿向南去。黄沙漫漫日将倾,总是江南客愁处。"秋风起,鸿雁飞,客子思乡之情难以言表。《似古边城情思》:"东风起边城,堤柳叶尽吐。尤怜塞下见,乡心此时苦。"此诗先是通过写自己身处边疆地区,看到堤旁的柳叶在春风的吹拂下吐露新芽,不禁产生思乡之情。语言朴素畅达,感情真挚直露。除此之外,在《夜宿鸳鸯湖闻雁声作》一诗中,诗人先是叙述在月朗星稀的夜里听见南归的雁声,以"感我穷边久住情"作结,一语道破题旨,一位在边塞久住、思乡心切的诗人形象跃然纸上。

  朱栴长期镇守宁夏,不能回到京城,一种无名的愁苦和随遇而安的情感时时在作品中流出。《行香子》:"五十之年,华发盈颠。得平安,感谢苍天。无忧无虑,即是神仙。有数厨书,万钟禄,万丘田。 光阴似箭,冬冷春暄。佟今生,所事随缘,从他汗简,芳臭流传。但饥时饭,渴时饮,困时眠。"《青杏儿·秋》:"午枕梦初残,高楼上,独凭阑干。清商应律金风至,砧声断续,筇音幽怨,雁阵惊寒。 景物不堪看,凝眸处愁有千般。秋光淡薄人情似,迢迢野水,茫茫衰草,隐隐青山。""饥时饭,渴时饮,困时眠",无奈之情油然而出,"凝眸处愁有千般",野水、衰草、青山,都装满了诗人的愁绪。

  纵观朱栴的诗,借景抒情,融情入景,或歌颂圣恩或思乡怀远,语言朴素畅达,感情真挚,诗风平正典丽。

  陈德武,江苏三山人,明洪武初流寓宁夏。所作诗歌以描写宁夏风光的作品值得称道,他的《贺兰晴雪》与《黄沙古渡》着重景观的直接描写。《贺兰晴雪》:"六花飞罢净尘寰,贵富家翁做意悭。满眼但知银世界,举头都是玉江山。严凝藉雪风威里,眩曜争光日色间。独有诗人怜短景,贺兰容易又青还。"用银、玉喻雪,晶莹剔透,雪与日色争辉,遍布贺兰山,平添几分威武和庄严。最后两句透出诗人对贺兰雪后美景的喜爱，不愿意它快速消融，爱景怜景之情溢于言表。《黄沙古渡》："贺兰设险金城固，护此汤池壮塞滨。"通过对古渡壮阔景象的描写，最后赞美宁夏城池在贺兰山的佑护下、在古渡的环卫下坚不可摧，十分壮观。

承广，延陵人，洪武初为南昌知事，后谪戍宁夏。其七律诗多借景抒情、融情入景，抒写自己壮志未酬的情怀，诗笔豪迈。如《寒垣秋兴》："江山如画几兴亡，天际秋云目夕阳。栗里陶潜书甲子，长沙贾谊爱文章。雁将南去惊寒意，菊为谁开作晚香。不有醉狂书烂漫，老怀何处问时光。"此诗情景交融，由天边的夕阳晚景感慨江山的兴亡，接着借用陶渊明和贾谊的典故，暗指自己壮志未酬的处境。南飞的鸿雁和晚开的菊花不禁让人感叹时光的流逝，最后以"不有醉狂书烂漫，老怀何处问时光"抒发自己年已老、志未酬的无奈。在他的《睡足轩》一诗中同样也表露出功业难成的心情。"幽人心境出尘寰，一笑惊开梦觉关。慨我独醒非是醉，怜渠多事不如间。落花啼鸟春风处，逝水浮云夕照间。借问槁悟谁复据，漫夸勋业等丘山。"诗人开篇写自己的旷达洒脱，笑对尘世，达到一种举世皆醉我独醒的状态。又通过落花、啼鸟、春风、逝水、浮云、夕照等意象景致的描绘，流露出一种时光流逝的人生感慨，时光易逝，江山兴亡。作者最后借邱山的典故吐露了知音难觅、功业难成的思想感情。

在他另一首咏物诗《梅所》中也借物抒情，表达自己身处闲适仍壮心不已的情感："客以梅为所，移梅取次栽。花枝向南发，山色自西来。清影孤窗月，黄昏酒一杯。扬州有何逊，东阁待谁开。"梅所之景闲适静谧，作者却按捺不住内心壮志满怀的豪情，以"扬州有何逊，东阁待谁开"作结，借用典故抒发豪情。承广的诗，诗笔豪迈洒脱。其七律诗多借景抒情，寄情于景，抒写自己壮志未酬的情怀，语言雄豪。

除了朱栴、陈德武、承广具有代表性的诗人外，郭原、王逊、刘昉等诗人的作品亦各具特色，取得了一定的艺术成就。郭原的诗工于吟咏，多流露思想的情绪，其思乡之情真挚感人，具有代表性的作品为《重九》。王逊的诗同样是感情真切，如《西夏重阳》抒发的是投荒万里的孤独之感，让人动容。《喜见贺兰山》透露出对贺兰山由衷的赞美之情。刘昉的诗多以写景状物为主，其诗浅显，语言质朴平实，《鏊山叠翠》为其代表性作品。还有林季芳、唐鉴、胡官升、李守中、潘元凯、周澄、朱孟德等诗人的作品各有特色。

宁夏明代前期的诗歌，题材或歌功颂德，或描写个人的生活。但宁夏的自然风光和地域特色无不渗透其间，不管是写景状物，还是抒情言志，都与宁夏有着千丝万缕的联系。

明代中期指明英宗正统年间，发生土木堡之变，英宗被俘，代宗继位。明朝社会矛盾日益激化，开始出现统治危机。在此阶段，明代诗歌领域内经历了一次新的变化。这一变化的一个重要的特征便是文学复古思潮日趋活跃。以李梦阳、王世贞为代表的"前后七子"重新审视文学现状，寻求文学的出路。尤其是针对明初以来受理学风气及台阁体创作影响所形成的萎靡不振的局面，他们重新构筑文学的主情理论。这一时期的宁夏诗歌自然也受到文学复古思潮的影响，重视时政题材成为一个重要特点。在这些作品中，诗人或描写个人的生活遭遇或直言政治弊端与民生疾苦，有较为强烈的社会危机感，同时也有拯救危机的决心和愿望。还有一些曾到过宁夏却没有久住的诗人，如李梦阳，明弘治十六年（1503）深秋曾奉朝廷之命到宁夏犒赏边地夏镇的驻兵。《秋望》："黄河水绕汉边墙，河上秋风雁几行。客子过壕追野马，将军弢箭射天狼。黄尘古渡迷飞挽，白月横空冷战场。闻道朔方多勇略，只今谁是郭汾阳。"从黄河远上，秋雁凌飞，古渡黄尘，战场白月，联想起守边的战士，急切希望有郭子仪那样的名将来抵御敌人，抒发爱国情思。诗人的笔锋从"黄河水绕汉边墙"的雄浑高远，突转为"河上秋风雁几行"的幽凉；从"黄尘古渡迷飞挽，白月横空冷战场"的怀古伤今，发出"闻道朔方多勇略，只今谁道郭汾阳"的诘问，忧伤中隐隐透出一丝悲凉。尤其是一个"冷"字写出了古战场之清静，也透露出诗人深深的忧虑。整首诗犹如黄河之水奔腾万里，势不可挡。另外，诗中"黄河""河上""黄尘"等词的反复运用，浑成流转，洋溢着洒脱之美。王维桢认为："七言律自杜甫以后，善用顿挫倒插之法，惟梦阳一人。"较准确地洞悉了李梦阳七律的艺术特长。

此时期活跃在宁夏诗坛的诗人主要有马文升、释静明、王用宾、朱秩炅、夏景芳、王珣、杨一清、朱平斋、王琼、胡汝砺、杨志学、胡琏、唐龙、骆用卿、保勋、冯清等。

释静明，宁夏僧人。其诗清新淡雅，寓有禅意。《丽景园八咏》之《鹤汀夜月》："高人无寐坐深更，可爱凄清皓月明。寥唳一声空廓外，恍如仙约赴蓬瀛。"高僧月明之夜，独自参禅，远处传来的声音仿佛仙人约高僧共赴蓬莱、瀛洲仙境。佛道思想在释静明的诗歌中已得到了融合。《丽景园八咏》之《桃蹊晓日》："大造无私发育齐，万花开处日迟迟。游人只为寻芳去，苔藓斓斑已作蹊。"斓斑，色彩绚丽、灿烂多彩的样子。苏轼《游太平寺净土院观牡丹》诗："醉中眼缬自斓斑，天雨曼陀照玉盘。"即指牡丹花的色彩美丽多姿，苏轼最后是在赞美其中一朵，此不赘述。这首诗是说游人只顾观赏美丽的鲜花，却忽视了脚下的苔藓，已将其踩踏成小路，表现了诗人普爱众生的理念，余味无穷。

朱秩炅（1427—1473），号樗斋，庆靖王朱栴第六子。正统九年（1444）封为安塞王。著有《沧州愚隐录》六卷、《樗斋随笔录》二十卷等。

其《秋晓过长湖》："浩荡烟波玉一湾，孤村相映绿杨间。数行沙鸟冲人起，一叶渔舟舣岸闲。天际远山横翠霭，堤旁野潦沁红萱。客怀吟思殊无极，征骑匆匆又促还。"把银川长湖美景描绘得生动形象。《兰山怀古》："风前临眺豁吟眸，万马腾骧势转悠。戈甲气销山色在，绮罗人去辇痕留。文殊有殿存遗址，拜寺无僧话旧游。紫塞正怜同罨画，可堪回首暮云稠。"贺兰山自古为战火硝烟之地，如今一切归于平静，寺庙也已殿在人空，引起诗人无尽的回想。

王琼（1459—1532），字德华，号晋溪，太原人。明成化二十年（1484）进士。嘉靖八年（1529）以兵部尚书总制军务至宁夏。

王琼的诗歌以边塞军旅为主要的描写内容，抒发立志报国、攘除边患的决心和慷慨激情，语言豪迈慷慨，诗风豪迈，意境开阔。如《宁夏阅边》："仗钺褰帷入夏州，塞垣风景豁双眸。田开沃野千渠润，屯列平原万井稠。西北蜿蜒崇岭峙，东南缥缈大河流。深沟划断通胡路，不用穷兵瀚海头。"以塞外风光为描写内容，抒发豪情，语言飘逸洒脱，诗风雄豪。

冯清，浙江余姚人。明弘治六年（1493）进士。明正德七年（1512）

以右佥都御史巡抚宁夏，九年（1514），升户部侍郎兼都察院左佥都御史，总督三边军务。

其诗或反映边塞人民生活的疾苦，或直言政治弊端，或劝谏统治者改良政策，透露出忧国忧民的情怀，感情直露，语言质朴。如《边人苦》通过抒写现实生活状况来展现边塞人民生活的疾苦，表达了作者对边疆人民生活遭遇的同情和怜悯，也透露出了自己为国效力的决心，即"安边慰明主"。同时也隐含着劝谏上层统治者的内容，即"储富足边氓，强兵雪边侮"。语言朴素简洁，感情自然真切。与这首诗同样包含劝谏意味的诗作还有《盐池》："盐池方几许，经始不知年。天地自然利，军民无种田。征输宜减薄，奸弊贵穷研。调鼎任凭藉，谁云抵实边。"诗中劝谏统治者应该合理地减轻人民的负担，政策实施的利弊应该仔细研究后作出正确的选择。最后借用"调鼎"一词的典故来喻指治理天下不能缺乏良好的政策。在《花马池》一诗中也充满劝谏的内容："南藩全陕北防胡，百稚崇墉万里孤。荒草望穷天远接，流沙踏遍地深铺。除凶每切平生恨，雪耻应先治内图。以逸待劳兵略在，从来攻守不殊途。"朝廷应该先进行内部的整治去除奸佞，这样才能很好地抵御外侵，而抵御外侵应采用以逸待劳的兵略，从这些劝谏的内容可以看出诗人非凡的政治眼光和深切的爱国之情。其《盐池驿》："南来百里憩盐池，解愠南薰夏仲时。旧垒梁间巢紫燕，新声枝上啭黄鹂。千年宠荷三生幸，万虑忠贞一寸私。物与民胞均付托，内修今古重边陲。"则表明自己有幸来此，忠贞报效国家，重视边疆建设的决心。《灵州道中》："路入灵州界，风光迥不同。河流清匝地，禾稼碧连空。部伍兵威肃，忠贞士气雄。尘消时雨后，西顾慰宸衷。"宸衷，帝王的心意。诗人在赞美灵州美好风光的同时，更表明自己不负帝王重托的衷心。

冯清写景状物，技法巧妙，景中含情，富有韵味。如《莲池雅集》："井梧叶下报新秋，十里东郊作胜游。筒酒数茎敦古俗，莲舟一叶泛中流。一人有庆三边靖，四序惟康百谷收。后乐也知明训在，应思蟋蟀咏休休。"用树叶飘落喻秋天到来，形象而贴切。由景物的美好、环境的优雅想到国家的安定。"三边"明代时指延绥、甘肃、宁夏三地区。三地区安定，四季太平，粮食丰收，诗人"后天下之乐而乐"，时刻不忘古训。《浪淘沙·除夕偶成》："鼓角数寒更，香袅灯明，笙箫沸鼎杂歌声。绕膝儿孙欢笑处,椒酒频倾。 腊去莫相惊,便是新正,岁华终始片时争。塞柳江梅传信到,万物春荣!"与《次韵二首》则表现了诗人的闲情逸致。冯清的诗歌,大多隐含着对上层统治者的劝谏,透露出忧国忧民的情怀,语言质朴。

还有王用宾,宁夏人。明景泰时中举,历任河南府同知等职。《出塞曲》:"青草湖边春月明,黄榆塞口暮云平。健儿跃马横金戟,直破天骄第一营。"苍劲豪迈,富有气势。胡汝砺《别夏城》写景状物,表现自己闲适的生活和心境,语言清丽,诗风绮丽;杨志学《行台除夕》、胡琏《过田州城》、唐龙《豫望城次晋溪翁韵》、骆用卿《题宁夏》等描写塞上风光,抒发自己的雄心,语言刚劲有力,诗风慷慨。

这一时期的宁夏诗人受到明中期文学复古思潮的影响,诗歌中或描述社会现实生活和人民生活的疾苦,或抒发立志报国、建功立业和爱国情怀,或劝谏统治者采取一些有力的措施,体现出这一时期诗人一种积极进取的人格精神。此阶段的诗风多慷慨豪迈,语言多遒劲,艺术成就发展显著。一方面得益于此时期的诗人转益多师,师法唐宋诗歌,并结合宁夏的自然环境,从而形成一种新的艺术风貌;另一方面得益于明代中期文学复古的兴起和发展。此时期是一个过渡阶段,既是对上一阶段诗歌艺术成就的继承,又开启了宁夏明代后期诗歌的创作帷幕。

嘉靖以后,明代步入后期,这一时期的社会矛盾不断加深,阶级矛盾日益尖锐,明王朝的统治出现严重的危机。诗歌领域无论是文学观念还是创作倾向都体现出了新的特点。当时激进的思想家、文学家李贽接受了王阳明理论的影响,站在王学左派的思想立场,其文学观念与创作带有抨击道学与重视个性精神的离经叛道的色彩,对明后期文坛具有启蒙作用;以袁宏道为代表的"公安派"在接受李贽学说的同时,提出了以"性灵说"为内核的文学主张,肯定了文学真实地表现人的个性化情感与欲望的重要性,并力图矫正前后七子文学复古所难以克服的拟古蹈袭的弊病。在这样的时代背景下,宁夏诗歌也受到了一定的影响,诗歌的内容一方面不同于中期重视时政题材的特征,开始倾向于日常生活的题材,表现个人的个性化情感。另一方面,因宁夏作为边疆地区这一独特的地域,诗歌内容也有边疆军事形势的描述。这一时期的主要代表诗人有郭凤翱、陶希皋、杨守礼、吴铠、齐之鸾、孟霦、王崇古、石茂华、罗凤翔、李汶、石茂华、郜光先、李若素、萧如熏、黄嘉善、苍岩道人等。

杨守礼（？—1555），字秉节，蒲州人。明正德六年（1511）进士，历任湖广佥事、徐州通判、河南参政等职。嘉靖十八年（1539）任宁夏巡抚，次年以功升右都御史总督陕西三边军务。主修《嘉靖宁夏新志》。

杨守礼的诗多以边塞风情为描写内容，抒发立志报国、驱逐鞑靼、安定家国的雄心壮志和愿望。语言遒劲，意境苍茫，诗风豪迈。如《西夏》："夷夏中分此地雄，河山千里镇西东。前朝水利崇民利，盛代文风变虏风。远近戍楼烽火竞，往来征雁古今同。何时迅扫胡尘净，勒石燕然第一功？"此首诗开篇写宁夏地理位置的优越，作为中原地区重要的战略要地具有十分重要的意义；再写道远近的戍楼上烽火相继燃起，联想到古往今来的鸿雁都是如此，年复一年；作者最后感叹何时才能彻底消除鞑靼的侵扰，表达击败敌人、保家卫国的决心和壮志。同样抒发自己希望建功立业，使国家边防安定的诗作还有《入口》一诗："打砲古塞黄尘合，匹马登临亦壮哉。云逗旌旗春草淡，风情鼓吹野烟开。山川设险何年废？文武提兵今日来。收拾边疆归一统，惭无韩范济时才。"黄尘古塞，匹马登临是何等的雄壮，旌旗猎猎，伴着淡淡春草，昂扬的鼓吹随风悠扬。山川中设险的关隘并没有荒废，文官武将今日提兵而来。从中可以感受到诗人意气风发、雄心勃勃。最后以"收拾边疆归一统"吐露出自己希望立功边疆，稳固国防的壮志雄心。即使在一些写景状物的诗作中也透露出对边塞军事形势的忧虑。如《晚入平虏城诗》："黄风吹远塞，暝色下荒城。门掩钟初度，人喧鸡乱鸣。胡笳如在耳，军饷倍关情。惆怅浑无寐，隔帘山月明。"塞外暮色下的荒城被夹着黄沙的风吹拂，钟声和人声混合如胡笳在耳，战情紧迫，无法安睡，只能隔帘望月，抒发对边塞军情战况的忧虑之情。

杨守礼另外一些写景诗，表现了诗人的闲情雅趣，别有韵味。如《游南塘》："小艇容宾主，乘闲半日游。隔帘人唤酒，泊岸柳迎舟。垂钓双鱼出，随波一雁浮。夕阳催去马，清兴转悠悠。"《再游南塘得鱼字韵》："罢舞征新曲，传觞索馔鱼。南风催棹急，细雨人帘疏。映酒花偏媚，藏莺柳任舒。相逢俱是客，烂醉意何如。"南塘，湖区园林名，故址在今银川南门外红花渠南。诗人乘兴游湖，悠然自得。由此，可以看出诗人当时的生活境况是安定祥和的。

罗凤翔（？—1580），字高输，山西蒲州（今山西永济）人，举人。明万历元年（1573）四月任宁夏巡抚，明万历八年（1580）九月卒于巡抚任上。

其诗以写景状物的内容为主，语言质朴平实，直抒胸臆，诗风清逸。如《西夏思吴太恒》："十年勤梦想，西夏续欢颜。人自丹霄下，望从北斗悬。谈边脱尔我，推毂让才贤。谁忆燕川柳，霜花倏满头。"此诗借对朋友的思念，表达让贤之情，也有对时光已逝的慨叹。《巡边望白寺口》："午夏翻旌盖，阅关到水西。沙城连塞草，龙刹映晴霓。亘地层峦嶂，参天乔木齐。从来形胜具，胡马望中迷。"以质朴的语言描述了巡边时望白寺口之景，沙城连着"塞草"，在"晴霓"的映照下显得别具特色，层峦叠嶂的山脉遍地都是高大的乔木，远处可以望见放牧的马群，借以上日常生活之景抒发诗人因军事形势有所缓和的慰藉之情。除了这首诗之外，写景状物直抒胸臆的诗作还有《游承天寺》："萧寺开坛数百秋，松门寂静地偏幽。层楼缥缈灵光护，宝塔峥嵘霞气浮。天外钟声来四座，灯前偈语涤千愁。真机自叹何时悟，去往牵肠雪满头。"寺院已有几百年历史，松树立于门前，一片寂静清幽，层层楼阁似有神异灵光，宝塔也浮泛着峥嵘霞气，远处传来天籁般的钟声，在古卷青灯中涤除千般愁绪，感叹何时才能悟出真机。诗人通过写景直抒胸臆，抒发一种获得顿悟、远离名利、获得自在的愿望。

罗凤翔除了写景状物直抒胸臆的诗作外，还有表现长城修筑的重要作用的诗作。如他的《横城石马头》，开篇说长城西行至黄河，河水平静流淌；接着描述地势险要、地处偏远，黄河白浪经过时肖然不动。而在敌人的铁骑可以如履平地之处，如今雄伟的关隘坚如铁壁。狡猾的敌人知道后因此打消了越边游猎的念头，军事形势有所缓和。诗人直抒胸臆，赞颂长城修筑带来的巨大军事作用。总之，其诗歌总体说来，语言质朴平实，诗风清新飘逸。

李汶，字次溪，北直任邱（河北任丘）人。曾任三边总督。

其诗多写景抒情，情景交融，语言自然流畅，意蕴深厚。如《长城关远眺》："驱车直上傍烟霞，到处羊肠石径斜。远岫逶迤抱雪谷，翠微陡绝搏风沙。三春不解毡裘服，五月始开桃杏花。狼望龙城近在掬，惊心别是一天涯。"全诗用白描手法描述诗人在长城远眺之景。此地地势崎岖,即"到处羊肠石径斜";自然环境也较为恶劣,气候寒冷,"三春不解毡裘服,五月始开桃杏花"。诗中的景象和意蕴流露出诗人对烽火未熄的清醒认识,诗人将自己对边防的忧虑融入到长城关外之景中,意境开阔。诗人被称为"十年总制,制房万全",在他的诗中也有表现宁夏地区边防安定、边疆军事形势有所缓和的诗作。同时也表现自己未能建功立业、破敌取胜的遗憾。如《九日饮长城关》:"倚剑危楼强作欢,河南疆场汉衣冠……穷荒久没燕然石,垒嶂惟馀山色寒。"倚剑登楼只能强作欢乐,想一展抱负但不能如愿,最后借用"燕然石"的典故,抒写自己暂不能破敌取胜的遗憾,同时也从侧面反映出边防形势有所缓和。

除了以边防军情为题材的诗作外,还有描写日常生活内容的诗,表现的是日常生活情趣。如《盐川中秋对月独酌有感》:"东来皓魄壮清眸,景物凋残已蓐收。一点寒光徐透榻,十分彩色正当楼。婆娑欲问槎回渚,婉转难停杞抱忧。月是主人身是客,仰看河汉又西流。"中秋之时,诗人对月独酌,明亮的月光下,景物凋残的情状清晰可见,清寒的月光缓缓照在卧榻上。诗人因此感慨"月是主人身是客,仰看河汉又西流",借以抒发自己身居边塞的漂泊感,流露出眷恋故乡的离愁别绪。令人过目难忘,是为佳句。

石茂华,山东益都人。由进士历官兵部左侍郎。明万历二年(1574)任三边总督,五年升兵部尚书,仍总督。十一年(1583),再起兵部尚书兼左都御史总督。在宁夏期间,于固原州城创建尊经阁、城南书院,置学田。设昭威台于东城,以望边烽。

其诗作或写登临城关,借景抒情,或写防秋经历,表明抵御外侵的决心,语言雄丽,诗风豪迈俊爽。如《九月九日登长城关》:"朔风万里入衣多,嘹呖寒空一雁过。鱼泽滩头嘶猎马,省嵬城畔看黄河。香醪欲醉茱萸节,壮志还为出塞歌。骋望因高云外尽,乡关回首愧烟萝。"朔风万里、嘹呖寒空,传神地刻画出了塞外的苍茫。在这种苍茫的塞外嘶猎马、看黄河是何等的豪迈;重阳节饮酒欲醉,满怀壮志地唱着出塞歌是何等的洒脱;放眼望去,家乡却是被山阻隔,虚渺难见,思家不得归又是何等的惆怅和无奈。一位久行塞外、慷慨游历各处的游子形象跃然纸上。语言雄豪,意境沉雄开阔。其慷慨豪迈之作还有如《中秋登长城关楼》："戍楼危处一雄观,大漠遥通北溟看。月色初添沙碛冷,秋风直透铁衣寒。虽非文酒陪嘉夕,剩有清晖共暮欢。且喜休屠今款塞,长歌不觉露溥溥。"登临戍楼远望,雄壮的景观映入眼帘,苍茫的大漠广阔无垠,月色下夹杂风沙的秋风吹透铁衣,令人生寒。虽然没有诗文酒会,不能饮酒赋诗,但有清冷的月光和暮色下的苍穹共与欢乐。诗中流露出诗人内心的豁达与洒脱的情怀。

除了登临城关抒发豪迈之情的诗作外,写防秋经历的诗作也别具特色。如《提兵防秋宿平虏所》："城名预望自何时,莅率戎行暂驻斯。莫计旋期歌暮止,肯缘塞意动凄其。边烽直接渠搜野,戍道遥通瀚海涯。颉利已收南牧马,穷荒日日猎狐麋。"此诗写诗人自己提兵行使防秋任务,行至平虏所暂驻,看到边防城所与戍道绵延相接,意在说明边防的稳固,流露出抵御外侵的信心。最后借用唐朝东突厥可汗颉利的典故来表明自己抵御外侵并取得胜利的决心。另外其《防秋过八营牧儿苑》同样也是表现驱逐外侵、保家卫国的壮志雄心。

除了上述诗人之外,宁夏明代后期具有一定艺术成就的诗人还有邰光先、李若素、萧如熏等。邰光先的诗有五律、七律,内容多以塞外风光为描写对象,抒发制虏安边的愿望和雄心。语言铿锵有力,意境壮阔,诗风沉雄。《赋出塞》和《登长城关望阙》都是其代表之作。李若素的诗多写景状物,融情入景,咏物抒怀,或抒发感叹时光易逝,或流露思乡情结,语言清丽,诗风纤丽淡雅。《莲花池诗》和《隆邑岁感》较为典型。萧如熏以五言律诗为主,内容多写景咏怀,或怀古思贤,或抒发平虏安边的抱负,或流露烽火未熄的惆怅,或对禅境的向往。语言平实,诗风深沉。《岳武穆祠》《秋征》《登南门楼》《登牛首山·之二》是其代表性作品。

总之,宁夏明代后期诗歌的总体风格与前中期大相径庭,诗风也由慷慨雄壮转向深沉内敛。虽然也有表现立志报国的爱国情怀,但没有中期那样浓烈;题材方面也由以关注时政题材转向日常生活与关注边防军情并存,揭露时弊,反映民生疾苦;力图复兴的内容减少,转为关注日常生活,更多地倾向于直抒胸臆,表达个性化的情感内容。这与明后期崇尚个性精神的文化思潮和真实表现人的个性化影响有关。同时,宁夏作为边塞地区这一特殊地理位置,使得诗歌仍有描写塞外风光与边防军情的诗作。

综上所述，宁夏明代诗歌作为一种美学文化形态，有着其自身的成就和特色，在明代诗坛上展现独特的光芒。与以往各代相比，宁夏明代的诗人和作品的数量都明显增多，题材内容广阔，艺术风格多样，体裁范式丰富，艺术成就独具特色。宁夏诗人主要受塞上独特的自然人文地理环境的影响，逐渐形成与之相应的审美情趣和精神特质，开拓了自己的境界。宁夏明代诗歌呈现出的地域风格，是宁夏诗歌独具的特色。

第三节 清代：集大成的风情面貌与艺术特质

清代学术浸盛，宋学与汉学交相辉映，今学与古学分庭抗礼，与此相应的是，文学的发展亦是相当繁荣。此时期，传统的诗词在绍承前代文学成就的基础上，又有了新的开拓创新，诗人众多，诗词可观，可谓集历代之大成。《清史稿·文苑传》云："清代学术，超汉越宋。论者至欲特立'清学'之名，而文学并重，亦足于汉、唐、宋、明以外别树一宗，呜呼盛已！"《清史稿·文苑传》对清代诗文的评价大体不缪，指出了清代文学发展兴盛的轨迹及学术对文学的导向作用。

既然清代诗歌总体上发展较为兴盛，那么处于西北地区的宁夏，在大的时代背景与文学氛围的熏染下，其诗词亦得到了一定程度的发展，并取得了较大的成就。超越时间与空间的局限，综合动态与静态的考察，寻绎宁夏清代诗歌发展演变的内部动因与外部规律，可较大程度地窥探其美学特质、地域特色和情韵气质。清代国祚几二百七十年，各个时期的学术发展不尽相同，各地域的文化亦有差别，宁夏诗词的发展、演变、成就及特色，在不同的历史阶段，自然展现出不同的风貌特质。

刘勰《文心雕龙·时序》云："文变染乎世情，兴废系乎时序。"宁夏清代诗歌的发展历程大体上可以分为前期、中期、晚期三个阶段。前期是指从1644年明朝灭亡，清军入关至康熙一朝；中期主要是指乾嘉时期；后期则是指道光、咸丰以降直至清朝灭亡。这三个时期的宁夏诗歌既有共性亦有个性，从总体上来看，宁夏清代诗歌的风情面貌是一个发展变化的过程，每个时期所呈现出的风格特色均不相同。比如前期诗歌，显示出帝国一统、天下初定的高亢情怀与超诣格调，自然清新，淡雅清丽；中期诗歌则体现出乾嘉盛世的气骨风韵与壮志豪情，遒劲华丽，慷慨多情；后期则展现出一种迥异于前中期的逸致情调，以一种沧桑悲怆、深婉秀丽的风情格调展现于世人面前。约略而言，宁夏清代诗歌的成就与特色有以下几点：

首先是较为广阔的题材内容。由于诗人属于社会各个阶层，而且诗人和诗作数量远远超过以往各代，因此宁夏清代诗歌的题材内容较为广阔，涉及社会生活的各个方面。值得注意的是，抒情言志类诗中没有爱情闺怨诗，由此足见宁夏诗歌的刚健气骨，虽抒情言志，但无儿女情长。

其次是多姿多彩的艺术风格。由于广泛地继承了前代诗词的艺术技法并加以改造创新，又加上地域文化的因素，因此宁夏清代诗词呈现出百花齐放的艺术风格。诗风可谓个性鲜明、刚柔相济、雅俗互补。

再次是丰富多样的诗歌体裁。宁夏清代诗歌不仅仅是题材内容的广阔与艺术风格的多样，成就与特色还体现在诗歌体裁的运用层面。诗歌的体裁可谓众体兼备，丰富多样。宁夏诗人认真研习作诗技法，在创作中广泛运用各种诗歌体式，举凡诗歌的主要品体式，皆已囊括罄尽，从而使得宁夏清代诗歌色彩纷呈，音调互殊，集历代诗歌体式之大成。需要指出的是，宁夏清代的词现存较少，目前所见仅有三首，而所用词牌仅二个，其中两首是《渔家傲》，另一首是《浪淘沙》。所以清词的成就远不及诗。

清代前期，程朱理学炽盛，成为官学。清代诗坛上既有易代文人，亦有遗民学者；既有江左三大家，又有国朝六家；浙派诗渐趋形成，王士祯提出"神韵说"这个重要的诗学理论。这一时期的宁夏的诗歌，大多是以写景状物为内容，吟咏山水景致来抒发内心情志，意象壮阔，意境悠远，大抵呈现出气势雄浑、高古典雅的风格特色；亦展示出清帝国初期之勃勃生机与豪壮气派。此时期的代表诗人主要有黄图安、刘芳猷、常景星、栗尔璋、俞益谟、岳咨、张灿、俞汝钦、李若樾、润光、王全臣等人。

黄图安（？—1659），字四维，山东聊城人。明崇祯十年（1637）进士。历保定府推官、庐江知县，迁吏部主事、吏部员外郎。清顺治二年（1645）任甘肃巡抚，旋改调宁夏巡抚。后清廷以"故意规避罪"将其革职。清顺治九年（1652）因范文程力请，以佥都御史再任宁夏巡抚。

黄图安的诗歌清丽典雅，淳朴自然，既有记述政绩事功之音，又存吟咏闲暇逸趣之调。如《汉渠春涨》："朔塞井疆自古闻，渠成时雨锸成云。源开星宿天边至，浪泛桃花陇亩分。千里荒边饶灌溉，万家渴壤尽氤氲。分来河润成肥沃，疏浚春工莫惮勤。"此诗质朴无华，直抒胸臆，通过对宁夏历史上的八景之一的"汉渠春涨"之描绘，及对民工疏浚河道，灌溉荒地之叙述，使一位不辞劳苦、兢兢业业的贤臣形象跃然纸上。

又如《南楼秋色》："相携樽酒坐南薰，潦尽天高爽气分。万户清砧敲落叶，千山征雁度寒云。丰登岁喜村烟接，蜡报时传赛鼓闻。探骑萧萧烽火静，防秋不复远行军。"此诗首、颔二联重在摹写潦尽高爽、萧瑟枯寒的秋日景象；颈联与尾联则是笔锋一转，重在描述秋日丰收、边防安宁之祥和景象，既是对自己治理宁夏功绩的颂扬，又暗含歌颂天下太平之意。诗句清丽优雅，题旨深婉悠远。黄图安书写政治事功，表现经世致用之诗，除以上两首诗外，还有一首《黑宝浮屠》，此诗先是刻画黑宝塔之壮丽景观，最后卒章显志，以"盛世清平多暇日，闲听法鼓演宗风"作结，一语道破写诗之题旨玄机。值得注意的是，"闲听法鼓演宗风"一语表明其在歌颂盛世清平之余，亦渐趋向自己的心灵复归。

最能反映其诗歌特色的则是追求闲情逸致，不为功名利禄所羁绊的作品。如《泛舟》："舫阁乘凉一棹通，青山佳色落湖中。霞光倒映荷花水，云气低连杨柳风。歌动游鱼闻近楫，舞回征雁见浮空。清时游览襟怀阔，晚景酣呼兴不穷。"青山、霞光、荷花、杨柳倒影水中，湖天一色，渔歌唱晚，诗人情浓兴高，陶醉于山水之中，有唐诗韵味。《闲咏二绝》之一："落花天气半晴阴，好去寻芳傍碧林。是物含情知爱惜，莺声声里唤春深。"之二："桃花水到报平渠，喜动新流见跃鱼。一枕羲皇午梦后，数行小试右军书。"此二首绝句，清新自然，极富情韵，深得陶潜、王维诗歌之妙。落花、莺声、桃花、跃鱼构成了一幅意境深远、幽静娴雅的图景；而羲皇午梦之后，临摹王羲之的法帖，引发读者的低回遐想，余音袅袅，不绝如缕，何等闲情，何等雅趣！

总之，黄图安的诗歌既有积极入世的壮志豪情，亦有超然出世的闲情逸致，主要是由其人格精神的二元性，以及时代思潮的多维性决定的。儒释道三家的思想品格在黄图安的身上都有体现，其以儒家思想为主，兼容释道二家精神，人格精神自然会展现在诗歌风貌之中。

刘芳猷，字巨卿，宁夏卫人。曾任山西潞安县丞，被诬罢归。著有《澄安集》《归田诗草》。

其诗或五律或七律，写景状物雄奇阔大，直率自然，构建出清幽萧瑟的深沉意境，体现出诗人的铮铮傲骨与归隐情怀。其五律《野望》与《过普济庵赠石屏上人》两首诗："秋色到边城，萧萧牧马鸣。长空看鸟尽，远水逼沙明。风雨疑天意，江山矫世情。河流归目下，遥瞩海云生。""渠转招提出，重台趁柳湾。地幽藏别境，云暗傲深山。小座尘嚣远，清言俗虑删。慢言车马地，静者自能闲。"这两首五律，通过对秋风细雨、长空远水、暗云深山、喧嚣车马等景致的描绘，渲染出一种远奥萧瑟、尘世繁杂的意境，但诗人于诗的结尾表明了自己的出世情怀。在诗人看来，眼前的世态人情不过是过眼云烟，因而"河流归目下，遥瞩海云生"。诗人完全以一种虚空静谧的心态来看待眼前的动态景象，即使在喧嚣的车马地，亦"自能闲"。可见诗人深谙老庄及禅宗理趣，能将心灵从外在的世界收敛进来，从而对内心世界进行观照，这大抵是失意文人的一种自慰情怀的流露。诗人本来积极入世，以儒家"修齐治平"的理念以及"三不朽"的壮志豪情出仕做官，却惨遭小人暗算，被诬陷罢官，因此惆怅抑郁，悲愤傲岸的心情与壮志未酬的心结便通过诗歌展现出来。

他的七律更能体现出他的心志，如《边城》《雨余登无量台》二首诗："边城郁郁只风霾，对此安能好放怀？斋马为今成款段，敝貂畴昔易茅柴。热肠到处因痴误，傲骨何能与世偕。遥望贺兰山色好，几回选胜鲜同侪。""一天雨气逼秋来，六月凉生亦快哉！缓步科头寻古寺，振衣长啸上高台。湖光潋滟杯中落，山色横披画里开。不是闲人谁到此，磬音寂处少尘埃。"诗人在此两首诗中均极力渲染"秋风秋雨愁煞人"一般令人倍感压抑的情状环境，援引古文笔法入诗，熔描写、叙事、议论、抒情于一炉，畅尽深婉，议论精辟。展现出诗人不与世俗同流、睥睨群小的铮铮傲骨，从而心向自然，获取宁静的幽寂情趣，大有韩、柳、欧、苏等大家的余韵，在清代前期诗人中堪称翘楚。

概而言之，由于自身的不幸境遇，"诗穷而后工"，因而刘芳猷的诗作深谙唐音宋调，通过苍茫的景物意象以及萧瑟绵邈的意境，构建出自己孤寂虚空的心灵图景，这是在入世无望的前提下，退而求其次的出世心态的自然流露。

　　黄图安、刘芳猷是清代前期的代表性的诗人，常星景、栗尔璋、俞益谟、岳咨、张灿、俞汝钦、李若樾、润光、幻闻等等人的诗作亦是各具特色，均取得了一定的艺术成就。

　　常星景，山西翼城县人，清初举人。清顺治十三年（1656）任隆德县知县。清康熙二年（1663）主持修纂《隆德县志》。后升验封司主事、稽勋司员外郎。

　　常星景的诗皆以自然山水为题材，赞美宁夏壮美秀丽之风景，疏野劲健，清奇高邈。如《美高山》和《六盘》均为咏山之作，均借景抒情，情景交融，通过对高山景致的描绘表达出诗人对故乡的热爱与赞美。如《莲花池诗》："莲香何代歇，寂历只双池。藻影寒浮面，柳丝弱作眉。登临容率尔，觞咏未参差。雅志癖泉石，一官觉此宜。"融情于景，表明自己为官在此，甚为适宜。

　　俞益谟（1653—1713），字嘉言，号澹庵，别号青铜。祖籍明代北直隶河间府，曾祖父时迁居宁夏西路中卫广武营，入籍宁夏。清康熙十三年（1674）进士。清康熙五十二年（1713）三月，康熙六十大寿时受到召见，被加封为荣禄大夫一品散官荣衔。

　　俞益谟作为"一代名将，千古诗人"，他的诗歌多为七律，大抵歌颂太平，抒发建功立业之积极心态，气势雄浑、典雅瑰奇、意象壮阔，并引佛法入诗，意旨深远，超脱凡尘。如《过大清闸》："唐汉平分万里流，中添一道入青畴。沿堤柳浪村村密，刺水秧针处处稠。长笕涛翻桥闸外，虚亭额映塞垣秋。春风策马频来往，几度低回去复留。"唐徕渠、汉渠间的大清渠，使塞垣处处柳浪莺啼，秧苗泛绿，让诗人流连忘返。《紫金晓雾》："重峦咫尺斗牛通，碧色连天接远空。夜月常收千叠秀，曙星摇落万峰雄。丹岩积翠迷烟树，环岭飞云逐晓风。欲较晦明频颉此，三农景仰意何穷。"《青铜锁秀》："临渊空羡几人渔，信步高楼目极初。淡淡云光浮水泊，青青草色映山墟。岭头苍翠千峰秀，峡内烟波一派舒。月上扁舟寻钓侣，鸥夷佳趣娱闲诸。"写景状物，意蕴深远。

　　岳咨，宁夏卫人。清康熙三十五年（1696）中武解元，官至梧州都司。著有《袜线诗稿》。

岳咨的诗歌清奇自然，苍凉飘逸，视野开阔，具有杜甫诗之韵味。如其《金塔登高》抒发出"心胸眼界一起宽"的精神境界；而其《贺兰秋兴》"木落天空爽气浮，萧条景物贺兰秋。云连远塞迷荒径，日暮边城暗戍楼。红叶不知邀客醉，黄花唯解伴人愁。阴符误我头颅白，潦倒风尘促未休。"诗中的"木落""潦倒"等词语则深得杜甫《登高》用语之妙。

清代前期具有影响力的著名诗人也有关于宁夏的诗歌创作，尽管存世不多，屈指可数，却独具风格，别有成就。如娄东诗派的开创者，"江左三大家"之一的吴伟业《送朱遂初同年宪副固原》，体现了其以唐诗为宗，声律妍秀、慷慨多奇的风格特色，因而得到后世学者的极力赞扬。如赵翼在《瓯北诗话》评价其中颈联"荒祠黑水龙湫暗，绝坂丹崖鸟道盘"云："此联，虽无言外意味，而雄丽华赡，自是佳句。"又如继钱谦益而主盟诗坛，首创诗歌"神韵说"的大诗人王士祯，亦有三首关于宁夏的诗，即《漫兴》一首与《秦中凯歌》两首，皆含蓄蕴藉，声情悲壮，富有神韵。不难看出，清初的著名诗人的宁夏诗篇为宁夏诗歌增光添彩，对推动宁夏诗歌发展起到了促进作用。

纵观清代前期的宁夏诗歌，可称道之处比比皆是，其风格大抵雄奇苍劲，其气势多属磅礴豪迈。不同的诗人，相异的题材，即展现出迥异的气骨风貌与格调韵致。值得注意的是，此阶段的诗歌虽取得了一定的文学成就与艺术效果，但是与东部诗歌相比，仍然有很大的差距。主要表现在诗歌内容上不够开阔，意境不够浑融天成，诗歌体式缺乏生气，近体诗斧凿之迹明显等。但宁夏清代前期的诗歌创作为清代中期诗歌的繁荣奠定了基础，提供了范式，因而在整个宁夏清代诗歌史上具有重要的影响力。

雍正、乾隆、嘉庆三朝为清代中叶，雍乾号称盛世，乾嘉以朴学著称。在此阶段，文学蓬勃发展，诗词尤为突出。格调、性灵、肌理等诗派各树旗帜，分庭抗礼，浙西、阳羡、常州等词派驰骋词坛，逞才竞鹜。在诗歌繁盛的大背景下，宁夏清代中叶的诗歌亦是异常兴盛，远逾前代，其中一个重要标志就是词的出现。此时期的代表诗人主要是朱亨衍、黄恩锡、顾光旭等。

朱亨衍，广西临桂人。清康熙五十年（1711）举人，任直隶甘肃知县、宁夏盐捕通判、宁夏府盐茶厅同知。乾隆十三年（1748）奉文移驻海城（今宁夏海原），修城池，建衙署，开水利。在任期间，政绩卓著，受民爱戴。纂修《乾隆盐茶厅志》。后引病归隐，在田心村后山脚下教书育人，读书立著。著有诗集三卷、《退耕轩杂》四卷、《海喇都初志》一卷。

其诗或写景状物、摹山刻水，或即事言情、咏物抒怀。语言清丽自然，章法整饬谨严，既豪放飘逸，又高古深沉。其写景记游诗采用移步换形、游目写生的手法，按照一定的时空顺序，或由近及远，或由远及近，或自上而下，或自下而上，将景物之神韵与游人之情趣都展现无遗；将画法移植入诗法，诗境与画境相交融，因而取得了较高的艺术成就，如其《海城八景》八首七律，按照方位顺序，依次描绘了"华山积翠、古寺天花、五泉竞洌、清池皓月、双涧分甘、西山积雪、古寺疏钟、龙岗夕照"八种壮美的景致，经过诗人的一番精心摹画，一幅幅形象鲜明生动的自然与人文交织的绚丽画面就展现在了读者面前，仿佛读者也依次进入了这幅美景画卷之中。又如《纪游》五首七绝，作者自序云："仲冬初霁，有崆峒之游，冰雪载途，中道而返。"此诗依次描绘了名山、溪水、问道宫、混元阁、石穴、白雪等景物，诗句清淡，意境幽寒，深得柳宗元诗之妙。

其抒情诗，大多触景生情，情景交融，含蓄但不晦涩，深婉而又低沉，充分体现了"一切景语皆情语"这个诗学命题。诗言志，朱亨衍的抒情诗即是其内心情志的体现。如《十五夜无月》《九日旧城即事》二首七律，淋漓尽致地昭显了诗人的心曲："已负春光不负秋，良宵辨作少年游。谁施覆雨翻云手，挠乱嫦娥不出头。镜分圆月几春秋，老向关山作倦游。此夜清光应遍照，不堪浅睡尚迴头。""篱菊含风喷异香，枫林柳岸杂丹黄。佳辰觑遇晴明好，高兴何辞道路长。狡兔已知离旧穴，南鸿何日到新疆。茱萸插处羞双鬓，触忤乡心下望乡。"第一首诗是作者有感于中秋之夜因云不见月亮，是故赋诗言之，主要表达了诗人老来对世事沧桑的慨叹，以及疲于官场的心境。第二首诗是作者于九月九日重阳节旧城（海城）登高之作。诗境幽婉深沉、凄清酸楚，通过篱菊、枫林、柳岸、狡兔、南鸿、茱萸、双鬓等一系列意象，表达了诗人思乡之情与羁旅之苦。

朱亨衍的诗歌景中含情，情中含景，有时并不容易按内容题材明显分割开来。如《重游灵光寺》《春日游西山寺》《望石城有感》《爱山堂即事》等诗篇皆描写、抒情、议论相结合，构建了一幕幕有我之境，大多卒章显志，富有理趣。好似谢灵运的山水诗，但比谢诗的玄理自然通脱；又如宋诗，但似乎比宋诗的意境更加老成浑融。因此，朱亨衍的诗歌取得了很高的艺术成就。

黄恩锡，字素庵，云南永胜县人。清乾隆十七年（1752）进士，曾任甘肃碾伯知县、宁夏中卫知县。后升礼部主事，充乙酉科乡试同考官。擅文善赋，著述施说，著有《忆山诗草》《中卫竹枝词》《素庵时文》，纂修《乾隆中卫县志》。

其诗或写景抒情，或咏物怀古，流动圆美，清新活泼，具有空明冷艳之美。将自然景观与人文景观交相映衬，扩大了诗境，增添了意蕴，提高了格调，富有生活情趣。如《石空道中》："策骑日欲斜，巢树噪双鹊。前林柳色中，参差见城郭。"全诗四句二十字，寥寥几笔即为读者勾勒出一幅斜阳之下策马驰骋柳树林中的图景，一骑、斜日、双鹊、柳树、城郭等蕴含情调韵致的景象交融在一起，体现出诗歌较高的品位格调，增强了诗歌的艺术魅力。另如《登石空寺》《永兴道中》《河南道中》二首、《朝发白马诗》等，清新自然，活泼生动，恬淡舒缓。《永兴道中》："春水欲平堤，堤杨叶未齐。人家烟树外，流水小桥西。"春水粼粼，春杨泛绿，小桥流水，农舍依依，一幅美丽的春景图，透出诗人恬淡闲适的心境。《河南道中》（二首）"处处园林叶半黄，萧疏杨柳淡秋光。数声啼鸟炊烟晚，薄暮轻车过永康。""小凉襟袖起微风，杨柳叶疏雁下空。尽扫白云秋色远，青云一段画图中。"塞北的秋天更加迷人，大雁已去，却有小鸟啼鸣；杨柳虽疏，却是金黄一片，天高云淡，如在画中。

值得注意的是，黄恩锡有《中卫竹枝词》十二首。竹枝词是一种源自于古代巴渝民歌的诗体。唐代刘禹锡将其变为文人的诗体，遂对后世产生极大影响。而借竹枝词格调写出优美的七言绝句则是文人的专利。黄恩锡的十二首竹枝词不但用语清新，别具风韵，淡雅婉转，潇洒神妙，而且记录了宁夏清代地方的民俗风物，历来为史家所重视。试看其中两首，《之七》："参差林外几人家，土屋依山日半斜。禾稼满场秋草足，老牛饱卧嚼残霞。"《之十》："独酌窗前酒满樽，停杯窗外月黄昏。谁家纸火因风起，邻妇声声夜叫魂。"这两首竹枝词，均体现了平淡清新的风格倾向，质朴自然，饶有谐趣，以情韵见长，带有一种沉稳老健的色彩。诗人将主观情感投射到客观事物之上，使笔下的物态都具备了生机与灵性，深得杨万里"诚斋体"之艺术奥妙。如《之七》中的土屋、秋草、老牛、残霞等意象本来都是司空见惯的景致，但是一经作者巧妙整合，颇具一番情韵。《之十》中"独""满"二字衬托出诗人的闲情逸致，但并未将诗人明写入诗中，这是一大妙处。后两句通过邻妇的叫魂声，展现出一幅凄清哀婉的画卷，当然亦是一幕民俗风情图景。

黄恩锡的诗词几乎步入化境，在绍承了古典诗词优秀传统的前提下，结合宁夏特有的风土人情，形成了自己独特的诗词风格，直逼诚斋，远超同侪。

顾光旭（1731—1797），字华阳，号晴沙，江苏无锡人。清乾隆十八年（1753）进士，授户部主事，晋员外郎。清乾隆三十三年（1768）任宁夏知府。著有《响泉集》《梁溪诗钞》。

顾光旭的诗既有雄浑豪放之作，亦有含蓄蕴藉之作，深得唐诗之技法与神韵。如《送五尉并序》是一首咏物送别诗，诗人借为友人送行而大肆铺排渲染边塞之壮丽景观，充溢着浪漫理想和壮逸情怀。诗中景物色彩瑰丽，声色具备，大气磅礴，意境浑厚，极具艺术感染力，与岑参《白雪歌送武判官归京》相类。

他的怀古之作值得称道。如《胜金关》："古戍入云标，天寒马不骄。山形如卧虎，风声欲盘雕。比户归耕凿，长河自暮朝。从来征战地，残照话渔樵。"胜金关，位于宁夏中卫县东三十公里，系贺兰山南端的主要道口，自古就是兵家扼守的雄关要隘。古戍入天，山如卧虎，风如雕鸣，黄河奔涌，这是古往今来的征战之地，现在是百姓渔樵的乐园。如《凯歌墩》："撞金伐鼓出关门，古木寒鸦又一村。多少沙场征戍骨，行人独上凯歌墩。"凯歌墩，在今中卫市境内。此诗更进一步刻画出诗人对古战场的怀想和对今日人们生活的赞美，和平的生活令人愉悦，但这也是经过多少次战争过后换来的美好生活，值得今人珍惜，怀乡思归之情溢于言表。"驻马银川云满身，贺兰山外净无尘。寄声父老休相讶，我亦江南蓑笠人。"（《将至郡城小憩沈氏村楼》）刚来宁夏时的风趣幽默；"今夕复何夕，萧寥广武间。河声犹撼郭，云气半藏山。律管回春梦，灯花笑客颜。乡心鸿雁外，片月独临关。"(《至夜宿广武》)来宁夏后的思乡之情；"离心如落叶，飘散忽无端。剩月孤吟夜，空堂独树寒。杜陵思广厦，韩子揖峨冠。驱马且东去，予襟良未殚。"(《大雅堂夜坐留别诸文士》)欲归去时却依依不舍。三首诗用朴实无华的语言，真切地吐露出自己的内心感受，景语情语巧妙融合，令人回味。

还有杨士美、许体元、胡秉正、宋维孜、方张登、王赐节、魏殿元、王家瑞、张映梓、王三杰、朱适然、任景昉、王绥、孙氏等诗人，其诗风或凄寒，或纤丽，或淡雅，多以山水风光为内容题材，咏物抒怀，语言朴清，动静结合，疏密相间，饶有谐趣。

值得注意的是，宁夏清代诗歌发展兴盛，几乎全为诗，仅存的三首词都是产生于清代中叶，虽艺术价值一般，却具有一定的史料价值，可以作为文史互证的文学材料，兹录如下：

"凿口导河吞泄利，大渠膏泽浓如醴。闸敞薰风波错绮。东渡水，交流穿过蟠龙尾。 灌沃原田三百里，边氓乐业如归市。上下命官分抚字。舆图启，银疆奏绩天颜喜"(沈鸿俊《渔家傲·大渠工竣调》)。

"盛世嘉猷因亦创，旁分九曲河流畅。白石层层千尺浪。相摩荡，门如剑括波涛壮。 两岸膏腴新水涨，农耕妇馌还携盎。村落参差相倚傍。堪眺望，新禾嫩绿平原旷"(陈世琦《渔家傲·昌润渠工竣恭纪》)。

"两岸绿杨齐，渠水泺泺。薰风吹彻泛涟漪。流到石桥声更急，似吸虹霓。 浸润及田畦，曲港回溪。西成指日早耕犁。岁岁逢年人意乐，世享雍熙"(闵廷枢《浪淘沙·昌润渠工竣恭纪调寄》)。

此三首词均是对水渠工程竣工的吟咏兴赞，对水渠景观进行了描摹，具有流动之美，表达了词人的喜悦之情。不同的是，三首词的风格略有不同。前两首《渔家傲》，夸饰铺陈，词境壮阔，气势雄浑；后一首《浪淘沙》兴象玲珑，清新飘逸，自然旷达。总体看来，由于均是针对水渠工程竣工的应制之作，事功性与导向性较强，因而在一定的层面上就削弱了词作的艺术表现力度。

综上所述，宁夏清代中叶的诗歌创作取得了较大的成就，主要表现在古体诗与近体诗艺术技巧的进一步完善，诗境的开拓、内容的扩展以及词的首次出现等方面。此阶段的诗词的艺术成就与东部主流诗词的差距大大缩小，在某些程度与层面上甚至与东部诗歌不分轩轾。此期诗人的转益多师，师法唐宋诗词，并结合宁夏的自然环境，从而形成一种新的艺术风貌范式。这种繁荣场面的出现，主要得益于乾嘉时期兴盛的学术与文学背景。

道咸以降直至清朝灭亡是为清代后期，此阶段战乱频仍，内忧外患。学术上主要是今古文经学之争，文学流派亦是色彩纷呈。此阶段诗词流派林立，新旧杂糅。以程恩泽、祁寯藻、郑珍为代表的宋诗派渐渐兴起，曾国藩的湘乡派亦秉承其绪；以周济为代表的常州词派继续发展，但已是日薄西山，气骨渐衰。此外，蒋春霖、蒋敦复、邓廷桢等人的词作均取得了一定的艺术成就。而此时期最杰出的诗文大家则非经世派的龚自珍、魏源和黄遵宪莫属。在这样的学术与文学背景的推动下，宁夏诗歌亦得到了一定程度的发展，只是没有清代中叶那股雄壮的气势风格，但还是涌现出了一批优秀的诗人，他们的作品作为宁夏清代诗歌的压轴之作，依然绽放出瑰丽的色彩。此时期的主要代表诗人是：黄璟、徐保字、陈日新、朱美燮等。

黄璟，山西平定州举人，清道光三年任隆德知县，主持了道光《隆德县志》的纂辑工作，并捐俸禄银设立义学、修建临泉书院等。

其诗于古近二体兼善，与前代诗人相比，虽着眼于宁夏的壮丽景观，但是缺乏雄豪之气，而更多的是沧桑沉郁之感。如《题县署》："曾经到处为羁客，来此深山作县官。药拣一囊堪疗病，米储五斗足供餐。空阶鹤步闲中领，长日文书静里看。地僻人稀庭鲜讼，掩藏鸠拙可偷安"与《隆署道怀》："冷官风味县官尝，镇日疏闲坐草堂。沙土无棉宜夏暖，山城多雨未秋凉……静对闲云冷宦情，愧无片策问前程。回头只恐行无岸，舒足宁愁踏破城……"两首诗都描写了衙内无事、闲散舒适的情感，却又暗含着抱负无由施展的哀愁。通过羁客、深山、采药、冷官、疏闲、寒毡、闲云、冷宦情等一系列蕴含清冷凄婉、寒气逼人的冷色调的词语，表达出诗人对官场生活的厌弃与仕进之途的绝望，并产生出怀旧的情思。

如果说前两首诗是借助山水景物来抒发作者的心灵畅想，那么下面这两首诗则融入日常生活场景，在淳朴自然的田园风光之中，骑行闲游，聆听农歌，充满了生活情趣，反映了百姓生活，展现出一位关心民生的贤官形象。如七律《春日刑洛城处纪事》:"春日骑马出山城,遍听秧歌四起声。民事真时便家事,宦情淡处即诗情。农桑养命何劳劝,孙子为邻自息争。赐火家家薪作饭,炊烟和雨正清明"和《隆德秋日杂咏》之三:"辘辘驱车偶驻辕,迢遥野景望平原。断桥流水白蘋港,冷雨疏烟黄叶村……喜听四面农歌起,趁得秋耕去草根"。此二首七律语言质朴无华,意境清新隽永。诗人善于捕捉百姓生活中的细节,诗歌内容俨然是百姓生活的真实镜像,描摹了农家恬静闲适、平淡雅趣的生活情景,表现出作者对这种淡雅生活的追求向往,对仕宦生活的冷漠清淡,从而触发了诗情的萌动与倾泻,此诚所谓诗穷而后工。

黄璟为官清廉,心系人民,人品与诗品俱佳,格调与风情并茂。其诗虽无壮志雄心,雄浑气势,但是清新婉丽,自然淳朴,出语洒落,浑然省净,大有孟浩然山水田园诗风,这亦是时代风气使然。所以,黄璟在宁夏清代后期的诗人中属于佼佼者。

徐保字,浙江归安人。清道光四年(1824)和道光八年(1828)两次出任宁夏平罗知县。纂修《平罗纪略》。徐保字的诗大部分是五言律诗,写景状物,抒情言志,意境淡远,萧然尘外。代表作有《沿河闸》《通润桥散步》及《由灵沙村至庙台堡》等。《通润桥散步》:"公暇揽幽胜,渠流跨土梁。水田飞白鸟,野庙矗青杨。小市人声散,空街夜色凉。萧然尘外意,一曲在沧浪。"《沿河闸》:"万绿翳无际,沿堤客跨鞍。平沙千顷阔,野水一渠宽。老树拦危矶,孤禽没远滩。耕氓方待泽,何以抚躬安。"诗风平淡自然,展现的是塞北江南的美丽景象,其中又表现出诗人对百姓的关心之情。

陈日新,字焕斋,监生,湖北蕲春蕲水县(今湖北黄冈浠水)人,因"明干耐劳,操守素好"而于清同治十三年(1874)被任命为平远(今宁夏同心)第一任知县,时属甘肃省平庆泾固化道固原直隶州管辖。陈日新到任时平远县刚刚经历过一场历时十年的残酷战争,人口"稽合丁口,不及千户",县治内仅有十七户居民,郊外野兽纵横,饿狼出没,日间要持棍械出门以防身。陈日新用诗记下了初到平远县城下马关时的情景:"抱薄稽丁口,疲癃十七家,老鳏悲失妇,茕独哭无爷。补缀毡衣重,栖迟土穴斜,苍生如此困,徒愧俸钱赊。"在任六年间,他召集战乱中流散的回汉民众,安置垦荒，修建县城和公署，政绩显著。他设学开蒙，筹设学校。他撰写县志，《平远县志》所记录的许多内容，至今仍具有一定的现实意义。陈日新在《平远县志》的序中写道，"县者，悬也，四百里民命所悬系者也。知县者，知一县之事也。而知县为四百里民命悬系之人，凡四百里之地、之事，又乌可忘。"

　　陈日新的诗歌富有边塞诗歌的气象，从选材上来讲，诗歌多选择的是朔方边地的景物为意象，如北荒、马、陇云、强酋、三尺剑等具有鲜明的边地风貌的意象；从思想情感上来讲，具有浓郁的汉唐情结，呼唤英雄精神，建功立业心切，如《重游蠡山》《感怀》两首诗歌。《重游蠡山》："重作蠡山游，峰峦为我秋。人倚东岭望，河入北荒流。烟火曾驱马，风波莫问鸥。半林黄叶老，但见陇云浮。"诗人登上蠡山，放眼远眺，重峦入眼，皆为秋色；黄河远流天际，进入北方荒野；放马猎山，烟火熊熊。而一个人的一生经历正如一只飘摇的沙鸥，在征战、在追逐中实现着自己的梦想或是面对着自己的失望，一生的过程在戎马倥偬中度过，回首往事只见林叶空黄，陇云飘然。另如《感怀》："战罢强酋后，符分县尹余。凄凉三尺剑，风雨一灯书。热血喷青史，冰心结太虚。闲思伊吕事，明月上阶初。"在某场战争结束之后，论功行赏，诗人被授予县令的官职。面对这份艰难的工作，诗人毅然慨然接受了，创建了平远县（今宁夏同心），并出任第一任知县。抚摸宝剑，伤感入怀，一介书生，在风雨之中，依然保持着内心的浩然之气。公事之余，青阶如水，一轮明月可鉴诗人情怀。

　　陈日新以政治家的眼光来观察、分析边塞的现状，把战争和国家的安危、人民的苦乐联系在一起考虑，思想比较深刻。他的某些诗作"读之使人感慨"，既突出雄浑悲壮的精神意绪，也有达无畏无惧的英雄气概，因而有气魄有境界。陈日新的诗歌也有继承汉魏古诗的遒劲风格的一面，直抒胸臆，带着强烈的感情色彩。

　　朱美燮，湖北通山县人，举孝廉方正。清光绪四年（1878）任海城县知县。清初，官府收海喇都堡（今宁夏海原城关）一带前明藩王、官宦牧场，招民垦牧，平凉府责成驻固原州之盐茶厅同知代司赋租业务。乾隆十二年（1747）盐茶厅同知移驻海喇都，遂为厅城，俗称海城。陕甘总督左宗棠于同治十三年（1874）命升海城为海城县，隶属固原州，下管堡寨十

四,辖境相当于今宁夏海原县全部和西吉县部分地区。(左宗棠《左宗棠全集》,岳麓书社,2009年)

  整体说来,朱美燮的诗歌艺术水准较高,美学意味浓郁,无论是写景还是抒情,都带有明显的山水田园诗歌的风格,有些诗歌还有浓郁的禅味。《寻东岳庙故址》:"古庙寻东岳,山空一片荒。残龛苔绣石,断壁草穿墙。钟篆铭雍正,碑文纪道光。昔年香火地,唯剩暮烟苍。"出固原城向东登上清水河畔的东岳山,山野空茫,佛龛损毁,刻着各种花纹的庙宇中精美的石头,如今残损失去了往日的模样。时代不是很久远,不过是雍正、道光年间的东西,为什么就荒废到了如此境地?时光流逝,岁月不再,青春不再,多么繁盛的世界也会消散,一缕暮烟融入苍茫夜空。凭吊古迹,物非人非,看看世界,不变的只有苍茫,悲慨的情绪油然而起。

  《花山寻灵寺故址》:"花山寻胜迹,古寺访灵光。境僻烟霞古,林幽草木香。泉声和佩玉,云色湿衣裳。峭壁能骑马,禅关径未荒。到此无尘滤,山空寺亦空。珠林消劫火,室相化祥风。钟卧残花里,碑摩乱棘中。灵光终自在,归路夕阳红。"此诗颇显诗人的悠闲,从红尘中解脱到花山寻访地处幽僻之境的灵光寺。在烟霞笼罩之中,万古清幽之中的草木,叮咚如玉佩相互碰撞的清泉,白云低低地压下碧蓝的天空,仿佛触及花山的峰峦。在花山的灵光寺悟禅,有着红尘不及的清净。空山,空寺,空无人迹,一切皆空,一切都被荒废,这是真实而典型的花山灵光寺的写照。在这荒废了灵光寺,诗人顿悟,自在的终归自在,夕阳依旧会照亮回去的路途。虽有对古寺的神往,但主旨仍是对灵寺及其周围景物的描写;灵寺虽已破败,但灵光仍在,这是为官者的慰藉。如《华山叠翠》:"山翠层层叠,撑空不肯低。峰连苍碧合,天并蔚蓝齐。绿树藏禅院,青云拥石梯。探奇临绝顶,放眼陇东西。"华山,又称莲花山,今海原南华山,海城八景之一,曰"华山积翠",或"华山叠翠"。山峦叠翠与天相接,绿树掩映禅院幽深。诗人登临绝顶,一览陇山东西,何其壮观,何其豪迈,大有唐人风韵。在这样的一个世外桃源,诗人放眼望去,山峦苍翠,重重叠叠,尽是美景。在这里藏着一处幽僻的禅院,在空山之间,青云之上,必须拾阶而上才能到达那里,到达那个让人内心安宁的地方。这样的探望,不仅仅是探访幽境,更是在探寻自己内心的安宁。

朱美燮的这些文人修行悟道的诗，主要特色是表现空澄静寂的禅境和心境。这些诗多写佛寺山居，多描写幽深峭曲、洁净无尘、超凡脱俗的山林风光胜景，多表现僧人或文人空诸所有、万虑全消、淡泊宁静的心境。所以朱美燮的诗作具有"诗禅一味"的特点。诗歌创作不论是"诗言志"、"诗缘情而绮靡"，是言志还是缘情，诗的语言都来自心灵，因而从某种意义上说，禅宗"见性"理论必然影响到诗人的创作。

朱美燮是政府的官员，在作品中也不乏关注民生的作品，如《入海城》这首诗为光绪四年（1878），即西北回民起义被镇压后的第二年，作者走马上任到海城时所作。"日落荒墟鸦阵散，云横绝塞雁声哀。穷檐幸有遗民在，老弱郊迎杂汉回。"清同治年间在宁夏地区发生了以金积堡为中心的反清起义，后被镇压。此诗描写的是起义被镇压以后的情形，真切地反映了当时的社会现实，满目萧条，景象荒凉。从诗中可以看到被清王朝屠掠后海城一带疮痍满目、人烟萧条的惨相。《过西安州》写到的田园生活的不堪，以及对美好田园生活的向往之情："万顷田荒稼穑功，尘扬紫陌起凄风。渔樵不到山溪寂，鸡犬无闻里巷空。谁惜柳非前度碧，可怜花似旧时红。何当再睹蕃昌会，扑地闾阎乐利同。"这首诗歌写出了西安州（今宁夏海原西安镇）的荒凉之景，良田荒芜，无人耕种，大风吹过，尘土漫天；山野之中樵夫不至，山野空寂。四处无人；溪水之上没有泛舟的渔夫，河流空寂。这是一个荒芜的世界，甚至闾里亦是无人，碧柳无人折，红花无人看。什么时候才能将这个世界重新安排整治呢？一种理想的风貌跃然纸上。诗歌的境界自然高出一筹。此诗不仅记述了西安州周围的荒寒与残破，更主要表现了诗人对往昔柳绿花红的怀念，及对百姓安居乐业的向往。

朱美燮主要写律诗，题材多样，或描摹景致，或写人叙事，或咏怀古迹，纤秾沉着，洗练自然，平淡中见绮丽，悲慨中见逸致。尤其是其五言排律《海城下车书感二十四韵》，对仗工稳，音韵和谐，跌宕起伏，摇曳多姿，达到了形式技巧与思想境界的高度统一。他反映民生的诗作古朴悲怆，写景的诗别具特色。

此时期的诗人还有张梯、郭鸿熙、范灏、王德荣、赵惟熙、徐步升、锡麒、韩国栋、韩庆文、王文熙、张维岳、吴复安等，其中很多诗人也可归入近代。

宁夏清代后期诗歌的总体风格与前中期大相径庭，表现出前所未有的沧桑悲怆，深沉抑郁，尽削浮靡，返璞归真，有种深沉的历史感和人生感。此时期也有气势雄浑之作，但与之前的诗歌所表现的皇清天声、康乾盛世的豪壮情怀已迥然有别，更多的是展示对国运衰弱之愁苦与愤恨。但是此阶段的诗歌创作依然取得了惊人的成就，比如体式的完善与题材的拓展。"国家不幸诗家幸，赋到沧桑句便工"，国势的衰微，民生的凋敝，在很大程度上促成了宁夏清代后期诗歌风格的最终形成。

综上所述，宁夏清代诗歌作为一种美学文化形态，以其自身特有的成就特色在清代诗坛上绽放出璀璨耀眼的光芒。与以往各代相比，宁夏清代诗人和诗作的数量都明显增多，由于较为广阔的题材内容，多姿多彩的艺术风格，以及丰富多样的体裁范式，所以宁夏清代诗歌就展现出一种集大成的风情面貌与艺术特质。艺术成就亦具有多元化特征，主要表现在：风骨的昂扬激越，意象的灵动多奇，意境的韵味深远，声律的和谐优美，技法的老成圆活。一定的独特性、鲜明性、稳定性、文化性便构成了一代地域诗歌风格，可以说，宁夏清代诗歌是在中国主流诗歌之外拓展了新境域，建构了新营垒。

总之，宁夏古代诗歌主要体现的是一种地域风格，基于宁夏独特的人文环境、地理情状、传统风俗而产生的审美情趣，及古典诗词理念潜移默化、悄然无息地浸润着诗人的思想感情和精神气质。久而久之便固化于诗人的心中，形成一种集体无意识的人文情怀与心理特质，然后发诸于诗歌，从而呈现出特有的风格形态。上起先秦两汉，下迄宋元明清，无论是数量的多寡，抑或是风格的迥异，宁夏古代诗歌均呈现出异彩纷呈的文化特质与独具格调的风采情韵。从渊源论的角度来看，宁夏古代诗歌源于先秦时期由礼乐文化精神的熏染而催生出的雅正之曲；从本体论的角度来看，宁夏古代诗歌本身即具有异乎寻常的地域特色与艺术特质；从创作论的角度来看，宁夏古代诗歌的创作主体籍贯多元，大抵皆为感物吟志、情志合一之作。在系统地梳理与归纳宁夏古代诗歌之后，宁夏古代诗歌发展史即清晰地展现在了我们面前。这一美学范式是几千年来，数代文人墨客共同努力、呕心沥血的成果结晶。如果把整个中国古代诗歌比作一条波涛汹涌、波澜起伏的大河，那么宁夏古代诗歌即是这条大河之中的一条生生流淌、息息不绝的支流，在漫长幽邃的时空之中，这条支流作为大河的一部分，为大河激起了浪花、增添了光彩。时至今日，人们的文艺理念、生活观念正在发生巨大而深刻的变革，然而随着时间的推移，人们越发地会将目光锁定在古典诗词上面，从中追寻中华文明的精髓瑰宝。以此，绚丽多彩的宁夏古代诗歌就会引起了人们的广泛关注。因此，对宁夏古代诗歌进行梳理，并撰写一部既客观实际又深入浅出的宁夏古代诗歌史就显得尤为必要。

第二章 近代：一条并未断流的诗歌血脉

第一节 动荡之外的蛇行小溪

按照半殖民地半封建的社会性质，中国近代史是从1840年鸦片战争到1949年中华人民共和国成立这一时期；按照民主革命可分为前后两个阶段，从1840年到1919年"五四"运动前夕是旧民主主义革命阶段，从1919年到1949年是新民主主义革命阶段。在这一百多年间，中国大地上发生了鸦片战争、太平天国运动、戊戌变法、义和团运动、辛亥革命、清朝灭亡、北洋军阀统治、五四运动、抗日战争、三次国内革命战争等惊天动地的大事件。可以说，中国近代史是一部充满灾难、落后挨打的屈辱史，是一部抵抗侵略、探索救国之路的抗争史，是一部打倒帝国主义以实现民族解放、打倒封建主义以实现人民富强的斗争史。

而中国近代诗歌创作，是从传统的古典诗歌到现代新诗的过渡，在中国诗歌史上具有不容忽视的地位。中国近代诗歌相当繁荣，诗人和作品数量均为众多。

鸦片战争爆发前，启蒙思想家龚自珍以其独辟蹊径的诗歌，揭示封建专制的危机，呼号变革，揭开了近代进步诗歌潮流的序幕，也为近代诗歌与现实密切结合奠定了基础。接着，魏源、林则徐、张维屏、张际亮、朱琦等一批诗人，抨击侵略者，痛斥投降派，讴歌抗敌英烈，为中华民族反帝斗争留下了历史画卷。随着改良运动的开展，中国近代诗歌也被推进到一个新阶段。黄遵宪努力创作"以旧风格含新意境"的"新派诗",倡导"诗之外有事,诗之中有人";梁启超提出的"诗界革命"成为诗界的旗帜;康有为、谭嗣同、严复、林纾、蒋智由等也都各有所侧重,以不同风格的诗歌,表现了呼号变法图强的共同主题。"庚子事变"之后,资产阶级民主革命派开始崭露头角,以诗歌为革命号角,将中国近代诗歌进一步推向新领域。秋瑾的诗激昂慷慨,富有巾帼英雄的气概。革命文学团体——南社,聚集了一大批倾向革命的文化人,其代表诗人柳亚子的诗成为民主革命斗争的回响。南社其他重要诗人陈去病、高旭、周实、苏曼殊、宁调元等,都表现了反帝反封建反清的革命思想和对自由、民主、国家富强这一理想的追求。近代是西学东渐、资本主义文明传入时期。黄遵宪、康有为、梁启超、马君武、苏曼殊等一些诗人涉足国外,接触资本主义新世界。在他们的诗作中,可以看到巴黎的铁塔、日本的樱花、伦敦的大雾、锡兰岛的卧佛等异国风光,也可以看到日本的明治维新、美国的总统大选、英国的日渐衰朽的资产阶级社会等状况。所有这些都大大开拓了中国近代诗歌表现的领域。中国近代诗歌由于表现领域的扩大和内容的更新,形式上也显示出一些变化。长篇诗歌增多,如黄遵宪的《锡兰岛卧佛》、朱琦的《感事》、姚燮的《双鸩篇》等;出现大规模组诗,如龚自珍的《己亥杂诗》315首,反映了诗人一生主要的经历;此外,龚自珍、梁启超的一些诗作突破了格调声律的束缚,出现了通俗化的趋势。

政治性强,斗争性强,题材新,思想新,形式逐渐发生变化,为向新诗过渡准备了条件,是近代进步诗歌潮流的主要特点,代表了近代诗歌的主要成就。

与近代进步诗歌潮流并行,各种保守倾向的诗派仍在发展,并且拥有相当广泛的影响。鸦片战争前后,有以程恩泽为主的"宋诗派",后衍为"同光体",还有以王闿运为代表的"汉魏六朝诗派",以樊增祥、易顺鼎为代表的"晚唐诗派"等。

在这样的诗歌背景之下,处于中国西北的宁夏,相对来说依然比较宁静,比较保守,无论是在文化、政治,还是经济、社会生活等等都没有大的变化,依然在迟缓的节奏中行进。所以宁夏这一时期的诗歌几乎看不到大的社会变革。但是,在某个相应的历史时期,有不少的仁人志士,也投身到了剧烈的社会洪流之中。这一批人后来也就成为历史的先驱或者是新中国的缔造者。自 1840 至 1949 年之间，在宁夏生活的一些诗人的作品中，可以感到他们的才华和能力，他们展现出来的梦想和力量，相比而言，在宁夏的生活毕竟还是比较艰苦的。

  来到宁夏的这些诗人都是青年才俊，一般都受过良好的教育，由当时的政府选派到宁夏为官，并在宁夏形成了一些诗歌的风尚。锡麟、韩庆文、张维岳、杨巨川等，以及叶超、张维翰、徐庭芝、段云、贾朴堂等诗人先后来宁，无论是学识还是诗歌创作，抑或是为官一任造福一方，都为宁夏作出了不可磨灭的贡献。

  还有一批诗人对宁夏的教育作出了积极的努力。这些诗人们既有着深厚的文学素养，又对宁夏教育界进行了先驱式的引导。赵惟熙以"崇实学""预教训""习测算""广艺术"为理念，改变了宁夏的教育状态；徐步升更是坚持人才理念，为宁夏乃至整个中国培养了优秀的人才；韩国栋曾任固原州学正，兼充固原中学堂校长，史载其"劝学不倦，和蔼可风"；吴复安参与创办宁夏府中学堂（今银川一中前身），担任学堂监督；被称为宁夏省城四大才子之一的罗雪樵，曾任宁夏县立第二小学教务主任，在宁夏女子中学、宁夏工业学校、宁夏师范学校、银川一中等任教；回族诗人马筠青，民国时任教于固原中学；贾朴堂曾任惠农中学教导主任、宁夏中学副教导主任、宁夏女中副校长等；李希贤曾任固原提署街小学校长、固原师范教员。这些诗人，为宁夏的教育、文化的发展和思想的进步贡献了自己的才华，在诗歌界亦赢得了较高的声誉。

  更有戎马一生转战南北的爱国青年志士，他们的诗歌既能写出壮烈的情怀，又能品味生活的意义。如受庆龙先从戎，次从政，再次为"省人大代表"，中间为编辑，为幕府，时剃度为僧，时结社吟诗，是一位历经大清、民国和现代的"三朝元老"，一生沉浮无定，颇富传奇色彩。韩练成，宁夏固原人，国民党军原高级将领。这些诗人，有些从外地来到宁夏从军，有些从宁夏走出，为中国的前途谋划。他们的诗歌大气豪放，读来令人荡气回肠。

  也有隐居于宁夏的世外高人，如岳钟仙，字明经，宁夏平罗县贡生，一生未仕；张吉，甘肃静宁人，禀生，后移居宁夏隆德沙塘，精通方术，隐逸山林。这一类诗人,虽然名不见经传,但是从诗歌本身的意义上来看,有着较为强烈的个人意识,或者较高的诗歌境界。

赵惟熙(1859—1917),字芝珊,江西南丰人。清光绪十六年(1889)进士。授翰林院编修,后任会试同考官、国史馆总纂、陕西学政、贵州学政等。1900年后,任甘肃省宁夏知府,甘肃省巡警道,代理甘肃布政使。1912年署甘肃省都督兼民政长,主持甘肃军政。1912年加陆军上将衔。1914年,袁世凯派亲信张广建督甘,赵惟熙调为参政院参政、约法会议议员。

幼随父入蜀,求学于璧山名儒郭兰塘。长于书画,所写书法碑帖融合,气格旷达,沉雄洒脱中寓凝重、老辣、生涩,给人情思隽永、意境清新之感,见《明清进士题名碑录索引》等。清光绪二十一年(1895),时任陕西学政的赵惟熙接受刘光蕡提出的"崇实学""预教训""习测算""广艺术"的十二字革新教育的建议,于清光绪二十三年(1897),支持创办崇实书院,以讲求实学,培养实用人才为宗旨。他很器重在此求学的于右任。

清光绪三十二年(1906),在废除科举、举办新学运动的推动下,时任宁夏知府的赵惟熙,与举人吴复安将原银川书院改为宁夏府中学堂,地址在文庙。赵惟熙还亲任学堂监督,吴复安任副监督。学堂于同年招收了第一期学生共四十人,分甲乙两班,甲班收秀才,乙班收童生,奠定了银川一中的基础。

赵惟熙的诗歌多呈现出一种闲情偶记的特点,这与他一生的经历极其复杂有关。在繁忙的公务之余,乘着闲暇,或者说有意识地忙中偷闲,放松自己的心理,解脱生活的压力。《憩园》:"边地无甘棠,小园聊可憩。坐此心迹清,天空新雨霁。"写的是他在雨后的小园中闲坐,看看天空,呼吸新鲜的空气,表现得潇洒自在。《柳边桥》:"柳外一桥横,春来众绿舒。凭栏偶垂钓,昨夜梦维鱼。"写的是水边垂钓,梦见濠梁庄子与惠子的鱼之辩论,试图忘我,试图解脱,但又不是真的能够解脱。《旧雨轩》:"旧雨客不来,开轩徒延伫。造像西壁悬,如对须眉古。"写的是约友不来,颇有唐诗中潇洒闲适的风采。这些诗歌普遍都显现出一种自我解脱后的潇洒与闲适,写得比较清淡娴雅,没有太多的修饰,却有较为辽远的意境。赵惟熙的诗歌均是绝句,写景咏物,清新自然,不事雕琢,不拘格律。

徐步升（1869—1938），字云阶，宁夏固原城关人，著名教育家，清末民国时期地方名流。徐步升出身书香之家，好学博闻。清光绪二十九年（1903）中副举，次年任五原书院山长。参加宣统《固原州志》编修，任采访。民国三年（1914），选任国民党固原县参议会副议长。民国五年（1916），任文庙祭祀官。是时，固原中学堂因未获准，改高等小学，徐步升遂兼提署街高等小学校长。此后为提署街小学之兴旺乐此不疲，为拯救山区教育而勤奋矢志，为固原中学的成立奠基石之力。徐步升以乐育英才为己任，言传身教，提署小学时期为国家培养了许多有用之才，其门下出了中国工农红军二十四军军长赫光将军。徐步升一生清贫自持，意趣超群。民国二十六年（1937），固原县首次修《固原县志》，他任总纂。征采耕耘年余，负志而陨。

徐步升的《原城八咏之城垣》："长安西上此城雄，千里金汤对峙中。控制北门称锁钥，藩篱东道扼崆峒。曾遭地震嗟全堕，谁念天灾赐赈工。寄语筹边休玩视，夏灵秦蜀赖交通。"此诗写的是固原城的古城垣，诗人交代了固原的地理位置及其在历史当中的作用，从长安往北到固原，从固原往西到兰州，这之间固原的意义自然非同凡响，东西之间的交通无疑就是固原这把锁钥，牢牢地控制着中原与西域之间的交往；南北之间，控制着秦地与蜀国之间的要道。从本诗可以看出徐步升的诗歌颇有力度，能够从较高的角度提看全局，是一位胸中怀有块垒之人，大气，豪放，此诗虽咏边塞，但着眼较高，不是一般的悲凉之作。这也与他作为一个有着家国天下的儒者情怀有关。（黄刚《论清代西域边塞诗之特色》，《上海师范大学学报》，1996年1期）

锡麟，字仁山，满洲镶红旗（今辽宁沈阳）人。清朝政治人物，进士出身。清光绪二十年（1894），参加光绪甲午科殿试，登进士三甲156名。同年五月，以主事分部学习。任固原知县。

锡麟的《东山秋月》："萧关万里净无尘，秀耸东峰倚凤凰。漫把防秋谈战争，且邀新月作诗邻。莲花似滴平峦翠，杨柳犹怀旧苑春。南望络盘北海刺，年年照彻远行人。"此诗大气豪放，虽有漂泊流离之苦，羁旅行役之难，但诗人不把困境放于心中，而是以达观之情放眼观赏萧关之境。

韩国栋，字伯隆，甘肃抚彝厅（今甘肃张掖临泽）人，廪贡生。清光绪三十四年（1908）任固原州学正，兼充固原中学堂校长。史载其"劝学不倦，和蔼可风"。曾参加编修《(宣统)固原州志》的襄校工作。

韩国栋的《瓦亭烟岚》一诗写道："六盘俯瞰接三关，斗大孤城万仞山。不断云根横雁齿，每当雨霁拥螺鬟。画图犹待倪迂写，旌旆常逢汉使还。试向萧关一回首，依依杨柳水潺潺。"史书记载，"瓦亭烟岚"是清代固原州十景之一。瓦亭，位于固原市南四十五里什字一侧，依山傍水，古有"铁瓦亭"之称。历史上，瓦亭是西北重要的关隘之一，群峰环拱，四达交驰，乃是用兵扼要之地。古瓦亭关城筑在蜿蜒的金佛峡山谷中，在瓦亭关城"南门外有暖泉，有大渠，足资耕牧"。由于历代驻有军队，这里得到了开发。特别是清代，周围荒地进一步被开垦，并植以杨柳。"每当雨至，烟云蓊郁，试倚关城堞楼远眺，眼前出现的俨然就是一幅徐熙（五代南唐画家）画的《烟雨图》"（宁夏老夫子《宁夏地方志千首古诗词注释》，网易博客）。"瓦亭烟岚"即由此景而名之。此诗豪放大气，却又婉转深沉，从六盘山顶眺望瓦亭关，斗大的小城被群山环绕，常年云雾缭绕，湿气重重，在这个锁钥之地，咽喉之关，常年都在遇见出使及回归的行客。此诗多写固原之景，而且多用固原一带的山水入诗、历史故事入诗，描写大气豪放，也不乏细腻情感的表达，可见诗人对固原的热爱。

韩庆文，字筱三，咸宁（今陕西西安）人。清光绪三十四年（1908）任固原州吏目。

其诗《禹塔牧羊》："浮屠七级峙郊原，遗迹都从劫后存。半岭寒云横断堞，一湾流水绕孤村。苔花莫辨明臣碣，苜蓿犹肥汉将屯。最是池阿歌上下，鞭声遥送月黄昏。""禹塔牧羊"是清代固原州十景之一。禹塔全名为禹王庙铁塔，是一座全部用生铁铸造叠垒而成的铁塔，此铁塔构思别致，铸造精美，气势雄宏，"塔势凌虚，矗立莲花峰侧，有摇风千云之致"，是固原辉煌历史的见证。《宣统固原州志》载："禹塔，城东三里禹王宫铁塔也，创建于前明总制唐龙，至乾隆戊寅邑人高义补葺之。"禹王庙铁塔耸立在固原城东的清水河岸，与东岳山遥相呼应。古人建造高塔，一定会考虑到空间布局，以及塔与自然之间的和谐，所以禹塔是与东岳山为一个整体的建筑物。"禹塔牧羊"则是一幅享有盛名的人文景观（《民国固原县志》，宁夏人民出版社，1992年）。诗人描绘了在东岳山与清水河之间的原野上,不知经历了多少劫难,最后只留下了这座静盎的铁塔,静静地看着固原的山山水水。山岭之上,寒云飘浮,山塬间流水绕过孤村,前朝的忠臣的墓碑残存,已经辨认不出。那一茬一茬的苜蓿依然茂密地生长着,汉家大将的兵屯之地依然还在,牧归之时池上有人高歌,一轮明月悬垂天际,不言不语。这首诗,对"禹塔牧羊"作了最好的诠释。诗人写边塞风光,水准较高,颇可耐读。从郊原之景至辽远之处,悲从中来,有凭吊伤怀之意。

王文熙,宁夏隆德人。清宣统元年(1909)拔贡,授四川州判。

其诗《杂咏》:"细草低垂覆绿苔,豆花引蔓墙上开。小园寂静多蝴蝶,一对才飞一对来。南山烟锁寺门秋,冉冉赤云挂树头。清磬一声归路远,挹青门外月如钩。"这首诗歌生动形象,在宁夏诗歌当中水准之高实属罕见。诗歌从静景写起,细草细密地长开,静静地遮蔽了绿苔。在这寂静之中,诗人的目光由细草延至远处,一处豆花盛开,豆蔓生长,攀援小墙而上。静盎的小墙成为一道绿色的矮墙,一切都是那么的寂静,时光流逝,岁月荏苒。在这寂静之中。一对蝴蝶飞走,一对蝴蝶飞来,飘飘摇摇,多姿多彩,让宁静的世界充满了动态的感觉、温馨的感受。就这样时光流逝,不知不觉秋意升起,暮色到来,诗人将目光从小园之中向南山望去,暮霭已锁南山寺门,红云依树。这时一声轻轻的钟磬音,悠远轻扬,一钩新月的光辉清淡,如在心怀。此诗有山水田园的静谧之感,写景细致入微,颇有意境。读之使人有飘然出世之意,可归类为山水田园一派,且水准较高,惜之存世诗歌不多。

张维岳,字仲武,号若谷,宁夏隆德人。清宣统时拔贡,曾任化平(今宁夏泾源)知县、民国二年省议员。

其诗颇为入禅,有意趣。《雨后咏》:"雨后别开新天地,山光云影齐献媚。云如有心山无意,稳抱山腰不肯去。"在写景状物之中发现颇有意趣的禅境。《漫兴》:"年来学佛更多情,涤尽烦疴总不成。偶得园亭消夏好,荷花欲放雨初晴。"从学佛到发现生活的细小乐趣,颇得禅诗的意蕴。《赠受庆龙》:"破晓上六盘,大雪满征鞍。诗客多豪兴,风劲不知寒。"有豪情,有气势。

岳钟仙,字明经,宁夏平罗县贡生,一生未仕。但其诗歌颇有生活情趣，显现其潇洒自在之处。如《登文昌阁》："边城画阁最称雄，渠向西流客向东。乍扫松花开酒瓮，还翻麦浪索诗筒。檐牙鸟度双声曲，殿有铃敲四面风。乘兴归来情不尽，一鞍斜趁夕阳红。"有才华却一生未仕，却又不沉溺于自我，依然胸中有块垒，当属疏狂放达之人。

张吉，甘肃静宁人。禀生，后移居宁夏隆德沙塘。精通方术，隐逸山林。他的诗歌有道家风范。其《咏雪》："十二琼楼地，三千银界天。中多仙子醉，常伴玉妃眠。贪看明月冷，细嚼梅花香。鹤宿松梢白，琴声出草堂。"此诗使用了"琼楼""银界""玉妃""明月""梅花""草堂"等意象营造出一种出世的氛围。诗人有飘逸之情，闲逸之怀，有道家的浪漫主义情怀。作为隐士当是对道家意趣情怀了解颇深之人，这在宁夏诗歌当中，其风格及内容都不多见。

吴复安（1872—1920），字心斋，号静安，宁夏府宁朔县大坝堡（今宁夏青铜峡大坝镇）人。清光绪十九年（1893）举人。清光绪二十九年（1903）赴京会试不第，回乡后积极倡导新学。清光绪三十二年（1906）参与创办宁夏府中学堂（今银川一中前身），担任学堂监督（银川一中第一任校长）。民国二年（1913），宁夏临时议会组成，被推举为议长，后因意见不合，居家赋闲。民国六年（1917）秋，应宁夏护军使马福祥聘请，主修《朔方道志》。民国九年（1920）因病殁于志馆奎星楼。

吴复安一生淡泊名利，潜心经史，长于诗文，著述甚多。有手稿《集虚斋草编》传世。吴复安的诗作，颇有筋骨，多抒发情怀志趣，作品以托物言志之诗较多。借物抒怀，表达自己的人生理想，人生追求。如《老松》："落落孤木节不磨，终冬冰雪自婆娑。莫嫌骨格苍质老，独秀空山阅历多。"本诗借老松的"节不磨"的特点，"终冬冰雪"耐寒节气来比喻自己老而志气不减，品格坚韧。《秋菊》："秋气萧条万木摧，篱边残菊数枝开。莫嫌色淡无人赏，独傲风霜节不回。"亦是借助秋菊耐寒傲秋的气节来表现自己的高洁情怀。秋天降至，万物萧条，木叶凋落，在郊外农家篱笆墙边，残菊还有数枝开放，诗人以寒菊自喻，托物言志，表达自己高洁的情怀。《书斋有感》："自叹我生何所缘，穷年矻矻事丹铅。只因性疑难谐俗，到老还耕一砚田。伏案披吟数十年，难将知遇问青天。撑肠富有书千卷，也胜腰缠万贯钱。"抒怀直指，表达出自己一生蹉跎，难讨世俗之好的磊落情怀。他的这一类诗歌大多都采用托物言志、直抒胸臆的写作手法，意象的选择上大多选取古典诗歌当中具有特殊意义指向的意象。应当归为山水田园诗派，有着和陶渊明一脉相承的意趣。

无论是他的《春日书怀》："茅庐常扫静尘缘，理乱无关只独眠。门外一渠春水绿，年年流润到田间"，写到的茅庐情景——闭门独卧，欲要忘记尘缘之梦，一任年年春意消散，渠水荡漾，送至田野之间，麦苗静长；还是《柳絮》："烟铺绮陌草铺茵，柳絮纷纷扑水滨。日暖风清飞上苑，休同桃李逐红尘"，表达出来的落寞疏达——放眼望去，烟霭迷茫，阡陌草茵，柳絮翻飞，飘荡四散，不与桃李追逐红尘；甚至是《归田》："饮有清泉食有鲜，晨炊早出看芸田。归来小憩柳荫下，共话桑麻到晚天。忙煞乡村四月天，家家儿女共耘田。归来每到黄昏后，露满蓑衣月满川"，表达出来的陶渊明式风格——在田间地头，静卧在柳树之下，看看湛蓝的天空，与乡间老农闲谈桑麻，看看儿女耕耘，农家炊烟，不知不觉天色暗淡，暮色降临，露水落满蓑衣，有着隐居于世外，高看岁月悠闲，仿佛人生一世不理风云变幻。这些诗歌，无论是从意象的选择，还是主题的选择，都带有典型的田园风格，都非常明确地指向了山水田园诗派。诗歌虽然呈现出隐逸的田园风貌，实际上他依然积极地投身到社会活动之中，但不是为名利而奔走。可以看出吴复安是一位表里如一，诗情与真实的生活一致的人。

他的另外一种类型的诗，境界颇为高古，诗风潇洒，带有典型的儒家知识分子的情怀。如《贺兰怀古》："欲揽朔方胜，先来上贺兰。蜿蜒五百里，塞北涌伟观。飞泉碧峰挂，积雪浮云端。笔架形奇特，宛若龙虎蟠。中有滚钟口，古刹依层峦。夕阳时反照，处处障流丹。俯瞰黄河水，河水弥漫漫。南入青铜峡，直向里山湍。长渠资灌溉，居民庆安澜。水光与山色，一幅图画看。我来游此地，怀古百爱攒。或为赫连城，今见沙草寒。或为元昊宫，今只余荒坛。雄图今何在，苍苍雾霭团。浮生真若梦，感此堪浩叹。"内容充盈，写景状物颇有力量，笔意写到贺兰山的飞泉、碧峰、积雪、浮云、笔架、滚钟、古刹等等景物，在状景之时走笔如龙，速绘奇景。在贺兰山上俯瞰大地，黄河入远，民生安居，山野之间，富庶而美好，读来浩浩荡荡。在结尾处，笔锋一转，转而对人生的一切表示感慨万端，凭吊历史遗迹赫连城、元昊宫都在过往的历史中坍塌湮灭，只有山峦依旧，物是人非，对人生的终极意义进行了探讨。这类高古、意境深远的诗歌还有《青铜禹迹》："何年疏凿到青铜，禹洞深山缥缈中。古塔排峦云作阵，长河入峡浪翻空。孤帆迷雾冲成白，落日衔山返照红。峭壁岈嵯相对峙，银川锁钥此称雄。"传说中的大禹疏导黄河到青铜峡，用神斧劈开石壁，使河水畅通，所以后人建祠纪念他。青铜峡自古以来就是兵家必争之地，是宁夏城（今银川市）的门户。诗歌从神话开始，将读者引入远古洪荒的历史遗迹，写到大禹到青铜峡时居住的洞穴，也就是后人记载的神禹洞，据《（康熙）朔方广武志·古迹志》云："神禹洞，在青铜峡中……相传神禹治水，曾宿此洞。"这里云雾缥缈，辽远无际，从这里向远方眺望，就可以看到古塔排峦。古塔，就是青铜峡的一百零八塔，位于今宁夏青铜峡市峡口山东麓，黄河自塔下向北流去。佛塔背靠山峦，面对黄河，依山势自上而下，按一、三、三、五、五、七等奇数排列成108座，形成一组整体呈三角形的巨大佛塔群，是宁夏的美景之一。诗人于此，看山势纵横，长河激起白浪滔空，孤帆过此，远向他乡。这些雄壮的美景，让诗人流连忘返，直到落日依山，返红斜照。黄河两岸，山势高峻突兀互相对峙，成为雄关要道的锁钥。之所以谓之锁钥，也就是说这里自古以来就是军事防守的重镇。诗歌从古写起，神游至此，可见诗人的情怀高扬磊落，以及不落窠臼的诗歌艺术技巧。

吴复安的诗兼纳众长，转益多师。既研习魏晋古诗风韵，又追步唐宋诗词技法，亦融赋法入诗，所以其诗既有雄健豪迈之气，又有清丽淡远之旨，深得陶渊明田园诗之神韵。诗人将日常生活诗意化，平淡无奇，质朴无华，却反映了作者安贫乐道、心向自然的闲情逸致。吴复安援引赋法入诗，所以使其田园诗歌更加出色绝伦。其诗亦仿效王安石退居金陵时的诗风，意境清幽，情趣高雅，与拟陶诗交相辉映。如《春日书怀》与《柳絮》两首七绝。

吴复安的诗歌虽脱胎于古诗，步趋于先人，但不主故常，风格多元，体式多样，飘逸闲适，俊爽流利，雄浑雅健，深沉低回，取得了较高的艺术成就，堪称宁夏近代诗歌承前启后的关键诗人。吴复安的诗歌风貌自是其个人性格的流露，亦是时代环境的玉成。世事的沧桑，人情的冷暖，国运的衰落，都牵荡着诗人敏感憔悴的心灵。

杨巨川（1873—1954），字揖舟，号松岩，又号青城外史，甘肃金县（今甘肃榆中）人，清光绪三十年（1904）进士，殿试二甲第107名，授刑部主事。次年赴日本考察，加入同盟会。清光绪三十三年（1907）回国，出任湖南新田、麻阳知县。民国年间返乡，当选甘肃省议会议员，1921年至1924年任敦煌县长，期间力主禁烟，终因得罪地方权贵绅士，并遭上级官僚排挤，愤而辞官。民国十四年（1925）任固原县知事。1949年后任甘肃省人民政府文教委员会委员，甘肃省文史馆馆长。著有《学诗萃言》《五朝近体诗选》等。其诗《六盘山》："驱车上六盘，绝顶见天宽。赐秦怜鹑首，拒汉忆牛邮。绕树晴岚密，窥山晓日寒。陇坂分流水，东西各有阑。"读来有山水之意，有边塞之风。"绕树晴岚密，窥山晓日寒"一联，具有唐朝山水诗歌的风貌。

赵生新（1873—1954），字铭三，甘肃固原（今宁夏原州）人。清宣统六年（1090）考取拔贡，著名塾师。其《登东山》："原州自古号雄关，一览登临到极巅。四面云山常作抱，清河流水绕城湾。"已是胸中有波澜之人。

张维翰，生卒不详，甘肃固原（今宁夏原州）人。民国十四年（1925）任丰黎社仓社副十余年。其《过固原》："山经纡萦绕六盘，寒风凛冽怯衣单。苍茫暮色三关口，回首葱茏望翠峦。"为羁旅行役之诗的典型代表。

受庆龙（1882—1952），字云亭，甘肃静宁人，清末秀才。幼时家境贫寒，后游学于平凉柳湖书院。清光绪三十二年（1906），受庆龙随长庚出师值新疆迪化藩署，任陆军督练处测绘科长，代办将弁学堂监督兼陆军小学堂测绘教授。清宣统三年（1911），武昌起义，跻身革命队伍。后参加陕军北伐，见军阀割据，内战愈烈，人民处于水深火热，受庆龙愤然而去南海普陀山为僧。高桂滋任国民革命军第十七军军长之后，亲自请受庆龙下山任十七军少将参谋。受庆龙的诗只有《博达游记》廿八首、《固原县志》所录杂诗四首，以及《赠刘君子安》绝句四首，计三十六首。后人在这些残编断简面前，读之心灵为之震撼，心旌为之摇荡。《咏萧关诗社》等四首，是随高桂滋部驻固原时所作。固原县长叶超，喜好吟咏，与受庆龙等组织萧关诗社，相与唱和，为一时之盛。其《咏萧关诗社》："萧关诗社破天荒，空谷足音喜欲狂。漫把圣仙评杜李，肯将星月赞苏黄。性灵学说根言志,文化新裁变旧章。雅集读骚研国粹,穷搜我亦罄枯肠。"从此诗可以感到诗人才思敏捷,立马成文,一介戎马书生,能达此境界,谈何容易!其中《元旦感怀》:"生平不任酒杯空,宦海浮沉两袖风。世界三千何乐土,年华六十愿从戎。轻狂纵酒师山简,野战吟哦效放翁。一笑人间今古事,白云苍狗有无中。"抒怀明志,沧桑之感,跃然纸上。诗人历经几番"宦海浮沉",虽说仍有"年华六十愿从戎"的报国之志,但就全诗而言,昔日"我今临此,振精神拔剑舞"的锋芒已然黯淡,"千古兴亡事,都付笑谈中",可不悲哉!

受庆龙的诗词功力深厚精湛,《壶中天》一词上阕写景清丽,有着英雄意气,挥斥方遒的豪情壮志;下阕陡然一转,慨叹胜境消散,年华易逝,不禁悲从中来,痛哭不已,情绪跌宕,起伏不已。深究他的情怀变化,都是由于国事衰微,壮志难酬而起,让一切热血男儿为之扼腕叹息。他的《一萼红》一词则昂扬奋进,有着胜券在握,自信不乏的情怀,足以气壮河山,震撼人心。

叶超(1898—?),字逸凡,喜好吟咏,福建闽侯人。民国二十八年(1939)任固原县县长,在任三年,后任《民国固原县志》总纂。1949年后回闽定居。其《萧关即事》:"六盘山势欲摩天,朔气回春景物饶。奚必重栽花满县,一门桃李赛仙僚。"感悟伤怀,却也颇富热情。

罗雪樵(1903—1986),号书禅,甘肃会宁人。任教于宁夏县立二小、宁夏女子中学、宁夏师范学校、银川一中等。宁夏文史研究馆馆员。他出生于甘肃会宁一个中医世家,早年就读于甘肃省立第一中学,毕业后考入交通部立兰州电报传习所。1926年在宁夏电报局当电务员,1930年赴北平求学。1933年任宁夏县立第二小学教员、教务主任。1938年,罗雪樵从宁夏速记训练班结业后,分配到省政府秘书处工作。1949年任《宁夏民国日报》总编。民国时期,他被称为宁夏省城四大才子之一。富有爱国思想的罗雪樵撰写散文、诗歌、随笔等30多篇,宣传反帝反封建思想,揭示民生苦难。罗雪樵致力于古文字研究,尤精西夏文字,他是宁夏最早研究西夏文字的学者。

其诗《望月》:"今夜月儿分外圆,举头遥望思联翩。姮娥早有回乡意,借得光明照大千。"《沙坡头》:"黄河岸上沙坡头,莽莽荒沙不计秋。

大漠而今成沃野，欣看遍地大丰收。"以写实抒情为主。

马筠青（1905—1963），回族，甘肃固原（今宁夏原州）人。民国时任教于固原中学。其诗《陟东岳山》："遨游东郊外，陟足到山巅。晴岚晖拂地，瑞霭遍诸天。风送驼鸣驿，烟含马饮泉。嘈杂人声远，坐看鸟往还。"诗有山水田园的意趣，也有边塞风光的描绘。技巧老道，诗意浓厚。

韩练成（1909—1984），甘肃固原（今宁夏原州）人。1920年海原大地震，家园被毁，所幸一家三口都还活着，迁到固原县城边上，在第五道城墙下的一个窑洞里开始了城市贫民的生活。韩练成将军是四大传奇将军之一。

其诗《春日别金陵》："高柳参差云影低，几家楼阁望中迷。房蜂分户成新蜜，檐燕营巢堕旧泥。有恨风飘花艳艳，无言人去草萋萋。春情如此谁关得，箫鼓才停日又西。"显现出良好的古诗功底。诗风具有浓郁的尚实、尚俗、务尽的白居易式的风格特点，语言平易，淡然悠闲，显现出韩练成在戎马一生之中，依然有着相应的诗情。

贾朴堂（1909—2007），曾用名克俭，山西临猗人。1932年毕业于山西大学教育学院中国文学系。先后任山西乡宁县和阳城县教育局局长、考试院山西绥远考铨处秘书等职务。1941年到宁夏，在贺兰中学任教。新中国成立后，历任惠农中学教导主任、宁夏中学副教导主任、宁夏女中副校长。曾任民盟宁夏区委会主委、宁夏政协常委、宁夏诗词学会顾问等。著有诗词集《和声集》《心声集》等。诗歌造诣较高。其诗《九日》："载酒登高去，惊寒雁阵飞。遥怜故园菊，时待远人归。"有田园诗歌的味道。《惊秋》："一夜秋风起，萧萧叩耳旁。砧鸣千户月，雁叫一天霜。潦水时看尽，疏林叶堕黄。行人惊岁晚，坐起独彷徨。"有羁旅行役的味道，当属对往年生活的回顾。所选取的意象，有古典诗歌的意蕴。

徐庭芝（1911—1984）甘肃固原（今宁夏原州）人，民国三十五年（1946）任甘肃省永登县县长。有题为《赵逸民印谱》一诗，"一笔一刀一度量，云烟满纸费铺张。刻成篆体阴阳字，旋看石头旋配章"。赵逸民是民国固原县人，是当地知名篆刻家。此诗赞扬友人治印水准之高。

段云（1912—1997）祖籍甘肃固原（今宁夏原州），后迁至山西蒲县。曾任国家计委副主任等职。著有诗集《旅踪咏拾》。《六盘山》："盘道登六盘，秋日固原南。攀行四十里，峰高米三千。千山群俯首，万壑出岚烟。清水北向去，南流是泾川。"此诗行文简练，诗意浓厚，颇有力道。诗境比较高远，对固原山水的描绘引人入胜。

李希贤（1914—1964），字晓谷，甘肃固原（今宁夏原州）人。民国二十四年（1935）任固原提署街小学校长，民国三十六年（1947）任固原师范教员。《北海纪游》："倒影青山水一泓，熏风不起此心清。放怀碧落无纤芥，纵眼红尘尽利名。逸兴堪同沧海约，闲情爱共野鸥盟。穷通世路何须问，大好川原任我行。"抒怀坦荡，表达了不与红尘争功名利禄，有儒家的"达则兼济天下，穷则独善其身"的通达，志趣高雅，直抒胸臆。

孙寿名（1916—1949），甘肃固原（今宁夏原州）人。民主革命烈士，曾任民盟甘肃省部委员。其《鹧鸪天》："果使书生莅将位，挥毫能叫阵云寒。恨无李广封侯相，才让他人著祖鞭。　憧故国，念家山，满腔孤愤对谁言，心非铁石难缄口，慷慨悲歌托管弦。"此词正是一代英豪、壮怀激烈、气贯长虹，心中满怀报国之志的豪情之作。令人心绪难平，追思恒久。

郑佩福（1917—1948），甘肃固原（今宁夏原州）人，民国时为固原萧关诗社主要成员。有《元宵雅集》一诗，"晴空云敛月侵轩，把酒题灯过上元。禁启星桥停玉漏，光腾火树映金樽。长街处处霓裳舞，良夜迢迢鏄鼓喧。宝马香车归去后，余情留与梦婵媛"。此诗在写上元节的感觉上颇有古典意味。可惜，在世短暂，英才早逝。

综上所述，宁夏近代诗歌的特点是依然沉浸在古典诗歌的氛围之中。西部的风景与情怀，使宁夏诗歌的状态得以保持，而外界对宁夏的冲击依然显得薄弱。主要诗人有来自外地的官员，也有本地的知识分子，他们不仅为宁夏的教育事业付出了心血，也推动了宁夏诗歌的发展。无论是陈日新、朱美燮、赵惟熙、锡麟、韩庆文、王文熙、孙寿名、李希贤，还是张维岳、杨巨川、叶超、张维翰、徐庭芝、段云、贾朴堂、郑佩福等，他们的共同特点就是诗歌的心态与生活的状态几乎保持一致，诗歌之心就是对人生理念的践行。从事教育工作的诗人，由于肩负了教育兴国的使命，他们的诗歌更加呈现出文学乃至文化的意义。戎马一生、转战南北的将军诗人受庆龙、韩练成，由于生活经历丰富，诗歌的内涵和意义得到了前所未有的扩展。而隐居于宁夏的世外高人岳钟仙、张吉等诗人，或有着强烈的宗教意识，或有着对当下时局的观望心态，或有着不与世俗同流的理想。

　　宁夏这一时期的诗歌，呈现出的是中国传统的理念、传统的意趣、传统的技巧，保存了中国古典传统诗词的风貌，而不至于使宁夏诗歌的传承出现断裂。这是尤其重要的一点。因为在宁夏诗歌的发展史上，宁夏近代的诗人为数不多，诗作传世也较为稀少，但这一血脉并未断流。虽纤细却一直流到现代，流到新世纪，从而使宁夏的现代诗得到空前的繁荣。正因为近代诗人推崇高尚的诗歌理念，继承传统文化的意义，保存诗歌活跃的氛围，才为宁夏诗歌的发展注入了一股无形的力量，从而使宁夏诗歌在发展历程中，不为潮流所惑，不为名利所诱，始终坚守着传统古典诗词的本质成分，始终行进在中国诗歌主流的发展历程之中。

第二节　偏远区域的点滴蓄积

1917年1月，胡适在《新青年》发表《文学改良刍议》，2月，陈独秀发表《文学革命论》，这标志着文学革命的开始。五四运动对梁启超的"诗界革命"有所继承和突破，新诗因而诞生，经历了初期白话诗、自由诗、小诗、新格律诗、象征诗等几个阶段。初期白话诗代表作品有胡适的《尝试集》、沈尹默的《三弦》、俞平伯诗集《冬夜》等；自由诗代表作品有郭沫若《女神》、应修人《妹妹你是水》、冯雪峰《落花》等；小诗代表作品有冰心《繁星》《春水》、宗白华《流云》《夜》等。而在诗歌流派上主要有以下六派。一是湖畔派：因聚集在西子湖畔而得名，是新诗最早的一个流派，以吟唱爱情为主要内容，代表诗人有冯雪峰、汪静之、应修人、潘漠华等；二是新月派：提倡为艺术而艺术的唯美写作，代表诗人有徐志摩、闻一多、朱湘等。三是象征派，具有独立的象征主义特征，代表诗人有王独清、李金发、胡也频、穆木天等；四是现代派：坚持"纯诗"的概念，主张借鉴西方现代艺术手法，重视诗的思维和情绪，代表诗人有卞之琳、戴望舒、何其芳、废名等；五是七月派：诗人大多经历过人生的重大起落沉浮，是跨越了三个时代的诗歌流派，代表诗人有牛汉、艾青、邹荻帆、曾卓、胡风、绿原、鲁藜、彭燕郊等；六是九叶派：由曹辛之、辛笛、陈敬容、郑敏、唐祈、唐湜、杜运燮、穆旦和袁可嘉九位诗人组成，他们努力融合中国古典诗歌和西方现代诗歌的语言风格，追求诗歌的现实性、象征性和哲理性。

此时的宁夏，在教育方面，1918年（民国七年），北洋军阀政府甘肃省政府教育厅，决定在朔方高等小学的基础上，成立甘肃省第五中学。同年和甘肃第八师范合并办学，时称"五中八师"（银川一中前身）。"五四运动"爆发和马鸿宾主政宁夏，构成"五中八师"办学的双重社会背景。"五中八师"在20世纪20年代的宁夏曾引领风骚，辉煌一时。"五中八师"以蔡元培先生"五育并举"的教育思想，提出"完成普通教育，养成健全人格，发展共和精神"，批评孔孟，弹劾程朱，反对礼教，提倡怀疑的态度和批评的精神。学校按照共和思想，彻底废除了读经、讲经、修身等课程，算学、博物、化学、地理等科学类课程受到普遍重视。社会、卫生、公牍文、童子学、生活指导、手工、乐歌、图画、体操等新鲜课程进入课堂。同时，国文、作文、历史等传统课程继续保留。由于西方文化的强劲影响，英语成为必需开设的科目（戴冰青《漫漫百年路》，宁夏人民出版社，2006年）。

1920年1月，北京政府教育部正式废止文言教科书，"五中八师"正式使用白话文教科书。当时中学的主要内容是"洋学"，除国文等传统科目外，师资严重缺乏。我国当时的留学生、大学生稀少，洋学人才主要集中在东部城市，在宁夏这样偏远的地区，拥有现代知识的人才可谓凤毛麟角。时任校长李秉彝聘请毕业于北京高等学堂的陈振纲、俞肇康等人担任理化课教学，聘请余益进等老师从事舆地（地理）教学；以后又聘请天津大学毕业的杨集赢和北京大学毕业的唐筱舟、李育三、杨筱舟、朱桂吾等人来校教学。这些教师品学兼优，思想进步，知识新颖，思想鲜活，打破了宁夏教育沉闷的气氛，深受当地士绅和学子欢迎。但是，教育才刚刚开始，学生们才在学习白话文，而用白话文写诗能有几人？离胡适等人提倡的新诗还很遥远，更谈不上进入时代的潮流。

也就是说，宁夏的诗歌写作还停留在古典诗歌当中，与新诗无缘。除了第一节提到的诗人外，这个时代出生的宁夏诗人还有：石天（1916—1993），山东郓城人，曾任宁夏京剧院院长，宁夏文教厅副厅长，宁夏文联党组书记、主席、名誉主席，宁夏诗词学会常务副会长，著有《石天剧作选》。张源（1917—1993），河南孟县人，历任《甘肃日报》副总编辑，《宁夏日报》总编辑，宁夏党委宣传部副部长、部长，宁夏政协第四届副主席，宁夏诗词学会首任会长，著有《张源诗词集》。王拾遗（1917—2006），辽宁辽阳人，曾任宁夏大学教授、宁夏作家协会副主席、宁夏文学学会会长、宁夏诗词学会顾问等，著有《白居易论》《元稹传》等。秦得云，固原人，民国三十年（1941）任固原日报主编。计立人，固原南郊人，曾当过教师。周天，固原城关人。高岩，固原人，民国时曾在固原县署任职。陈国栋，民国时任《重修隆德县志》编纂。高锐（1919—）山东莱阳人，曾任兰州军区副司令员兼宁夏军区司令员、宁夏党委第二书记、解放军红叶诗社社长等，少将，著有《行吟集》《居吟集》等。王其桢（1920—2001），河北元氏人，先后在宁夏文教厅、宁夏人民出版社工作，曾任宁夏诗词学会常务理事、顾问等，著有诗词集《紫塞驼铃》。丁毅民（1921—2009），回族，山东沂水人，曾任宁夏政府副主席、宁夏人大第五届副主任、宁夏诗词学会名誉会长等职，著有《丁毅民诗词选集》等。刘沧（1921—），山西吉县人，曾在宁夏军区工作，中华诗词学会会员，宁夏诗词学会顾问，著有诗集《晚晴吟》。林锋（1925—），广东揭阳人，黄埔军校第四分校十九期学员，宁夏黄埔军校同学会副会长，中华诗词学会会员，宁夏诗词学会顾问，著有《林锋诗选》。焦达人（1925—1998），陕西宝鸡人，长期在宁夏南部山区任教，曾任宁夏彭阳县政协文史委副主任等职。王祖旦（1925—2003），山西兴县人，曾任宁夏民盟区委员会主委、宁夏社会主义学院院长、宁夏诗词学会顾问，著有《斐然诗集》。彭锡瑞（1926—1997），湖南桃江人，曾在宁夏军区、吴忠回族自治州武装部、吴忠师范、银南地区文教处工作，中华诗词学会会员，宁夏诗词学会理事。李萌（1926—），安徽临泉人，曾任宁夏日报社记者、编辑、部主任，主任编辑，中华诗词学会会员，宁夏诗词学会顾问。张程九（1928—），安徽泗县人，曾任职于宁夏送变电工程公司，中华诗词学会会员，著有《晚晴室吟草》《雁韵鹅声》等。张苏黎（1928—），回族，河南固始人，宁夏武警总队副师职离休干部，宁夏诗词学会顾问，著有《冰白诗词选集》。王慧君（1929—），河北鹿泉人，曾在"三北"防护林建设局工作，中华诗词学会会员，宁夏诗词学会名誉理事。

上述比较有成就的诗人，所有的诗歌创作依然是古体诗歌，而且他们的成就主要在新中国成立以后，另有章节论述。

对宁夏而言，在这一时间段受到新文化运动影响的诗人，主要有王亚凡（1914—1961），原名正雅，河南内乡人。1960年底下放宁夏农业第一线，1961年1月8日在灵武逝世，葬于灵武县烈士陵园。20世纪30年代开始发表作品。著有诗集《王亚凡诗抄》等。还有李震杰（1921—1995），笔名李羽、穆芷，湖南长沙人。1938年在广西桂平参加抗日救亡工作，加入学生军，后任报纸编辑。1939年在桂平《诗》刊、《浔洲日报》发表讴歌抗日战争的新诗。著有《老凤新声》《把勺把子交给自己人》《李震杰诗文选》等。朱红兵（1922—），原名朱衡彬，山东陵县人。1940年投奔延安参加革命，学习于青年干部训练班、鲁迅艺术学院文学系。1940年开始写诗，诗作发表于《大众习作》《草叶》《解放日报》等。著有长篇叙事诗《沙原牧歌》，与李季、姚以壮合著长诗《银川曲》。罗飞（1925—），原名杭行，江苏东台人。1943年因战争辍学，开始发表作品。还有姚以壮、刘和芳、路展、吴淮生等诗人，他们有过相应的时代濡染，时代的文化熏陶，所以他们在近代没有创作新诗或创作校少。但这个特殊时期的经历为他们将来的诗歌创作奠定了基础，从而使他们在共和国成立后焕发了青春，创作了大量的现代诗，对宁夏诗歌产生了深远的影响。

第三章 现代：贺兰与六盘间的潺缓歌吟

第一节 政治与生活、民歌加古典的共同影响

  1949年以来的中国文学不同于历史上的其他时期，是一个相对独立的阶段。新中国的诞生，开始了中国历史的新进程。刚从战争年代走过来的人们，进入了一个生机勃勃的建设年代。既给社会带来了一股青春的气息和为理想而献身的无私精神，也给为摆脱苦难而斗争的新诗带来了希望和光明，使新诗多了建设的题材和颂扬的主题。这无疑是一个文学和政治关系至为密切的年代，也是新诗的一个新的开始。如何其芳的《我们最伟大的节日》、郭沫若的《新华颂》、阮章竞的《漳河水》、石方禹的《和平的最强音》、胡风的《时间开始了》，以及臧克家的《有的人》、冯至的《韩波砍柴》、公刘的《边地短歌》、邵燕祥的《我们爱我们的土地》、严阵的《老张的手》等。由于诗人们意识到表现对象和艺术方法需要转变或调整，有一个适应和提高的过程，故而20世纪50年代初期的诗坛，显得有点沉闷，不过很快就有了改观，并出现了某种程度的繁荣。

  曾经走上诗坛的诗人，如艾青、李季、臧克家、冯至、田间、公木、邹荻帆、严辰等，走上了新的创作道路；而一些在战争年代有较充分的生活和情感准备的诗人，如郭小川、贺敬之、闻捷等一批歌唱新时代的诗人，逐渐成为这一时期诗坛的中坚力量；新中国成立后走上诗坛的一大批青年

作者，如公刘、邵燕祥、李瑛、白桦、严阵、梁上泉等诗人，也在这个阶段开始歌唱。这三部分诗人构成了建国初期数十年的诗坛格局。对新生的社会主义祖国的歌唱，鼓舞了刚从战争年代过来的广大人民群众的情绪，1956年作家出版社出版的诗选集《建设的歌》，就反映了这一盛况。虽然劳动和建设成了这一阶段诗歌最重要的歌唱内容，诗人们也大都从正面角度出发，表现了社会主义建设者昂扬、乐观的精神状态，却出现了规范化、模式化的倾向，对人的内心世界没有丰富深刻的揭示，以致诗歌表现的生活领域和情感领域，变得单一和狭小。这些都可归为"建设的歌"。而"政治抒情诗"的代表诗人是郭小川、贺敬之等。贺敬之的诗作大致可分为两类：一是受民歌和古典诗词影响的《西去列车的窗口》《回延安》《桂林山水歌》等；二是受苏联诗人马雅可夫斯基影响而创作的《雷锋之歌》《十年颂歌》《放声歌唱》等。郭小川的成名作是总题《致青年公民》的一组政治抒情诗，以及20世纪60年代颇受好评的《厦门风姿》《甘蔗林——青纱帐》《林区三唱》等。70年代末期，一些开始写作的青年诗人，也加入了这一行列。其中有叶文福的《将军，不能这样做》、张学梦的《现代化和我们自己》、骆耕野的《不满》、曲有源的《打呼噜会议》《关于入党动机》等，都是这一时期政治抒情诗的代表作品。还有以闻捷、李季、张志民、严阵等为代表的"生活抒情诗"，以李瑛、公刘、顾工、韩笑等为代表的"军旅诗"，都是中国当时的诗歌主流。同时，受政治环境的影响，"民歌加古典"成为当时主导性的诗歌舆论。发生于1976年的天安门诗歌运动，不仅在政治上产生了巨大的影响，而且宣告了假大空乃至矫揉造作诗歌的末途。真情实感是通向真正的诗的起点，此外别无他途。天安门诗歌运动就是从这样的角度启示了后来的诗人。

20世纪50年代以来，宁夏新诗的发展与全国诗坛相比，也经历了"建设的歌"、政治抒情诗，民歌体新诗、自由诗的发展过程。既有政治抒情诗，也有以工业和农业为题材的诗，而较多的是歌咏西部自然和乡村的诗。宁夏不同时期的诗人，其共同点在于以生活的西部为背景，表现了西部特有的苍凉和辽阔，在对家乡乃至西部的描写中，既有对故乡深情的咏叹，又有直抒胸臆的旷达，给当时的宁夏诗坛带来了一股与众不同的清新气息。张贤亮于1955年从北京移民到宁夏贺兰务农，1957年在《延河》7

期发表了《大风歌》，被打成"右派"，二十二年后因小说引起重视，得以平反。

1958年宁夏回族自治区成立后，从上海新文艺出版社来宁的诗人罗飞，辽宁诗人高深以及早在30年代就从事新诗运动的诗人李震杰等，在《宁夏日报》编辑文艺副刊《六盘山》。宁夏文联创办了文艺刊物《群众文艺》，都推动了宁夏新诗的发展。这一时期宁夏新诗处于萌芽期，创作人员较少，以朱红兵、王世兴、李震杰、姚以壮、秦中吟等为代表，主要从事信天游、花儿、民歌体诗歌的创作。作品大多以歌颂新中国成立后呈现出的崭新面貌，以及翻身得解放的普通劳动大众对党和领袖的热爱之情。诗歌语言中所浸透的是一种强烈的主观情绪，诗风单纯朴素，很受读者欢迎。

尤其是1960年，朱红兵创作的长篇叙事诗《沙原牧歌》，不仅填补了宁夏诗坛长篇叙事诗的空白，而且也是中国诗坛的重要收获。这首诗的独特之处在于吸收了宁夏民歌、说唱文学的艺术手法，通过主人公王夫和秀兰命运的歌吟，形象地展示了在中国共产党领导下，贫苦农民争取解放的历史画卷，歌颂了他们对革命及爱情的坚贞情怀。由于宁夏属陕甘宁边区之一，一些在全国较有影响的进步诗人如李季、郭小川等先后来宁夏深入生活，并从事诗歌创作，留下了《阿拉善组诗》、长诗《银川曲》等作品，并极大地带动了宁夏新诗的发展。其中以李季在盐池县创作完成的长诗《王贵与李香香》最具代表性。时任中国作家协会副秘书长王亚凡于1960年底从北京下放到宁夏，1961年1月8日因病在灵武逝世，葬于灵武烈士陵园，长眠塞上。宁夏诗歌一直以其鲜明的风格和地域特色在中国诗坛占有一席之地。如朱红兵的长篇叙事诗《沙原牧歌》，高深表现塞上风情的《羊皮筏子》，秦中吟发表在《诗刊》上表现回汉人民热爱党的《金线银线五彩线》等作品，堪称这一时期宁夏的精品力作。

20世纪60年代至70年代，朱红兵、李震杰、王世兴、高深、秦中吟、吴淮生、肖川、丁文、刘国尧、路展、杨少青等陆续在《宁夏文艺》《收获》《人民文学》《诗刊》上发表作品。1968年宁夏回族自治区成立十周年之际，宁夏人民出版社编辑出版了宁夏第一本诗歌集《飘香的沙枣花》。诗集里所收的诗作大都以诗性的自由抒发和象征手法的适度应运表现诗人的内心感受，客观事物被诗人们赋予了强烈主观感情，得到了读者的认可。

从 1978 年开始，宁夏诗歌创作呈现出前所未有的新气象。在宁夏回族自治区成立二十周年之际，宁夏人民出版社又出版了宁夏诗人作品选《光辉永照宁夏川》，收录了当时一些主要诗人的优秀之作。同时，也为取得突出成绩的诗人肖川、吴淮生、秦克温分别出版了诗集《塞上春潮》《塞上山水》《飘香的黄土》。

宁夏诗人或站在西北黄土地上放歌时代春潮，或从往昔苦难的岁月当中撷取温暖人心的细节，于追忆中深切体会土地和人民的宽广胸怀。现实主义是这一时期诗歌的主流，在对历史的反思和对新时代的由衷赞美中，诗人们共同谱写着 20 世纪新时期宁夏文学的多彩华章。高深、吴淮生、秦中吟等都焕发出了青春活力，在艺术上开始了新的探索。新时期出现的诗人肖川、刘国尧、屈文焜、贾长厚、王庆等以及回族诗人马乐群、丁文、杨少青等，创作手法日趋多样化，创作也更为成熟。

从宁夏走出的军旅诗人雷抒雁、乔良、邓海南等在全国都产生了一定的影响。雷抒雁（1942—2014），陕西泾阳人。毕业西北大学中文系。1968 年至 1972 年在宁夏某部队农场锻炼，后任部队宣传干事。他视宁夏为第二故乡，写了不少讴歌宁夏的作品。他早期的诗集《春神》就是宁夏人民出版社出版的，诗作《父母之河》写的就是宁夏的黄河。乔良（1955—），山西忻县人，祖籍河南。曾在宁夏服役，后考入中国作协鲁迅文学院，插班转入北京大学中文系就读。诗作发表于《朔方》《诗刊》《人民文学》等。邓海南（1955—），江苏泰兴人。曾在宁夏军区担任卫生员。1974 年开始发表作品于《朔方》《诗刊》等。著有诗集《青山的恋歌》《机器与雕像》。

新中国成立，尤其是宁夏回族自治区成立以来，王亚凡、李震杰、朱红兵、罗飞、姚以壮、刘和芳、路展、吴淮生、王世兴、高深、杨克兴、高琨、秦中吟、张贤亮、张涧、万里鹏、马乐群、丁文、贾长厚等诗人都活跃于宁夏诗坛。其中王世兴、高深、丁文等回族诗人另有论述。

李震杰（1921—1995），笔名李羽、穆芷，湖南长沙人。1938 年在广西桂平参加抗日救亡工作，加入学生军，后任报纸编辑。20 世纪 50 年代初毕业于中国人民大学俄语系，任俄文经济翻译。1958 年支援宁夏建设调到银川，历任宁夏日报社文艺编辑，宁夏作家协会秘书长、副主席、名誉主席。1939年在桂平《诗》刊、《浔洲日报》发表讴歌抗日战争的新诗。著有散文集《老凤新声》《把勺把子交给自己人》《李震杰诗文选》等。中国作家协会会员。

李震杰的文学生涯始于抗日战争爆发的岁月，他用手中的笔倾诉着民族的苦难："敌人——那来自海上的暴徒／从空中撒下灾祸／毁灭了人们恬静的日子／恐怖扎下罗网／在每一个急跳的心里。"他歌颂着人民的抗争："那武装了的人群／英勇的子孙比前一代更强硬。"这些作品以其充沛的战斗激情、追求民族解放的精神，汇入壮丽的抗战交响曲之中。在那铁血激战、炮火硝烟的危难岁月中，李震杰始终没有放下他呐喊、呼号的笔。

1938年长沙大火之后，李震杰毅然离家，辗转来到了被称作是西南抗战文化中心的桂林。然而这个美丽的城市却交织着高尚与卑鄙、光明与黑暗、进步与倒退。在颠沛流离之中生活的李震杰，感到一种苦闷与压抑。他仍在为抗战高歌，但他歌唱的音调里，于高亢之中多了悲壮，激越之中有了沉郁。如《夜街》："菜色的脸／疲倦褴褛的身影／——印着逃难者流亡脚步的夜街／粉白色的脸／出卖肉体和花柳的身影／——印着拉不到客人的妓女脚步的夜街。"短短一首诗中，作者两次吟哦"夜街／阴沉的夜街"，这种句式的不断反复，造成黑暗、压抑的氛围，从而抒发了作者对光明的渴求。《夜街》中，作者将爱与恨、对光明的追求与对黑暗的鞭挞糅合在一起，令人感到了融为一体的热爱与憎恨的力。这不仅表达了受压迫民族人民要求解放的心声，也是作者在民族解放战争中追逐光明、追求胜利、以身许国的爱国激情的迸发。

孜孜不倦地讴歌光明与真理，始终是李震杰诗歌的主旋律。八年抗战，李震杰同全国人民一样历尽苦难与坎坷。他在北平加入中华全国文艺协会北平分会，在诗人张光年等人的影响下，李震杰在北平《人民文艺》等刊物发表作品，抨击黑暗。《春》就是他这个时期的代表作品。诗人摄取了北方早春春寒料峭的大自然景色："……看不见阳光／天空挤满了灰色的云／顽固的冰块／还冻锁着土地和河流／黄昏／大风雪在原野上／像狼一样恐怖地嗥叫。"作者通过形态、光线、色彩、声音，抒写了北方早春原野的阴冷、荒凉和凄切。用渗透着诗人主观情绪的意象，抒写了人民对这种统治的愤恨情绪。诗的第二部分，抒情主人公大声问道："春天／是要开花和歌唱的／垂死的风雪／能够永远占有她吗？"一个设问句，充分地显示了作者对黑暗统治的蔑视。继而又用乐观的口吻传达着"温暖的信息"："我听见了，河流上／冰块碎裂的声音／我听见了，愤怒的树林／树枝在风中撞击／冰雪跌落在地上的声音。"人民必然胜利的预言在象征性的诗句中得到了清晰而又蕴含的表现。

　　李震杰青年时代所抒写的诗歌，大多运用了象征的艺术手法，这给他的诗作在意象之中增强了精神蕴含的弹性美，使诗的容量远远超出所记录的生活本身。新时期以来，年届六旬的李震杰曾这样写道："解冻的河流／夺回被禁锢的歌喉，／跳跃着，欢唱着／奔腾向远方；／冬眠的草木／抖掉身上的冰霜，／把绿色的眼睛／微笑地舒张"（《春曲》）。由此可见，李震杰新时期的诗，比之他青年时期的诗作，除了那澎湃的热情依然如故外，更多了几分深沉。其朴素的风格、哲理的蕴含，使他的诗达到一个新的境界。诗人站在反思历史的峰峦上，俯瞰生活，讴歌真理，其作具有强烈的批判意识、忧患意识和哲学力量。《祭》《古庙三题》就是其中的代表作。

　　《祭》是李震杰献给宁夏张志新式的朱守忠的一曲赞歌。这是一曲动人心魄的礼赞正义与真理的正气歌。"你犯了法——／因为维护了正义；／你判了罪——／因为说出了真理。"作者一反常理，用了两句违背惯常逻辑的话语。紧接着一句反问"虽然你关进了监狱，／铁镣岂能锁住正义？"一句感叹"虽然你已经被枪杀，／但刀枪杀不死真理！"这一问一叹，犹如两发连射的炮弹，炸裂开来，达到震撼心灵的效果。之后诗人运用饱蘸深情的笔墨，把那不朽的灵魂一点点雕凿出来，造成感情波澜的跌宕之势，对英烈的热爱、敬仰之情充溢其间。如果诗歌就此打住，我们说它已不失为一首斥责民族败类、歌颂人民英烈的好诗。但诗人的思想触角深入了下去，将诗歌的思想内涵予以深化和扩展。他写道："假如共产党员／——都像你，／斧头和镰刀，／该是怎样锋利？／假如祖国儿女／——都像你，／理想的种子／能不开花结实？／你光辉四射的一生，／是铁面无私的明镜。／有的人照着你／——战歌高唱；／有的人照着你／——含泪沉吟；／有的人照着你／——胆战心惊。"诗人以其深刻的理性之光，烛照着人们的灵魂，向历史与社会提出自己的思考，引发读者对世界与人生进入哲学思考的领域。作者在整首诗的节奏处理上，张弛有致，使其与感情的抒发结合得颇为和谐。阅读整首诗，就好像在倾听一首正义与真理的交响曲：一时慷慨悲壮，一时哀婉幽凄，一时又深沉低吟。在变换的节奏中，用情感的浪花不断拍打着人们的审美感知。

《古庙三题》较之《祭》，在对历史流程的俯瞰中少了一些直抒胸臆的东西，多了一些含蓄与简洁，更多了思辨的色彩，诗的哲理意境又上一层。这组诗中，作者借神鬼之题表达了自己对于社会、历史的哲学思考及见解。如在《玉帝像》中，这种丰富与简洁的艺术统一，更多地体现在作者对表面的威严与实质的平凡、虔诚的膜拜与可笑的愚昧之间，充满哲理的精练抒写之中。《古庙三题》给人一种从容、超逸的气韵，这一审美境界的抵达，除了诗人对生活的深刻认识使然之外，也是其诗歌艺术已臻完美的体现。

李震杰还写了不少表露自己对生活意义执着追求的诗歌。这些诗歌中既有热情严肃的言志诗，比如《人生的考卷》；也有诙谐幽默，反映诗人日常生活、工作的作品，比如《春天》《晨》等。然而不论这些诗歌风格如何，它们所反映出的对生活的态度都是积极的，这种态度又都是以他对光明和真理的不倦追求为底蕴的。

其实，李震杰还做了一项重要的工作就是培育宁夏文学新人。50年代，他响应号召从北京来到银川，在《宁夏日报》文艺编辑的岗位上工作了二十二年。在他的辛勤辅导下，雷抒雁、邓海南、乔良、肖川、吴淮生、秦中吟、刘国尧等一个个诗人从宁夏走向全国。高嵩曾这样评论："二十多年来，他生产的主要不是诗，而是诗人。"（吴淮生《生产诗人的人》，《新消息报》2006年10月10日）。

朱红兵（1922—），原名朱衡彬，山东陵县人。1940年投奔延安参加革命，学习于青年干部训练班、鲁迅艺术学院文学系。历任宁夏作家协会主席，宁夏文联党组书记、主席。1940年开始发表诗作于《大众习作》《草叶》《解放日报》等。著有长篇叙事诗《沙原牧歌》，与李季、姚以壮合著长诗《银川曲》。

创作于40年代的《我是农民的儿子》《劳动歌唱》等诗作是他这一时

期的代表作品。数十年中,这位"身体内流动着农民的血液"的战士,转战于祖国的大西北,后又将自己生命及思想的根须深深地扎入了宁夏这片神奇的土地。社会主义建设的壮阔场面,给了作者以丰富的思想营养;宁夏平原上、山崖间淳朴悠扬的民歌小曲,又充实了他的艺术储藏。于是《我是一块制好的砖》《兰州散歌》等一组组真挚、朴素的诗,便飞出他的心灵深处。

新中国成立初期,社会主义建设的交响乐章在祖国大地轰然奏响,朱红兵所创作的作品充满了对新生活欢快的歌唱。新的世界、新的生活、新的情感在他的诗作中绘成了一幅幅乐观、明朗的画卷。"哪个精心的工匠,/将银花雕满树枝、树干?/也许是皑皑的梨花怒放开绽,/难道温暖的春风早已越过雪山"(《凌霜》)?仿佛出现了一个粉妆玉砌的神话世界,美不胜收,令人目不暇接。王国维曾说:"一切景语皆情语也。"诗人对年轻的共和国充满挚爱,因而赋予大自然以灵性,诗中的梦幻世界正是作者心灵对现实世界的折光。

1960年,朱红兵利用业余时间创作长篇叙事诗《沙原牧歌》。他长期在三边根据地生活,结识了一大批像王夫、秀兰这样质朴、善良、坚强、勇敢的贫苦农民。诗人对这些普通的人民群众怀着深厚的感情,为他们真诚地尽情歌唱。王夫自幼丧母,受到秀兰母女的真诚关怀。"一排排沙柳根连根,/他两人并坐身挨身,/糠干粮虽少哥的心,/掏出来两人一半分。//吃一口干粮谈一谈心,/是甜是苦两人尝。山头上下雨山沟里流,/合唱个小曲解忧伤。"在这里,诗人将他们的故事置于波澜壮阔的人民革命斗争大背景之中来描绘,赞颂了他们投身革命的精神,以及王夫与秀兰对美满爱情的坚贞和追求。为使人物形象丰满,更具光彩,诗人在诗中多处使用了对比、反衬的艺术手法。写到秀兰时:"一排排杨树一行行柳,/清清的溪水潺潺流;/巧鸟鸟枝头喳喳叫,/满园的菜花缀绿洲。"写到地主牛如山时:"三棱子脑袋火烂眼,/一个虎牙露唇边;/一颗脑袋像柳斗,/驼背就像虾米子走。"对比鲜明,美丑分明,诗人的爱憎也很鲜明。诗中凸显秀兰的个性,又以秀兰母亲的懦弱为衬托。面对牛如山的逼婚,秀兰母亲"鼻涕眼泪地把儿劝",秀兰"生气撂下了针线活,/辫子一甩出房间。"一个"撂"字,一个"甩"字,两个简单地动词,令人如见其人，如闻其声。《沙原牧歌》还大量使用了比兴手法，使得诗歌具有了浓郁的乡土风味，增加了诗歌的生活气息和生活情趣。写到牛如山遭王夫痛打之后，诗中这样形容："牛如山好像咬败的狗，／边跑边叫夹着尾巴走。"这种比喻将牛如山落荒而逃的狼狈样勾勒得活灵活现。描写王夫与秀兰的爱恋："羊群跟着头羊走，／相好的心思早就有。"这种"兴"的手法的使用，极好地渲染了地方色彩。还有像"太阳爬上了沙梁巅，／王夫跑进了红地边"，海边的人们常常由海平线上看到东升的旭日，而"日头爬上了沙梁巅"这却是作者对三边沙原地区自然景物特有的观察。"跑进了红地边"的王夫，其心境与初升的旭日照耀下的自然氛围正相吻合。这种描写使得诗里人物的生活、思想、感情和诗歌摹写的环境达成了和谐统一。《沙原牧歌》融宁夏大调、陕北信天游等流传三边一带的民歌于一体，以宁夏民歌七言四句为主，其间又错落使用信天游八言，在基本一致的句型上求得变化，造成了跌宕起伏的效果。我们可以感到长诗博采民歌、戏曲、说唱语言以及群众口头语言之精华，化而用之，创造出一种刚健、清新、生动、活泼、富于生活气息和地方特色的诗的语言。写情状物，十分生动传神，这是长诗在语言运用上最成功的地方。《沙原牧歌》采用浪漫主义的表现手法，赋予主人公王夫与秀兰以理想的光彩。

朱红兵用自己那质朴的歌，真诚地为他所热爱的祖国与人民歌唱，这是他几十年来所遵循的创作原则。也许他的作品多了些天真和单纯，有些图解政策的嫌疑，以至影响了其艺术和美学价值的实现，但超越时代是有难度的。朱红兵毕竟以自己的真诚与努力创作了许多可供人们认识鉴赏的艺术形象，而这些艺术形象在宁夏诗歌史上留下了光彩。

吴淮生（1929—），安徽泾县人。毕业于北京师范大学，历任《朔方》编辑部副主任、宁夏作家协会副主席、宁夏少数民族文学讲习所常务副所长、宁夏文联文艺理论研究室主任等，一级作家。1945年开始发表作品，诗作荣获宁夏第一届文艺评奖一等奖；个人荣获宁夏有突出贡献专家称号，享受政府特殊津贴。著有诗集《塞上山水》《新声旧调集》《吴淮生诗词选》及散文集等。中国作家协会会员，宁夏诗词学会名誉会长。

吴淮生从少年时期就开始诗歌创作。写于1945年的《卖艺的人》是他最早的新诗，以一个少年的视觉，写出了生活在社会底层的人们所遭受的苦难和普通劳动者的艰辛，他的诗一开始就是贴近现实生活的。在《光明篇·灯》中诗人写道："刺破一室的黑暗／多么明亮的记忆啊／一粒火／照亮着黑夜的影子／更照亮摸索着的里程。"在黎明的前夜，他期盼着、抗争着，终于迎来了新中国成立的光明，他也以满腔的热情投入到了新的学习和生活当中。从北京师范大学毕业后，诗人被分配到宁夏当老师。1957年开始写旧体诗词。在经历了反右运动、十年"文革"之后，饱经磨难的九州大地再一次盼来了文艺的春天。吴淮生此时虽已人到中年，但他激情勃发，压抑了许久的创作热流奔涌而出。吴淮生关心祖国的建设与发展，写下了《致宁夏》等充满着火热生活激情的华章；他的足迹遍布众多的名山大川，留下了《衡阳雁痕》《云南诗痕》等赞颂壮美山河的诗篇；吴淮生感情细腻，写了不少饱含着亲情的诗作，如《我和女儿》《儿女情》《银婚曲》等，读来十分亲切，让人动容；吴淮生为人谦逊、交游较广，写了一部分富有感情色彩的送别诗和题赠诗。这些诗包含着他乐观的人生态度，每一首诗都发自他的内心，正是言为心声。但真正能够体现吴淮生艺术风格和创作水平的是《在云岭新四军军部旧址纪念馆》《在缪斯的家乡》《欧洲的瞬间》《故乡烽火忆当年》《寄给爱琴海上的缪斯们》《在太阳边缘》等组诗。"我坐在房中久久地等待／把胜利归来的军长访问／胜利，已经几十个春秋／将军哟，为什么还不跨进房门？／／粉白的墙壁呀，／你如会录像多好／今天，请映现威武的将军／／沉默的条桌啊，／你要是录音机多好／此刻，我请你播放他那广东话音……"（《在云岭新四军军部旧址纪念馆·在叶挺将军的房中》）。艺术的想象让时空变幻，为的是寄托永久的怀念，将军没有归来，他却永远地活在我们的心中，正是这种心的怀念才勾起了作者的无限诗情。吴淮生出生于皖南，对这片土地怀有深厚的感情，皖南又是当年新四军军部所在地，那"战地黄花分外香"的情景令多少热血青年向往。吴淮生多次随中国作家代表团出访或到境外观光，留下了脍炙人口的诗篇。"而今，在她们的故乡／奥林匹斯诸神／用笑语拂去我的风尘／神们的语言／是无字的天书／我只好用'亚尔萨斯'／表达凡人的衷情　在神祇的议席上／缪斯是山岳／她们团团围我而坐／于是，我也化为诗神"（《在缪斯的家乡·致雅典的诗人们》）。语言轻松，充满自信，超凡脱俗，是一种神圣而崇高的感觉。吴淮生于细微之处入手，寥寥数笔就把诗中的人物刻画得十分生动。"在挥汗如雨的赤道线上／我走进秋天的清凉／天风拂我衣襟／牵曳云雾之飘荡／借这仙山琼阁小憩／我的心也凌空飞翔……从这里进出欢乐／从这里流溢死亡／从这里啊／也能欣遇再生吗？"（《在太阳边缘之夜宿云顶》）。马来西亚云顶是东南亚最大的一个赌场，看似清凉世界，表面上进出着快乐，实际上流溢着死亡。吴淮生以游客的身份"小憩"旁观，有感而发，以前后对比的手法先设想、后反问，给出答案。

吴淮生的诗作有其独特的创作风格，既有浪漫主义的吟诵，也有现实主义的高唱；既有对祖国壮美山河的歌颂，又有对异域风光的描绘；既有对工作、生活了五十多年的塞上饱含真情的赞美与倾诉，更有对故乡皖南青山绿水深深的眷恋与思念。他的诗大多简洁明快，反映事物的本质，在虚实之中给读者留有联想回味的余地。在艺术手法上大多以情寓景，以景写情，构成诗的意境，洋溢着浪漫主义与现实主义相结合的鲜明色彩。

吴淮生青年时代倾情新文学，勤奋耕耘，为新诗的发展作出了积极的努力；但对古体诗词也情有独钟，为继承和创新优秀文化不遗余力，成绩斐然。不论是新声还是古调，都是他的钟爱。在寂寞的创作路途中，吴淮生始终保持着一种平衡，竭力寻求新体诗与古诗词之间的共通之处，根据题材、内容的需要，赋予不同的体裁，使它们各展风采，在美学的层面上达到一致。

秦中吟（1936—2014），原名秦克温，宁夏平罗人。毕业于陕西师范学院中文系。历任中学教师、银川市文化馆创作员、宁夏日报社高级编辑、宁夏诗词学会会长、《夏风》诗刊主编等。诗作荣获宁夏第一、第二届文艺评奖二等奖，第四、第五届优秀（不分等）、一等奖，个人享受政府特殊津贴。著有《飘香的黄土》《爬格者的情思》《秦中吟抒情诗选》等。中国作家协会会员。

1951年，当秦中吟还是一位稚气未脱的少年时，就在《宁夏日报》副刊《宁夏川》发表了处女作。从此在长达六十多年的时间长河中，秦中吟一直在崎岖而又曲折的创作道路上艰苦跋涉，留下了属于自己的深深浅浅的脚印。秦中吟一边搞创作，一边搞评论，坚持两手抓，其最高成就体现在诗歌创作方面。前期主要以新诗为主，后期主要以古体诗词为主，兼及小说、散文、杂文、戏剧等，在每个领域都有所表现。

我国新诗在 20 世纪 80 年代大致有四个群落，即以艾青、牛汉、绿原、邵燕祥等为代表的"归来者"，以北岛、舒婷、顾城等为代表"朦胧诗"，以雷抒雁、骆耕野、叶文福、叶延滨等为代表的"新来者"，以昌耀、章德益、杨牧、周涛等为代表的"新边塞"。秦中吟大致属于归来者中的乡土诗派，而严格地讲，他属于乡土诗派中黄土诗派的翘楚。因为从这个角度去审视秦中吟的诗歌创作，就能搞清诗人在诗歌史上的位置。诗人曾在《我与诗歌》中写道："我全力讴歌生我养我的黄土地，和黄土地一样忠实质朴的黄肤色人民，以及我的祖国母亲。"诗人的这种心迹，从他的笔名秦中吟和自号宗白就可以看出。"黄河向太阳铺平波涛／亮出最纯正的颜色／像我值得骄傲的黄肤色／清晰的肌理可数可摸。"这是秦中吟的诗，一颗忧国忧民的心，写出这样细腻而又让人难忘的诗。吴淮生在《黄土之恋与拥抱时代的同向轨迹——论秦克温的诗》（吴淮生、王枝忠主编《宁夏当代作家论》，宁夏人民出版社，1988 年）中说："秦中吟是黄土的儿子，因为黄土高原孕育了诗人，也孕育了他的诗。""黄土不仅粘在他的肌肤和衣襟上，也浸染着他的灵魂。"

秦中吟淡泊处世，生活简朴，素以耿直著称，他有一首诗就叫《直辩》："人如果在压力下弯腰曲背／只能像古猿一样痛苦地爬行／就这样，我理解了直，爱上了直人／直是人性的合金钢制成的炮筒／是真理的防风林。"诗人向来胸襟开阔，光明磊落，坦诚待人，此诗可以看做是诗人的自况，也可看做是诗人人格的一种写照。是的，他是最有个性特色的诗人，他的诗是"直人直诗"。他喜欢用直率的方式表达自己的思想感情，但也不排斥含蓄和蕴藉的作品。

秦中吟的诗达到了思想真、语言真，情与景、意与境的融合，是诗人"直"的自然天性的流露，体现了诗人追求自由、奋发向上的人生观。而这一执着求真的精神，始终贯穿于他的生活和创作中，达到了人品与诗品的统一。比如"看一河桃花春水一泻千里／卷起雪浪朵朵，卷去泥沙，卷去败叶，／一片银色将十里田园尽抹。／黄河，你也抹尽我心中的怅惘，／我不再，不再慨叹那逝去的岁月。／／尽管我们一同失去过韶华，／虽然那并非我们的过错。／你匆匆来去的脚步告诉我：／人生并不是历史的过客,／生命的活力在于／不断追求,不断拼搏,不断突破。／／于是,我追逐你的激浪洪波,／阔步前进,带着我的颂歌。／你流向大海,不畏道路曲折;／我走向生活,何惧艰险阻隔?／纵然浩渺的烟波紧锁,／但我看到你气势的磅礴。／啊,黄河,你所追求的／也正是我所向往的境界"(《五月,我在黄河岸上走着》)。高嵩在《匍匐在慈母般的前套平原上——秦克温诗断议》(《朔方》1986 年 3 期)中说:"他的诗不像羼了奶的水,那么迷离,那么氤氲;他的诗像黄河之水,带着西北高原的土腥气。他的诗也如银川白酒,能把一种热辣辣的感觉送进你的胃口里去,只要你慢慢饮啜,有时也会感到朦胧的微醺。"九叶派著名诗人唐祈先生对秦中吟的诗评价道:"诗如其人,您的诗质朴、诚恳、亲切,仿佛塞上的泥土,散发出泥土的芬芳"(张铎《塞上潮音》,宁夏人民出版社,2007 年)。其实,秦中吟的诗就是沙枣花一样飘香的黄土。

1988 年宁夏诗词学会成立,尤其是 1995 年全国第八届中华诗词研讨会在银川召开,自此,秦中吟把诗歌创作的重点转向了古体诗词,成为新边塞诗的倡导者和代表诗人。

秦中吟在创作诗歌的同时,又将笔触伸进文学批评领域。宁夏大学教授朱东兀先生曾指出:"他的研究表现比较突出的是旗帜鲜明,另外是有的放矢,论证的逻辑性比较强,说理也较透彻"(《秦克温文学评论集》,宁夏人民出版社,1993 年)。秦中吟提出的新诗"要多样化,不要单调",诗歌"要化而不失本调",这些论述立意高远,思想深刻,均产生了一定的影响。他提倡当代诗词要"向新诗借鉴、学习"。他认为传统诗词"格律过于严格,意象符号及语言外壳的老化,不利于表现现代生活和人们日益丰富的思想感情",必须"根据现代社会生活的要求和现代汉语的特点,建设当代诗词",即"使传统诗词现代化"。美学家、文艺评论家严昭柱评价道:"他的这些见解和诗事活动,为推动中华诗词走向繁荣起到了积极作用"(秦中吟《诗论新编》,中国文化出版社,2008 年)。秦中吟的理论观点得到我国文艺理论家公木、郑伯农、丁国成、杨金亭等先生的大力支持和充分肯定。

张贤亮(1936—2014),江苏南京人,祖籍江苏盱眙。1955 年从北京移民到宁夏贺兰县务农。历任宁夏作家协会主席、宁夏文联主席、中国作家协会第四至七届主席团委员、全国政协第六至十届委员、宁夏华夏西部影视城有限公司董事长。创作以小说为主,曾三次荣获全国优秀小说奖,有九部小说搬上银幕。个人荣获"宁夏有特殊贡献的知识分子"称号,被评为"中国文化产业十大杰出人物",享受政府特殊津贴。

1957年,张贤亮因在《延河》7期发表了长诗《大风歌》而被打成"右派",经历了长达二十二年的劳动改造生涯,一首诗歌从此改变了一个人的生活。而今,当我们重新分析当年的政治形势审视这首诗,可见,诗人公刘为政治形势所迫,出于保全自己的目的在《人民日报》撰文批判《大风歌》。这令我们看到在当时的历史背景下,文学与政治有着脱不开的联系。公刘在这种特殊的环境下展开的批评缺乏针对诗歌文本的正确分析,更无针对诗歌美学的正确解读,脱离了诗歌批评的基本要素。《诗刊》于2002年6月上半月刊再次刊发了《大风歌》,从诗歌的审美角度来看,《大风歌》的诗性语言,使我们感受到当年21岁的诗人张贤亮,年轻的心灵带着生机盎然和空灵气华,对当时的中国充满了新鲜的憧憬和期待的意绪。在第一节中,"我"就是风,"那无边的林海被我激起一片狂涛/那平静的山川被我掀得地动山摇/看呀!那些枯枝烂叶在我面前仓皇逃退/那些陈旧的楼阁被我吹得摇摇欲坠/我把贫穷像老树似的拔起/我把阴暗像流云似的吹飞/我正以我所夹带的沙石黄土/把一切腐朽的东西埋进坟墓"。这是拔地而起的新生力量,也是排山倒海的无穷气概,更是诗人历经磨难而渴望爆发的心声。在第二节中,"大风呀!/让你那滚滚滔滔的雷似的声响/让你那澎湃着的浪与浪冲击的音调/让你那强有力的和声去宣布/新的时代来临了!/需要新的生活方式!/需要新的战斗姿态!"寄托大风宣布一个新的时代,一种新的生活方式。可是大风吹过了,时代依旧,只是诗人超前了几十年。

张贤亮平反后主要创作的是小说,但他首先是一个诗人。在小说上屡创辉煌之后,他又回到诗歌,晚年创作了七十多首古体诗词,最后他还是一位诗人。"文学的核心,文学的精髓,并不是小说,不是散文,更不是杂文,而是诗。从事文学创作的人如果他首先不是一个诗人,那么他写的任何其他文学体裁都不会写好"(张贤亮《好个诗情画意》,《边缘小品》,陕西人民出版社,1995年)。他的古体诗词更多的是一种人生的豪情和沉思：有雄怀、波澜和沉吟，也有舒张、自负和孤独；有侠骨柔肠、壮心不老、豪情不已，也有凭吊感慨、冷眼看世、即景赋诗。他悟透人生而感慨人生，悟出禅意而道出从容；他重情重义、动情感怀、以诗自喻，书写回顾与展望。这些作品或疏放旷达，或深沉凝思，或洒脱自在，都能对人生、现实和生活作出判断，对未来寄予期盼，诗情浓郁，不拘小节，大有李白之遗风。因为他的写作技巧并不复杂，绝大多数诗词都采用的是直抒胸臆的手法。如"瘦骨何甘卧老村，几番飞雪沐精神。一昂头角迎风去，顶起人间万顷春"（《吟牛》）；"山里青青立一丛，风霜雨雪看如空。平生自负凌云节，不在千花万木中"（《题竹》）。

张贤亮于 2014 年 9 月 27 日因病医治无效在银川逝世，现录几则挽联，既是评价，也是纪念。"大风歌历经磨难传奇一世开拓荒凉使贺兰含雨，绿化树屡创绝章流芳千古成就巨匠让黄河咽声"；"贺兰仰止文坛巨匠名著绝章永存天地间；黄河呜咽宁夏六宝神态风采常在心灵处"；"文曲星降临塞上创造天地流芳百世树默立，第六宝腾飞宁夏享誉世界垂名青史花顿首"；"戈壁滩上文思泉涌谱写名著舞翰墨，贺兰山麓秋风咽凄摇撼大树惊沧海"；"一代巨匠文坛师表吾辈齐噤声，百世大家宁夏名片我们共俯首"（杨梓挽）。

这一时期活跃在宁夏诗坛上的诗人还有王亚凡、刘和芳、路展、王世兴、高深、杨克兴、高琨、张涧、万里鹏、马乐群、丁文、贾长厚等。他们的创作从思想内容到艺术风格的发展上，都具有重要意义。其中王世兴、高深、马乐群是回族诗人，另有论述。

王亚凡（1914—1961），原名正雅，河南内乡人。学生时代参加"一二·九"运动，20 世纪 30 年代开始发表作品。1939 年后在剧团从事抗日救亡活动，历任演员、导演、剧团负责人，中国作家协会副秘书长。1960 年底下放宁夏农业第一线，他写下了前来宁夏的感受："我要去遥远的塞北，／老红军把他的草鞋送给我，／他们那里山高又落雪，／无敌的草鞋会唱无畏的歌。／／困难把大家拧在一条绳上，／友爱却在心里飞翔，／不要以为友爱尽是温情，／对缺点的批评犹如闪动的火光"（《友爱》）。但他来宁夏时间很短，于 1961 年 1 月 8 日在灵武逝世，葬于灵武县烈士陵园。作家出版社于1962年为他出版了诗集《王亚凡诗抄》。

姚以壮（1926—1973），陕西靖边人。历任陕甘宁边区靖边完小校长，《三边报》记者，《宁夏日报》社编辑室主任、副总编、总编，宁夏党委政策研究室主任，宁夏文联副主席，全国第三届人大代表，中国作家协会会员。姚以壮前期写民歌体新诗，如"翻一架山又一架山，／山山不断响牧鞭。／／越一道岭又一道岭，／岭岭相连绕白云。／／人都说罗山赛天高，／羊群如云在天土飘"（《罗山不老松·引子》）。而与朱红兵合著经李季修改的说唱形式的长诗《银川曲》于1958年由北京通俗文艺出版社出版。

姚以壮是宁夏第一代著名的文化工作者，他为《宁夏日报》的筹建、发展付出过艰辛的努力。担任宁夏文联副主席后，抽空创作了《访豫旺》《罗山不老松》《咏贺兰山》等热情讴歌宁夏回汉劳动人民生活的作品。他的代表作品有与李维涤、郑于骥等人合作的大型歌剧《人间天上》、与赵千里合作的大型秦腔现代剧《西吉滩》、大型戏剧《康熙访宁夏》和电影剧本《六盘山》等。这期间他被选为中国作家协会主席团成员和常务理事，中国戏剧家协会理事，中国电影家协会理事。"文革"开始，姚以壮首当其冲，遭到无休止地批判，并蹲了"牛棚"。"群专"解除后，他做的第一件事就是深入生活，先后在泾源山区、阿拉善牧区、灵武农村体验生活，可积劳成疾，一病不起。"问尔泾水几多源，陇山深处有白泉。高陵一失千古恨，可叹清流志不坚"（《再问泾河》）。这是他深入生活的体验。姚以壮的突出成就表现在戏剧上，是宁夏第一代著名的剧作家。

刘和芳（1927—），笔名河帆，安徽安庆人。1951年毕业于大夏大学经济系，后入复旦大学中文系进修。1958年调到宁夏参与筹建宁夏人民出版社，主持组建少儿读物编辑组。历任文学编辑、少儿读物编辑组组长，《女作家》季刊副主编。1943年开始发表作品，诗作荣获宁夏第三届文艺评奖二等奖，个人荣获宁夏人民出版社五十年特殊贡献奖。著有诗文集《回眸》，儿童文学《幼学童话百篇》。中国作家协会会员，中国鲁迅研究学会会员，中国现代文学研究会会员。

诗歌《我愿做一棵小草》其实是作者的自况。"我愿做一棵小草／冒着风雪，顶破冻土／用生命的绿／向人们发出春的呼号／我愿做一棵小草／倾注深情，吮吸朝露／用沁人的凉／去抚慰夏日行人的脚／我愿做一棵小草／虽然比不上秋天枫叶的鲜艳／但我能用柔软的胸／和孩子拥抱／／我愿做一棵小草／假如明天我将死去／就死在大地母亲的怀抱／用不灭的信念告别冬天／催发来年的春潮。"这首诗为读者塑造了"一棵小草"的艺术形象，让人过目难忘。其实，这是一首托物言志之作，全诗明明白白是写小草，但更是写人，写人的追求和抱负，抒发了一曲无私奉献者的颂歌。

路展（1928—），原名路福增，河北丰润人。1948年肄业于北平中国大学经济系。1949年参加革命工作，历任华北大学文工团员，《人民文学》编辑、诗歌组副组长，《宁夏文艺》编辑，《朔方》主编等，编审。1950年开始发表作品，著有短篇小说集《白脖鸽子》，短篇童话集《小鹿银点点》等。童话荣获全国少儿文艺创作奖三等奖、全国首届优秀儿童文学奖等；个人荣获全国文学期刊编辑荣誉奖，享受政府特殊津贴。中国作家协会会员。

路展虽以儿童文学著称，但他的诗歌创作也颇具特色。如《羊皮筏子》："蓝天、白云、远树，／黄河上迷蒙金雾，／像羽箭掠过水面，／羊皮筏子飞向何处？／一叶木桨急急点水，／绕过了漩涡急滩险路；／渔鼓道情响亮，／一开口惊起柳荫苍鹭。给矿山运去了嫩菜鲜果，／给公社运回了乌金墨玉。／小筏子像锦上飞梭，／织出了工农联盟美景一幅。"这是一首纯粹的田园风景诗。诗人走访塞上江南之黄河，以诗意化的笔调表现了黄河上羊皮筏子运送货物的过程，让读者感到塞上江南处处充满诗意。这首诗层次分明，有远景有近景，有特写有写意，有动有静，二者交错，读者无须想象，诗意化的塞上江南就令人神往。

杨克兴（1935—），河南虞城人。历任虞城县店集区政府秘书、《黄河建设》实习编辑、宁夏电力局宣传处处长、宁夏电力文协副主席等。著有诗集《三百萃编》《与光同行》（合集）《夕阳碎影》等。中国作家协会会员。

杨克兴擅长短诗，如《激浪》："飘荡的是黄金／浮动的是白银／波光粼粼的是万家灯火／映红晚归的牧歌。"全诗只有四句，读来很像古代的绝句，语言优美，语意深沉，为读者描绘了一幅牧归图，表达了作者的欣赏和热爱之情。又如《飘带》："九曲黄河／是哪位天使遗落的飘带／从天上飘飘洒洒地飞来／一端缠住月亮／一端在高原上跳动／挂满云彩和涛声。"全诗在艺术上的特点是，以联想而行文。看到"九曲黄河"，想到"是哪位天使遗落的飘带"，紧接着"一端缠住月亮／一端在高原上跳动"，想象大胆，新意迭出，有回肠荡气之势，诗人也把情感顺理成章地推向了高潮，使诗的力度和容量大为扩充，令人感叹。

高琨（1936—2013），宁夏固原人。1951年入伍，1955年转业至西海固歌舞团。多年来倾心于花儿的研究与创作，花儿作品发表于《诗刊》《朔方》《共产党人》等，荣获宁夏第一届文艺评奖二等奖。著有花儿集《红牡丹》《绿牡丹》《黑牡丹》等。

作为民歌的一种形式——花儿，向来以抒情见长，就像词为艳科一样。如《花蝶起舞》："韭菜的叶叶绿着哩，／灯盏花闪亮着哩；／想你着想得心颤哩，／今儿个要见个面哩。"就是典型的抒情花儿。先言他物以起兴，然后引起所咏之词，且兴中有比，既微妙又委婉，很好地凸显了抒情主人公的思想感情。由于作者运用了比兴的手法，尽量让形象说话，从而使花儿清新蕴藉、耐人寻味。高琨力争使自己的花儿将叙事、描写、抒情有机地结合起来，拓宽了花儿的艺术天地。尤其是在传统花儿一首四句的基础上，根据内容表达的需要，将花儿发展到十几行，乃至数十行，使花儿能够反映更加丰富多彩的生活。此外，传统花儿大都七八字一句，比较整齐，但显得拘谨，甚至有些呆板。而高琨的花儿有三四个字一句的，也有七八个字一句的，长短不一，节奏感强，字数灵活，不拘一格，便于歌唱，又能表情达意，更适合内容需要和时代要求。故而高琨创作的花儿是花儿王国的"自由诗"，为花儿的个体创作提供了有益的尝试。

张涧（1937—），笔名姚剑，山东金乡人。毕业于中国人民大学新闻系。1951年参加工作，历任中央统战部干事、北京大学中文系新闻专业学员、宁夏日报社文艺部主任，高级编辑。1954年开始发表作品，著有诗集《人生谁不老》，散文集《多情的秋天》等。中国作家协会会员。

张涧文学创作的成就是多方面的。写小说、散文、诗歌，也写歌词。虽说散文成就最高，但他是以写诗歌开始自己的文学创作生涯的，也是一个有自己鲜明艺术个性的诗人。如《春》："月夜花园里四处静悄悄，／只有风儿在轻轻唱……／你说，你非常爱唱这支歌，／但更喜欢我哼的自由曲。／不知什么花这样浓郁，／闻一闻就使人充满醉意；／不知是月光，还是错觉，／只见树影、花枝都在摇曳。／在这样时光已用不着言语，／只有轻微的声声叹息。／幸福就在背后这棵大树干上，／东方最好不要显现晨曦。／这个春夜今生不会忘记，／它教我们懂得了青春的含义。／——虽然没有枪林弹雨，／对幸福也应珍惜。"高尔基曾说过："真正的诗——往往是心底的诗，往往是心底的歌。"这首春之歌，就是心灵的歌、感情的火、思想的光。诗作所创造的艺术境界，注入了诗人对生活、对人生的睿智思考，洋溢着诗人立体的、丰富的意趣。黄建新认为，"张涧的诗感觉精微，诗思敏捷，意象清拔"，"并且具有实感与空灵相结合的特色"（《面对历史的思索——简论张涧的创作》，吴淮生、王枝忠主编《宁夏当代作家论》，宁夏人民出版社，1988年）。这首诗就是一个典型的例子。

万里鹏（1938—），原名陈琢如，浙江杭州人，毕业于山东工学院。历任煤校教师、宁夏人民出版社编辑、宁夏文史馆馆员，编审。诗作荣获宁夏第一、三届文艺评奖三等、二等奖，《大家》红河文学奖等。著有诗集《喷泉》。中国作家协会会员。

万里鹏自幼喜爱文学，1956年上中学时就和一同学合作写出188行的长诗《龙和鸡》，发表在《东海》创刊号上。1959年来到宁夏，在煤校教书。时间不长，又因"右派"言论被下放当了一名采煤工。1964年他在《人民文学》9期发表诗歌《瞧儿子》，这首诗后来选入宁夏新诗选集《光辉永照宁夏川》。刘贻清、马东震在《艰难的展翅——论万里鹏的诗》（吴淮生、王枝忠主编《宁夏当代作家论》，宁夏人民出版社，1988年）中认为，万里鹏"是宁夏诗坛的一位具有理性思考特色的诗人"。

诚哉斯言！如《午夜的悲剧》："突然维苏威山一声怒吼／／惊醒了庞贝一城市民／他们抱着珠宝盒钱币盒／仓皇逃命／手里还举着一尊神／但是神灵保佑不了他们／滚烫的砾石将他们击倒／黑色火山灰将他们掩埋……"火山爆发，尽管庞贝城的市民"手里还举着一尊神"，然而"神灵保佑不了他们／滚烫的砾石将他们击倒"。作者对人生的思考力透纸背，达到了理性和感性的和谐统一。诗中没有慷慨激昂的抒情，但有震颤心灵的艺术魅力。

贾长厚（1940—），笔名贾曼、秦庚，辽宁大连人。1960 年参加工作，就职于大连机床厂、银川长城机床厂、《朔方》编辑部等，副编审。1961 年开始发表作品，荣获宁夏第一、第二届文艺评奖二等奖，第四、第五届文艺评奖优秀（不分等）、三等奖。著有诗集《海恋》。中国作家协会会员。

贾长厚的诗跟他的人一样可信，用他对人世的各种思索，用他对人生命运和价值的体验和评估，酿造着真实的诗。在某种意义上讲，是大海把他送进了诗的大门。如《我爱大海》："我来了，扑向你／就像孩子扑进娘怀／你把我轻轻举起／用洁白的浪花把我抚爱／我陶醉了，躺在沙滩上睡去／任那风吹，任那日晒……／当我一觉醒来／你又给我满怀激情，一身爽快／啊，大海！我若是一条小河／也要投奔你的怀抱／我就是一滴水珠／也不能与你分开！"长期在大海边生活，他的一首首富有生活气息的海之恋歌，独特而又迷人。诗人把大海拟人化，赋予大海以灵性。在具体落墨上，以比喻的手法来表达对大海的热爱，全诗写得既清新又含蓄，就是靠着这一曲曲深情委婉的海之恋歌。他从工厂来到了《朔方》编辑部，成了一名诗歌编辑，也成了一位知名诗人。他的视野开阔了，主张诗歌关注人生和社会。如《车窗凭眺》："视线放得很远很广／思路开得很宽很长／看见什么了，是后倒的电杆／是急闪的桥梁还是那倒退的飞鸟／旋转的村庄？／不。不是那浮泛的景象／只有那远方迷茫的地平线／随着思绪一起摇荡……"诗人看到的，不是"那浮泛的景象"，而是"远方迷茫的地平线"，一首不到十行的小诗，凝聚了诗人多少感触和对人生的感悟。又如《海风》："轻盈，像抖动的薄纱／柔润，似流水淙淙／我一头扎进你的怀里／像久别重逢的恋人／你抱住我，轻轻颤动……／把我纷乱的头发梳理／把我皲裂的皮肤润平／我还从你喃喃的絮语中／感到了你的柔情蜜意／纯洁和忠诚……"诗人把海风拟人化，当作他喜欢的"客观对应物"，因而他的感觉被唤醒了，诚如高嵩在《诗格与人格的交辉——论贾长厚》（《朔方》1988 年 11 期）中所言："一种属于人的东西，充当着全体信息，给它以形质，以境界，以刺激力，以韵味。"这些诗句，不仅有较浓的人情味，有力的硬度，而且有美的光泽，有鲜明的个性。

第二节　西部诗歌：地域抒写的强劲展开

　　20世纪80年代初，关于"朦胧诗"的争论尚未平息，身处我国西部地区的诗人，因地域、选材、主题和艺术风格的相近而被称为"新边塞诗"，具有雄浑、豪放、苍茫、大气的美学特征，是对我国古典"边塞诗"的继承与发展。代表诗人有昌耀、杨牧、周涛、章德益、马丽华、魏志远、肖川、林染等，并得到西部尤其是西北各省诗人的认同。1982年3月，新疆大学中文系就"新边塞诗"召开了规模较大的学术讨论会，并编选了包括不同历史时期的《边塞新诗选》。接着，《飞天》《当代文艺思潮》《朔方》《绿风》《中国西部文学》《青海湖》等刊物，在推动"新边塞诗"的发展上起到积极的作用。宁夏新边塞诗的主要倡导者和实践者是诗人秦中吟和肖川，一是古体诗，一是现代诗。《绿风》诗刊1986年专门开辟了"西部坐标系"栏目，集中刊发了肖川等十五位西部诗人的作品和评论文章，肖川也被《绿风》诗刊聘为编委。宁夏的新边塞诗具有豪放、阳刚的主体风格，同时又散发着沙枣花和马兰花浓郁的清香。后来，西部各省区的诗人大都逐渐倾向于采用"西部诗歌"这一名称。宁夏列入"西部诗歌"的诗人有肖川、刘国尧、屈文焜、王景韩、蔡锦启、王庆、赵福辰等。这些诗人的创作，有的有较强的社会政治意识，作品主要反映新时期民族寻求奋起的精神折光；有的表现为对诗人内心体验到的自然与历史的宏观把握，在或写实、或直抒胸臆的基础上，更多地采用自由体形式，构成浑厚、古朴、奇崛的风格。

　　肖川（1944—），原名赵福顺，辽宁沈阳人，祖籍河北深县。1959年随父母支宁，1963年应征入伍，1968年复员到工厂。历任《朔方》编辑、编辑部主任、常务副主编，宁夏作家协会副主席，宁夏文联副主席，宁夏政协委员，中国作家协会全委会委员等。肖川的诗作主要发表于《诗刊》《人民文学》《上海文学》等，入选《中国新文艺大系》等，荣获宁夏第一、第二届文艺评奖一等奖，中央电视台少儿MTV金奖等，个人荣获宁夏知识分子专业技术工作突出贡献奖。著有诗集《塞上春潮》《黑火炬》《与光同行》（合集）《肖川歌词集》《肖川诗选》等。宁夏诗歌学会名誉会长。

  肖川曾在一篇文章中这样写道："遗憾的是宁夏这颗明珠的独特光彩并未被人们所认识，不是有外地同志常把宁夏当成某省的一个自治州吗？不是有些人一说到宁夏总是朔风、大漠、驼影、荒原吗？乡土是我们的母亲，辛辛苦苦养育我们的母亲为人所不知，甚至被曲解，做儿女的能漠然置之吗"（张铎《塞上潮音》，宁夏人民出版社，2007年）？肖川对于塞上的关注，使他的诗像宁夏的黄河一样宽广，如塞上的黄土地一样浑厚。"人说大漠寡情，／我说大漠情浓，／怕我初临寂寞，／邀来天外长风。"（《大漠风情》）这首气势豪迈的诗，不仅境阔，而且隽永。肖川无意于遁世，他想介入。他那殉道者的情感与他的热血一样并不安分，以致他的诗作的准向价值从不模糊。肖川确想和塞上融为一体，构造一个理想的艺术境界，但总有一段距离。这大概是因为塞上积淀的黄土太厚了，山大沟深，使得这块土地处于凝滞、迟缓、深重的状态之中。

  他的诗歌的那种很规矩的建筑形式就使得他与塞上达成了另一种默契。"高崖流下的清泉，／凝重而轻缓，／绕山的云彩托着它，／在峭壁间盘桓。／忽而珠帘倒卷，／把天空淋得瓦蓝／忽而低回深谷／把草色洒满河滩"（《"花儿"的旋律》）。花儿旋律的迂回曲折，忽明忽暗，即"山重水复疑无路，柳暗花明又一村"的艺术境界，充分展示了塞上这个固体空间的某些本质东西。即使我们的感觉停留在原始的层次上，也会从那雄浑、高亢、缠绵的花儿中感觉出疙疙瘩瘩的情绪来。那是一种欲吐不能、不吐不快、夹杂着不和谐音符的呐喊。这种呐喊是脉搏的跃动，是灵魂的呼唤，粗犷犹如塞上的地貌没有规则，有平缓的田畴，也有嶙峋的大山，但又比自然景观逼真，和生命一样真实。这是诗人新边塞诗中的极品，在无数吟咏塞上的诗中也较为突出。肖川把自己的触角放在这个层次上，试图完成一次超越。然而现代情绪与塞上古韵并不和谐。诗人本能地觉得五七言、民歌体、长短句、小令体、自由体等他都可以自如应用,但又感到意犹未尽。在这些很工稳的诗行中,他就像在塞上江南的条田中劳作一样,放不开手脚。于是茫然之中他怀着一种忐忑不安的心情,想构造一个超越塞上江南的新天地。

"我不是神仙,也不是'高大全',/坦率地说,我的心并未全部交给荒原。/我有家庭,有老人、妻子、儿女,/几代人的忧欢苦乐,/压在我的双肩。//我知道,中年的船,没有港湾,/就像骆驼跋涉在大漠中间,/虽然拖着艰辛与沉重,/心头总有一片白云舒卷的蓝天"(《中年的船,没有港湾……》)。这首诗被收入1983年《中国新诗年编》,是肖川的代表作之一。至此,我们感知到了一个实实在在的肖川。他把许多东西纠集在一起,救世、殉道、忧患、希冀等。"我不想用固定的套数筑'风格'的金字塔,只要是便于抒情,五七言、长短句、半格律体、自由体都是我的建筑群,在多种形式中安排构思,深化主题,体现我的气骨"。(张铎《塞上潮音》,宁夏人民出版社,2007年)

肖川在塞上奔波,他找到的不只是诗,而是塞上为他打开了心灵的一扇扇窗户。塞上这块历史悠久而又贫瘠荒凉的土地,深深地影响了肖川。在诗人全方位的跃动中,塞上的一草一木都是一个诱人的世界,都是耐人寻味的审美对象。"精美的青铜造型与西北之风采一起出土,/拭去岁月的斑锈,/无价之宝和无穷潜力/同时发出诱人的光。/一切都不是幻想。/金川、龙羊峡、柴达木、准噶尔/连同昆仑石、天山雪/都走进蓝图,/开发,终于在西部找到重心,找到未来的希望"(《这巍巍山这沉沉瀚海这厚厚荒壤》)。从诗里涌流出来的自信心和自豪感,不仅是给诗作涂上了一层现代性的鲜明色彩,更为重要的是从这些浑然天成的奇崛的诗句中,升发出一种豪放、壮观的崇高美。这种高古的美学价值,不仅拓宽了现代诗歌的美学领域,也集中体现了这个时代的变革运动以及与其相适应的时代风尚和美学风范。肖川只想冷静地表述神秘的西部给予他的馈赠;然而立足塞上,眺望着热火朝天的南中国,俄尔又环顾似乎板结着静若处子的西部,肖川又为自己的发现窃窃自喜。这绝不只是西部开发者进取心态的显现,这是因为"历史竖写着:男儿固有志 贵在赴边戎/可想而知/横在女人肩上的担子该是怎样沉重"。诗人发现了什么呢?这个在大潮之后沉思着的诗人，觉得大西北不"只是雄性的粗犷与亢奋"。由于写实写意的水乳交融，以及那种超脱性寓意的暗示，使得肖川的西部诗《至少有一半是女人》的抒写真正成为一种多层次的含蓄隽永的艺术形象。诚然，西部的历史有一半是女人书写的，岂止是一半，这是一种不能用抽象的数字统计的无私奉献。大千世界，阴阳两极，交相辉映，纷纭繁杂，摈弃任何一方都将不是一个完整的世界。肖川表面看似乎在讴歌女性，其实是通过这个具象的展现，旨在构成一个和大自然本身一样深邃繁复的艺术世界。雄性的西部"至少有一半是女人"，这种客观的写实，目的是为了超越写意的高峰。这里宣泄的不仅是诗人的一种认识，更为重要的是诗人把握世界的魅力，以及那种从宏观角度审视人类的魅力。

"忽有汲水的山姑／一挑陶罐圆滚滚若双毂，／那女子仿佛步辇车而下。／沟底，半月泉被舀瓢搅乱的宝石光／倏地就息了。只见耳环如初星／随她羝羊状沉沉地爬坡"（《那女子住在墨染的塬上》）。肖川的西部诗从宏观世界对人类意志的探索，转到了从具象领域对人类意志的问津。这首诗就是这样转折的结晶。作者把自己刚触及物象时那种新鲜而又强烈，但又处于游移不定的印象、体验及意念，即潜意识的冲动，迅速捕捉化而为诗。由于这些情绪在诉诸形象时，已被理性之网过滤了，所以这种原始的新鲜而又令人兴奋的无意识的感觉，所隐隐张扬的是一种丰富复杂的、全方位的，可以令读者根据自己的生活经验作出多种解释的人生信息流。这样的诗比《至少一半是女人》更加丰厚，耐人寻味。甚至，肖川还想在现代诗潮与古文化的交汇点上，寻找自我，把握自我。"唱给马的颂歌太多了。／同是茫茫大野之生灵／为什么不歌唱羊呢！／羊之脂羊之乳羊之毛甚至羊之咩咩／都给我们以温暖以活力／以生之情趣和人间味。／马呢？却卷起那多狼烟／那多与咸阳桥边同样的啼哭／那多春闺怨梦与孤寡之伤悲。／羊，造福于人类／人类便放牧羊；／马，曾践踏文明／人类便驯服它。／未见有谁骑过羊／甩过套羊杆或绊羊索，／连异类之犬都愿做它的卫士／再蠢的人也不会在羊前耍威／生活万岁。造福不尽。日月无休。／流动的羊群，／比天上的白云更自由。／牧人的心／可称量一个星球"（《为什么不歌唱羊呢》）。虚实结合，相得益彰。作者以羊作为抒写的媒介，凸现了一种深广的历史意识，你可以说羊是人民的观照，因为写实性的具象——羊沉淀着诗人的生活体验和人生感受,在它的身上作者倾注了诗人的哲学观念和这个时代的风采。羊,这个富有张力的客观物象,比它本身具有更丰腴、深刻的启迪性。"马,卷起那多狼烟","羊,造福于人类",其具有极强的包容性和弹性。这里聚合着作者复杂的人生经验,它是诗人情之波澜,心之闪电。罗丹曾说过:"有了内在的真理,才开始有艺术。"《为什么不歌唱羊呢》所揭示的,是诗人长期郁积的情绪,以及对生活中某种缺憾急欲改变的心态。羊,是引导我们思考民族过去与未来的媒介。

作为新边塞诗的倡导者,进而成长为西部诗的代表诗人,肖川经历了20世纪80年代轰轰烈烈的时代变革。同样,一个真诚的诗人在一个特定时期的一段感情历程,正是这个时代的折光。

周政保在《理想与期待的幻觉——肖川诗集〈黑火炬〉印象》(《朔方》1992年7期)中认为,就西部诗而言,肖川当属于"中间地带"的诗人:他的诗创造所体现的"质",极其自然地沟通了两代诗人的艺术精神。他既不是那种于迷惘混沌中摸索前行的新潮诗人或涂上了现代主义色彩的诗实验者,也不是那种从五六十年代的光明气象中脱颖而出的吟诵诗人。他所走过的生活道路,种种精神的洗礼给他留下了复杂丰富的人生体验——对于他及其创造的诗,过去与现在都很重要。在诗集《黑火炬》中,过去与现在拥有双重的意义,那就是"既存留着过去的痕迹,也体现着今天的旋律。既感悟过去,也领略现在,历史与现实的交错出现及相互启示,造就了诗情诗意的艺术分量。肖川是一位充满了期待感的理想主义者。他的理想是什么?或他所期待的是什么?诗集《黑火炬》将会留下一个交织着痛苦与憧憬的答案。特别是那种对于历史与现实的沉重反思,虽免不了弥漫起几缕沉郁与悲凉,但总的思情走向却是对于生存景况的积极肯定,如那首《黑火炬》所感慨的:'随地壳骚动而沉陷。/因憋闷于无名压而潜心聚力。/侏罗纪的青春树已是今日黑火炬了。'从痛苦的落寂中感悟到存在的喜悦与豪迈,从苍凉的精神风景中引申出现实的蓬勃生机与灿烂前程,这就是肖川及其诗集《黑火炬》的艺术品格或诗情诗意的韵律。"

杨梓在为《宁夏通志》撰写有关肖川的词条时,认为《黑火炬》是肖川的代表作,也是他诗歌创作的巅峰之作。诗集虽薄,但内蕴厚重,结构宏大,气势磅礴,意象奇崛,语言独特,风格迥异。在西部广阔的大背景下，并透过语言的表象而深入到西部的内里，真正地把握住了西部开拓进取、勇于创造的精神实质，并在诗艺上达到了"通透"的境界。无论在宁夏、在西部，还是在全国，《黑火炬》都是里程碑式的作品，是西部诗歌的重要硕果，其放射出的独一无二的诗性光芒，必然照耀着一代的年轻诗人茁壮成长。

2014年，宁夏文学艺术院启动了"塞上文艺名家书系"工程，编辑出版了《肖川诗选》，郑歌平在《序：长河潺流两山间》中说，"为秉承文联传统，服务文艺名家，汇集优秀作品，树立学习典范"，"为我区在全国有一定影响的国家级会员、德高望重且成就突出的文艺家、为宁夏文艺事业作出突出贡献的各个门类的领军人物，编辑出版代表性、经典性、权威性的作品选集"。由杨梓主编的《肖川诗选》精选了肖川各个时期的代表性作品。瓦楞草在《浅析肖川诗歌的表现形式和现实主义》（《朔方》2014年10期）中评论道，肖川的诗融独特的现实主义风格和艺术感受为一体，对早期宁夏诗坛产生了重要影响。肖川在创作中不断探索，对于诗歌的审美发生了很大变化。从他诗歌呈现的独特感受，以及对中西诗艺的融合消化中，发现其独具匠心的创造力。这使他的诗更具感染力和想象力，无论是情感体系还是艺术表现体系都更加成熟，并且越发符合读者的审美情趣。肖川的诗歌作品，除少数在精神上或表现手法上出现过浪漫主义因素，大部分诗歌抒叙语言简明，努力再现生活，强调现实性和日常性，具有鲜明的现实主义特征。诗人根据生活体验，结合塞上特有的地域风貌，歌唱生存的意义和生活的本真，思想观点积极向上，这一点尤其难能可贵。

刘国尧（1947—），江苏南京人。毕业于宁夏大学中文系。1967年参加工作，历任西北轴承厂技术员、宁夏大学中文系教师、宁夏作家协会秘书长、海南出版社副总编辑等。1972年就开始发表作品，诗作荣获宁夏第一、第二、第三届文艺评奖二等、一等、优秀奖（不分等），庄重文文学奖。著有诗集《山丹又红了》《爱的旋律》《国尧诗选》。中国作家协会会员。

刘国尧于1972年发表作品，但真正引起诗界关注的是被收入诗刊社编《1949—1979诗选》的《一号宿舍》。"等你拿起了锤，学会了锯，掌握了锉，／就要有勇气去否定！去探索！／别学我，别学我的师傅，别学我师傅的师傅，／只是把发烫的汗珠捧献给贫困的祖国"（《别学我，新来的徒弟》）。中国诗歌的守护神谢冕先生曾这样评论刘国尧的诗："在已是登上月球的时代，只会以古老的工具重复师傅传下的动作，无论这动作是何等的娴熟，这种观念的无止境的坚持的确具有悲剧性质。可喜的是，一代人已经觉醒，他们开始否定，而否定意味着前进"（谢冕《论诗》，青海人民出版社，1986年）。刘国尧睁大眼睛注视着现实生活中的人，用自己的心去感悟他们。然后又去塑造他们，因此他的诗富有浓郁的生活气息，既朴实又生动。例如他的《红灯，多亮了半分钟》，写西北某新城交通警察在车流高峰期，为保护一位残废老人安全走过人行道，让红灯多亮了半分钟的"一件小事"。"人行横道内／蹒跚着一串呆板的节奏／——一位手拄双拐的老人。"此时此刻，此景此情，使诗人"为这短短的，红色的半分钟／做了个长长的，绿色的梦……"半分钟在时间的河流中，根本不值一提。然而，"在没有人的尊严的岁月中"，假如有这半分钟，也许就没有这样"一位手拄双拐的老人"。今天我们都能拿出这半分钟，为何昨天就没有这半分钟的理解、同情抑或怜悯呢？这是回顾，还是反思？其实这是诗人对人性复归的欢呼。当然，也不难体察到其中所蕴藏的情绪，那就是对历史的思考和对未来的憧憬。诗人还是那样热情奔放，只是比以前爱得更深了，注视着脚下这块辽阔而又荒凉、浸透着祖先血泪的土地。这也许是一个信号，诗人又关心现实生活中的人了。虽然这首诗中，人仅是触发诗情的一个媒介，不是全力雕塑的对象，但这毕竟又从历史的角度，反省人生了。

大西北广袤而又寂寥，大西北人富有而又贫穷。"粗制的海碗／盛满西部汉子的倜傥风流／和广袤里圆圆的落日碰响"（《西部汉子和酒》）。自然的冷漠无情，不但没有浇灭西部人的信念，反而锤炼了他们倔强的个性。尽管立在戈壁，孤独地望着浑圆的落日，用辣的烈酒慰藉自己，然而他们，并没有绝望。"酒后的赤诚／挺立西部汉子坦坦荡荡的雕像"。大西北的人就是这样一群刚烈的顶天立地的男子汉。

刘国尧是一个现实主义诗人，他从来就没有停止过对生活的思考，只是手法比以前更丰富了，情感比先前更深沉了，诗境比以前更深邃了。如为人称道的发表在《诗刊》上的《网兜里的面包》。这首诗的好处，除了上述的均衡而外，还在于他相当单纯地把握了丰富。构思这首诗的时候，刘国尧抓住一位讲师网兜里的"一叠讲稿,加上两个面包"抒发感慨。依靠感慨,诗人才能把握带着情绪带着形象的理性的因子,诗人的思维才能在"这一个"与"这一类"中间,完成悟性的穿透。他对讲师们的日常生活作了典型的揭示:"可时间呢?/——早上,太忙:/奶瓶。菜篮。拥挤的车道……/——午休,太短:/作业。试卷。释疑的便条……"第一行的"可"字,从逻辑上假定了讲师们都会做讲究火候、刀法和佐料的中国饭菜。接下来的四行,以无可辩驳的细节真实"论证"了讲师们与美味的中国饭菜的无缘,从而揭示了面包走运的原因。面包"走进了中国人黑色的拎包",同自行车、四十瓦灯泡、量子力学论文、婴儿奶瓶一起,"点缀着一代中国知识分子的风貌"。两个面包说明了什么?说明在"电子计算机时代,立体交叉路时代"中国知识分子对社会贡献甚巨而索取甚微。"哦!两个面包,/——这淀粉和 H_2O 的混合物,/是支撑教鞭的纤维,/是活跃思维的细胞,/是信念和艰辛的组合/是速度和效用的骄傲。"刘国尧相信,读者一定会跟他一样,盯视着在网兜里陪伴着面包的"一叠讲稿",心中会产生和面包一样又酸又甜的滋味,一定会记住中国社会主义创业史上这珍贵的一瞬。做生活的歌者真不容易,这因为人有尊严,生活更有尊严。刘国尧有一首诗叫《匹诺曹的长鼻子》。这首诗显示了他针砭世情的严正态度。他写道:"尽管我走进中年,/走向生活深处的时光,/目睹了骗得亲信的/假面具的微笑,/耳闻着诈取掌声的/伪君子的说唱/但匹诺曹的长鼻子/总在我的记忆中闪亮!/我坚信,在青发仙女眼里,/他们的鼻子都很长很长。"这首诗虽和《木偶奇遇记》里匹诺曹的故事联系在一起,但已经不再是幻想世界里安慰童心的仙果,而是成了疗救时风的银针。刘国尧诗中艺术与生活的距离耐人寻味。一般说来,那距离时远时近而倾向于近,若有若无而倾向于无。像这几行诗,生活的实感被凝聚,心的实感扑打着彩翼,观照、构思和抒写,与生活保持着无距离的距离。有时候,他抱着生活不放,让自己的心紧紧地贴着生活,任它撞击,任它抚弄,任它揉搓,任它撕扯。他又以同样的力量搂抱读者,用他的心紧紧压迫着读者的心。在这方面比较典型的是他发表在《星星》诗刊上的"写给我的宝贝女儿"的叙事组诗《自行车上的加座》。这组诗的生活是 80 年代中国"两代人在行进中的跋涉",是"一具独弦琴,奏出两代人的歌。"其中《爸爸抱你"登基"》，推出了生活的特写："雨后的清晨，明丽却有些沉闷。／妈妈抱着坐垫，抱着爱的牵挂走着。／爸爸抱着你，抱着上帝的赐予走着。／默默地，走向爸爸擦洗一新的'飞鸽'。"这里，动态的特写里蓄足了静态的爱，这爱，将在曲折的路途上显示自己的美和尊严。"为躲避路口板着脸的交通规则，／不得不绕绕道，在小街小巷中穿过。"这爱，将在路途的泥泞和坎坷中掀起心灵的波涛。如《下班路上，又是风，又是雨……》："爸爸抱起你。爸爸扛着车。／风和雨汇合的黄昏，／在立交桥工地的泥泞中跋涉。／我的宝贝，别怕！搂着我。／好孩子，都不是温室里的花朵。""突然，脚下一滑，连人带车滚下陡坡。／爸爸惊叫一声，扑向摔倒的你，／而你，却急匆匆在四周寻找什么？／——妈妈缝的娃娃？阿姨给的糖果？／啊！竟是爸爸的这副近视镜，／你正掏出了手绢在轻轻擦抹……"从生活上说，一颗童稚的心，它在艰难中显示出来的过早的成熟，会把大人们的灵智推向懵懂的痛苦。从艺术上来说，这几行诗，将生活的实感写得很足；而由布娃娃、糖果与近视镜之间的感受差所把握的感受和意念的大幅度跌落，以一种无可抗拒的逻辑力量把人们推向爱的痛苦。

刘国尧诗歌风格已经初步形成，诗的任务是把激情变形为审美形式后再去影响读者。刘国尧有时重视生活激情，有时却忽略了对生活激情的艺术变形。诗的艺术手段，与其说是给激情自身以充分的美学意义，不如说是给那些产生激情的"能源"以充分的美学意义。因为只有后者才会使一张张冰冷的脸激动起来，进入审美的观照与体验。刘国尧的诗富有激情，具有比较丰美的艺术层次，他勇敢地培育多种风格境界，使自己诗成为西北旷原上根深叶茂、丰盈俊健的大树。

屈文焜（1952—），笔名史地，宁夏西吉人。屈文焜曾应征入伍，在部队服役期间，就开始发表作品。退伍后先后任固原地区文联副主席、宁夏大学党委宣传部副部长、宁夏画报社总编辑等，编审。20世纪70年代初开始创作，诗作发表于海内外报刊，入选多种选集，荣获宁夏第三届文艺评奖二等奖。著有《爱与人生》《苦恋》《边地乐舞》《感情世界》《屈文焜诗选》等。

屈文焜出生在六盘山"花儿"的故乡，又曾在河湟花儿与莲花山花儿的发源地工作多年。"可以说，我所走过的每一步路，都是踏着花儿的旋律行进的。从那形象、动人的词句，从那苍凉、悠扬的曲调里，我得到了爱与恨的启蒙，我更深切地理解了我的世世代代生活在黄土高原上的父老乡亲们的悲剧命运和他们痛苦的呼声"（屈文焜《苦恋·后记》，学林出版社，1989年）。屈文焜在工作和生活中受到很多影响，民间淳朴的花儿使他的爱情诗具有真挚、纯洁、浓厚的情感；在专业艺术团体从事音乐演奏和创作的经历，使他的诗不仅具有音乐美，而且使他本人具有了开放的心态和敏锐的艺术感受力；他业余潜心学术，研究花儿和文艺理论，出版了专著《花儿美论》，发表了多篇文艺评论，这使他的诗具有了凝重的沉思感。

屈文焜的组诗《我是六盘山农民》，就是这样一组好诗。《阡陌，我的加号》光看题目，就令人警醒。诗中的三个"加在一起"，把生活的艰难、人们的憧憬、美满的生活交织在一起，通过具体而可感知的"客观对应物"反映出来，新颖别致。如"把牛车的向往／和马达的希冀"之句，既有时代气息，又做到含而不露。《山·放羊娃和梦》是用满怀深情的调子唱出的一支颂歌，是诗人以童心的天真谱写的心曲，委婉深沉，一唱三叹，字里行间倾注着深深的情谊。像"小羊咩咩的叫声／和泉水汩汩的流淌"汇成一支衷曲，潺潺地流入读者的心田。"大山抱着放羊娃／放羊娃搂着小羊"。读来境界开阔，且又情趣盎然。从这首诗中可以看出，诗人对诗歌的语言是孜孜探求、刻意锤炼的。如诗中"山的丰盈／山的高尚／山的秀气／山的刚强"等句，不但朗朗上口，悦耳动听，而且给人一种美的享受。组诗的最后一首《我在故土里歌唱》，是作者献给故乡的一曲倾诉衷肠的慢板，如诉如歌，曲尽其妙。"我不问世态炎凉／我不会察言观色／凭着心的感觉／我知道，你春天跳动的脉搏"。这些诗句，不但表现了诗人对故乡的刻骨铭心的爱，而且也使我们看到了诗人那颗赤子之心。诗作一切似乎清清楚楚，又叫人情思绵绵，沉吟不已。

九叶派诗人唐祈评价道："读屈文焜的诗，使人感到一种强烈的时代色彩和开放心态……为大地自由歌唱，为时代谱出新的曲调……使人感到一种真挚、灼热、浓厚的情感，而且写得优美动人"（唐祈《爱与人生·序》，宁夏人民出版社，1988年）。屈文焜曾说："我不祈求廉价的恩赐，我不幻想浪漫的超越，我不故弄玄虚却假话真说，我不流于俗态而随浪逐波。写我所思所想,写我所爱所恨。只愿把我真诚地踏向生活的每一步脚印都走成诗,让人们随便去评说吧"(屈文焜《花儿美论·后记》,甘肃人民出版社,1989年)。

屈文焜写了大量的爱情诗,相信爱情的神奇力量和真实存在,推崇爱情的理想因素。他诗中的爱情类似柏拉图的精神恋爱,纯洁高尚。他赞同"爱情的语言,是崇高的诗篇"。诗人在追求纯洁高尚的爱情时,让理性和感性综合,也正是在理性的作用下,使学者和诗人的双重品质构成半醉半醒的爱的世界。因此,在以情取胜的爱情诗中,写出了箴言般的诗行:"我懂了,人生/有一个难忘的时候"(《夜风》);"多情的风/是爱的动力"(《跑马云》);"我离你很远时/你离我很近/我离你很近时/你离我很远"(《距离》)。如《眼睛》一诗,"这就不只是写爱情的泪滴,/而是从更广意义上/写了青春的人生的海潮"。这种具有天人合一意味的爱在诗中处处存在。在诗集《苦恋》中,理想的爱在"青春的梦"、"相思的路"、"远方的岸"和"苦恋的歌"中弥漫。

屈文焜数十年的诗作带有特定时代的某些印记和痕迹。正如唐祈在《爱与人生》的序中所说:"也有一些力度不足、不够完整的诗,还有待诗人在现代诗的意识、感觉、语言的表现方法上下更多的工夫。"主要是80年代初期的一些诗歌,受当时流行的过分讲究韵律、音乐美的新格律诗的影响。尽管诗中融入了思想,但语言形式仍显得单调,不够厚重。到80年代中期,诗人出现了一个创作高峰,无论是抒情短章或是长诗,都追求诗艺的完美。特别是一些抒情诗,写得短小精致,颇具抒情功力。如《黄河》,全诗仅用八个诗行却完成了这样宏大的题目,回避了对黄河的细节描写,着笔于生命与自然的感应契合,实写诗人感情,虚写黄河:"从天上来从地下来/从秦汉来从唐宋来//我把全部精力投入奔波之中/奔波着诞生奔波着死亡/奔波着永别奔波着再会//九曲十八弯的历史/浪打风吹/造就了我的男性之海。"诗人的抒情视野得到拓展,抒情方式也由初期的单一转向多元,创作出了政治抒情性长诗《青春的太阳》。由于崇尚做人的真实,屈文焜的政治抒情诗缺乏通常所说的"战鼓号角,匕首投枪"那样力度和深度。随着创作的深入,他越来越意识到意象在诗中的作用,较多地借鉴了传统的赋、比、兴手法,将诗人自己化入自然,或者在自然中去发现生命的律动、情感的震荡,这是典型的天人合一的中国诗歌抒情传统。他诗中的意象是中国传统诗学中的意象,注重领悟性、整体性和经验性。屈文焜对音乐有着天生的敏感,他的诗始终追求音乐美,有时甚至不惜牺牲抒情美来突出音乐美。《云南的雨》是一首集抒情美和音乐美于一体的佳作,朴素自然,节奏鲜明,诗的外在音乐美丰富了抒情内涵,突出了欢快情绪。诗人写景:"花也自在红/草也自在乐/湖水里自在摇/垂柳自在歌"。诗人触景生情:"别笑我别笑我/爱雨爱得这般心切/我是想起了家乡/飘飘的雪……"诗的音乐性丝毫不显得多余。他的早期诗作注重外在音乐美,后期注重内在音乐美,但都坚持音乐美为抒情美服务。

屈文焜抒情风格的演变,和人类艺术本体论的嬗变有些相似。他早期强调对真实生活的摹写;之后注重艺术反映生活的真实性,强调诗的功利价值;又向表现论过渡,强调创作主体在创作活动中的主导地位和情感价值。他由衷承认"诗是强烈感情的自然流露"(华兹华斯语)。长诗则是生命的真正形象,用永恒的真理表现了出来,最后向形式论靠近,承认"在某些人身上,确有真正的基本的审美需要、秩序的需要、对称性的需要、闭合性的需要、行动完美的需要、规律性的需要以及结构的需要"(马斯洛语)。当然,诗人的全部抒情历程主要反映出对纯诗的追求,他的抒情本体的嬗变在全过程中并不很明显。相对而言,形式论的抒情目的不是诗人的真正追求。由于现实的生存环境的限制,他侧重于现实环境,能够满足人的生活需要、安全需要、归属需要的再现论,和侧重于艺术家较能反映出人的生命本体中的爱的需要、自尊的需要、自我实现的需要的表现论。前者使诗人进入现实的人生艺术之中,后者使诗人进入理想的人生艺术之中。他对抒情形式的重视,是为了以形式的完美来呈现抒情的完美。

王景韩(1943—),山东日照人。曾任银川市作家协会副主席兼秘书长。60年代开始创作,诗作发表于《绿风》《朔方》等,荣获宁夏第五届文艺评奖三等奖。著有诗集《寂旅》。

王景韩对生活和人生的洞察,显示着一个诗人的自由、良知和达观的生命态度,诗之于他更像是一种理性的思考。如《季节的相思》:"秋的帷幕垂落/仍有深刻的阳光照耀/苦乐/向冬季迈着同一步伐/有一段季节的相思/已等不及越过冬季/在早霜的枝头绽放/不肯凋谢。"早霜在枝头绽放，宛如"季节的相思"，"不肯凋谢"。在象征性意象的流转组接中，达成了质感的美的"定格"，其中浓郁的诗意闪回，对人生本质的参悟，被处理得内敛、经济，又让人感到诗所铸成的理趣与感觉的平衡，增添了智慧与空灵之气。

王庆（1949—），满族。曾任《宁夏日报》副刊编辑。1971年开始创作，诗作发表于《星星》《朔方》《青春》《宁夏日报》等，荣获宁夏第一、第三、第五届文艺评奖二等奖，第四届优秀奖（不分等）。著有诗集《红月亮》。

王庆的诗具有独到的感受、贴切的形象以及深沉的思想。他笔下的艺术形象是很有分量的。在感性的形象中，情感与哲理达到了诗的化合。他用诗显示了自己丰富多彩的内心世界和感情生活，从而形成了浑厚、深沉、凝重的艺术风格。如《农家的旗帜》："让太阳明天接着考证——／我们塞上农舍的独特结构吧！／这平顶房长长的房檐，／正等待着我这一串串红辣子，／给它以流苏一般的娇艳。／妻子女儿仰脸注视着我，／大概水兵升旗时的骄傲也莫过于此……只有塞上人才有这种体验——／比羊角还长还壮的辣子哟，／会使隆冬里的日子，／变得有滋有味儿，火热和舒坦！／我不愿从梯子上下来，／我有点儿像船长那样——／看富庶塞上怎样托起我们的船。"这首诗写得朴素而清丽。作者以一串串红辣椒这一独特新颖的意象来展现深沉的思想意念，于平凡的景物中，凝铸了诗人自己神圣的感情。诗人在这不长的一首诗中，艺术地勾画出了新时期的历史图像，令人回味。又如《雪雨》："我想，我就是这纷纷扬扬的雪花／落在你睫毛上，你应该看到什么／落在你肩上，你应该有感觉／你听屋檐下还有我一支歌／唱明天，唱此时／也在唱重逢与离别／我想，我就是这飘不完洒不尽的雪雨／为你打湿了整个世界。"诗作通篇像是作者絮语，娓娓道来，显得既朴素又亲近。诗人采用拟人的手法，给"雪雨"写形摹状，赋予"雪雨"鲜活的精神特征，达到了内象与外象的和谐。由于诗人善于发掘素材中包含的价值，寓丰富于单纯，一些平常的题材，也获得深刻的表达。事实上，王庆诗歌不但注重感受的真实、敏感和艺术细节的把握，而且注重意象的营构和感情的蕴藉。虽说一首诗往往只留下一个意象或一种意境，但作者尽量把自己的思想感情与读者融为一体，形成诗人自己鲜明独特的美学风格和艺术精神。

蔡锦启（1949—），上海人，成长于宁夏固原。曾就职于六盘山水泥厂。诗作荣获宁夏第一届文艺评奖一等奖。

蔡锦启的创作视觉多倾向于具体质感的"此在"世界，执着人生，关注现实。诗人在《雁来了》中写道："来吧，大雁，就在这里降落，／今年啊，我才敢招手欢迎你！／我要把水库装点得更加秀美，／好让你映照美丽的倩影。／我要把责任田耕耘得更加丰腴，／好让你感到满意、称心……／我要把果林修剪得更加整齐，／让芬芳的花香伴你进入甜蜜的梦境！／是的，这里还有光秃秃的荒山，／可我们已决定'退耕还林'……／啊，大雁，尽管我没有翅膀，／可咱们的心却一起追逐着幸福和光明。"这首诗发表于《朔方》1981 年 5 期，诗中所写的地点显然是西海固，那时就决定退耕还林，可实际呢？在敛静、节制而低抑的词语下面，不难窥见诗人对现实明显而坚韧的介入意识，且把诗的空间渲染得清新、跳脱。而诗人执着的求索精神，仍然具体、实在而又感人，充溢着向上的力量。

赵福辰（1952—），辽宁沈阳人，祖籍河北深县。1974 年开始创作，诗作发表于众多报刊，荣获宁夏第三、第四、第五届文艺评奖二等、优秀（不分等）、三等奖。

赵福辰在体验、体验转化方式和话语方式上的独立性，使其在题材、情感与手法方面，形成了自己的艺术风格。《暮归》："响鞭圆圆地拴住了夕阳／心事沿着弯弯曲曲的田野小道／追赶迷路的驼铃／晚霞压低了踮着脚的小草／一缕炊烟听到草原深处热汗淋淋的蹄音。"诗人抽取了语句之间的逻辑关联，造成了巨大的寓意空白，作者追求的是一种玄远与神秘的启示意义和奇异的语言效果。《黄土山》："雨水还没能湿润干渴的山歌／半空中被黄风卷给了阳光／风沙大口大口地啃食点点绿斑／老人蹲在山下 像浓缩的黄昏／呆滞地凝望渐渐消瘦的坟头／挂着拐棍的目光里／一轮绿色的月亮正悄悄走来。"这首诗语言凝练而具有张力，意象也简洁有力。尽管借鉴了西方现代派诗歌的某些技法，诸如直觉、通感等表达方法，但从意象的外观形式到意象的深层内蕴，却是东方式的，有着鲜明的中国文化特征。诗人舍弃了语言的直白与感情的一览无余，似乎更喜欢那些奇异的、带有玄学意味的词汇，这使他的诗歌充满了朦胧色彩。当然，这样的追求是诗人有意而为之。

　　与"西部诗歌"有关的诗人还有井笑泉、王维堡、杨少青、何新南、马中骥、陈葆梁、征明万、韩长征、薛建民、万宝琛、胡大雷、何克俭、尚和平等。其中回族诗人井笑泉、杨少青、马中骥、何克俭另有论述。这个群体有个明显的特征是以西部为背景，创作了不少的或雄浑、或苍凉、或壮美的西部诗歌，大都具有较强的独立的文化精神；他们也创作了不少贴近生活的作品，抒发人生感慨。他们尽管不同程度地受到过现代主义艺术的影响，但以现实主义创作手法为主，辅之以浪漫主义。大部分作品以直抒胸意见长，而往往失之于直白；以全盘托出为主，而未给读者留下再创作的余地。

第三节　个体化：回到诗歌本身的艰难肇始

众所周知，我国20世纪80年代的诗歌创作，呈现出了强烈的艺术革新趋势。诗歌成了诗人艺术实验的对象，成了诗人探索世界、发现生活和感受自身的多种方式，更重视对人的情感、对人的内心世界的揭示。通过自我的情感、心理内涵的表现，传达他们对现实世界的情感体验。他们认为，对心灵的陶冶，对人与人之间的沟通，对人性的改善，诗歌负有独特的责任。他们以强烈的个性意识出发去寻求、创造与此相适应的艺术感受和传递方式，从而打破了长久笼罩诗坛的单一化倾向，呈现出诗歌创作上多样化并立的格局。而从诗歌运动与诗歌潮流的状况看，不断出现新的分化与组合，使整个诗坛呈现出了令人眼花缭乱的"无序"状态。虽说"无序"是艺术发展的必需的过程，但并非艺术成熟的标志，人们期待着能唤起读者的更强烈呼应的成熟。

宁夏诗坛之所以引人注意，也在于有一批个性特色较为鲜明的诗人。诗人们虽然对诗歌界的潮起潮落较为关注，但很少为时尚所左右。他们大都主体意识较强，并且具有独立的文化品格，各自循着自己的审美走向，创作着艺术个性鲜明的作品。主要表现为对寻找自我的重视，对精神个性的独立性的价值的肯定。代表诗人有罗飞、李云峰、骆英、陈幼京、葛林、柳风等。这些诗人有的侧重于从外部世界的感受中表现心灵，有的偏重于从内在的情绪体验中展示自我，当然更多地则是从主观与客体的交融中创造艺术个性和艺术风格。他们的诗不是单一的平面，而是一个立体的结构，形成了沉郁、奔放、隽永的诗风。这种强烈的个性色彩与过去诗歌谨慎回避自我形成了鲜明的对比。在当时获得好评的作品里，现在看来抒情主体往往就是诗人自己。诗人将自己的生活经历、思想认识、心灵隐秘直接放进自己的诗中。罗飞的《银杏树》、骆英的《知青日记及后记》等，仿佛就是诗人对自己坎坷经历和心理状态的直接描述。特别是骆英的《知青日记及后记》，读者似乎就是在读他的履历——生活和感情的履历。当然，诗的个性化，并不等于自我成为表现对象进入诗中。事实上，现代诗更注重的是对自我的回避与超越。而自我进入诗中仅是诗人观察体验的独特角度和方法，是对诗的本体认识的深化。这种风尚，来源于艺术感觉和艺术传达上对诗人主观能动性的重视和肯定。罗飞的《银杏树》《人的标本》《火的抒情》，都是具有丰富内涵和暗示力的象征性形象，在当时产生了广泛的影响。这些诗以现代人的意识为基点，或对民族历史进行新的审视，或感受民族精神和审美意识的深层意蕴，或在有着久远的心理积淀的民俗习性和感性生活中发现具有恒久生命力的因素，争取历史对现实的介入。应该说，这是宁夏诗歌艺术变革值得肯定的方面。

罗飞（1925—），原名杭行，江苏东台人。1943年因战争辍学，开始发表作品。历任宁夏人民出版社编辑、《女作家》季刊主编，编审。诗作荣获宁夏第三、第四届文艺评奖二等奖、优秀奖，第五、第六届文艺评奖一等奖。著有诗集《银杏树》《红石竹花》。中国作家协会会员。

罗飞迄今才出版了两本都不太厚的诗集，数量确实不多，可几乎每一首诗都经得起时间的检验。他的诗语言精练，感情真挚，诚如高嵩先生所言，"是冻结的热，是冷凝的火"。罗飞诗作的凝练之美，不单单表现在练字、练句上，更为重要的是善于选择典型细节，提炼有包孕的生活片段，以点带面。《你的泪花》就集中体现了这个特点："终于等来了／那慢慢渗出的／温润的亮光／你的嘴唇微微翕动／像默默地咀嚼着什么／不是声音打破沉寂／是那眼神屈曲的光／让我听到了／你心底的波澜"。这首诗，是诗人和曾卓于1990年秋去医院探望胡风之后所作。罗飞对胡风这位亦师亦友的著名诗人、文学理论家是非常尊敬的，劫后重逢，彼此心情都很复杂。作者选择了胡风的泪花，这"慢慢渗出的／温润的亮光"，折射出了太多的内容。二十多年的苦难，重逢后的喜悦以及岁月难得复返等等这一切，都凝聚在这一束泪花中。没有那种坎坷经历的人，是很难体会那一串泪珠的分量的，那是令人窒息的泪花，又是令人欣慰的泪花。

罗飞的诗充分尊重读者的参与，不把话说尽，使诗作显得凝练而又饱满。在《让我聆听她的歌唱》中,诗人先从"银川的雨"着笔,"清新、明快、爽朗／丝丝缕缕带着／太阳的光亮",这仅仅是写雨吗?读者一看就明白了。雨过天晴,"空气被雨洗过／阳光被雨洗过／心情也被雨洗过"。如果说上节诗主要从视角的角度写银川的雨,那么这节诗则从感觉出发,写自己的心情。至于心情到底如何?"心情也被雨洗过"。紧接他写一个回族姑娘在"滴翠的绿荫下"歌唱:"兴许歌声也被雨水淋洗／溢出了沙枣花的／甜味和芳香／透明的旋律／像一串串银白的露珠……／从她的情感深处／流出这温柔／流出这刚强／一个爱好清洁的民族／竟然把歌声／也浣洗得这般清澈／这般明亮"。色香味俱全,颜色"透明""银白",香味是"溢出了沙枣花的／甜味和芳香"。用形象说话,中间又留下大片空白,是这首诗的典型特点。最后诗人写道,"雨,淋洗我的灵魂／歌声／净化我的灵魂／让我聆听她的歌声／不知趣的鸟儿休要吵吵嚷嚷"。至此,诗立了起来。结尾一句"不知趣的鸟儿休要吵吵嚷嚷",言有尽而意无穷,颇富"弦外之音"。当然,罗飞诗歌的凝练美,也表现在练字、练句上。比如《让我聆听她的歌唱》中的"溢出了沙枣花"的"溢","流出这温柔"的"流",都是值得推敲和玩味的。又如《串场河的乡思》:"也许正由于／有串场河水这样／在我的脉管里流过／我才能熬过／漫漫长夜／看曙光把黑夜撕破"。长夜"漫漫",故叫"熬",熬得太久了,才会"撕破",激愤之情溢于言表,且又不露声色。

  罗飞的诗关于"火"的意象颇多,其实他的诗就是"火的抒情"、心的歌唱。这种凝练、深沉、强烈而又真挚的抒情个性,使他区别于其他诗人。他的诗作语言,宛如"清水出芙蓉,天然去雕饰",是诗人真情实感的流露。罗飞因胡风的错案而蒙冤。在长达二十五年的"漫漫长夜"里,他"留着党注进的阳光",沉默了。诗人自云"本是一颗粗粝的矿石",但是"石头的沉默,锁闭着火的喧哗"。这是作者对自己长久不得不沉默发出的慨叹。因为没有人愿意"让自己的毛孔／浸透阴寒";也不愿意"将自己的身躯／融进幽暗"?所以,归来的诗人献上了心的歌:"如今我的心迸涌出融融春泉,／扬起明净的浪花,／正激荡着对你的,／深情的赞歌"(《火的抒情》)。诗人为什么这么神往火、迷恋火、渴求火,是"因为我经历过／太多的暗夜","因为我被寒冷／浸泡得太久",故"一星萤火／都弥足珍爱"。这是"燃烧的思想，带火的诗行"。在罗飞的诗作里，那种作为诗的生命和灵魂的感情，全部发自诗人的肺腑，是诗人生命的一种表现形式。

重获自由以来，许多诗人舔着自己的伤口，唱着忧伤的歌，更有甚者无病呻吟。罗飞却"不只唱生命的赞歌／更要赞颂信念"。正因为如此，他写了许多诸如《眼睛》《肖邦》《不朽的遗产》《生命的小草》这样的诗歌。诗人写青岛医学院教授沈福彭的诗作《人的标本》被收入诗刊社编的《1982年诗选》："不要骨灰／不要土坟／不要墓碑／不要铭文／用一副骨架／总结跋涉的一生……生和死／现在和未来／光亮的合聚点上／屹立着一副／岸然的骨架／无血液的流动／无肌肉的温热／深陷的眼／也失去了灼人的瞳仁／但这副骨架／屹立着……乃是钙和磷的合成／钙——使铁骨铮铮／磷——会爆发火花／百年千年在光明中永生"。自然而又质朴，有情有韵更有光彩。这是"一颗燃烧的心"，正在"呼唤早春奔放的热情"。诗人有一首短诗叫《冰》："恰似透明的水晶，／你有波涛倾泻的历史。／春天一到，当冬眠者醒来，／你又将喧腾澎湃，／不远万里，／奔向浩瀚的大海。"罗飞这块曾"有波涛倾泻的历史"的"透明的水晶"，在新时期怎能不"喧腾澎湃"，"奔向浩瀚的大海"。"诗人要打开赤诚的胸膛／要喷发透明的诗行"（《我的辩护》）。直抒胸臆，虚实相生。这既是火的抒情，又是光的赞歌，更是"人的标本"。

在罗飞的诗作中，那种自然朴素而又凝练的诗句，既有他对人生的独到感受及艺术化表现，又与时代、人民之情息息相关。他似乎不屑于追求所谓的"自我表现"，要说他有"自我表现"之处，那是他以"小我"更好地折射"大我"之情。然而，最能体现诗人凝练的创作特色和时代风采的诗作无疑莫过于《银杏树》。一颗生长在山间的银杏树"树冠茂密／而枝头曲曲弯弯"。何以至此，是因为"当它刚从石缝中／探出柔嫩的枝条／有多少石头把它阻拦"。"头顶上也覆盖着／倾侧的石壁／当年它寻找太阳／该有多艰难／从透进的一线天光，现在／可以瞥见树皮棕色的皱折里／闪烁着晶亮的水珠／是高兴的泪？也许是劳动的汗／让不规则的年轮／盘进勤苦的身子／让沸腾的灵感／化为葱密的叶片／小手般的叶片／全都昂然向上，哦／这是感激太阳的恩惠／这是继续无畏的攀援。"这首诗与曾卓的《悬崖边的树》完全可以媲美，是反映从那个特殊年代走过来人的心态的有代表性的作品，是一笔"不朽的遗产"。罗飞是一位严谨的诗人，创作量不大。他在诗集《银杏树》后记中写道，"与银杏树的'生长缓慢'有些暗合。"其原因是诗人对自己要求太高。他曾说："不要轻佻地接近诗，读和写都应如此。"著名诗人绿原点评罗飞的诗时曾说："其宁拙毋俗的非凡气质迄今犹非一般趋时者可及"（罗飞《银杏树》，宁夏人民出版社，1985 年）。

罗飞是一个向往春天，追求太阳的诗人。《人的标本》《眼睛》《不朽的遗产》等，便是他灵魂震颤的"心电图"。这些闪耀着奇光异彩的诗作，就是作者内在精神美的折射。闵抗生在《诗人的精神之旅——读〈红石竹花〉》（《宁夏大学学报》2000 年 4 期）中认为，罗飞从艺术获得灵感，汲取比喻，借题发挥，抒发情感，评说人生。在罗飞的诗里，人生是艺术的精髓，艺术又提纯了人生。诗，对罗飞不只是他对人生的认识，也是他对人生的艺术提纯。在提纯的过程中，他净化了自己。事、理、情、趣四项，他更重情、理，而较少趣味——他的趣味尽在情、理之中；人生世相是他诗的血肉，情与理是气韵，气韵充实，才血脉流畅，四肢灵动，才见出精神，见出灵魂。著名诗人绿原说罗飞以"理念的题格入诗"，以"论辩方式显示和推进自己的激情"，很精辟地说出了罗飞诗歌以情与理为生命、为灵魂、为驱动力的特点。几乎《红石竹花》的每一首诗都可以强烈地感受到为诗人的理性思辨所鼓荡的感情波澜的回环递进。罗飞从艺术中发现诗，也把诗铸成真正的艺术——熔铸了哲学与美的艺术，从而把思想提高到哲理的高度，又把哲理提纯为美，将哲理与审美精神注入于他体验的人生，把他的艺术体验用简练警策的诗的语言传达给读者。是的，罗飞的诗是新时期理性精神的反映，是诗人精神之旅的一个阶段，也是时代精神的一个侧面。现在看来，罗飞的部分诗作被政治、时代、理性所局限，从而使其超越时空的艺术生命力受到影响。

李云峰（1945—），陕西汉中勉县人。曾上山下乡，后就职于《六盘山》编辑部、《银川晚报》社。诗作发表于多家报刊。

李云峰的诗注重形象的营造，忠实于自己的感受，显得清新而又朴实。他于 1980 年发表在《宁夏日报》的《相会》等两首诗是其较早的作品。其中《红花》是这样写的："红花，开得多么鲜艳，／像一团火，灼灼闪闪。／

仿佛要从光荣榜上跃出，／去融冰化雪，引来新绿一片……我知道，他年红花也会枯萎，／淡淡地，甚至牵不动一瞥流连／但是，我却要说，／它们曾经装扮过明媚的春天"。光荣榜上的红花在作者笔下活了起来，仿佛具有人的灵性。由"红花"的鲜艳联想到火，由火又想到"融冰化雪，引来新绿"，令人从形象中不仅感到了美，而且体会到了榜样的力量。但青春是短暂的，生命是有限的。诗人刚开始创作时，就充分尊重艺术规律。他总是根据自己的气质和个性，吸收自己所需的养料，形成自己独有的艺术特色。如《小城，有一伙年青的司机》："他们坐在驾驶室里，／一屁股压出几百公里，／随便在哪个旅店，／卸下疲劳卸下寂寞，／卸下憋了满肚子的话语，／把一个汽油浸泡的幽默，／用香烟燃出热气腾腾的惬意。／然后，他们又上路了，／每天都很新鲜的太阳照耀着他们，／他们是一伙年轻的司机。"诗人写汽车司机的献身精神，是地道的李云峰式的"拘谨但勇于献身"的方式。正是这种热烈而又不放纵的"拘谨"，铸成了诗人特有的艺术个性，使他的诗作清新凝练而又含蓄。李云峰的诗歌创作大体说来是忠实于生活的。这不只是诗人的作品拥抱了我们轰轰烈烈的现实生活，更重要的是诗人忠实于自己的生活感受，善于再现现实生活给予他的馈赠。无论他的诗清新也好，凝重也好，他都努力使自己的诗根植于现实生活的土壤，但也有例外。如《回忆》："回忆是一种高度／从这个高度跳下去／一切过程都变得清晰／风来了就有雨 雨过了天就晴／一些日子装作笑脸 其实在哭／一些日子手执麦子 使田野灿烂无比／一些日子先含苞 接着开花／最后溶入流水／还有石壁钉死的路／对峙中不忘回眸一击／最先飘落的树叶 在季节之前／否定了自己 不动声色的是某次机遇只摆弄一枚棋子／就使局面豁然开启／阳光拒绝从这里走进去／看透的却永远无法拾取。"这首诗有个明显地变化，就是由凝重变成了空灵，给人一种"山回路转不见君"的感觉，给读者留下了深刻的印象，令人回味，令人难忘。这是具有现代意识的诗人对人的价值、人的尊严、人的创造力的热情呼唤。又如《大森林》："走进大森林 以不同于前人的方式／接近年轮 倾听它诉说生长的艰辛／在远离人群的地方／这声音清晰而又逼真／鸣唱的鸟儿 歌声里伸出无数只小手／抓挠我们的心／走进大森林 突然感到站不稳时空／我们衰老了 而种子尚在萌芽／几万年的沉思不能如期抵达／我们在泥土里

挣扎 天空有一片云／正涂抹地上的风景／走进大森林 走进我们最初的摇篮／做一个梦 结局从很远的地方／注视着我们。"以前诗人追求情景交融,现在则把情感融化在形象中,且浓缩之后又以"静"出之,因而让人感觉是空灵了,甚至捉摸不定。这似乎和唐代诗人王维的山水诗一脉相承,但又有区别。李云峰之静在于入世,悦情悦心,天地为庐。在这里,李云峰的静乃极动,动乃极静。何以至此,是因为诗人对世事人生有了更深的体验,动静之于他,是一种有意味的形式。他的诗也不是"山回路转不见君",没有了信息,仔细揣摩,仍会发现那"雪上空留马行处"的踪迹。李云峰的这种写法突破了摹山绘水的格局,具有创新的意义。

骆英（1956—）,原名黄怒波,甘肃兰州人。两岁时随父母迁至银川,曾在银川四中上学,在银川通贵乡插队。毕业于北京大学中文系,曾在中宣部任职,后下海创建中坤投资集团并任董事长。骆英从 1976 年开始诗歌创作,著有诗集《不要再爱我》《拒绝忧郁》《落英集》《都市流浪集》《小兔子》《第九夜》《7+2 登山日记》《骆英诗选》等十余部诗集和小说集《蓝太阳》等。作品被译为英、法、德、日、韩、蒙古、土耳其等文。中国作家协会会员,中国诗歌学会副会长,北京大学中国新诗研究所副所长,宁夏诗歌学会名誉会长。

骆英的诗清新自然,笔致简洁,内涵丰富,不仅有个人化信息,而且与"我"所处的时代、社会、文化、地域及民族特点等密切相关。其诗不仅能够反映时代的方方面面、个人的生命历程、民族的精神谱系、地域文化的影像等,而且是中国社会特定历史阶段的多棱镜,更是知识青年历史的多面镜。故而,骆英的诗不仅仅是"越来越浓,以至于终有一日会痛哭失声"的"21世纪的乡愁",而是对历史的反思,是对现代性困境的思考,也是游子"一息尚存的向上的核心价值和美学志趣"（《知青日记及后记水·魅》,人民文学出版社,2012 年）。这种感悟的穿透力来自抒情主人公心灵和情感的力量。诗人不仅完成了个人的精神梳理,而且针对当下对现实或生活关注度减弱的情况,作出了自己的思考,"最重要的是让我们由此回到简单、纯真、善良和平和"。

诗人最为独特的诗集《知青日记及后记》,反映的是"文革"那段历史事实,虽说"文革"那段日子不堪回首,但随着时光的流逝,诚如作者所言:"那种贫穷,那种渴望,以及那种哀怨,都变得美好了,都变成了一种乡愁,或者说一种21世纪的乡愁情结开始弥漫。"这种弥漫的乡愁,甚至有些"浓得化不开"的乡愁,不仅仅是回忆往事,怀念纯情,逃避现在;还有另外一种意义,就是反思——反思历史,反思自我,乃至当下的生活。骆英的诗处处渗透着对整个人生的一种很深的感悟,具有一种形而上的味道,并富于哲理性。

众所周知,对"文革"的反思始于1978年,"反思文学""伤痕文学"等应运而生,诸如北岛、舒婷等人的诗歌,张贤亮、王蒙等人的小说。在诗集《知青日记及后记》中,诗人用一首首诗歌在记录经历的同时,也向我们展示了心灵的苦苦探索——有感悟的快乐,也有迷惘的挣扎。诗人之所以回忆那一段生活,是在寻求"一种永恒的安宁与花开花落"般的生活之美。诗人的精神向度是现代的,拥有深厚的人文底蕴和丰富的生活积累,他是站在今天的高度去审视那段历史。他的诗集《知青日记及后记》中,有一些以工作岗位命名的人物,诸如《段公安》《黄会计》《陈税务》以及《马秋芸的哥哥》中的大队书记等。他们自觉不自觉地感到高人一等,感觉良好,就是这种思考的具体表现。其实,这些人和"段小妹""马富贵""吴雅芳""伊忠仁"等一样,都是些普通人,可他们为什么不把自己当普通人看待,以致行为乖张、有些反常。如在《马秋芸的哥哥》中:"我的大队书记又矮又胖／稳重冷静 是马秋芸哥哥的酒友远亲／新婚的夜晚他们大醉与新娘共眠／夜晚 据说书记趴在新娘的肚子上面。"当然,这里的新娘,是马秋芸哥哥的新娘,不是大队书记的新娘。谁给他在别人新娘肚子上睡觉的特权,这就在"简单"中透露出一种复杂的人生信息。更离奇的是"之后马秋芸的哥哥依旧与书记喝酒／他的老婆负责给书记炒菜热酒"。正常而又不正常,简单而又不简单。诸如此类的精神变异还有《黄会计》:"由于黄会计我必须时时气派／比如说 说话时我就会在田头蹲下来／比如说 我的上衣兜里老插着钢笔。"以诗的形式清理记忆,定格历史。这些以工作岗位命名的人物,为什么都有些反常的举动,甚或出格,都是由于当时的社会环境造成的,是人性的一种扭曲,一种异化。这一切发生在一个不正常的年代里,是再也正常不过的事情。这正好表达了诗人独立的政治眼光和独到的艺术眼光。此类诗不仅让我们看到了"文革'十年的荒诞不经，社会生活的混乱；还让我们体会到，一个有使命感的诗人，在自己的作品中就不可能回避时代的真实生活状况，以及隐藏在其背后的深层历史与文化原因。

　　骆英诗歌的精神向度始终是关注现实、关注生活的。他通过主人公的叙述展开对自我感情的抒写与对难忘生活的回忆，仿佛让我们回到了那个久违的年代，感受到一种激动，体验到一种可贵，这就是精神烛照的作用。爱，这样的生活选择，要保持独立的诗歌品质，就更需要付出艰辛的努力。《知青日记及后记》中所勾画出来的《地里的女人》《段小妹》《张钢》，以及《一个春节的雪夜》里的众乡亲，正是塞上农民的典型形象，体现了黄河两岸儿女的可敬可爱，他们就是中华民族文化精神的代表。在《一个春节的雪夜》里，"我"发高烧，昏迷不醒，"一个乡亲破门而入"，"他拉着一辆破旧的板车在雪中行走"，"他们为我默念着什么都红着眼睛／退烧后我呆呆地向屋顶望了七天／老人们偷偷议论这孩子可怜可能已成了哑巴／在吃第一口面片时有人说我笑了一下／然后又把两滴眼泪流进碗里"。多么善良、朴实、热情的乡亲，他们将别人的孩子当做自己的孩子，甚至比自己的孩子还亲。他们也许没有多少文化，但在诗人的笔下他们却是那样的高尚和伟大，那样的可亲和可爱。这种不动声色的叙述，这种缓慢而又冷静的抒情，它唤起的是艰难岁月中温暖的记忆，是一种在时代的荒凉之后向爱的靠近。如《张钢》一诗中的主人公："他家里的鸡蛋多半作了我的佳肴／他舍不得吃说看着我心疼。""在我离开的清晨他来送我／抱来一床花被发动了他的东方红／半路上他从麦场扔上来几捆麦草／他说坐着舒服　花被送给我带到京城／那天路上并没有什么秋风／我的双眼却开始朦胧。"这是多么好的农民兄弟，他们身上所体现出来的，正是中华民族的高贵品质和崇高精神。朴实而又可敬的父老乡亲以及他们贫困的生活，净化了"我"的灵魂。事实上这种精神上的要求，比诗歌技艺更为重要，这是终身的追求。诗人所赞美的对象，不是自己，也不是自己的亲人，而是中国的广大农民，表明了诗人对自己民族的深厚感情。诗中对此的深刻思考，也让我们对黄河流域具有特殊文化内涵的塞上农民，有了更进一步的认识。诗人在保持现在与过去多重对话的基础上，进行重建诗意栖息的精神家园，让人充满敬意。

骆英《知青日记及后记》，首先是用鲜活的口语写诗，具有鲜明的地域特点。诗中常常引用"撒尿""不对劲""不检点""麦垛"等地方特色鲜明的词语或短语，使诗作呈现出一种粗犷的原生态之美，乡土味浓厚，日常生活口语，甚至大白话，极富张力，在艺术上自成一格。语言清新自然，富有活力，简洁准确，喜欢用叠词与象声词，常常有一种对偶句和相对整齐的排比句式，善用比喻与拟人，节奏时快时慢等等，这些都是来自塞上的民间语言，朴实而生动，与书面语言截然不同。其次是采用情节、细节刻画人物。诗人摈弃了宏大叙事，致力于微观叙述，凝神于细微感触，在细节性的描述中勾勒出生活的真相，通过对事件或事情的讲述，托出生命在其中艰难的成长过程。在《张钢》一诗中："他说拖拉机颠坏了腰阴天有点酸痛"，正因为张钢有这个切肤感受，所以"半路上他从麦场上扔上来几捆麦草／说坐着舒服。"这个小小的细节，不但前后照应，而且是"张钢"这个艺术形象呼之欲出，生动感人。诗人在快节奏与冷抒情的奏鸣中，张扬自己对人生的感悟，这是爱的记忆的复苏，是对人生的至诚礼赞。不同的语言取向，也预示了不同的生活和价值取向。在挖掘细节方面，作者以朴素的方式接近真实，更多地关注生活层面的现状，且精雕细刻，常常有不俗的表现。不仅如此，当诗人以诗歌的方式观照生活的时候，那潜藏在内心深处的感情便就被激发了出来。为了看美丽的"段小妹"，"有一天我从城里带回一架老式相机／她不得不站在我的镜头之前／终于我能够眯着眼看清她美丽的脸／我还说这种相机好用但是对焦太难／在她快要流泪的时候我终于按下快门／黑白照片中她的痛苦和不安更令人爱怜。"抒情因素的介入，以致这样的细节不仅可信、生动，而且和生活本身一样美丽。这样的诗来自于中国北方的黄河流域，来自塞上，它的地域文化信息形成艺术符号存于诗中，让后来者不断地思考。当然，骆英是一个文化底蕴深厚的诗人，他以情景交融构成意境，以对比方式表情达意，以意象并列呈现意义等，这都与我国古典诗词一脉相承。骆英的诗始终明快而又朴素，味在笔外，诗在诗外，给读者留下了广阔的想象空间和回味余地。骆英不是为了写诗而写诗，而是为了抒发自己的情怀，"让我们看到万物是美的，生活的本质是美的，这个世界其实没那么差"。鼓励人们不要对生活失去信心，对美失去信念。在他深层的意识里，诗人感到这个世界是他存在的一个暂时的形态，以致他的叙述总带有一种忧患的调子，带着对未来的一种恐惧和忧患，带着"何处是归程"的疑虑不安。在今天这样一个时代，诗人无疑是寂寞的。但骆英是自由的、执着的、乐观的，有着很强的求新求变的意识。正因为如此，他的诗有自己的特色，是一种具有明显风格的现代诗，在最没有诗意的时代寻求诗意。正如骆英在《中国新诗需要重新出发》（《博览群书》2012 年 1 期）访谈中表达了自己的观点，让诗歌回到诗歌艺术本身来，正确处理与时代的关系，跟生活的关系，跟个人的关系。在进行诗歌创作的时候，尽可能地回到母语的怀抱，用民族的意象、隐喻方式；对节奏的要求，对押韵的要求，都要考虑到传统的东西。

骆英的诗歌创作题材、内容、手法都十分繁复，十几部诗集风格迥异。《小兔子》是一种充满忧思的近乎哲学表达的文本；《第九夜》是对时代的色情化与性事的讽刺性描写；《7+2 登山日记》是他登上世界九大高峰及探险南北极常与死神擦肩而过的经历；《知青日记及后记》实写了知青期间的诸多朋友以及许多有趣而难以磨灭的往事；《水·魅》在时间近于停顿的状态下，一个物的世界在展开，一种隐微知觉在开始，一种意识状态在苏醒。

贺绍俊在《骆英：诗歌的无理数》（《文艺报》2014 年 3 月 21 日）中认为，骆英的诗是一种充满着主体性的诗，他在诗歌中建构起了一个比较完整的主体世界。首先，骆英的主体世界是非常个人化的，通过不同的途径来证明其主体性存在，一类是通过智慧来证明，一类是通过情感来证明。他的《哲学批判》似乎是在比较诗歌与哲学的优劣。"概念在一列火车疾驶而来时被碾死了"，言外之意，哲学虽然是智慧的抽象，却还要依附于客观世界。在变幻莫测的客观世界面前，哲学的概念"只是一个弱小的词"，"一切的词就是这样死烂后再生的"。而当主体性再生时，客体的"一切的马"却失踪了。在《飞翔的哲学》里，骆英深化了这一层意思，他说："好吧让我坐在我的语言上飞翔／既然我谋杀过许许多多的词语"。谋杀过许许多多的词语，这是骆英证明自己主体性的方式，这种方式看来非常的暴力，但唯其如此，才能达到决绝的境地。

耿占春在《为微物之神而歌——读骆英〈水·魅〉》（《朔方》2013 年 2 期）中认为，诗人力图保留着事物与其表象未明朗的象征意义，保留着事物的状况与人类生存状况之间的未被揭示的象征关联。事物是其自身，又保留着一种微暗的象征力量。事物组成了一个未被确定其范围与功能的意义旋涡，不停地转换、消解、重构，直至抵达其强烈的预言状态，直至产生其释疑与解答，直至一个预言重新出现。而整个《水·魅》对事物及其表象的繁复描述，对逐渐苏醒的感知层次的描写，就像诗人在不断推迟着的一个判断，不断延搁说出的预见和决心。这是在《小兔子》和《第九夜》中被怀疑的信念，被嘲讽被搁置的信念：赞美、感动和爱。

《骆英诗选》是骆英诗歌的精华所在。比如"我将从此告别一切巅峰 甘愿做一个凡夫俗子／我想我从此会在这个世界上慢慢走／让我的灵魂自由干净／／当风雪和恐惧终从记忆消失得无影无踪之后／我将归于平淡／珠峰 今天请允许我因为告别／而在顶峰为你献上一条金色的哈达"（《泪别珠峰》）；比如："我喜欢一切也害怕一切／我因此常常像小蜗牛缩在壳里一动不动／我只等一声蝉鸣或者一缕鸽哨／那时我就展开双臂／接受任何扑进我的怀抱的人或东西／比如说一位仙女 一头小鹿"（《穿过世界回家》）等等，都非常坦诚，诗意浓郁。

骆英还是一个阅历丰富、世事洞明、胸怀宽广、眼光高远的成功企业家，他不仅喜欢写诗，还喜欢探险，他是中国诗人中唯一完成世界七大峰登顶和南北极探险的诗人。由此可见，他是一个不同身份之间差异性较大，且非常热爱生活的人。

葛林（1955—），河南夏邑人。毕业于宁夏教育学院中文系。历任《黄河文学》编辑、银川市文学院院长等，一级作家。1980年开始发表诗作于《朔方》《绿风》等，荣获宁夏第五届文艺评奖二等奖。著有诗集《年轻的太阳谷》，长篇小说《漂亮女人》，中短篇小说集《大气炜黄》等。中国作家协会会员，宁夏诗歌学会名誉副会长。

葛林的诗歌，往往以一个故事，或一个形象为背景，以实带虚，虚实相生，在终极的意义上给人以情感的冲击与审美感应。诗人作品中那种深挚的热情、敏锐的感受、奇特的想象，在一定程度上受到了浪漫主义的影响。故而，他的诗把生活中听到的、闻到的、触到的一切，以精练传神的笔墨，精心织就一幅"人物画"，且具有典型性，有其独到的审美价值。《年轻的太阳谷》以它的象征意义完成了葛林诗歌世界的一个美学命题。这个世界以情感的典型化塑造抒情人物,诗人的情感世界、精神世界在现实主义的创作原则指导下,呈现出了具体的、可感的艺术形象。事实上,这也是葛林诗歌一直坚持的审美走向。比如:"沿着一条绿化带／种树人一路走去／最终是他把自己的一条腿／也当作了一棵树种在高原上了／而当他把另一棵树当作腿走回家乡时／娘已过世了"(《种树的人》)。叙事风格明显,具有小说化倾向。"当他把另一棵树当作腿走回家乡时／娘已过世了",给诗带来了画外之音和韵外之致。诗句有一种内在的律动,读着它,你会感到一种庄严的使命感在体内涌动,不能自已。对种树的人该如何评价,是诗人的思考,也是诗人留给读者的思索。

柳风(1956—),原名刘进忠,宁夏中宁人。曾任中宁文联《红枸杞》编辑。1980年开始创作,诗作发表于《朔方》《诗刊》《文学家》等,入选《诗选刊》《当代精英诗人三百家》《中国当代诗歌选本》等。著有诗集《开花季节》。现居北京,任《网络——好诗选读》主编,《中国当代诗人词家代表作大观》编委,《左诗苑》诗刊副主编。

柳风于1982年10月参加"塞上诗会",1983年加入宁夏作家协会。在《文苑》1983年1期发表《柳风的诗》(十五首),同期刊发了吴淮生的评论《白杨树怎样才能挺拔——读柳风的诗》。在《朔方》1984年10期《青年诗人作品与评介》栏目发表了长诗《开拓者》(二首),同期刊发了秦庚的评论《一株迎着春风的新柳——读青年农民诗人柳风的诗》,受到广泛好评。柳风早期的诗尚显单薄,而后期的诗作就较为厚重,也很耐读。如《爹的恩情》:"小时候　我吃好的　爹吃差的／上学后　我穿新的　爹穿旧的／成了家　我住的是新房　爹住的是旧房／现在　我在城里　爹在乡下／我睡的是弹簧床　爹枕的是黄沙岗／那个陪着老爹抽烟的月亮　我实在没处安放。"语言朴素,手法写实,一点儿也不现代,几乎全是白描,但感情真挚,催人泪下。由此可见,情真才可能有诗,诗也才可能动人。又如《身不由己》:"面对他满头的风霜／我说不出一句话／失魂落魄的雪与我对视的时候／泪水就从打柴的夜里出发了／我老是觉得有那么一刻／父亲的影子　就躲在老房子里／一直不肯出来／他怕我们不知所措／白云从我的头顶走过／那是父亲拉过的碾子　母亲推过的磨／奈何桥上望奈何——／思念是倒淌的河　泪水是清明的歌。"这首诗不全是写实,也用了一些现代手法,诸如"满头的风霜""失魂落魄的雪"等,但感情仍是真挚的,力透纸背。诗人不仅透过生活中的自然景象挖掘其中的诗意,而且把事物的思想深度形象地展示在读者面前,令人动容。又如《喊叫水》:"这个地方很多诗人都写过/它就是我的家乡/几十年过去了我什么也没写/因为我的笔不如一滴雨一粒雪/水窖里储存的阴凉无法解渴/奔向水草的山羊在梦里倒下了/没有倒下的人们还在喊叫水/喊来喊去眼睛里就喊出了两团火。"喊叫水是个地名,那地方水比油贵,所以诗人觉得"我的笔不如一滴雨一粒雪。"全诗不事修饰,语言平白如话,诗句之间的跳跃也不大,一切是那么自然,那么深情,抒发了诗人对故乡"别是一番滋味在心头"的情愫,显得特别动人。柳风的诗作,从所处理的题材和艺术方法上看,带有明显的现实主义特征。

李劲松(1949—),宁夏贺兰人。当过教师、警察、法官。发表诗作于多家报刊,著有诗集《岁月河》。李劲松的诗有一种别样的塞上风情和不失活泼而亲切的生活味,读来让人感到清新而亲切。如《泥土的歌》:"我爱泥土,我曾在泥土里打滚/我爱闻泥土的味道/因为那里有乳汁的清醇/小时候,攀树时划破了腿/妈妈捏了一撮土敷在伤口上/止住了流出的血/在家乡,泥土对我最亲/当我困倦地躺在泥土的怀中/做了一个芳香的梦/醒来时,眼前一束盛开的马兰花/泥土,谁说你没有光泽/看看花的颜色/就知道你把人间怎样涂抹。"这些诗句完全是口语化的语言,如果不用诗的形式,就完全是一般的陈述句,而作者就是用这样的诗句表达了一种带有别趣与童稚的情感。这种情感看似简单,其实并不简单,它是深厚而又韵味的。

马志恒(1954—),宁夏盐池人。1980年开始发表诗作于多家报刊,荣获宁夏第七届文艺评奖二等奖。马志恒显然明白诗歌语言的简约魅力,也深知情感的节制与诗歌韵味的重要。如《在湖边》:"天空有一颗星/你说:那是我温柔的心/天空有两颗星/你说:那是我明亮的眼睛/水里映着一颗星/我说:是你偷去的那颗心/水里映着两颗星/我说:是眼睛在寻找丢了的心。"语言朴素简练到极致,且一唱三叹,韵味悠远。写情感,非常真挚,又不失含蓄韵味。

白昌万(1955—),四川开江人。1977年开始创作,诗作发表于《宁夏青年报》《朔方》《新月》等,荣获兰州军区第二届文艺作品评选二等奖,个人被银川市政府记二等功一次。宁夏作家协会会员,宁夏诗歌学会会员。白昌万的诗写得从容,很自信。这份从容与自信既来自于诗人的生活体验,也来自于诗人对当地风土人情的了然与掌握。如《雪花》:"那一天你在我的屋檐歌唱/滴答滴答,我想捧着你/捧你到心上/却捧着故乡的雨,雨中的故乡/那是春天,我的童年/一坝油菜花梦一样绚烂金黄/那一天你在屋前的小河歌唱/潺潺涓涓,我想牵着你/牵你去远方/却牵着一条小河,河中捣衣的姑娘/那是夏天,我的少年/袅袅炊烟托起西去的夕阳/这一夜你在我的篱笆里歌唱/一笛西风,洒洒扬扬/我想留下你,留你在身旁/却留下一片湿润,心地里的洁净明亮/真不知它长出来,是北方的春天/还是我南方的故乡。"写微妙的感情,干净利落。全诗意象纷呈,语言质朴无华,却韵味浓厚,给人想象空间。尤其是在这首诗中,时空的变化有一种特别的力量,既是直击人心的力量,又是亲和的力量。

段怀颖(1957—),宁夏灵武人。历任灵武县交通局局长、宁夏文联办公室副主任、宁夏党委宣传部副巡视员等。1980年以来发表诗作于《朔方》《诗刊》《星星》等。荣获宁夏第五、第八届文艺评奖三等奖。著有诗集《蓦然回首》《时光里的寂静》。宁夏诗歌学会名誉副会长。段怀颖的诗凝练且富有知性。如《向日葵》:"金黄金黄的向日葵/长在我家的门前 那畦绿意/是母亲种的/一种就是好多年/那里低矮的墙 一天一天/享受了大片大片的美丽/家中的煤油灯的灯芯很好看/能在墙上映出舞蹈和歌唱/一缕火苗烤香寒冷的长夜/把故园的传说贴在家中任何地方/母亲留下的种子又饱又大/她数种子时雪花很静/只听得季节在风声中啪啪直响……"将丰富的情感和经验升华为知性,诗人正是借助于知性成分的有力渗透,使其诗歌超越出一般诗歌止于抒情描绘的表层,而上升到哲学的高度。"母亲说我们吃了向日葵会长得很高/走到哪里也有阳光照在身上/我也学会了种向日葵/从那时起梦里总是亮堂堂的。"丰富的人生经验成就了诗人,因而写不出这么质朴而又感人的诗。

罗存仁(1958—),宁夏西吉人。就职于宁夏环保厅等单位。诗作发表于多家报刊,著有诗集《西吉月》。罗存仁善于将点滴的民俗元素吸纳入诗,意境似童谣般单纯朴素,给人以新奇感。如《山丹花儿》:"从情哥哥的心肝肝里／冒出来的 从尕妹妹的酒窝窝里／流出来的 从蓝布衫衫的纽扣扣里／掉出来的 从娘老子的打骂声里／长出来的 山丹丹花儿哟／还是那么红　红得心发疼……得到你的温暖 山丹丹花儿哟／我睁开眼睛看你如人面／我进入梦乡听你似魂唤。"从这首诗中可以看出，诗歌完全使用了花儿的形式，由于作者对西海固土语、民俗的熟悉，写来给人以水到渠成之感。罗存仁充分利用民歌的质朴，语言率性，似冲口而出，非常具有感染力。

黄金龙（1959—），宁夏吴忠人。就职于巴浪湖农场，任农垦机械技术员。诗歌、评论等发表于多家报刊。宁夏作家协会会员。在黄金龙浓重抒情的文字中，以自身强烈的想象力印发读者诗意的想象。如《一双熟悉的手》："我只知道有一双手一样的犁铧伸进土地里／伸进潮润润的棉袄里／伸进土地的骨头里／伸进鞭子一样抽打的吆喝里／不知道他有没有闲工夫端详一下自己的那双手……我看见他已经把属于他的那份果实攥在手里／把一份农家人的满足与感激轻飘飘地攥在手里。"写作手法从单一抒情到抒情、叙事、议论的多样性转化，画面摄取和诗作结构从平面到立体的深入，以及直面自身经验和深入思考的痕迹，乃至散文化的变化，必然产生多重阅读感受。

宁夏属于这一群体的诗人还有薛秀兰、冯海泉、刘秀凡、钱守桐、乔良、邓海南、陈幼京、民冰、何英俊、田为民、高玉虎、马钰、李宗武、王天亮、尹乔、沙新、周占忠等，其中回族诗人民冰、马钰、李宗武、尹乔、沙新、周占忠和女诗人薛秀兰、刘秀凡、陈幼京另有论述。这个群体的诗人感应客观的自身，竭力表现社会、人生的体验世界，追求对人生的感悟和反思。这些诗人的人生经历大都比较曲折，但爱祖国、爱人民的赤子之心未变，一如既往地笔耕不止。

对诗歌创作的个性、独创性的重视，使宁夏新诗的风格朝着多样化方向发展。这种多样化，根源于不同诗人的诗歌观念和艺术方法的多元状态。诗不仅仅是对客观现象的忠实摹写，诗人个人独特的气质、独特感受和生活风格，也是保证诗获得成功的前提条件。当然，诗人以一个普通人出现，真实表现普通人的感情世界，也有不容忽视的价值。从诗的取材范围看，对感情世界的表现成为一时之潮流。人的内心活动，人与人的关系，对人自身与生活环境的认识,对于民族传统精神的追寻等等,一个广阔的世界展现在诗人面前。总之,宁夏现代诗经历了从无到有、从零星的民歌体到全面展开的西部诗歌,再到个性化的五彩缤纷,为宁夏60后诗人的集体崛起奠定了坚实的基础。

第四节　回族诗人：并肩耕耘于塞上大地

回族是回回民族的简称，是以中东阿拉伯、波斯族系为主体，兼容吸收了蒙古族、汉族、维吾尔族等民族成分在长时期历史发展中形成的民族。约在唐高宗永徽二年（公元651），伊斯兰教由阿拉伯商人正式传入中国。元明时期，各种不同来源的回回开始形成一个民族。居住较集中的地方建有清真寺，有小集中、大分散的居住特点。

回族诗歌是回族诗人以汉语创作的文学作品。最早是以民间神话传说、歌谣、叙事诗、谚语、说唱等为主，始于隋唐时期的胡人、番客和胡商；元明清时期，回族诗歌逐渐走向繁荣，涌现出了一批有影响的回族诗人，创作了许多不朽的诗歌作品，成为中国诗歌史上不可缺少的部分。

回族是一个具有丰富历史内涵和独特文化模式的民族。在近千年的历史浮沉中，回族在与汉族及其他民族的共同生活中，逐渐将汉语作为自己的母语，并广泛汲取了汉文化营养，进行诗歌创作。他们的诗歌作品中"流露出思想的苦闷和对社会不平的愤慈，特别表现了对劳苦大众的关怀和同情，为中华民族的进步和文化的发展作出了宝贵的贡献"（白崇人《回回古诗三百首序言》，《西北第二民族学院学报》，1999年4期）。唐朝的李彦升是目前得知的回族先民中的第一位诗人，遗憾的是他的作品已经亡佚。李舜弦是唐代第一位穆斯林女诗人，为李珣之妹。现存《随驾游青城》《蜀宫应制》《钓鱼不得》三首，收入《全唐诗》。"其诗情景交融，富于想象"（吴建伟《唐宋回族先民文学活动考述》，《固原师专学报》1998年2期）。萨都剌（1271—1355）是元代著名回族诗人，原籍西域（今新疆）。13世纪祖父迁居内地，后定居于雁门（今山西代县）。一生著述颇多，有《雁门集》《萨天锡诗集》《萨天锡逸诗》《石林集》《西湖十景词》等诗集留传。其诗文辞雄健,流丽清婉,多写自然景物和边塞风光,同情民间疾苦。在古代回族文学的发展中,元末明初的丁鹤年是最令人注目的回族诗人之一。在他九十年的人生中,有七十多年是在诗歌创作实践中度过的,到了晚年他的诗歌艺术更是炉火纯青。他的诗继承了唐代现实主义的风格,沉郁顿挫,逼近古人,被后人称为"文苑巨子"。现存《丁孝子集》《丁鹤年集》诗集两本,存诗三百余首。沙琛(1759—1821),清代著名回族诗人,云南大理太和人。著有《点苍山人诗抄》《皖江集》等。其诗多贴近生活,农事诗描写生产过程及农夫、农妇的勤劳淳朴,是一位杰出的富有现实主义和浪漫主义色彩的诗人。此外,古代回族诗人还有乃贤、丁澎、马世俊、马汝为、马之龙、赛屿等(王锋《古代回族作家研究现状记略》,《宁夏大学学报》1989年2期)。

新中国成立以来,回族文学有了长足的发展,各种文学体裁的创作都取得了较大的成绩,涌现出一批回族诗人、作家和优秀作品。诗人沙蕾、木斧、马瑞麟、高深等较有影响。沙蕾(1912—1986),现代诗人、作家,江苏苏州人。自幼学诗,1938年任《回教大众》半月刊社长兼主编。民国时期曾出版诗集《心跳进行曲》。新中国成立后在报刊上发表了大量诗作,1979年出版诗集《时间之歌》。木斧(1931—),原名杨莆,生于四川成都,祖籍宁夏固原。诗人于1949年前创作的诗歌作品有一百余首,尤其是1976年以后,他的创作达到了一个新的高峰。重要的作品有《城市的夜》《星星曲》《冬天》《血,不能白流》《骄傲》《溃败》《我听见土地在呼唤》等,其中又以长诗《献给五月的歌》最为著名。马瑞麟(1929—),笔名沙野,云南澄江黑泥湾人。1946年开始文学创作,著有《河》《父亲和他的黑布袄》《"咕咚"来了》《松树姑娘》《云岭短笛》《诗的星空》《我轻轻地吹起芦笛》等诗集。在诗的美学特征上,马瑞麟倡导淳朴简洁,反对把诗写得怪诞神秘,远离现实,远离读者。诗人长期生活在云南各民族尤其是回族中,内心珍藏着一份民族情思。他的诗作反映回族人民的生活与内心世界,融抒情性、行吟性、民族性于一体。

宁夏现代回族诗歌伴随着中国现代回族诗歌的发展,经历了一个几乎从无到有的发展过程。从20世纪40年代末期到80年代中期,回族诗人木斧、沙蕾、马瑞麟、高深等树起了中国现代回族诗歌的大旗。随着宁夏回族自治区的成立,从全国各地陆续来了一批支宁知识分子,他们在从事文学编辑、新闻、文化、教育工作的同时,进行诗歌写作,一度推动了宁夏现代诗的发展;同时,也带动宁夏本土诗人的创作。这一时期为宁夏现代回族诗歌的探索期,主要回族诗人有王世兴、高深、马乐群、杨少青、沙新等。他们以工农业生产和农村生活为题材,以高昂而明快的政治抒情诗和"花儿"抒情诗为主,把叙事与抒情相结合,表现出一个回族诗人坚忍顽强的性格和正气凛然的风骨,充满了浓郁的乡土气息和民族特色。到了80年代和90年代,随着马钰、贾羽、何克俭、马忠骥、井笑泉、杨云才、丁学明等回族诗人的崛起,使宁夏回族诗歌创作逐渐走向成熟,形成了一个回族诗歌创作群体。可以说,王世兴、高深、马乐群、丁文、杨少青等诗人开创了宁夏现代回族诗歌的先河。

王世兴（1930—）,银川市郊区人。1944年,考入宁夏师范简师读书,1948年考入兰州师范高师读书。他在学生时代就对我国古典文学作品有着较为广泛的涉猎,养成了对文学的爱好。1951年考入西北艺术学院,正式踏入了文艺的大门。1954年毕业后被分配到甘肃文化局工作,后调群众艺术馆工作。1958年宁夏回族自治区成立,他从甘肃调回宁夏,先后在宁夏文联《宁夏文艺》编辑部从事文艺创作和民间文学的搜集、整理、研究、编辑工作。1971年,调宁夏人民出版社担任文艺编辑。1980年调宁夏群众艺术馆担任馆长兼《宁夏群众文艺》编辑部主编。1984年7月在宁夏第三次文代会上被选为宁夏文联副主席。半个世纪以来,他一边搜集、整理、研究民间文学,一边积累素材,从事文艺创作,先后在《宁夏日报》《光明日报》《朔方》《回族文学》等报刊上发表了为数不少的、群众喜闻乐见的文艺作品。其长诗《莲花滩》荣获第一届全国少数民族文学创作奖"骏马奖"。

王世兴除写戏剧、曲艺外,还创作发表了大量的诗歌。1958年,他编辑出版了第一本《回族歌谣》,这本书当时在全国产生了一定影响。不久,在宁夏人民出版社出版的《宁夏民间歌曲资料》上、下两辑中,有他搜集、整理并填词的民歌一百六十余首。上海文艺出版社出版的《中国民歌选》,选登了他搜集、整理的民歌四十余首。同时,还撰写了《花儿简介》《宁夏民歌简介》《宁夏道情的推陈出新》等研究民间文学的理论文章。在诗歌创作中，他灵活地采用"花儿"、民歌等形式，把思想内容与民间艺术形式有机地结合起来，通过对一草一木、一山一水的咏唱，抒发了他对党、对祖国、对家乡的热爱之情。如《雪白的羊毛九道弯》《花儿对唱》等诗都采用了花儿的形式。诗人在《光辉永照宁夏川》一诗中写道："沙枣子开花香天下／塞上江南好宁夏／东有黄河一条龙／西有贺兰宝疙瘩／一马平川的好庄稼／富饶的花开人人夸／花里开花数牡丹／宁夏有个六盘山／长征时毛主席过六盘／光辉照遍宁夏川／四九年解放天地换／劳动人民从此坐江山／马莲开花一片蓝／贺兰山下大草原／牛儿肥，马儿壮／羊群一团连一团／二毛皮呀九道弯／提起人人都称赞。"东有滔滔黄河，西有巍巍贺兰，千里平川麦浪滚滚，仿佛一幅塞上江南的美丽画卷展现在眼前。这样美丽富饶的山河，这样甜蜜幸福的生活，让诗人情不自禁地发出赞叹。

王世兴创作的民歌体长诗《莲花滩》，全诗由前言和四节组成，共二百多行。取材于作者所熟悉和热爱的农村生活，诗人运用前呼后应、比喻、排比的手法，具体生动、有血有肉地刻画了一个被压迫、被奴役的回族放羊娃马尔三的形象。作者对马尔三悲惨的命运寄予深切的同情，通过对马尔三这个回族放羊娃在新、旧社会生活鲜明的对照，揭示了旧社会广大回族劳动人民生活的艰苦，新社会广大回族劳动人民翻身得解放，做了国家的主人，日子一天比一天好起来这一历史事实。诗人在诗中写道："如今莲花滩／百花齐争艳／羊群像河云／飘上九重天／如今马尔三／又当老模范／选他当代表／红花戴胸前。"表达出诗人对幸福生活的赞美和无限向往。在《莲花滩》这首民歌体长诗中，诗人匠心独具，用人们喜闻乐见的民歌体语言，塑造了马尔三这样一个勤劳、俭朴、纯正、高尚，无私善良而又不断进取的回族人物形象，达到了外在美和内心美的统一，是他诗歌创作中的一个里程碑。

由于王世兴熟悉群众生活，特别是熟悉回族生活，善于从民歌、花儿中吸取营养，并能从当地的民族习俗、语言特点、历史故事出发，采用了群众喜闻乐见的花儿、民歌等艺术形式，来抒人民之情，叙人民之事。（王正伟《谈回族作家王世兴》，《宁夏大学学报》1985年1期）因此，他的诗朴素自然，语言通俗、简洁、生动，具有很强的乡土气息和浓厚的民族特色，富有教育意义。

高深（1935—），辽宁岫岩人，原名高世森，笔名竹人，毕业于中国作家协会文学讲习所第六期。历任宁夏日报社编辑、记者、副主任，宁夏文联副秘书长，《朔方》主编，宁夏作家协会副主席，锦州市文联党组书记、主席等，一级作家。1952年开始发表作品，1980年加入中国作家协会。著有诗集《路漫漫》《大西北放歌》《大漠之恋》《苦歌》《寻找自己》等。其中《大漠之恋》《寻找自己》分获全国第四、第五届少数民族文学奖"骏马奖"。中国作家协会名誉委员，中国少数民族作家学会副会长，辽宁省文联委员，辽宁省作家协会顾问等。

高深的文学生涯，起步于50年代初期，从十六岁在东北《劳动日报》上发表处女作《天上的星星数不完》开始，迄今已在文学园地里辛劳耕耘了四十多个春秋。从他坎坷的创作历程中可以看出，他的诗歌创作经历了探索期（1952—1976）、爆发期（1977—1982）和成熟期（1983—2000）三个阶段。

20世纪50年代初期，高深怀着建设新生活的无比激情和对新中国狂热的爱恋走上文学创作的道路。新社会的一切，在年轻诗人的眼里都是那么美好。他热情歌唱延边朝鲜族在新中国成立后新的生活、新的风貌、新的爱情。在《在河边》《布尔哈通河畔》《恋弯的哎呀河呀》《海兰江，你是革命的摇篮》《走向沸腾的生活》《我是一片绿叶》等诗中，更多地描写了工厂火热的生活，工人新的精神风貌；在《他这个人真会拍马》《给官僚主义者》《风呀，你好大的威力》等诗中用讽喻的手法针砭时弊；在《午夜的朝霞》《红光》《雪》等诗中，通过"自我"抒发了时代之情。60年代，高深到《宁夏日报》从事采编工作，因而能有机会到全区各地采访，接触到回汉劳动人民。特别是回族劳动人民勤奋善良、顽强进取的精神面貌，触发了诗人的灵感，他写下了一些歌唱回族新生活、新一代的诗篇。《羊皮筏飞在黄河上》抓住在黄河上飞渡的"羊皮筏上坐着四个回族姑娘，她们带着乡亲父老的嘱托，去大学做首批牧民子弟的学员"这一典型事例，歌颂回族人民生活的大变化；《人逢喜事精神爽》塑造了一个爱国老汉的新人形象；《猎人的儿子》反映父子两代猎人的不同命运的故事；《过草原》是诗人于1963年秋在革命传统地盐池,用诗句勾勒的一幅令人悦目的新草原风情画,诗人有意改变自己散文化的语言风格,试探继承古典诗词的语言传统,读来颇具韵味;《回族女社长》是一首歌颂新型回族妇女的诗篇,诗人从一个回族妇女的身上,反映了整个回族人民生活翻天覆地的变化,其思想含义达到了前所未有的高度。70年代,高深发表的诗作超过了前二十年的总和。他灵感的触须,有时伸向革命老区"民工用身体铸成一道铁壁铜墙"的抗洪上(《雨后的黎明》);有时伸向"万支彩笔难描述'的"战旗似火胜桃花,／炮声如雷震山谷"的水利工地(《春满六盘山》);有时伸向"在海拔三千米的山腰,／斜挂着一条羊肠小道,／一直通向云雾深处,／通向钩在月牙上的气象哨"(《贺兰山上气象哨》)……诗人的触须,像雷达无形的电波,伸向广袤的大地和天宇,探索生活的底蕴。

纵观高深这一时期的诗歌创作,有一个共同的特点,就是叙事与抒情的结合,外界客观的事与诗人主观的情的有机统一。这种叙事与抒情结合的风格一直保持到今天。在他的诗歌里,我们感受到一颗真诚火热的赤子之心在跳动、在呼唤、在憧憬。尽管这一时期的诗作在艺术上还不够成熟,但诗人的真诚和生活碰撞所迸发出的火花,像节日夜晚的朵朵礼花,光彩夺目。思想内容上的时代感、生活的现实感和激情的交织融合所喷发出的感染力,弥补了艺术上的稚嫩和不足(刘贻清、马东震《征程漫漫求索不已——简论回族诗人高深》,《宁夏大学学报》1984年2期)。

"文革"结束以后,诗人高深获得了真正的新生,他哽咽了二十多年的歌喉,才得以放声;他蕴藉了多年的激情,才得以迸发。他在《路慢慢·黎喻》一诗中写道:"春天总会睁开贪睡的眼睛,／太阳毕竟要升上万里晴空,／饮一杯甘露吧,／润好喉咙,快去歌唱那归来的黎明。"从1976年到1982年,高深先后在《诗刊》《人民文学》《回族文学》《光明日报》等报刊上发表了《春天的美德》《这就是春天》《诗人和春天》《矿石》《青春》《我梦见》《鹿回头》《五指山》《夕阳》《我墨立在海瑞墓前》《橡胶树,你流的是什么》等近一百首诗作,这一时期是他诗歌创作的喷发期。从这些诗歌中我们不难看出,高深经历了一段坎坷人生和创作探索之后,丰富的人生阅历和生命体验,使他的诗歌创作开始走向更高的境地。他开始把人生的哲理和一些重大的社会问题熔铸到自己诗的形象之中，明显地表现出一种深邃、凝练的新风格。在《青春》一诗中诗人写道："生命的早晨啊，你离去得那么急迫／我青春的树枝，几乎没有开过花朵／那些闪过些微光泽的智慧的蓓蕾／都在一场喜雨中被统统打落……啊，三分之一的生命不曾发花结果／辛勤的园丁，我知道你也惋惜难过／是智者千虑呢，还是弄巧成拙？／整个青春的代价，该换回多少收获？"这首诗，不仅仅是诗人个人青春的回忆，诗中的"我"是时代的投影，是时代的回音壁，也是心灵的反光镜。高深不仅具有回族人那种坚韧、顽强的性格，也具有中华民族所共有的那种刚正不阿、正气凛然的气质。他始终在努力表现中华民族所具有的美德，把共性融于个性之中加以歌颂。诗人在拜谒海瑞墓时，产生了这样的情思："不是因为你是回回／我才对你特别敬爱／因为你给回回民族／留下了为官的清白／不是因为你是清官／我才对你特别崇拜／因为你给中华民族／留下了由衷的信赖／我千里迢迢跨过南海／不是只为了一次默哀／要为回回民族的历史／借鉴一些做人的正派"（《我默立在海瑞墓前》）。在这首诗中，诗人不仅仅把海瑞看成是回族人民的光荣，更把他视为中华民族的骄傲。高深是站在全民族这个高度把"海青天"作为中华的"民族魂"来放歌的。他的诗，没有晦涩朦胧的影子，有的是强烈的时代激情和浓郁的生活气息；没有个人的哀怨和阴暗的自我表现，有的是完整新鲜的艺术形式和明亮的色彩。在《关于诗的诗》中诗人写道："你是天空的繁星，大地的河流／你是生活的甜酒，战斗的匕首／你是征途的路标，比路标有血肉／你是时代的呼吸，历史步伐的节奏／我由于你得祸，却仍与你风雨同舟／不论你带来的荣辱，我都视为得天独厚／——大地需要浇灌，生活需要花朵／——时代需要呐喊，前程还有战斗。"这首诗格调高昂，感情真挚深沉，我们从高深的诗中，感受到的是一个诗人高昂进取感情的喷涌，时代激越浪花的飞溅。

经过70年代末和80年代初的喷发，高深的诗歌创作更加稳健和成熟。1990年，高深在《民族文学》10期发表了《北方的雨》《好一片黑油油的土地》《黑松》《走入国画的北方山水》等诗。在《北方的雨》中诗人写道："生活给你一个真理／只有和土地结合／只有与阳光相爱／才能放射出全部能耐……／——只要扎进泥土／就有灿烂的生命／就有辉煌的未来。"表现出诗人对"雨"的歌颂和对黑土地的热爱。1992年，高深在

《朔方》7 期发表了《不要埋怨过去》《未来不属于悔恨》《你曾经也很富有》《我多想退回时间的隧道》四首诗，诗人在对过去生命历程回顾时，表现出一种不埋怨、不悔恨，反而很富有、很想退回时间隧道的豁达的人生态度，每首诗都蕴含着羽化人心的人生哲思。1995 年，高深在《朔方》12 期发表了《爱在其中》等十三首诗，诗人在诗中写道："无论如何／有信仰就有行为标准／不要把人生视为一次炼狱／不要在香火的弥漫中沉沦。"1997 年，高深在《诗刊》5 期发表了《爱憎都是诗》三首；2000 年，高深在《绿风》1 期发表了《沉默，因为无话可说》《失望》《诗歌》等。诗人在《诗歌》一诗中写道："诗歌是自由的儿子人民的儿子是精神支柱／是人类的呼吸命运的呐喊民族的旗鼓……／诗歌是生活的慈母／诗歌是人生的严父。"这首诗，可以看作是诗人对自己诗歌创作的高度总结。

  从高深的诗中我们不难看出，他的诗基调昂奋而明快，感情真挚而深沉，构思独特而精巧，音韵婉转而谐趣，表现手法多变而灵活，语言自然流畅而精美，叙事与抒情相结合，构成了高深民族化创作的独特风格。

  马乐群（1939—），山东济宁人。1959 年毕业于新疆工学院矿山机电系。历任宁夏冶金局设计研究所设计员，宁夏灵武农场农工、代课教师，宁夏电机厂工人、助理工程师、生产科长，银川市文联《新月》编辑部编辑，二级作家。1956 年开始发表作品。1994 年加入中国作家协会。著有诗集《新月·朝霞》《沙丘·马队》，报告文学集《激流真情》，电视剧剧本《绿色的色俩目》（已录制播出）等。诗作荣获宁夏第三、第四、第五届文艺评奖二等、优秀（不分等）、二等奖，个人荣获银川市文学艺术突出贡献奖。

  与许多大西北的垦荒者一样，马乐群对自己生命的第二故乡宁夏，也具有一种毫无障碍的认同感。"塞上江南"的山山水水激发着诗人劳动、创造的热情，塞上的淳朴深情孕育出诗人如虹的诗章，促成了诗人奔涌诗情的喷发。恰恰就是这片土地上民族与宗教生活的风俗与情愫，成了诗人诗歌创作的切入点。我们感到，在诗人深情的注视下，回族群众一件件寻常的布礼与习俗，均漫溢出无以言状的生机与灵性：白色，是回回民族不可缺少的色彩，在诗人眼里那是充满了风韵的色块（哈若蕙《塞上恋歌——马乐群诗集《新月·朝霞》美学特色》，《宁夏社会科学》

1995年5期)。他说,"白,不是冷色。"那是"平静的蓝天上"唱着歌的"云彩",是"寂寞的夜空里"在絮叨的"星星",是"温柔的雪片,亲吻着广袤的大地",是"激动的浪花拥抱奔腾的江河";这白色里,更属于这个民族的品格,那是"冰山的坚韧""火焰的刚烈"、天鹅的高洁,还有"梨花的朴实"等(白军胜《马乐群诗歌的使命意识和民族意识》,《朔方》1993年11期)。在《爱弹吉他的车工》等抒写工厂生活和劳动场面的诗歌中,这里有工厂沸腾的旋律,这里有劳动、奉献的快乐,这里更有生活、创造者绚丽的憧憬与梦想。在这些诗篇中,诗人的笔豪放、潇洒,处处洋溢着劳动创造的自豪。诗人的目光不仅停留在工厂生活的八小时之内,也熟悉八小时之外工人伙伴的喜乐。诗人要把心底的赞歌献给他们——"灿烂的群星——忠诚的劳动者",歌唱他们"给一千次机会还是选择／闪光的奉献"。诗人在《遥望金渠》里感受春水的苏醒,倾听秋波的奔流,赞美冬渠的坚韧;在《银川奏鸣曲》中,描绘塞上古都的崛起,赞美"大西北的凤凰""灿烂地飞翔";在《听"花儿"》里,传达出西北花儿不尽的韵致——"草尖上摇曳着风的絮语／天边,一朵孤独的云在哭／……漫过来／一层明丽的水波／漫过来／一团凄惨的浓雾／腔子里的烈火／给黑葡萄挂上几滴泪珠"。这里没有玄奥的哲理,没有奇怪的意象,却把诗人"非个人化"的审美品格凸显其中;对民族色彩的把握与深化、对民俗文化的透视与理解,表现出诗人强烈的使命意识和民族意识,展示出诗人独特的诗歌审美意蕴。

丁文(1939—),原名丁文庆,北京人。毕业于北京师范大学,历任固原师范教师、固原师专校长、西北第二民族学院副院长。诗作发表于《朔方》《人民文学》等,荣获宁夏第三、第四届文艺评奖二等、优秀奖(不分等)。著有诗文集《两山集》。

丁文是一位教授,也是一位诗人。他的诗作现代色彩较浓。如《沙中小憩》:"歇息那跋涉的步伐,／偃卧在瘦弱的红柳树下。／吞口微含苦涩的泉水,／溶解旅途的烦躁与困乏。／驼峰后凌乱的脚印是路,／驼峰前望不到尽头的是沙。／当起身迈步的刹那,／芳草一片展现在天涯!"这首诗写跋涉中的小憩,采用了象征的手法,使写进诗中的自然意象,都沾染了诗人的主观情感色彩,而"当起身迈步的刹那,／芳草一片展现在天涯!"有暗示出诗人对国家和民族命运的哲理性思考。又如《灯光》"我曾把多少欢乐的美梦,／关在黎明前阴暗的小屋里,／告别灯光下长长的影子,／踏上忏悔的漫漫途程。／如今,在静谧的春夜里,／我却用灯光把知识和幻想聚拢,／编织着老年人的童话,／描绘着孩子们的憧憬。／这春夜的灯光,绞成丝缕,／能牵回迷惘而失去的岁月？／这灯光的春夜,化为春水,／让前辈播下的种子茁壮萌生!／春夜是一幕哑剧,／灯光似独白琅琅有声,／紫帷幕落下仍响着最后一句:／明天要有一个不迟到的黎明!"借物抒情,托物言志,通过描写具体事物的特性来抒发诗人自己相应的感情,是中国历代诗歌的一大特色。这首诗就是一首托物言志的抒情诗。诗人选择第一人称与灯光絮语的方式,盛赞了"灯光"这个人格化的高洁形象；同时,也袒露了诗人自己的情怀,表达了诗人自己放下包袱、勇于奉献的人生态度。

杨少青（1944—）,宁夏同心人。1965年参加工作,历任宁夏越剧团办公室主任兼编剧,宁夏秦剧团编剧,宁夏文化艺术中心常务副主任,宁夏文联秘书长,民进宁夏区委会驻会副主委,宁夏文史研究馆馆长等。1973年开始发表作品,1994年加入中国作家协会,一级作家。著有长诗集《预海英杰》《阿依舍》、诗集《大西北放歌》等。作品荣获宁夏第三、第四届文艺评奖二等、优秀奖（不分等）,全国第五届少数民族文学创作奖"骏马奖"。

杨少青是一位勤于耕耘的回族诗人,他把"花儿"这种民间文学形式融入到自己的诗歌创作中,以独特的方式找到了自己诗歌创作上的突破口。杨少青从小生长在"花儿"之乡,耳濡目染,非常熟悉花儿的形式与特点、格律和音乐,手头还攒了不少从民间采风所得到的第一手资料。1977年,他的第一首花儿体诗歌《喜庆的日子到了》在《宁夏日报》副刊发表。之后,他的激情一泻而不可收,接连创作了大量抒情花儿体诗歌,先后发表在《诗刊》《民族文学》《朔方》《新疆民族文学》《六盘山》《宁夏日报》等区内外报刊上。

花儿是流传在甘肃、宁夏、青海等地区并为回族人民深深喜爱的一种民歌形式。杨少青生活、工作在回族聚集的宁夏南部山区,对民族文化艺术传统有着深厚的情感。几十年来,杨少青不但创作了大量的花儿体抒情诗,同时也创作了多部花儿体长篇叙事诗。其触角伸向了现实生活的各个方面,内容丰富多彩,情绪饱满向上,格调清新明快(马东震《在民族文学之路上的艰难寻求——谈杨少青的花儿创作》,《固原师专学报》1988年4期)。

杨少青的花儿体抒情诗,具有明显的民族特色。语言上,以四句、六句为主,三句间或出现。结构上,既遵守传统花儿中七字句、八字句、九字句和十字句的规格,又有大胆的创新和突破。作品主要以歌颂本民族的风土人情、歌颂大西北、歌颂时代为主。诗人在《放歌大西北》"花儿群"之一中写道:"昂起了头来挺直了腰/穿一身翠嫩的绿袍/腰缠着玉带顶花冠/好风采,天姿国娇/晴空里飞过南去的雁/田地里冒出了青苗/山根里马兰戏清风/山顶上铁电杆踩上了高跷/一缕缕雨丝织绿绦/好指望在网中闪耀/绿色的相思金色的梦/丰收果孕育在春晓。"常言道,美不美,家乡水。诗人把真切笃厚的对家乡的爱恋之情,倾注于"六盘春晓"的描绘之中,并将其拟人化。六盘山在一缕缕雨丝织的网里,"绿色的相思"在做着一个"金色的梦",既富动态,又得神韵,家乡之可爱与爱家乡之深情,一看便知。诗人以饱满的热情,放歌大西北,情不自禁地吟唱:"金凤凰起舞百鸟鸣/万花开/大喜的日子(哈)来临/六盘擂鼓(哟)群山应/宁夏川喜浪(哈)奔腾/回汉蒙兄弟笑盈盈/放歌喉/'花儿'(哈)漫上了彩云"(《鲜花美酒迎亲人》);"春雨点点心头洒/笑语声飞出了农家/党的政策尺寸宽/好日子一天天发码"(《好日子一天天发码》)。这里,诗人的情感像"宁夏川喜浪奔腾","好日子"像"花儿"一样"漫上了彩云",抒发出诗人看到改革开放以来家乡乃至大西北翻天覆地变化的喜悦之情。花儿是以抒情见长的。它短小精悍,格律谨严,多用来表达劳动人民内心的思想感情和纯真美好的爱情。而叙事诗,则是一种以诗的形式来刻画人物、描述故事的文学体裁。叙事诗的特点是"要求创造个性和特有的戏剧安排"(别林斯基语),杨少青的花儿叙事长诗则是花儿与叙事诗自然而和谐的结合体。它以花儿为基本形式,融抒情与叙事为一体,在不破坏花儿原有风格、格律的情况下,根据作品内容的需要适当延长了它的篇幅,增强并提高了它的叙事性及表现力,成功地塑造了不同类型的回族人民的典型形象,生动地反映了特定历史时期回族人民的斗争生活。

　　表现回族历史上的重大事件和有影响的杰出人物,是杨少青花儿叙事诗开掘的一个重要方面。洋洋二千多行的长诗《预海英杰》反映的就是一个重大的历史题材,红军西征时在同心县建立了中国革命史上第一个回族地方自治政权,作者在诗中重点塑造了回族自治政府主席马和福的英雄形象。他以西北花儿的形式,运用革命现实主义和革命浪漫主义相结合的艺术表现手法,形象地再现了长工出身的马和福烈士光辉的一生,用浓墨重彩突出表现了马和福参加革命直至壮烈献身的英雄事迹。在《回回——炎黄的子孙》的"花儿群"里,作者历数"李贽挑旗立文风""郑和扬帆下西洋""海瑞摘纱豪气涌""马守和愤起抗明"等,这些"英雄在炼火里永生"的可歌事迹,并把他们视为民族之"魂"。接着以"革命先驱"为题,分别歌颂头悬国门的巾帼女郭隆真,创建回民支队"冲杀在前线敌营"的马本斋,"回族拥戴的首领"马和福。并以浓郁而充满激情的语言讴歌了"海固暴动""甘南事变""回民骑兵团""小车支前"等历史事件。

　　作为一个回族诗人,如何准确地把握回族生活发展的脉搏,形象地反映出发生在回族人民身上的变化,是塑造新时期回族典型人物的重要课题。杨少青的叙事长诗《火红的山丹丹》,就是根植于回族生活的沃土,根据新时期回族生活的特定内容,塑造出了一个既有民族特征,又有时代精神的回族新人形象。《火红的山丹丹》是一部情节淡化、以抒情为主的长篇叙事诗,以回族姑娘麦丽艳为主线,以"山丹丹红了"为引子,写出了"大山的女儿像大山,麦丽艳抓起了羊鞭,农家女赛过男子汉,高中生挑起了重担"。诗人紧紧抓住主人公麦丽艳在改革开放中,依靠党的好政策,由一个"牧羊女"到"女状元",最后创业成为女经理的致富历程,塑造了一个美丽、聪慧、坚韧、倔强的回族妇女新形象。而《阿依舍》又是一部优秀的花儿叙事长诗,他以两个有着强烈反抗性格的回族青年的爱情故事为主线,成功地塑造了阿依舍、萨里哈的典型人物形象。在这首长诗中,诗人以抒情为主,把大段篇幅用在了阿依舍与萨里哈二人内心感情的抒发上,鲜明地突出了二人藐视一切教规王法,勇于反抗黑暗势力,大胆追求幸福生活的叛逆性格。诗中写道:"北风卷起六月雪/化做克番身上裹/石崖遮体坟一座/天昏地暗夹雷火/青松低头唱挽歌/泪雨泛起万顷波……"

这一宏大悲剧气氛的渲染，既是诗人沸腾感情的迸发，也是对一个民族宁折不弯、无所畏惧、勇于反抗精神的赞美，更是诗人追求理想、追求幸福情感的表达。

无论是抒情短诗，抑或是叙事长诗，抒情都是它们的基本特征。杨少青在运用花儿的基本形式叙事状物，塑造民族典型人物的同时，紧紧地抓住花儿长于抒情的特点，满怀对本民族的一片赤诚，把一腔热情倾注笔端。因而，使他的作品具有强烈的抒情色彩。作者不事惊险情节的渲染铺陈，而着意于以抒情为手段来揭示人物的内心世界，塑造出丰满的人物形象。在语言艺术上，作者善于从回族传统民歌中汲取有益的营养，继承并发扬了"花儿饶比兴"的优良传统，熟练地运用了夸张、拟人、设喻等修辞手法，增强了作品的表现力和感染力。

何克俭（1952—），宁夏吴忠人。毕业于上海复旦大学中文系，编审。在区内外报刊发表文艺评论文章五十多篇。出版个人诗集《新月恋》，与人合著《宁夏古诗选注》《中国回族当代文学史》《回族穆斯林常用语手册》等。诗作荣获宁夏第三届文艺评奖二等奖；个人荣获1999年宁夏出版系统"先进工作者"称号、2007年度宁夏"德艺双馨"文艺工作者称号。他与杨继国合作主编的《宁夏民俗大观》荣获2008年国家民间文艺大奖"山花奖"学术著作奖，2010年荣获中国民间文艺家协会"中国民间文学集成贡献奖"。中国作家协会会员，宁夏民间文艺家协会副主席，宁夏文史研究馆馆员。

何克俭出生在富有塞上风情的宁夏吴忠，自幼生长在回族聚居的吴忠乡村，回乡狭窄而弯曲的泥泞小路上，留下了他小小的脚印，童年又耳濡目染了清真寺悦耳的诵经声，旷野里牧羊人高昂忧郁的"花儿"，以及家乡的风土人情、宗教礼俗，都有形或无形地影响着他的秉性和气质，同时也成为他后来创作取之不尽的源泉。黑格尔说："诗人是为某一种听众而创造，首先是为他自己的民族和时代而创造。"作为一个回族诗人，何克俭在其诗歌作品中，正好彰显的是富有地方色彩的民族特点。他在《我是回回》一诗中写道："我是一朵冰山上的雪莲／屡遭雪压又被霜摧／无论冰雪怎样滥施淫威／我的生命都紧紧系在母亲的心扉／我曾对着新月遐想／乞求它载我驶出贫困和愚昧／然而新月只能挂起神秘的微笑／只有太阳才值得我紧紧跟随。"在这首诗中,诗人用富有回族特色的"新月"意象,抒发了回族人民对祖国的热爱之情。而在《三盖满拉》《卖切糕的回回老汉》《哦,清真大寺》《西海固的群山》《我歌唱在明媚的春天》等诗中,诗人用民族风在歌唱,把一首首赞美诗写上了晴空,正如他在《写出地方特色来》的评论中所说:"离开了对我们的生活的地方特点观察和研究,我们的作品就没有根,如随风转蓬,堕入模仿和因袭的混乱。有志于文学的严肃的作家,应当认真地从我们所熟悉的地方景物和风俗民情中发掘题材,从自己的脚下开出远行的路"(王峰《纵横写不尽一个"情"字——评何克剑的〈新月恋〉》,《朔方》1995年10期)。何克剑正是抓住了富有地方色彩的本民族特点,通过诗歌意象、地理空间和通俗清新的语言,创作出了一首首有别于他人的回族诗歌作品。

马钰(1957—),宁夏银川人。就职于石嘴山日报社。1980年开始文学创作,出版散文诗集《爱河·恨河》、诗集《九曲黄河梦》。宁夏作家协会会员。

1980年,马钰在《宁夏日报》发表了第一首诗歌,全诗只有四行:"人挥瓦刀干劲大,/灰斗里面把汗洒;/眨眼又搭两层架,/人人争着摘彩霞。"这首诗读来有点顺口溜和打油诗的味道,但就这首诗的发表,激发了马钰诗歌创作的冲动。后来,他又发表了《纳五结婚了》《考核》《新生》《蝎马和福墓》《盖碗盅》《我们是解脱者》《向荒芜进军》等诗二十多首诗作,或反映农村新变化,或歌颂工厂新面貌,或抒写回族人民的生活……在诗中他自豪地说:"我,一个工人的儿子/一个在黄河和贺兰山的抚育下/成长起来的强健的儿子/一个伴着沙枣树长大、憨厚淳朴的工人/一个热爱家乡、热恋生活/同样,也热恋工厂的创造者的子孙。"这种率真、单纯激情的抒发,使马钰初期诗歌创作显得缺乏内涵和沉稳。

马钰诗歌创作的转折点在1986年。1986年7月至11月,马钰只身考察黄河,收集、整理了大量的第一手资料,亲身感受了黄河流域各地的风土人情和民俗民风,创作和发表了几十首考察黄河的组诗,被称为"黄河诗人"。诗人在《九曲黄河梦——考察黄河组诗之一》中写了"纯洁的梦、浑浊的梦、凝重的梦、蓝色的梦"四个章节,"这是一个纯洁的梦纯洁得像是少女纯洁的眼睛/这是一个神秘的梦神秘得像是少女神秘的肌体……

这是一个浑浊的梦浑浊得像一碗清水投进泥团／这是一个公开的梦公开得像被黑夜隐蔽的裸体……这是一个凝重的梦凝重得像是群山凝重的思索／这是一个重叠的梦重叠得像是岁月重叠的脚本……就这样做下去／就这样充满幻想／就这样寻找寄托／土地撕裂又被土地缝合／太阳昏暗又被太阳洗净／树木枯槁又被树木复活／花儿沉睡又被花儿唤醒、月亮残缺又被月亮修补、河水断了又被河水衔接"。诗人从纯洁的梦想出发，真正开始了一次认真的探索。黄河在这里不仅仅作为历史的形态而存在，而是超越了具体的时空、具象的形态升华为一种人类追求美、追求理想的象征，诗人摆脱了具象的束缚，沉浸于历史长河中，达到对人类命运的整体的反思。

当诗人从《六月河，孩子河》的倩影里获得生命力繁盛的启示后，黄土高原跋涉的河的子孙，龙的传人们"是怎样的漂悍／又是怎样的温顺"就进入他的视野，"远景的山影／近景的树林连同脚下的野草／高悬的天体／低垂的荫凉连同放飞的思绪／被太阳患有永恒单相思的烈吻掠去"。诗人的激情渐渐冷却，沉思代替了呐喊。诗人在《流动的土地——考察黄河组诗之七》的《遥远的岸》一诗中写道："就因为长了长长的头发就因为是女人／没有鞋没有一双载你们上岸的鞋／是千年的礼教还是水上人家的古训／上岸的权力被男人们独揽……女人们想上岸看看披浪花的女人／男人会说自家的头发怎能让别人乱摸……一个河风狂舞的夜晚孕育了一次大胆的冒险／你用过分的温柔过量的烧酒醉翻了男人／拿起火铳像男人抚摸自己一样抚摸枪身……从此男人们再谈起猎枪的尊严／你什么也不说只是和姐妹们暗暗窃笑／为男人们的愚蠢而笑为女人们跨过枪身而笑／我却为伟大的这一步醉了。"这种隐喻反讽的评判，使女人挣脱了"千年的礼教"和"水上人家的占训"，像男人一样扛着猎枪、背着猎物、背着骄傲"上岸"。"抒情视点的开放，审美主体的肃穆，使诗人的思维空间得到多向的拓展"（荆竹《在蝉蜕、裂变中梳理羽毛—论马钰诗歌审美意象的过变》，《朔方》1989 年 2 期）。

马钰的这种多层面、多元化的介入与探寻，使他的诗有一种雄浑、悲壮、奔放的阳刚之美。在《水洞沟三题——考察黄河组诗之二十八》中诗人写道："崛起于平地之上视野之上是雄威的黄土塬／是孕育历史的骨盆是埋葬历史的坟墓／深沉的眸子是投射大自然弯弯曲曲的目光／目光扩展扩展汪洋到陆地／陆地到汪洋的画面／黄土塬第一声破晓的音律奔突于苍凉的天地／萌发古生灵敲打群山腹壁的呐喊"(《黄土想》)。诗人把深沉的眸子投射大地,奔突于苍凉的天地,呐喊在黄土高原,用理性的语言,构筑了充满张力的雄浑、悲壮的诗篇。而在《向日葵》一诗中,诗人"追逐阳光的户日葵":"黄土地上的向日葵,我在你的喘息里／随你覆盖故土每一寸裂纹我的心声／填满一颗奢望灌浆的糜谷我的血脉／紧紧缠住你庞大的根系在季节／没有成熟的时辰血会使它透红／生息在山里……哦无法炫耀的家谱上镌刻的一切／都将被向日葵展示。"诗人从"向日葵"中,坚守的"是先祖赋予的血泽"的精神家园,追逐的是歌吟生命永恒的神性光芒。

当然,马钰还创作了像《老人·葡萄》《少女·桃花》《孩子·风车》《红梅、樱桃及其他》等灵动、抒情的诗。无论是粗犷的还是婉约的,他都多层次立体地注视着生活在黄河岸边的形形色色的人物和民族的命运,把个性生命放到时代和群体的潮流中去把握和展现。毫无疑问,以"黄河诗"确立了自己地位的马钰,以其诗歌特有的奔放、强悍和野性与冲动征服了读者。正如评论家导夫在《裂变中的面限与缺憾——评〈躁动的古河湾〉》,(《民族文学》1989年9期)中所言:"基于以上的粗浅的认识,我们完全可以而且有充分的理由来证明马钰的诗已开始自觉地冲破单一诗歌艺术构造的影响,以强烈的艺术感染力逐步走向立体化和多极化,并以他的诗歌创作实践朝着追求阳刚之美这一艺术境界而迈进。"

尹乔(1959—2003),宁夏海源人,原名马占云,曾用笔名左侧统在文学期刊物发表了大量的散文、小说等作品,可以说他是宁夏作家中不可多得的全才作家。据说,起笔名叫"左侧统"还有个故事:周围的朋友都说他很左,左的一侧是右,左右为一统,因而他就叫"左侧统"了。而他后期写诗坚持用"尹乔"作笔名,其原因就不得而知了。

他是一个孤傲的诗人。他的作品集取名《骨箫》,是他发表在《朔方》2003年2期上的一组诗的诗名。其中一首诗也叫《骨箫》:"演奏大厅／突然走来一位音乐王子／他说,我已丢失了自己的箫／其他任何乐器都不适合于我／他尖叫着 谁 谁／敢献出骨头／大厅立刻陷入沉寂／王子环视一周／断骨为箫,鼓腮劲吹／其声清澈悠扬,其血奔涌翻腾／奏毕,王子倒地身亡／骨萧的余韵在血泊中回响。"从这位"断骨为萧"的王子身上，我们不难看到一位回族作家对艺术的决绝追求。他用丰富的想象，把骨和萧本不相关的两个意象链接在一起，创造出一个惊心动魄的诗歌场景，不但使他的文字"其声悠扬，其血奔涌"，而且也体现出作者"断骨为萧"的精神向度。理解了《骨萧》这首诗，也就不难理解作品集《骨萧》了。

在尹乔一生的创作中，有两个不同寻常之处。一个是他的创作轨迹是由散文、小说到诗歌。一般情况下，一个作家很难转入诗歌创作；相反，一个诗人却很容易成为一名作家。而尹乔在他散文和小说创作日渐成熟的时候，却华丽转身闯入了诗歌界，表现出全新的创造之力。另一个是他的《宇宙解剖学》，倡导从生命的观点来看待整个宇宙，并用生命的观点来解释宇宙中的一切现象。

尹乔在诗歌中反复写到了故乡、泥土、春天、种子、黄昏、黎明、太阳、宇宙、呼吸、葬礼、雪、骨等物象。从故乡的泥土出发，诗人的触须沿着春天的种子无限蔓延，把西海固大地与人类的命运和自然界联系起来，营造了宏大的诗歌气场。杨梓在选编《宁夏诗歌选》时又读了尹乔的诗，却是过去了十年，不禁感慨万千，写下《尹乔：一滴星星的泪》（《新消息报》2014年1月27日），认为尹乔的诗是"在痛苦决绝之中努力绽放的预言之花，五光十色，非常绚丽。如一把在白雪里淬火的剑，发出撕心裂肺的脆响。这种脆响，正是一颗星星哭泣的声音，是一颗灵魂的如泣如诉——诉说着对土地、家乡、民族的挚爱之情，倾吐着对贫瘠、干旱和缺水的生存大地的不尽忧伤。他的诗充满了血性与骨感、果决与孤傲、不羁与恣意，诗人自身的形象傲世挺立；他的诗不拘一格，随意写就，了无雕痕，闪耀着灵性的七彩之光"。

源于西海固边缘化生存中的普世思想，他的诗具有天籁般的意境和真理般的质感，他把深重的苦难体验与宗教意识交集在一起，以"断骨为萧"的英雄情怀，构成了他带有西海固情结的刚劲与柔美并举的诗歌特质。虽然他过早地离开他钟情的文学，但他文字的"骨萧"之韵犹在我们耳畔回响，并将向更广阔的空间延伸。

宁夏60后之前的回族诗人还有马中骥、马治中、井笑泉、沙新、民冰等人。沙新擅长于在政治抒情诗的天地中施展才能，他的《祖国，请为他们记功》《我骄傲我是人民记者》《我歌颂这样的补丁》等诗表现出他对时代精神的准确把握,诗人胸腔中迸发出来的火热之情,借助诗歌形象产生了强大的艺术感染力。他的《祖国,请为他们记功》也因此荣获全国少数民族创作奖"骏马奖"二等奖。民冰的诗短小精悍,节奏感强,至今笔耕不辍,著有诗集《乡情·友谊》《岁月的划痕》两部。马忠骥、马治中、井笑泉等回族诗人的诗歌各有千秋,在这里就不一一论述了。总之,从20世纪50年代开始,宁夏回族诗人经过半个多世纪的努力,由探索、到发展、到成熟,不仅推动了宁夏诗歌的发展,而且促进了中国回族诗歌的繁荣。

第五节　古体诗词：繁星璀璨映心灵

中国是一个诗歌的国度，脍炙人口的优秀传统诗词千古传诵。诗歌向来是人类的精神家园。作为中国诗歌王国中的一员——古体诗词，其创作与现代诗一样，如奔涌的浪潮一浪高过一浪。中华诗词学会成立于1987年，会刊《中华诗词》在海内外公开发行，而在全国范围内公开发行与内部出版的诗词刊物达一千余种，各地民间的古体诗词社团近两千个，每年出版诗词集近千部。一些纯文学刊物也纷纷开辟古体诗词栏目。无论是从创作人数还是作品数量来看，都呈现出前所未有的景象，古体诗词创作正在走向复兴。2011年，在国务院关怀下，成立了中华诗词研究院，旨在加强对当代古体诗词推陈出新、审美趋向的理论研究，以此进一步促进古体诗词的创作，发展和繁荣我国文艺事业。

和全国一样，宁夏的古体诗词创作从小到大、从萧条到繁荣，也经历了一个曲折的发展过程。1949年至"文革"期间，由于受当时特定社会和历史条件的限制，宁夏创作古体诗词的诗人很少，只有罗雪樵、贾朴堂、赵庚、吴淮生、秦中吟、彭锡瑞、吴宗渊等数人。他们中大多数是从文化发达省份支宁来的知识分子，有着良好的古典文学素养；也有宁夏本地成长起来的受过高等教育的文学爱好者，但他们的创作是自发的，是一种个人爱好。特定的年代，诗词创作如万物萧瑟，难发枝芽。改革开放为宁夏古体诗词的复兴带来了前所未有的机遇，诗词创作者日渐增多。1985年，时任《宁夏日报》副刊编辑的秦中吟，联络时任宁夏文联理论研究室主任吴淮生，并通过他联系宁夏文联名誉主席石天、朱红兵等人，由石天牵头成立诗词组织"塞风诗社"。石天任社长，朱红兵、吴红兵、贾朴堂、肖维章、吴淮生、秦中吟为副社长。这是1949年以后宁夏第一个诗词组织。随着诗词队伍的壮大,诗词创作也日渐繁荣。1988年,宁夏诗词学会成立,挂靠宁夏政协教文体委员会。张源任会长,石天、朱红兵、秦中吟(兼任秘书长)、吴淮生(兼任副秘书长)任副会长。学会成立之后,积极开展采风、创作、吟诵、学术研究、对外文化交流、编辑出版诗词等活动。宁夏诗词学会的成立为培养诗词文学人才、繁荣宁夏诗词创作、宣传塞上文化发挥了不可替代的独特作用。

1995年9月,宁夏诗词学会与银川市政府联合承办了全国第八届中华诗词研讨会,国内外一百多名专家、诗人参加了会议,以边塞诗与爱国主义问题为主题进行了研讨。会后由秦中吟编辑出版了《重振边塞雄风》《中华当代边塞诗词精选》。这次会议标志着新边塞诗派的崛起,其共同点是诗风粗犷、阳刚豪气、质朴平易、沉郁慷慨。宁夏地处边塞,历史悠久、山水独秀,前有古人留下的不朽诗篇,后有新时期古休诗人的不懈努力,尤其是本土一些诗人的作品,在继承前人的基础上又有所创新发展,在国内产生影响,为宁夏赢得了荣誉。周毓峰的《古剑行》,秦中吟的《鹧鸪天·咏荷》,张源的《塞上喜雨》,李增林的《红豆吟》,吴淮生的《旧调新声》,刘世俊的《贺兰山》,彭锡瑞、胡清荷的《湖海诗情录》,王其桢的《紫塞驼铃》,唐麓君的《沙海诗林》,刘沧的《宁夏川》,崔永庆的《绿野春秋》,邓万的《扬黄扶贫灌溉工程感赋》,王文华的《岚溪吟草》,何敬才的《蓝梦集》,崔正陵的《平仄人生》,杜桂林的《秋风》,张程九的《宁夏解放五十周年》,杨森翔的《江南塞北》,刘剑虹的《西夏鎏金铜牛》,黄正元的《六盘山长征纪念亭》,沙俊清的《青山集》,韩长征的《雪晴塞上》,王文景的《农村新貌》,任登全的《山村人家》,王正华的《艾依河巡礼》,沈华维的《六盘山写意》等,以及张嵩创作的以六盘山区生活为主题的系列作品、白林中创作的以回族题材为主的作品,段庆林创作的曲、李玉民创作的词等作品引起人们的关注。其中颇为引人注目的是女诗人方阵,代表诗人有苑仲淑、陶玲、杨石英、熊品莲、宋玉仙、熊秀英、闫云霞、赵达真、刘秀兰等,她们为这一时期宁夏诗词的壮大发展作出了积极的努力。

新世纪之初,宁夏诗词学会组织出版大型诗词集《西部大开发诗词大典》,为西部大开发吹响进军的文学号角,走在了全国诗词创作的前列,显示了诗词的力量。其中秦中吟、崔永庆、吴淮生、邢思顕、崔正陵、黄正元、沙俊清、刘剑虹、李玉民、熊秀英、张嵩等十一人的作品入选《诗刊》（2004年11月上半月刊），这是宁夏古体诗人作品第一次集中亮相国家权威刊物。由此开始的十余年间，宁夏古体诗人的作品频频亮相国家级刊物，并在全国大赛上获得多项大奖，作品内容也丰富多样，在走向成熟的同时显露出激扬飞动、顿挫劲键的气势，既有对传统诗词的传承，又有与时俱进的时代特色，形式虽旧，内容全新，完全符合社会发展进步的要求并与时代息息相关。其特点虽以感事抒怀、咏物寄意为主，但脱离了完全个人化浅唱低吟的不足，题材广泛、意境开阔，既歌唱塞上的新生事物，又赞美神州大地的可喜变化，彰显时代风采。这一时期继续坚持创作并成绩显著的诗人有秦中吟、项宗西、崔永庆、邓万、魏康宁、马志凤、杨石英、熊品莲、杨森翔、崔正陵、刘剑虹、何志鉴、沙俊清、任登全、海军、张嵩、闫云霞、熊秀英、白林中、李宁善、李宪亮、许凯、丁玉芳、李克昌、李贵明、杨玉杰、李秀明、陆占洪、潘万虎、孟健、杨作枢、刘德祥等。同时还涌现出一批有创作潜力的中青年诗人，如闫立岭、许东君、强永清、天唐、马犟、佐红星、贾志中、侯玉红、许金萍、祁国平，农民诗人马建国等。

自2007年至2013年间，宁夏诗词学会与有关部门联合举办了"塞上清风全国廉政诗词大赛"、"塞上江南，神奇宁夏"全国旅游诗词大赛；两次参与举办黄河金岸全国诗词大赛，编撰出版了《中华诗词文库·宁夏诗词卷》和已经编辑完成即将出版的《当代中华诗词集成·宁夏卷》，不仅发现和培养了一批诗词新人，也对提高宁夏的知名度和美誉度起到很好的宣传作用。学会成立二十多年间，编辑出版《当代诗人咏宁夏》《中华当代边塞诗词精选》等大型诗词集十四部，会员个人出版诗词集近百部。

宁夏诗词创作水平和全国相比仍有很大差距，骨干力量不足、整体质量不高、理论水平有限，爱好诗词和写作诗词的人不少，但真正理解诗词、能够创作出高质量作品的作者不多，呈现出参差不齐的现状。大部分作者年龄偏大，不能经常性参加诗词交流活动，创作渐趋衰竭，发现和培养新人已成为当务之急。

在宁夏的诗词创作中，涌现出了一批优秀诗人，他们为新时期宁夏的诗词繁荣作出了重要贡献。他们中有的已经去世，但诗名长存，令人难忘；有的年事已高，仍然笔耕不辍，使人感动；一些中青年诗人创作精力旺盛，已成为宁夏诗坛的主力军。

吴淮生（1929—），安徽泾县人。一级作家，曾任宁夏文联理论研究室主任、宁夏作协副主席，现任中华诗词学会名誉理事、宁夏诗词学会名誉会长。1958年从北京师范大学毕业分配来宁工作，文学基础扎实，诗词功底深厚。他写新诗也写诗词，亦写文学评论，三者互补，颇有建树，是宁夏文学界的前辈。

他的诗词作品多以表现宁夏山川风物、名胜古迹以及亲情友情为题，内容广泛，思想深刻，语言凝练，风格典雅，是80年代宁夏最早走向区外，在全国较有影响的古体诗人。吴淮生的古体诗词不仅种类多、数量大，而且题材广、水平高。《我国第一颗人造地球卫星升空》《题固原·海原扬水工程》《抗洪斗争赞》等就是他的代表作。思乡在古今诗词中也是一个永恒的主题。《故乡行》《回乡偶书》《秋思》《思乡》《乡情》以及以故乡的一些人和事创作的诗词占有一定的篇幅。吴淮生身在塞上，情系故土，时时都牵挂着家乡的山山水水，思念着那里的一草一木。这种牵挂和思念是一种爱的具体体现。"天际归来拭目新，万千气象更何因？弋江期有经纶手，待绣家乡处处春"（《故乡行之赠家乡县委领导同志》）。诗中更多的是希望，希望把自己的家乡建设得更加美好：处处是春，美如锦绣，是真情流露，也是真诚祝福。《菩萨蛮·为茂林小学成立八十周年作》中也同样表达了作者的寄托之情："流光何处迹？林木依云立。兰菊竞芳菲，朝晖与夕晖。"深情寄语故乡学校，殷殷爱心可见一斑。吴淮生的古体诗词讲求声律、注重用词，合辙押韵，章法严密，在继承中又有创新，内容多有变化，因而有较高的艺术水准。不论是诗还是词，都追求开阔的意境，很有韵味，达到了"意在笔先，神余言外"的高度。步毛泽东韵写三门峡的一组词作大气磅礴，想象丰富，堪称力作。其诗词集《吴淮生诗词选》是《旧调新声》的增版，颇能代表宁夏诗词创作的水平。诗人已至耄耋之年，仍笔耕不辍，每有诗词佳作问世，堪称塞上诗坛的一株常青藤。

崔正陵（1935—），江苏盐城人。1957年上海二师毕业，1958年支宁来银。长期从事中学教育，同时坚持诗词创作，是宁夏比较成熟、且有成就的诗人之一。七律《景德镇瓷》曾获全国性奖项。三十多年来先后在区内外二十余家报刊上发表诗词作品数百首,其中不少作品被海内外多种诗词选本收录。现任宁夏诗词学会副会长、《夏风》诗刊副主编。

纵观崔正陵的诗词作品,内容丰富,题材多样,严于格律,精于结构,语言清新流畅,凝练简约,意蕴深沉。他尤长于七绝,往往构思精巧,言约意丰,颇富韵味。其诗风刚正、清深。代表作有七绝《赠银川绿化大队》《题西夏王陵》《西湖三墓》《景德瓷》,七律《过明孝陵》《青铜峡》《七十回眸》等。自传体长诗《平仄人生》基本上用七绝写成,颇见功力。近期又完成了该书的修订本,从内容到形式更臻于完美。诗人熟练地运用七绝联章的方式,抒写其八十年的沧桑经历,力图通过个性命运的展现来反映一个时代的特征,艺术上有一定创新。该书的特点:一是唯真唯实,爱所当爱,憎所当憎,无浮词泛语,更无阿谀取容之词;二是生活面广阔,思想感情浓烈,往往意新语工,得前人所未到,颇见功力;三是严守格律,熟练运用起承转合,注重炼字、炼句、炼意。《平仄人生》的探索和追求,是作者对当代宁夏诗词创作的突出贡献。

秦中吟(1936—2014),原名秦克温,宁夏平罗人。1958年毕业于陕西师范学院中文系,曾任中华诗词学会顾问、宁夏作家协会理事、宁夏诗词学会会长、《夏风》诗刊主编等。著有古体诗集《朔方吟草》《塞上新咏》《攀登兰山》及《秦克温文学评论集》《诗的理论与批评》《诗论新篇》等十余部。诗词作品曾获艾青杯奖、全国诗歌节奖、毛泽东诞辰一百周年全国诗歌征文奖等。

秦中吟是土生土长的宁夏籍诗人,20世纪60年代开始诗词创作,其诗讲究构思,以现代汉语为基础,多吸收生活化口语入诗,多方面表现塞上山川文物、田园风光及风土人情,自觉地把新诗意象、象征、通感白描等表现手法运用于诗词,追求豪放阳刚之美,形成了清新淡远、语言朴素流畅的风格,并不断探索西部诗的审美空间。秦中吟《晨过胜金关》词云:"边塞地,悲凉岁月谁记?黄沙围困古长城,穷愁未已。朔风频袭栈台空,黄河缥缈无际。史书事,俱往矣!英雄此看新系。绿林军出气豪雄,步步播翠,五旬光景尽峥嵘,河涛更壮人意。漠荒渐被秀木逼,望山川,芳草千里。沙燕旋飞何故?把新歌,唱响家家,呼啸奔过钢龙,东风里。"运用白描的手法，勾勒出了胜金关一带的壮丽景色，平易如话，通俗易懂，豪情满纸，余味深长。此词从古写到今，视野开阔，遒劲有力，曲折有致，雄浑沉挚。正如诗人《冬日闻驼铃》尾联云："豪情来笔底，任我写春秋。"这首词是秦中吟新边塞诗的代表作之一。在创作古体诗词方面，诗人努力学习并运用意象、象征、通感、时空交错等表现手法，不断加强诗词的时代感、形象性，使之空灵有致，意趣盎然。他的大量诗词作品，尤其是《贺兰雪》《塞上路》《扯旗山咏》《慈母泪》四首长诗是中华诗坛的重要收获。

秦中吟的诗词作品植根民间、关注民生，反映人民疾苦，有很强的现实色彩，这和老一代知识分子的良知不无关系。但他同时又是一个浪漫主义诗人，歌唱宁夏的山川之美、河岳之美，宁夏的热土留下了他辛勤的足迹，也留下来了他灿烂的诗词华章。他在宁夏诗词学会初创时期担任副会长兼秘书长，后任会长兼《夏风》主编。1990年主编出版诗词集《塞上龙吟》，填补了宁夏诗词出版的空白，作品反映了新时期以来我区改革开放，社会主义现代化新成就，回汉各族人民新的精神风貌，热情歌颂宁夏壮丽山河及淳朴浓郁的风俗民情，初步显示了宁夏诗词豪放阳刚之美的艺术特色。他主编的《当代诗咏宁夏》《当代中华诗词精选》《中国西部开发诗词大典》《中华诗词文库·宁夏诗词卷》等十四部诗词集突出了鲜明的西部特色，是我国当代西部诗创作的重要成果。秦中吟扎根塞上，倡导和积极实践西部诗，被评论家称为中国"新边塞诗"的领军人物。

沙俊清（1937—），辽宁北宁人。曾任石嘴山市计委副主任、宁夏诗词学会副会长。创作楹联两千多幅，近年来创作古体诗歌，发表于《朔方》等。著有《青山集》《青山集续》。中国楹联学会名誉理事，宁夏楹联学会名誉会长，石嘴山市楹联学会会长。"天作穹庐鸥作客；海为碧野浪为花"（《大海》）；"半环虹影，全藉艳阳飞异彩；十里瀑声，且听白水起惊雷"（《咏黄果树瀑布》）；"与冰雪相亲，疏影横斜藏傲骨；同松竹作伴，繁花璀璨笑寒风"（《咏梅》）。这是其联，其实亦诗，而且是对仗工整、音调和谐、凝练至极、境界不凡的诗。"银满山中玉满塘，梅花遥伴稻花香。漫天飘得鹅毛落，一片飞花一粒粮"（《喜雪》）；"黄莺唱曲唤新苗，紫燕衔泥补旧巢。雪化冰消园草绿，小松当比去年高"（《喜春》）；"春来塞上未为迟,红绽桃花绿映池。贪看满园春色好,鹊登杨柳最高枝"(《小园之春》)。这是其诗,语言优美,色彩缤纷,韵味十足,意境深远。

刘剑虹(1941—),宁夏中宁人。宁夏大学中文系毕业,多年从教从政,退休后从事诗词创作,时间虽短,便崭露头角。中华诗词学会会员,宁夏诗词学会副会长。出版诗词集《剑如虹》《塞苑流韵》。作品七律《西夏鎏金铜牛》意象粗犷,韵味深沉,获"凤城旅游诗词大赛"一等奖。七律《任长霞》获"塞上清风"全国廉政诗词大赛二等奖。擅长诗词艺术的研究、探索与创作,注重深入实际感悟人生,其作品多以凝练的笔墨,烘托出深邃的意境和宽广的情韵。诗风简洁犀利,想象奇特新颖;文字工整,质朴明达,情事合一,情理互现,熔思想和艺术于一炉,富有哲理和感染力,具有鲜明的个性。诗作或达观,或悲壮,或凄婉,或哀怨;在表达上或含蓄,或形象,或深沉。无论是谋篇布局还是遣词用句,显示了其娴熟的艺术功力,实现了景致与情怀、现实与历史的和谐统一。在创作实践中,他依据自己创作的宝贵经验,撰写了多篇具有一定学术研究价值的诗论,凸现了诗人对生活的深入观察和艺术把握。

崔永庆(1942—),宁夏中卫人。1962年毕业于宁夏大学农学系。青年时代写作新诗,中年后写诗词,孜孜不倦,常有出新之作。中华诗词学会会员,宁夏诗词学会名誉会长。出版诗集《绿野春秋》《秋悦平畴》《流苏集》《雪泥集》。部分诗作入选《中华诗词家名典》《中国西部开发诗词大典》《中华当代边塞诗词精选》《当代诗人咏宁夏》和《宁夏旅游诗词精选》等。作品数次在全国和宁夏诗词大赛中获奖。他长期在农业战线工作,淀积了对农村和农民的深厚感情,近一半的诗作都是反映农业、农村和农民生产生活的巨大变化,热情讴歌社会主义新农村改革与发展的辉煌成就。他的诗风朴素,充满真情,出自自我,通向人心,有益社会。他把艺术之根深扎于人民之中,一颗向真、向善、向美的诗心贴近人民大众。他的诗熔铸了中国古典诗词的凝练、隽永、典雅和现代诗词的清新、活泼、明丽,成为宁夏诗坛上一道风姿独异、不可多得的靓丽风景。近年来艺术触角伸入官场和人生体验,关注时事,老辣独到。创作多用生活化口语,朴素自然,不乏情趣、理趣,一些作品达到了情与理的和谐统一。他一直主张和坚持应以普通话的音韵为标准的白话写作格律诗词,提倡现代口语入诗。他所创作的古体诗,都使用新声新韵。

邓万(1942—),宁夏永宁人。1966年毕业于宁夏大学汉语言文学系。宁夏诗词学会第三届理事会会长,中华诗词学会会员,宁夏诗词学会名誉会长。有较高文学修养和深厚生活积淀,诗词创作虽然起步晚,但起点颇高;作品数量虽少,但风格典雅、庄重,创作势头看好。诗人生活在宁夏,成长在宁夏,他对家乡风土景色的变化有亲身体验,垂髫居所、同伴鬓衰、车流、鲜花、风沙、碱滩、湖泊、泉水的变化都化为出自内心的诗句,形象贴切,充满生活气息。诗人的一些作品通过抚今追昔,进行时空对比,表现了他对大时代变革的把握,具有强烈的感恩思想和时代特色。诗人聪颖敏感,语出于心,句出于情,作品艺术性较强。出版有诗集《履痕韵语》,从中既可见其多年来心灵之旅的履痕,亦可观其诗词创作的发展轨迹,语言清新,颇富韵味。

项宗西(1947—),浙江乐清人,笔名宗西。中华诗词学会顾问,宁夏诗词学会、宁夏毛泽东诗词研究会总名誉会长。曾任宁夏第九届政协主席。著有诗词自选集《春色秋色》、诗文集《霁月清风集》等。20世纪60年代作为知识青年上山下乡从杭州来到宁夏,从此深深扎根于斯,视宁夏为第二故乡。部分诗词作品先后在宁夏、浙江等地的报刊发表,具有一定的社会影响。他的诗作少而精,但注重形象思维,结构严谨,语言清雅,意境高远;兼有西北的雄浑豪放和江南的细腻柔情,情感真挚。往往因情设境,境由心生,笔力细腻,精妙传神,优美与宏壮兼得,显示了他作诗为文的修养和文化素质。以自选诗集《春色秋色》为例,其中突出的一个艺术特点,就是把"春色""秋光"相互交织、映衬,超越时空,在抒写江南的诗中常常嵌入歌唱塞上的诗句,在描绘塞上的词里又时时不忘填上怀念江南的妙语。虽然这种感情是复杂的,但也是炽热的,更是真挚的。因为在诗人的心目中两个故乡是同等的重要,不分彼此,都给予了他人生成长丰富的营养。诗人以诗词寄托情愫,感时怀事,布景造境,铺叙爱意,热忱地表达他对故乡的痴情。这不仅仅是一种艺术的创造,更是一种情与爱的投入。他的诗作语言质朴而豪迈乐观,境界高远而情真意切,常能把对江南的寄寓与北国的感怀巧妙地融合在一起,效果出奇,内容出新,深得古诗写法之妙。其作品不乏婉约之韵,但以豪放为主,更具乐观主义精神,继承了盛唐边塞诗雄奇豪迈的诗风，而且在探索中进一步拓宽了诗的题材，融入了全新的社会生活内容，为当代新边塞诗的兴起、发展、壮大起到了积极的助推作用，是豪放与婉约兼得的诗人（张嵩《春花开故乡　秋月照塞上——读项宗西诗词自选集〈春色秋光〉有感》，《朔方》2012年7期）。正如著名评论家郑伯农在《春色秋色》的序中所言："他有丰富的生活阅历和诗词素养，更难能可贵的是，有大视野、大胸襟。写起诗来不矫揉造作，不故弄玄虚，用的是古典的艺术形式，说的是当代人的话语，倾吐的是当代人的心声。所以，自然而然地具有鲜明的时代特征。"

以上是当代宁夏诗词界的几位代表性诗人，为宁夏诗词的繁荣作出了贡献。而女诗人的作品，清香典雅，情真意切；回族诗人的作品颇具民族特色，与众不同。

熊品莲（1933—），女，湖南临澧人，字寒塘。中华诗词学会会员，宁夏诗词学会顾问。自幼深受潇湘文化熏陶，酷爱诗词。1952年中学毕业后随家人来到宁夏，并深深地爱上这片她笔下常常吟诵的土地。她的诗词创作题材丰厚、广泛，既赞颂自然美、山河美、人情美、风物美，又关注历史变迁、政治文明、社会进步。写作手法多样，体裁多有变化，兼容性较强，既有古风、近体律绝，也有长短句词和曲联；内容上既借景抒情，借物言志，又直抒胸怀，义理融情。比较起来五言律绝更显得心应手，语言较为简练、老道、含蓄。她的诗词就是她心灵的感应和情感历程的真实记录。其代表作品《荷塘观鱼》《晨燕》《五律二首》《寄远十首》《七律二首》《重九抒怀》、词《喜迁莺》（二首）、《玉楼春》《鹧鸪天·梦难成》《长相思》、曲《双调·拔不断》等，皆以爱情为主题，情真意切，思绪绵绵，如莲之清香，沁人肺腑。

熊秀英（1943—），女，河北涿州人。中华诗词学会会员，宁夏诗词学会副会长。作品见于《中华诗词》《诗刊》等多家刊物。诗人善于借景抒情，描写山水田园、自然风光和亲情的诗朴素自然。其诗作感情浓烈，含蓄婉转，既清新直率，又英姿勃发，富有洁气。善于缘情写景，长于创造有我之境，作品始终荡漾着浪漫的气息。如《初春》一诗："草木经风各自新，桃花先占一枝春。柳丝也解人间意，长蔓悠悠牵客心。"评论家张铎认为，诗人写春，先从风写起，而这风是"吹面不寒杨柳风"，是贺知章笔下"似剪刀"的风。在这样的和风吹拂下，草木各自新。此处之"新"乃词类活用，着一"新"字，使万物充满了生机，尽得风流。诗人写桃花，先占一枝春，是形似，是画工，即画得像。而写柳丝长蔓牵客心，是神似，是化工，即写出了精神（《塞上诗苑两姐妹——读熊品莲、熊秀英的诗》，张铎新浪博客）。

闫云霞（1953—），女，宁夏中卫人。东北大学毕业，高级工程师。曾在中卫铁厂、科委，建行宁夏分行等单位工作。中华诗词学会会员，中国散曲研究会会员，《中国当代散曲》编委，宁夏诗词学会副会长，《夏风》诗刊副主编。她学诗虽晚，但聪慧虚心，勤于探索，可谓后来居上。其作品感情细腻、洒脱，柔中有刚，在散曲创作方面颇有成就，且在国内产生一定影响，是宁夏散曲创作的带头人。曾四次参加中国散曲学术研讨会，并向大会提交学术论文，得到与会者好评。部分作品入选《雄浑贺兰·多彩银川》《黄河金岸诗歌节诗选》《华夏诗词奖获奖作品集》《中国诗词年鉴（2012年）》等。著有诗词曲集《云霞韵语》《沙坡头咏怀》。其代表作有《黄河金岸十二咏之河畔新居》《〈中吕·山坡羊〉退休感怀》等。其词曲作品善于将世俗生活诗化、雅化，是真实生活的写照和反映，语言朴实，接近口语化，富有曲味。《(正宫·双鸳鸯) 缘思情闲》，被诗人吴淮生在诗集《云霞韵语》的序中认为，"是散曲重头兼独木桥体，连写四遍感情越写越深；同用一韵，感情也越唱越激越"。

马志凤（1937—），回族，河北大厂人。中华诗词学会会员，宁夏诗词学会顾问。1958年由北京回民学院毕业支边来到宁夏，长期在中学从事语文教学，后从政。文学训练有素，有一定的传统诗词基础。五十多年中，他视宁夏为故乡，深深眷恋，他的诗作就是明证。他在《新天府畅游》写道："夏日晴川一色新，无边原野绿如茵。悉听座下驰高速，不禁心中叹美辰。塞北神游扬子畔，江南景赏大河滨。纵横八面观奇幻，尽享古今风物淳。"发自内心对塞上新变化的赞颂，意高韵远，语言明快，有情有景，情景交融，而且遵从格律，手法严谨。诗人的另一个特点就是擅写回族生活，描述回乡风情。作为回族的一员，又长期在宁夏生活，他熟悉回族人民，熟悉民族习俗和生活习惯及风物。诗人的作品在这一方面自然有其独到之处，为别人所不及。如《瞻仰同心清真大寺》《凤城民族团结碑落成》《移民开发区》《感吾妻》等，从语言、风格、特点、情感、特定环境都能很好把握，往往是大处落笔，意在笔先，艺术效果明显，读之令人神往。

白林中（1953—），回族，宁夏银川人。中华诗词学会会员，宁夏诗词学会副会长。他自小喜爱诗词，三十多年来创作不辍。其部分诗词作品被收入多部大型诗选集，出版《白林中诗词》《白林中诗词第二卷》。他擅长于描写回乡风情、穆斯林生活，颇有特色。如《白帽》《盖碗茶》《古尔邦节》《回乡婚俗》等民族题材的诗作，艺术地展现了回乡风情的优美，地域特色鲜明，贴近生活，气息浓烈，而且语言流畅，音调和谐，是不可多得的回族题材作品。他的诗感情充沛，立意清新，音韵铿锵，特点鲜明。既有传统的白描和赋比兴手法，也采用现代诗的隐喻与通感等方法，或数种方法并用于一首之中。意象奇瑰，想象独新。他在创作上继承了前人的传统和方法，因而他写出的作品不仅有特立独行之感而且在艺术上有所突破。如《咏莲》一首："连天碧叶画中翩，绿碎风翻倩影旋。玉臂入泥仍素净，仙葩出水更娇妍。轻姿冉冉凌空舞，华盖亭亭御浪喧。淡雅清幽非自好，一尘不染沁人间。"仙姿洁净，风格高标，诗人襟怀，证见于此。

海军（1956—），回族，宁夏固原人。毕业于宁夏大学政治系。宁夏新闻出版广电局巡视员。中华诗词学会会员，宁夏诗词学会顾问，出版诗集《旅痕吟草》。他热爱文学艺术事业，善作诗词，钟情书法。发表诗歌、散文作品近三百首（篇），歌词曾获宁夏第七届文艺评奖三等奖。其诗歌以古体诗最为擅长，现代新诗也有涉猎。他创作的古体诗充分体现出对社会事件及现实生活的关注，对时代脉搏的触摸，对家乡变迁的礼赞，对历史人事的感喟。有豪情也有悲悯，善于抒情咏怀，胸襟开阔，文气浩荡。有古风雅韵、高洁精神和独特的人生感悟，作品中对自我情感的咏叹至少，而对民之维艰咏唱的大气朴实之风较盛。一些作品尤其透着别致的意趣和用心的祝福，表现出诗人的自由性情和坦直胸怀，不溺于技法，不偏于旁门，颇有歌词之韵，体现出汉语的语义之美。

同时，王其桢、彭锡瑞、苑仲淑、周毓峰、李增林、魏康宁、丁玉芳、段庆林、闫立岭等诗人的诗词创作各有特点，各具风采，共同促进了宁夏诗词的发展与繁荣。

王其桢（1920—2001），河北元氏人。先后在宁夏文教厅、宁夏人民出版社工作。曾为宁夏诗词学会常务理事、顾问等职，有较深的诗词学养。著有诗词集《紫塞驼铃》，记录了诗人跋涉塞上的坎坷经历和情感历程。诗品如人品一样厚道崇高，韵味如驼铃一样悠扬。写给妻子的组诗情真意切，十分感人。

彭锡瑞（1926—1997），湖南桃江人。曾为中华诗词学会会员、宁夏诗词学会理事。20世纪40年代开始诗词创作，充满爱国主义情调。50年代在宁夏军区工作，后考入陕西师范学院中文系，毕业后长期任教。诗作主要讴歌新中国、新宁夏的建设，作品贴近时代、贴近现实社会生活，文字厚重而苍劲，格律考究严谨。七律组诗《致牛化东同志》是其代表作，感情真挚，具有较高艺术境界。与遗孀胡清荷合著出版有诗词集《湖海诗情录》。

苑仲淑（1927—2004），女，河北安平人。曾为中华诗词学会会员、宁夏诗词学会常务理事。诗作多歌颂社会主义现实生活，政治热情饱满。一些描写亲情、友情的诗味道醇厚，感人至深，诗词集《秋叶篇》有一定影响。

周毓峰（1928—），湖南益阳人。1949年参军来宁，1998年回原籍。中华诗词学会会员，曾任宁夏诗词学会副会长，现居益阳市。其前期作品大多反映宁夏建设，也有自己从军的体验、感受。古风长歌《塞上行》深沉地反映了一代知识分子的沧桑命运，不折不挠的意志，透视时代的巨变，具有较强的思想性和艺术性，是当代豪放壮美的边塞诗的代表作品。

张程九（1928—），安徽泗县人。中华诗词学会会员，曾任宁夏诗词学会副会长。著有《晚晴室吟草》《雁韵鹅声》等诗词集。作品题材广泛，气象万千，诗笔所向，触及社会各个层面。曾在宁夏老年大学担任诗词教员，培养众多学员，为宁夏诗词事业作出了贡献。

陶玲（1930—），女，浙江绍兴人。原在天津三联书店及人民文学出版社工作，后调宁夏银川任中学英语教师。中华诗词学会会员、宁夏诗词学会名誉常务理事，2004年出版诗集《晚荷集》。诗作多从性灵流出，创作颇具才思，语言质朴，感情真挚。

唐麓君（1931—），湖南零陵人。治沙专家，长期从事治沙工程建设，曾任宁夏诗词学会副会长，被称为"大漠诗人"。出版有诗词集《麓君吟草》等，主编《沙海诗林》系列丛书。诗风浪漫，像沙生植物般淳朴自然。其所著《治沙造林工程学》一树，将学术与诗词相糅合，别出新意，颇见特色。

王文景（1932—2012），宁夏平罗人。曾为中华诗词学会会员、宁夏诗词学会名誉理事。五十多年笔耕不息，诗词严守格律，笔力遒劲，表现新农村建设的田园诗有声有色，在诗词创作方面扶持和带动了不少新人。

杨石英（1933—），女，湖南邵东人。曾参加抗美援朝，转业后在宁夏地方企业工作。中华诗词学会会员，宁夏诗词学会顾问，银川西夏诗社社长。著有诗集《秋韵》等。作品多带有军旅色彩，诗风豪放，境界脱俗，语言凝练苍劲，格调高昂。

李增林（1935—），北京人。曾任西北第二民族学院院长，宁夏政协七届、八届副主席。中华诗词学会会员，宁夏诗词学会总顾问。学者型诗人，著有《离骚通解》等著作。诗作立意宏大，境界高远，贴近现实，关注国计民生，诗风典雅，语句凝练。其五古《红豆吟》韵味浓郁，情意缠绵，堪称精品。

杜桂林（1936—），河北滦南人。1962年毕业于北京大学中文系，曾执教于宁夏大学中文系，退休后在老年大学讲授诗词，为宁夏诗词事业的发展作出了积极努力。其诗词集《秋风》题材广泛，意境开阔，讲求格律，达到一定的艺术水准。

任登全（1936—），宁夏平罗人。中华诗词学会会员，宁夏诗词学会常务理事，平罗诗词学会会长。长期从事教育工作，知识面较宽，参与意识强，勤于写作，诗艺日渐提高。七律《卢沟桥》概括准确，荣获由毛泽东诗词研究会主办的中华魂诗赛三等奖，是宁夏纪念抗日战争70周年的力作。

黄正元（1944—），宁夏银川人。曾任中华诗词学会理事，宁夏诗词学会副会长。多年在事林业战线工作，熟悉六盘山区林业生活。诗情饱满，贴近实际，具有浓厚的地域特色。代表作《六盘山长征纪念亭》《世纪钟》在艺术创作上有一定探索和创新。

李贵明（1946—2014），河北威县人。中华诗词学会会员、宁夏诗词学会副秘书长。长期从事地质勘测工作，有较深厚的文化积淀，作品大开大合，气概豪迈。几首《咏秋》诗典雅含蓄，颇有韵味；七律《塞上清风》获"塞上清风"廉政诗词大赛三等奖。

魏康宁（1948—），陕西咸阳人。曾任宁夏纪委副书记、宁夏党委巡视组组长等职。现任宁夏诗词学会名誉会长、代会长，《夏风》诗刊主编。其作品写实性较强，关注重大题材，贴近生活，倾情民生。组诗《建国六十周年感怀》《参观中华回乡文化园》《隆德马社火》等诗作，格调高昂，语言铿锵，具有鲜明的时代风格，是新时期边塞诗的力作。

丁玉芳（1952—），女，陕西户县人。宁夏诗词学会理事。曾在《中国诗人》《古风》《千千》《国学论坛》等著名网站发表大量诗作。《五古·故居怀感》《月下恩》《四季风》《叹金陵》等诗词入选《中国诗人网站诗歌精选》等。诗风明朗、张扬，是宁夏网络诗人的代表者。

李玉民（1954—），宁夏中宁人。宁夏煤业集团公司副总工程师。曾任宁夏诗词学会副会长，现任宁夏诗词学会顾问。专攻词作，集中表现煤炭战线生活，热情有如煤炭燃烧，富有时代气息，文采斐然，真情感人。词作散见于《宁夏日报》《诗刊》《中国西部开发诗词大典》等报刊和选集。

段庆林（1963—），宁夏平罗人。就职于宁夏社会科学院，经济学研究学者。曾任宁夏诗词学会副会长，在《诗刊》《同晖》学刊、《大海洋诗刊》等报刊发表古体诗词曲作品近百首，入选《二十世纪诗词文献汇编》等多种选集。所作诗词曲语言鲜活，平实质朴，接近口语化，生活气息较浓。作品多有创新，风趣幽默，每有出彩力作，令人耳目一新。辑有未刊稿古体诗词曲集《念珠集》。

闫立岭（1966—），河北清苑人。宁夏诗词学会副会长。在从事核工业勘察之余进行诗词创作。作品构思严谨，讲求格律，诗风明丽，注重意象，一些诗词作品达到较高的艺术水平。曾获"中国·宁夏黄河金岸诗词赋联大赛"优秀奖。

在宁夏从事古体诗词创作的中青年诗人中，张嵩是"新生代"诗词创作者中的佼佼者。

张嵩（1963—），宁夏固原人。中华诗词学会理事，中国毛泽东诗词研究会理事，宁夏作家协会理事，宁夏诗词学会副会长兼秘书长，宁夏毛泽东诗词研究会常务副会长，《夏风》诗刊副主编。少年时代即开始诗词创作，发表作品近千首（篇），作品入选四十余部选集，著有《遥远的岸》《散落的羽片》《渐行渐远集》《固原》等作品集。诗作多次荣获区内外奖项。"张嵩兼写新诗、诗词、评论，鉴赏写作水平较高，富有才情，由于他长期生活在宁夏南部山区固原，作品多表现六盘山区的发展变化及其山水风物，具有豪放阳刚之气"（秦中吟《宁夏诗词创作的历史现状及走向》，《宁夏诗词通讯》2007年总第7期）。长篇古风《六盘山颂》荣获"塞上江南·神奇宁夏"全国旅游诗词大赛一等奖，"作品以优美的文字不仅写出了六盘山的崇高俊美，也给人以历史沧桑感和时代使命感"（秦中吟《"塞上江南·神奇宁夏"全国旅游诗词大赛作品集·序言》，中国文化出版社，2010年）。古风《重读'清贫'有感》荣获"塞上清风"全国廉政诗词大赛一等奖。诗作通过对方志敏烈士七十年前所作《清贫》一文的深情解读，"歌颂了烈士'愈是清贫志愈坚'的崇高精神境界，进而批判了灯红酒绿、纸醉金迷、形形色色的腐败之风。作品立意高远，思想深刻，激情澎湃，感人肺腑。全篇描写酣畅淋漓，歌颂情深，批判腐败深刻有力，闪烁着思想的光彩"（秦中吟《"塞上清风"全国廉政诗词大赛作品集·序言》，中国文化出版社，2007年）。张嵩擅长律绝，兼及古风。前者追及盛唐，意境为先，构思奇巧，富于哲理，工于对仗；后者以歌行体见长，语言考究，一韵到底，于平常处每见新奇。

张铎在其诗词集《渐行渐远集》的序中认为，张嵩是一个写景的好手，也善于造境。张嵩的诗词中有关故乡风物及行旅的诗篇，除了具有一定的感情内容，也善于描写自然景物。"飞瀑响泉掩绿洲，涛声拍岸绕山流"（《二龙河》）；"寒山寺畔小桥东，孤月千年挂碧空"（《苏州枫桥》）等；以声染色，以情染景，声色并茂，情景交融，意长韵远。张嵩写景，主要还是为了抒情。如《六盘山颂》："跃上山巅气若虹，临风赋诗望南雁。"诗作用喻生动，语句典雅，富有情趣。善写长诗是张嵩的又一个显著特点，如《祭父诗》主要采用叙事手法来勾勒父亲的形象，并抒发作者对父亲的真挚感情及心中的不平，侧重于表现人物的精神风貌以及思想感情。"一来一去一张纸，一言一语一炷香。思念从此无穷尽，亲人永留是病伤。"张嵩很善于运用不同的表现手法，恰到好处地把人物的精神世界展现出来。这不但使他笔下的一个个人物血肉丰满，而且诗人的情志也因此得到很好的表现，即忧国情怀尽寄其中。

还有出生于宁夏西吉县的回族诗人马建国，生活拮据，但钟爱诗词创作。他发表作品的形式是将诗作贴在门板上背到集市上让人阅读，他住的房间四面也都贴满他创作的诗词，令人感动。他的诗作内容多反映农民生活的艰辛，劳动的不易或打工的辛酸，真实悲切，催人泪下。作品朴实无华，却有震撼力，大多都是对宁南山区农村生活的真实写照。女诗人马犟的诗词纤巧灵动，清新婉转，颇得古意；侯玉红的诗作充满生活情趣，深受古诗意境的影响，语言流畅，独具特色；许金萍是一位年轻有为的画家，诗词作品虽不多但如其画绚烂多姿，光彩闪动。

总而言之，宁夏的古体诗词创作在继承祖国优秀传统文化的基础上，扎根塞上沃土，紧跟时代步伐，敢于探索进取，不断推陈出新，已成为宁夏文艺百花园地一簇越来越鲜艳的花朵。宁夏古体诗词创作的群体已经形成，更需要树立精品意识，打破藩篱界限，形成独特风格，为宁夏诗词的丰富和发展作出独有的贡献。

古体诗词是塞上及宁夏诗歌主要的组成部分，在宁夏诗歌发展史上占有非常重要的地位。只是新中国成立以来，现代诗的发展适应时代变迁、社会生活、语言环境的要求，发展尤其迅猛。新世纪以来，尽管从事古体诗词创作的诗人众多，但在"出诗人，出诗作"方面有几个突出的问题值得深思。在诗人方面，宁夏大部分诗人是赋闲而吟旧体，如同养花遛鸟，未下"两句三年得"之功。尤其是青年诗人青黄不接，能写古体诗词的60后诗人屈指可数，70后诗人尚无踪影。在诗作方面，宁夏现代诗经历了政治抒情诗、民歌加古典、西部诗歌、个体化创作、日常性写作等不断发展，而宁夏古体诗词创作还在高举"新边塞"的旗帜，这势必会影响古体诗词的多元化发展。同时，宁夏古体诗词的个体化倾向并不明显，而应时应景之作倒是数量众多。所以，针对从事古体诗词创作的宁夏诗人而言，思想自由和人格独立则显得尤为重要。

第六节　《朔方》：诗歌生态的核心园地

新中国成立后，宁夏发表新诗的唯一阵地是创刊于1949年11月11日的《宁夏日报》文艺副刊《宁夏川》。可宁夏省于1954年并入甘肃，《宁夏日报》也随之终刊。直到1958年宁夏回族自治区成立期间，《宁夏日报》于8月1日再次创刊，文艺副刊更名为《六盘山》。"文革"结束后，宁夏诗歌的发展契机也从此开始。1979年3月6日，在银川召开宁夏文学艺术界第一届第三次全委（扩大）会议，会议宣布了宁夏党委的决定，宁夏文联正式恢复工作。同年底，宁夏党委宣传部组织召开落实新时期文艺政策大会，为"文革"期间被打击诬陷和戴上各种政治帽子的文艺家平反。《宁夏文艺》1980年1期刊发了"本刊评论员"文章《文艺的春天必将到来》，鼓励作家冲破一切禁区，要求作家创作的"题材要多样化，人物要多样化，风格要多样化，创作方法也要多样化，要敢于直面人生，敢于标新立异，使每个精神产品呈现出别出心裁的独创精神"。同期刊登了回族诗人高深的诗作《致诗人》："当你凝视母亲的创痛时也不必哀伤，／从苦难中站立起来的巨人会格外坚强，／历史的脚印已经刻在九亿人民心上，／寒尽霜穷春伊始，有道是多难兴邦。"这是诗歌领域对宁夏文艺春天到来的热情回应，是诗人从历史的灾难中崛起和重新发现自我的歌唱。新时期宁夏诗歌也正是伴随着这种激动人心的歌唱迎来了真正的春天。

在新时期宁夏诗歌整体形象的建构过程中，《朔方》杂志作出了很大的贡献，从1981年开始不断以各种专辑、小辑的形式，以较大的版面从地域、诗人群体等不同的角度展示宁夏诗歌创作的最新成就。银川市文联的《新月》、固原地区文联的《六盘山》、宁夏人民出版社的《女作家》先后创刊，都以不同的方式推动着宁夏诗歌的发展。还有宁夏的报纸也加入了这一行列,《宁夏日报》《宁夏青年报》《石嘴山矿报》《石炭井矿工报》《固原报》《银川晚报》《银南报》《石嘴山报》等,在副刊经常刊发宁夏诗人的诗作。

新中国成立到 20 世纪末是宁夏现代诗从破土而出到茁壮成长的过程,除了以文学期刊和报纸副刊为中心推动诗歌的发展之外,宁夏文联、作协和各地文联、作协举办诗歌活动,各级各类诗歌研讨会的召开,使诗歌的传播方式更加多样化。区内各级文学奖项包括诗歌奖项的设置,区外诗歌奖项对宁夏诗人的关注等等,都对新时期宁夏诗歌的发展起到了积极的推动作用。

一、以《朔方》为核心的诗歌园地

《朔方》:由宁夏文联主办,其成长历程构成了宁夏现代诗歌发展的最初背景,在新时期宁夏诗歌的发展中作出了杰出的贡献。1950 年 3 月,宁夏省文学艺术工作者联合会筹备委员会成立了,创办了内部印刷的 16 开本刊物《宁夏文艺》。1952 年,宁夏省文联与文化局合署办公,《宁夏文艺》更名为《宁夏群众文艺》。1959 年 5 月 16 日,又更名为《群众文艺》,并正式创刊,最初是 4 开小报。1960 年 1 月,改为 16 开本的月刊,公开发行;2 期至 4 期,连续登载鲁艺时期老诗人朱红兵的长篇叙事诗《沙原牧歌》;7 月更名为《宁夏文艺》,后来又由月刊改为双月刊、季刊,1964 年底停刊。从 20 世纪 50 年代末期到"文革"结束,从《朔方》所刊登诗歌作品来看无法摆脱时代和政治的影响,正如 1960 年 1 期《群众文艺》刊发的《改刊的话》中所说:"我区文学艺术工作也出现了一个新的跃进局面。这突出的表现在,工农群众和各级干部积极地参与了文艺活动和创作运动,使文学艺术事业成为广大群众的事业。一年来全区出现了数以万计的文学艺术作品,特别是大量的新民歌,以及许多革命回忆录、工厂史、公社史的出现,都比较及时和深刻地反映了人民丰富的斗争生活。" 1974 年初,宁夏文联尚未恢复工作,《宁夏文艺》由宁夏群众艺术馆主办并复刊,为双月刊,5 期推出"诗歌专号",其中有"山山水水唱颂歌"、"社会主义新事物赞"、"沸腾的军营"等栏目。从这几个栏目中可见诗歌为政治服务的趋向十分明显。1979 年,宁夏文联恢复工作,《宁夏文艺》划归文联主办。1980年4月《宁夏文艺》更名为《朔方》，宁夏诗歌才真正摆脱"文革"模式和"一体化"局限，走上了正常发展的道路。

从1981年1期开始，《朔方》针对宁夏诗歌发展的新情况，针对性地推出地域专辑、诗人群体专辑或小辑，从而成为新时期宁夏诗歌的起点。

1981年1期的"银北诗会"是新时期以来宁夏最早的地域性诗歌专辑。本辑共刊发了银北地区马忠骥、闻钟、郑正、万里鹏、刘岳华等九位诗人的作品。虽然有的作品在思想、内容、形式等方面还有待提高，但毕竟是第一次以地域的形式推出的诗歌小辑，对宁夏其他地区诗人的创作起到积极的引领作用。由此开始到2000年，先后推出银川、石嘴山、银南地区、固原地区、同心、中卫、盐池、海原、青铜峡、西吉、灵武市、惠农等地市县作家作品专辑，有些地区是多次刊发。还刊发了宁夏电力、回族作家等行业、民族专辑或专号。在这些专辑中，将宁夏区域、行业和民族的创作群体以集中的形式呈献给读者，宁夏诗人的作品虽然不多，但也得到充分展示。

1981年2期的"新人诗页"是一组青年诗人的作品小辑，刊发了马春宝（导夫）、马钰、乔桂生、徐永泉等七位诗人的作品，同时刊发了秦庚的短评《创新与今天》，对本辑的作品予以评介，认为青年诗人创作的价值和意义在于"青年诗作者加入诗的行列给诗坛吹进了一股新风，他们在内容和形式上都有新的探索"。而本辑的青年诗人马春宝、马钰等后来都成为宁夏诗坛的中坚力量，活跃于论坛和诗坛。

"朔方诗萃"是从1982年2期开始开设的不定期专栏，主要刊发35岁以下青年诗人的作品。并附诗人简介。该栏目坚持了两年，编发了五期共十七位青年诗人的作品，之后逐渐被"塞上新诗"和"金色沙枣花"两个栏目取代。"朔方诗萃"、"塞上新诗"、"金色沙枣花"、"青年诗人作品与评介"和此前的"新人诗页"，以及后来诗歌栏目名称的变化，其实是在发表实力诗人的作品之余，侧重于培养、扶持和推出青年诗人，其目的主要在于培养诗歌梯队，为宁夏诗歌的发展贮备力量。而事实证明，也正是这样数十年坚持不懈的愚公移山精神，推动了宁夏诗歌的发展。

宁夏坚持创作的女性诗人人数相对较少，创作明显滞后，没有形成影响，针对这一现状，《朔方》发现并扶持女诗人，并且取得明显成效。

1983年9期的"女作者诗页"是新时期《朔方》唯一推出的女诗人作品小辑，刊发了九位女诗人的作品和韩畅的短评。1984年3期的"女作者专号"则是《朔方》推出的第一个女作家作品专号，包括小说、散文、诗歌和评论等，集中展示了宁夏女性作家和诗人的创作实力，其中刊发了十一位女诗人的作品和常播的评论。从这两期女诗人的作品来看，虽然她们寓于西北一隅很少与外界交流，因而很少受外界各种风气尤其是女性主义的影响，而表现出的是一种未经雕饰的原初感受，因此显得纯美、自然、拙朴。"大都有巧思，有深情，具有女性敏感、细腻、委婉的抒情个性"（韩畅：《巾帼之诗别有情》，《朔方》1983年9期）。而此后两个"女作家特辑"发表女诗人的作品都比较少。1995年8期"女作家特辑"只发表了唐珺的三首短诗，1998年3期"女作家作品特辑"也只发表了张之静的一组诗歌。

《朔方》于1989年5期和11期推出两期"诗歌专号"，刊发了顾工、木斧、顾城、陆健、葛林、王跃英、孟虎等区内外诗人的作品，有些作品还配发了高嵩、秦庚的评论，在全国有一定的影响。同时，《朔方》还推出了诗人作品小辑。主要有杨森君（1997年11期）、葛林（1997年12期）、导夫（1998年7期）、杨建虎（1998年10期）、贾羽（1998年12期）等。《朔方》推出这五位诗人的作品，旨在以较大篇幅全面展示其创作成就。其中葛林、贾羽、导夫和杨森君年龄接近，他们在宁夏诗坛的地位已基本确定。而杨建虎是70后，被《朔方》力推是一种莫大的鼓励。

《朔方》在推出诗歌作品的同时还刊发了大量的诗歌评论，主要有从1983年2期开始连载四期的高嵩《宁夏新诗点评》。这是第一篇全面系统、深入评价宁夏诗歌创作现状与作品个案的批评文章，从美学角度对十多位宁夏诗人的创作展开艺术分析，在当时产生了较大影响。同时《朔方》"评论"栏目至2000年前刊登了诗人、诗评家的诗歌理论、评论、书信、创作谈近百篇，这些评论有力地推动了宁夏诗歌的创作和评论阵地的建设。

《朔方》历届主编于捷、李微冬、江云、马若、哈宽贵、路展、高深、王世兴、潘自强、杨继国，名誉主编张贤亮，副主编石天、朱红兵、高奋、吴淮生、虞期湘、肖川、李唯、冯剑华、吴善珍，其中潘自强、虞期湘、肖川、冯剑华担任过常务副主编。在这些主编和副主编当中，路展、高深、王世兴、朱红兵、吴淮生、肖川都是宁夏重要的诗人,还有诗歌编辑贾长厚,于1995年和1997加盟《朔方》编辑部的陈继明和杨梓,他们共同为宁夏诗歌的繁荣作出了积极的努力。

《朔方》的编辑也都是作家、诗人,除多次荣获宁夏文艺奖之外,还荣获了很多的荣誉。1983年,副主编虞期湘荣获宁夏"长期从事社会科学工作奖",副主编肖川荣获宁夏"知识分子专业技术工作突出贡献奖";1987年,主编路展、副主编虞期湘荣获中国作家协会颁发的"文学编辑"荣誉证书;1999年,常务副主编冯剑华荣获"自治区十佳编辑奖"。

而《朔方》的办刊方针正如杨梓在为《肖川诗选》写的跋《醉里从为客,诗成觉有神》中所言:"当时分了三组编刊,我和肖老一组。首先,他说要约好稿、编好稿、发好稿,质量第一是《朔方》生存与发展永远的追求。其次,他给我谈了编稿的'四个倾向',即倾向宁夏、倾向青年、倾向回族、倾向女作者,一句话就是'宁夏青年回族女作者'。这就是说在作品质量同等的前提下,要有这'四个倾向',以突出地域特色和民族特点,扶持本区文学人才,这是《朔方》安身立命之本。我在《朔方》工作十四年,就是按照肖老的要求做的。我也说过,我可能写不出好作品,但我肯定能编好作品。"突出地域特色和民族特点,扶持本区文学人才,这就是《朔方》一贯而具有可操作性的办刊方针。

《六盘山》:由固原地区文联主办的文学季刊《六盘山文艺》创刊于1982年7月,1985年起更名为《六盘山》并公开出版发行,1988年改为双月刊至今。《六盘山》是宁夏南部山区的文学重镇,西海固地区的大部分作家诗人都是由此起步而进入宁夏文坛的。《六盘山》的发展基本上与新时期文学同步,在诗歌栏目的设置上始终如一坚持着民族性与乡土性,在力推西海固诗人的同时,致力于扶持本地诗歌新秀。《六盘山》注重诗歌栏目的建设,为了确保杂志刊发诗歌作品的层次和质量,在创刊号中就开设了"萧关诗苑"栏目,刊发屈文焜、丁文、冯汉兴、李云峰、罗存仁五位在当时宁夏诗坛已有一定影响的诗人诗作十首(组);同时开设了"花儿与少年"栏目,刊发高琨《回汉民携手一条心》、岳秉义《党的政策甘露洒》、佘贵孝《尕日子越过(是)越甜》等三位诗人的花儿诗。坚持地域色彩和民族特点,为新时期宁夏诗歌的发展注入特别的美学元素;此外还设有"春来发几枝"栏目,专门刊发新人新作,为宁夏诗歌培养后继力量。

《六盘山》杂志从创刊至2000年,担任诗歌编辑的主要有屈文焜、李云峰、戴凌云、王铎、郭文斌等,在诗歌栏目的设置上先后有很多变化,但总体来说,第一,刊发已经成名或者有一定影响的诗人作品,如"宁夏诗人方阵""现代汉诗""诗歌风景线"等栏目,以此引领《六盘山》诗歌稿件的审美追求;第二,刊发大量的新人新作,如"春来发几枝""离离原上草""校园星座"等栏目,意在培养诗歌新人;第三,各种诗人小辑、专栏等,如女诗人、回族诗人、70年代出生诗人、新生代诗人等专栏,旨在推动诗歌发展的多元化。

从《新月》到《黄河文学》:由银川市文联主办的文学季刊《新月》创刊于1981年8月,至1987年停刊共发行21期。1992年11月,由银川市文联再创办的《黄河文学》双月刊出版发行。《新月》面向全国,侧重回族文学;而《黄河文学》立足宁夏,刊发过宁夏诗人的不少作品,诗歌编辑葛林为宁夏诗歌的繁荣作出了努力,值得肯定。

《宁夏日报》:宁夏党委机关报,是宁夏地区信息量大、覆盖面广、可读性强的权威性大报,文艺副刊《六盘山》,一般每周刊出一期,刊发以散文、诗歌、杂文、微型小说、文学批评等文体为主,兼及书画作品。副刊编辑李震杰、秦中吟、王庆等都是辛勤的园丁,扶持了一大批宁夏诗人。李震杰于1958年支援宁夏建设调到银川,在《宁夏日报》文艺编辑这一岗位上工作了二十二年。在他的辛勤辅导下,雷抒雁、邓海南、乔良、肖川、吴淮生、秦中吟、刘国尧等一个个诗人从宁夏走向全国。高嵩曾这样评论:"20年来,他生产的主要不是诗,而是诗人"(吴淮生《生产诗人的人》,《新消息报》2006年10月10日)。秦中吟在《宁夏日报》任编辑、主任编辑、高级编辑,编辑了大量的作品,于1988年中秋节牵头成立了宁夏诗词学会,担任副会长兼秘书长;于1992年5月在《宁夏日报》开辟了两月一期的《夏风》诗词专版,后改为16开本的《夏风》诗刊,为促进宁夏古体诗词的发展不遗余力,作出了杰出的贡献。

《宁夏青年报》:由宁夏团委主办,《宁夏青年报》于1985年1月4日创刊之时,正值中国社会思想的活跃时期,也是中国现代诗歌的繁荣的开端,连续推出宁夏青年诗人或整版或半版的诗歌作品,每月推出面向全国的诗歌专版,所刊作品被《诗歌报》转载,成为宁夏诗歌新潮流的领导者,在宁夏青年诗人和青年读者中产生了很大的影响。尤其是1988年10月,《宁夏青年报》面向全国独家鼎力举办中国"未来作家"青年文学大奖赛。张贤亮担任组委会和评委会主任,李国文、丛维熙、蒋子龙、冯骥才、何士光、韩少功、谢冕、叶澜、刘亚洲、贾平凹、路遥、闻频等组成评委会,分社会各界青年、大学生和中学生三个层次评奖。此次大奖赛在全国产生了很大的影响,各种体裁的文学稿件雪片般涌向报社,初审过的稿件用麻袋来装。当时,杨连宁任总编辑,荆竹任副总编辑,杨梓任"文艺新潮"副刊编辑。

二、诗歌评奖

宁夏文艺奖:为了激励创作,宁夏文联于1979年12月对宁夏各个文学艺术门类进行评奖,其中就有诗歌奖,为宁夏新时期诗歌的发展起到了重要的推动作用。第一届对1979年以前的作品进行评奖,肖川《唱在金秋》、吴淮生《不到长城非好汉》、蔡锦启《给大山通告》荣获诗歌一等奖。第二届对1980至1981年度小说、剧本进行评奖,未评诗歌。第三届对1982发表的作品进行评奖,但诗歌奖包括1980年和1981年发表的作品,肖川《乡恋》、刘国尧《网兜里的面包》、高深《我梦见》荣获诗歌一等奖。第四届对1983至1984年发表的作品进行评奖,不分等级,王庆、丁文、贾长厚、刘国尧、罗飞、白闻钟、高深、赵福辰、马中骥、杨少青、秦中吟、沙新、殷实、马乐群的诗作荣获优秀奖。之后,这项全区文学艺术门类的评奖中断,直到1999年才开始了第五届文艺评奖,对1985至1998年十四年度的发表的作品进行评奖,罗飞《银杏树》(诗集)、杨森君《梦是唯一的行李》(诗集)、杨梓《黄河之曲》、秦中吟《秦中吟抒情诗选》(诗集)荣获诗歌一等奖。

三、召开诗会

诗歌朗诵演唱会:1976年12月,《宁夏文艺》编辑部、《宁夏日报》编辑部和宁夏人民广播电台编辑部联合召开"诗歌朗诵演唱会",热烈庆祝粉碎"四人帮"的伟大胜利。

塞上诗会：1982年8月，由宁夏作家协会和《朔方》编辑部在银川召开"塞上诗会"。邵燕祥、韩嗣仪、查干、邓海南、佟明光、张央、毛锜、晓雷、师日新、赵亦吾、昌耀、李柏涛十二位应邀莅会，区内六十多名诗人、评论家、诗歌编辑和诗歌爱好者参加诗会。

邵燕祥就当时新诗创作问题作了六个小时的报告，见解新颖独到，涉及新诗领域众多问题；邓海南谈了自己的创作体会；高嵩分别作了题为《李白浪漫主义和杜甫现实主义的美学机制》和《宁夏新诗点评》的报告，尤其对宁夏新诗发展的状况，材料充实，观点精到，颇受大家的欢迎；甘肃诗人师日新言语诙谐，谈笑风生，他的发言不时引起阵阵笑声；老诗人李震杰谈编辑工作的道德、良心和发现新人等问题，捧出了自己一颗火热的心，令人感动。之后还举行了诗歌朗诵会。另外，诗会中有三个有趣的现象：一是诗人肖川（赵福顺）和赵福辰是亲兄弟，但诗风各异，肖川明快，强调地方特色；赵福辰含蓄，诗意近似朦胧。二是青年诗人田为民和储春兰是一对新婚不久的夫妇，他俩的月老也许就是诗神。三是诗会中有"四高"：高奋、高深、高琨、高嵩，都是单名，不亦巧乎。

这是新中国成立以来在宁夏召开的第一次大型诗会，邀请到了邵燕祥、昌耀等全国一流的诗人来宁讲学，带来了中国诗坛最新的创作思潮，为宁夏诗坛注入一股强劲的动力；同时，宁夏诗人聚会银川，增进了诗人之间的交流，开阔了诗人的视野，激励了诗人的创作。

塞上青年诗会：1991年7月，由宁夏青年报社主办，杨梓策划并主持的"首届塞上青年诗会"在银川贺兰山宾馆召开。来自银川周边的三十多位青年诗人杨云才、刘中、孟虎、白军胜、徐幼平、王慧等参加诗会，大家广泛交流，深入研讨，刘中的《草帽之歌》成为诗会争议较多但又压轴的作品。会后《宁夏青年报》编辑了四个版的诗会专刊，但因故未能出版，成为宁夏诗歌史上的一大憾事。

四、全国性的关注

宁夏诗人的创作逐步走向全国，主要是入选全国选本、在全国性诗刊发表宁夏诗作专辑、应邀参加全国诗歌活动等。

入选选本：刘国尧《一号宿舍》入选《1949—1979诗选》（诗刊社

编，人民文学出版社，1980年）；贾长厚《跋涉者深深的足迹》入选《中国当代西部新诗选》（甘肃人民出版社，1986年）；罗飞《对饮》、杨梓《黄河之曲——西夏史诗序曲》、高深《告别大西北》入选《中国诗歌年鉴 1996卷》（吕进主编，中国新诗研究所编印，1997年）；高深《鹿回头》、刘国尧《祭》、罗飞《你的泪花》、吴淮生《一对老少校友》、肖川《凤鸣》《风说》、杨梓《西夏史诗》（二首）入选《新中国50年诗选》（中国新诗研究所编，重庆出版社，1999年）。还有《中国新诗年编》《一九八二年诗选》，《诗刊》选编的《中国年度最佳诗歌》、中国作家协会创研部选编的年度《中国诗歌精选》等，肖川、罗飞、杨梓、冯雄等的诗作均有入选。

集体专辑：《新大陆》（美国）2000年2期（总第56期）推出"宁夏特辑"，刊发了葛林、贾羽、杨梓、杨森君、郭文斌、梦也、伊农的诗作。《绿风》2000年2期推出"宁夏诗人作品小辑"，刊发了杨建虎、杨梓、唐晴、贾羽、王怀凌、虎西山、冯雄、单永珍的诗作。

应邀参加活动：1979年1月，肖川应邀与来自全国28个省、市、自治区的诗人及诗歌编辑百余人，参加《诗刊》编辑部在北京召开的"诗歌创作座谈会"。1979年2月，肖川应邀参加《诗刊》编辑部组织、以艾青为团长的"诗歌作者学访团"，赴上海、广州、海南、湛江等地采访创作。1982年4月，高深应邀参加中国作家协会和解放军总政文化部在京召开的"军事题材创作座谈会"。1999年5月，杨梓应邀参加由诗刊社在山东聊城举办的第十五届"青春诗会"，同届的有李南、冉仲景、卢卫平、莫非、刘川、凸凹、树才、小海、侯马等二十位青年诗人。因1998年未举办"青春诗会"，本届实际是两届的诗会。杨梓成为第一位应邀参加"青春诗会"的宁夏诗人。2000年2月，肖川受中国作家协会委派，随邓友梅为团长的中国作家代表团一行九人出访马来西亚。2000年12月，秦中吟应邀参加《人民文学》杂志社组织的代表团赴西欧十一国考察访问。

荣获诗歌奖项：

全国少数民族文学创作奖"骏马奖"：王世兴《莲花滩》（长诗）、高深《致诗人》荣获第一届"骏马奖"；沙新《祖国，请为他们记功》荣获第二届"骏马奖"二等奖；杨云才《大西北恋歌》（组诗）荣获第三届"骏马奖"新人新作奖；高深《大漠恋歌》（诗集）荣获第四届"骏马奖"；杨少青《大西北放歌》（诗集）荣获第五届"骏马奖"。

另外，在古体诗词方面，周毓峰《塞上行》和《古剑行》分别荣获"首届中华诗词大奖赛"二等奖和"全国'回归颂'诗词大赛"一等奖。

除了以上几种因素之外，推动新时期宁夏诗歌发展的因素还有诗歌选集的出版，《飘香的沙枣花》《光辉永照宁夏川》《塞上龙吟》《当代诗人咏宁夏》《重振边塞雄风》《中华当代边塞诗词精选》《宁夏文学作品精选·诗歌卷》等先后出版。而个人古体和现代诗集的出版发行有七十多部。1960年至1999年，姚以壮、李震杰、张贤亮、高深、吴淮生、罗飞、刘国尧、肖川、张涧、屈文焜、马乐群、杨少青、贾长厚、杨克兴、秦中吟、万里鹏、何克俭十七位诗人先后加入中国作家协会。

总之，从20世纪50年代开始至20世纪末期，宁夏诗歌发展的两个阶段中，诗歌生态差异很大。20世纪50至70年代，受国内特殊社会环境和文化氛围的影响，宁夏本土诗人的诗歌创作都要受制于意识形态，所以这一阶段的诗歌生态自有其特殊性。因此，相应的诗歌作品免不了"政治抒情诗"的嫌疑，口号化、公式化、概念化倾向非常明显，缺乏值得评论的思想艺术价值。

从80年代开始，宁夏的诗歌生态得到彻底改善，诗人很快恢复了创作的自由，一大批出生于60年代的宁夏诗人崭露头角，与40年代、50年代出生的诗人一起开始重建宁夏的诗歌生态，并且创作出一批优秀作品，与整个西部粗疏、雄浑、豪迈的诗风形成合唱，构成了西部之于中国诗坛的第一声嘹亮的高歌。宁夏这二十年诗歌的发展依然遵从传统模式，从创作到发表、从阅读到批评都在纸媒进行，这既确保了所刊诗作的品质，也稳定了期刊的质量。是的，多少编辑犹如辛勤的园丁，浇水施肥，培育树苗，修剪斜枝，守望成材，精心呵护着诗歌园圃的一草一木一花一果。尽管这种传统的诗歌生态已经受到网络等新型媒介的冲击，但诗歌最终是要靠文本发言，要让读者喜欢，要经时间考验。

第四章 新世纪:黄河富宁夏的枝繁叶茂

第一节 60后诗人:独具诗美意味的一支劲旅

中国"60后"诗人之于"40代"、"50代"与"70后"、"80后"诗人,是现代诗发展阵容最强、派系最多、成就最高的中坚力量,代表诗人有杨黎、周伦佑、韩东、陈东东、李亚伟、黑大春、苏历铭、西川、商震、萧开愚、海子、骆一禾、王明韵、吉狄马加、海男、林雪、车前子、李元胜、潘洗尘、何小竹、潇潇、臧棣、潘维、马永波、李南、娜夜、树才、瘦西鸿、伊沙、叶舟、胡弦、徐江、侯马、杨键、陈先发、李少君、大卫、沈苇、朱零、邱正伦、南鸥等等,还有稍晚出现的西渡、桑克、余怒、朱朱、森子、林木等,他们在"后朦胧诗"时代占据了中国诗坛不可撼动的地位,为现代诗的继往开来作出了卓越的贡献。60后诗人绝大多数都是大学毕业,受过良好的教育,继承中国优秀传统文化,又受翻译诗的较大影响,他们身上既有传统与先锋的并存,又有中西文化思潮的融合。60后诗人突出强调诗歌的自主性,将对日常经验的关注和诗艺的自觉联系起来,在诗歌艺术的探索上丰盈、准确、成熟,使现代诗达到百花竞放的繁荣局面。

宁夏60后诗人总体上继承传统诗歌精神,注重批判现实主义、历史抒怀的浪漫主义、都市日常写实的审美倾向。沉潜于对象内部,并力争寻求外在与自我心灵之间的契合度,是其总体特征。为了分析论述的方便,现将60后诗人分为四个方面：一是在全国产生一定影响的诗人有杨梓、杨森君、梦也、王怀凌、虎西山等，回族诗人有杨云才、单永珍等。二是在全国性及省级报刊发表过大量作品，并始终坚持诗歌创作的诗人有邱新荣、米雍衷、洪立、张铎、潘春生等，回族诗人有雪舟、周鸣等，女诗人有唐晴、李壮萍、陈晓燕、羽萱等。三是因工作、生活等原因转战其他领域，偶尔写诗，但他们不论是创作其他、学术研究，还是只务正业、从政经商，同样成就非凡的有导夫、薛刚、贾羽、丁学明、杨云才、刘中、季栋梁等。四是离开宁夏的诗人有李春俊、陈继明、戴凌云、莲子等，离开人世的诗人有徐幼平。其中李春俊和陈继明都在《朔方》编辑部工作过，以小说创作为主，先后调到深圳和珠海。戴凌云在《六盘山》编辑部工作六年后调往兰州。刘敬东毕业于固原二中，现居美国；范一凤曾在银川市医院工作，现居英国；莲子遍游西部大地，现居北京。很有才华的徐幼平因家庭变故而绝望，大约于1996年去世于前往西藏的途中，现在只留下零星的几首诗。

　　宁夏60后诗人在全国的诗歌大背景下从事创作，"他们有的离开了宁夏，有的仍未停笔，但都为宁夏的诗歌付出了心血。这批诗人经历相似，阵容整齐，人数较多，所以其作品大多表现的是对生存环境的忧思和对精神家园的追求，具有豪迈、劲健、旷达、悲慨、壮美、质感等特点"，"并且日益显示出沉静、淡泊、向内的潜质"（杨梓《宁夏青年诗歌创作简论》，《宁夏大学学报》2007年6期）。但他们与其他地方的60后诗人区别在于，在心灵失去根基之后，在寻求精神力量支撑的无果之后，在前行中无奈地又哀伤回眸落日下的村庄——精神的归属之地，显示出了批判现实主义的精神传统。一方面，他们生长于黄土高原，灵魂深处镌刻着农民的情感，深知生的艰辛与沉重；另一方面，他们对鲁迅文学精神的认同已成为一种深刻的精神映照，始终坚持直面现实并且充满忧患意识，因而面对日新月异的社会，他们不至于迷失自己而流向私语化的靡靡之音。而这一审视现实的气质，又使他们诗作普遍具有理想主义特征，具体表现为对"实写"和"史诗"的追求。"实写"在此不是诗人以史诗的篇幅反映了宏大的社会现实，而是透过现实对未知世界的表达和预见，既体现了史的严谨，又彰显了诗的灵动。

从诗歌地理学认同的角度，宁夏60后诗人大致可以分为两大类：西海固诗群和川区诗群。

西海固诗群是围绕六盘山和黄土高原这一区域进行创作的诗人群体，他们"相对独立地行走于六盘山的周围，坚持本土化的写作立场，弘扬民族文化，继承了中国古典诗词创作的优秀传统，并对西方现代主义和魔幻现实主义的创作手法有所借鉴，写出了大量的既有较深的思想内涵又有较高艺术价值的诗作。这在全球化经济浪潮的冲击之下，显得更有特点和意义。概括来说，西海固的诗歌呈现出本土化、民族化和传统化三大特点"（杨梓《西海固刍议》，《宁夏大学学报》2002年5期）。尽管海原县在行政上划归中卫市，但诗人的创作倾向仍属西海固诗歌，代表性诗人有虎西山、梦也、冯雄、王怀凌、单永珍、唐晴、张铎、牛红旗、雪舟、周彦虎、李耀斌等。虽然梦也、冯雄、张铎、唐晴调到银川，但他们的诗作有着西海固深深的烙印。他们在诗艺上各具个性，但在价值期许上几乎见证了从"朦胧诗"至今"村落终结"的整个乡村社会变革过程，对过去的挽歌、缅怀也罢，对今天的伤感、忧患也罢，都渗透着浓重的人文主义关照情怀，也大写了这个时代给西北边远地区乡村世界带来的巨大创伤。

川区诗群是围绕贺兰山和河套平原这一区域进行创作的诗人群体，他们"敢于打破经营多年的创作模式，打破业已形成的风格，对西方现代主义和后现代主义创作手法有所借鉴，似乎一直在寻找一条最适合自己的创作之道。比如贾羽的诗由流畅而艰涩，由清新而沉重，由浅显而深刻，其间他在喜此伤彼的两难抉择中经历了怎样的阵痛"，"具有心境化、民间化、口语化倾向"（杨梓《宁夏青年诗歌创作简论》，《宁夏大学学报》2007年6期）。而一批诗人先后从西海固调到银川，为川区诗歌带来了活力。代表性诗人有杨森君、贾羽、杨云才、洪立、米雍衷、潘春生、张联、李壮萍、陈晓燕、阿康、岳昌鸿、何武东等，他们视野较为开阔，接受新生事物较为容易，敢于尝试新的创作方式。其诗相对于"西海固诗歌"所特有的焦虑在慢慢减少，显得恬静了许多。

这不仅是两地文化属性的差别，一是深受中原传统文化的影响，一是移民文化的互相融合，更是两地不同乡村境况的写实主义表现。他们在南北两端，构成了宁夏诗坛的两股强大势力，也不时撬动着西北乃至整个中国诗坛向西北移动,与西部诗歌一道成为中国诗歌的主流之一。

而邱新荣属于川区诗群;杨梓出生于固原,18岁考学离开一直在银川工作生活,但固原编辑的诗选都收录了他的诗,所以他属于哪个诗群似乎都可以。而从历史的角度来看,邱新荣和杨梓的创作都与历史有关,暂且称他们的创作为"历史抒情诗"。泛泛的历史抒怀,可能每一个诗人都不同程度涉及过,品鉴古人也是在浇自己心中块垒,再加之诗人所经常有的忧伤感,"发古人之幽思"似乎成了历代诗人的一个终极性发问。所以这里所说的历史抒情诗,特指成系统架构历史题材,并在历史观照与审视中构建诗人主体性的一种诗学追求。在宁夏诗人中最突出的当属杨梓和邱新荣。杨梓著有《西夏史诗》,远逝了的西夏王国成了他诗歌的主题,写法上倾向于从西夏王朝的民间事物和文献西夏的夹缝中,以及宋朝主流意识形态的边边角角来完整呈现作为王朝和作为诗意形象的剽悍历史造型。与其说是在凭吊西夏,不如说在审视作为正统的宋史的得与失,边缘的西夏也就慢慢复原了它文明的光辉灿烂的一面,西夏文化中最精华的部分在《西夏史诗》被清晰地构筑起来。邱新荣迄今为止所写的历史抒情诗,总括在"大风歌"的总标题下,共计出版有二十多部,从上古神话传说一直到唐宋历史,分为历史风物、历史古迹、历史人物和历史事件等,题旨可谓宏阔,构架可谓庞大。概括来说,无论写人写事还是写物,究其实质,诗人实则是以一种批判现实主义的态度,以史为鉴或以史为镜是其处理一切历史材料的经纬和枢纽,着眼于微观物象,下笔却成宏观批判,这是邱新荣与杨梓诗学选择的区别。

当然,除了地理、历史的类别而外,宁夏60后诗人中,还有为数不少的诗人倾向于都市日常人生和个体心灵的细微波动上。对日常人生的关注,从审美风格上来看带有后现代文化色彩,诗句轻逸而灵动,需要以审丑、审恶、审假的思维来读,因此大的方面可看做是对现代都市病的表征。但这一类诗歌有时会流于琐碎与无聊,其诗歌有点"失去象征的世界"(耿占春语)的不足。对个体心灵抒写主要集中于60后女诗人,她们注重直觉呈示,诗句也多婉约哀伤,在日常生活的缝隙表达诗人脱俗的理想追求,在如梦如幻的理想世界中又多夹带流俗的现实议程。与全国前沿女性主义诗歌表达相比,宁夏60后女诗人的女性意识并不缺,但缺乏的是观照、审视当下生活的"主义"。

尽管如此，宁夏60后诗人的创作成就，仍然是宁夏现代诗具有诗美意味和研究价值的一支强劲力量，他们集体创造的这几个强悍诗美写作维面，即使放到西北乃至全国来衡量，无论诗语修辞、主题掘进、价值输出，还是个体精神气质、主体性体验感知，以及对时代变化的哲学文化学观照与审视，其中许多人都堪称一流。他们娴熟而周正的审美情趣，深入而富有的地域民间文化特色的经验组织，继承并发扬中国古典诗词的优良传统，尤其是每个诗人的创作风格迥然不同，全无某个所谓诗歌大省的"集体模仿"痕迹，有理由成为宁夏、西北、乃至全国今后诗歌发展的新经验而得到肯定。

宁夏60后诗人在全国产生一定影响的诗人有杨梓、杨森君、梦也、王怀凌、虎西山、冯雄、张联、牛红旗等，回族诗人有杨云才、单永珍等。

虎西山（1961—），宁夏隆德人。历任固原师范教师、宁夏师范学院艺术系主任等。1985年开始诗歌创作，诗作发表于《诗刊》《星星》《十月》等，入选《诗刊·中国新诗选刊》等，荣获宁夏第六届文艺评奖二等奖。著有诗集《远处的山》。宁夏作家协会会员，宁夏诗歌学会副会长。

虎西山是宁夏60后诗人中抒写人性美、乡土美、乡情美的重要诗人，同时贫弱的现实乡村又使诗人的怀乡含有太多的苦涩。乡土的温馨与宁静给了诗人丰富的诗歌养分，也成就了诗人的创作。他的诗秉承了传统诗歌写意、点染的手法，而且每首诗都能成就一副乡村田园画。正如诗人所言："当我们向其他民族学习的时候，万不可妄自菲薄，把自己民族的东西丢掉。中华民族有五千年的历史，我们没有理由不自豪，更没有理由不自信。"

虎西山对古典主义和乡土写作的坚守，寄托其对乡情的眷恋和对乡村生活中的人性美、人情美、自然美的赞颂。白军胜在《论虎西山诗歌的乡村情感》（《朔方》1998年7期）中认为，虎西山的乡土诗歌，不光对家乡的老百姓和母性乡土进行了细腻的描绘，而且在他的诗歌中还对普通人命运的深情关注。如《爆米花的老人》《修鞋的人》《乞丐》《猎人》《铁匠》《种葡萄的老人》等等。这些普通人，有些生活在城市，有些生活在山里，虎西山深情地关注他们的生活与命运，依然是由他们的乡村情感所支配的。因为这些普通人仍然是农民，环境并不能改变他们的生存状态。他们离开村子，去城里寻找生计，他们仍然是"永远忙碌着／甚至顾不上吐掉嘴里／那半截已熄灭的烟头"（《修鞋的人》）。农民勤劳淳朴的性格在他们的血液里永远流淌着，勤劳是他们的本分，"雪还没有消化／春天还没有来／小城里的孩子／就已经看见爆米花的老人／出现在街上"（《爆米花的老人》）。以写实的笔调，以现实主义的风格，面对人生，深情地关注普通人的命运，描写他们的生活。

虎西山追求神韵与意趣，空灵而宁静，是具有当代意识的新山水田园诗。杨梓在《宁夏青年诗歌创作简论》（《宁夏大学学报》2007年6期）中把虎西山列入传统化创作倾向的代表诗人，认为虎西山深受中国古典诗词的润泽，深得其中三昧。他的诗简约而朴素，依稀可感陶渊明、谢灵运明白流畅、兴味隽永的遗风；他的诗淡雅而老道，因为淡雅可以营造远境，而老道则是有一点仙风道骨的味道，促人揣摩他"作诗无古今，欲造平淡难"（梅尧臣诗）的良苦用心。虎西山的诗风谈不上深刻浑厚，但也清逸高远，猛觉有味在其中，细一思索又不尽然。这种顿悟便在、凝思则无、只可冥会、难以言说的镜外之象，正是诗禅一体的韵味。虎西山笔法的老道则源于一种隐于山野的道家袖风，明明感到他有技艺运行其间，却难觅其迹。《高原看云》是一首较好的诗，暂且不管前面如何铺叙，"曾经的大起大落／已然变得轻松／变得婉转——／只有心里头装得住风雨／才能欣赏一片云彩的平淡"，已使该诗挺拔了许多，写出了沧桑之感，袒露出一种宽广的胸怀，营造出一片博大的气象，由个体的人生经验出发而达到普遍认同的彼岸，这是诗的奥秘所在。《礼佛》可以说是虎西山写得最有味道的一首诗，尤其是最后一节，"佛啊　请原谅／我是一个俗人／太阳底下的影子／能短　能长"。正因为承认"我"是一个俗人，才恰恰有了超凡脱俗的可能；正因为佛法无边，无处不在，无时不有，"我"才有了太阳底下的影子。每个人都有佛性，我心即佛，只是被尘世的欲念遮蔽了，连自己都感觉不到了；每个人都有一个原本的家，但离家出走了，并且越走越远。如何寻找本我，在前行中回归，是诗人和诗歌共同面对的难题之一。

杨森君（1962—），笔名杨迈，宁夏灵武人。任教于灵武高中。80年代中期开始诗歌创作，诗作发表于《诗刊》《人民文学》《新大陆》（美国）等海内外报刊，入选众多选本及《诗选刊》年度大展。诗歌《父亲老了》被国际文凭组织中文最终考试试卷采用。诗作荣获宁夏第五、第六届文艺评奖一等奖，《飞天》（1985—1995）诗歌一等奖。著有诗集《梦是唯一的行李》《上色的草图》《午后的镜子》，中英文诗集《砂之塔》等。曾参加第四届中国诗歌节、第四届青海湖国际诗歌节。中国作家协会会员，宁夏作家协会理事，宁夏诗歌学会副会长。

杨森君是个有着潮流意识的诗人，在宁夏诗人中，他是前卫的，他热烈拥抱 90 年代末期盛行的"莽汉主义""非非主义"所主张的反崇高、反文化、反历史的诗歌主张，又注意摒弃了过分"口水化"的弊端，使其诗歌很好地适应了消费文化时代人们对浅显文化热烈拥抱的时代主题。杨森君的诗歌在全国范围内都有一定的影响力。《诗选刊》编辑、诗人赵丽华曾说，杨森君是被中国诗坛忽略了的一位重要诗人。这大概与杨森君选择的道路有关，他选择了一条与稳健、传统的宁夏诗坛的整体诗风不同的道路，才得以成就了杨森君"个色"的特征。

与 60 后宁夏主流诗人所追求的超验、崇高、抒情诗风不同，杨森君的诗歌充满了人间的烟火气息，世俗化、日常化，有着强烈的私人化体验。用诗人自己的话说："我拒绝自己书写道貌岸然的诗歌——把诗歌的羽毛剪去，再给诗歌插上虚假的螺旋桨。我不否认曾经由于对诗学的幼稚炮制过貌似诗歌的排行文字，比如教师节来了，我随即赶制一篇像充大的气球一样的空洞感慨，什么'我扛着一个时代鞠躬尽瘁'诸如此类——如此体面的句子，在我现在看来，却是一种伪崇高、伪抒情，它真还不如'我拿着一支粉笔沉默'来得真实、可信。所以，与其浪费才华充当虚幻的'恐龙'，还不如做一条实实在在歌唱的虫子"（杨森君《顾不上心碎——北斗 VS 杨森君对话录》，杨森君新浪博客）。

发轫于 90 年代中后期的那场轰轰烈烈的个人化叙述，使现代诗歌走下神坛，日常生活入诗，口语化写作，最大的意义在于拓宽了诗歌的创作空间。杨森君的诗接近日常生活，以直叙入诗，以紧贴生活的方式来感悟生活，从一个普通生活者或存在者的视角去感悟生活，或探寻生活的理趣，或惊现现象背后的哲思，或再现生活本身。他始终把"我"置于言说的现场，诗歌有着强烈的私语化特征。正如诗人所言："我写下了我理解中的诗歌。我现实地做到了在诗歌中准确验证我对美好事物独立感知的可能——我尽量把自己降得像一棵草那样卑微、真实、低、脆弱……不再悬空自己虚蹈真理"（杨森君《顾不上心碎——北斗VS杨森君对话录》，杨森君新浪博客）。

　　杨森君，从开始诗歌创作就有意探索日常生活中的理趣与哲思，这主要体现在一系列短诗中。尤其在其诗集《梦是唯一的行李》《上色的草图》和《砂之塔》等集子中，以短诗见长，大都是三五行或十来行。诗人通过直觉体悟日常生活中不经意间的诗意，进而传达一种理趣与哲思。如《成功者》："有人砍倒了／一棵树／然后，骑在树身上／说／我终于爬上这棵树了"；如《秀才》："秀才引经据典／找了许多关于钱的／罪恶的理由／然后　为自己身无分文／闭目养神"；如《喻一种爱的方式》："一颗优秀的果子／因为怀疑它有虫子／你我层层地削／削到最后／没有虫子／果子也没有了"；如《毕业送别》："车窗下／许多手伸过来／手握着谁的手／看不清／但我知道／有一双手始终没有伸过来"；如《借书女孩》："渴望轻轻的敲门声／给我带来一份情／每次我都很失望／借书女孩只喜欢书／给我还书时还想着书／说几句与书有关的话／又借走我几本书／我的心／像我的书架／旧书每人借／新书搁不住。"没有哗众取宠的抒情，没有繁复的修饰，只是生活本身状态的捕捉，可触可感，不动声色而意义全出。很多读者也从中读出了古典诗歌的意味。如同罗伯·格里耶所说："世界并不无意义也不有意义，它存在着，如此而已。"生活本身就可能就包含了意义，生活现象本身也可能就是意义。理解生活，从生活中感悟意义也可能获得大不同的意义。杨森君如同一只漂浮在日常生活中的白蝴蝶，不厌其烦地反复捕捉着生活的细节与表象。比如《习惯》："马，比风跑得快／但，马／在风里／跑"。台湾诗人罗门评论道："虽然全诗才12个字，但透过'象征'与'超现实'的暗示与缘发性所产生由微观到巨视的放大镜头上，竟看到人类生命存在的一个永远无法突破的氛围与一个带着宿命性的无可奈何的存在模式。"又说杨森君的诗，"都很短，但意味深长，读起来，只一点点，但一点就通，一通就悟，一悟，诗与生命便一同走进暗示的无限世界"（杨森翔《杨森君——中国当代诗坛的一位重要诗人》，《朔方》

2008年8期)。

其实日常化写作在中国文学中从来就不缺少，无论"昔我往矣，杨柳依依，今我来思，雨雪菲菲"的《诗经》式民间表达，还是《红楼梦》用最日常的生活语言表达最悲凉的人生况味，以及新文化运动时所倡导的"我手写我心"。日常化写作对于促进文学的发展起到了至关重要的作用。只是这口语、日常生活入诗如何才能在引领灵魂上升的精神高度方面有所担当呢？杨森君在谈及他的诗歌创作时我们已经看到了诗人对生活中"金子"的关注。

爱情是杨森君诗歌的另外一个重要主题。他的爱情诗同样是他对日常生活的体验。诗歌中总会频繁出现如肖琦素、杜蓓蓓、给 Ker、SP、网友天蝎蝴蝶等女性，以及如卡萨布兰卡歌厅、魔力盛典迪厅、鹤鸣山庄、名典咖啡屋等休闲场所。诗人曾坦言，这些都是生活中真实存在的人物与场景。正如他拒绝虚假和伪崇高一样，他选择体验生活。杨森君的爱情诗迎合了今天城市生活的主色调，一边回味着"爱情来临时的钻心的喜悦或疼痛"，一方面却低语着"我其实多么不信"。同时，其爱情诗追求"这么快／我忘掉了谁／这么快／我爱上了谁"的城市灯红酒绿式的快感爱情。如《祈祷》："或许是一次终结，或许还不是／但允许我赞美，允许一个人用推翻／世界的想象／这个春天，我其实多么不信／我会被爱，我会写下：／'爱有时更像弃儿／需要一个爸爸，需要一个妈妈'／亲爱的，其实／我爱过的很多，但刻骨铭心的少。"由于诗人并不用真情真正投入任何一场爱情，所以使得其爱情诗更多表现一种狡诈与游戏。杨森君更多时候扮演的是爱情捕猎者的角色。而这种猎获式的爱情，都是诗人对日常生活的真实体验，不虚张声势，也不痛哭流涕，更无须绝望与悲悯，因为生活本来如此。白军胜概括出杨森君的诗歌特点是重形象思维、逻辑思维和理趣，其诗很少用意象，大部分都是直叙一种道理或现象，让欣赏者去感知和想象，然后再去形象地填补。但也指出："由于篇幅短小，这就不可能摄取更大的生活场景、哲学深度和广度，不能够多层次地表现一种人生"（白军胜《论杨森君诗歌哲学背景下的审美形象》，《朔方》1998年7期）。总之，杨森君的创作是宁夏60后诗人创作同声合唱中的异调，体现了宁夏诗歌的丰富性。

杨森君后期创作转向西域,从心象化到地域化。他的《西域诗篇》列入中国作协 2006 年重点作品项目。杨献平认为,杨森君的西域诗歌更注重内心感觉,地理只是诗歌的依托,而不再是终极,更不是构成诗歌特色的主要基因,而且从更大程度上更具备了神性和共性的光辉。如《天祝》:"金色的黄昏拥戴着/甘肃省天祝县/我用一个外省诗人的眼光/打量着一块低雾重重的草原/这样丰盛的草木/壮大了多少牛羊/宠坏了多少只蝴蝶。""在这里,书写者只是一个灵魂漫游者,写出了一个人与一个地域,乃至他们与周遭生物的关系。杨森君是一个能够很好把握个人、内心、物象、世界和灵魂要求与精神向度种种事物内在关系的好诗人,他的诗歌在某种程度上显示了一个诗人于文字之中的超群素质"(杨献平《杨森君的诗歌之塔———读杨森君诗集〈砂之塔〉》,朔方 2007 年 7 期)。

杨森君是宁夏诗坛的重要诗人,除了创作之外,他在灵武大泉小学策划创办了"宁夏作家作品陈列馆",对提升学生的文学兴趣、培养学生的文学审美有着重要而实际的意义。他选编了灵武现代诗选《安放倒影的湖泊》(中国文联出版社,2010 年),收录了灵武二十多位诗人的力作,为灵武诗歌发展和宁夏诗歌繁荣作出了积极的努力。

梦也(1962—),原名赵建银,宁夏海原人。历任中学教师,《朔方》编辑、副主编,一级作家。80 年代开始创作,散文、诗歌等作品发表于《十月》《人民文学》《诗刊》等,入选《诗选刊》《中国诗歌精选》《中国诗选》等选刊选本,诗作荣获宁夏第七、八届文艺评奖二等、一等奖。著有诗集《祖历河谷的风》《大豆开花》,散文集《感动着我的世界》,长篇小说《秘密与童话》等。中国作家协会会员,宁夏诗歌学会副会长。

梦也的诗歌创作以 2003 年为界可以分为两个阶段。2003 年之前,梦也喜欢通过捕捉事物瞬息的感觉、印象,构筑一种扑朔迷离、若隐若现的幻象,其诗歌充满了迷雾般的色彩。又喜欢选用午后、早晨、三月、生活、寂静、爱等抽象的事物为抒写的对象,造成了其诗歌的神秘感。梦也的诗歌往往情思与景物处于一种黏着状态,但不是古典诗歌所谓的"景中有情,情中有景",而给所有的景物与情思笼上一层主观的面纱,而其中的意味是模糊的,意义是不能指的,往往要透过诗歌零散随意的语言去把握他的零散的心态,探寻其非完整的意义。梦也这一时期的作品大多呈现出一种虚幻空灵的状态，但也有实写。比如《一生》，可以说是梦也的自画像，从中能够大致了解他的为人和品质："假若，你们要判断我的德行／就不能看我一生做了多少好事／而应当看我如何待人。／我做过不体面的事，但我从没干过坏事／这应当成为一个尺度／我如此平静地度过了一生／像缓缓的水流，几乎一年四季都是／清澈的。／朋友，假若我曾伤害过你请原谅我吧！也许那不是我的本意／要知道即使是流水，有时也会酿成灾祸／让我深深欣慰的是：我曾一度／传播过茉莉花的芳香／这事，对我自己来说也是一个奇迹。"

杨梓在《宁夏青年诗歌创作简论》（《宁夏大学学报》2007 年 6 期）中认为，梦也的诗空灵而随意，由简洁而散谈，以虚为实，化情思为景物是其主要的创作路径，结构的松散使得语言更加随意。梦也属于王国维先生所言的那种"主观之诗人"，其诗的感觉方式不是把握事物的内在关系，而是反复地感觉自我，不断地开掘内心世界。他似乎把自己编织于一个笼子中，诗是他发出的呼救而触及外界事物的回声。他不用触景生情或者借景抒情的手法，而是情思先行，化情思为景物，寻找相互对应的意象和语言，常用秋天的景象来承载其悲凉伤感的心境，用时间概念来展开他流动的情绪。如果说他未受西方超现实主义流派的影响，那么就可以说他的性情与该派吻合。该派认为潜意识和梦能抵达事物的本质，表达了潜意识才能解释现实世界，而梦则能显示秘密，预知未来。由此我们再读梦也的诗，便要透过零散随意的语言去把握他的心态，然后再去探寻他诗中的生命关怀和由此显现的意义。在梦也的诗集《祖历河谷的风》中，《霍拉尔山口》是一首不错的诗，在怀念来自"山口"的风雪时对"山口"的景致予以虚拟，对曾有而今无法寻觅的纯洁予以凭吊，从而使诗深刻了许多，较浓的理性色彩也使该诗别具一格。《凸现》写得较美，虽只是一个想象，一个梦中的幻景，缺乏真实的力量，但给人一种直觉与认知统一的美感。由于他在创作上的心象物化，大多呈现出一种虚幻空灵的状态，趋向于散文化，从而符合了他的心性。

白草在《接近神秘幽暗的中心——读梦也诗集〈祖历河谷的风〉》（《朔方》2005 年 2 期）中认为，梦也写生命与死亡，是从小处看去，从不同的角度观察、体会，从草原上丰草深处的一具马的尸骸上，从天空中一只飞鸟的影子中，从屋外吹过的风声中，从一个老人低垂的头颅上，他都感受了生与死的细微秘密。梦也在他的诗中创造了一个别具一格的天地，就像一个"秘密花园"。那里有着神秘的光华，也时时掠过片片阴影，在明灭交替中，活动着许多生物：蜜蜂用吸管醉饮花心中的蜜；一只狗在暴风雪中踉跄行走，它在为自己寻找一个安静的能让它去死的地方；太阳下面，一群小兽被晒软了骨头；一只鹰带着自己的影子滑入了草丛；在另一处树木上，鸟儿用一片树叶遮住身子，然后睡去了……在这一处秘密的幽暗花园中，我们见识了诗人创造出的各种生物，同样也佩服他那异乎寻常的想象力。对于一个诗人来说，想象力源于无滞碍无偏见的胸怀和悲悯感恩的心肠。在梦也的诗集中，这类诗歌相当之多，也是他最成功的作品。

杨献平说："梦也的诗歌一直遵循着一种自己的内心方向、个体经验和精神要求，且在表现形式和诗歌的肌理脉络上有着一致的唯美倾向。这使得梦也的诗歌写作在很大程度上区别于同一地域的诗人诗作。他的诗句具有很强的粘合力和亲和力，且在不动声色之间，准确捕捉事物和生命生活瞬间的巨大诗意"（杨献平《内心的风声——读梦也诗集〈祖历河谷的风〉》，《六盘山》2009年2期）。石舒清在《祖历河谷的风》的跋中说："梦也的写诗在一定程度上更属于一种神秘体验和精神历险。"概括了梦也的诗歌创作精神。

朱晓灵在《沉浸于内里的沉郁诗风——读梦也的诗》（《朔方》2010年12期）中认为，读梦也的诗，能体验到他对生活的感受极为丰富。他热爱西海固，情系西海固，经常沉浸在乡村大自然中，善于捕捉乡村中一草一木蕴含的诗意，体味自然赋予生命的欣喜和宁静，体味生命的意识和文化意脉，用心灵去谛听和洞察大自然，在汲取东西方诗人创作经验的基础上，进入新的艺术思维空间，形成了多变的创作手法和语言景观。让困顿的灵魂在与大自然和谐相融中获得归属感，西海固人的朴素坚韧、痛楚和艰辛成为梦也诗作的基调和倾向。"我依从了你，心灵／前去寻找那洁净的水波"。梦也的诗奔驰自由，也缓解宽慰了诗人心灵的孤寂，同时倾注了他对故乡，对家乡父老乡亲的眷恋。最可贵的是：他的作品能挖掘形象背后的意蕴，从意象找到背后蕴含的思想感情，及独立的艺术思维与人格力量，在自己的理性思维与艺术道德的范围中充满了睿智、哲学的辩证的火花。

2003年之后，梦也的诗风开始发生转变，这部分诗结集为《大豆开花》，仅从诗集名称上就能看出诗人面对诗歌的态度。贴近生活、贴近自然。正如诗人所言："我的写作是一个下降的过程，是从虚幻的高蹈落向实地，由此我才懂得了谦卑的表达。""跟过去比，我的诗少了喧嚣和晦涩，这是因为我在一定程度上学会了听和看。"梦也这一时期的诗歌，开始从神秘而虚幻的梦幻抒写转入了日常化表达。诗风开始从繁复、多变的幻象转入平实的日常生活现象的捕捉。这次转变是梦也自我表达的另外一种尝试，当然这种尝试对诗人来说是另外一种挑战：如何使日常生活焕发较为深刻的意义，如何使日常语言充满诗意？当然，这是诗歌的日常化、私语化表达所面临的共同问题。梦也后期的诗歌由于对日常化表达的选择，使得其诗显得轻灵而明秀，抒发情感而蕴含思索。比如"我坐在长凳上／盯着树冠／树叶摇动不止／／没有人知道／我，一个看似强壮的人／却在树下泪流满面"（《晚上十点钟的公园》）；"一棵树正在落叶／叶子堆在根部／／有一天／这些叶子也会散开／远远地逃离母体／／这就是说树木懂得剥离／懂得以减少获得宁静"（《无题》）。

梦也多才多艺，写诗歌、散文、小说、评论等文学的各种体裁，现在是画国画、练书法、搞收藏，是宁夏兴趣最为广泛的诗人。如果梦也从开始就痴迷于一项或诗或散文，那会怎样？

杨梓（1963—），宁夏固原人。历任《青年生活导报》编辑部主任、《朔方》副主编、宁夏文学艺术院院长，一级作家。1986年开始创作，一万多行诗作发表于海内外报刊，入选百余种选刊选本，荣获宁夏第五、第六、第七届文艺作品评奖一等奖，被译为英、法、塞尔维亚等文；个人入选国家百千万人才工程。著有《杨梓诗集》《西夏史诗》《骊歌十二行》。《西夏史诗》被列入中国作协2004年度重点作品项目。曾参加诗刊社第十五届"青春诗会"，第二、第三届中国诗歌节，第三届青海湖国际诗歌节，第四十九届塞尔维亚国际诗人聚会。中国作家协会会员，中国诗歌学会理事，宁夏作家协会副主席，宁夏诗歌学会会长。

杨梓的诗歌创作大体分为三个阶段，第一阶段是1986至1993年，作品收入《杨梓诗集》；第二阶段是1994至2000年，作品收入《西夏》（上卷），2001 至 2006 年，作品与修订的《西夏》（上卷）收入《西夏史诗》；第三阶段是 2007 至 2012 年，作品收入《骊歌十二行》。大致是六七年出版一本诗集的创作速度。

杨梓学理学医，写诗很晚，一写就在《宁夏青年报》上发表了，那是 1986 年 9 月，从此走上诗歌创作之路。杨梓在注重艺术修炼的同时，追求"形而上"的思想高度，他一直在寻找一种诗的宗教，或者说一种诗的信仰。"杨梓前期诗歌创作中较少有具象的西部风景、风俗、风格，往往多表现作者对宇宙、人生的心灵感悟，对个体生命本质的苦苦探寻，对精神家园的执着守望"（丁帆《中国西部现代文学史》，人民文学出版社，2004年）。诗人常常把个体生命置于广袤无际与永恒无垠的时间中去冥思苦索，透露出对宇宙人生的超然态度与达观意绪。这一时期痛苦与孤独成为诗人表现的主要内容。如《大裂谷·超逸》："没有家园的岩羊／迷惘河的凄凄芳草／铁锈色的花蕊／溢出一丝瑰丽的疼痛／神话从岩壁脱落／血迹犹新／我看见蝴蝶的梦／飘成悲患的瀑布／犹如蛟龙腾起"。杨梓第一阶段创作的另一个主题是对淡泊宁静的精神家园的向往与守卫。杨梓这类诗歌"多呈现为立体多维空间，诗的感觉常常在天上人间、梦境现实跳来跳去，非常自由，他的诗句颠倒、断裂，追求意象化了的意象"，"他在物象与心象之间隐去了关联的路径，诗思运行中抽去了中介环节"（甚甚《痛苦地囚徒精神的浪子——杨梓诗歌创作论》，《朔方》1994 年 7 期）。"杨梓受李商隐等中国古典诗人注重暗示、跳脱的艺术传统的影响，又学习了西方现代诗歌的艺术技巧，因而既深具古典韵致，又极富现代色彩"（丁帆《中国西部现代文学史》，人民文学出版社，2004 年）。杨梓坚守诗歌的抒情传统，正如刘昕华在《西部诗歌创作的新变——沈苇、杨梓诗歌阅读印象》（《唐都学刊》2003 年 3 期）中所言："从沈苇、杨梓的创作中，我们仍可感悟到其前代诗歌的精魂尚存：那就是守住诗歌的抒情本质——这正是西部诗歌的魅力所在！而"在'当代诗性'日益消解的今天，抒情的重要性还意味着一种创造性的冲力，意味着一种文学的能量和生命力，意味着对消费社会的挑战。"

对爱情温婉缠绵的抒情是《杨梓诗集》的另一特点。王珂在《爱情与童话——杨梓诗歌的阅读印象》（《绿风》1993 年 2 期）中认为，爱情使他富有活力和生气……诗人如少年维特,动情地为绿蒂唱着纯洁、动人、大胆的情歌。爱和诗构成诗人的生命,都激发他长期漂泊而枯竭的情感,使他的心灵得到满足和改善,得到快乐和净化。杨梓的爱情诗是赤裸率真的真情之作。同时,在《杨梓诗集》的"野黄昏"中,他写了《鹰》《雁》《乌鸦》《龙》《虎》《狗》等不少的动物诗,一方面在渲染动物的善良,另一方面又暴露人比动物更动物的恶性,显示一个有着忧患意识的诗人的悲悯情怀。诗人的抒情理想是想让诗通过象征的光辉和比喻的闪耀,来唤起源源不断的人类良知。诗人与其说在写动物,不如说在用手术刀解剖人类,解剖那些被物质淹没下的卑琐灵魂。

1995年之后,杨梓的创作进入井喷期和飞跃期,是因为获得一次探索史诗性创作的契机。他曾在银川朔方路上散步时,发现一本毛边未裁的《西夏史论文集》,于是,他要写一部《西夏史诗》。正是西夏无史的残缺、王陵的荒凉、佛塔的颓败、文物的流亡、文化的灿烂和党项族的消隐,神秘得充满了诱惑与诗意,悲壮得具备了用史诗再现的潜质。杨梓说:"我在西夏故土上土生土长,我是西夏对自己的延续、创造和回忆;西夏是我离世的亲人,是我追寻的根。我总觉得西夏的眼睛在高空朗照,那光芒里流淌的是碧血"(《触摸原型·创作谈》,《诗刊》2001年8期)。"这个英雄时代的已沉没的光辉使人有必要用诗来表现它和纪念它"(黑格尔语)。于是,杨梓写出了"这扇神秘的大门已经关闭/那扇神秘的大门即将洞开",为历史、现实、梦想设计了一个路径,开始了长达十年的跋涉历程。对以感性和天赋支撑的抒情诗人来说这是神祇的眷顾,世界诗人荷马、但丁、歌德如此,中国诗人屈原、杨炼、海子都无不走向表现时代和民族历史的史诗道路。关于"神秘的大门",张立群、王永认为,"'神秘的大门'在不同指示代词的使用下,应当代表这一史诗文本自身承载的神秘历史和传奇故事;而当上述内容成为一件自足的艺术品之后,所谓'神秘的大门'还包含着作者和读者在写作与接受过程中的精神史和心灵史。至于连接'历史'和'现实'的桥梁,则是史诗本身具有的艺术性"(张立群、王永《在神秘大门的启合之间——论杨梓〈西夏史诗〉的艺术性》,《宁夏大学学报》2010年1期)。

长达13300多行、60万字的《西夏史诗》,以抒情的笔法,通过对典型人物和重大事件的叙述寻找党项民族的源头，勾勒出西夏民族大迁徙、拓跋氏崛起、王朝建立、整个族群消亡的历史境像。在这些历程中，党项民族经历了与吐蕃、契丹、女真、汉、蒙古等战争的残酷，以及内部权利斗争的惨痛，但他们对信念的坚守，对故土家园的热爱从未改变。尽管西夏最终走向灭亡，但他们仍然坚守着回家的信念。整部诗集彰显了强烈的寻根色彩，在触摸西夏历史的诗意抒情中完成了一部悲壮、宏大、神秘的西夏文明史、文化史、英雄史和精神史的抒写。诗人一方面抓住了浸淫着远古西部风情的原型意象，如鹰、草原、羊群、女人等，另一方面大量运用神秘的图腾意象，如原羊、白骁马、圣猴、白头鹰、大舞羊、可兰石等，经过杨梓激情的礼赞，英雄的西夏史彰显出一种力量和激情。"英雄不仅创造了历史，而且是真善美的化身。他们的身上洋溢着一种'原初的纯净的质朴的'神性彩色和生命张力。诗中焕发着母性光辉的党项族始祖董拉、尚武而又热爱和平的党项族骁将山遇惟亮等，都极富美学张力。诗人对之进行了热情的讴歌，因而史诗所阐述的是一种更富美学内涵的英雄主义"（丁帆《中国西部现代文学史》，人民文学出版社，2004年）。董拉"把自己铺成一条生命的路／让未来的英雄从此经过"（《横空出世》）。一个冰天雪地里顽强活下来的女子，由此孕育了一个勇敢强大的民族。董拉在诗人笔下幻化成一个顶天立地的伟大母性，犹如黑暗中永恒不灭的生命火炬，照亮人类在历史的隧道里摸索爬行。山遇惟亮是党项的一员骁将，在诗中，山遇惟亮慷慨赴死的形象极为悲壮："山遇惟亮面对瞄准自己的弓箭／心里掠过一丝小小的慰藉／他被中原遣回／元昊攻伐延州的借口便不复存在……据说山遇惟亮至死站立／望着贺兰神山的眼睛白光四射／全身的九个箭孔／流出洁白的乳汁"（《英雄的悲剧》）。山遇惟亮是诗人用悲剧美学塑造的英雄，他身上有着独特的悲剧美学张力。诗人喜欢用大量的铺陈排比的句式章法及多层次的修饰语词，在基调上具有澎湃、崇高、壮美的史诗感，诗中运用大量时空交错的意象和英雄激情式的抒情，在英雄主义没落的时代给人一种凄婉与感伤。诗人倾尽全力体验西夏英雄们的悲壮历史，赞美西夏人对信仰与信念的执着与坚守。

《西夏史诗》在源流的传承上，植根历史，立足本土，沿袭了史诗宏大的框架结构。抒情手法粗犷中透出精巧，细腻中蕴含悠长，形式上短诗、长诗、诗剧、组诗,民歌民谣、抒情叙事,统一又富于变化,和谐中穿插另类,以现代风格展现西夏历史,以抒情方式缅怀英雄时代。《西夏史诗》"从整体来看是一幅色彩斑斓的历史长卷,而抽离出其中的片段则又是一首首美丽而完整的抒情短诗。如'火不知道自己为何而不熄地燃烧／火伤心地流下了泪水／火的泪水就是黄金啊／是青烟的袅绕灰烬的飘扬石头的焦黑／是苍鹰的盘旋雄狮的奔驰山河的旋转／是童年的祭祀太阳的舞蹈春夏秋冬的流浪／是为黄金的真谛而生死的人／再次回到火中'(《火的泪水是黄金》),这无疑是一曲关于火与生命的激越赞歌"(沈敏、郭珊珊《从个人痛苦的诉说到历史神光的追寻——杨梓诗歌创作述评》,《湖南农业大学学报》2004年3期)。以个体生存者的身份,站在西夏一千多年历史的滚滚洪流中,一点一点拨开历史的尘埃,以诗的意境复活那些被泥土覆盖的生命。深重的思索,沉郁的情愫,激奋的笔墨,以西部大地的历史画面为背景,用人类学"厚描"写作方法使史诗既摆脱了时空的框架,又更为灵动且不失时序纹理地展现了西夏的历史和文化,更深入地挖掘出历史背后的人文内涵。

对《西夏史诗》的评论还有单永珍:"以史料为后盾,以想象为翅膀,成就着这一首首壮美的诗篇。当杨梓以个体的才华再现一个民族的苦难史时,他已经承担了我们所不能承担的重负"(《关于长篇抒情诗〈西夏〉(上卷)》,《银川晚报》2001年4月19日);章德益:"无疑是一段用灵感挥洒就的历史拾遗,一段用才力凝聚就的时空片段。这种把史实与梦境、把民族编年与浩浩幻思有机融合在一起的卓有成效的努力,造就了这部长诗,造就了这卷以浩荡长句呈现出来的'幻觉中的西夏'"(《幻觉中的西夏——读长诗〈西夏〉(上卷)》,《文学报》2002年3月14日);杨骊:"诗人巧妙地把个体抒情与历史叙述熔为一炉,让理性之光与情感幻象交相辉映,使西夏成为有灵魂、有血有肉的生动形象"(《追寻远去的历史神光——读杨梓的〈西夏〉(上卷)》,《文艺报》2002年6月25日);瓦楞草:"《西夏史诗》让我们看到一种希望,它使我们发现,诗歌正在探索诠释民族文化的本源。诗人杨梓将这一特质演绎得淋漓尽致","这部作品艺术造诣深厚,为当下诗人进一步探索诗歌创作途径,探索新的诗艺提供了参照"(《〈西夏史诗〉:诗歌抒叙的魅力》,《朔方》2011年10期);苏剑记:"《西夏史诗》向我们展示了西夏人对于家园不断追索的经历,以及由此体现出来的人们内心的坚定与虔诚。我们能在其中感受到灵魂的震颤。这种震颤也许可以使我们从中获得某种反思,启发我们去思索我们是因为什么原因流浪于生命的荒原……我们更多的只能是在他们的世界中洗涤心灵的尘垢,获得片刻的宁静。但也许这样也已经意义重大"(《论〈西夏史诗〉之心灵追索》,《当代教育理论与实践》2013年7期)。

杨梓后期的一部抒情短诗集《骊歌十二行》,是诗人"回归古典、回归自然、回归内心"诗学主张的具体践行,也展现了杨梓诗歌多样性的一面。诗集由三百多首十二行体诗组成,分为四卷,即以梦为乡、独在异乡、空手还乡、四处皆乡。这应是人生历程的诗化,颇有禅意——年少时胸怀梦想,长大后闯荡世界,一番拼搏后空手还乡,彻悟之后四处皆乡。只是此"乡"并非乡村,而是心灵的家园,所以人生不论成功与否,在精神上而言皆为"空手"或者"四处"。如"荒凉还在蔓延/一双双大手掠过城镇与乡村/所有的一切都是为了物质/而不顾心灵的安危/我茫然四顾/身在异乡 心在别处"(《心荒》);"在走向故乡的时候/我身心疲惫两手空空/去不了南疆也走不到北方/下不了地狱也升不到天堂"(《悬空》);"雪里的一个火炉/是我遇见的自己/火炉里的一片白雪/是我发出的光芒"(《红炉点雪》);"一滴水 一朵花 一颗麦粒/都让我感到你的芬芳/你不在此时 而在每一个时刻/你不在此处 而在任何一个地方(《雪舞之心·永在》)。"以十二行诗的形式回归古典,探寻诗歌本质;因对现实不满回归大自然,走向审美境界;而回归内心,构筑精神之乡,是在不断地向真向善向美之中抵达天人合一的境界。

杨梓是宁夏新世纪诗歌界的领军人物,参加"青春诗会"、在《诗刊》发表作品专辑、作品列入中国作协重点作品项目、进入《中国西部现代文学史》、入选国家百千万人才工程等都率先走向全国。他的诗从文体到语言都力求多变,时而悲壮慷慨,时而冷静如石;时而凝重深邃,时而灵秀淡雅;时而至情至性,时而心如止水,是一个追求多变、善于尝试、勇于探索的诗人。他形成了自己创作观点,并实践于创作,还为宁夏诗人写了不少评论和序言,如他对宁夏诗歌的"西海固板块"和"川区板块"的分法,宁夏中青年诗人创作倾向的归纳等。同时,杨梓力推宁夏青年诗人、热心扶持诗歌新秀，在《朔方》时责编并主持刊发过他们大量的作品；在作协时，全程参与黄河金岸诗歌节，编辑诗歌节诗选，策划并主持召开诗人作品研讨会，主持成立宁夏诗歌学会，主编"诗宁夏双璧"等，为宁夏诗人走出西部、走向全国作出了重要的努力。

牛红旗（1963—），原名牛宏岐，宁夏固原人。诗作发表于《青年文学》《十月》《诗刊》等，入选部分年度选本，荣获宁夏第八届文艺评奖三等奖。著有诗集《地面》。曾参加第二十一届鲁迅文学院高研班。中国作家协会会员，宁夏作家协会理事，宁夏诗歌学会委员，固原市作家协会副主席、秘书长。

风格的美在于明晰而不流于平淡；排除掉许多人为非词语本身所具有的意义，而找到词语的本意明晰地写出来，就等于找到了好诗。源于牛红旗这样的自觉意识，其诗虽然也写乡村世界，但并不狭隘。《我的牛》中的诗人与牛，由起初的挥鞭奴役到后来的相知相惜，"我，放下鞭子／牛，驮起垛子／我知道牛宁可流汗，不受鄙夷"，而"它知道我向往大海里的心事／犁沟里的浪花／一浪一浪拍打我的脚趾"。《宁远之地》，故事清远飘逸，像秋天的果实一样，繁盛丰盈，并无言之无物的虚渺之感，读者随着质朴清新的笔触一步步领略到了果实的润泽和清香，果院的静谧和幽远。在《河套周末》中，在黄河与落日，朝霞与晚霞这样盛大的意象中，蝴蝶、蜜蜂与芦花的摇曳就显得微小，但集于一首诗中却有大有小，细密而不失开阔。在《姐姐》中，"姐姐嫁给了西边／嫁妆卷走我——／干净的衬衫，鬼脸／好吃的荞面搅团／方便的字词典／留下的东西很难看／写秃的笔尖，屋子黑暗／邻居对她的埋怨／大年三十饺子里的一分钱／后来，姐姐寄来包裹／寄来自己摘棉纺织的被单／寄来几颗咸鸡蛋／寄来她们全家福"。整首诗是质朴的意识流动，却在简明的呈现中，显出了深长的诗意。

王武军评道："牛红旗诗歌所凭借的，是他对本土的眷恋和感伤；同时，他的诗歌视野又是面向西部的、深入土地的，诗人试图更多地、更深地观察体悟这个世界。细品《地面》这部诗集，无论从物象到意象，从意象至情感，诗人都力求用亲切朴素的语言，不遗余力地提炼出人生最接近阳光的那一部分"（《疼痛与唤醒——西海固诗歌简述》，《疼痛与唤醒》，阳光出版社，2014年）。是的，牛红旗的高原旅行系列诗多是在外的观景之感。观看风景之时，诗人总会被景观背后的历史故事牵引在历史纵横捭阖的长河里，或细细书写，或吟咏感叹。

冯雄（1964—），宁夏海原人。历任中学教师、六盘山高中办公室主任等。1986年开始发表文学作品，在《人民文学》《十月》《诗刊》《诗歌报》《绿风》《雨花》《朔方》《散文诗》等报刊发表作品四百余首（篇）。作品《青草谣》入选《2000年度中国诗歌精选》，作品多次入选各种文学选本。诗作荣获宁夏第五、第六届文艺评奖三等奖、二等奖，散文诗《秋颂》荣获全国散文诗大赛"校园诗星"奖，电视剧本《远山》荣获宁夏回族自治区成立四十周年大庆电视剧本评奖三等奖，电视小品《孙三赶集》荣获宁夏电视小品大赛一等奖。《诗刊》《朔方》《银川晚报》等都有对其作品的评论文章。著有诗集《诗意大地》。宁夏作家协会会员，宁夏诗歌学会副会长。

冯雄的诗歌，一方面关注地域现实，如《谁的苍凉是大地的苍凉》《西海固悲怆八行》（六首）《大荒，一九九五》（组诗）等，向西海固苦恶的自然环境发出控诉与呼喊。这部分诗作有着撼人心魄的现实力量，可与王怀凌的诗歌遥相呼应。另一方面在吟唱着自然、人生的一切凄厉与温馨、辛酸与无奈、空旷与惶惑。这部分诗占据冯雄诗歌的主要内容。

在宁夏诗人中，冯雄是一个并不多产，但追求精致的诗人，他的诗有着多种发展的可能。他善于学习朦胧诗应用多种意象来抒情的丰富与复杂，又善于运用古典诗歌写意、造景的笔法构筑景象。在冯雄的诗中往往看到多幅画面构筑的一个忧伤而写意的复杂场景。由于采用多个基调一致的意象来写意抒情，多个意象之间又构成了一种空白感。诗人选用了朦胧、陌生化的词语表现法来捕捉意象，就构成了感伤、忧郁的诗歌基调。

杨梓在《宁夏青年诗歌创作简论》（《宁夏大学学报》2007年6期）中认为，冯雄的诗敏感而精致，感悟双手与泥土之间的独特关系，在现实的火炉里烧制流光溢彩的陶器，当属冯雄苦心构筑的精品工程。冯雄的几首诗与天堂有关，是否可以说冯雄在追求一种人生的境界。在对待境界上，中西方有着很大的不同。西方常由道德皈依宗教，以宗教境界为人生的最高境界；而中国则由道德走向审美，力求达到天人合一，认为美既根源于自然，符合于自然，又超越于自然。不管是宗教还是自然，不存在哪一个境界最高的问题，它们本来就不在一个向度上；但它们的相似之处是出世性、皈依性和家园感。那么家园何在？与其说冯雄刻意追求的心灵家园是天堂，毋宁说诗歌已成为他灵魂的栖息地，或者说诗歌就是冯雄宗教式的人生境界。因为在他的诗里，充盈着虔诚、执着和救赎的力量，正是这种力量使他"在不断的飞翔中／等待幸福的莅临"，"是我把黎明交到你的手上／如何鼓掌／才能把隔夜的露珠叫醒"（《早祷》）。其诗的语言有一点神化的迹象，即使诗歌毫无意义，仅读语言就已让人有一种愉悦之感。

因此，冯雄是古典的，也是现代的；是传统的，也是朦胧的。但是，冯雄的朦胧因作者选择意象时，总是注意了意象之间整体性的特征，也就避免了生涩难懂的弊端。冯雄为理想而流光溢彩的精神世界做着努力。但是由于缺乏较为深刻的哲思关照，那些精致的语言仅止于"用词语说出我的疼痛"。

王怀凌（1966—），宁夏泾源人。历任原州区清和镇镇长、政法委专职副书记、交通乡镇建设局局长等。1986年开始创作，诗作发表于《诗刊》《十月》《青年文学》等，入选《年度最佳诗歌》《新世纪十年诗选》《星星50年诗选》等。荣获宁夏第五、第六届文艺评奖三等奖；个人荣获《诗选刊》中国2008年度十佳诗人奖。著有诗集《大地清唱》《风吹西海固》《草木春秋》。中国作家协会会员，宁夏作家协会理事，宁夏诗歌学会副会长，固原市作家协会主席。

在宁夏诗人中，将诗歌的笔触真正扎根在西海固地区贫瘠荒凉、十年九旱、风沙扬雪的泥土中的诗人毫无例外当属王怀凌。由于基层工作者的身份，使得他的诗歌，比起那些生活在城市、享受现代化的文明、偶然想念乡村的温暖与惬意，又在刻意妄想乡村的诗人来说，王怀凌的诗歌则是真正的乡村景观和乡村现实。杨梓在《风吹西海固》的序中说："王怀凌走在西海固的大地上，对无云的天空、缺绿的土地和受苦的乡亲，都充满了无尽的忧思，从中显影出一位真正诗人的悲悯情怀，甚至有一点普度众生的宗教迹象。反过来说，诗中的西海固或许只是一个侧面，但已在王怀凌的笔下映现出了小草的坚韧、泪水的光泽和土地的神圣"。王怀凌在创作谈中也说："我把自己的写作定义为诚实的写作，坚决排斥那些被粉饰过的非过程化、虚无化的东西。写我看到的、听得到、亲身感受到的真实的生活"（《人间烟火》（创作谈），王怀凌新浪博客）。武淑莲在《游弋在现实与心灵之间的诗人——评王怀凌诗集〈风吹西海固〉》（《六盘山》2011年3期）中评道："《风吹西海固》中的诗意，正是因为超越现实的'目光'而具备着深刻而高贵的品质——我以为也是西部、西海固诗人'精神贵族'的本质。王怀凌的诗透着悲悯也好，温暖也好，西海固乡土中的诗意让人唏嘘和感动。"

苦难，始终是西部每个诗人都无法跨越的诗歌命题，但是选择抒写现实中的苦难，还是臆想中的苦难则是诗人的立场所至。西海固有很大一批诗人在诗歌中臆造着西海固的苦难，而对西海固真正的现实并不了解或无心进入。而王怀凌则选择了进入现实，介入现场，穿行于西海固的土地上。正是这种穿行，诗人才亲眼看见被秋风撕扯着衣衫，每捡起一颗土豆都发出一声呢喃而土头土脑的挖洋芋的女人，以及因承担生活的艰难而不知不觉变老干枯、百病缠身的苦难现实；正是这种穿行，诗人能够在村子里多走几个来回，为留守的孩子和老人壮壮胆；正是这种穿行，诗人才真切的感受寂寞的老人与荒凉的村落。这类作品占王怀凌诗歌的主要篇幅，如《有关西海固的九个片段》《撂荒的土地》《第十一次沙尘暴袭来的时候》《谁在喊我》《村庄的荒凉》《挖洋芋的女人》《南墙根下》《秋后的原野》《被拆迁追赶的人们》《荒院》等。王怀凌的诗无论是大笔写景还是细笔着色，都有着撼人心魄的真实性。"王怀凌才是真正意义上的民间诗人。他站在坚实的民间立场上，对西海固的真情实感从内心倾泻而出，投向十年九旱、土地撂荒、沙暴频袭的惨淡家园"（杨梓《风吹西海固·序》）。比如其诗《在西海固大地上穿行》："我在西海固大地上穿行，从春到夏／像一个忠实的信徒从庄稼地里归来／追怀遍地植物的尸骸 一言不发／也常忆起乡下的老家 以及跟老家一样的苦难／忘记自己曾是一个乡土诗人／当我要坐下来歇口气的时候，我年轻的头颅／摇曳着一蓬衰草。"

在王怀凌的短诗中往往表现一种温馨的田园诗意，往往无意于阐发什么，而在于营造一种意境，一种诗意，一种人与自然相通相融的和谐境界。这也是宁夏60后诗人，接近诗歌时最主要的表达内容。王怀凌的主要贡献在于写实的笔法，如"一望无际的阳光，一望无际的葵／农事的光芒里／青砖红瓦的农舍安静得像一座庙宇／嘘！别出声，千万别出声／保持你沉默的美德／不要惊扰捉虫的小鸡和打盹的猫／不要对一座房子贸然造访／在美景与安适之间拉开一条缝／悄然退回——／这是清水河谷川地六月的段落大意／它蕴含的内里只可意会，不可言传／／绿叶的波涛映衬金黄的浪花／红色的屋顶浮出海面"（《葵花掩映的农舍》）。这种大处着笔，小处着墨，一远一近，一动一静，着色与点染的写景法，很传统，却巧妙地营造了一种午后乡村的静谧与惬意。这类温暖的诗歌也是王怀凌诗歌的另一主要内容，主要的作品有：《乡间小路上走过来的毛驴车》《冬天我所向往的幸福生活》《戴草帽的人走进葵花地》《路边的村庄》等，以及一系列以地域名称命名的诗歌。

王怀凌的现实主义诗歌道路使得他的语言和叙述一样，能够从对物象的准确把握和生动摹写中获得诗意美。他不厌其烦地反复诉说着西海固特定地域的苦难与温馨，这也为他的诗歌获得了赞誉。王怀凌是追求炼字的诗人，一些精美的词句和比喻如珠玑散落在他的不同诗作中，成为点亮诗歌心灵的灯塔。如"一片土地滋养了我的良心／给我一场雨　土地可以救活整个春天"中的"滋养""救活"等词语的准确选择，把土地与我的关系，土地与春天的关系活脱脱地揭示出来。如"那个正午，沙尘暴像一个扑天的巨鸟／飞翔的阴冷笼罩西部。短短的四分钟如漫漫长夜／我像岩石一样忍住了一生的泪水／沙暴过后，我看见房东老大爷好像忽然加重了两道皱纹／他怀中的女孩眼神是那样迷惘／整个马场村瘫软在树枝和瓦砾的劫难中"（《第十一次沙尘暴袭来的时候》）。

王怀凌诗歌的现实感和朴素简捷的表达，受中国古典现实主义叙述传统的影响。同时，也与他守望乡土留恋故土有关。正如他在《风吹西海固》的后记中所言"现在，《风吹西海固》就在你的案头，随意翻开一页，你就可以捕捉到西海固的气息。而我，或许在路上、在会场、在茶楼、在书房、在田间地头……这一切都不重要，重要的是我还在坚守，坚守着内心的纯洁和孤独，坚守着西海固的每一寸光阴。"他一方面"决绝地将车马的喧嚣、流派的影响以及全球化的同化拒之门外，确立了自己民间情怀和地域文化的立场，从而使他的诗作道法自然地彰显了特色，张扬了个性，袒露了傲骨"（杨梓《风吹西海固·序》）。另一方面，王怀凌以诗的形式真正诉说着西海固地区的苦难现实。但苦难可分为两种，一种是外界环境施加在人身上的苦难，只是浅层次的苦难；另一种是心灵上的苦难，这才是深层次的苦难。同时如何将浅层的苦难上升为一种普遍化的精神层面，从地域而民族、从现实而未来，是所有被一隅生活所限，缺乏更广阔胸怀的诗人应当思考的重要时代问题。比起西部诗人周涛以旷达、坚毅与西部的现实苦难抗争，及昌耀善于犀利地捕捉现实苦难中的绝望、悲悯和无奈，王怀凌应对地域苦难少一些沉溺，多一些思辨；站得更高一些，看得更远一些，从而使其诗歌从地域抒写中获得精神意义的飞跃。同时，在艺术手法上，尽管王怀凌的叙述具有小说般的引人入胜，但毕竟是写诗，应引起足够的警惕。

张联（1967—），宁夏盐池人。1992年开始发表作品于国内众多文学报刊，入选《中国新诗百年大典》《中国当代诗库》《中间代诗全集》等以及部分年度选本。荣获宁夏第七、第八届文艺评奖三等奖；个人荣获"首届中国十大农民诗人"称号。著有诗集《傍晚集》《傍晚的诗》《清晨集》《张联诗精选》等。有作品译为日文。中国作家协会会员，宁夏作家协会理事，宁夏诗歌学会委员。

张联在他的随笔集《村间集》的跋中描述了自己刚刚离乡进城的心情："当我的灵魂在每个晨日之初里，从小阳沟赶来，在书店里呼唤我的时候，我的肉体正让无数噪音渐渐包围、融化。进城离乡，最是母亲那低头的一瞬，我便又一次断脐，或永远地断脐……"他的诗歌以《傍晚》命名的有几百首之多，诗均采用十四行形式，取材于他生活的乡村，从每日的生活中以不同的角度观察和书写傍晚，筛选出诗人张联眼中的傍晚。张联成功地把家乡所在的王乐井乡、小阳沟村周围的风物勾勒而出，种芋种葵，日子漫长；把单调的劳动，晚归的日子记录下来，是纯情自然的书写，像散漫无序而又自然而然的一页页分行日记。诗在语言上既有朴素的原生性，也有淳美的感染力，不娴熟而朴拙，不油滑而实在。如"那日傍晚／淡淡的一轮橙色的落日／在天边的入口处 逗留／在这几日的阴雨后／青紫紫的云系天空下／我和父亲看着落日的橙色／在村旁的草地上拉着骡儿回去／感叹落日偏南半里／感叹秋草枯短／感叹阴云东北退去／感叹湿漉漉的村子在坡下沉寂／感叹日月如梭 时光流短／青紫紫的天空下／落日终隐去"（《我和父亲看着落日的橙色》）。

瓦楞草在其新浪博客中认为，张联的诗歌具有浓郁的乡村色彩，其特点是浪漫而抒情，语言具有张力和内倾性。诗人往往从个人的情感出发，寻找生活的某种根源。诗歌主体有时是诗人投身其中的情节，有时是诗人熟悉的乡村生活现场，其外化表现是托出诗人内心的情感，把自我表现的主体展示给读者。张联在作品中构造着乌托邦式的乡村乐园，将诗歌的抒叙指向原初而天真、并充满生命活力的乡村世界，构建了宽泛的乡村面貌图景。从回归自然的主题以及富有情调的乡村生活描写中，使我们体会出真挚的情感，感受到诗人对生活的向往和追求。

张联的诗歌透明、质朴、原生，有很强的感染力，其厚实的生活背景让他笔下的乡土诗真实而细致。潘国萍在《一个人的傍晚——读张联的《傍晚全集》》（《黄河文学》2005 年 2 期）中认为，"文静、瘦弱、质朴、憨厚的外表下，竟包裹如此细腻的性情、如此朴实无华自然天成的诗性，收获过无数个向日葵季节的农民与描绘一千多个美好傍晚的诗人——如此巨大的反差，在张联身上，出奇得和谐，成就了一种新的诗意。"但乡村作为落日的文明，也在逐渐失去光泽。作为城镇化过程中人们安置情感的后花园的乡村，在被迫发展的过程中，人们逐渐离开土地。土地的流转使得农民纷纷外出打工，留下的是老弱病残和孤独的空巢。因而张联的原生态乡土诗的价值和意义也将凸显。"我们都知道，张联写出来的乡村傍晚是完全消失了的，他固执地反反复复，把并不再存在的景象拿给人们看。那些乡村的诗意傍晚，被他执着地营造出来，甚至我觉得，他不是有意的，张联是被动者，只有那种只存在于诗歌里面的傍晚，才给一个农民以最后的安全感"（王小妮《张联的傍晚》，《文艺争鸣》2005 年 3 期）。

但这种安全感不是农民的，恐怕只是张联自己的。同题材的创作倾向，优点是主旨集中。问题也在于这种集中所导致的百首如一。实际上要挽救正在消失的农业文明，仅靠"傍晚"是不够的，时空都显得过于短暂和狭小，而要达到一沙一世界的高度尚需修彻悟。

其诗被译为日语，2004 年日本《蓝 BLVE》（日本国—久堂印刷 2004 年），日文发表由赤堀由纪子教授翻译的张联诗选 12 首。主编燕子、秦岚寄语写道："居住在中国偏僻乡村一隅的青年乡村诗人张联的新田园诗歌根源于生命的本身、大自然的本身，根源于他灵魂本身处。他简素地生活、简朴地写作,他甘美的抒情诗中渗透着内在生命的浓度与质地。"2010年,由四川省委宣传部、中国作协《诗刊》社、四川省作协等主办,《星星》诗刊社、德阳市委宣传部、罗江县委县政府等单位承办的"2010中国·罗江诗歌节"上,评出"首届全国十大农民诗人",张联获此殊荣。

宁夏60后诗人在全国性及省级报刊发表过大量作品,并始终坚持诗歌创作的诗人有邱新荣、米雍衷、洪立、张铎、潘春生、周彦虎、张立、岳昌鸿、何武东、李耀斌、张记等,回族诗人有雪舟、周鸣等,女诗人有唐晴、李壮萍、陈晓燕、羽萱等。

邱新荣(1960—),宁夏石嘴山人。历任石嘴山市委宣传部副部长、石嘴山日报社总编辑、宁夏地方志办公室主任等。1982年开始诗歌创作,作品发表于《星星》《绿风》《朔方》等。著有诗集《晃动的风景》《青铜古谣》《脸谱幻影》《长歌短调》《风老青铜》《野风沁玉》《风之狞厉》《风漾摇篮》《风之野》《风之鼓》《风之舞》《风弄云烟》《风之烈》《风之旗》《风之情》《风舞长空》等。中国地方志学会常务理事,中国年鉴学会常务理事,宁夏诗歌学会副会长。

邱新荣从中学时代开始写诗。1995年,他的长诗《大山的儿子》《永远的山杏花》被中央电视台第二套的诗歌配乐朗诵节目搬上荧幕。此后虽身兼社会要职,在多个部门之间变换职务,1995年至2007年间,曾一度陷入繁杂的行政事务工作中,诗歌创作一度搁置十余年,但没有放弃自己的诗歌理想。2008年因工作原因,他开始编纂宁夏地方志。也就在这时,从历史到诗歌,从诗歌到历史,邱新荣找到了一条属于自己的路径,提出"史诗写作"的诗学理念,陆陆续续创作一些历史诗歌散章,系列历史诗集"大风歌"接连出炉,共计出版个人诗集二十多部,是宁夏史诗创作一个掷地有声的实验,成为新世纪以来宁夏诗坛乃至中国诗坛一个令人瞩目的重要收获。邱新荣的"大风歌"系列史诗和杨梓的《西夏史诗》一共同构成了宁夏史诗的重要版图。他正面观照中华民族几千年历史,并通过诗歌话语"重建民族主体",被老诗人丁芒誉为"声彻云霄的凤凰"。

邱新荣是一位思考型、学者型的诗人,他为人真诚,思想敏锐,富有正义感,对诗歌有一种宗教般的虔诚,这些,都在他诗品的形成过程中起到了基础性作用。邱新荣的历史抒情诗以历史发展过程中的重要历史事件、历史人物、历史器物为经纬,以批判的思维、丰盈的意蕴和独特的修辞,勾勒了那段尘封已久的诗性世界和它的壮美与奇丑。诗人试图通过个体之眼,洞察历史被层层遮蔽的秘密,看清现实诡异而迷离的面影,直面那些让人不忍逼视的苦难和不幸。他一方面反思集权,批判暴政;另一方面赞美创造精神和反抗精神。他歌颂开天辟地的盘古、无私之爱的嫦娥、英雄气概的共工,也歌颂舞干戚的刑天、埋头苦干的愚公、亮出匕首的曹沫,试图从中国古典的神话和传说里,开掘启蒙性的文化资源。他向往古人的那种未曾异化的创造力,那种活泼而自由的精神状态。他从古代的遗迹———一件牙雕、一只玉鹰、一只双连壶、一把石镰、一只尖顶瓶等古典物件中看见了古人的智慧与梦想。他试图通过诗性的语言,复现并建构一种充满原始活力的野性之美与自由精神的图景。在《孙子兵法走出汉简》一诗中,"《孙子兵法》走出汉简／走出自己披甲的身段／但它走不出自己的计谋／走不出那些冷静的理念／走不出仇恨与恐怖／走不出那深刻的浅显／／《孙子兵法》长成一蓬草／草丛中有无数双泪眼／《孙子兵法》燃成一堆火／火里有孤寡者不绝的哀怨／《孙子兵法》走出汉简／《孙子兵法》走不出／自己对自己的诘难"。《孙子兵法》为什么走不出自己对自己的诘难?这既是反思也是追问,其中饱含了对生灵涂炭、苍生遭灾的悲悯与同情,以及造成这种苦难与灾难原因的思考。再比如"本该是一把金色的镰刀／披挂着太阳的光芒／在绿色的田野里鱼一样游动／结果却投靠了战争／野蛮的寒光和放荡的锋刃／袭击了柔和的鲜血和圆润的生命"(《金戈》)。在这里是谁让一把收割庄稼的镰刀,变成"收割"人命的利刃,而又掌握在谁的手里?

在这样一个浮躁的时代,在繁华热闹中保持一份思考者的冷静,需要足够强大的定力。他一边阅读,一边思考,一边创作。灵感是积累的结果,也是思考的结晶。邱新荣把阅读积累作为自己升华生命的必修课,作为诗歌创作、诗品修炼从而达到超越有限人生的必由之路。在长达几十年的时间里,他要求自己尽可能每天都要有一定的阅读量。"利用业余时间进行了大量的阅读、诗歌创作方面的研究和探索。对中国传统文化的经典悉数细读,唐诗宋词大多都能随口背出。与古人神交,往往给他的创作带来意想不到的灵感，化千卷书为一行诗，这是邱新荣创作的真实写照。文化的积淀给他的诗歌创作带来厚积薄发的效果，那些独特而唯美的史诗长卷是对他严于事修的真情回报"（赵炳鑫《邱新荣的诗歌世界》，《名作欣赏》2014年3期）。对当代诗歌写作者而言，邱新荣的诗歌是传统的、直白的、简单的，同时也是苍劲硬朗、慷慨激昂、通脱大气的。他爱憎分明：爱祖先所创造的美好的文明成果，爱那些高尚而勇敢的优秀人物；同时，他憎恨那些暴虐的破坏人民幸福的独裁者，憎恨那些给世界带来痛苦和灾难的官吏和歹徒。关于史诗化写作是一个诗人成长为一个大诗人的重要途径，邱新荣对的诗歌观和历史观是对私语化泛滥、诗歌精神没落时代的一剂良药。只是邱新荣的创作似乎快了些、多了些，如果能够慢下来，磨出一部大诗是为期待。

2012年9月，《大风起兮——邱新荣诗歌研讨会》在银川举行，可以说是对邱新荣诗歌创作成就进行的一次集中展示和全面总结。在这次研讨会上，著名诗评家耿占春说，邱新荣的历史抒情诗，像是一座没有墙的博物馆。著名文学评论家李建军博士说，在宁夏，出现像邱新荣这样的诗人是很值得骄傲的。

张铎（1962—），原名张树仁，宁夏固原人。历任泾源县委副书记，宁夏政协秘书处处长、文史和学习委员会副主任等。1986年开始发表作品于《朔方》《诗歌月刊》《星星》等，入选《中国诗人自选代表作》《诗国2011年诗典》等。著有散文诗集《春的履历》、诗集《三地书》、评论集《塞上潮音》等。中华诗词学会会员，宁夏作家协会理事，宁夏诗歌学会副会长，宁夏诗词学会副会长。

正如他在诗集《三地书》的跋中所言："从清水河到泾河，又从泾河到黄河，这三条河与我水乳交融。从须弥山到六盘山，又从六盘山到贺兰山，这三座山与我生命相依。这三条河、三座山养育了我，我把自己的第一本诗集命名为《三地书》，以示感恩。"张铎的诗有自己独特的构思和认识，如组诗《塞上山水》在平实的描述中，每段结尾都作了独到精准的总结和认识。张铎诗歌的语言力求自然、简透，在清朗秀丽中不失厚实的质感。如"青铜色的肩背／倚在金色的麦捆上／丰收的喜气和着热汗／在闪光的脸上流淌／歇一口气　割二十趟／心里浮出一幅画／用金色的麦粒铺成地毯／迎接没过门的新娘"（《春歌》）。还有"觉得很纳闷""沉不住气了"这样口语化的句子，是诗的语言，也是一种表达策略，更贴近诗歌对象的日常生活与内心世界。总之，他的诗在乡土、山水、人情之间从容地生长，简洁俊俏的外表下是刚健的骨骼和厚重的人生哲思。另外，在柔软随和的诗歌之外，张铎的主要成就在其评论方面，既有感性真诚的认识，又不失理性厚实的批评锋芒，另有论述。

米雍衷（1962—），宁夏灵武人。就职于吴忠供电局。80年代中期开始创作，在国内多家报刊发表诗歌近二百首，并入选众多选本，出版诗集《喊疼的风》。宁夏作家协会会员，中国电力作家协会会员，宁夏诗歌学会副会长。

米雍衷是宁夏诗人中充满诗性张力的诗人，那种决然而突兀、冷峻又不乏热情地散射着哲思的火光。其诗突破宁夏诗歌普遍面临的自我陶醉式的、重形式轻内容的、浅吟低唱式的重复。走向理性，走向哲思，走向对普遍性人生问题的思考。语言激烈、叛逆、冷峻、峭拔而富于诗性张力。

生活对米雍衷来说是不公平的，经历了人生中的妻子离异、儿子出国等彻骨之痛。这些痛苦的经历成就了米雍衷的诗歌。有关个人人生遭际的诗歌占据米雍衷诗歌的主要内容。代表性的作品有《风雨花园》《给我的琪儿》等。他的众多的浸淫着爱、痛苦和忧郁的诗篇，是他个人人生经历的印证。其中有一些回忆其子琪儿的诗，可以看出残酷的生活对诗人心灵的挤压已经达到几近崩溃的边缘，他试图借助诗歌的力量缝合情感的破损部位。"有时我们在梦中说话，就像昨夜／你在我的灵魂里蠕动／面庞的刀子，轻轻地切割／我心脏的一部分／那成为粉末的一部分"；"总感觉，熟悉的脚步声／从一层向六层爬来，静静地／静静地和时间一同分享／那擂鼓般的敲门声／仿佛从等待的虚幻中／把整个世界分离出来／然后，用最烈性的酒／把寂寞和诗心灌得烂醉如泥"；"琪儿，你是季节深处那只鹰吗／从昨天的阳光里飞来／把自己置入岁月的注视／透明而含蓄的目光／让我泅渡／再一次感到你波光粼粼的心跳"（《给我的琪儿》）。他或玄思妙想，或无端孤寂，都使得其诗歌笼罩着忧郁的暗影。那些偶然看上去超验的东西，不过是他对伤逝的"过去"所作的曲折的回应。

杨梓在《宁夏青年诗歌创作简论》（《宁夏大学学报》2007年6期）

中把米雍衷列入心象化创作倾向的诗人，认为他是一个用痛苦酿酒的诗人。他喝酒是为了酿酒，是为了找醉，用口杯喝酒是他以痛快的方式来宣泄内心的怅然、忧伤和痛苦。"有人醉倒在地／踩过所有沉重的脚印／有人吹箫到泉边，跟着蝴蝶飞来飞去"（《大理印象》）；"曾经的抒情之手，被时光吹凉／一双晴朗的眼睛，从此再没有出门"（《大观楼》）；"偶一抬头，一只蝴蝶，娇小的背影／死死地，钉在了无底潭的某个角落／不断地缩小身躯，直到看不见它"（《大理印象》）。米雍衷诗歌创作的意义在于努力将个体内心的痛苦拓展到人性层面。在对爱情进行别一种味道阐释的同时，对人本身亦进行着较为深刻的反思，这在爱情如快餐的今天，的确有着浪漫之后的现实主义倾向。另一方面是米雍衷在诗歌语言上所作出的努力，即语言的硬度。他对"抽象的肉感"已有超越现实的把握能力，让词语自由碰撞并融合，以显示词语本身的力量。米雍衷做人作诗，都有着侠肝义胆、豪放不羁、超凡脱俗之感，但他内心的敏感、纤细和哀婉使他体验到事物的另一面，从而使他的诗呈现出山中有水的柔美、水中有山的奇崛，以及山水交融的秀拔。从创作姿态而言，米雍衷早已陷入一个痛苦的渊薮不能自拔，诗便是他发出的呼喊。当别人听到他的喊声去救他时，却遭到他的拒绝。"如果一种冲动能取代另一种冲动／那么，我缄默不语／无法告诉远去的琪儿／一棵草或者一阵风的重量／／一个下午，我都在碎石般的回忆中走动／风儿在吹，道路失去血色／没有节奏的欲望搅动叶片／穿越树的光芒／黄得就像剥落的书页"。这是米雍衷写给他儿子琪儿的诗，个中的疼痛穿透文字。不管是阅读还是倾听，或者望着他无辜又无助样子，透过酒杯上闪烁的光晕，谁不为米雍衷的一颗诗心所撞击？

另一方面是米雍衷对现实生活有着较为形而上的抽象与把握。让不同的事物、语词进行自由碰撞和融合，以彰显诗性的张力。总能在景物与事物之间找到一种哲思性关联，发现被现象掩盖的秘密。如《与过去对话》："与过去对话／无非是探讨／昨日的沉沦抑或辉煌"；"一百个春华秋实／一千个夕阳西下／通过隐秘的链条／穿透了无数生命／把时间拉成距离／使过去成弓／让身后疾驰而过的脚印／像路碑一样坚实醒目"；"过去的一切不过是瞬息／消沉数年的纷纷议论／诽谤或者赞美／早已融汇成金色的黄昏"。

大家不知道米雍衷一年能写多少首诗,但都知道他写就写了,不写就为写;约了稿给你几首,不约从不投稿。杨森君在《自得其乐——米雍衷其人其诗》(《六盘山》2009 年 4 期)中认为,写诗写到无所求、无所欲当是一番大境界。《喊疼的风》是一本读着让人心疼"这个人"的一本书。原来米雍衷细腻得如此忧伤,浪漫得如此绝望。他以内心的真切感悟支撑着一个人对人间世事的诗性觉悟,并将此异样性地记录在诗。写到"时光流逝"——"一朵骄傲的花,仅剩下一把凋零的花瓣",写到"无望的爱情"——"等待是漫长而遥远的地平线,直到雨停,又到雨落……"诸如此类的妙句,贯穿于一本书的始末。

米雍衷在接近一个个哲学大师的过程中,阐释着自己对这个世界的别样认识。当然,诗人若能够开阔视野,审视当下,使其诗歌从过分沉溺的个人苦痛中抽离出来,走向更广阔的诗学空间则善莫大焉。

洪立(1962—),宁夏吴忠人。1983 年开始创作,作品发表于《朔方》《诗刊》《诗歌月刊》等,荣获宁夏第八届文艺评奖二等奖。著有诗集《露珠上的太阳》。宁夏作家协会会员,宁夏诗歌学会理事。

洪立是一位农民或农民工,但不能称他为"农民诗人"或"打工诗人"。因为洪立的诗里并没有怎么种地、怎么打工的内容,只是他的所见所想,落在他的经历上,笔触由故乡到西海固到整个西部,显然是一种由小见大、诗境也是逐步走向开阔的写法。洪立的诗情感朴拙,短小精致,有时往往于平淡中显出脆弱、隐忍的一面等。其诗语言简约含蓄,具有充分细致的生活体验。

洪立写给父母的诗情真意切,感人肺腑,同时也消解了叙述。他写父亲:"我喝醉的时候/你在后面跟着/但我不知道/你悄悄地用一尊黑影跟着……"(《喝醉的时候父亲跟着我》);"强硬的父亲/从我记事起就没这样呼喊过我/但他心里一定是这样装着/直到他的泪水偷偷从眼角流了出来……"(《父亲喊我为"孩子"了》)。他写母亲:"那是我的母亲/站在半山上/衣襟里兜着杏子/红红地 闪着/微疼的光……十八年前/把自己栽到风雨里/目送我走出家园……一片杏树都已长大//我的母亲还站在半山上"(《杏树》);"站在村口张望的母亲/几次都睁开泪蒙蒙的双眼/透过泪蒙蒙的时空/颤巍巍地伸出双手/把儿女朝一块搂"(《这次》)。母亲衣襟里的杏子都长成了杏树,但母亲还站在半山上,一站就是十八年。在此母亲就是杏树,杏树也是母亲。这里的情感已被洪立抒发到了极致。

洪立的诗像他一样朴素,有时还显得笨拙,好像不知道怎样组织语言、怎样分行,而这又恰恰在他随意的排列中显出了灵巧、透出了诗意。如"一个人背着谷子/另一个人就摊开手掌/掂量着谷子的分量/那种弯腰的姿势/就像下垂的谷穗"(《傍晚》);再如"看一朵花开得很疼/看一片花红得发晕//花开得只剩下花了//在一朵花下/我葬下飞鸟/我想让花也开出飞来/让花也开出鸣叫"(《我多么希望花开得和天空一样》)。与其说这首诗出自一只粗手大脚的男性之手,毋宁说来自一颗细腻温婉的女性化的心灵。

杨梓在《露珠上的太阳》的序中认为,洪立的诗"质地朴拙而透出灵巧,抒情诚挚且情感浓郁,语言简明又跳脱如兔。如一道黄昏中脉脉含情的目光,在不经意之间轻轻撞击一下我的心灵"。在诗的语言层面,"常常有词语从语言中跳将出来,令人眼前一亮,让人感到惊喜。但这在诗学上还无法归于哪一种手法或技艺,倒令我突然想起一个词'跳脱',正是'化板滞为跳脱'"。洪立正在努力把握自己与周围世界的关系,并将自己的情感投身其中,又从中跳跃而出。

张记(1962—),原名张春季,河南方城人。神华宁煤集团员工。发表诗歌、散文、随笔等。著有诗集《大地深处的回响》《神木谣曲》。宁夏作家协会会员,石嘴山惠农区作家协会副主席。

钱守桐在《为有源头活水来——评张记煤炭诗》(《贺兰山》2010年6期)中认为,"以煤田为骨,以矿工为魂",这是张记煤炭诗歌的总体概论。诗中的风骨和灵动的根源来自于诗人自身的观察和修养。张记用笔雕刻煤层,用心钻探煤田,让煤与人之间撞击出生命的火花。如《翻阅煤壁》:"在翻阅煤壁之前/我首先把目光点燃/把骨缝的剑气点亮/巨大的黑暗拥挤如风/褐色的岩体将我包围/从历史的层页里渗出黑血/'嘭'的一声/燃旺人生的信念。"张记观察矿工的每一细节,都是一首首诗,如《矿工的牙》:"最美的意象就属你了/在井下 稍微一张口/眼前就飘着雪花/纯净 清洁 美丽/让我们的语句/都变成叫着的鹅／或奔跑的小白兔……"在煤田黑暗的巷道里，诗的光线不仅能直抒胸臆，而且能把白与黑统一起来。二十多年的痛苦摸索的创作历程，张记的煤炭诗正是抓住煤田特征和一群黑哥们内在和外在的本质与表象，使得诗情之翼正挟风而上。

周彦虎（1963—），宁夏西吉人。任教于西吉中学。1982年开始创作，诗作发表于众多报刊，入选《宁夏文学作品精选》《生命的重音》等，荣获宁夏第四、第五届文艺作品评奖二等奖、三等奖。著有诗集《一壶夕阳》。宁夏作家协会会员，宁夏诗歌学会理事，西吉县文联副主席。

赵炳庭在《诗歌田园里的守望者——读周彦虎诗歌有感》（《六盘山》2010年2期）中认为，周彦虎以西部的自然生态人文景观入诗，以历史文化资料入诗，凸显了历史纵深感和家园情结。诗人借助我们身居其中的这块大地，将西部人文精神提升到一个理性的高度，把哲学文化和审美视野拓展到一个较远的境地，营造出诗歌的智性空间。如《山里的风情》《山里的婆娘们》《六盘人》《老憨吼山歌》和大量的古代人物诗等。这些诗既有独特的生命体验，也有对民生的现实关照；既具备了扎实的语言功底，也不乏娴熟的技巧，达到了西部诗歌所具有的审美特质。进入90年代，诗人对生活的观察、感受、认识、理解进一步深化，思想和艺术上有了更大的突破和创新，其特点为：不管是写景状物、借景抒情，还是直抒胸臆、披露肝胆，都往往有较浓的哲理意味，以及对现实的批判，对理想的追求。"欲穷千里目／更上一层楼／没有慧眼／即使登上极顶／会被浓雾紧锁"，像这样充满灵性的诗性语言，在周彦虎的诗里俯拾皆是。再如"为了我们共同的村庄／我以小草的心境，蚂蚁似的生命／向人类呼吁／抛弃肤色种族以及主义带来的战火／用绿色的理想建设我们共有的家园"（《绿色的挽歌》）。这首长诗从萧瑟苍凉中透出激愤，体现了诗人对人类生存环境的思考，流露出人类文明对于自然破坏的忧思，使我们看到了一个深怀责任和救赎精神的诗人。

潘春生（1964—），宁夏同心人。1988年开始创作，诗作发表于《朔方》《绿风》《星星》等。著有诗集《在农历的筋脉上穿行》。宁夏作家协会会员，宁夏诗歌学会理事，石嘴山市作家协会副主席。

潘春生与洪立一样，农忙种地，农闲打工，闲暇写诗。潘春生的诗歌多是对在外打工生活的漂泊感和思乡的表达,以及对在农耕生活中的乡土田园的书写。诗人说:"面对乡土／一生的守望不算太长"(《面对乡土》)。他的许多诗歌都与"乡土"有关,描绘乡村的诗作有一种陶渊明似的轻悠淡远,以竹为朋,以鹤为友,透着孤与洁的品质。如《乡土清音》由六个诗篇构成,集中体现了潘春生的自然主义倾向,所写之事,无不与自然相关。就主题而言,有对老屋的怀念,眷恋着老屋予人的精神笃定与安宁;有对暗夜前最美不过的黄昏的感叹,易逝、华丽、静谧,一天的美好终点;有对春风吹过、时序之至、耕田种地的风轻云淡的描画;有对清明看似怀念故人、祭祀先列,实则在敬怀之上是按部就班的耕耘希望的描绘。春日的清明,土地的播种,详细的筹备,少女的情思,这一切都在春里,而又都那么和谐地交融在一起,让人感怀这个季节对每一个人的眷顾与安慰。潘春生的诗让人一读便觉得这样的诗歌才是最惬意的乡土诗。在这里,对村庄故土弥漫着深切的赞美与感怀,而非城市游子的简单寄托。他的乡土诗让人顿感踏实,原来还有保存如此和谐美好的土地等待着我们的回归。农民的情感,农民常见的生活意象,农民对春的盼望……由诗人珠玉般灵动的表达跃然纸上,这就是所谓民间的智慧。潘春生说:"我的诗,生来和苦苦菜、燕子是嫡系亲戚"。(《学诗片羽》,《朔方》2012年10期)

他的诗句就像张福华在《绽放于乡土的牧歌——评潘春生诗集〈在农历的筋脉上穿行〉》中所说的那样,"诗文中那种带着阳光气息的明丽诗句,那略带伤感的诗意情怀,那种细腻而又充满美感的描述",(《贺兰山》2012年3期)似古时田园诗人笔下的那种明媚的忧伤,诗韵纯净、清透、宁静、单纯,其遣词造句和意象选择明显都与对传统唐诗宋词的学习有关。对传统古典诗词的学习,是偏于一居的宁夏诗人们的共同选择。因着传统文化习性的沿袭,和秦汉文化底蕴的沉积,在苍茫的田地之间,在人与自然之间,他们便很容易遥想古人的雄姿与豪情。一般将学诗的触角首先伸向古典诗词的丰富多彩的语言和独到的诗蕴,并结合自己的个性气质,形成了自我审美趣味,潘春生其实就是如此观诗和写诗的,特点在其中,狭隘也在其中。

张立(1968—),宁夏灵武人。历任灵武县房地产管理公司基建科科长、灵武市宁东镇党委副书记、灵武市房地产管理局局长等。1988年开始发表作品于《人民文学》《诗刊》《绿风》等，入选《中国新人诗集》《时光之轴》等。著有诗集《树的眼睛》《途中的花园》《把岸还给河流》。宁夏作家协会会员，宁夏诗歌学会委员。

  张立深受中国现代诗人的影响，他把发现美、表达真、实践善，作为诗歌世界的全部，因而他的诗，虽然多以个体内在生活的感知为对象，但呈现出来的境界，则多不是内在性，或者不是个体内心的遭遇。恰恰相反，是以内在性来观照外部，于是，梦境、直觉、现实等基本构成了他诗的结构。如"野蔷薇在水瓶里／呼唤朦胧雾幔里的远山／呓语于幽谷间的一片枝叶／饱含你永世的想象／／是陈年往事／也是一份孤寂／让我无限陷下去"（《野蔷薇》）。好处是，诗无处不阳光，无处不美感；不足是很容易形成写作程式，诗便多有流于浅显和表象的嫌疑。

  李耀斌（1969—），宁夏西吉人，任教于西吉平峰中学。作品发表于《诗刊》《飞天》《朔方》等，入选《中国当代青年抒情短诗精粹》。著有诗集《河是水的衣裳》。宁夏作家协会会员。

  李耀斌的诗与美化西海固的诗和西海固颇有嚎叫色彩的诗不同，他的诗越来越注重微观琐屑，也越来越彰显诗歌本体的作用。具体说，就是从他的诗中仍能看出统计学、社会学的西海固，但这不是他关注的重点，他关注的重点是诗歌作为独立的文体，它究竟该怎样结构的问题。这个意义上，李耀斌其实通过他的诗，给地域文学实践性地走出了一条新路。就是不唯现实，也不唯主题，放开诗艺的手脚，大胆地让诗歌先成为诗歌。比如《山里的冬日》："我看雪花／我掰指头／我心里说／再过几天雪就完了／那时土地很湿润／就有好多芽芽破土而出／父亲就会抱着芽芽咧嘴笑／我把媳妇搂得很紧／村里好几个小伙子／又搂上媳妇了。"人们可能更需要在身体的冷暖中体会生命的细微波动——回到身体、回到个体的视野，不再通过自然的浩大来证明自我的渺小，或者不再借自我的弱小表达外界的严酷，这在迄今为止的西海固诗歌史上，李耀斌也许是为数不多的几个诗人之一，具有审美上的革新意义。就整个西海固文学框架而言，很难说李耀斌已经意识到文学探讨的对象应该提升到人类这样的高度，但他在有意识地排除已经知道的各路观念和思潮，他的诗从语调、遣词乃至整个结构,都是在写今天的一种人性内涵。难得的幸福中总透着经不起多少分析的脆弱,看起来不堪一击的脆弱中,又仿佛孕育着较大的审美力量。总之,李耀斌的诗从题旨的专注、技巧的用心到美学观上,都溢出西海固文学已有的经验,有新世纪乡土诗歌研究价值的个案特点。

岳昌鸿(1969—),宁夏平罗人。平罗县文联主席。作品发表于《散文诗世界》《朔方》《星星》诗刊等。著有散文诗集《桃花一笑》,诗集《尘埃中触动的芬芳》。中国散文诗学会会员,宁夏作家协会理事,宁夏诗歌学会委员。

岳昌鸿是写作的多面手,诗歌不是他的主业,他写诗歌似乎是"搂草打兔子捎带脚儿",但这捎带出来的东西也还不错。他诗歌的选材多从居住的地域出发,选择大的地理事物,进行历史的回溯和今朝的吟咏。诗歌总与家园有关,善于写生存之地的山水和城市。他吟咏家园、抒写贺兰、中卫城、平罗城、横城、黄金水岸、长城、黄河圣坛、青铜大峡等一一融入他的笔端,把地理与历史相联系,隐隐的寒光携带历史的锋芒,在心灵中张扬,烈烈的旌旗、集结的长枪、刀剑的锋芒、建功立业的勋章……诗歌充满对过去的神往。历史让居住的地方有了一种厚重,然而"金黄的内容被时光收容",时光惆怅,站在天地之间:"我在塞上瞭望,/前方,无尽的哀草等着天际的一场野火收光",而"美丽的塞上江南/是我情感的依恋/千年前的那个夜晚,/随风而来的是英雄的无眠。/就着月光,我把你的诗篇翻看"(《贺兰山巅》)。这可以看作是诗人写作的总纲。站在贺兰山巅,思绪追溯着它的英雄诗篇,依恋并热爱着自己生活的被称为"塞上江南"的美丽地方,"翻出尘沙里的那盏月光杯,/饮千年前的那滴诗意的酒香,"让"前世的忧伤还有情歌在心中幽幽地唱"。岳昌鸿的诗歌越到后来越充满心灵的赞颂:"升起吉祥,那是今天的光芒。"岳昌鸿具有中国传统诗歌的古典韵味,"不管是在诗歌的内容或是形式上都保留了一丝传统文化的痕迹"(曾兴《写在记忆深处》,《星星》诗刊2012年12期)。他的诗歌"比较独特,总体表现为意境悠远而且宁静、有古典诗歌的意绪、人生的况味、高远的哲理表述,又不乏诗歌的韵律感,读之能给人流畅的节奏感,他提出的内在韵律与当下思考相结合的诗歌创作维度,值得关注"(唐晓渡《宁夏诗歌的全景》,《扬子江》诗刊2012年4期)。

何武东（1969—），宁夏盐池人。与友人单晓春共同创办《北方向诗歌论坛》及民刊《北方向》。诗作发表于《朔方》《青春》《诗歌月刊》等，入选《当代青年诗人20家》《中国新诗选》《体验网络》等。著有诗集《纸边界》。宁夏作家协会会员。

在宁夏60后诗人中，大概何武东算是最有后现代气质的诗人了。在他的诗中，世界哗哩哗啦变得破碎了，现实也倏忽之间变得陌生了，人也神乎邪乎地变得捉摸不定了。在他的思维组织中，似乎没有什么是中心，也没有什么是值得信赖的，更没有什么是能够依靠一辈子的。唯独可以信赖的是诗人的感觉和在感觉中构想的人和事，也就是说，何武东诗的重心，是对感觉的感觉和对体验的体验。如《孤独，感》一诗，"那些孤独的日子／是没有面孔的日子／／球在马路上自己滚动／转瞬即是黄昏／／没有人意识到／一只鸟飞着飞着就要去死／／埋在镜子里的是／我披满长发的面孔"。无疑，这是一种奔向极致的诗歌探索之路，它所面对的不单是诗学的，更重要的还有神话、历史、哲学，乃至一切的人文话语构成的历史。他现在已经意识到了的只是诗学的历史和审美的历史，如果他继续努力，他的诗差不多就能形成一种解构主义力量，类似写作《零档案》时期的于坚那样，成为"元诗"。当然，"元诗"建基于"元历史"的建构，这就考验的不只是诗人的诗才了。目前来看，何武东似乎还未做好准备，在文化的理解上有相对主义或者虚无主义倾向，这一路诗歌写作实验，就不够自觉了。

宁夏60后诗人阵容庞大，很多诗人才华横溢，出手不凡，只因工作、生活等原因转战其他领域，偶尔写诗。但他们在其他领域同样取得不凡的成就，有导夫、薛刚、权锦虎、张强、阿康、李学智、刘中等；还有陆占洪、朱安宁、白景森、孟虎、王跃英、季栋梁、张嵩、张一梦、高强、李正宏、王武军、刘俊江、白军胜、党学宏、王钟、梁锋、王凤国、郭文斌、陈晓东、凌霆、郭宁、王苇青、冰河、樊进中、单晓春、蒋文龄等；回族诗人有贾羽、马春林、丁学明、杨云才等；女诗人有张廷珍、魏萍、聂秀霞、王慧、郝雪峰、赵晓宁等；而离开宁夏的诗人有殷实、李春俊、范一凤、陈继明、戴凌云、刘敬东、莲子、蔚然、何伟、刘鹏凯等；离开人世的诗人有徐幼平。他们都是宁夏60后中的一员,都为宁夏诗歌的繁荣作出了积极的努力。

导夫(1961—),原名马春宝,宁夏平罗人。历任宁夏大学回族文学研究所研究人员,《宁夏大学学报》副主编、常务副主编,编审。1981年开始创作,诗作发表于《朔方》《青海湖》《文学青年》等。以后转向诗歌及文化研究,著有《丁鹤年诗歌研究》。中国作家协会会员,宁夏诗歌学会名誉副会长。

导夫的诗霸气而深邃,动辄就是长诗,就是现代方式,"没有什么比遥遥相对的重逢更广阔/没有什么比失魂落魄的守望/更能塑造凄风苦雨中的自己"(《空谷临风》)。临风之时守望的是被蚕食的精神家园,彰显的是诗人不屈而倔强的个性。导夫的诗风多受中国现代诗的影响,普遍的象征、隐喻等手法也频频出现在其诗的结构组织中,因此他的诗歌总会把"大我"或者群体意识作为抒发的首位对象,"小我"或者微观现实一般则居于次要位置。在"大我"或群体意识的抒发表意中,其主旨通常指向抽象的精神文化感知。如"四顾无岸只能逆流而上/无须以不屈的姿势过多地瞭望/我们没有归期 我们只有这样选择/我们无所谓确认行于水中还是泪中/因而我们不可能不这样抗拒/难耐的孤独"(《四顾无岸》)。所以读导夫的诗,主体性形象似乎一直徘徊在现代的宏观启蒙与前期"朦胧诗"的晦涩幽暗地带。其他多数诗篇可以阐释为是对青春懵懂、神秘之爱的曲折表白,对社会现实无意识的透视反而降到了最低或最淡的程度,这样的诗美旨趣在后来"纯诗"写作潮流中多有回声。

薛刚(1961—),山东人,1975年移居塞上。历任宁夏旅游局副局长、宁夏农垦局副局长、宁夏政府副秘书长等。1982年开始创作,诗作发表于《宁夏日报》《朔方》《山东文学》等,荣获宁夏第五届文艺评奖三等奖。著有诗集《薛刚的诗》《塞上放歌》。宁夏诗歌学会名誉副会长。

薛刚现代诗创作的高峰期差不多集中在80年代中期至90年代中期这一阶段。由于这一时段,中国社会正经历着意识形态和社会阶层的剧烈变化,宁夏亦不例外。所以,他的诗当可视为时代变迁的记录来读。《乡土》《二牛抬扛》《羊皮筏子》等短诗,既可作如是观。诗人在对客观社会现实的细微体察和客观素描中,心系乡土,心系故园,人道主义情怀加上乡愁,遂成了其诗主要的结构框架。如"渗进我的血管，漫上我的心头／冲洗着日夜兼程的疲惫／滋润着十年的乡愁／只觉得游子的心啊／像一颗飘零的麦种／又沉落进了乡土温暖的怀抱"（《乡土》）。薛刚古典美的创作倾向，可能会走向古体诗的创作道路。

权锦虎（1962—），宁夏彭阳人。历任银川群艺馆办公室主任、银川文化艺术馆创研部主任、《银川文艺》主编等。诗作发表于《宁夏青年报》《朔方》《六盘山》等。著有诗集《穿行的树根》。宁夏作家协会会员，宁夏诗歌学会名誉副会长。

权锦虎是80年代中期就已在宁夏成名的诗人，后来有点销声匿迹；但诗一直在他的内心延伸着，犹如地下穿行的树根，汲取大地的养分，直到2008年才举起繁枝、茂叶、锦花和硕果。

荆竹在权锦虎诗集《穿行的树根》的序中认为，权锦虎的诗长短句都有，富于音律美；那些短句，读起来，似有元人小令的味道。他的诗贯穿始终的就是一个"情"字，即使是咏物、写景，也是情的外化；特别是那些写大山深处的"山妹子"，如"山中的布谷鸟向你布谷／你做个鬼脸也学着叫／毛驴喘着粗气，上山爬坡／你不忍心在毛驴背上骑了／哼起了老师教你的牧羊曲／／啊，山妹子，你只有嫩嫩的十四岁／十四岁是一首莎士比亚的十四行诗啊／而你不就是诗的标题吗／一朵红红的野山花"（《山道上走来的是你吗》），皆是情真意浓。他一直追求真实的震撼与诗意的表达，对于现实与诗意之间的处理，常常充满了象征化表达的独特魅力。权锦虎的诗歌，时常因为象征化要素的加入，使诗的思想有了光彩，文字也更加明快生动，意象迭出，诗人的精神高度得到了有力的彰显。权锦虎诗歌作品的抒情，是建立在比现实更纯粹、更接近人性的本真上的。一个豪放而又细腻的男子汉，或张扬或内敛，或喜悦或沉思地书写着现实的点滴与生命的感怀，试图将自己每一次心灵的颤动，都完美而深刻地呈现出来。

张强（1963—），宁夏固原人。毕业于宁夏大学中文系。历任固原日报社编辑部副主任、宁夏日报社总编室主任、宁夏日报报业集团总编辑助理、法治新报社总编辑。大学期间开始创作，诗作发表于多家报刊。主编《20年见证宁夏》《四十七岁才开始》等。宁夏诗歌学会名誉副会长。

张强在大学期间开始写诗，80年代活跃于宁夏诗坛，后因一直在报社工作，繁忙的编务抑制了他诗歌才华的发挥。当所有诗人都在节奏上认真停顿分行时，张强以激情澎湃、令人窒息、散文式长句的诗出场时，便显出了与众不同的独特性。如"三月吻别了二月后从二月的阳台上跳下来大大方方在街上行走／告别滑雪衫的季节三月穿起牛仔裤穿起夹克衫三月真是帅极了／暖融融的阳光真大方慷慨抚摸着梧桐树它给三月带来温柔／百货大楼撩出立体声诱惑三月进去三月在抢购一种美人霜"（《三月，属于女性》）。三月不仅属于女性，而且已拟人化为女性。

阿康（1964—），原名陈小康，宁夏大武口人。就职于大武口洗煤厂。诗作发表于《朔方》《诗刊》《星星》等。宁夏作家协会会员。

阿康的诗充满了修辞学冲动，也非常注重在具体而微的诗句、词汇的雕琢中，彰显诗的力道和味道。短诗《草叶》就很有分析的余地。整体看，整首诗的意境、意象，乃至主旨，其实很微小，但细究其结构组织，几乎每个词、每个句子都用得很饱满，使诗的体验完结于很大的张力之中。其中的原委在于，他具有鲜明而自觉的修辞意识，也颇为讲究汉语本身的韵味和魅力，使他有"到达纯洁需要多少路程／一生，或一瞬／这样的飞翔需要干净的翅膀"的体验。对于别人，这可能会解释为神来之笔；但对于阿康，其实不过是诗句甚至单是词语经营过程的一个自然而然的逻辑结果。由此可见，阿康的确是写得太少了，以至于他的这一套"技法"并没有完全被读者所领会。

徐幼平（1964—1996?），宁夏永宁人。毕业于宁夏教育学院中文系，曾任教于永宁增岗中学、望远中学。诗作发表于《宁夏青年报》《朔方》等。

徐幼平短暂的歌吟，如同他短暂的生命历程，满怀无边的憧憬而来，盛载千古的遗憾而去。"你说渴 我没有想到／在我为你汲水而离开的片刻／你的容颜开到了美丽的极限／转瞬凝固成千古的遗憾"，这首发表在《朔方》1995 年 11 期的《昙花》好像已经预示了什么。敏感的直觉、罕有的悟性和精致的诗歌构型，并没能留住这个年轻诗人的生命。从留存不多的诗篇中可以看出，徐幼平的精神气质大概属于那种有才而绝望的类型。徐幼平的人生很短暂，诗的内容却驳杂繁复，尤为突出的是他对世俗美好的不息捕捉，而在追寻的过程中一次次错失良机，或者说是每每阴差阳错的失重感和错位感。因此他的诗勾起了读者对美的向往和对善的迷恋，他的真诚也就因饱满的人间世俗味而令人倍感伤怀。比如，无论《叶子在中秋离去》，还是《雪莲》等等，复沓回环、追问往复的旋律，其实已经形成了徐幼平诗歌某种特有诗美精神。通过深入的内在性眷顾，已经超越了对具体事物是否圆满的诉求，即超越了对爱情、亲情、友情或世情缺失的呼求，而上升到了对生命本身的或者说对制约生命自由的因素的诗意诉诸，读之令人扼腕、令人喟叹。

李学智（1965—），宁夏灵武人。毕业于宁夏大学历史系。任职于灵武市科技局。诗作发表于《诗刊》《诗刊选》《朔方》等。宁夏作家协会会员。

无法考证李学智的诗究竟受惠于哪个诗学源头，但从其诗句的禅味，也许可以拉出一个谱系来，比如四川的张新泉、甘肃的李老乡、宁夏的虎西山等等。所不同的是，这些诗人大体可以归为新乡土诗人，一词一语一句，讲究禅意的空白；一颦一笑一动作，皆关乎中国古典人文的简洁与塑像。而李学智则在此基础上略有改写，对其现象世界给予了充分的解构和重组，显示出了自觉的现代意识。万物化作了诗人的主体性，诗人的主体性又彰显成了意义的主宰者和阐释者。短诗《挑花》就能说明问题："桃花开的没错，错的是／我看见桃花开了／蝴蝶飞在桃花中没错，错的是／它把花瓣变成自己身体的一部分"，在接连不断的"没错，错的是"式追问中，意义世界的半径不断缩小，价值的强度不断递增，"四月，我居住在桃花里／你别想找到我／你也不是唯一的后退者"。诗成了语言的炼金术，也实现了"集精微而致广大"的中国传统审美目的。

刘中（1965—），宁夏银川人。毕业于宁夏大学中文系。就职于海原兴仁中学、《中国经营报》宁夏记者站、银川市人社局监察大队等。1982年开始发表作品于《朔方》《星星》《诗歌报》等。宁夏作家协会会员，宁夏诗歌学会名誉副会长。

刘中的诗融会了历史、神话、逻辑及史诗传统，他善用想象，也富于想象，使他颇具代表性的诗作，因为想象而呈现出了拟史诗结构的完整的乌托邦世界。这使他的诗一方面显得够"大"，是比较大气，格局和气度都趋于史诗框架；另一方面，他的诗也讲究"小"，即以小见大、以小见阔、以小见量。有些时候，会觉得他的诗有点抽象。尽管如此，刘中具有史诗思维，也写出了颇具史诗气质的《草帽之歌》等优秀作品："巨岩风化 天空弥漫混浊的尘雾／草帽大幅度倾斜／一如游侠纵马荡涤蹄烟／呛鼻的西伯利亚飓风的烟卷／在峡谷的手指间强烈地咳嗽／游侠纵马南北超凡脱俗／草帽的风采卓尔不群／被时间冠带"。此处的"草帽"可能是贺兰山的另一个形象，而贺兰山就成了宁夏的一顶草帽，而"精神的草帽"则是子丑寅卯的时间和"十步之内必有芳草"的命运。

  总之，面对宁夏60后诗人及其创作，我们着实感觉到了丰富的欣喜，以及与之很不匹配的评论的苍白。书写他们的诗歌创作的状态和面貌，理想的史论可能是研究资料的梳理和诗人创作史的结合。然而，环顾理论批评资料，包括全国性理论批评刊物所关注比例份额，我们吃惊地发现，宁夏60后诗歌处在一个十分微小的位置。重要原因在于，宁夏的文学理论批评一直都在关注小说，而作为宁夏文学重要的一个翅膀——诗歌，其理论批评研究却十分匮乏。宁夏诗歌创作——这里说的主要是作为宁夏诗歌中坚力量的60后诗人创作，很少成规模地进入文学理论批评流程。而这个"流程"是指学位论文、学院教材、权威或核心理论刊物的生产流水线。这不仅是宁夏，全国也存在着"诗国"不重视诗歌的状况。当大量宁夏60后诗歌的评论只刊发在文学期刊的最后几页，并成为一个惯性之时，再加上相应诗评的相对滞后，结果便必然导致这一批诗歌经验被不合时宜地集体遮蔽了。宁夏60后诗人尚且如此，70后、80后诗人更是无人谈论。鉴于此，我们在书写这一代人的诗歌创作时，为了具体呈现他们的贡献，当然也为了尽量避免遗珠之憾，我们采取了概论、专论和简论相结合的写法，来淡化全国诗歌思潮的冲击，突出宁夏60后诗人创作的特点与个性，进而首先在审美实践、价值取向、修辞选择上，弄清楚他们的具体努力。如此，我们的论述，即便偏颇也是直接面对诗歌作品而发言。另外，概论、专论和简论的形式，并不是划分什么话语等级，只是想按作品多寡、质量高低、影响大小，直面诗人个体的得与失，努力勾勒出宁夏60后诗歌创作的整体性审美形象。

第二节 70后诗人：因被遮蔽而奋力突围

在当代文学已经形成的经典化体制中，50代、60代作家已经完成了经典化的过程，支撑起了学院文学研究话语体系的生产。现在70后文学的经典化问题也被提上了日程，学术界感到了一种迫在眉睫的焦虑。但是"相比与50代与60代的雄壮强劲的队伍，曾经的战果和攻占的高地，70代一直战绩平平，没有出现可与之比肩的人物。相比之80后的青春锐气，在图书市场所向披靡，70代也显得形影相吊，自甘寂寞。70代作家被称之为是在'夹缝'中生长，是被遮蔽的一代"（陈晓明《70代，向后看，向前看，看透文学》，《文艺争鸣》2013年6期）。我觉得这种看法只适用于小说，对诗歌却不尽如此。就诗歌而言，70代诗歌的经典化进程启动虽然落后于小说，却比小说发展得势头强劲。

在追溯"70后"这个概念的来源时，大部分的学者会参考安石榴的说法。1996年，民刊《黑蓝》在封皮上公然打出"70后——1970年以后出生的中国写作人聚集地"的标语。1999年，安石榴在深圳创办民间诗报《外遇》，推出70后诗人诗歌版图，开始思考"70后"这个概念在诗坛所能指的内涵。2001年，黄礼孩推出《诗歌与人——中国70年代出生诗人诗歌》，把70后诗歌写作由幕后推到了前台，在诸多官方刊物、民间刊物和网络刊物的纷纷努力下，70后诗歌成为当前诗歌写作中一个绕不过去的重要概念。它标志着中国70年代出生诗人的崛起，表现了70后诗人进行自我历史定位的努力。

70后的诗人们是以一个群体的阵容出现的，看看70后选本的丰繁、厚重就可知道70后诗人队伍的浩瀚。这种集体亮相，好处在于实现了压抑和秩序中的集体突围，坏处在于"70后"这个概念遮蔽了这一代诗人写作上的美学差异。70后仅仅是一个笼统的代称,期间归类着多种写作:知识分子写作、下半身写作、民间写作、口语写作……宁夏70后诗人作为全国70后诗人的有效组成部分,是其中富有生命力的一脉,其创作也有着多元的走向,美学追求和艺术实践方法也各个不同。每个诗人都在某一方面形成自己的特色:郭静豪放之余兼有阴柔;杨建虎和刘乐牛的柔性写作;张涛和安奇的雄性风格;张不狂的多样化写作;谢瑞的城市写作;胡琴忧郁的抒写;马占祥白描式的写实;泾河的民族化倾向;林一木感性与理性的融合……几乎每个诗人笔下都有几首能拿得出手的让人赞叹的诗歌。当然这不是让我们满足止步的理由,要成为伟大的诗人既要取决于整体创作的分量,更要经得起时间流沙的打磨。

众所周知,中国70后诗歌写作中有以反叛面目出现的娱乐、消费、奢侈和色情的一面,宁夏70后诗人以严肃的诗歌写作态度避免了这种消极的一面。他们的整体创作态度严肃而明晰,是具有使命感的写作。他们把诗歌当作心灵的歌唱,是社会的良心和担当,是修养也是陶冶。内容上,他们拒绝诗歌的低俗化,把诗歌看成高雅的象征。他们不羡慕"下半身"和"垃圾派"这些所谓的诗歌弄潮儿们,不追求文本的快感,不会遵循"快乐原则"让诗歌怪异另类,不会让诗歌回到动物性的原初体验,更不会顾影自怜自怨自艾。语言上,对于诗歌的口水化写作,也持整体的鄙弃态度。他们的诗歌语言是纯口语化的,纯净成熟,对词语的运用和转换有相当熟稔的把握,讲究锤炼,有技巧却不乱用技巧,口语却不口水。当下诗歌语言的两极化倾向曾让人无所适从,要么是极其深奥、难懂,要么是极其浅显、做作,宁夏70后的这些诗人们却不为所困,从容前行。例如张不狂的语言是最敢为尝试的,他的诗歌有的运用的是精练的语言,有的运用的是散文化的语言,有的强化了20世纪90年代以来口语写作强调的那种贴肉感。但张不狂没有让这一切到了不可收拾的地步,他把握了一个最低限度:不能失之粗鄙。总体来说,宁夏70后诗人语言的实验性扭曲都是有度的,是一种以优美为限度的扭曲,追求一种非强力的陌生性。

虽然70后诗人诗作风格各有特色,虽然这个群体中的绝大多数诗人还处于不定型的成长过程,远未到盖棺定论的时候,但是我们还是能够概括出其大体的共同特征:内容不重,语言不晦涩,技术不繁复,行文安静。

突出表现在以下几个方面。

一、警惕全面西化，回归传统

"中化"与"西化"的问题是诗歌界一直争论不休的问题，也是中国百年新诗一直迟迟未决的遗留问题。20世纪90年代发生了"知识分子写作"与"民间写作"之争，"盘峰论战"是它的顶峰。论争双方各有优长和短缺。有的论者在理论上对"知识分子写作"与"民间立场"持调和立场，认为70后诗人的大多数作品会在诗歌创作中同时吸收两者的长处，规避了两者的缺点，避免了诗人为自己画地为牢。其实这种说法过于简单，但有一点是确定的，这次论争让70后诗人看到了"回归传统"的迫切性和重要性，这对宁夏70后诗人的创作产生了深刻的影响。

宁夏70后诗人们不再像"知识分子写作"那样过分搬运西方资源，贩卖知识；不会以西方的经典为参照，建立起自己的诗歌创作尺度；语言上避免翻译体，避免过于讲究技巧的陌生化修辞。作为对往日过分西化的反拨，他们在写作中自觉地走向传统；在继承中国古典诗歌传统的前提下，密切关注当下的生存现实；采用常识性的、可感知的日常语言，语言简单朴素，摒弃繁复的修辞与技术，探索口语化写作。在中国古典诗歌传统的续接上，付出努力比较多的是杨建虎、安奇、刘乐牛等诗人。诗歌侧重于悠远宁静的意境的表达，带有哲理性的人生况味，注重流转的韵律与节奏感。60后诗人杨梓、张铎、冯雄、岳昌鸿等，不论在内容还是形式上都有过续接古典诗歌传统的努力。诗歌在经历了"拿来主义"之后，必然会回头找寻自己失去的宝贵东西，所以回归传统是迟早要提到日程上来的。宁夏诗人们自觉捡拾起被我们抛弃却依然幽灵般在我们身边的古典传统文学，这一举动让诗歌续接起历史的维度，而不是让诗歌处在现代和后现代的错位中断绝了历史和未来。

二、诗歌"在地性"的形成

目前全球化已经成为我们所处时代的知识语境，成为当下文学出场的大背景。全球化实质是一种国际化的生存状态，是以"时空压缩"现象的出现为前提的，最终导致一种新的"无地方性"的城市的诞生。"只要身处购物中心或纵横交错的公共交通系统中，人的感觉在世界上的任何地方都是相似的"（刘俊良《反全球化论述：对现代性与实证国际关系理论之反思》，台湾中山大学政治学研究所硕士论文，2005年）。进入21世纪这种"无地方性"极大扩展，由城市扩展到乡村，全球各地越来越多的人过着近乎同质的生活。

文学也是如此。全球化促使某些文学艺术在全世界流行起来，成为风行世界的超级时尚。而处于弱势的文学艺术就会受到别人过多的影响，失去自己的品格，继而被同化、被埋没。对于我们这样一个曾经闭关锁国后来改革开放、对现代性充满热烈渴望的民族来说，我们一直是处于劣势，是被全球化的。我们的新文学曾以兴奋和冲动的激情向作为"他者"的文学学习，我们自觉表示对外来文学和文化的认同，全部或部分地放弃了我们原有的立场。现在我们已经不能更多地承受作为"他者"的文学影响，承受诗歌个性丧失的痛苦。我们开始在全球化视野和语境中查看、追问自己的位置和身份，需要在与"他者"的辨异中确认自身，写出具有自己特色的具有原创力的诗歌。

宁夏70后诗人为打造中国特色的原创性诗歌，自觉不自觉中付出了自己的努力，上述的回归传统就是诗人们作出的努力之一。此外诗人们还从自己个人的经验感受，从普通百姓的日常生活出发来创作，想从自己的土壤中产生出具有独特性的诗歌。但是在中国走这条路子的诗人太多了，为了再次创造与宁夏地域以外的其他诗人的区格，宁夏的诗人们强调了"地域"这一特征。宁夏特有的地理事物、历史渊源成为他们写作的源泉之一，成为诗歌的"新的生长点"。他们挖掘着自己脚下的这块土地，贺兰山、爱伊河、西夏王陵以及西海固特有的事事物物都是他们的挖掘对象。这给予诗歌以不同于其他地方诗歌的一种地域文化元素，一种异质的风情。具有回族身份的诗人，还会在写作中加入本民族信仰的元素，让诗歌充溢着回族精神元素，拓展自己诗歌上升的空间，同时又让自己的诗歌与汉族诗人的作品区别开来。如果说宁夏总体文学的关键词是地域、民族和苦难的话，那么70后诗人的诗歌凸显的则是地域、苦难和历史。而且对乡村苦难的呈现，也是有区别的，70后汉诗人大多是通过侧面方式表现出来的，回族诗人则大多进行直接的呈现。

总之，宁夏 70 后诗人的诗歌强调的是生命存在的经验感受性、现实地域性、传统历史与文化之根，这些条件都指向原创，指向与"他者"文学的不同。这些方面的强调重构了诗歌命运，让诗歌具有"在地"中国、"在地"宁夏的品格。于是地域、本土等词汇在日常性、经验性、个人化等词汇之后，成为诗人与诗人之间创造异质的关键词。这体现了诗人们在更广的范围寻求自我的努力。"我们无法在太空中获得全球性。我们只有同时是来自某地的，才能真正成为全球的"（史蒂芬·罗《再看西方》，林泽诠译，上海译文出版社，1998 年）。从不同的角度、以不同的抗衡姿态去形成另一种话语，开拓出自己的话语空间，表现了 70 后诗人自我发展的良性愿望。由此宁夏诗歌也将迎来创作的繁荣期：诗歌在城市、在乡镇处处扎根、生长、壮大，以草根性的力量，最终形成诗歌的地方化浪潮。

三、很强的空间感写作

对地域特征的重视，让 70 后诗人们产生了自己的诗歌地理学。他们的写作是空间感很强的诗歌写作，城市和乡村是他们诗歌中两大并置的物理空间。乡村是大部分诗人所由来的地方，是诗人笔下最大的书写空间。诗人们大部分都经历了乡村到城市的流动，为了谋生，他们不得不离乡背井，进入城市谋求生存与发展。他们在城市遭遇种种的尴尬和不如意，最终他们确认城市不是他们永久的居所，但乡村已经回不去了，他们只能在精神上对乡村作依依的回望。于是在城市心态和乡村诗意冲突对峙的意义上歌颂故乡，成为西海固诗人常走的路线。诗人们沉湎于回忆，立足在城市的当下比照乡村，凸显乡村的美好和城市的丑恶。同时他们也体验到了自身情感的尴尬，认识到自身陷入了身体与灵魂的双重漂泊。所以"70 后一代人是毫无争议的'归乡无路'的一代"（霍俊明《尴尬的一代——中国 70 后先锋诗歌》，广西师范大学出版社，2009 年）。站在城乡交叉点上，以都市外乡人的心理背景为基调，他们表达着对故乡热土的厚爱。故乡是温暖的家园、灵魂的原点，是诗人早晚要归去的精神故乡。其实故乡并不像他们梦中勾画的一样静态地美丽着，乡村是变化的，在这个市场消费时代，面对都市商业化的层层进逼，乡村面临着巨大的困惑与涤荡。相应地，农民的心灵图景也是分化的、撕裂的。面对残酷、动荡、苍凉的生存现实，再浓郁的乡情都会碎裂。我们的诗歌需要面对被撕裂的自然，感受脚下土地的裂变，感受生存于其上的人心的喧嚣，重建诗歌和生活现实的复杂联系，体现诗歌对人生的穿透性意义。遗憾的是这部分内容被诗人眷恋的眼睛遮蔽了。能在诗歌中显露当下农村境遇并心怀忧思的，主要诗人只有60后诗人王怀凌和回族诗人马占祥。

另外一个重要的书写空间是城市。来到城市，居住在城市，以他者的眼光打量这所城市，会更容易洞悉它的本质，谢瑞是这类诗人的代表。他关注的空间主要是以银川为代表的城市。同样站在城乡的交叉点上，谢瑞很少把外乡作为映衬和批判城市的背景，他不去丈量城市和乡村的距离有多远。在他的笔下，城市这个空间不仅仅是为对比乡村、表达对乡村的留恋而存在的，城市是一个独立的表现对象。透过笔端，他深刻洞悉城市的本质和全部的隐秘，携带着诗人在城市和乡村之间游走中所有的孤独、彷徨和荒凉，让诗歌成为从城市内部生长起来的神话。

四、诗歌写作对大历史的日渐淡出

70后是具有中间过渡性质的一代人，他们嗅到了宏大政治的尾声，也最早感知现代、后现代的先声。冰水将化未化时，是最寒冷的岁月，所以，他们是处于将要开放却未能开放之间的尴尬的一代。首先，对他们来说，个人和历史的缝合不像先辈们那么紧密。50年代、60年代出生的人，共和国的早期历史与他们个人的生活史在某种意义上是一致的，历史曾戏剧性地楔入了他们的生活，成为他们生命的一部分。作品中，他们在与历史的对话中构建起自己的主体意识。其次，70后个人和历史的缝合也不像80后那样松散。80后成长起来的时候已经是21世纪，环境非常宽松，政治不再完全主宰个体生命，全球化的市场经济给了他们更多的空间。尤其1979年开始实行的计划生育政策，给了他们更多的宽容和余地。个体生活与民族大历史之间不再有有效的关联，历史在他们的个人生活中已经不能建构起有效的维度，他们的生活之于历史是一种剥离状态。70后处在时代转折的中间，感受到了政治的余温，来自革命年代的集体记忆和代言意识在他们身上打下深刻的烙印，然而随后的市场化的状态又让他们对宏大叙事有着普遍的质疑和深深的失落。

谢瑞是 70 后诗人中颇具时代感的一位，从他的诗歌《给祖国》中可以看到 70 后与历史的关系。"我写下这样一个标题：／祖国，我是你身上的一块补丁／但接下来该写些什么／我很迷茫"。我们曾经被教育：我们的价值与国家编织在一起。"一块补丁"的比喻意味着我们对于国家的不再有用和疏离。70 后完整地经历了 80 年代的宏大叙事，看到了朦胧诗里那个豪放歌唱祖国的"大我"；而当 90 年代在他们面前展开一片个人化的天空，开始从生命与国家、与政治同构的结构中撕裂出来的时候，他们丧失了那个宏大而明晰的方向，不知道何去何从，陷入茫然。谢瑞真切地写出了 70 后从宏大历史中即将脱轨时曾经经历的迷惘和那种残存的历史感。"三十年来，一些无所事事的人／一直为一个叫梁晓斌的人／找一把钥匙／／这是一群纯粹的人／一群脱离了低级趣味的人／他们的头上都系着一块红布／他们只想在找到钥匙之前／替早已失声的梁晓斌／说一句他说不出的话：／中国，我的钥匙没找着"（《启示录》）。

我们曾经想如梁晓斌一般替中国寻回"钥匙"，但多少年过去了，我们没能接替梁晓斌的宏大叙事，同他一样成为未能找到钥匙的人……从这首自述的心灵史式的诗歌中，我们看到了 70 后是向"历史－人生－诗歌"这一写作的青春期告别的一代；我们也看到了那充满忧思、不无绝望地向历史告别的诗人心境。我们再一次认识到 70 后诗人的诗歌写作，是逐渐淡出大历史的写作。所以，70 后诗人的身上不再具有浓重的历史意识和历史责任感，历史在他们的诗歌中不占领导地位；诗歌中的"我"不再是高昂的、抽象抒情的、大写的，诗歌变成了脱离历史大叙事的琐碎叙事，走进了日常性；从以头顶立地变成以双脚立地，诗歌大多成为作者对日常生活一些微小细节的触动，呈现出碎片化的特征。

宁夏 70 后诗人的名字有很多，其中的佼佼者有郭静、安奇、张不狂、杨建虎、阿尔、谢瑞、刘乐牛、唐荣尧、刘学军、林混、孙志强、西野等。

郭静（1970—），宁夏隆德人。20 世纪 90 年代中期开始写作，以诗歌为主，在《朔方》《诗刊》《星星》《诗潮》《中国诗歌》等区内外六十余种报刊上发表诗歌七百多首，入选《西海固文学丛书·诗歌卷》《历史的重音》《2007 中国年度诗歌》《中国当代诗库·2008 年卷》《时代抒情诗选》《西部诗风暴·2011年度》等多种选本。连续三次获得固原市文学艺术评奖诗歌奖,组诗《行进中的西部》荣获"西部大开发,宁夏新跨越"诗歌大赛二等奖,组诗八首《在黄河的根系下呼吸》荣获宁夏首届黄河金岸诗歌节大赛三等奖。著有诗集《侧面》。宁夏作家协会会员,宁夏诗歌学会理事。

　　郭静的诗歌写作是散淡的,他在写作中一直保持着把自己当作一名诗歌爱好者的心态。从上大学至今,他关注诗歌已二十年了,发表了大量的诗,但从未自诩为诗人,哪怕是在私下。现在,他仍然以这样的心态与诗歌保持着若即若离的关系,所以他不是一个被诗歌折磨的人,他是游走在诗歌边缘的爱好者,诗歌不是他的唯一,诗歌对他就是一种精神上的寄托和派遣,可以喂养心灵,可以满足精神上的美好。他以散淡的方式写诗,有别于当下急功近利式的写作,诗歌跟展示个人的敏感和才气无关,与满足一个人的好奇心和虚荣心无关。对他,诗歌是一种不即不离的敬畏。

　　郭静有着自觉的诗歌观。在中国访谈网记者专访中他说,诗人除了具备基本诗歌素质之外,还需注重两个词:地理和安静。"地理"指一个诗人"私人地理"的建构,是一个诗人的文化背景和支点,它衍生着诗歌的根性,支撑着诗歌的天空;"安静"指诗人面对世界的方式和进入诗歌的状态。安静的写作是一个诗人不可或缺的优秀品质。一个诗人只有剔除内心的杂音与诱惑,忠实于自己的内心感受和体验,才能表达出最真实的灵魂之音。但这个世界上没有绝对的安静,安静是由人良好的心境追求到的。他追求诗歌的纯粹,认为诗歌的纯粹在于它不能被其他的文体或语言方式所替代,诗歌是孤独的,因为孤独而高贵。诗歌就是一种慢,一种安静,一种细微,一种轻,它就在一个角落,是在干涸中看到的一滴水,在绝望中看到的一朵花,在死亡时听到的某种召唤……而诗人毕全力追求的精神境界是诗歌的魂。他认为有诗眼的诗很多,但有诗魂的诗却极其少见。

　　在西海固,人们一般把郭静归类为乡土诗人。郭静对在诗歌中为什么那么关注故乡也作了阐释:在他的眼中故乡从来都是温暖、亲情、安宁、感恩的代名词,是现代城市文明对传统乡土文化的回望和反哺,是一种胎记式的根性文化符号。阐释之余,郭静还一针见血地指出了当下宁夏诗人关于故乡的诗歌抒写中存在的弊端:走出农村土地的人,他们深情歌咏故乡，思念亲人，但谁也不愿再回到农村，这种有悖于常理的矛盾心理，导致乡土诗写作中常见的空泛、肤浅和虚飘。反过来说，如果没有离开，何谈思念？

　　郭静以自己的行动诠释着自己的诗歌理念。多年来他的写作仿佛在一种近乎封闭的状态中进行。他一直在六盘山腹地一个远离诗歌中心的小县城工作，工作之余安静地写写诗歌。作为一个生在乡村、长在乡村，现在依然与乡村纠缠不休的诗人，他深情地回眸始终离不开乡土的牵绊。作为一位有着鲜活的地域文化感的诗人，郭静用多情的脚板感受着西海固大地的体温，用温暖的文字抚摸着家乡山水的容颜，抒写着对这片养育了自己的乡土的情义。美丽的六盘山、萧关道、沙坡头、水洞沟、黄河、土堡、寄托着人间传奇和艳遇的野狐掌，还有依附于其间充满生命力的鹰隼、麻雀、蚂蚁、沙棘、柠条、枸杞园……他用文字完成了一幅关于西海固的拼图，完成了自己心目中的家园图景，并赋予这诸多的物象以恒久的生命。

　　他的诗作往往以组诗的面貌出现，似乎不这样不足以表达心中汹涌的情感。《行进中的西部》组诗十二首载于《诗神》1998年3期，《过萧关》的组诗六首载于《朔方》2011年2期，《时光的出口》组诗十五首载于《敦煌》2012年卷，《农历光芒》组诗八首载于《黄河文学》2013年2—3期……他的每组诗歌有着大体一致的主题，如《农历光芒》组诗，都是写农历前后的事物：昏鸦、秋雨、清明雨、山野的鸟鸣、菊花、黄油灯麦芒；《时光的出口》组诗都是对人生的思索：信任、渴望、寻找、命运、出路、时光等，这些组诗中《过萧关》应该是他最好的作品。诗作铿锵有力，荡气回肠，底气十足。这首组诗吟咏地理风物并关联历史，在地理与历史的缝合处"一路磨砺的剑气与柔情"，安静的心胸中激情猎猎，有时颇有雄奇壮烈之感。他在心灵和血脉中几度复活"鹰"的意象，因为"我看见 一只高翔的鹰／破旧的翅膀下深埋着长风和雷霆"，鹰的雄劲会带来强悍的心灵，充满气势。

　　组诗在豪放之余也有清爽阴柔的一面，这种清爽阴柔之美展现在郭静少量的诗歌中。清爽莫过于《悬空的果实》一诗："我只看到果实／同好多人一样／我看到她红艳、圆润、越来越丰满／我看到诱人的果香／仿佛裹着丝绸的光芒／穿过一张又一张叶子／照亮了整个果园／风轻吹，她晃动了一下／我的心就咯噔一声／整个夜晚／我就在这种不安和担心中／彻夜未眠。"苹果像女孩，女孩就是一只年轻丰润的苹果，充溢的生命中自有一种果香流荡之美。于是诗歌成为表达生命和生活最含蓄的文学方式，成为对生命领悟最为清甜的解说。阴柔莫过于《经过野狐掌》一诗。诗人在经过"草木萧萧的野狐掌"时，面对"风吹影动，雾气氤氲"，不由自主患上"一介书生的软弱和相思"，假想中身不由己地变幻书生与狐仙的故事，"借一片野狐掌的月光"，"倾听的是前世的一段孽缘"，"寻觅的是来生的一场艳遇"。

总之，郭静的主要成就在于组诗。他的组诗饱满充实，有一种厚实的密度，不偏激，不轻浮，满是威严、沉着与稳重。这应该来源于人活得饱满充实，诗人希望"在世上走一遭／和你们当中的大多数一样／尊老爱幼爱惜粮食和尊严／能追逐阳光也不遮蔽影子。这就值了"。诗歌笔墨干净简洁，一看就知道锤炼过每一字，每一句，凝重有厚度。缺憾在于威严有余，灵性不足，个别地方由于用力过度，缺乏风行水上自然成文的轻松。另外，郭静站得不够高看得亦不够远，拘泥于一亩三分地式的写作，会影响到他诗歌未来的趋向。

安奇（1971—），宁夏固原人，祖籍宁夏中宁。曾游历于青藏高原、浩瀚的太平洋之上。就职于固原一中、银川一中、宁夏教育厅。有诗歌、散文、游记等作品发表于《星星》《诗选刊》《诗潮》《朔方》《诗歌月报》《山海》（台湾）、《文汇报》（香港）等报刊。宁夏作家协会会员，宁夏诗歌学会副秘书长。

安奇的诗歌明显受到古代"边塞诗"以及90年代"新边塞诗"的深刻影响，诗歌里有着明显的"文人气质"。文人气质首先体现在静坐沉思、默然面对世事沧桑的文人形象的自我塑造中。静坐沉思是诗人在诗歌中带给人的最深刻的自我形象，而这是一种典型的文人形象。静坐沉思的姿态——"我静坐在尘埃之内""雪中静坐的行者""肃穆中的额头""我脆裂的而且接近透明的灵魂"；等待的姿态——"这是段清闲而适意的时光 我静坐在／渡头 等待你的船只靠岸／也是等待那一只只的白鹤从天际归来"。文人情趣也在诗歌里大量展示，许多诗歌渗透着古代文人醉酒花间的悠然隐逸：浅酌、独酌、对酌。美酒里，饱含的是浓浓的知己情谊以及

"无为在歧路,儿女共沾巾"的文人式感伤。此外"世事无际,人间茫茫",对自然生命个体命运的关注也是诗人书生气质的重要体现。

对自然生命个体命运的关注,是新时期之后受西方思想创作深刻影响的诗人在个人创作中的应有之义,也是衡量一部作品的标准之一。在《三月十九日的世界——写给女儿》组诗中,诗人表现了人类生命的衰亡与承续,表达了面对新生时的狂喜热爱。女儿的诞生,改变了诗人看世界的眼睛,一切因为爱而变得美好,充满了温情和希望——"你的来临／照耀了渐渐老去的山鹰的金色的羽翼／让收缩的心在沧桑中受到抚慰"。在女儿的诞生里,他看到季节的交替、生命的更迭:"我的时代将不可避免地成为废墟／而你将漫步在云间与花园的秘密之中";"某一天我将借助狂风消散我的灵魂／你却会在万物中发现我无处不在的足迹"。这是自然的规律,宇宙的秘密。明了之后,便不会为自己的衰老离去而悲伤,因为,新的生命就是在此孕育成长。

除了对个人命运、人类生命的关注外,诗人的眼睛更看到了荒原大漠中狂放或卑微的生命。《肃南石林》中诗人热情讴歌赞美历经"狂风中的暴雨和冰雪洗礼粗粝狰狞的生命":寒冷的荒野中,诗人凝视着锋利的石林,体味着它们在风化雨淋中的"千年之痛"。在对边塞景色的描写中,诗人注入了他对生命过程的哲学思考,透射着强烈的自然和生命意识。大漠中的生命,呈现出荒凉中的勃勃生机,以狂野的力量存在于空旷浩瀚的大地。"背负青天的鹏鸟伸展的翅翼／掠过贺兰山直指苍穹而猎猎跳动的巉岩／飘落的羽毛 带有太阳神的气息"(《野园集:贺兰山上》)。

安奇的文人情怀还表现在对历史的追思中,行走于大漠荒原,诗人不由地浮想联翩,追思远古。怀想起贺兰山下的千年古战场,秦长城的明月,戈壁滩上曾经繁盛的丝绸之路。追古抚今,诗人油然而生浮云苍狗、沧海桑田的历史之感。"经卷和马蹄带不回失去的强悍／暴戾的血统终究深埋于尘埃／无迹可寻不仅仅是英雄百战的尸骸／／那一阵狂风拔起的烈烈火焰／伸向暗沉沉的贺兰山之上无尽夜空"(《贺兰山》组诗之六)。猎猎寒风卷走的是驰骋千年的英雄豪气,是曾经繁盛辉煌的光荣历史。"风起于大漠沙石 起于碎裂的历史烟云","风起于渐行渐远的骆驼叮当声的商业贸易","于是此际就只有漫天的烈风狂妄掠过／而肆无忌惮的淹没残存的对初民世界的怀念"。

　　回望历史，诗人由衷地产生对时光、对岁月的感叹，永恒的孤独之感从心头浮现："你的容颜渐渐地老去　隐约在衰败的河谷"，"是谁驱赶着一头牛车行驶在荒凉的梦境／是谁坐在车后浅浅的吟唱"。河谷干涸，容颜老去。旷渺的时间隧道里，只有那一曲苍凉的大漠悲歌诉说着永恒的孤独。尤其是个人被历史被时光抛弃后的彻骨悲凉。轰轰烈烈的历史脚步声中，徒留诗人的一缕叹息，无奈无望——"我在窗前　一声叹息／惊不动早已老化的岁月之心／一个无言的张望"；"世界被割裂　我们被抛撒的灵魂在风中轻扬"，开始了永远的孤独流浪——"而我们在永远的路上　抬眼望　天际还是永恒的沙海／陷没着　不知疲倦的追逐　追逐只是永恒的退缩"。

　　"面对广漠荒原　我永是渺小的行者"，"在路上"成为诗人一个被定格在历史画面里的永恒身影。孤独的英雄情怀在追古抚今间不由生出，蕴含了几许书生意气。"醉卧沙场君莫笑，古来征战几人回"。古代驰骋沙场的英雄豪杰，如今已是层层黄沙掩埋下的累累白骨。壮怀激烈不再，现在的诗人只是一个行走在沙漠戈壁间的疲惫而困窘的行者——"茫然的追逐""仅在狭小的空间中以幻想远行""需要那样的一壶烈酒　唤醒沉睡的身体"成为"低吟或高歌于西北烈风的行者"。然而，风云变幻间，古时的记忆还在，人间一股英雄气还在驰骋纵横，点燃了诗人内心深处的英雄情怀。

　　"烈酒骏马夕阳古道"，马蹄的达达声里，是英雄俯瞰风云的豪迈身姿和落日般壮丽的历史怀想："那燃起的篝火猎猎地伸向高空／贺兰山下我和你对酌一杯呼啸的烈酒／豪迈的英雄情怀淹没了渐渐弥漫的烟雾／烟雾中提刀独立的不知是谁的臂膀／撑起一个快要坠落的星辰／今夜奔跑的是高山上的风中的我的呼啸／穿过杀气阵阵地西夏故地　一杯烈酒／使我得意忘形　使我慨然自诩　而我／只是一介无力的书生笨拙地举一杯烈酒／与故地的哀魂豪饮满天的变幻流云"（《野园集·再一杯》）。烈烈的篝火，雄伟的贺兰山，呼啸的烈酒，使得书生意气点燃了古代战场英雄杀敌的豪迈情怀——提刀独立，纵横沙场。这是多少男儿的壮志豪情、人生梦想。然而，壮怀激烈终被现实中的脆弱所取代，诗人最终陷入深深的现世寂寞，看清事实真相：终究只是"一介无力的书生笨拙地举一杯烈酒"。

　　安奇的诗歌语言，是较为正式的书面化语言。这是由他豪放大气、悲壮苍凉的整体诗风所决定的。诗人擅长于在壮阔沧桑的西北景象中抒发怀古之情，表达自己对于宇宙苍生及个体生命的关切。因此，诗歌语言端庄严肃，洋溢着浓浓的文人气息。"乱石阵中是谁在谋篇布局　运筹帷幄／决胜间笑谈渴饮的积雪叮淙潺缓／三月　北方的暴风让碎石乱行于戈壁／将漫天的昏暗引申为一次战役的残酷"（《野园集：贺兰山下》）。这让我们想起诸葛亮、周瑜运筹帷幄之中决胜千里之外的英雄气概。这些带着浓厚历史气息的诗句是典型的文人话语，引领读者一起与他追怀古战场英雄杀敌的气势。边塞情怀携带着断肠诗般古代文人的多愁善感，让安奇成为行走于大漠间的一介书生，文人气质也成为安奇边塞诗歌最突出的个人气质。

安奇的诗续接着中国古典诗歌的优秀传统，对此杨梓在安奇诗集《野园集》的封底评道："安奇的《野园集》具有古典化的创作倾向，继承了中国古典诗词的优秀传统，如抒情、想象、意境、韵味等本质的元素。尤其是在结构上继承了古典诗词的情景结构，用现代汉语写出具有古典意味的诗作，或者说欲在现代汉诗与古典诗词之间架起一座传承的桥梁。当所有的诗人都在采用情事结构，细节化或情节化叙事，而以意象为主的抒情诗《野园集》，便是中国古典诗词的直接延伸；当所有弄潮的小叙事诗成为一种现象，而以抒情为主的《野园集》便会显出与汉诗本身有关的意义。"但安奇又远离了古典诗歌的传统，即语言的繁多和句子冗长，如何以一当十是安奇所要思考的问题。

张不狂（1972—），原名张彬，陕西横山人。有诗歌、小说、散文、随笔等发表于《诗刊》《诗选刊》《诗歌月刊》《星星》《朔方》等报刊。获得"乌金文学奖"等各类文学奖二十多项。有作品入选《宁夏文学作品精选集》等书。著有诗集《红磨坊》《城市与山水之间》《时间的划痕》等。中国煤矿作家协会理事，宁夏作家协会会员，宁夏诗歌学会委员，宁夏杂文学会会员。

张不狂的诗歌称得上是百变女郎。张不狂是宁夏70后诗人中写诗最多样化的一个，他有意识地在诗歌这块田地里进行各种实验，进行多样化的写作和尝试。他从不给自己的写作预设一个特定的路线，总是不满足于稳定的现状，总企图在多个向度上展开自己。

他的写作是多面的，部分诗歌有着传统诗歌的婉约、细腻和优美。诗歌《桃花开到深处》中的桃花开在巅峰之上，"粉嘟嘟"地"开在灿烂的深处"，"红艳艳地开在死亡的巅峰"。这些盛开的桃花有不同结局："一些落尽花色的桃花／已随风折入春天末端的巷口"；"一些依然坚持在枝尖上的桃花／托起了一盏盏果实的青灯"。不管怎样的结果都是美丽的，诗歌既充溢着美丽事物被折损的柔婉的哀伤，也有着花落结下青青果实的欣喜。

张不狂不执着于一种诗歌模式。90年代"知识分子写作"与"民间写作"之争中的"民间写作"影响到他，他的一部分诗歌非常口语化，以平常语写平常事，论平常理，写得恬淡、日常，以反拨诗歌写作中惯常的贵族化情绪和过于空灵以至于空洞的诗性言说。"那个烤红薯的人红着脸膛／呲着黑茬茬的坚硬胡须／他的样子已经和红薯融为一体……与我们渴望花香芬芳生活不同／他的生活始终被红薯的焦黄香味充溢／与我们幻想七彩渲染的抱怨相比／他的生活足够单　却又充实着底气"（《烤红薯的人》）。

这部分诗歌张不狂写得很日常，在诗歌中他描述日常生活的状态和悲喜。诗歌吸收了90年代以来口语写作强调的那种贴肉感，那种逼真的生命感受。但是张不狂把握了一个底线、一个度：诗歌可以口语化但不能口水化。他的诗中没有难以启齿、不堪入目的词语，没有失之于粗鄙，因为毕竟诗家语不等同于日常语言。并不是任何语言都可以入诗的，必须对语言进行诗的处理，才能使之成为诗的语言。

散文化的笔法曾经被作为一种创新的笔法引入诗歌。它以对语言、对诗歌形式可能的革新，为诗歌注入了新意并被部分论者引以为先锋。张不狂的部分诗歌是散文化的。"清丽的水或直立或倾斜，或者／花蕾一样的在广场的中央喷薄／开来。这是夜晚就要来到前的／一道道、一团团、一簇簇炫目／的亮光。……我找不到世界是个染缸的证据／水涌出手指的瞬间，绿浸过的／地步，不变色的月光一直醒着／我欣慰的是单纯未被暮色覆盖"（《夜晚袭来之前》）。

这首诗的散文化倾向是很明显的，如果不分行连在一起就是一首关于景物描写的优美的散文诗。在这首诗中，作者冒着语义断裂的危险，无论句子语义是否完整都切开转入下一行，使每行都字数一致。这种尝试很大胆。当然张不狂的散文化诗歌中，并不是所有的诗歌每行字数都切割一致。

他的散文化诗歌，有的句子拉得很长，如滔滔河水的语言有效扩展了句子所能容纳的含量，但他没有让诗歌散文化到不可收拾的地步。他的诗歌句子偏长，却又不过分长，使得诗歌不至于有臃肿冗长之感，避免了散文对诗歌本身形成的覆盖和偷换。

诗人们历来都把诗歌看成美的书写。在诗歌的散文化书写中，张不狂又碰触到宁夏诗歌的一个禁忌：书写丑恶。狗皮膏药、洗头房、按摩屋、性感的红唇、性病广告、苍蝇、失踪的宠物、离家出走的孩子、办证广告、贴小广告的电线杆子……这些代表丑和恶的事物，一般是不被写进诗里的。但张不狂写了，因为他关注的美学范畴不仅仅是美。这些丑和恶是现实丑陋的写真，恶之花就开在丑陋生活的边缘，昭示着世界的复杂性。这些令人恶心的、丑陋的、具有不祥意味的意象，昭示着我们生活中的病态、纷乱、混杂、痛苦、忧郁和作者"精神的骚动"，从另一面展示了生活的本质和真实。

散文化诗歌的句子是不拘长短的，张不狂也有以短句为特点的诗歌。这些短句式的诗歌往往充满哲思，展现一个"真"的自我。"我到了长城／我也登上了长城／我张开双臂／左手托着内蒙古／右手牵着宁夏／我苍狼一样看淡了壕墙边的风／在一截一截坍塌、低矮下去了的／土长城的边上／我丝毫没有获得什么英雄感／我觉得这根本就没有什么"（《土长城》）。

他以自己的"无"感慨来剥离人们在历史遗迹前，没有感慨也要"为赋新诗"强说历史情怀的"有"。诗歌以平实语言展现一个真实的本我：没有感慨绝不做作地空发喟叹。在这诸多的实验中，张不狂的语言以平实、沉着见长，直陈式居多，不炫耀技巧。语言有质感，因为口语化特征凸显，所以直白之余，余味不够绵渺，稍缺弹性。他正是以这样的语言游刃有余地表达自己对人生状态的独立思索。"有时候，我会暗自思忖／我原本该是一头猪，没有独立的思考／只有傻乎乎的曲意逢迎"。他看到自己说些言不由衷的话，曲意逢迎，失去了自我，不禁惶惑于自己的未来："以至于春天的花都开了／而我眼里看到的却竟是柳絮飘洒／飘洒着我没落的心情。"除了对自我状态进行反思，张不狂常常对人生的哲理进行思索。"我常独自暗想／这世间的事情／来来去去／是不是总有一种支撑它的平衡／就像我在某处给予弱者施舍／却在另外的地方亏欠了别人"（《平衡》）。这首诗歌表达了他通达的哲思,人生的事事物物就在给予与亏欠的跷跷板中,在不平衡中行进,得以维持平衡。张不狂以如此平实自然的语言,表达他自己从日常经验中体味得来的哲理,保持着一颗诗人的正直的心。评论者秦客有一句话说得好:"他的诗没有写出所谓的语言高度,但写出了诗人深藏的内心高度"(《张彬诗歌阅读印象》,《六盘山》,2009 年 3 期)。

总之,张不狂是一位大胆和自由的诗人,他的诗歌敢于涉猎多个向度进行书写的实验。他充分展示了自由诗体的文体功能,以文体形式的自由多变、开放多元,最大限度地满足了自己作为一个现代人心灵的自由度与精神的复杂性抒写,展现了他拥有的诗歌广度和拥抱事物多级的能力。虽然缺憾的是他在每一个向度上都走得不够深远,但重要的是他一直在探索,他在探索诗歌的底线到底在哪里,似乎每种样式他都要试一试并乐在其中,这就体现了诗人敢于探索、勇于独创的精神。反之,一个缺乏探索精神而自我重复的诗人注定是平庸的。

杨建虎 (1972—),宁夏彭阳人。1992 年开始创作。作品发表于《诗刊》《人民文学》《青年文学》《十月》《星星》《诗潮》等,入选《诗选刊》《青年文摘》等多种文学选本。著有诗集《闪电中的花园》、散文集《时光书》。中国作家协会会员,宁夏作家协会会员,宁夏诗歌学会委员。

杨建虎是一位内敛、隐忍的具有文人气质的诗人。诗集《闪电中的花园》是他从事诗歌写作的一次总结。在这本诗集中,杨建虎与美丽、安静、温情签下了一个纯粹的契约。

杨建虎的家乡彭阳是西海固的一部分,这里粗粝、干涸,只能生长贫穷和土豆。对乡村苦难的呈现,杨建虎很少直接地描述、渲染,他更多地关注西海固粗糙生活的另一侧面:美丽。譬如同是写西海固的干涸,他更喜欢写雨水降落干涸之地的欢喜,写"雨水淋湿了朴素的思想",写"那些布满青草身影的山坡/在雨中,正经受着/野花般的初吻";同是写春天,他更喜欢写在沙尘暴的春天里折桃花:"在光的平静里",会有"一树一树的桃花亮在山头"。他期待着纯真的眼睛和明亮的状态,他抓住的是跟别处一样美丽的西海固,虽然西海固的美丽短暂得像西海固女孩脸上的青春红晕。诗歌没有知性难解的繁复,有的是浅显简单的魅力。"而身体里的时光/总和桃花瘦影相随",杨建虎的生命时光就和这美丽形影相随,打上生命的印记。于是西海固在他的笔下荒凉得精美起来，这儿的土地、花朵、羊群、青草和姑娘满载着他大片大片的梦想。与其他诗人的沉重不同，他凭借着罗曼蒂克的气质代表了西海固诗歌的另一幅面孔，成为这片枯焦的土地上生长出来的会唱歌的鸢尾花。

　　杨建虎宣称，"我是我内心苍凉的书写者"，诗作却少苍凉粗犷之感，多小桥流水之美。他多选用阳光、飞鸟、晚风、青草等轻巧、明丽的意象，不选用浑浊、雄厚、崇高、粗犷的意象，配以委婉绵长、悠远的抒情，诗歌像旷野上歌声的尾音袅袅婷婷。"我丝绸般的忧伤，像山坡下闪光的溪水"，情感与意象有着深度契合之美，诗歌总体上含着一股青春、忧郁、亮丽之气，没有被生活压弯的艰辛沧桑，即便运用了"沧桑"这个词，这个词也会染上青葱的气息。他会《与一股轻风相握》，在清风扑面的状态里与生命相遇，而不会让自己的生命与浊浪或狂风在诗歌里相逢。他的诗歌不是大风大浪，是生活中伴随心灵的轻音乐，是早晨太阳升起、傍晚落下的干涸土地上的潺潺溪流——优美是它的节奏。

　　杨建虎的诗歌里有一种沉静之气，这源于心境的安静，"像水边的空气／那么宁静的流动、环绕"。杨建虎善于把捕捉到的静的意象组合在一起，描摹静的场景：树木河流、青草雨水、雪野云影、微笑梦想……连"一群石头"都可以安静地"在阳光下沉睡"。即便写到动的事物，那也是一种令人感觉到静态的动。"绿色弥漫开来，疯长的青草宁静地延伸"，化动为静，以动衬静。杨建虎把每首诗歌都处理成淡淡的样子，从不浓墨重彩，即便站在古城墙的遗址上，也没有关于历史兴旺的感想教训，而是选择岁月的寂静："这样一个古城的下午，我从寂静中走来／轻轻走过玉米秆堆积的大地／我感到了岁月的孤寂／也感到了飞翔的快乐。"所以他的诗歌不会嘈杂难耐，诗歌之风掠过疼痛和绝望，西海固呈现出安宁和幸福的模样："一切似乎显得异常平静／四月的阳光如此暖人／一场关于幸福的梦／还没有做完。"

　　杨建虎和宁夏的许多诗人一样，经历了从乡村到城市的位移。因为工作或生活的原因，他们离井别乡辗转到城市，居住在城市。离开故乡栖居城市的尴尬境遇让诗人对城市总体持排斥的姿态：这个城市"到处是虚幻的温柔／那些颓废的街道和疲倦的记忆／让我的心灵生锈让我的爱情脱落"。城市虚幻、颓废、疲惫、苍白,丧失了生命力。同许多诗人一样,杨建虎选择乡村作为抵御城市的策略,把乡村作为安放心灵的地方。杨建虎带上丁香和风,忽略城市里的电锯、拆迁以及用于装修的木头的哭泣,让"村庄和河流引领他的诗篇"。在蜗居的城市,回望乡村:"蜗居在城市的一间屋子里/面向落雪的窗户,似倾听温柔的话语/我想着故乡的沟沟畔畔/想着即将复苏的田野/更想着山塬上即将绽开的山桃花//而村庄的内部,此刻/弥漫着更加迷人的光芒"(《光芒》)。

村庄在想象中"弥漫着更加迷人的光芒",成为不可兼得的乌托邦。这样,杨建虎就把诗歌的一大截留给了乡村,只有一小截留在了城市,他给城市留下的是职业、生活和大部分的生命长度。他歌唱故乡这个纯美的所在:"田埂上的阳光,还在风中漂浮/这满布安详的乡村麦地啊——/其实我们多愿守在你的身旁。"无论诗人们"多愿守在你的身旁",都不会再真的返回家乡,即便"城市巨大的胃/已使好多事物失去了原来的味道",能做的就是"我会买几个烫热的玉米/拿回家,和妻儿一起品尝/悄悄变味的乡情"。他们已经适应城市的生活,更愿意在城市里生活。他站在城市的中心对诗意的村庄作纸上的回望,于是故乡变成了温暖、亲情、安详、感恩的代名词。怀念往昔暗含有谴责城市的意味,但绝对不是激烈的抨击和改造城市的渴望,所以这里的"我"不是顶天立地的改造型的大写的"我",而是一颗充满感慨的文人气质的雅致心灵。诗人在城市与乡村的游走间感到了自身的无力,当来自乡村的羊成为城市里豪华的午餐或晚餐时,吃着羊肉的诗人的确不知道"如何为羊祈祷"。我想这不仅仅是杨建虎个人的问题,而是中国大多数从乡村来到城市的诗人普遍面临的问题。

所以杨建虎的诗歌中虽然有大量西海固的影子,但仔细考量会发现,这源自西海固的江南歌声其实是杨建虎为自己打造的城市心灵花园的一部分,他把从故乡、西部采撷来的花朵都放进他的花园里。站在城市怀念乡村,乡村给予的是精神的抚慰,是诗人获得心灵平静的阻挡式武器;伤痕被慰藉,翅膀得以歇息,灵魂得以安顿,是为了更好地在城市漂泊。杨建虎的终点是城市,所以他的心灵花园是属于城市的。"闪电中的花园",单纯就名称而言,绝不是乡村荒芜的庭院,它带有西方色彩,会让人联想起走廊、花朵、静谧、温暖,这是以小资产者的富足感为前提的,既是物质的也是心灵的。雷电之下，花园展现出不同日常的模样，去掉了旧日沉闷的熟悉，显出活泼的模样。即便有了雷声和闪电，也不会产生威胁性，不会冲塌家园的温暖，花园里永远的是绿叶、歌声与回忆，这就是闪电花园的全部秘密。杨建虎的诗歌在季节的轮回里，吟唱不变的美的价值，让生命在这尘世进退自如前后有据。"我承认，至今我还是一个敏感的人／拥有着一颗敏感之心"，为细碎的美丽而敏感，杨建虎在人生的旅途中做着一个个美丽的小小停顿。读杨建虎的诗歌就像读80年代的明信片，优美、青春、易懂、洋溢着莫名的浅浅哀伤。语言灵动，充满弹性，修辞简单，明朗优美。风格唯美，不以深度取胜而以携带些古典韵味的轻巧见长。即便《西夏王陵》这样雄壮的诗篇，经过淋湿的细雨，也变得清新流畅。婉约不是缺憾，是美之一种，不触痛灵魂深处的角斗和挣扎，触痛的是美丽的色彩和心情。在影响的诗学上，杨建虎较多受到中国古典诗词的影响，避开复杂的技巧，采用传统的诗言志手法，进行简单的修辞变换，通过意象向传统回归，携带着传统士大夫文人的情绪和忧伤的格调。缺憾在于似曾相识的古典与婉约，在扩展了他诗歌影响力的同时，也覆盖他的原创力。需要指出的是，杨建虎出道很早，《朔方》于1998年就推出过他的作品专辑，创作时间已有二十多年，但自始至终都是一种淡淡忧伤的宁静风格。他发表了大量的诗作，但给人印象深刻的却不多见，或者说他的诗作缺乏撞击读者心灵的力量，希望有所突破并勇于独创。

阿尔（1972—），原名张涛，河南唐河人。就职于宁夏日报社。1986年开始诗歌创作，著有诗集《里尔克的公园》《银川史记》、随笔集《秘境之旅》，主编和策划有诗选《中国先锋诗丛》和《中国当代风景诗选》。1991年代创办宁夏第一个诗社——"吉普赛人"诗社，2001年创办宁夏第一个诗歌民刊《原音》和宁夏原音文化艺术网。曾策划银川大地诗会、第一届和第二届中国银川诗歌节、"2009中国70后诗歌论坛暨银川诗会"等活动。宁夏作家协会副秘书长，宁夏诗歌学会秘书长，银川市诗歌学会会长。

80年代开始写诗，受80年代文化思潮的影响，尤其是崔健的摇滚音乐、北岛的诗歌、外国现代派，海子的诗歌给了作者最大的影响，让作者明白了"诗歌有时候真的意味着一切"（《阿尔创作谈》）。

海子诗歌中《阿尔的太阳——给我的瘦哥哥》，是向画家凡·高致敬的一首诗,按照海子的解释,阿尔是法国南部一小镇,凡·高在此创作了七八十幅画,这是他的黄金时代。从某种程度上说,是阿尔成就了凡·高,阿尔几乎可以视为凡·高的代名词。以"阿尔"为笔名,也是张涛对自己的诗歌期许,也包含着对海子和凡·高的致敬。

  阿尔是宁夏70后诗人中具有一定哲学深度的诗人。在诗歌哲学上,阿尔具有存在主义倾向,受"存在先于本质"的启发,阿尔提出了"诗歌的地理是先于诗人的存在的"的观点,并致力于"诗歌的地理性"写作。他坦陈:"诗歌的地理性是我想表达的一个命题。"阿尔认为:"诗歌的地理是诗人自身不可避免的现实存在,生活在那儿,诗人就在那儿。是被迫,又是我们常说的'诗意的栖居'。诗歌的地理不是近年来当代诗人所尊崇的,自觉或不自觉地向神性诗歌写作、大地写作靠近的愿景写作。而是接近于现实、接近于真实的个人写作,可以说,这是一种自由的敞开的表达式的诗歌写作。"阿尔的诗学观点可以归纳为以下几点:一、"生活所在"与"诗人所在"共享同一的"诗歌地理空间"。二、阿尔所谈到的"现实""真实",在很大意义上指的是"存在";也就是说,从"诗歌的地理性"出发,能够接近"存在",这有别于类似"政治抒情诗"的"集体写作",能更大程度上敞开"诗歌"与"存在"交流通道,让诗本体自然呈现。三、否定了"诗歌的地理"写作是"向神性诗歌写作、大地写作靠近的愿景写作"。四、认为"诗歌的地理"写作是"接近于现实、接近于真实的个人写作"。五、"诗歌的地理"写作是"一种自由的敞开的表达式的诗歌写作"。

  阿尔的创作显然受到海子的影响,如:"青海湖,你是我的爱人/青草像湖水一样/充满欲望和火焰/她们疯狂,在三月/在三月之上的青海湖/等待一场盛宴,这打马而来的骑手……/眺望啊,一座村庄,/另一座村庄/清真寺,美丽的月光/清澈而又忧伤/是啊,我就是那个丢掉盔甲的人/十万头牦牛,从黑夜疾驰/他们来了,就肯定是命运的敌人/我一望无际/青海湖一泻千里"(《青海湖》)。读来不由让人想起海子的《七月不远——给青海湖,请熄灭我的爱情》,这首诗歌不论诗歌语调还是诗歌意象上,都有海子的影子存在。在另一首诗《致——写给荷尔德林》,也受到海子的影响。但如何克服前辈诗人的"影响的焦虑",这是横亘在阿尔面前的必须解决的一个问题,也决定了他的诗歌的生死成败。阿尔在所受的海子的影响中，主要接受的是海子的诗歌理念和技法，比如在拒绝修辞等诗歌观念上较为出色，但对于海子诗歌中意象的倚重或重写，因其难以超越，显得空疏乏力。在对前辈诗人的超越上，阿尔需要付出更大的野心和耐力。

"诗歌的地理性"是阿尔诗歌理论的集中体现。在具体的诗歌实践中，阿尔着力构造属于自己的诗歌地理空间，"构思和建造属于自己的小镇""继续着人类的史诗"。所采用的写作手段是把诗歌与"琐碎的日常生活"连接起来，从而"把写诗当日子过"，以此来实现宏大的史诗诗歌构想。阿尔的诗，是"琐碎的日常的"又是"宏大的史诗的"。阿尔强调两种诗歌向度：一是用诗歌还原历史的鲜活生命，赓续史诗传统；二是"趋于内心的写作"，两种诗歌向度的相遇，是阿尔追求的理想的诗歌状态："世界于是寂静下来，唯有诗歌本身，其他的，已经不再重要了"（《阿尔创作谈》）。

对"诗歌的地理性"的重视，是阿尔区别于其他诗人的一个特征。在作者的诗歌中，尤其以宁夏地理空间的书写，使得诗人带上了明显的地域特质，如《寒食记》中的"西吉"（第二首）、"西海固"（第三首）、《消逝集》中的"银川"、《光线下出发的人》中的"大武口"、《送饭人》中的"爱伊河"等。我们可以以"银川"为辐射中心，画出阿尔"诗歌的地理性"空间图，但必须明确的是阿尔的"诗歌地理性"已经不再是实存地理意义上的空间，而是"文学地理空间"，两者并不具有一一对应的准确关系。"文学地理空间"不仅仅只是承载、容纳其诗歌艺术审美的意识，其空间本身是诗歌组织形式的有机部分。

阿尔的"诗歌的地理性"写作，在很大程度上拓展了诗歌的表达空间，是诗歌观念从"时间维度"的连续性建构的放弃，是对历史连续性建构的质疑，也极大地漠视压缩了诗歌的时间性维度，也即诗歌的"历史性"开始转向"空间维度"开拓，是诗歌美学的一次转移，应该属于后现代诗学主张的一种形式。

阿尔实现其"诗歌的地理性"理论构建的一个不可或缺的手段是口语入诗，既忽略了语言的历时性迁延变化，也表征着对书面语言的不信任，这是阿尔诗歌的一个鲜明印记。但口语的边界，不应以伤害诗质为底线。令人遗憾的是诗人似乎并没有警惕这一点，在相当一部分诗作中，其口语

（主要是粗语部分）与他的诗歌基调并不相融，为诗人表达的精准、诗歌的力量并未起到好作用，这一点显然也是当代诗歌中的一个误区。

阿尔追求的是"诗本体"，有着诗歌的纯诗化追求，但也没有放弃诗歌的史诗化追求。正因为如此，阿尔的"诗歌的地理性"既获得了纯诗品质，也没有放弃其历史负载，从而使得阿尔的"诗歌的地理性"不再是一个外置的概念，而是一个活着的灵魂，保证了阿尔诗歌写作的丰盈和精神品质。在"诗歌地理空间"与"历史维度"的两极的反向探索上，阿尔依然有很大的书写可能。如果阿尔不是使才负气，而是付出更大的虔敬和耐力，他将会在诗歌之路上走得更远。

谢瑞（1973—），宁夏西吉人。就职于阳光出版社。成功策划和出版了"70后·印象诗系"。参与策划并举办了"2007·中国银川诗歌节"等诸多诗歌活动。作品入选多种诗歌选本。著有诗集《在路上》《北京路纪事》。宁夏作家协会会员，宁夏诗歌学会理事。

谢瑞是一个从乡下"窜"进城里的谋生者。1992年因家庭无力供学，高中辍学来到银川，生活至今。在银川的二十多年时间里，先后从事过多个职业。2004年开始写作，如果说他在第一部诗集《在路上》中对西北地域属性有些关注的话，到了第二部诗集《北京路纪事》，则有意把叙事的空间转移到城市。他以语言进入银川——这个城市的深处，带着一种抵达这个城市隐秘后的忧郁和朦胧。

北京路是银川市最宽、最长、最重要的主干道，可以看成银川这座城市的代表。谢瑞的工作地点就在北京路上，工作之余，他常常俯瞰整个城市，看着这个他一步步拼过来的城市。他和许多人一样曾经生活在这座城市的最底层，被漠视、被欺骗、被侮辱……将目光投向自己托付的城市，就是将目光投向自己，投向那些跟自己一样的人。当他以卑微的方式一次次地接近这个城市时，一次次不自知地抵达了这个城市的深处。在他的笔下，城市是个完全现代的空间，他的诗歌是从这个空间内部生长出来的，洞悉它内在的隐秘、它对人的捆绑和它自身的荒芜。

城市里所有的都是人工的；城市里布满欲望；城市里没有"炊烟"；城市里的爱情脆弱得像纸；城市里人和人之间的关系是浮皮潦草的，人们住在一起，却永远无法抵达对方；城市里有被丢弃的女婴，有骗子，有乞丐，有犯罪的，有吸毒的……甚至是一片"生长流氓和垃圾的树林"；所有人的时间在这里被偷窃，人们无法回头，无法更改……然而我们就被这样的城市所吸引，盼望扎根在这里，不惜在如此的乌烟瘴气和凌乱中，"自己被自己放倒在地"。在城市里，所谓的幸福就是一种充满宿命轮回的生活：对小孩来说就是睡觉、去幼儿园、回家……对大人来说就是睡觉、去上班、回家……生命就如此一辈辈地被城市生活，所谓的现代生活耗尽、磨平和规训。儿子越来越像儿子，父亲越来越像父亲。随着这个越来越像的过程，一切都被纳入了所谓文明的轨道。在全是陆地和石头的城市里，我们不再是从天上来临的天使，折断的翅膀变得烟熏火燎，渐渐地，我们脏了双手、脏了牙齿、脏了肺、脏了心肠，需要一个在步行街站立的疯子愤怒地提醒：该洗洗了，该洗洗了！

所以谢瑞宣称"从失去乡下的明月开始／就已经注定／我只能是一个／用耳朵行走的人"。谢瑞把眼睛留给了乡下的明月，不再被城市的霓虹灯所迷惑。谢瑞用这双装有明月的眼睛打量自己居住的城市，由此银川也不再仅仅是银川，而变成所有城市的代语。谢瑞在纸上画出一只只长着翅膀的鸟儿，尝试着向城市抛掷出去，他想知道被投放的鸟儿在城市的遭遇。画的第一只鸟，还没等投放出去，由于"那片纸飞掉了"，鸟儿"去向不明"，再也找不回来。投放的第二只鸟儿，以为城市是天堂，"它落下来，加入到玩泥巴的行列"。第三只鸟儿"它看见了那些玩弄着泥巴的人和那只鸟／但它无法作出选择／它无法判断它们的声音／究竟代表了幸福，还是不幸"。当"我在纸上画下第二十一只鸟"的时候，"我发现它变了，变成了鸟人"我投放这个城市的鸟，最终在第二十一个的时候在城市的轨道中被彻底异化。鸟儿是一种象征，我们就是那一只只被自我放飞在城市中的鸟儿，鸟儿的结局就是我们的结局："那只鸟从广场上飞过……那些向她抛洒出谷粒的人／从未给过她／快乐的种子"。城市养活了我们，我们丰衣足食，却丧失了快乐。我们在世界刺目的颜色里眩晕，在都市里迷失，我们的生命被篡改，我们假装鲜艳地活在别人的梦里。

那么，是谁在改变着我？让我失去自己，变成行尸走肉？在我死去，又是谁为我收尸？如果没有人来为我收尸，尸体暴露在人流如织的街市，又是怎样的结局？灵魂漂流，肉体漂流，人被城市这个巨大的装置和它设置的理念规则所吞噬，变成了浑浑噩噩的行尸走肉。我们选择了城市，我们为城市所驯服，我们中了谁的毒？"唵嘛呢叭咪吽／唵嘛呢叭咪吽"，我们可以念经，但无法杀死自己内心的毒。"这个夜晚，我杀死了一只羊／把它献给另一个世界里／以慈悲著称的人／但我无法杀死那头盘踞在心底的大象／它仍用耻笑的目光看着我／不告诉我真相"（《唵嘛呢叭咪吽》）。其实不用告诉，我们早已看穿了审视自己灵魂的自己，我们中的是城市的毒，也是自己的毒，所以我们才不断在诗歌中回望家乡。

但是"对于故乡，我已经不可能"，因为"许多年来／我把自己安放在了一条／没有终点的路上，已无法返回"。故乡是每一个城市人的不归之路。要回到故乡，只能通过"一块遗落在童年里的泥巴作为引子"，在想象中返回童年记忆中的故乡。返回并不能完成救赎，"我选择了拥挤／选择了将大厦种进麦地"，没有新鲜的粮食，没有黄昏的炊烟的我们"生了多少年／就死了多少年"，"我的存在，已成为我全部的罪证"。于是我"发现我居住的这个城市／除了一个红色的圈圈／什么也没有"。城市的生活就是原地打转的生活，它是红色的，是以鲜红的生命力的丧失为代价的。在这个城市行走的许多人"走得像一张皮"，剩下的是"仅仅是一副任人敲打的骨头"。欲望满足就有幸福感吧？可为什么又如此痛苦，丧失成就感和存在感？"如果还来得及捕捉忧伤／而怀念早已必不可少，唱就唱了／那么走吧，沿着她／要么到地狱，要么到天堂"。可是这一切也都是虚构的吧？"包括时间／包括祷告词面包可有可无的爱情与纯洁"，这一切都是话语建构起来的一些而已。看穿它的本质，谢瑞担得上"自省"二字。"因此，我至今也没爱上这个城市"，我没爱上这个城市，却为进入这个城市在一直拼搏，岂不是很悲凉。不是一个人的悲凉，是所有候鸟样迁移来城市的居者所感到生命断裂不能融入的痛。

人生真是一场无奈的旅程。谢瑞在诗歌中没有给自己留下退路，他看到这条不归路是那些从农村流散到城市或定居或没有定居的人亲手选择的，并甘愿在城市的规约里异化。在银川这个被卷入快节奏的西部都市里，他们充满疲惫地追逐、审视和吟唱，被践踏也被成就，被放逐也被蹂躏。一切最终或许"只能在一首诗里／终结我的一生"；"当一切都暗下来时／残缺的，正是浩瀚的"。城市如此残缺，但残缺得又如此浩瀚，可以吞没所有靠近它的人，于是城市变成一座新的荒原，充满干涸、背叛、欲望和欺骗。我们的存在是没有存在感的存在，这是所有城市人的最终结果吗？拥有一把枪的想法是不切实际的，但是在梦魇一样疯狂的城市中，随着一声枪响，"堕落与虚无／终归将了无痕迹"。谢瑞的笔下，城市不再简单明晰，城市充满绝望、颓废和虚无的情绪。正因为如此，从谢瑞的诗歌中可以看到西方现代派的影子。但这不是从西方模拟来的，是在中国多年的现代化进程中自己生长出来的。我们城市的历史已经足够长了，人口大规模地从农村向城市迁移，这种痛也是这部分迁移的人才能品到的。所以我们的诗人对自己居住的城市已经有足够的感知，这些城市已经足以生长出自己的诗歌。正是在此意义上，谢瑞的诗歌值得肯定。

谢瑞借助城市批评人的贪欲值得肯定，但城市并非"充满绝望、颓废和虚无的情绪"，而是用什么样眼光、心态和境界去认识的问题。不管是城镇还是乡村都只是人的寄身之处，而人的精神家园从来与城镇和乡村没有关系，可以是诗歌本身或天人合一或宗教信仰。城镇化是世界潮流，浩浩荡荡，顺昌逆亡。中国几千年的农业文明，但农村只是大多数孩子的出生地，只有富裕的家庭让孩子读私塾、进京赶考，而之后的个人发展和文化创造都是在城市或国都完成的。诗人可以缺乏知识，但不能缺乏文化——认识几百个汉字便能写诗的言论真是愚昧至极；还有草根诗歌，再怎么炒作，一棵草永远长不成大树。所以摆在诗人面前的难题是：既要抒写乡村的宁静、自然和美好，农民的善良、淳朴和勤劳，不是毫无节制地赞美乡村，而要以诗的形式挽留并记录正在消逝的农业文明；又要审视生活于其中的城市，不是笼统地指责城市，而要指出城镇化进程中存在的问题，诸如千城一面的没有个性、楼房于一夜之间拔地而起的速度、街道被反复挖开又铺平的缺乏规划、城市沦为最大的建筑工地和停车场等。

刘乐牛（1973—），宁夏固原人。1993年开始发表作品于《诗刊》《绿风》《星星》《诗选刊》《扬子江》等，著有诗集《苦涩的甜蜜》《当我再次比喻月亮》。宁夏作家协会会员，宁夏诗歌学会委员。

刘乐牛是一位回忆的诗人，立在城市的地平线上，他念念不忘自己所由来的乡村。他写的多是乡村和乡村的事物：桃花、高粱、杏花、月光下的村庄、蛛网、向日葵、苜蓿、沙漠、露珠、戈壁上的黄泥小屋……作者的心如此柔软,在每一个细小的事物上都要停留一下,描述一个山村的故事,让人感知他的体温,倾听来自他内心的声音与情感:傍晚时分一大一小一前一后在暮色中回家的羊;炊烟升起的柴门前站着的小男孩,在等待驴车上的远归人带来的水果糖;老院子门口的苜蓿地里奔跑玩耍的兄妹;岁月和生活的变迁,给灯下做针线的曾经年轻貌美的母亲留下的沧桑变化……山村风景多和童年连在一起,多和亲情与温暖连在一起。过去的故事和情感经过时光的积淀,变得一尘不染,剩下的只有清洌和醇美。《小村》《奶奶走好》《遥祭太爷》《温暖》就是这方面的代表作。

刘乐牛诗歌写作的另一重要题材是爱情。《在刮着大风的夜晚》你我的影子会依依相惜在窗前;《我要……》与爱人一起相濡以沫面对生活;《夏夜听音乐》中有爱情的小家庭如此幸福……这些关于爱情的诗歌中,由于初恋在他身体里划下了深深的痕迹,所以他关于初恋的书写来得很有些刻骨,真有点小小的惊心动魄的意思:"我如此水火不容地恨你又思念你/身陷爱情设下的刑场/无力突围,却不愿投降/心力焦枯地攥着,男人最后的一根骨头。"痛苦让他反思自己付出的爱,"也许,当初之所以认为你与众不同/只是因为我的心跳/在你身边的水域,留下了太多美丽的漩涡"。于是,"我要为我的初恋举行葬礼""初恋已羽化而去",最终"我已有力量将你称为别人"。诗歌陪他度过了失恋后的孤苦长夜,给他光的引导,成为他盛放灵魂的容器。

刘乐牛的诗歌含有哲理性,其哲理表达心思幽微,带有一种思辨性,体现了诗人心灵的深度。在关于个人生活和城市冲突的诸多表述中,刘乐牛的表达方式令人欣赏:个人呈现为一种撕裂的姿态。"一匹狼从我的身体里逃了出来/瘦骨嶙峋地走在夜晚/灰色的皮毛/紧裹着从城市的荒凉中借来的破毡/绿幽幽的眼睛/闪着孤独的光/像是在寒风里寻找丢失的血统"。"一匹狼"代表人类身体的野性,人性中原始粗犷的部分,是一种深度的东西,是另一个自己。但这个真正内心的自己和行走在城市表象的自己是如此不同,生活在城市里的人们日渐丧失这份本源。所以诗人表达的实质是一种精神诉求,希望能在孤独中回头寻找到这份曾经的宝贵。

整体上,刘乐牛的诗歌选材细小,语言简洁干净,显示着别具一格的清新:"我写诗,多半只是因为一滴被风吹动的水/在尘埃中发出了轻轻的歌吟"(《注视一滴水》)。诗歌首首精美,像颗颗清澈的水珠,有"属于自己的、小小的、玉润珠圆"。"最终亦是通过诗歌,我对生命、爱情、价值、尊严等人生重要概念有了更深的理解,感知到了作为人之个体,在天地之间应有的生命立场,进而从苍茫浩渺的无限时空中,获得了玉润珠圆、柔静明亮的自我"(刘乐牛《我所理解的诗歌及与诗歌有关的》,《黄河文学》2012年5期)。

刘乐牛的诗歌风格总体上属于柔婉一脉,他与别人不一致的地方在于对心灵幽微感觉更细致的把握。刘乐牛一直着意追求幽思的别致,侧重于内心对事物不同于常感的一种辨析,他让诗歌变成春水流动的声响,诗歌成为一片轻笔调的光影之波。即便他刻意想描绘一幅惨烈的图画,从图画中渗出来的都是凄美:"头颅已被取走,死亡还在腰杆内继续烘焙/满地脖颈带疤的向日葵/晃着土蒙蒙大叶/不肯丢下,片片凌乱而憔悴的薄金/一株株疼痛站立的灰烬/挺起冷风,弄乱了情绪不稳的深秋//我不想它们如此坚强/不想在早晨,遇见一大片寒骨的黄昏"(《清晨经过向日葵地》)。他自如地选择适合自己的意象,让诗歌的精灵在行间跳跃。即便写西部,他也一样柔婉。《风吹西部》中的苍鹰、云烟、烧酒、秦腔、长城、丝绸、行走的人等,其中流淌的绝不浑浊的清澈感让一幅豪迈的画面充满哀婉的风情。

刘乐牛的幽思别致还表现在比喻的精到幽微。他咏物的一些诗作可以担得上"精美"一词,近乎每首诗歌后面都有让人觉得精雅难忘的句子,一如灰姑娘的水晶鞋。其中比喻起了很大的作用,一个王尔德式的比喻可以化腐朽为神奇。《小村》中儿时的我在一颗雷火击空的柳树前玩耍,一不小心"从它的粗皮上,搬下了一片很厚很黑的老年斑"。把一小块烤焦的树皮比喻成"老年斑"很独到,让人耳目一新。除了形象性,刘乐牛的比喻还有深刻性。《蛛网上什么也没有》中把蜘蛛比喻成"一粒带欲望的褐色尘土","以柔软的毒/在向广袤的世界,争取自己小小的命运"。在蜘蛛命运和特性的书写中蕴含对命运的思索。刘乐牛的比喻,最吸引人的地方就是在出人意料之处,突破常规,运用逆反思维来达到陌生化的效果。他描写一只越飞越远的蝴蝶:"越飞越远,修炼成精的一片彩色/在风上运着透明的悬棺/一个艳丽的幻影,弄伤了芳香的春天。"翩翩的蝴蝶,合着春天的色彩飞行,阳光下躯体透明。这透明的躯体竟被匪夷所思地比喻成运动的"悬棺",使得本来春天艳丽的影子竟然添加了一丝忧伤。比喻承接作者的直觉而来,与心灵相接,有一种天然的通透感。刘乐牛以比喻的形象性、深刻性、陌生性拓展着比喻的广度,创造着与他人不同的"区格"。

总之,诗歌见证、记录了刘乐牛从少年到中年全部岁月中的心路历程。诗歌之于他,是"生活抛弃在我心里一束花"。因为这"一束花",我们才变得深邃与开阔;因为这"一束花","把我从万物中区别出来／我的命运／也带上了它的芬芳和忧伤"。凭借诗神在芸芸众生心中烙有的印记,互不相识的人和人之间可以在心里遥遥致意,辨别对方。所以写诗于刘乐牛而言有着完善生命、参与生命自身构建的功能。他对诗歌持一种心安理得、自然而然的态度:"我只要写着我喜欢写的,诸如能得到什么层次上的认可,既无须虚伪地拒绝,也无须过分地争取,真到了哪一天不想写了,那也只能说明我的生命已能离开诗歌了,这是好事。"这注定刘乐牛的诗歌不会成为一棵伟岸的松柏,但也不会是一株别致的花草。刘乐牛在诗歌中作着生命的还原,他"用诗倾听着自己,归纳着自己,总结着自己"(刘乐牛《我所理解的诗歌及与诗歌有关的》,《黄河文学》2012 年 5 期)。坚守着自己认为该坚守的,担当着自己认为该担当的,诗歌成了他认证自身的重要标的。

如果把刘乐牛交流到国家广电局工作几年,那么他的高度、视野和诗作将不可同日而语,因为"经历决定想象,学识形成观点"(杨梓语)。

唐荣尧(1970—),笔名水尘,甘肃靖远人。就职于银川日报社。诗作发表于《星星》《诗歌报》《诗刊》《绿风》等,著有诗集《腾格里之南的幻象》。诗文作品被翻译成英、日、法和阿拉伯文等文。曾参加第三届青海湖国际诗歌节。宁夏作家协会理事,宁夏诗歌学会理事。

曾辗转于兰州、成都、银川之间,在媒体任特约记者。先后就读于兰州师专中文系、西南师大中国新诗研究所研究生院、中国传媒大学新闻传播学院。青少年时期开始诗歌创作,后攻读中国新诗研究所硕士研究生,师从诗歌评论家吕进,曾获"中国十大校园诗人""中国十大新星诗人""中国院校诗歌评论特别贡献奖"等奖项。《腾格里之南的幻象》中较少写到村庄,而且即便涉及村庄也不是书写故乡,但在那个滨河村庄——唐荣尧的故乡，赋予了他和诗歌柔情又豪迈的双重气质。唐荣尧以战刀与花香的方式引领读者穿过人文历史与地理特征独特的西域，在浑厚感中窥见布满尘埃的现实。唐荣尧写诗只是顺手为之，他主要以旅游散文和演绎西夏的故事为主。

刘学军（1971—），宁夏平罗人。1993年开始发表作品于《朔方》《绿风》《诗歌月刊》等刊物，著有诗集《虚拟的九十九个夜晚》。宁夏作家协会会员，宁夏诗歌学会委员，银川市诗歌学会秘书长。

刘学军做过很长时间的导游，在四季的轮回中，过着且行且吟的生活。阴郁、尘土、祷告、大雪、乌鸦……这些低沉的词语如缓慢地燃烧着的火焰进入他的诗歌之城。刘学军的诗歌，是西北的幻象，是宁夏之书。他有意识地让那些北风烈的抒情词语大量地进入诗歌的内部，那些在大雪中呼唤的嘴唇，那些闪电，那些山峰，那些被赐予地域之名的城市与河流，在刘学军的诗歌里，澎湃不息，这是有风骨的诗歌写作。但刘学军转向了网络小说，几年未写诗歌，这是宁夏诗坛的损失，希望他能归队，归到诗人的队列之中，继续《宁夏书》的抒写。

林混（1972—），宁夏固原人。诗文发表于《散文》《天涯》《诗歌月刊》《朔方》《诗选刊》《散文·海外版》等。宁夏作家协会会员，固原市原州区作家协会主席。

林混的诗歌主题是多向度的，生活的辛酸与苦涩、人性的卑微与灰暗、现实的猥琐与丑陋、底层生存的疾苦与无奈等都在其诗歌中得到艺术的呈现。林混的诗歌显示着介入现实的力度和生活的真相："看吧，生活活生生的，没有修饰。"其诗精瘦干练，每行超过十个字的语句非常少见，多数是三五个字或六七个字，直直地排下来，就像一根"电线杆"（王武军语）。语言自然，内涵勃发。"每天早晨起来洗脸、刷牙、吃饭／床上的被子放着放着／就失去了温度／我感到异常紧张"（《每天》）。整首诗只有短短的四行，给人留下的是对生命的打量。

孙志强（1972—），宁夏灵武人。1988年开始创作，诗作发表于《飞天》《星星》《诗选刊》等刊物。著有诗集《光阴之穗》。宁夏作家协会会员，宁夏诗歌学会委员。

代表作有《今生》和《前世》。诗歌委婉回转，淡美中带些微微的惆怅。"那时候天空一定飞过什么鸟／只是鸟飞的时候你没看／那时候地上一定开过什么花／只是花开的时候你不在"（《今生》）。从中可以看出对泰戈尔诗歌意境的巧妙化用。《前世》则写得意味深长。"偶尔想想前世／就会自己对自己说：／我是自己把自己长丑的／我是自己把自己长老的"。今世是前世沿着生命自身的脉络顺延的结果，充满顿悟之后的安之若素。正如诗人邻所说，见不到"论理"的肌理，浑然就给人一击。

杨森君在《光阴之穗》寄语中认为，孙志强的诗歌更侧重于"志"——他写记忆中的、眼前的、熟悉的、存在过的或存在着的；也就是说，进入到孙志强诗歌中的元素，包括人物、事件、自然景观、人文景观等等几乎都能在现实中被一一指认。即使有些东西已经消亡了，但它们的方位还在，关于它们的记忆还在。应该说，孙志强的诗歌更适合未来的人们对前人的追索、考古。这是诗歌作为记载性文本的一个重要功能。孙志强的这种近于憨厚、诙谐、诚实的写法，颠覆了人们对诗歌过于矫情的想象，原来诗歌可以这样平实、稳重、娓娓道来。他给我们提供了一个写作的方向、一种对待事物、描述事物的姿态。这就是忠实自己的所见所闻、自己的感受。在写作者与阅读者之间，孙志强处理得恰到好处——对等、亲近、不卑不亢。这是考验一个诗人自信力的关键，这也是孙志强轻取题材并从容将其结构成诗的能力所在。当然，这同时还得益于孙志强朴素的敏锐以及时光赋予其老练的见解，所以孙志强的诗歌看似浑然天成却不乏艺术驾控，看似不动声色却包含了一个诗人情动于心的默默喧哗。

杨梓在《光阴之穗》寄语中认为，在此不论《光阴之穗》的感悟、抒情、哲思等元素，只谈与语言有关而较为突出的两点，即准确性和可能性。孙志强对语言的准确安置，就是只能用这一个词，换一个词则会变了味道而毫无生气。他追求准确不是要表现什么，而是要让不可言说的东西自己显示出来。是的，尽管汉语字词非常丰富，但总有一些感受、心绪、情境等难以用语言来表述；即使表述也言不尽意，越是言说越是局限。而突破语言的局限性只有少言甚至不言，所以孙志强用简约的语言暗示丰富的意味，以提供语言之外更大的可能性。这种可能性便是诗的灵魂——可以感到却无法言说的意境——闭上双眼默读诗句时出现在眼底的那个场景。

西野（1976—），原名张树鹏，宁夏西吉人。1995年开始文学创作，作品发表于《诗刊》《星星》《朔方》等刊物。宁夏作家协会会员。

他曾在西吉县城的一所中学任教，一边教书，一边写诗，还参与校园文学的研究组织工作。西野喜欢从夜晚出发，当喧嚣和浮躁散去，他就开始他的诗歌漫旅。代表作有《歌者》《野菊花：一些秋天不曾到过那里的脚印》《西野的九月》等。作品中"月夜的岩石、泛黄的经卷、大地的诗章、一座铜像、沿途的霜痕、冰冷的九月等鲜明的意象构成了西野个人独特的心理和情感场域。（杨建虎《用心灵书写诗歌——说说西野和他的诗》，《六盘山》2010年4期）。西野是很有才华的诗人，可近几年不见作品问世，希望他不被其他所诱，坚持创作。

此外，宁夏70后诗人还有很多。李俊杰、杨贵峰、马万俊、张家传、樊文举、王自安、倪万军、狼保禄、徐忠杰、沈荏欣、何强、张富宝、王永玮、孙存一、马瑞博等诸多诗人都在丰富着宁夏的诗歌园地。而70后回族诗人杨春礼、保剑君、张毅、马占祥、马晓麟、咸国平、海默、泾河、杨春晖、马君成等和70后女诗人瓦楞草、郭雅妍、牛丽健、胡琴、王江辉、姚海燕、常越、高丽娜、紫艺、林一木、朱敏、查文瑾、周瑞霞、武碧君等另有论述。

综上所述，中国70后诗人一度"前有强敌、后有追兵"地被遮蔽一时，但他们最终突出重围，浮出历史地表。宁夏70后诗人也以其自身的实力无疑成为中国当下诗坛不可或缺的力量。郭静以安静为姿态进入他的地理，并发出优美的歌吟；安奇的古典、边塞和文人情怀三位一体，营造着他的多愁善感；张不狂的日常化、口语化、散文化的尝试，写出逼真的生命感受；杨建虎的诗以美丽、安静、温情的罗曼蒂克的气质代表了西海固诗歌的另一幅面孔；阿尔接近现实，接近真实的个人写作，是一种自由敞开的表达式的诗歌写作；谢瑞以城市为题材，其诗是从这个空间内部生长出来的，带着城市内在的隐秘和对人的捆绑；刘乐牛立在城市的地平线上，他念念不忘自己所由来的乡村，一直在回忆他的爱情。还有唐荣尧的柔情而豪迈、刘学军的本土与风骨、林混的口语和精练、孙志强的委婉而跳脱、西野的平淡出奇思等，这些70后诗人风格迥异，有别于60后诗人的创作风格，不仅壮大了宁夏诗人的队伍，而且使宁夏诗歌创作更加五彩缤纷。

第三节　80后诗人：勇于张扬个性的青春景象

1999年开始的"新概念作文大赛"与20世纪80年代出生的写作者之间有非常密切的联系。尤其是"新概念作文大赛"提出了"新思维、新表达、真体验"的方针，打破了当时很多在基础教育体制镣铐之下的一些中学生的语文规范，使他们的语文生产力获得了巨大的解放，从而出现了一批与他们的前辈风格迥异的写作者。可以说，"新概念作文大赛"成就了一个时代，尤其像韩寒、郭敬明、张悦然等则成了这个时代的弄潮儿。尤其从2000年韩寒出版《三重门》开始，出生于80年代的写作者陆续登场。短短几年时间，"80后写作"作为一种文学现象引起了广泛关注。从白烨对80后的大力推荐，到韩白之争，到80后的抄袭事件，到《小时代》《后会无期》，直到今天"80后"作为一个代名词，甚至成了今天中国社会文化讨论的一个深重的话题。

白烨曾经在《"80后"的现状与未来》（《当代文学研究资料与信息》2005年3期）一文中对80后写作者崛起的原因做过分析，他认为主要包括三个方面：一是新概念作文大赛的推动，二是市场的推动，三是学生读者的需求。但从后来的情况看，还有一个非常重要的推动因素就是网络媒介，这是传统纸媒不可比拟的，论坛、博客、微博等成了80后写作者的重要平台。对于80后写作者而言正是因为咄咄逼人的气势、另类的写作风格、太多的商业元素、青春时尚的符号，使他们一直被主流文学排除在外。对于主流文学而言，认为80后的作家们不够文学；而80后作家们则不屑于和主流文学合作，从而形成新世纪一道独特的文学文化景观。

新世纪初期80后写作的整体形象，成为众多批评家和研究者讨论80后文学现象的主要依据。但实际上这并不是80后的全部。首先，从文体的角度来看，这些被认为是 80 后代表的作家，他们基本上都是以小说创作为主，而创作散文的作家较少。尤其是诗歌，在 80 后异军突起的那几年几乎很少有人谈及 80 后诗人的创作。其次，从作家的分布地图来看，被热情追捧的 80 后作家基本上都在"北上广"一线城市，这就必然影响了这些 80 后作家的整体形象，他们一出场便带有天生的青春、时尚、市场、消费等因素，而这些因素也是都市文化的重要组成部分。

所以，将 80 后作为一个整体形象考察的时候，一定要突破上述两种情况的影响，突破批评家对 80 后形象的总体描述，从而发现那些处在边缘、并不时尚、远离市场和消费，却认真写作的 80 后，这样才有可能构建 80 后的整体形象。

当 80 后写作在全国作为一个文学事件被人们热情讨论时，宁夏的 80 后并没有引起人们的特别关注。除了在民刊《原音》《北方向》《核诗歌》《山城》《西北角》和网络平台"原音文化艺术论坛"、"宁夏高校写作特别论坛"、"北方向诗歌论坛"等有一些出生于 80 年代的诗人比较活跃，并在一定范围内产生过一点影响之外，整个新世纪十多年来，宁夏 80 后作家的形象一直比较模糊。

直到 2005 年，《朔方》5 期刊出了北斗的《宁夏 80 后写作宣言》（简称《宣言》），才突然让人意识到 80 后写作竟然也和宁夏文学有一些关系。这篇布告式的《宣言》表达了对宁夏 80 后作者不成队伍的忧虑，因此提出宁夏文学的"新血"运动，招募宁夏的 80 后写作者解决宁夏文学后继乏人的局面。宁夏 80 后诗人除了"发展 80 后独立思维，张扬 80 后自我个性，说出自己的想法，喊出自己的声音"之外，努力"坚持本土资源，走纯文学道路"，与市场保持一定的距离；除了"走出笼罩在我们这一代人身上的父兄辈话语权的阴影"之外，依然立足于"父兄辈"作家培植起来的"文学沃土"。坚守最基本、持久的文学价值和标准。这种在继承优秀文学传统和充分发扬个性的前提下，追求自我完善和突破的发展思路与全国 80 后作家与市场、大众文化、媒体联姻的策略区别很大，尤其是对前辈作家和文学经验的继承和发扬，表现出宁夏 80 后诗人成熟、理性的思维特征。宁夏的 80 后作家的形象是通过自己的叙述呈现出来的。在《宣言》之前，虽然有个别 80 后写作者的习作发表在《朔方》等期刊和网络媒体上，但是这时候并没有引起读者和批评界的注意。所以宁夏80后写作者缺乏的就是白烨这样的批评家。这也是《宣言》之所以产生的重要原因，他们在某种程度上有一种文学的自觉意识，主动承担起宁夏文学"新血"的使命，这种自我叙述的努力和勇气值得肯定。至少在文学活动的实践上比他们的"父兄辈"表现出更加积极的勇气，付出了更大的努力。

《宣言》的发表让人们意识到宁夏80后写作群体存在的可能性，而且《朔方》也在本文的"编后记"中声明"将对栏目作一些适当的调整，更改'校园80后'为'80后前后'，旨在为宁夏和全国的80后写作者提供一个冲锋陷阵的战场"，以此推动宁夏80后写作的发展。而当年《朔方》"校园80后"中涉及的作家们也几乎只在《朔方》中出现过这一次，此后便销声匿迹了；"80前后"中涉及的80后作家诗人只有北斗、计生贤等个别诗人此后还有作品问世，但总体影响依然不大。而此后，作为最初倡议者的《朔方》，只在"宁夏青年作家作品专号"中刊发部分80后作家的作品。比如《朔方》2009年4期的"宁夏青年作家作品专号"中，刊发了刘岳、赵雅榛、王西平、王佐红、张伟等十六位80后诗人的作品。

《朔方》于2010年11期推出"宁夏80后诗辑"，可以说是宁夏80后诗人最壮观的一次集体亮相。发表了包括刘岳、王西平、兰喜喜、许艺、火禾、王佐红、马璟瑞、李兴民、泾芮、田鑫等在内的三十五位80后诗人的一百三十多首作品。随后《朔方》连续发表了瓦楞草的《初探宁夏80后诗歌，兼谈〈朔方〉"80后诗辑"》（2011年3期）、姬志海的《风物长宜放眼量——〈朔方〉"宁夏80后诗辑"述评》（2011年5—6合期）两篇针对上年度"宁夏80后诗辑"的评论文章。这个出场虽然有点晚，但是他们毕竟已经成长起来了。跟五年前《宣言》的时代相比，他们的写作更加稳健，艺术嗅觉更加敏锐，思想更加成熟。尤其刘岳、王西平、火禾、李文、计生贤、马璟瑞等诗人，不论从写作的量还是质上都显示出宁夏80后诗人不同凡响的一面。甚至从有些作品看来他们已经具备了超越"父兄辈"的某些潜质。比如刘岳的悲悯情怀和对生命的省察，王西平诗歌的现代风格和实验色彩，陈永强、李文对底层民众的关注，马璟瑞的自我抒情等。这些诗人基本摆脱了"父兄辈"的影响而形成了自己的风格，他们勇敢的探索给宁夏诗坛注入了新鲜的血液。

《朔方》推出"宁夏80后诗辑"的意义远远超过了《宁夏80后写作宣言》的刊发。首先，将宁夏80后诗人的存在变成了可触摸、可量化的事实，而不是简单的推断和猜测；其次，将宁夏80后诗人们的集体形象和成就呈现给读者；再次，引起批评家对青年诗人的关注。

另外，2009年民刊《原音》复刊号推出80后、90后诗歌大展，算是宁夏80后诗人及更年轻的写作者的一次集体亮相。本次诗歌大展共分为三个小辑刊出，包括两个独立命名的诗歌社团及其他不属于任何社团的诗人共计二十九人，主要有"宁夏开核诗社"北斗（王西平）、王佐红、计生贤、张伟大、引漪、杨森、两婷、十画（肖维振）、火禾（陈永强）、高海燕、张新洋、吴贵忠等；"宁夏泥流诗群"刘岳、王新荣、王今龙、屈子信、马晓忠、田鑫、刘汉斌等；其他宁夏诗人包括春血、乱码、宁夏不良少年（李文）、王向明、蓝袖（王国强）、刘建华、江易、柳元、张伟等。但是从总体上来说，《原音》此举的意义重在"大展"，重在呈现，而且部分作者才刚刚开始学习写作，所以刊发的作品质量参差不齐也属正常。

2010年11月，王西平主编的《核诗歌》3期推出"1978—1989出生诗人编年大展"。这期杂志所选作品突破了地域和自然时间的限制，在全国层面收录1978—1989年出生的近九十位诗人的作品数百首。王西平在本期杂志的编前语中认为之所以将1978—1989年间的出生的诗人放在一起讨论主要是因为："1978—1989年出生的诗人为改革开放后第一代诗人。商业是遮蔽在这代人身上的一块巨大的幕布，尤其在和平年代里，商业同时也扮演着历史操控者的角色"。诗人刘波对这期《核诗歌》编年大展评价较高，他认为："80后诗人的成长是与改革开放的进程同步的，而这次诗歌大展，从某种程度上来看，也可以说是这三十年来第一批全国80后实力诗人的集中展示。与之前一些杂志的80后诗人大展不同的是：一方面，这次的大展既照顾到了参展诗人各个年龄段的全面性，这种全面性体现在，并没有仅仅局限于1980年之后出生的诗人，而是将一些生于1978和1979年的实力诗人也纳入进了大展的范畴；另一方面，大展更注重的是参与诗人的写作实力，即作品的优秀与否，而非名气、关系等外部因素。这一标准限定了一些鱼龙混杂者，同时也确立了80后诗人在写作上的一个标杆。"刘波作为参与者之一，对事实的陈述和评价相对来讲是比较准确的。《核诗歌》这个选题的完成和当时包括此前宁夏其他刊物的选择不同，它不只局限于宁夏一地的诗人，而是将眼光放在全国的层面上，它在命名"80后"的时候不局限于1980—1989年出生的诗人。这种选编思路对80后诗歌的研究具有很大的启发意义，也突出了宁夏"80后"诗人开阔的胸襟和开放的勇气。

2011年11月，民刊《草根诗歌》7期推出"70后·80后（宁夏卷）"，收录十一位宁夏80后诗人的作品。这次集中展示的宁夏80后诗人包括刘岳、陈永强、王佐红、王西平等，大都是宁夏实力派青年诗人。

宁夏80后诗人从2004年前后至2014年大约十年的时间，终于在宁夏诗坛站稳脚跟，刘岳、王西平、张虎强、屈子信、王佐红、陈永强、田鑫等成为宁夏诗坛的重要力量，推动着宁夏诗歌的发展。

刘岳（1980—），宁夏西吉人。2005年开始诗歌写作，在《诗刊》《诗潮》《天涯》等发表诗作。出版诗集《世上》《形体》，另著有诗集《真相》。《世上》荣获宁夏文艺评奖三等奖。宁夏作家协会会员，宁夏诗歌学会理事。

刘岳是宁夏80后诗歌阵营中的佼佼者，其诗语言朴素，简洁明快，沉默内敛，意象清晰，结构精巧，充满了悲天悯人的情怀、对生命的内省和礼赞、对尴尬人生和庸俗人世的质疑和反思，表现出他对生命、生活刻骨铭心的体验和感悟。刘岳从开始写诗至今始终静守在诗坛边缘，很少参加诗歌活动或者诗人的聚会，沉默隐忍地生活写作。或许这才是一名诗人最好的生存状态，做一个真正的边缘者。刘岳在写作《世上》和《形体》两本诗集时速度很快，每部诗集平均两年左右的时间。

尤其是2006年春天写成的《西海固的水》曾被认为是他的代表作，得到过很多赞誉："一碗水从天堂运来／渴死了祖父／父亲随手递给我／我递给妹妹／妹妹呀，洗净你尘土的脸／出嫁！"杨梓在一次访谈中认为这首诗："显示出刘岳对水的深刻理解，这已不是'一碗水'了，而是一种庄重的仪式"（《宁夏80后诗人：一边是梦想，一边是生活》，《新消息报》2009年6月8日）。在刘岳这首诗中，将"水"朝向了希望，朝向了未来，"洗净"、"出嫁"赋予西海固的"水"全新的功能和价值，这已经超越了人对"水"生理、生存的本能需求，"水"对于生命的意义被充分挖掘出来，最终指向了形而上的崇高的精神领域。同时，"世上"对于刘岳而言就好像是他观照世界、社会、人生、命运的视角，是他"看"与"言说"的方式。《世上》中所收录的第一首诗题为《另一种喻示》，"喻示"就好像是对整部诗集主题的提炼和叙述，为整部诗集建构起一种特殊情绪和精神背景："最空的天空／挂着蔚蓝／最忧伤的脸，我的脸／挂着人间烟尘。"每个人都要为之辛苦奔波的平凡人世，这基本上构成了刘岳《世上》的全部内容：对自我的认识和个体生命的理解与思考；对底层世界的同情和爱；对人类、自然、社会宏观的认识和观照。而这些"始终呈现着一种普遍的、无须修饰的感伤，即使偶有夸张，也是那么合情合理——也可以这样说，刘岳的诗是刘岳处世的延伸、替补、结论、一种与本能般配的绝望象征"（杨森君《世上·序》，南方日报出版社 2007 年）。所以，通过短短四句诗，刘岳完成了对整部诗集的主题意象的概括与阐释。

从《形体》开始，已近而立的刘岳放慢了写作速度，他更加看重诗的深度和厚度。诗人李南在《形体》序中写道："一个人活在世上有着太多的无奈和艰辛，绝望是每个人的宿命，而诗人尤为敏感。"这时刘岳对生活的体验、对诗歌的认识更深了一层，表现出更为悲壮的情怀，甚至带有很大的绝望的思想和情感。这部诗集的书写按照他的话说，"这是他走到世界尽头，看不到任何希望，寻不到任何出路留给这个文明人世的一份薄礼。也是他痛苦、无奈中给予生命不枉来过今世的一个卑微的交代。是他已逝岁月的一个归宿，精神世界的天堂。从此诗歌仿佛成了他的宗教，他生命的一部分"（马璟瑞《刘岳的诗歌主题研究》，宁夏师范学院 2011 届本科生毕业论文）。这时候刘岳诗歌的表现领域除了个人内心世界的抒怀之外，更加开阔更加深入触及到底层的生活，更加留意去关注平凡琐碎的日常生活包括细微的个人情感。可以说，这时候的刘岳虽然因为《世上》的影响而为人所知，但是他在精神上却更加孤独，甚至有点像生活在青藏高原深处的昌耀，远离人世在诗歌的领地独自探索。比如"我向着群峰张开双臂／激情或异常安静／枯死的草木——／／什么／会比一个人荒芜？／／我听着山谷中风的呜咽／平息后的——／另一种强大"（《纵深》）。在这首诗中刘岳主动拒绝了凡俗庸碌的人世，只身来到洪荒之地张开双臂怀抱自然,孤独的感觉被诗人放大之后成了心灵的重压。这时候有很多作品都是通过主体在自然怀抱中的独特感受来表现孤独的主题。这或许是诗人厌恶尘世平庸凡俗的生活而向自然寻求慰藉的努力。

近一两年,刘岳对自己的诗歌创作始终保持着警惕,他也时常反思自己过去的写作,他说:"对写诗者自己而言,诗的优劣非常重要,但不至于写作生命里只留'好'诗,而剔除了全部的'不好'的诗,年龄的增长蓄积人的见识与认知,优与劣或许便由此产生了。我确实对自己过去的一些作品有着羞涩的不适,又以抒情者为甚,尽管时至今日依然有人为之称快,但我真的心虚了,明明白白好的诗歌作品远非如此。如今写诗,尽可能不去'直抒胸襟'了,尽可能地做到沉静、内敛、朴素,千丝万缕而有序为径,小而大之,不失为一种进步"(刘岳新浪博客)。由此可以看出刘岳对自己的写作,对诗歌心怀敬畏之心,也只有这样才能真正写出优秀的作品。

王西平(1980—),笔名北斗,宁夏西吉人。就职于宁夏广播电视报社。作品见于《诗刊》《星星》《诗选刊》《诗歌月刊》《青年文学》等,入选《世界诗歌年鉴2012》《中国诗典(1978—2008)》等。出版诗集《赤裸起步》《西野二拍》(合著)等。有部分诗作被译为英、日、法等语言。荣获中国第二十届柔刚诗歌奖新人奖、第三届张坚诗歌年度新锐奖、《中国诗歌》十佳网络诗人称号等。2011年9月策划举办鸿派国际青年诗会。曾参加第四届青海湖国际诗歌节。宁夏作家协会会员,宁夏诗歌学会理事。

王西平的诗歌活动基本上是从2005年前后开始的,主要包括三项内容:一是组织策划诗歌活动,二是创办诗歌刊物,三是从事创作。相比而言,王西平的主体意识较为明显,而且诗歌觉悟比较早,尤其是他的诗歌观念、技巧在宁夏80后诗歌阵营中显得与众不同。王西平不仅仅是一个写作者,他发起和策划的诗歌活动对宁夏诗歌的繁荣起到了有力的推动作用。

2005年王西平组织计生贤、马晓雁、马照刚、孙向聪、包建文等一批年轻的诗歌写作者和爱好者以原音艺术文化论坛、北方向诗歌论坛为平台倡导宁夏文学的"新血"运动,并在《朔方》发表《宁夏80后写作宣言》,由此表达了自己对于宁夏文坛、宁夏80后写作者的认识和希望:一方面宁夏是一块文学的沃土,另一方面宁夏文学后继乏人。

2011年9月23日,由王西平策划组织的"鸿派国际青年诗会"作为"首届黄河金岸诗歌节"的活动项目之一拉开序幕,邀请到国内外二十多名诗人参加,于9月24日"世界诗歌日"颁发了"鸿派诗歌奖",之后还举办了丰富多彩的诗歌活动。这是宁夏80后诗人策划举办的首次诗歌活动,产生了较大的影响。

王西平的诗歌创作很明显受到西方现代诗歌理论与实践的影响和熏陶。他在诗作中非常善于使用连串的富于个性特征和暗示性的意象,最终抵达一个不可知的深远所在。正如马拉美所言:"诗在于创造,必须从人类心灵中撷取种种状态、种种具有纯洁性的心灵的闪光,很好地加以歌唱,使之放出光辉来"(马拉美《关于文学的发展》,伍蠡甫主编《西方文论选·下卷》,上海译文出版社,1979年)。这是一种更具有诗意的美学特征。而王西平的写作则在很大程度上可以看作是在对这种美学特征的追求。"水亦躲闪忧伤,流过镰刀的刃主义/大片的麦子开始灼热。乡土的夜莺背负漆黑许久/突然鸣叫,陷入一束塑料的模仿品/……关于睡眠的游吟就此开始/在这里在那里到处操作着气球,在高空携带着洁净的叹息/所有的人,都仰视着黑色的茄柄/和横置在星空的耻骨"(《忧伤青年》)。这显然构成了诗歌的主体意象,而最终指向"忧伤青年"的思维、心理、思想状态,这甚至与乡土无关、家园无关,而是一种隐秘的不可言说的精神哀伤。而且作者采用的修辞和表达技巧都带有明显的西方现代主义的特征。尤其是意象之间的跳跃和对日常逻辑的轻度破坏,使整首诗读起来有一种柔韧的审美弹性。

2012年,王西平凭借组诗《所谓书》荣获第二十届柔刚诗歌奖新人奖,给他的授奖词这样写道:"在80后诗人中,王西平具有较为突出的语言编织能力,他的诗歌紧密、硬朗、繁复,体现出一种冷抒情的现代风格。王西平的诗具有一种鲜明的实验色彩,在一个扁平化的阅读时代,它不仅是对读者耐心的考验,更是对一次性的语言消费的抵抗,从而对日益平庸化的审美和思维惯性实现了一次华丽的阻击,或中断。面对困惑的大众,他是谜语制造者,同时拒绝公布谜底"(《第二十届柔刚诗歌奖揭晓》,诗通社消息,2014年4月11日)。这也算是对王西平诗歌创作风格的认同和评价。但是王西平诗歌意象的朦胧性、含义的不确定性和多义性,必然会对诗歌的理解造成很大的困难。或许诗歌就是诗人拒绝或者认同这个世界的主要方式。一方面王西平试图通过诗歌寻找与世界保持距离的方式，另一方面王西平则希望通过自己的作品实现与世界的沟通。

张虎强（1980—），宁夏固原人，就职于黄河农村商业银行。大学期间开始文学创作。诗歌作品发表于《诗刊》《星星》《绿风》等，出版诗集《寂寞深处的风景》。

张虎强在诗作中"固执地强化着一个诗人的精神背景和地理背景"，对"地域性和本土化写作的追求已成为他自觉的美学风尚"（单永珍《诗意的河流穿过手掌》，《六盘山》2010年2期）。在诗集《寂寞深处的风景》中有很多诗作都带有明显的地理特征，诗集共包含六个小辑，其中以"西域""西海固"命名的就有两个。这两个小辑中几乎所有的作品题目都和"西域""西海固"的某一处地理名称相关。这种强烈的带有地理探寻的诗作受到20世纪90年代典型的西部诗的影响，并且呈现出一种精神的回归和内省。"我看见了那片湖／无言的忧伤却将我紧紧箍围／那些苍白绝望的生命底色／早已敲响了天堂的钟／我差点失足落水／在明朗的生与死边缘垂死挣扎／真心叩拜苍生／请求神灵的恩惠／在这片荒凉的土地"（《罗布泊》）。这首诗将个人生命的体验、救赎与西部苍茫天地之间的宏大抒情结合起来，试图寻找精神的皈依和灵魂的救赎，这也是很多西部诗人的共同追求。当然，像这样一些作品虽然建构起在西部精神高地上追寻和探索的形象，但是厚重的历史感和精神的探寻却未能很好地表现出来。

除此而外，张虎强诗作中还有一些反思历史的作品，诸如《在这三月》中的"大清洗""1957年"，《我是前朝的余孽》中的"前朝"，虽然历史的印痕并不是非常清晰，但是也能够看到诗人可贵的努力。对历史的重新检视和反思的精神，也正是很多沉溺于当下生活的80后诗人所缺乏的可贵品质。

屈子信（1980—）宁夏西吉人，现居银川。作品见于《星星》《绿风》《中国诗人》等，著有诗集《一只鸟的非正式报告》等，曾获《星星》诗刊首届全国农民工诗歌大赛优秀奖。宁夏作家协会会员，宁夏诗歌学会会员。

在宁夏80后诗人的队伍中，屈子信也是一位值得关注的诗人，尤其是诗集《一只鸟的非正式报告》中密集的"鸟"的意象使得这些诗作空灵清新,似乎要展翅飞翔了。《鸟的碎语》《鸟的下午茶》《大鸟》《向一只鸟靠近》《借一只鸟的手指》等,"鸟"在屈子信的诗中既是倾诉者又是倾听者,既是自我又是他人。由"鸟"构成了多彩丰富、立体多元的世界,这些各式各样的"鸟"所代表的就是诗人心灵与现实的冲突和困惑,因为"鸟"独特的飞翔姿态所指向的可能就是漂泊或者居无定所的日子,这也和诗人的生存状态有关。所以许多关于"鸟"的作品都以城市中逼仄的生存环境作为背景,不论谈爱情、生活还是理想都有一丝淡淡的苦衷。当然也有对美好生活的想象与期待:"趁着年轻/我就可以义无反顾地把自己捣碎/然后以流水的形式/涂上美丽的颜色","画一只会飞的鸟/和着我的温度/向另一个方向飞去"(《画一只鸟》)。

除此之外,屈子信还有一大部分诗歌作品指向故乡,这部分作品的风格和前面论及的作品风格差异很大,比如《时间的墨迹》《怀念父亲》等语言风格沉滞而凝重,但充满张力。《时间的墨迹》共三节,每一节的第一句都是季节、时间、地点,这种类似于日记的写法给人一种沉缓的节奏感,从"深秋"到"深冬"的季节变换表现出诗人对故乡、对父亲的沉痛怀念:"深冬。星期二。中午。教室/今天,是腊月十一/是爸爸三周年祭日/我不能回家,给您再添一把土/磕一个头,烧一张纸/但我看到您的笑容/从四年前的信封中跳出来"(《时间的墨迹》)。

王佐红(1982—),宁夏固原人,现就职于宁夏黄河出版传媒集团。著有诗集《背负闲云》。宁夏作家协会会员,宁夏诗歌学会理事。

虽然王佐红从2001年大学时期就开始了文学创作,但更多时候他都是以文学评论为主。也正因为较早地介入文学批评和相对比较规范的学术训练的缘故,王佐红的诗歌创作显得沉稳而理性,带有自我探寻和自我表现的审美追求,正如他在诗集自序中所说:"我的诗歌,基本上都是在写我自己的心灵、经验、怀疑和困惑,它们是我最真的情怀和精神,是弥漫在我身体里的另一个我"(《背负闲云·自序》,阳光出版社,2011年)。显然,王佐红理论自觉要远远大于写作实践。所以写诗对于他来说更多的是凭借词语回到故乡,找回自我,找到与世界沟通的方式而已。他不以发表和流传为目的的写作总显得比较率真甚至随性,在诗歌的风格和内容方面更加接近于宁夏70后的诗人。

2011年出版的诗集《背负闲云》是目前能够代表他风格的作品,收入了他不同时期的诗歌创作,按作品内容分为"怀念村庄""幽微的心""物景惹人"三辑。这些诗歌简单、闲远、宁静、有味,也能够表现出诗人丰富、宁静、纯真的内心世界。因此,细碎微小的事物和情绪容易在王佐红的作品中被拉长放大,从沉淀已久的往事中浮现出来,"我多次回到曾经住过的地方/烧人沟 二中背后 兽医站……那些曾经啊/日渐陌生的地方/会非常熟悉"(《等待》)。很显然,往事就像岁月的刻刀,每一个刻度都对应着诗人曾经的人生轨迹。这种对于人生或者生活轨迹的再现和抒情,似乎成了诗人写作的习惯或者策略。但是这样的写作使得王佐红作品的叙述较为拖沓冗长而且缺乏力量。《十年》长达一百三十多行,对于一首爱情诗而言,这首作品的情感叙事显然是比较饱满的,但是忽略了情感的节制。不过这也是相当一部分80后诗人都无法回避的问题。

陈永强(1984—),宁夏西吉人,笔名火禾。就职于固原市烟草专卖局。发表诗作于《朔方》《中国诗歌》等。著有诗集《乡关何处》。

在大学期间,陈永强曾经担任校园文学刊物《山城》的主编,所以有一种近乎于天然的对于文字的敏感性。诗集《乡关何处》中收录的第一首诗歌题目为《我是谁家的孩子》,这首诗只有短短四行:"我管每一片雪花叫孩子/管每一块大地叫母亲/看着雪花在大地的怀里消融/我不知道管自己叫什么。"故乡还是他乡,城市还是乡村,流离失所的雪花孩子再也不会"消融"在大地母亲的怀里了。叙述者身份的丧失以及对这种身份的找寻,"傍晚,路过羊群/我觉得温暖/暂时忘记饥寒和孤独/停止奔波/我多想/悄悄混进羊群/披一身羊毛/一边啃着黄土上的夕阳/一边在牧羊人的歌声中/向家的方向慢腾腾地移动"(《路过羊群》)。这是一个多么让人辛酸但温暖的梦想,略带游戏的行为选择和内心的巨大悲怆形成鲜明比照,故乡已经成了一个让人黯然神伤的守望。而"我"成为远离故乡的守望者,成为被他乡遗弃的漂泊者。

诗集《乡关何处》中收录的部分作品,都与不幸的命运有关。一条被吃掉的鱼、在灾难中失去孩子的妈妈和失去妈妈的孩子、街边的老鞋匠、失踪的少女、乞丐、精神病患者、疲惫的打工者、捡垃圾的女孩……这些都是真实存在的,却无人关注。而陈永强对于社会人心的体悟和洞察,在生命的消失和节制的叙述中形成了一种内在的矛盾和张力,从而完成了诗人艺术价值和生命价值的升华和飞跃。对于陈永强来说,诗歌需要在血和火中萃取,需要真正的痛苦来酿造。

田鑫(1985—),宁夏隆德人,就职于银川晚报社。大学时期开始写作,作品发表于《诗刊》《诗选刊》《飞天》《西湖》《绿风》等,入选年度《中国诗歌精选》《中国年度散文诗选》等。宁夏作家协会会员,宁夏诗歌学会理事。

田鑫善于捕捉那些被匆忙庸碌的人们所遗忘的事物,一枝芦苇、一棵蒲公英、一只喜鹊、一只蝴蝶、一艘搁浅的船……这些小小的微不足道的事物让诗人从中发现和感到了它们的存在以及价值。在《偶遇一只喜鹊》中,诗人对喜鹊落墨较多,但着重写的却不是喜鹊,而是:"春天/便从它的叫声里/开始,一寸一寸爬上/它站立过的树梢。/那星星点点的绿/像它的倔强和小欢喜/留在枝头……"而是:"我还在原地——/看着它,用一小点的黑/慢慢将我内心的空虚,填满/然后,变淡、消失"。因此"喜鹊"的生物意义已经消失了,取而代之的作为符号的"喜鹊",所以诗人才能借此看到春天、填满自己空虚的内心世界。诗人韩作荣在《栏目主持人语》(《西湖》2011年1期)评价田鑫诗作时曾说:"一个羞怯的忽而安静、忽而胸中藏着千军万马的诗人,有一颗敏感的诗心,既高阔、深远,又专注且细微,让万物有灵,让大自然融入自己的感受,书写心灵的姿态。如同向日葵一样根植于泥土,又如蒲公英一样头颅装着闪电,沉溺下去也飞得起来。"这种诗意的观照准确道出了田鑫诗歌创作的基本追求,通过对这些平凡而细微的事物的描写将自己内心的大世界呈现出来。

田鑫的创作数量并不是很大,但是平静飘逸、淡定朴实的叙述风格总能给人耳目一新的感觉。他善于通过对微小事物的感受与发现,建构起丰富多情的精神高地,或许这是诗人用自己敏感的心灵在和被人们遗忘的世间万物对话的结果。

宁夏80后诗人还有谢峰、马晓忠、王新荣、小调、计生贤、刘国龙、伏志强、春血、高杲、丁壬甲、杨森、张星洋、杨海亮、十画、柳元、乱码、张伟大、杨晓照、王水清、陈凯、刘京、王恒帅、王强、邢江蒙等。

而回族诗人李兴民、秦志龙、田玉铭、兰喜喜、李文、马璟瑞、白军、马海波等，回族女诗人马玉文，女诗人马晓雁、杨燕、杜玛丽、许艺、李晓园、王妍、赵雅榛、董雅慧等另有论述。

从总体上看，宁夏80后诗人诗作主要涉及三个主要方面：

一是对故乡亲人的抒写。回族诗人李兴民是其中的代表性的诗人，他的诗集题为《放歌西海固》，故乡西海固的风物人情皆为他关注的对象。同时李兴民的诗歌语言常带有西北花儿的风格，比如"胡麻花儿开，胡麻花儿谢／撒一把胡麻扬上天，阿哥的心扯断"（《胡麻花儿开，胡麻花儿谢》）。屈子信的诗歌感觉很准，语言充满张力，把对故乡亲人的怀念通过简洁、透明、有力的语言表现出来。尤其是《时间的墨迹》采用日记体的方式，寄托对父亲的哀思；在《怀念父亲》中写道："父亲就这样睡着、坐着／麦地一茬绿了，一茬又黄了／而他的骨头／在一天天的等待中消瘦。"一种无言的哀痛伴随着日出日落、麦黄麦收。

二是对社会现实的深切关注。宁夏很多80后诗人能够怀着一颗悲悯之心去关注现实、体察人生。王强在《西海固的土地》中写道："我听到了一棵麦子从生到死的过程／我听到一滴汗水烫伤黄土的惨叫／一场持久等待的雨没有来临。"西海固的干旱是很多诗人作家热衷的题材，然而在这首诗中干旱却似乎发出剧烈的轰鸣，而将西海固人生存的艰辛也变得可触可观。

三是现代化背景之下青春的迷茫。女诗人最善于写爱情，写人世间细碎的情绪的隐现，青春时代的忧伤与迷茫。比如马晓雁在《爱的哲学》中，即写到这样一种微妙的无法言说的情绪，"近在身旁时才明白什么是无法逾越的距离／不知如何面对只能骄傲地将头抬起／越想忘记越是深刻的想起／说自己坚不可摧时却噙满泪水"。许艺的《阿玫》《唐唐》分别写到两位同样在人生道路上挣扎的青年女子，让人感到那么鲜活、生动和疼痛："想起你，就如同想起一株／迎春花。柔弱的嫩黄里／一个大大的春天／看着你，恰似看着一滴／清晨的露。朝向太阳嗤嗤地笑／一棵青菜带着泥土走上高架桥／你的恐惧不说我也知道"，"秋将要降临，它正在降临／不要惦念我的寒暖／我不说。我受过的苦我都不说／当夜色降临／我的悲伤不是行走在别人的故乡。"人世的漂泊、生命的悲痛、青春时代的伤痕被许艺有力呈现出来。当然对青春的书写不是女诗人的专利，初入诗坛的马璟瑞便有不俗的表现，如《想你》通过唯美的语言不断渲染思念的情绪，并将其放大定格："想你在另一个城市的天空／小小的一颗心／却装了一个寂寞的城／想你在这孤寂的小城／……一滴泪，是一匹追梦的白驹／在静夜狂奔。"

宁夏"80后"经过新世纪十来年的努力和成长，距离宁夏诗歌创作的核心越来越近。但他们所受的教育层次不一，其中约有一半诗人受过大学教育；他们中的相当一部分诗人创作仅凭热情，艺术准备不够充分；他们遍布各个行业，缺乏后天系统的阅读、训练和熏陶；他们受到网络的很大影响，其作品首先或者大多在网络上发表，质量参差不齐等等。这里除了天赋，多观察、多读书、多写作、多思考恐怕是宁夏80后诗人主要的课题。

第四节　回族诗人：倾情渲染民族特点

从20世纪80年代后期到21世纪初期，宁夏诗歌进入前所未有的繁荣期。20代诗人罗飞、吴淮生等，30代诗人高深、秦中吟、高琨、马乐群等，40代诗人肖川、杨少青、刘国尧、李云峰等，50代诗人屈文焜、马钰、赵福辰、何克俭、葛林等笔耕不辍，而60后和70后诗人，不仅人数众多，而且在《诗刊》《星星》《诗歌月刊》《青年文学》等全国有影响的文学刊物频频亮相，发表个人作品专辑，出版个人诗集。随着宁夏现代诗歌的发展，以贾羽、李春俊、杨云才、雪舟、单永珍、马占祥、泾河等为代表的宁夏60后和70后回族诗人，不但在宁夏颇有名誉，而且在全国诗坛也占有一席之地，形成了一个回族诗歌创作群体。他们主要以西部和宁夏为背景，着力描写人的生存环境、生命体验与人生感悟等，既有饱含深情的咏唱、直抒胸襟的豪迈，又有出其不意的挺拔、气象万千的洇染，表现出北方的辽阔和西部的苍凉，具有强烈的民族意识和独特的审美情感。

贾羽（1961—），北京人，现居银川。曾用笔名古风、贾於蒙、於蒙。1983年毕业于西北民族学院汉语系。历任宁夏大学回族文学研究所副所长、宁夏人民出版社部主任等。1981年开始文学创作，出版诗集《北国草》《风起之源》《立体的船舶》《崇高的伊斯兰》等。诗作荣获宁夏第五届文艺评奖二等奖，多次荣获中国当代少数民族文学评论（论文）奖。中国穆斯林文化学会理事，中国当代少数民族文学研究会理事，宁夏作家协会会员。

贾羽的诗具有鲜明的北方风格和草原特色。诗人以"北方"和"草原"作为寻找精神家园的切入点，面对北方奇异的自然景色和人文景观，面对沙漠、草原、驼铃、毡房等一系列特有的北方塞外的景物，贾羽带着诗人特有的情感和语言,艺术触角敏锐而充满激情。在他大量的以"北方"和"草原"为题材的诗歌中,一方面,通过"北方"意象来展示独具个性的粗犷豪放;另一方面,通过"草原"意象来表达一种辽阔、恬静和温情(周然毅《他拥抱北国大地——评回族青年诗人贾羽的诗》,《民族文学研究》1993年2期)。

　　在诗人眼里,"北方,撅起小嘴就是一阵风暴/太阳通红通红像疼痛的心/大山倔强地闭上眼睛想着往事/撒欢的马群跑累了/倒向草滩北方,不要温柔/不要大片大片的梅雨季/不要成堆成堆的芭蕉梦/茫茫风沙练就了北方是一个/有野男人性格的世界/呵的气是白毛风/唱的歌是黄河/北方,迎接客人的方式很特别/帐篷伴着星云/奶茶熬着深情/北方有比南方更古老的传说/北方有比日月更长久的昨天"(《北方》)。在这里,北方广袤的苍穹、炽热的太阳、绵延的大山、辽阔的土地、漫漫的风沙,都成了人格化的风景:"我们眺望远方也让远方眺望我们","我们有着前方明亮的太阳啊/太阳也有着朝气蓬勃的我们"(《黄土地的子民》)。如果说,贾羽的"北方"意象通过直觉过程已给读者留下一个强烈印象的话,那么,"草原"意象则更加注重用物象的变体来表达其心灵的感受:"把太阳填到锅底/把月亮煮进锅内/把草原切碎拌上五色花/把牧驼曲咯吱吱咀嚼出星星的香味"(《草地晚餐》),"毡房因歌声而起伏/草原突然缩小到舌下/一不小心吞进喉咙"(《男人的梦》),"风暴,不过就像佩戴的腰刀上的花纹/作为装饰用的物品"(《男人和风暴》)等,这种变形错位,无疑加强了意象的表现力,增大了诗歌留给读者的审美空间,代替了那种主观情绪毫无节制的发泄式的抒发情感的方式,把读者真正引入一个有具体形象的精神世界之中,传达诗人的审美情感。

　　贾羽的诗充满了情感的精神诉求。托尔斯泰说:"没有感情,生活的海就不起波动,正像没有风的海洋一样。"感情是一切艺术创作的风帆,它能唤起诗人的生命活力。贾羽献给恩师唐祈教授的诗《怀念》正是这一情感的呼唤,使意象错变延宕,以情驭物,以象尽意:"啊,请告诉我,怀念是什么颜色?/像遥望的碧蓝,墓碑的冷黑?/怀念是什么声音?像沙哑的歌声低回/还是梦见时止不住的眼泪?""啊,请告诉我,怀念是什么情状?/长久地伫立于遗像前方/黄昏中血色的泪水被吞咽/亲人们将蜡烛和沉默点燃……"诗人紧紧抓住"墓碑的冷黑""沙哑的歌音""血色的泪水"这些意象,进入"怀念"的庄严境界和情感的深度。这一点,在《风起之源》这部诗集中体现得更多。不论是《感情》《风起的境界》《雪夜》等短章,还是《如梦的行板》《(四月 象征心跳的花篮》等长诗,都体现出诗人充满情感的精神诉求:"我坚信除了已经走过的旅程/还会诞生一段兰芷铺就的风光/在这段风光中,还会诞生/新的大澳甘泉和新的生命雕像/甚至还会重建一个世界/作为我赠给你的无与伦比的殿堂"(《如梦的行板》)。

贾羽的诗深度体现了伊斯兰情结。这一点在《崇高的伊斯兰》这部诗集中表现得尤为突出。如《回回》一诗:"你道一声'回回……'/我道一声'回回……'/眼睛里淌出的/竟是同一种泪水/这是生命的情绪/这是崇高的称谓/没有什么,能比这声'回回'/更牵动你我的心扉/你道一声'回回……'/我道一声'回回……'/任凭各自天涯海角/心儿还在一起依偎/这一声"回回"/别有一番滋味/活着,心在一处跳/死了,魂向一处飞。"评论家杨建军在《新世纪回族诗歌的发展概况》(《民族文学》2006年7期)中认为:回族诗人"涉足民族题材的只有贾羽的《回回绿地》等个别相对成熟的作品",而其他一些诗人的诗作则"还多停留在描摹民风民俗的浅层次"。《崇高的伊斯兰》诗集中的作品被评论界誉为"不可多得的作品"(栗原小荻《真正的水手必然远航》,《民族文学研究》2000年3期),并为云南、河南、甘肃等地的回族经堂学校用作教材和读本。

当然,贾羽的诗还有超现实主义的抽象思维。主要体现在《立体的船舶》诗集中,代表作有《遥远的长调——兼赠苍茫的大西北》《旋转的慢板——梦幻致人》《遥远的长调》等。这一时期,尽管贾羽也创作有《永远的九叶》《九曲黄河》等作品,主体却是超现实和立体派风格。"是谁在这苍茫如空的夜晚化为如影随形的呼吸/听我舞动秃钝的笔尖从你古老又年轻的肌体上/深深浅浅地划过……/啊 曾让我的心飘逸了一万年的秀发突然间/暗淡成无边的黑夜/无边的黑夜啊 无边而又逼近着/我单薄且困倦的魂灵"(《遥远的长调》)。其大气磅礴之势,跃然纸上。《向日葵的加冕仪式》:"阳光的桥梁,连通着/一个舰队与另一个舰队/一茎毛发与另一茎毛发／面庞的鳞片，正啜饮着／一杯红酒充满油脂的／蛋青般娇软的啼鸣／红的，和更红的／把脆弱的指头／咬向艳丽的一团黄昏／紧接着，一大堆／向日葵涡旋的脚步／就响彻在俱乐部一样／凝聚胸饰的专卖店／任何一种加冕的仪式／都会通过电话的音容／剃除草稞异常和谐的短须／如毡的白昼，接触之门／正是秋日的向日葵／最为动感的天堂／透过万花筒，你会听到／那一束束嘹亮的色彩／甚至不再阴湿的手掌／在顷刻间，辉煌于／微带喘息的原野。"在这里，物象在诗中已经完全失去了本真意味，而变成了单纯表达诗人情感的载体。

评论家杨建军在《新世纪回族诗歌的发展概况》中说，新世纪的回族诗歌"出现了众多篇幅宏大、抒情气质鲜明的作品。如贾羽的《四月的歌谣》《如梦的行板》等，这些诗抒情意蕴浓郁，或着力于人生经验的提炼，或沉潜于生命意义的深思，恰似一曲曲婉转的长调，底气浑厚、回味悠久。"

李春俊（1961—），兰州城关人，曾用笔名李淳之。1982年毕业于西北民族学院汉语系。先后在甘肃省平凉地区行署民委、平凉日报任职。1985年至1992年在宁夏文联《朔方》编辑部工作。1992年调往深圳宝安区工作。广东作家协会会员，深圳市宝安区文联副主席，宝安作家协会名誉主席。

1980年开始发表诗歌作品。1986年参加第二届全国青年创作会议。主要作品有诗集《西北诗篇或者深圳歌谣》《抵达之谜》、长篇小说《谁比谁坏》、中篇小说集《深圳的城里城外》等。

在李春俊的诗集《西北诗篇或者深圳歌谣》和《抵达之谜》中，相当一部分都是写大西北的，即便是写深圳或其他的诗，也时不时透出一种对大西北的魂牵梦萦和回望。比如看到深圳下了一场大雨，他就想到了西北干旱的黄土高原："多么浪费／以西北人的心情看这场暴雨／痛心而惋惜／这是西北——一年的雨水／一年的庄稼／一年的绿／一年的冀盼／一年的欢乐／一年的生命／现在流进了污水渠／……下雨的时候总想／自己是那遮天蔽日的云／把这雨水接住／飘到西北黄土高原／下一场透雨。"这首《伫立在暴雨中的深圳街头》，在潜意识里，诗人"把对大西北的牵挂情不自禁地流露出来，使一场暴雨在痛心和惋惜中有了温度"（石舒清

《守护心叶——读李春俊〈西北诗篇或者深圳歌谣〉》,《朔方》,2011年1期)。李春俊的诗深藏着北方情结,有种"西北风"的味道。在《树梢以上看不见风》中,"世界很轻／家园安宁／……一只瓢虫／从割伤的麦田飞来／躺在花园的暗处／为消失的麦浪悲伤";在《风的庭院》中,"它在树上喧哗,把／核桃树阔大的叶子——翻遍／被它摇落的红脸蛋的杏／在地上咧开嘴,懊悔自己的成熟它拉扯爬上屋顶的葡萄藤不顾／葡萄的青涩比少女更无知／在瓦楞上晾晒没发育的身子"。这是大西北田园的风、庭院的风,有青涩、有麦香,还有一点点小悲伤。在《念头》这首诗中,却更强烈表现的是一种民族风:"父亲把28个阿文字母写在羊胛板上／要我背诵并把字母墨迹／舔食。'这样就不会忘记了。'／但我还是忘记了／他人过中年学会诵读《古兰经》／期望我也能。但我最终只背会若干'苏勒'／他心情黯然,但也无奈:记住这些'苏勒'／将来给我们上坟时也有个念头。／果真如此。父母坟前／我曾经会的,已经忘记了一半／会念的那几段'苏勒'／像一部失灵的录音机,翻来覆去。"

李春俊的诗充盈着江南雨,有一股柔韧的温暖。正如诗人在《石舒清家的后院》一诗中所写:"一树紫红的梨／如小小的心脏／被绿叶子藏着／叶子太小／总是藏不住／那些美丽的心脏／活泼地在风里起伏。"在这样的一些诗里,蕴藏着诗人丰富的情感,读来使人悄然动容,感怀颇深。在《雪花是天空寒冷的叶子》一诗中:"飘忽的风在那里不停地掀动上帝的树枝／完美的装饰 冬天的神话／降落大地 将罪恶的火焰踩灭／无论在何处／都是一片白色／我怎样把自己的愿望躲在怀里／而不被冻伤／为了保持最后的鲜红／点燃了十个手指。"诗人身在南方,精神却始终游走在北方,把最美的"愿望"藏在怀里,"点燃了十个手指",烈焰浓情溢于言表。

李春俊在《抵达之谜》中写道:"塬上的麦子躺在打谷场上／它们的道路纷扬着金黄的碎屑／天际有多么远,又有多么蓝／没有秘密的金子／从天而降／仿佛神的言语,说:有了／它有风的味道／……此刻,它是／丰饶而温暖的金子／……我听到它轻声絮语／当我抬头仰望／眼睛被光所伤。"诗人要"抵达"的是《黄土塬》《麦粒》,还是《等待水》?

透过《真相》,人们仿佛看到:"远离高塬之前……我是不可挪动的树／我的枝叶承接着灵魂的泪水／我们仰望时／却没有你的眼睛／……实际上，我坚持在别处／是一柄走动的双刃剑／一次次割伤黑暗／也一次次割伤自己／这真相储放在蓝天之上／亲爱的同胞无从觉察。"诗人从大西北到深圳，像一柄"走动的双刃剑"，"一次次割伤自己"，用灵魂承接着不能觉察的泪水，用诗歌抒写着生命的抵达。由西北到深圳，由深圳到西北，再到西部，把目光投向了《慕士塔格峰新月之夜》《卡拉库里湖》《玉龙喀什河》，"万丈红尘"从他"脚边漂远"，"我归期已到，回望之际／唯想匍匐于地／收藏这里的一切味道／高原的、雪峰的、河谷的、沙漠的／马的、羊的、狗的、人的／……这些味道如此之轻／我的鼻子能把它们全部带走／这些味道如此沉重／放上去一点，我的心便压碎了"（《之前诗人所言》）。这一切，注定了诗人的魂，"是不可挪动的树"；诗人的心，却横跨南北，紧贴着地面飞翔。

杨云才（1965—），宁夏灵武人，笔名阿里。宁夏大学回族研究中心副研究员。主要从事回族现当代文学研究，已发表文学评论、诗歌等作品百余万字。著有诗集《西部和她正年轻》和文学评论集《逃避或反叛》。组诗《大西北恋歌》荣获第三届全国少数民族文学创作奖"骏马奖"新人新作奖。1990年参加全国青年作家代表会议。中国少数民族作家协会会员，中国少数民族文学学会会员，宁夏作家协会会员，宁夏诗歌学会名誉副会长。

杨云才在西北民族学院上学时就开始写诗，为马钰考察黄河写诗饯行，1986年在《诗刊》发表《老教授》，一举成名，是唐祈先生欣赏的学生之一。之后恰逢西部诗歌风起云涌，西部景观便成为杨云才创作的整体背景。在西部诗歌的多声部合唱中，他用歌喉唱着一首首属于自己的《大西北恋歌》。"我的父亲啊／你用血液浇灌了土地／你用生命捍卫了土地／甚至，你就是一片深厚而宽广的土地……／此刻，你们在想什么呢／我土地一样深沉的父亲啊／我父亲一样坚毅的土地"（《父亲·土地》）。在这首诗里，主体与对象在彼此相互塑造中完成了契合，人与自然的距离，不是欣赏与被欣赏、表现与被表现的关系，人成了自然的一部分，自然也体现自我的追求与价值。大自然的悭吝带给西部昨天与今天的痛苦，苦难的现实迫使诗人必须以真实的态度叙述人类生存的悲壮，男人作为改造自然的力的象征,他的强悍、粗犷、豪放是西部人的骄傲:"草原男人注定要从马背上掉下多次/注定要为猎野兔而迷路多次/注定漠风要来撞击胸膛/注定草原要来缩小瞳孔/注定有一天胡子要和阳光一样白/注定死后坟上有芨芨草生长/芨芨草注定要让过路人停下来想想"(《草原男人》);男人们意识到他们是专为大西北而生长的:"他们走着/任雪为一切弱者织就尸布/任风沙飞来/凶狠地掐住路的喉咙"(《高原路》);"我们和阳光一起来了/穿过戈壁掠过铺花的原野"(《我们和阳光一起来了》);西部是男人的选择:"飞天的愿望属于我/酒泉的醇香属于我/天山的力度属于我/我选择西北"(《男子汉应该选择西北》)。这种情感宣言式的自白,使杨云才的诗实现了对特定自然环境和特定社会风习的占领,呈现在我们面前的是人与土地的相依为命、人与自然的苦苦挣扎的悲壮精神。

  杨云才的诗,"在塑造西北男子汉的同时,也塑造了西北农村妇女的形象。在大西北,女人的悲剧更为残酷"(贾羽《年轻的西部和年轻的诗——读回族青年诗人杨云才的诗》,《朔方》1988年7期)。"婆婆的眉皱成山峰皱你第一胎是女儿/丈夫的脸阴成雨阴你第二胎是女儿/后来你只能恐慌地闭上眼/让冷言冷语在河边响啊响啊/让泪河让血河在心里流啊流啊/可第三胎了第三胎还是女儿/你连痛苦的力量也没有了"。在艰苦的西部环境中,人与自然的奋争带给人的苦难已无法记录,可女人还要承受世俗的压力,无数的灾难压迫得她无法生存,只好选择死,可命运又让她活了下来。"村东的渔人张捞起她"三天之后,她仍得回去,"后来第四胎是儿子丈夫喜上眉梢/婆婆喜上眉梢全村人看你时喜上眉梢/可你心里清楚那儿子是村东渔人张的"(《第四胎是儿子》)。为了生存,女人的这种苦难,这种悲剧更有一种震撼心灵的力量。杨云才的一组《乡村女人的故事》从不同的角度折射出中国传统文化中最古老、最畸形,也是最顽固的壁垒——对女性的全面占有与蹂躏,感情上遭遇歧视、欺辱和愚弄,洒向人间的爱,竟然也难以收到相应的回报,难怪茅盾说:"同在生活压迫底下的男女,女人较男人还苦,女人背上有两重石头——生活困苦和两性的不平等。"大家都知道,女人承担着女性、妻性、母性三位一体的重任,她们受苦受累,不计功利,为了丈夫、孩子、家庭,哪怕放弃作为一个人最起码的权利也在所不惜。《那是她的儿子》中的"她",把感情全部寄托在儿子身上，为了儿子她放弃了自己的一切，儿子大学毕业却没有回来过。"她躺在冰冷的土炕上死了／手里捏着那张绿斑点的纸／她生前总说要等儿子回来花"。当然，杨云才在塑造悲剧女性的同时，也塑造了新时期的新一代农村妇女形象。《牛仔裤啊》中的"她"张扬个性觉醒的理想，"穿起牛仔裤"，"慌乱了山村所有的目光"，但她更带来了城里人致富的科学，而且"波及了山村所有的情节"。她找到了女性的位置，带有鲜明的时代特色，"以青春的自信青春的活力／给所有的人／出示明朗"（《西北的少女》）。杨云才"对西部女人的这种悲剧意识的剖析，其实也是整个中华民族女性的悲剧命运。当然，伴随着时光的推移，也伴随着西部子民的永无止境的求索与进取，虽然生存的悲剧性早已渗入人的灵魂深处，但人类征服自然的意志是坚定的，追求自由幸福的信念是永恒的"（白军胜《论杨云才西部诗的美学品格》，《现代诗美论》，宁夏人民出版社，2008年版）。

在杨云才的诗中，除了悲壮和残酷，还有一种征服的力量。"不是嗜血之族／沉沉的额皱涌着暖流／苍云为圣洁的雪山加冕／老去的是龙骨乱石／不老的是荒原民族／血性的冲动／征服征服征服"（《血酒》）。征服自然、征服命运，这种"征服的欲望"有着民族的"血性冲动"。"朱色的风蚀土／和树枝一起／挑起穿石的冲力／抛向山顶／让举目者心里／升起征服的欲望"（《六盘山，勇士之马》）。抗争，作为力的象征，崇高的美感深深地潜存在杨云才的创作心态中，那种"生命的顽强""不屈的渴望"是西部子民乃至整个民族无畏抗争的象征。"六盘山啊／是勇士的骏马／呼响的山风是嘶鸣／等待勇士纷纷降临"（《六盘山，勇士之马》）。这种"嘶鸣"在沉滞凝重中洋溢着一种乐观的、自信的征服感；这种"嘶鸣"始终鼓涌着热血的冲动。"升起来，升起来是为了／和天空靠得更近／陷落了，陷落了就能／接近高原的心脏，高原的脉"（《西北的河》）。在他众多的诗里，展现了这种征服、抗争的崇高美感。

纵观杨云才的诗歌创作，有一种成熟而潜在的叙事性结构，有一种高昂的西部格调，有一种不屈服的抗争精神。他把民族精神融入西部背景，以沉稳、静穆乃至悲慨的基调，抒发了大西北人的昨天与今天、痛苦与欢乐、希望与追求，诗的气质高昂，格调优美，时代气息浓郁，充满传奇色彩和迷人的魅力。

雪舟（1968—），宁夏泾源人，原名李存慧。历任泾源县政府办公室主任、泾源文广旅游局局长、泾源县水务局局长等。1988年起在《星星》《诗选刊》《朔方》《青年文学》《中国诗人》《中国诗歌》等刊物发表诗歌作品，诗作入选《建国60年少数民族文学作品选》等选本。著有诗集《雪舟诗选》。宁夏作家协会会员，宁夏诗歌学会秘书长。

雪舟的诗歌具有明显的出生地的诗性指向。从老龙潭、二龙河、凉殿峡、野荷谷、小南川、胭脂峡、大雪山等诗歌意象中，我们能够看到古老的村庄，听到新月下诵经的声音，感受到泾河源物语……这种"出生地"写作，无疑给宁夏诗歌增添了更加厚重的泥土气息和生命感悟，挖掘出了那些应该记住的和不该遗忘与丢失的东西，把本土性写作与传统、与历史、与当下紧密地结合起来，显示出他驾驭语言和诗歌创造的能力。

雪舟围绕"出生地"，不但给我们呈现出了云淡天高的六盘山、金戈铁马的小南川、泾渭分明的二龙河、充满传奇的老龙潭、"花儿"声声的胭脂峡，而且用草叶一样的笔尖，蘸着西海固晶莹的露珠，抒写出这片土地上最熟悉的人和事、景与物、痛与爱，以及时间、阳光、云朵、雨水、空气和河流。他在《在龙头》一诗中写道："当地人叫它：龙头／此刻，我站在龙头的峰巅……／阳光投向对岸的黑森林／大朵的云生成阴影，山色转深／西南侧一面舒缓的斜坡，安放着／雨后的青草和野花／几棵白花繁密的矮树／我希望它们是上苍放牧的羊群／我是其中的一只，消解／龙头的孤独。"这里，诗人把"雨后的青草和野花／几棵白花繁密的矮树"比作"上苍放牧的羊群"，而他自己就是其中的一只，那是一种多么诗意的孤独和幸福呀。而在《诵经》一诗中，让我们深切地感受到："在年复一年的秋风里／土豆，西海固大地上／最后挖出的粮食／它，把这干裂的土，抓得／那么紧，攥成拳头／拳头一般的心脏／挣扎，且顺从／晌午，一垄刚刚犁开的土豆／显眼地跳动在地皮／多像我头戴白帽的亲人／跪在穹宇下，给／贫瘠的村庄／诵经……"诗人用口语化的抒写把土豆与干裂的土地联系起来，与头戴白帽、跪在穹宇下的亲人联系起来，与贫瘠的村庄联系起来，与穆斯林的诵经声联系起来，多个意象的重叠组合，不但使诗歌本身丰润饱满，而且让人们看见那隐藏在村庄深处的泪水。

而在《出生地》一诗中，诗人用标题直接点明了就是"出生地"："埋在坟院的人／并未带走上辈人的恩怨／在村里的走动的人／依旧在受苦受难／一个离开出生地的人／眼里噙满童年的泪水／踏上这条废弃的山路／我这棵中年的草啊／来年能否在出生地／再绿一回。"诗人用"眼里噙满童年的泪水"写出对"出生地"的想念，用"我这棵中年的草啊／来年能否在出生地／再绿一回。"写出对"出生地"的眷顾。这里的"出生地"也许是一个小镇，也许是一个深山里的小村庄，也许是西海固的任何一个角落，无论怎样，诗人都将踏着废弃的山路，走回"出生地"。更为深刻的是诗人在《信》一诗中写道："在长长的一生，一个人／只需写好三封信／分别寄给——／出生地，亲人／还有祖国／最后，刻入／墓碑。"诗人从本真的出生地泾源，一下子放大到了祖国，在诗的意象转换中提升了诗的高度，由一种"小我"的"出生地"，跨越到了"大我"的"出生地"，凸显出他"出生地"写作的精神诉求。

一个土生土长的回族诗人，能够把现实生活、母系家园、民族意识、宗教信仰、自然景观和人文历史紧密地结合起来，以一种审美的精神诉求、不事雕琢的现实笔触，抒写出一个民族的悲悯与疼痛、抗争与梦想。正如诗人自己所言："生活永远大于思考。思考永远大于写作。而写作是一种对抗。对抗，成为我写作的动力。我与时光的对抗构成了我写作的全部。我常常在想，我充其量只能是一个乡下的铁匠，昼夜不息地锻打我灵魂里铁的部分，即使疼痛，即使沉重，也只能通过各种方式警醒自己，用一膛炉火，一盆铁水，让水火不断相容，并不断地制造铁钉，堵住我生命的漏洞和疮孔。"

杨森君在为《雪舟诗选》所作的序中认为，每个人的心目中都有"一卷河山"，它关乎一个人生命的状态与气息，也关乎一个人艺术创作出发的根基与归宿。雪舟正是抱着他的这"一卷河山"获取了一个他地不能取代的视野——他写下的烙印般的诗篇，一再向我们证明，他的写作是有对应物的。这种对应物本身一旦被诗人关注，就变得意义非凡——至少它们在确立了诗意的同时，也获得人文价值。所以，作为一个忠实于本土万象的诗人，雪舟没有刻意在别处寻找诗意的栖息之所，而是放眼于此，就地取材。读雪舟的诗，能看见他面向的方位，他的去处，他的心思所在；也能看见秋风吹过的苜蓿摇曳于哪一块坡地，隐姓埋名的蒿草静养在哪一片晚霞里。也许,一个诗人命运里的东西早就注定了,就如怀特的天才由他的村庄注定,凡·高的天才由阿尔注定,那么,雪舟恰恰经得起注定带给他的丰富的想象、纯真及自在。他的目光正透过万物悄悄的进程与气象,搜寻着诗歌的元素。

  雪舟的诗歌样态整体上略显温润,在语感与处置语言的方式上更近平和,他醉心于自己叙述的速度、节奏。他在端详,他在构思,他在同声中寻找差异,他在克服可能因过于激烈而破坏了他对所写事物的温存,因而在他的诗歌中,平静、和缓、没有棱角其实是优长。能够想象,在他写作的时候,记忆中的大地是徐徐展开的,山谷、隧道、溪流、苦荞、果园、阳阳花、苜蓿草、贫穷的庄子、月夜下的雪地……都依他的意愿一一呈现。就像他在《冬天的西峡》这首诗中写道:"风没有吹动湖面/却吹动了群山/以及湖面上的大雪/以及一个人眼里的苍茫。"他主客不离,拥物入怀,再让其变为具有私人性质的意涵,或喜悦,或悲悯。总之,混合着悲悯、痛感、向往的叙述萦绕在他众多的诗篇中无法驱离,也许只有这样,才更能彰显作为一个诗人的善良的力量。他总是善于将取舍之后动心的部分留在诗里。也许,雪舟比很多诗人都提前知道,诗歌不是要表达事物的全部,而是凝视过后让人耿耿于怀的个别细节。

  雪舟在用诗歌还原故乡的月光、河流、山川、美景,以及隐藏在岁月深处的暗伤。透过历史和现实,呈现出诗意盎然的立体的故乡。在他诸多的诗歌作品中,我们能够感受到一种深切的观照和壮美的超越。

  单永珍(1969—),宁夏西吉人。80年代末开始诗歌创作,诗作发表于《诗刊》《十月》《星星》诗刊等,入选多种选本,荣获宁夏第六、第七、第八届文艺评奖二等奖。参加诗刊社第二十二届"青春诗会"、鲁迅文学院第七届高级研讨班、全国第六届"青创会"。著有诗集《词语奔跑》《大地行走》。中国作家协会会员,宁夏作家协会理事,宁夏诗歌学会副会长,固原市作家协会副主席。

  单永珍是一位豪放直爽和喜欢深思的诗人,他凭着一个回族诗人的直觉,凭着对平凡生活的神性理解和超凡想象,挖掘出生活细节中所蕴含的人生哲理,西北大地上的痛深入他的骨髓,因而行走就成为他的宿命。和多数人不同的是,单永珍走的是一条通往心灵的路。他一年四季,总有些日子四处奔走，不光是为了欣赏名山大川，而是渴望在山水中放纵自己，在山水中寻找到心灵的安放点，寻找到点燃诗歌的火焰。他以一个浪子的形象生活在西海固大地，对酒当歌，成为喧嚣世界里孤独的守望者和疼痛的唤醒者。在《西海固：落日的标点》一诗中诗人写道："有了爱，才会在乡村的屋檐下梳理忧伤／有了爱，才会在西海固的痛苦里痛苦／怀揣荒凉的人世，对着寂寞的蔬菜／让西海固感知：我有多么爱你／一轮落日供奉着逗号，秋天的西海固／三个换命的兄弟叫土豆、马铃薯和洋芋／我的情话里夹杂着炊烟和村落／青春，梦想以及怀疑，包括满含热泪的感恩"，"是的，我多么爱你，当你老了／爱你的无边与清贫……"诗人用文字敲打着西海固失色的皮肤，用行走来梳理隐藏在这片土地上的忧伤和痛苦，把那些坚硬的历史和干旱的地理，像经文一样，刻在心里！从他的第一部诗集《词语奔跑》到第二部诗集《大地行走》，我们不难看出，从"奔跑"到"行走"，是个过程，是一个真正属于生命的过程，也是诗人真正走向成熟的过程；从"奔跑"到"行走"，速度越来越慢，但更加贴近地面，精神的向度却越走越高。

民族化和地域化创作的双重倾向，是单永珍诗歌的最大特质。作为一个行吟诗人，他从西海固到宁夏乃至整个西部，足迹遍及甘肃、青海、西藏、新疆、内蒙古、云南等地，他用神性的诗歌语言，对回族、蒙古族、藏族、哈萨克族、维吾尔族等少数民族都给予热切的关注。他时常奔走在戈壁、大漠、草原、雪山之间，大西北的雄浑与苍凉、壮美与神奇、高迥与超拔，深深地融入到他的血液里，那些情与景、人与事在他的笔下化为一种尖叫，一种嘶鸣。在《青海：风吹天堂》一诗中诗人写道："我忍住泪水抱着风／抱着风中失散的姐妹／抱着风中失散姐妹的身子／抱着风中失散姐妹身子的残香／抱着疼……那一道鞭子的阴影／一遍又一遍地／抽在落日的肩膀上。"在《青海　青海》一诗中，诗人"说出藏、土、撒拉、东乡、蒙古包括逃亡的西夏"，说出了黄土高原、戈壁、沙漠、丘陵和草原。还有《雪落敦煌》《肃南的下午》《河西：甘肃的鞋带》《乌鞘岭下的一次睡眠》《一个失魂落魄的人在阿克塞》《天堂寺的夜晚》《腾格里沙漠南缘》等诗，成为诗人心灵深处马不停蹄的忧伤。

杨梓在《词语奔跑》的序中认为，单永珍的诗歌创作具有民族化和地域化的双重倾向。地域性就像单永珍的胎记,而在此之后隐藏的是其诗的超越性。比如"让我们点燃篝火,照亮阿尼玛卿山上的雪／让我们敲打骨头,高举灵魂的碎片／让我把自己焚裂,为着众生的吉祥彻夜祈祷"。这样的诗揭示了单永珍与玛曲的关系,也诗化并超越了玛曲,从而使内心世界与客观世界达到统一。单永珍有着广博的民族情怀,因为他的心里装着众多的民族,尤其是人口较少的民族。其民族化倾向已经超越了本族,发散性地辐射到匈奴、党项、蒙古等其他的民族,并倾注了他的才华和心血。他还非常敬重裕固、哈萨克、东乡等民族的诗人和文化,时刻关注着他们在现代文明进程中的命运。更让人钦佩的是他作为一个回族青年诗人,继承了汉语言文学的优良传统,用汉语创作,并果敢地维护着汉语文学的纯粹和优良传统的圣洁。

在表现手法上,单永珍的诗具有强健的现实主义诗风。作为一个真正的诗人,单永珍拥有敏锐的审美直觉,从天空、大地、雪山、草原,到翱翔的苍鹰、低头吃草的羔羊、寺庙里传出的悠远钟声,以及自然界和生活中所蕴含的一切都被他及时捕捉,一粒沙、一棵草、一截残墙,在诗人眼里有了灵魂,闪烁出强健锋利的光芒和丰绕的记忆。诗人在《敦煌的鹰》一诗中写道:"敦煌啊!我带着飞天的梦想拼死一跃／留下羽衣霓裳／天空啊!你无耻的广大里落木萧萧／我只带走飞翔。敦煌——"那"拼死一跃"成为诗人"飞天"的梦想!而在《一种事物的三个称谓》中"三个别扭的家伙,遍布山河／三个垂头丧气的乡巴佬,说着各自的方言／三个孪生的兄弟,从南到北,从东到西／他们分别叫马铃薯、土豆／还有我最熟悉的称谓:洋芋／……在乡村的嘴里,他是主人／而在城市的餐布上,他会唱响蓝色的副歌／因为爱,他们谈论明年的营生／因为热烈,他们挤在越冬的地窖里／我看见,那个情欲正旺的姑娘,已提前发芽"。还有《花儿》《大地的献诗》《一口老井》《关于西吉梯田的回想》《宁南山区》《巴彦喀拉》《青藏册页:众神之山》等诗,都凸显出他强健的现实主义诗风。

诗人王怀凌在单永珍的诗集《大地行走》序中所言,"永珍不仅在诗歌作品里始终以一种接近于语言暴力的粗粝和硬朗,不厌其烦地描述着他所感知的西部地域文化所包含的神性、隐秘的精神存在,而且在其散文中也充满了梦幻、灵动的历史与现实。他的痛在骨髓里、心里和生命里，因此，他的作品硬朗尖锐，顿挫感十足，有一种特有的自我生命力迸发出来的野性之美和雄强之美。有本真才有诗美。对于永珍这样一个性情豪放、文风粗犷的人来说，也许行走就是他的宿命，亲自然、接地气、师造化、重感悟是最好的选择。"

沈秀英在《诗歌：一个自我叛变的旅程——单永珍诗歌浅论》（《宁夏师范学院学报》2013年2期）中认为，《词语奔跑》呈现了单永珍诗歌成长的历程，唱响了西北的"大风歌"。宗教的、民间的、文化的、历史的、民族的、地域的、人文的等多种不同的元素，借着青春的猎猎激怀混合着血性悲怆的思考，构成了单永珍复调式多重韵味的诗歌写作。多种声音、多种情怀，既相互交织又有相互区别，形成复调式对话关系；独立又和谐地统一成一个整体，熔铸为一种和声，给读者以审美的冲击。在《大地行走》中，单永珍再一次叛变了自我，实现了自己新的写作转向。单永珍通过散文化、反讽、夸张、变形、隐喻、凸显叙述人等手法，对语言进行暴力扭曲，创造出一种新的诗歌语言。把一些似乎毫无关联的事物、意象、词语嫁接在一起，这种奇妙的嫁接体现着他感觉的跳跃，拓展了意象的空间，形成了自己"奇妙的个人修辞学"。从《词语奔跑》到《大地行走》，单永珍在不断蜕变，诗歌发生质的飞跃。每一次自我叛变都是裂变，一种携带着能量的质的飞跃和改变。而且无论是奔跑还是行走，单永珍一直在前行，并在前行中不断突破自我。他一直在不断舍弃、不断发展、不断丰盈，使其诗歌具有发展的丰富的可能性。

2012年10月12日，由宁夏文联、《诗刊》社主办，宁夏作家协会、《朔方》编辑部、固原市委宣传部、同心县委宣传部承办的"回族诗人单永珍、马占祥、泾河作品研讨会"在银川举行。有关单永珍诗歌的评论（《回族诗人单永珍、马占祥、泾河作品研讨会发言摘编》，宁夏作家协会新浪博客）如下：

耿占春认为：什么是西海固这片土地上的隐秘的激情？什么构成了西北大地上活跃的、不朽的灵魂？毫无疑问，单永珍的诗富有想象力地揭示了这一切。他将宗教地理学、民族志、植物传奇、日常生活和个人的游历融为一体，凝聚为一种富有活力的诗歌话语。单永珍诗歌中的事物与表象拥有着独特的文化属性，进而揭示出西海固和整个西北地理空间上的文化特性与宗教地理属性。他书写着单调而又繁多的"洋芋"和它的"三个换命弟兄"马铃薯、土豆，这成为西海固的地域表象。单永珍也在更广阔的地域参照中描述着西海固和宁夏地理志，揭示出它命运般的文化传承与历史断层。单永珍的书写向其他地域、宗教、他者及其诸神敞开自身；他的诗充满复杂的语义与隐喻特性，有时在赞美、陶醉之后会以辛辣然而善意的反讽语调将之分解，充分显示了单永珍诗歌的现代属性和微妙的自我批判；他没有用单义的地理表象和宗教象征遮掩现实性的世界。银川"五颜六色的广告牌"和在街头啃着干粮寻找生计的"几个西海固民工"这样的现实意象，使古今、圣俗相互映照；他将经文般的庄严风格与颇具观察力的现实描述结合起来，将宗教预言的口吻与西北民谣风格美妙地融为一体；他将意气风发的在西北大地上的巡礼与隐秘的现实之痛结合在一起。单永珍正值一个创作上由青年转向中年的最佳阶段，有理由期待他奉献出更富魅力的诗篇。

牛学智认为，《词语奔跑》推给读者的是一批异质的日常生活世界，或者完全由异质话语构成的意义系统。一方面，异质的日常生活世界，不是在一般的日常生活世界内部产生，它不是通过对一般日常生活世界的批判、逆反，甚至通常的反思来反照出来，而是直接出示属于诗人自己的一套异质性的诗歌话语修辞，加以夸张地再现。相比较《词语奔跑》，《大地行走》便逻辑性地形成了他的一个新式的诗歌构图——在民间版图上，建构自己"奔跑"之后的意义系统的宏愿。可惜的是，这些诗篇中目前来看还充斥了过杂的声音，有哲学的、宗教的等等。以致诗语的独立表达多少受到了阻断，那些已经开启的思想触角因此而处在了时断时续的柔弱境地。

王岩森认为，"奔跑"是单永珍诗歌创作的姿态、方式：有激情、有活力，生机勃勃、激情洋溢，这正是单永珍以及诗歌给人较为深刻的印象。单永珍像一个四方游僧，奔走于西部大地，狂热地拥抱着西部大地的开阔、雄浑、厚重，并将之融入到自己的生命与创作之中，形成了其浓烈、刚健、豪放的人格与诗风。"大地"是单永珍诗歌创作的源泉、生命，是物质上贫瘠而精神上丰饶的西海固、辽阔而博大的西部大地、丰富而多元的民族文化、坚执而单纯的人文情怀和文学理想，成就了单永珍其人其诗。"诗者"是单永珍的存在方式和生存意义,单永珍是一个把诗歌视为自己信仰和生命的人。他为诗歌快乐而痛苦、忧郁而迷狂,他为诗歌而活着。中国古人讲究"文如其人",对于单永珍而言,不仅其诗"如其人",其人又何尝不"如其诗"呢?单永珍正是因为诗而纯粹,诗也正因为有单永珍这样的诗者而纯粹。

马占祥(1974—),宁夏同心人,笔名马茹子。同心县委宣传部副部长。1990年开始创作,诗作发表于《诗刊》《星星》《朔方》等,入选《星星50年诗选》《民族文学诗歌选》等,荣获宁夏第六、第八届文艺评奖三等奖、二等奖。著有诗集《半个城》。曾参加诗刊社第二十八届"青春诗会"、全国第七届"青创会"、鲁迅文学院第十七届高研班。中国作家协会会员,宁夏作家协会理事,宁夏诗歌学会副秘书长。

马占祥的诗具有诗歌地理学的概念。他以"半个城"为半径,以庙儿岭、张家井、石塘岭、赵家树村、周家河湾村等这些带有强烈地域色彩的地方为依托,向外延伸;在隐约可见的村庄的炊烟里,每一处村落都是诗意的栖居之所。他在《小城之一——同心》里写道:"城南是一条河。它如一双手般/将小城同心托起。而旁边一块阔大的坟地里/有我的爷爷。三个奶奶。两位兄长。已无法数清的乡亲以及/刚刚大去的李阿訇。城北一大片荞麦长势良好。一大片玉米/迎风挺立。我的父辈在小城同心生活过,我在小城同心/生活过,我的后代也会一样。在小城同心满足而安然。这些都是/可以肯定的。"不止这些,那些苦难而温暖的地名共同构建了他的诗歌地理:"小城西吉如此狭长。像一个没有结局的故事。从清晨到/傍晚。它依次发召唤声。诵经声以及祈祷声/长长的声音布满了整座小城。它安详平和却包含了/更多……那里还有些坚韧的人。身穿长袍。将头叩向大地。心中燃着/火焰。仿佛传说中的部落……"就连"向日葵都放弃了春天"的山城固原,"在山与山的间隙。总有秦腔抑或花儿飘起/那是怎样的声音啊/我该炸裂几次才能干净地收听";"窑山,这大地上的一粒暗痣。内心蕴藏着/煤炭般的黑焰火。在五十载不遇的大旱之年/只让绒毛般的芨芨草淡淡地绿了一下子";"我可以肯定堡子山是寂寞的。一个撑天的高大身影在/小城泾源/撑起云朵。鸟鸣。山风。留下有关。水声。它经历了/更多的目光的/质询。因此它可以见证:一个漂泊的人在小城泾源／听到水声"。就是这样，干旱缺水、荒凉贫瘠的宁夏高原，赐予马占祥的却是一个雨水丰沛、葱茏自足的诗歌世界。故乡成就了马占祥，一生"在塬上寻找粮食和水"的父老乡亲，给了马占祥一双具有悲剧重量而又能轻盈飞翔的翅膀。

马占祥的诗以一种视频般的镜像摄入方式，审视自己至今仍然生活着的土地和村庄。诗人将视野由眼前琐碎平凡的生活场景，延伸到了更为广阔的空间维度，以独有的审美方式，捕捉着源自生活流动的韵律。在《宁夏以南：写给高原的诗》诗中，诗人"一再提及黄土高原，宁南山区，一座山，一条河和众多庄稼"，提及"山坡羊，苦菜花，阳光，蜜蜂"，以及"戴盖头的姐姐皲裂的脸颊"，从而喟叹："我的诉说高不过一座山"。"我不能不到山上去，站在高处，看我生活其中的小城的渺小"（《我将要到山上去》）。在诗意的"镜头"转换中，山川河流、自然万物和生活、劳作在这片土地上的人们，交相辉映，诗人站在高处，俯视渺小，完成了对自己对环境对生活的审视，最终成为《一首诗的成长经历》："一棵草芽在地层惊动了春天／一片落叶在秋天的眉睫／一头羊在草丛中做着大梦／一个人在想象中穿过四季。"半个城，虽然是"这座不显眼的小城，在传说中失去了半个城"之后剩下的另一半，但它"依旧养育着庄稼河流大地和人民"，所以在马占祥的诗歌镜头里，它是完整的，是被放大了的，那就是诗人用赤诚的文字建构的干旱的、苦难的、坚韧的、壮美的西部形象。

马占祥的诗歌创作无论如何是绕不过民族情结的。马占祥是在中国十大清真寺之一的同心清真大寺的脚下出生和长大的，他从小听着悠扬的诵经声和先辈的古今、花儿、民谣，长期的耳濡目染和熏陶，使他的诗歌创作具有浓郁的回族气息和宗教般的虔诚。"清真寺的新月在白天也会光亮着／清水河畔的红柳在夏天白了头／半个城东的坟茔用黄土归纳命运／城西的川道玉米不曾挡住／回族媳妇的白盖头……这个仅有一半的小镇／生活如流水般缓慢／但傍晚的祈祷词／在风中弥漫"（《半个城》）。诗人站在这片神性的土地上，沐浴着霞光，所有的光芒在傍晚的橙色里，清真寺的钟声和祈祷声中，让时空更为永恒而绵长，传递着对父亲无尽的哀思。"有时从清水河（就是这样）传过去（了）／带动一地香茅草安静的叶子"。我们都回到了这片安静的叶子，回到香茅草的根部的金黄。还有"六月酷热,那个被杨辉称作爷爷的人走了……阿訇在他身边用《古兰经》的章节/成全他。其实这个老人已不需要任何多余的/——他没有亏欠什么"(《参加杨辉爷爷的葬礼》)。这种安静、略带忧伤的场面,散发出生命的底色和原在的味道,让人性的光芒再一次得到升华。

"回族诗人单永珍、马占祥、泾河作品研讨会"有关马占祥诗歌的评论(《回族诗人单永珍、马占祥、泾河作品研讨会发言摘编》,宁夏作家协会新浪博客)如下:

商震认为,个人情绪的状态是马占祥的诗歌的长于别人的优点。虽然宁夏诗人的作品和表现力大致相同,但马占祥的诗歌中那种轻松、率真的表现方式,加上利用自己的小经历来书写身边大事件的独特抒情方式,用轻松掩盖痛苦,回味时才感到诗歌中的疼痛和庄严,这是诗人最为出色和值得赞赏的方面。马占祥作品中的精神指向和文化力量也是其诗歌优秀的品质。马占祥的诗歌中看不见黄河、贺兰山这些大意象,一直在说身边人的事和自己的感情遭遇,并且吸收和化用"花儿"等原生态民间艺术的优长,摒弃修辞,用质朴的方式衬托自己的感情。马占祥的诗集《半个城》中,作品简单、直接,但有一定的文化含量,审美走向是深刻的,作品中表现出个人审美力量和精神力量。马占祥诗歌写作经验仍是地域的个人的布局经验,如果视野能开阔点,作品中加入一些历史经验,作品将会更加厚重。

李生滨认为,一个诗人最重要的是自我的精神坚守,像马占祥《我在宁夏南部山区写诗》便流露无遗。拒绝现代和城市,怀想辽远和乡土,诗人以自己的诗歌涵养自己生活工作的那片山川,寻求诗意的精神生活。因此,诗人写贺兰,写西夏都有点隔膜。只有秦皇汉武西海固,六盘晓云清水河,才能让诗人感受心灵的亲切,马占祥所侧重的诗歌内容也就显而易见了。诗人在西海固回族村庄的描写中所追求的意义何在呢?"守护或者清净自己微小的灵魂"。人在走向现代生活的同时,内心却在坚守自己的精神家园。对于诗人来说,那个孤寂、衰败,甚至贫穷的村庄,在语言的描述和回忆中,越来越成为一种温情和美好的记忆,甚至成为心灵的事实,自然不无疼痛和悲伤。《西望秦长城》《大西夏》《大关山》等,在历史的感怀中,寻找脚下这片土的文化流脉。诗人歌颂鹰、西风,还有马和马群,同样想寻找大自然雄强的东西。在雄奇和细微之间,诗人要试验自己的审美语言,一阵风声,一声鸡鸣,包括花开的声音,都被马占祥捕捉到自己的笔下,成为审美的诗意的承载。但诗人最为自得的还是在南部山区写诗。同心、固原、西吉、泾源,念念不忘,在晨风中,在细雨中,在不无煽情的笔下,成了诗人情感的皈依和寄存之所,一个清新淳朴的诗人马占祥就浮现在他色彩绚烂的诗歌语言中,诗人和西海固就此沾染了诗意的芬芳和想象。

瓦楞草认为,马占祥的诗歌创作具有本土化倾向,呈现了宁夏的山山水水以及人们的生活和民族的特性。具有宁夏地域的自然环境特征是马占祥诗歌本土化创作的首要标识。他的诗歌将宁夏的自然风貌清晰地映入读者眼帘,呈现出别具一格的地域特色。马占祥诗歌还呈现出人文环境特征,在诗集《半个城》中,读者可以感受到宁夏人的生活、历史气息,以满足阅读心理的体验和文化记忆。如果说马占祥诗歌中自然环境是地域诗歌的外表特征,那么他诗歌中呈现的人文环境则是地域诗歌的内在气息。马占祥少量的诗歌中也体现出了民族的习俗特性,但对于本民族特殊文化形态的渗透还是太少,期待他在以后的作品中能使回族习俗的特性大放异彩。

柳向荣认为,马占祥的诗写得好,好就好在他那平实的叙述里,有一个很有些自知之明的"小我",这个"小我"谦虚、真诚、敏感、善良、热爱,但也孤独、智性。马占祥显然是一个很个性化的歌手,他不追求曲高和寡的清高,他追求的是情真意切的至爱,哪怕这样的爱是一件琐碎的事情。比如喂小鸡的姐姐、补鞋的师傅、半个城里生活着的匆匆过客,他都能感同身受地和他们朝夕相处在一个小城里。他把他们看作是自己,他是他们中的一个,他们是他的全部。"小我"的马占祥是一个大诗,他憨厚地做着一件很辛苦的事情:就是替大寺路上的父老乡亲和兄弟姐妹们守护着一天的星月和四季的风,写下这里原生态的生活感受。

王晓静认为,《半个城》有源自地域的诗情,有源自四季的诗情,有源自亲情友爱为主旨的组诗。诗人在信仰和信念的精神领地里昭示历史,在古老的典籍和寓言里寻找"言语",探索那些被时光磨灭的生命密码,给了读者第二种认识山区的方式,验证了"人类诗意地栖息在大地上"。

杨梓在《半个城》的序中说:"只有诗人。只有像马占祥这样把诗写在龟裂大地上的诗人。因为这样的诗人才是自然之子,是守护精神家园的风灯,是捍卫灵魂的真正勇士。"

泾河（1976—）,宁夏泾源人,原名兰煜。1994年开始创作。诗作发表于《诗刊》《民族文学》《星星》诗刊等,入选《新中国成立60周年少数民族文学作品选》《星星50年诗选》《宁夏青年作家作品精选》等。诗歌荣获宁夏第六、第七、第八届文艺评奖三等奖,著有诗集《绿旗》。宁夏作家协会会员,宁夏诗歌学会理事。

泾河以他宗教般的虔诚和悲悯,从西海固本土出发,一直在寻找一种泾水般洁净、透亮、朴实而又本真的表达方式,而诗歌成为他最好的灵魂出口。"膜拜者尊贵的双膝已打出血痂／磨砺百年的心灵啊,早已透亮到能看到后世";"我高高举起双手,把头叩在朝西的圣土／让背影里的泪水流成跨过苦难与迷醉的河流"。这是泾河发出的个性化的声音,也是他发自肺腑的呐喊。

泾河和雪舟都是来自泾河源的回族诗人,虽然在诗歌题材上有相同的地方,但在风格上却迥然不同。雪舟的诗沉稳中透着老辣,泾河的诗清亮中闪着柔光,像一滴纯净的水,在时光深处皈依着心灵的故乡。"说,一滴水与一滴水之间隔着时光／时光不断,水对水的依恋与相思将长出连接的水走在中间／／说,一滴水与一滴水之间隔着大海／潮汐不断,水对水的怨恨将长出连接的海藻走在中间／／说,一滴水与一滴水之间隔着我／日子不断,水对水的忠贞结出连接的泪走在中间／／说,我与你之间隔着一片时间／爱不断,我对你的思念将长出一朵小花走在中间"（《对话》）。诗人通过对话的形式,用"一滴水"的意象,将依恋、思念和爱表达得淋漓尽致。

泾河的诗,在选材、结构、立意等方面,表达了现实生活和宗教习俗的诸多方面。诗人一直在试图通过一种清洁的、近似高贵的语言来传递出自己对这个世界的理解,在平静的月光下,听一声梆克从村庄的清真寺里缓缓传出,"梆！梆！梆！"——这声音简洁、清澈、原初、高贵,没有矫作,没有修饰,来自自然,又回到心灵,声声蕴含着启示,却又隐没于无声之中,仿佛"清真碎语",敲击着诗人的灵魂:"结束的斋月像飞走的凤凰／留下这迷人的羽毛／穆斯林的儿女们,清真地走过／采集几束,装扮生活／我双掌捧起，都哇儿还没接完／羽毛就会歌唱……我把一生破碎在几个时辰里／为的是能听到旷远悠扬的梆克……然后，当山说话的时候／当唯一的母亲倒在拜毡上时／我就复生"（《清真碎语》）。在泾河的源头，"提起水——我的内心一片静谧。宛如独对生身父母——不敢吐露只言半语。只有那延绵不绝的爱意和苦楚——我在她无声的清净里一次次映见自己形容枯槁。她定感到我惨淡的泪痕，轻轻刷过时光。——从来没有那一片地域上的众生能像西海固的回民——对水抱有持续的虔念与敬意。水在我的眼睛里开采出一片金矿——水把高悬明月的光辉一滴一滴种进我的骨殖。仿佛与生俱来的伤痕——她在我的源头撒播进透亮的密码"（《水》）。在《高蹈的银汤瓶》《新月》《宰牲》《聚礼日》《幸福的念珠》等诗歌中，更多表现出泾河民族性创作的倾向。

　　正如杨梓在《绿旗》的序中所言，泾河的诗虔诚而内秀，他像对待宗教一样对待诗歌，将宗教生活纳入诗歌创作范畴，胸怀神圣的信仰而观察世界，并由原型词汇的单纯走向意象的丰富，由诗句的冗长走向人生意义的探求，由日常的宗教生活走向穿越时空的审美感受。当然，泾河的诗也有乡土柔情的一面。诗歌，一向与情感互为姐妹，是作者心灵深处的行为方式。也只有情感，才是另一种方式的现实与梦想达到统一，并有神性的东西蛰伏其中。在泾河的诗歌中，用少女、妹妹、姐姐和母亲等意象，打开情感的灵性世界，于是，诗中的"我"有一些女性化的味道，用一种温柔、害羞、细腻的目光注视着世界，从而使这个原本荒芜的世界有了"晨露洗过的青草"，有了"盛开的苜蓿花"，有了"炸开花苞的洋燕麦"，有了"举着黄金盘子的蒲公英"……尤其是"一万颗羊羔的黑眼睛"同时闪出的一片"蓝天之蓝"，乃至"无蓝之蓝"，谁能否认这里所蛰伏的神性呢？

　　在他的诗中蕴含着一种纯粹的爱的形式——渴念，那种爱，使《树上的绿光》，"每一个绿叶子的镜片上都能映出一个刚刚出水的人影来／我想叫一声姐姐，嗓子干涩得说不出话来"；在《十二复生》中，"我对我心爱的姑娘说，请你包裹我的碎片，别把它投进风中，也别投入火坑。／我对我心爱的姑娘说，请你把我种入你脚下的泥土，请借我一江春水"；让《后海为盾》，"它喂我一粒深海的盐，算是久别的爱恋／它抚我一背泪水算是分别的依恋"；在《一窟清水》中，"一滴清水落地成花，它被自己的花香迷倒又被自己的泪水惊醒,／感觉年轻的内心已长出白发";在《行走的江河》中,"我怀抱我的女儿蓝天,如同拥抱胸脯起伏的西部江河,我带着女儿蓝天上路,／如同带着行走的江河把我两世的荣辱与梦想化作了一腔清流"。

"回族诗人单永珍、马占祥、泾河作品研讨会"有关泾河诗歌的评论(《回族诗人单永珍、马占祥、泾河作品研讨会发言摘编》,宁夏作家协会新浪博客)如下:

舒洁认为,阅读回族诗人泾河的诗歌,让人不止一次联想到泾河、渭河、黄河这几条奔流不息的血脉,是这样的依托,使诗人泾河找到了生命与信仰的依据。他的诗歌的质地由此确立,他诗意的发现一定与信仰有关。《北望宁夏》是清晰而苍莽的、肃穆而庄严的圣地浓缩而成的诗,是诗人满怀热爱的心灵写实,有着一个庞大的心灵气象。《就把此时当成永恒》《水》《沉香》《漫游之花》等等,无不写到花的意象,这是隐喻。泾河赖以依托的神圣背景与他对此的感悟方式决定了珍贵的虔诚。他的诗歌仿佛笼罩着淡淡的光芒,他在光芒里,深怀着感动,也深怀着忧伤。泾河的诗歌中存在着一种强大的心灵支撑,他的诗歌集《绿旗》的飘动就是证明。他的诗歌具有铁质的精密、水质的柔情、血质的信仰、土质的凝重、云质的飘逸、冰质的冷峻。萦绕在泾河诗歌中的整体旋律是庄严的,他是一个绝对不会用粗制滥造的所谓诗歌惊扰诗歌神圣灵性的诗人,他的诗歌语言锋利而洗练,节制而伸延,含蓄而明丽,丰富而蕴藉,柔美而绵长。他的《绿旗》及在后来的日子里写作的诗歌,从未偏离他的信仰。这就决定了,他将会带给我们越来越多的喜悦,我们对他未来的写作实践满怀期待。

张铎认为,泾河是一个有自己面目的优秀诗人,他的诗就像他本人一样,言贵而内秀,谦和而孤傲,执着而淡定。就其内涵而言,即有深切的现代意识,又有宗教的韵致,读来别有风味。他擅用一种女性敏感而细腻的目光,打量这个充满绿色的世界,并通过少女、妹妹、姐姐、母亲等灵性的个体,感受这个充满绿色的世界,从而树立起"清冽、洁净、开放、内敛的民族人文之旗,努力飘扬出无法模拟的碧绿"。《树上的绿光》《桃色》《三两句》等诗歌就是"绿旗"精神的艺术再现。

诗人在内心深处,把村庄、亲人、树木、窖水、江河、蓝天融为一体,深深地、无以复加地爱着,个体的体验已经超越了诗歌本身;内敛而恣意地抒情,把故乡、亲情、民族和内心的感受紧密地联系起来,让现实和想象无限地延伸;否弃世俗的、庸常的和经验的东西,追求心灵的纯净、自由和独立,打开诗歌的天堂之门。这正是泾河的独创之处。

还有回族诗人丁学明、周鸣、杨春礼、保剑君、咸国平、马晓麟、李兴民、秦志龙、李文等都各具特点。

丁学明（1965—）,宁夏灵武人,银南广告装饰工程公司总经理。80年代开始诗歌创作,著有诗集《横撇竖捺》。宁夏作家协会会员,宁夏诗歌学会名誉副会长。

丁学明的诗简约、含蓄,叙事风格明显。在丁学明的诗中,抒情形象大多是在生活中有缺陷的或带有悲剧性的,如没有儿子的父亲、卖掉了卡车的司机、沉湖的姑娘等。诗人不动声色地在一种兼有叙事性的结构中,描述这些人物的经历,很少带有某种外在激烈的有着偏向性的感情色彩。一个回族姑娘因爱邻村的汉民小伙子而不得,跳进了"沈家湖","村里别的姑娘因为同样的伤心事／走到湖边,跟鬼姑娘谈心／人们茶余饭后开始说鬼／一直说了好多年"(《姑娘与湖》)。在这种不动声色的客观的叙事中,却隐含着不同文化和生活习俗所造就的心理差异,是如何导致了一场不可避免的悲剧的发生。在《回回人物·你的车就是你的马》一诗中,诗人采用心理描述的手法,叙述了一个曾"车过六盘山顶时熄火两小时／认真想了想是活着还是死掉／这也没人知道"的卡车司机,在恋人离开、卖掉汽车之后到"我的小屋／狗一样地对我哭",结尾这样写道:"你的车就是你的马／你的马是匹英俊的马／我想这几年它一定痛苦地／想着你／这你明白你当然明白。"

诗人淡然地几乎是口语化地一层层揭示这种日常的卑微的生活中所发生的悲剧,在简约含蓄中给以启示:在并不完善的有着缺陷的生活中,如何更用心地去追求完善。较成熟的客观化的叙事结构,最终会达到对人生多层感悟和思考的程度（李三郎《执着的探索——宁夏回族青年诗人四人论》,《朔方》1990年11期)。一头被人们熟视无睹的西部小毛驴,在丁学明的感受和体验中,却探寻出了一个民族(回族)的全部人生价值:"有个民族相信小毛驴知道/另一个世界的事情/因此它的沉默便成了/透彻世界的沉默"(《西部小毛护》)。诗人由一头"西部小毛驴"这个小小的意象扩延至对一个民族(回族)无数人生的思考,诗篇结构层层推进、伸展,意象的内涵由小到大,丰富且深刻;诗人从沉默的西部小毛驴身上看出一个民族"透彻世界的沉默"。正如他在一首诗中所写:"毕竟是大方的世界/何必小小地做人。"这就是诗人拥有区别于他人的创作特色和个人风格。

周鸣(1968—),宁夏灵武人,原名周福琦。历任灵武市宣传部副部长、银川市金凤区党委常委、银川市广播电视总台台长等。诗作发表于《人民文学》《诗刊》《星星》等。著有诗集《背后的村庄》。宁夏作家协会会员,宁夏诗歌学会副会长。

周鸣的诗很好地继承了中国古典诗学中"抒情"与"言志"精神,注重对事物、人情、世故、风俗,乃至动植物的咏叹和褒扬;他的审美方向也多属于王国维所说的"有我之境"。有时候,即便是"无我之境",他也能通过千回百转的勾连,转化成"有我之境"。如"一只不知名的小动物/随草丛起伏/一只鸟儿飞过/风刚刚梳过草甸的长发/雨就为满山坡的花儿挂起梦幻/我在梦幻中找回自己/孤独的巩乃斯草原啊/竟如此来"(《临巩乃斯草原》)。可见,周鸣大体应算是即情即景、且情且景的浪漫主义者,诗歌也因此多以物我两忘,或天人合一式架构而收束,略欠审视和批判的视野。

杨春礼(1972—),宁夏灵武人。1994年开始发表诗作,作品散见于《诗歌报》《朔方》《黄河文学》《文艺天地》等刊物。著有诗集《生命是棵树》《树的呓语》。宁夏作家协会会员。

杨春礼是一个一年四季与树相伴的回族诗人,艰辛的园林场生活,反而使他具有一般人所没有的乐观态度。他怀揣"生命之树",期待风雨,又渴望宁静。"田野上/一片旺盛的白杨林/顶着烈日,迎着热浪/我们的命运是那么相似/贫贱而平凡/……村庄以外的苹果园弥漫浓香/一株倔强的红柳,多像我/弯着腰,在风中奔跑"(《田野上》)。在这里,诗人怀揣着"一棵宁静的树",没有悲悯和悲伤,却像一棵倔强的红柳,体现出乐观、积极向上的精神追求。在他的作品中很少有华丽的辞藻,或者艰深难懂的句子，诗人总是用一些非常普通、浅显易懂的诗句，将自己的见解和感受表达出来，只要是识字的读者都能读懂。"落就落了／就当前世已尽／如果要怨，就怨我吧／我不做任何侥幸／谁先落只是顺序问题"（《落果》）。他将自己羽化为一棵树，有一种处变不惊、安之若素的冷静与豁达。诗人像一棵树一样，坚守在灵州的大地上。回望村庄，轻拂果林，野草湾，有树的呓语，有清亮的月光和温暖的阳光，每一棵树在他的诗中都发出拔节的呐喊和绿色的梦想……从他的两部诗集《生命是棵树》和《树的呓语》中，我们不难看出，诗人的追求从一棵树开始，到另一棵树结束，闪亮着生命的真谛和自然的光芒。

保剑君（1973—），宁夏贺兰人。90年开始写作，诗歌作品见于《民族文学》《星星》《诗歌报月刊》《新大陆》（美国）《朔方》等报刊。作品入选《宁夏青年作家作品选》《世界华文诗选粹》《中国当代微型文学作品集》。宁夏作家协会会员，宁夏诗歌学会理事。

保剑君的诗歌中几乎没有与本民族相关的诗篇，而更多的是对乡村、土地、风情、自然和内心感受的抒写。他的大部分诗歌以乡村为背景，将诗歌的视野投放到古朴的村庄和大自然中。他在《韭菜》中"铺开家园的泥土"，在一颗酸杏里寻找青黄的记忆，在一只《萝卜》里将自己的心事深藏，让一朵《苦苦菜》在城市的餐桌上滋润岁月。清晨里看芦花飘荡，黄昏里看"五哥放羊"……所有这一切都与他生活的村庄息息相关，与他独特的心灵感受紧紧相连。在《大地》《乡下》《稻子》《高粱》《山坡》《雨》《桑葚》《兰花花》等诗中，诗人通过旷野、树木、草丛、山坡、雨滴、花朵、果实、粮食等意象，展现出童年的天空、叮当的牛铃、奔跑的羊群、拔节的稻穗、摇曳的小花、流淌的渠水、村庄的炊烟等。这一切是那么令人陶醉，"雨一直往远处去了，苍茫得再也看不见影子／不过好长一段时间后／我浅浅的眼窝里／还留着它小小的湿润"（《雨》）。他用乡村朴素的题材，书写冰清玉洁的诗句。这种平民意识和乡村情结，使他的诗歌拥有了生命的质感和光芒。

咸国平（1975—），宁夏隆德人。2004年开始诗歌创作，入选《新中国成立60周年少数民族文学作品选》《宁夏青年作家作品精选集》等选本，著有诗集《风的泪》《游走的风》。鲁迅文学院第六期少数民族文学创作培训班学员，《散文选刊·下半月》签约作家。中国电力作家协会会员，宁夏作家协会会员。

行走在故乡塬梁上的咸国平，用心体察生活中每一处细微的诗意，将人生的经历幻化成朴素而简约的文字，真诚地书写亲情的疼痛与温暖，生存的代价与尊严，在持续的勤奋和虔默中努力发出了自己的声音。咸国平的诗歌，是真实感情的流泻，是发自肺腑的心声。在《土地的泪》一诗中诗人写道："旱情还在加剧　蔓延／远胜过瘟疫传播的速度／土地把体内仅存的水分／给了庄稼／在苦难的境遇／相守成一种疼和痛／土地用焦虑的眼神／看着自己的庄稼／一棵棵枯萎　死亡／泪已飘进粉尘／浑身的道道裂痕／像一张张呼救的嘴唇／却始终发不出声音。"正如杨梓在诗集《风的泪》封底所言："咸国平的诗是来自山间的语言，朴实而直呈；也是来自民间的情感，细腻而果敢，而诗意就在风的泪珠之中。"

马晓麟（1976—），原名马小林，笔名斧子，经名尤怒素，宁夏同心人，祖籍甘肃东乡。1998年开始创作，诗作发表于《星星》《民族文学》《回族文学》《朔方》等。出版诗集《野山竹》。宁夏作家协会会员。

马晓麟是一个很好地守护了自己诗性的诗人，他穿行于民生之街、半个之城，混迹于贩夫走卒之中，但对诗歌始终固守了一份坚韧的执着。对生活的细节的痛感，使他把目光投到生活中的一些细节处——那些小事件、小人物正是他要依托的诗歌载体。他诗歌语言的不刻意、不雕琢中自有一种诗意，给人以清新扑面之感，他所要表述的秘密其实就是简单。

《野山竹》很大一部分诗是关于穆斯林人物及生活的写照，是诗集中特色所在。"当这个迟钝的男子猛然抬头／邻家的妹子立刻甩动瀑布般的长发／春心荡漾地向屋里跑去／她身子轻盈得如蝴蝶在飞"（《邻家的妹子》）。展现了回族女性的形象，有着画龙点睛的灵动。"步入大殿／如入无人之境　向西／跟随阿訇　肃穆　站立／默念或静听／这世界最古老最虔诚的祷词"（《聚礼》）。充分展示伊斯兰宗教的民族性，突出了穆斯林天性中的虔诚，是对信仰的深化诠释。"宁夏以南。在一条干裂的清水河里／汲水的妹子小心翼翼　红皱的面孔／影响着她带着红晕的青春活力／在消失的半个城归于主命"（《宁夏以南》）。干燥的土地、水的缺乏、贫困的生活、无从把握的命运，表现得比较恰当。这些诗是真实生活与艺术再造的较为完美的结合。马晓麟有着不轻于表露的张扬,内秀纤弱但有着对诗歌狂热的霸气。在小城同心,在民生街,他正在悄悄向诗学殿堂搭建适合自己表达的诗歌风格。

李兴民(1980—),宁夏西吉人。诗歌、散文、文学评论、报告文学等作品散见于《六盘山》《黄河文学》《朔方》《回族文学》《中国诗人》等,入选《中国年度诗歌》《诗探索年度诗选》《塞上江南·神奇宁夏》等。荣获全国旅游诗词大赛三等奖、固原市第五次文艺评奖诗歌奖、固原市新锐作家奖等。著有诗集《放歌西海固》。宁夏作家协会会员,宁夏诗歌学会会员。

李兴民的诗歌具有明显的"出生地的诗性指向"(林馥娜语),从"月亮山"到"葫芦河"到"西海固",一路唱响着诗人对故乡的恋歌。从《放歌西海固》这部诗集中,我们要以清楚地看到,民族性和宗教性的完美结合,是李兴民诗歌的一个特质。从"新月高悬""双手捧掬虔诚,皈依荣光家园"的举义中,我们能够清晰地感知一个回族诗人的"内里";从"清洁的恋歌""古今"、柔肠寸断的"花儿"和"父老乡亲"中,我们更能深入地感觉到李兴民是一个深入生活、深入民间的诗人。无论地点、时光如何变换,诗人的目光始终紧盯着最底层,面对当下的生存现实并深入其中,挖掘出具有出生地诗歌指向性的精神追求,用诗歌语言来捍卫着他的民间立场,让低处的阳光沉入他的内心,一直沉到我们的良知。正如在2011年度固原市新锐作家获奖词中所言:"他睿智、聪颖的目光紧扣生命大地,以抒情笔触叙写了发生在身边的人与事、景与物,深沉并且灵动,让我们的呼吸时而紧张,时而愉悦。他的诗歌,契合了当下诗歌的现实走向,并保持着同步的审美追求。"

秦志龙(1982—),宁夏泾源人。1999年开始发表作品,作品发表于《六盘山》《朔方》《星星》《诗选刊》《回族文学》《民族文学》等。著有诗集《寸草》。宁夏作家协会会员。

秦志龙的诗源于现实生活,却又不是现实生活的简单再现。他善于把人生的真实体验与深刻的思想意蕴相结合,通过诗意的构思,创造一种旷达豪迈的风格,表达一种朴素凝重的情感。秦志龙的诗有着深厚的宗教情结,在他的笔下,宗教不只是一种信仰,更多的时候,是一种坚韧、一种博爱、一种忠诚、一种理性的思考。透过清澈明净的泾水，他把目光投向更为辽阔的黄土高原，真正把自己与家乡、与土地、与大自然融为一体，一次又一次地陷入一场关于故乡以及生命本身的回归。在《向日葵》一诗中诗人写道："这是丰收的田野／向日葵在远处向着太阳／它不微笑也不哭泣／他只是一个劲地昂着头颅／／火长满全身／她和松树、夜风、星空／以及我的零碎思想／进行着一场燃烧／这是开花的太阳／没有黑夜／这是真正的花／是一切花的王／只要燃烧／不要休息／／这是不死的青春／今天的一株向日葵／是我的怀念。"正如王怀凌在给他的诗集《寸草》序言中所说："他以坚实温厚的爱，描写山清水秀的泾源，描写苍茫的人生表象和苦涩的生命视域，在对可视、可感、可阅的人间物象，作瞬时的抚慰和留恋后，即延伸到更为宽广的心理领域和精神世界。这使得他的作品在平实、简朴的叙述之上增添了隐约的神秘和一种贯注着深层生命体悟的气息。"

李文（1983—），回族，宁夏海原人。李文从大学毕业之后经历了几年漂泊的时光，随后定居于新疆普泽。诗作发表于《北方作家》《朔方》《黄河文学》等。著有诗集《老车站》。

《老车站》收入的大多数诗作写于那段居无定所的日子。李文有过在最底层谋生的经历，而且"我父亲是民工""我弟弟是民工"。农民工，当这些悲凉的身影被城市的尘嚣淹没的时候，任何积极的书写都可能失败。没有在现实的挣扎中吞咽过苦水的人，永远也无法体会那种刻骨铭心的感受。在一首题为《庄稼》的作品中，李文写道："当天空不再流泪的时候／父亲就是一株走动的庄稼／眼里写满焦渴，这时候／枯萎的麦苗和消瘦的父亲／都需要一场雨的滋润。"李文的诗作，少有明亮欢快的色彩，即使描写爱情，在《大个子女生和小个子男生》中也是"心就打得胸膛痛"的单恋悲情的故事，诗风哀婉迂回，沉郁顿挫。他在《一只鸟》中所写："一只鸟逆风飞／它飞了很久飞了很长的路／风沙中鸟伤痕累累／但它无法停下来／它怕停下来／再也没有飞的勇气和力气／天空不只有风沙／还有冷霜和冰雹。"李文似乎就像是那只逆风飞行的鸟一样，以永远飞翔的姿势与命运作着不屈的抗争。没有人能知道李文诗歌的翅膀在这个有"有风沙，还有冷霜和冰雹"的世界能飞多久飞多远，没有人知道诗人的宿命到底在哪里，但是对于诗歌沉默往往是最有力的呐喊。

总之，这一时期，宁夏回族诗人中还有刘鹏凯、张毅、海默、马君成等，80后回族诗人田玉铭、兰喜喜、马璟瑞、白军等和90后回族诗人马海波也涌现出来。而回族女诗人有陈晓燕、王慧、查文瑾、周瑞霞、马玉文等，另有论述。可以说，这一时期是新老诗人并存的局面，不同年龄、不同身份的诗人能在同一个时空和地域中，以诗歌的方式，在宁夏大地上执着地行走，凝聚为一种富有活力的诗歌群体，呈现出多元化的创作态势，为宁夏诗歌的发展和回族诗歌的繁荣描绘了一份值得期待的蓝图。

是的，回族诗歌是宁夏诗歌重要的组成部分，是宁夏文学中特色的特色，因为回族诗歌的地域特点和民族特色是宁夏所独有，从而有别于全国其他省区。正如组成宁夏文化的有黄河文化、游牧文化、农耕文化、丝路文化等，但这些其他省份也有；而宁夏独有的文化只有西夏文化和回族文化。所以关注并促进宁夏回族诗歌的繁荣，鼓励并评介宁夏回族诗人的创作，应引起社会各界的高度重视。

第五节 女诗人：长河两岸的四季芬芳

在中国诗歌史上，春秋战国时期，许穆夫人是记载于史的第一位女诗人。她的《载驰》收录在《诗经》之中，脍炙人口，是著名的爱国诗篇，比屈原的《离骚》要早三百多年，对后世影响很大。汉代，蔡文姬成为女性诗歌的代言人，她用血泪写成的《悲愤诗》记录了汉末朝代更迭、混乱不堪的历史。唐代，女诗人薛涛与刘采春、鱼玄机、李冶并称唐朝四大女诗人，她们的诗以清词丽句见长，具有深度关怀现实的思想。宋代，李清照的诗词家喻户晓，广为流传。她的诗词雄浑豪迈，内容宽泛，有着完全不同的风貌，虽然生活在封建礼教之下，却有着清醒的政治头脑和敏锐的政治眼光。元代，据胡文凯《历代妇女著作考》记载，女诗人共十六人，其中郑允端是元代女诗人之中存诗最多的人。明清时期，陕西东部出现了屈淑、雷敬儿、张梅清、解喜欢四位女诗人。屈淑的诗以感怀与唱和为主，雷敬儿以回文诗见长，张梅清的诗慷慨豪壮，解喜欢的诗更多体现民间色彩。

清朝灭亡前后，中国处于硝烟弥漫、内忧外患的时代，这一时期以秋瑾为代表的女性诗歌摆脱了传统封建思想的束缚，春逝伤情，感叹命运，体现出女性生命顽强的壮志豪情。"五四"之后，冰心在中国诗坛脱颖而出，1923年出版了诗集《繁星》《春水》，奠定了她在诗坛不可取代的位置。20世纪三四十年代，"九叶派"女诗人郑敏和陈敬容，在创作中自觉地追求诗歌艺术与现实的"平衡美"，既注重内心世界的开掘，又能走出自己的狭小世界，为现代女性抒写独特的生命体验。

新中国成立到"文革"期间，女性诗歌创作一度停滞，直至"文革"后才恢复了生机。70年代中期至80年代，福建女诗人舒婷创作了《致橡树》《神女峰》等经典之作；四川女诗人翟永明的组诗《女人》以独特奇诡的语言与惊世骇俗的女性立场闪耀诗坛；上海女诗人陆忆敏脱颖而出。同时，全国各地的女诗人犹如雨后春笋，陆续进入文学的视野。

而宁夏女性诗歌创作相对来说非常滞后，从古代的塞上到元代始名的宁夏，史载的女诗人只有孙氏，名不详，延安府知府孙川之女，为清朝正红旗汉军武进士、石空寺守备教允文之继妻。婚后一年丈夫去世，孙氏守孝满月，自尽于柩前。入殓时，发现其怀中有诗三首。被中卫县知县黄恩锡收入编纂的《中卫县志》，并写了小序和跋文。这三首《皇清孙烈妇诗》之一是："独羡文丞相，固怀正气歌。成仁兼取义，万古不消磨。"之二是："万事伤心可奈何，敢云随分逐时过。课儿尚有一经在，织锦全无半字歌。泪洒北堂云不散，月行东海雾偏多。白头未到君先逝，愿逐英风话五罗。"之三是："儿曹勉力习遗经，家世簪缨旧有名。传汝唯希清白吏，河东三凤再齐鸣。"孙氏的这三首诗胸怀正气，成仁取义，质朴坦荡。这既是悼诗，有对夫君的深切怀念；又是遗诗，有对子孙的无限希望。而且语言简明且富诗意，尤其是"泪洒北堂云不散，月行东海雾偏多"，意境高远，是为佳句。

共和国成立至今，宁夏创作古体诗词的女诗人有陶玲、杨石英、熊品莲、熊秀英、丁玉芳、闫云霞、马犟等；创作现代诗的女诗人，50代有薛秀兰、刘秀凡、陈幼京、李爱子、肖屏、储春兰等，60后有范一凤、张廷珍、魏萍、李岩、聂秀霞、陈晓燕、王慧、唐晴、莲子、李壮萍、赵晓宁、羽萱等，70后有瓦楞草、郭雅妍、牛丽健、胡琴、王江辉、姚海燕、常越、高丽娜、紫艺、林一木、朱敏、查文瑾、周瑞霞、武碧君等，80后有马晓雁、杨燕、杜玛丽、许艺、李晓园、马玉文、王妍、赵雅榛、董雅慧等。其中大部分女诗人只是业余爱好了一番，写了一些发了一些之后就沉寂了，或转战其他领域了，比如刘秀凡、张廷珍、莲子等几位很有才华的女诗人。

20世纪80年代，宁夏女性诗歌才有了起步和发展。这一时期，以刘秀凡、陈幼京、范一凤等为代表的女诗人开始在刊物发表作品。她们的诗歌，保持着较为上乘的质量，从根本上忠实于个人的疼痛与隐私，大胆地呈现女性生命的体验，以其自我意识的觉醒和对女性心理的深层挖掘，在宁夏诗坛形成一定的影响。

80年代后期至90年代，陈晓燕、王慧、唐晴、莲子、李壮萍、羽萱等人成为女诗人活跃的代表，诗作发表于《诗刊》《民族文学》《十月》《绿风》《星星》《朔方》等，先后出版了个人诗集。其中不乏不让须眉的优秀之作，为宁夏诗歌注入了新的活力。

90年代至今，宁夏诗人的队伍不断壮大，又涌现出了赵晓宁、胡琴、王江辉、林一木、朱敏、查文瑾等一批女诗人。她们的诗歌内容宽泛，观察深刻，不断在创作中探索独特的话语方式；她们的诗歌，面向词语本身，较为复杂地挖掘了诗歌语言潜在的魅力；她们的诗歌重视生活取材，强调结构之美，借助于意象构建倾听语言与敞开生命的形式。

可以说，从70年代中期开始，宁夏女诗人逐渐形成了一个成熟的诗歌创作群体，对宁夏诗歌的繁荣都起到了积极的作用。女性对爱情的渴望、迷恋及伤痛的感受远胜于男性，所以各种形式的爱情诗是宁夏女性诗歌中的华彩乐章。美学家宗白华曾经说过："愈进化愈高级的艺术，所凭借的物质材料愈减少，到了诗歌造其极，所以诗歌是艺术中之女王"（《美学散文》，安徽教育出版社，2006年）。宁夏女性诗歌以精练的语言呈现了生活的方方面面，以最美的形式折射出生命存在的价值，充分证明了宗白华先生所言极是。

刘秀凡（1954—），宁夏银川人。1983年开始在《朔方》等报刊发表作品。她就职于银川毛纺织厂，是典型的基层工作者，她的诗歌作品多是书写基层的生活。从创作背景来看，80年代，改革开放刚刚开始，人们走出十年动乱的阴霾，迎来了一个发展经济的时代，刘秀凡的诗通过自身的经历凸显基层人民群众在生活中激昂的斗志。

她在《我，重新找到这张课桌》中写道："我，一个织毯女工／一个孩子的妈妈，带着双重责任／重新找到这张熟悉又陌生的课桌／在这张课桌上，我曾经计算过／经纬线和巡回线的长度，梭声和机声的比例／毛纤与色调的搭配，光泽与弯卷的特色。"在《织者》中写道："凤凰翅膀扇动许久许久之后／织者刷新了一群／纺织女工的形象／凭着情绪的转动／一只只天鹅在经纬沙上腾飞起来。"诗人十分注重构思与叙述的策略，用诗性语言呈现基层生活，挖掘和表现人物的内心，触摸基层的脉动。刘秀凡在创作中没有停留在只将社会基层生活影印般誊写的层面，而是更大限度地提升人的精气神，从而形成一种积极的氛围。

女性行为的许多方面都应当解释为抗议的形式。刘秀凡的诗歌无时不在彰显女性意识，男女之争，就像两种力量的冲突和撕扯。她在《带电的女人》中写道："我们是带电的女人／在男人的热恋中／我们不再是只能燃烧一次的火柴梗／我们可以像珠穆朗玛峰一样爆发深厚伟力。"在《女厂长》中写道："女厂长啊／为什么不从男同胞那坚厚的肢体上／去感受力量的爆发呢／而是轻轻托起我的手／托起长时间交给机台变得纤细的手／想感受一下／我是否比男同胞有更大的冲力吗？"在《我是黑肤色的女人》中写道："黑色的女人，黑色的梦／继续跨着障碍，在海洋里／心像一抹暗淡的亮光／栖在你光灿灿的头发上／我的颜色和光泽已经融合／把目光伸出这片海洋／无畏的力量将震撼宇宙。"刘秀凡在诗歌中对于女性在社会中的重要性一再提示，可以解释为女性试图冲破性别重围的自我救赎和反抗。正是这种有违传统的自由观念和独立精神使其诗歌具有了不脱离时代，又高出于时代规定性的洒落情怀，它的意义在于唤醒传统观念里沉睡的人们。

生存价值问题一直不只是哲学家关心的中心，这也成为刘秀凡诗歌的核心命题。她的诗歌是对基层女性人群认识自己的引导与召唤，也是存在的勘探者。

陈幼京（1955—1984），北京人。其父陈企霞被划为"右派"，参加劳动改造，使她从小失去父爱。1971年杭州向阳中学毕业后，十六岁的陈幼京背负行囊远离京城，到内蒙古生产建设兵团劳动锻炼。1977年，她离开内蒙古转到宁夏永宁县插队，从此与塞上高原这片热土结下了不解之缘。1978年，她鼓起勇气走进改变命运的考场，考入宁夏大学中文系，开始了大学生活。大学毕业后，陈幼京被分配到宁夏作家协会工作，随后又调文艺报社任编辑、记者。1984年11月8日，她以极端的方式来求得自我的解脱而自杀，结束了年仅二十九岁的生命。1992年，陈幼京去世八年后，宁夏人民出版社出版了她的诗集《春花秋叶》。2014年，陈幼京的战友在杭州聚集一堂，举办了"春花秋叶：陈幼京纪念诗会"，以诗会的形式，纪念陈幼京逝世 30 周年。大家吟诵陈幼京的诗作，回忆陈幼京的生平，共同缅怀这位才华横溢却又生不逢时战友和挚友。

陈幼京在大学时就开始创作，在《朔方》等报刊发表诗作，是活跃于宁夏诗坛的女诗人。她的诗歌《春花和秋叶》《朔方情思》《序诗》《浪花姑娘》《因为》《小苗》《雾》等作品，摆脱了右派子女的特殊身份，看到了生活的阳光。她以清新的笔调、如雨后春笋般饱满的激情，为宁夏诗歌增添了生机与活力。她通过诗歌语言抒写，极力表达对于生活的无限深情和渴望。她在《小苗》中写道："我在春风里苏醒／在冻土上复苏／我也是生命，也有理想／尽管眼下还只是小苗一株／给我甘泉几滴／给我阳光一束／我将长成／一棵参天的大树。"她在《序诗》里写道："我离开天堂时／上帝给我一支灵魂的笔／我来人世间／大地给我一张生命的纸／于是泪和血合成了墨汁／于是笔便在纸上写成了字／我把我化作了它／又把它献给了你。"

陈幼京在诗歌创作中擅长托物寄情，总能借助有限的诗歌语言抒发内心的情感，在《朔方情思》中，她抒写宁夏大地缤纷的色彩，以饱满的情怀写下的对于这片土地的深情；在《春花和秋叶》中，她写道："春悄悄地走／秋默默地来／大地在深深地沉思。"正是春花与秋叶的对比，使她懂得了希望与回忆、追求与遗弃，这是关于生命最简洁凝练的哲思。与此同时，她的诗歌也折射出特定环境下个人的生存状态，如《雾》："爱你的说你深沉／说你含蓄而自成一体／厌你的说你迷离／说你朦胧而不成体统／然而在大自然里／总得给你留个位置／既然谁也无法消灭你／那就有你存在的意义。"这是一首平淡而颇见功力的诗，是对自然之物存在必要性的呈现，将最难呈现的"雾"以举重若轻的形式呈现了出来。诗人生存在特定的时代，这首诗映射出生命存在的虚渺而坚韧的状态。

陈幼京也写过执着热烈的爱情诗，"浪花在海湾里徜徉／爱上了礁石那顽固而粗糙的形象／……像潮水一样的生命充满了热情和疯狂／……她一头扑进礁石的怀里／坚硬的礁石立刻撞碎了浪花姑娘／……刹那间她化作泪珠一串串／每一颗泪珠都闪烁着爱情的光芒"（《浪花姑娘》）。并不以含蓄而缠绵见长，纯洁热烈的爱情与粗粝冷漠的现实对撞，爱情的执着化为一串串爱的泪珠，这是悲剧性的爱情结局，却充分体现了女诗人完全不同的对待爱情勇敢而坦诚的情怀。在陈幼京的《朔方情思》中,殷红的爱、黑紫的恨、淡黄色的欢乐、深蓝色的坚强、灰白色的失望和透明的哀伤,变成金色的希望与得到满足的绿色,纷呈的色彩与感情的呼应关系丰富而饱满,是诗人用生命之笔写下的对于这片土地的深情。

陈幼京在《序诗》中写道:"上帝给我一支灵魂的笔／大地给我一张生命的纸"。诗人将灵魂之笔和生命之纸写就的文字献给了"你",这个"你"是不确定的,如果只是写给恋人就是小境界,如果是写给钟爱的诗歌或是热爱的地方,那就是大手笔,是用生命的血泪写成的最感人的诗篇。从诗中可以窥见,陈幼京的生活并非一帆风顺,她的情绪总被一种莫名的阴郁所掌控,时代的车轮在前进的同时,由于各种原因会影响到个人的生活,令她处在无形的压力之中。陈幼京携着一颗单纯敏锐的心追求心中的理想,在这个过程里,梦想和现实产生巨大的差距,让她重新思考生与死。

陈晓燕(1966—),回族,笔名梦西、梦羽、陈眉西,宁夏银川人。1987年,陈晓燕的处女作《在诗之国》(组诗)发表于《朔方》7期,拉开了她诗歌创作的序幕。此后佳作不断,先后发表于《朔方》《黄河文学》《回族文学》《民族文学》《诗刊》等,入选《女性爱情诗抄》《中国翰园碑林诗词集萃》《新中国成立60周年少数民族文学作品选》《宁夏青年作家作品精选》等,曾荣获宁夏第五、第八届文艺评奖三等奖。著有诗集《西部的太阳》《灵魂的岸》。中国作家协会会员,宁夏作家协会会员,宁夏诗歌学会理事。

陈晓燕是一名在宁夏土生土长的回族女诗人,在其诗歌创作中,她立足于自己脚下的土地,既有从女性视角出发对生活的独特感受和个性领悟;同时也有宗教信仰对她的深刻影响,即她有坚定的信念和不轻言弃的决心。陈晓燕始终将自己置于自然之中,安静地思考人生和世界,放下小我,用心去体会大自然无私的恩赐。黄河、沙坡头、羊皮筏、西夏王陵、戈壁,自然成就了诗人,诗人感恩着自然。陈晓燕是一个热爱生活的人,更是一个善于发现生活的人,她用朴实无华的语言记录生活中被我们忽略的事情和事物。用朴素的语言,充满着浓浓的生活气息,仿佛一个讲故事的人;用悦耳动听的声音,将她的经历和所见所闻娓娓道来。讲述一个关于爱和希望的故事,提醒我们要常回头看看,不忘初心,不负本真。

对于陈晓燕的诗，诗人高深在诗集《西部的太阳》序中说："当我读了《西部的太阳》中一百多首诗以后，顿时兴奋起来，诗歌的魔力仍吸引着一些人的精神高地，并保持它极大的诱惑力。"正如高深所说，能够与读者进行较好的深层交流，其最根本一点，不在于诗人写了什么，而在于诗人重视或着力对生活作出历史的人文的开掘，在与强化和加重了一种批判精神。陈晓燕把西部的地域文化，用男性的笔调大度地勾勒展现、挖掘延伸，在诗集第一辑"西部拥有开花的太阳"中尤其强烈。读这部分的诗歌，我们似乎忘记了她是位女诗人。"辽阔得没有一丝缠绕／天与地竟相坦荡"（《大西北》）；"来来去去的游子像我一样／唱那花儿寂寞时的歌"（《宁夏》）。这种高调的诗歌如同火焰从一位女性诗歌写作者的笔下燃起，看不出女性写作的痕迹，只有对地域文化的强烈共鸣。这种不可回避的精神再现是发自内心的强大回归，也是固守家园的本能呼喊。作者深爱着这里，把自己融入其中，也把读者拉回这里，诗歌的精神开始显示出现实的力量。比如"一片一片，放牧吉祥的云朵／爱伊河，我家乡的梦／塞上的水精灵。夜晚，河面星光璀璨／湖城是月下美人"（《爱伊河》）。描绘了塞上江南的美景，充满爱恋和赞叹之情。

诗人、评论家秦庚在《西部特点与民族特色的表现及探索》（《中国建材报》2005年9月10日）一文中认为，《西部的太阳》最突出的是西部特点。诗人以敏锐的触觉，对西部所特有的事物，进行着诗意的描绘和抒发，那些在常人眼里的小花小草，却是西部精神的一种象征，比如向日葵、红柳、沙枣树、酸枣等，都与西部有着千丝万缕的纠缠。在这种纠缠里，诗人敞开胸怀，把对西部的热爱，对西部的憧憬，一一铺展开来，向读者推开了一扇西部风景画的大门。诗人刘学军在《宗教般虔诚的诗心——陈晓燕诗集〈西部的太阳〉阅读札记》（《中国建材报》2008年6月28日）中认为，"作为一位回族女性诗歌写作者，陈晓燕的诗歌细腻而不失大度，捧着她的诗集《西部的太阳》，如同面前的'西部拥有开花的太阳'，透过这些看似平淡的诗句，将人拉回了记忆和现实的宁夏。"

陈晓燕后期的创作具有宁夏本土化和宗教民族化倾向，如《爱伊河畔》："塞上江南。你旖旎的风姿／属于水，属于湖，属于河，属于七十二连湖的／传说和神话"；描绘了塞上江南的美景，充满爱恋和赞叹之情。如

《斋月》中写道:"封锁喉咙 拒绝轻飘的果实／诱惑水性的欲望 以新月为坐标／前进或者停止／其间的白与昼 朝霞与落日／……我的举意源于心灵的泉／……我举意吉祥 吉祥。"这种斋戒方式不仅是对生存意志的考验,更源于心灵的善念——感恩天下众生,普爱天下万物。对于穆斯林而言,这是身体和灵魂双向的净化和升华,所以充满了宗教的神圣感和使命感。

  王慧(1967—),回族,宁夏吴忠人。就职于吴忠市政协,主编《吴忠文史资料》。1987 年开始创作,诗作发表于二十余家报刊,入选多种选集,著有诗集《白光》。宁夏作家协会会员。

  王慧诗歌中的想象力不仅仅体现在对景物、场景的想象,更重要的是遣词造句的想象力。同一种心情,不一样的词语运用,情绪就增添了一种不一样的韵味。王慧的诗歌读来让人觉得心头温暖而又心疼,与别人保持冷静的距离,拥有可以看到自己心的空间。王慧的诗歌寂静却又辽阔,就像她自己所描述的蓝色的诗,忧郁而清澈,像她自己在依恋的时光中,安然如初。王慧的诗,包裹了一层蓝色的糖衣,初尝是一种酸甜,而后是满嘴的香甜,最后消失得不见踪影,徒留一种忧伤。《蓝色的诗》(组诗)被赋予了一种忧郁的蓝色;《城市的夜晚》就如爱人的模样,打动人心;《梨树下的风声》如雨的清凉,有穿透大地的力量;《在放着松叶的小山上》(组诗)如夜复一夜强烈延长的眷恋。

  在取材上,王慧的诗歌没有脱离女性诗歌写作那种惯用的小事物、小意象,可她对一切外在的自然现象具有特殊的感知能力,她的诗歌承袭了现代诗歌改造古代诗歌意象的传统,让人看到获得现代性的意象嬗变的轨迹,这使她的诗歌在同时期宁夏女性诗歌群中具有独特的亮点。比如"白色纱窗是房屋的秘密／在秘密后面窥视／幻觉般出没的人／从那河边走过／领略了浪涛拍岸／一种心态便酿成河水的甜／从天边走过／看到云彩慢慢靠拢／候鸟飞过的划痕／深深嵌进她水纹细密的双眸"(《将离的纱窗》);"一团尘埃落下／紫色的毛衣袖口／细长的手指动弹了一下／又摆在阳光里／一只伸出的手在眼前长成关怀的植物／两只深处的手如鸟影飞过空壁"(《叶片和飞鸟的手》)。

  王慧诗歌创造的意象,具有生动性和空间感,不仅在读者脑海勾勒了一个三维立体的画面,还提供了一个鲜明生动的形象模式。诗人在创作中不断地积累自然的印象，加以吸收和重塑，转化为一种浮云流水般的情绪，从而令人感受她诗歌语言处于近乎无意识状态下的忘我及融为自然的主题。王慧能将深沉的感情与深邃的思想融合得浑然天成，在她怀念母亲的组诗《在放着松叶的小山上》中，可见其用以传情达意的语言较为朴实而少有雕饰，但饱含无限深情，打动人心。比如"我可以听见，你走出幽深和静谧／迈着细碎的步子／黑暗中，碰到了空气／我可以看见，你身上复杂的病／如你未说出口的话／弯曲的痛苦，笔直的一生／和缓慢而快速的飞行"（《一张旧照片》）；"河面一闪／映出白杨树黑色的影子／似一块漂浮的木板／你就坐在上面／风吹乱的头发簪着一串宝石／那河水有股药的气味／散至四面八方／让我辨不清你的方向"（《月光之后》）。

由此可见，王慧总能在描摹对象的真实性与赋予描摹对象某种变形的想象能力之间达到巧妙的平衡，令人物、事件和情景笼罩上一层理想的色彩和情绪化的气氛，其诗的灵动和巧妙足见写作功底。

唐晴（1968—），四川南部人。1991年毕业于宁夏大学历史系，在宁夏固原二中任教十五年，而后调入宁夏人民出版社从事编辑工作。诗作发表于《十月》《诗刊》《星星》《绿风》等，著有诗集《嘿！我还活着》《花，年年会开》。宁夏作家协会会员，宁夏诗歌学会委员。

从四川南部到宁夏地区，唐晴的诗歌中有一种流浪者的气质，显示了出走与回归的强烈矛盾感。她在诗集《花，年年会开》中说："成长是一种痛苦，诗歌却带给我美好的幻想和温暖的停靠，让我'从一个梦走进另一个梦中／昨日的苦难　以及／今天的欲望／都与我无关／／我迈着天使的步子　在梦中／越／陷／越／深'。现实生活中的人不可能完全按照自己的意志生活，而每个人都希望有一个属于自己的世界，诗歌是从现实通往希望的途径。写作让我飞翔在自由的天空，让我真实地面对自己的心灵。我在世界之中，世界在我心中，我在诗歌的牵引之下，寻找生命的意义。"如《漂泊者》一诗中，对此就有完整的表达，"一百次　我离开家／披着风的衣裳／从心灵边缘出发……流浪过九十九道山川／漂泊成了浪子"。在流浪的旅途中，诗人与诗歌一起成了"漂泊者"。诗歌中洋溢着悲怆，诗人肩负着亲人的期盼，只能无视伤口而孤独行走，旅途的艰辛只能凭借坚强的意念来抵抗。唐晴愿意流浪，渴望自由，因为她向往无垠广阔的天地；

可是作为一个女人，她同样向往安定，渴望一个温暖的依靠，眷恋着亲人和故乡。唐晴的诗歌就是这样矛盾，却直达读者的内心。

在《花，年年会开》一书中，作者将自己的诗歌分为四辑，分别是：人在旅途、流放自己、像草一样活着、一个人的回忆。唐晴通过诗歌，向我们展示了一个真实的自己。有矛盾，有柔情，有坚韧，有脆弱。她是一个孤傲的流浪者，带着自己的秘密，由南至北地穿行着。把心情、忧伤用文字一个个串成她的"秘密"。正如诗人所言，"命运的暴风雨之后／流放的人将返回破败的家园"（《千千结》）。而唐晴一直在等待，等待一双牵起并带她回家的手。

安奇在《嘿！我还活着》的序中认为，其诗歌中桀骜的意象塑造出不屈的形象，孤立决绝，不像是女子的手笔。一个坚守在命运地界的行者，依然陷入一个寻找的主题，对自我的不信任导致对自我价值的寻找，"不明的风陷我于苍茫时分／黑鸟群凄厉的呼叫／似一把长剑插入我空洞的体内"。与当代女性的写作相比，对唐晴而言似乎有一些更强烈的切肤之痛展现在对生命的体验当中，她的感受超越了个人。

单永珍在《虚无现实中的灵魂救赎》（《文艺报》2008年11月15日）中认为，近二十年的西海固生活是唐晴诗歌创作的基本元素。特别是对她这个历史科班出身的写作者而言，在她的眼中和笔下，西海固是长城、烽燧、古堡、断剑、丝绸之路、战场以及隐忍的血，这些遍布于骨髓的意象通过她个人化的叙述呈现出一种别样的诗意，她仿佛不经意就颠覆了历史本来的虚幻和厚重。"漫卷过战旗的西风／舞我长发　舞我灵魂／舞我如高翔之鹰／舞我于千年的风云"（《六盘山巅》）。在这里，那个长发飘逸的抒情主人公似乎沿着时光的隧道完成了一次情感的回溯，接通了一个现代女子与曾经生活在西海固大地上的那些匈奴、西夏女子的情感共鸣。因此，这种贯穿千年的吟唱不仅仅是抒情主体的吟唱，更多的是生命相融后灵魂深处的激情流露。这种诗意的延伸在更多的作品中表现得更为充分，比如"在我水灵灵的视线之外／大风中绿衣绿裤的匈奴女子侧身而立／飞扬长发半掩着酡红的面庞"（《胭脂峡》）。

我们不妨从唐晴诗歌所选择的意象当中来寻找这种感受，黑鸟、长剑、星、羊群、青草地、火焰、长发、鹰等，试图给我们表达一种宁愿毁灭也不愿意投降的思想。首先是摧毁，然后是对高蹈的灵魂加以质问："没有一把利刃可以切割午夜／就让生命和死亡一同毁灭／于火光中投下一生的赌注。"

施塔格尔在《诗学的基本概念》（中国社会科学出版社，1992年）中表述过这样的一个概念："如果情调一个接一个排列起来，如果诗人在灵魂的流水的起伏中随波漂去，他的诗行也像水位仪似的随着起伏。"这样我们就要知道在唐晴的思想里拥有着多么高的水位，同时我们也就可以大致推测出唐晴的诗歌思想的基本位置。于是在《六盘之巅》中我想起一位站在高原上的乱发纠结的诗人对苍凉的诠释，想起时间对孤独的生命的意义，在风中，诗人对自己的命运产生的超越性的认知，如同站在时间长河之外对过往的生命们的认同。而生命对于自己认知的前提却是思想的遨游，唐晴在诗歌中找到了这样的表达。

唐晴写人的诗也很独特，比如"在我内心 一直期待着我的儿子／在他快乐的童年和洒满阳光的少年时期／有一天挂了彩回到家里／让我看到他温和善良的性格里／还有倔强和勇敢的品质"（《第一次打架归来的儿子》）。母爱不是以安慰和呵护的方式呈现，而是反其道而行之，让人赞叹。"落难的王，逃亡／不是放弃自己的权利……落难的王只需要两个结局／不是战死／就是辉煌地杀回去"（《落难的王》）。对于落难的王而言，环境是存在的，但环境根本不是问题，虽然身处蛮荒之地，内心仍然烈焰熊熊，雄心壮志的奋斗无非是最好的结果和最坏的结局。还有"温暖的雨丝唤醒了我的记忆／走在蒙蒙细雨里／我就是一片新长出的叶子／在您爱怜的目光里轻轻摇曳"（《母亲》）；"黑夜也无法阻挡，父亲坚毅的目光／击落了一只又一只黑乌鸦盘旋的翅膀／我已经长大，即或独自行走／心中仍有一团温暖的火光"（《父亲》）等，写得干净利索，又情真意切。总之，唐晴的流浪人生、历史学识、刚强个性、内心柔情成就了她的为人为诗，其诗的阳刚而豪爽、果敢而有力、情深而简明，毫不逊色于男性诗人而在宁夏诗坛独树一帜。

李壮萍（1968—），宁夏中卫人。就职于中卫广播电视台。1988年，她的诗歌处女作《我已踏上这条小船》在《朔方》发表，自此步入诗坛。二十多年来，她在《诗刊》《民族文学》《星星》《诗选刊》《绿风》《诗歌月刊》《中西诗歌》《朔方》等报刊发表诗歌、散文九百余首（篇），入选《中国当代微型文学作品选》《宁夏青年作家作品精选》《中国年度优秀诗歌2011卷》《中国诗歌排行榜》等。诗作荣获全区诗歌大赛一等奖、宁夏第八届文艺三等奖等。著有诗集《对面是一把空椅子》和《放在能看见的地方》。宁夏作家协会理事，宁夏诗歌学会委员，中卫市作家协会副主席。

　　李壮萍写诗早，一写就是不间断的二十多年。每年写的和发的都不多，是一种不为名利的细水长流的自由式创作。《对面是一把空椅子》是她从事创作以来二十年的诗作选集，全书没有分辑，也没有时间线索，无法考察诗人的创作历程、探索阶段和心灵轨迹。从内容上可以分为抒怀类、感悟类、情感类和爱诗类；从写作手法上来讲，既有传统的借景抒情、借物咏怀，有现代的意象碰撞、跨越时空，也有后现代的消解意义、内在呈现等；从语言上来讲，整体上是清新的，让人感到一种来自民间的类似于油菜花的芬芳，但也有来自城市的牡丹气息；从结构上来讲，是一本松弛散漫的诗集，并散发着一种休闲的韵味，似乎要在不经意之间道出一些诗一样的内心秘密。在大片的宁静中偶尔透出一种清亮的独唱之调，在貌似轻松的语言之后，实际上隐藏着一个苦苦思索的心，情为何物？诗是什么？于是，诗人一直迷醉于情感与诗歌之中，并力图在这两者之间找到突破，或者说把两者天衣无缝地融合到一起。诗人在描述事物、抒写生活、袒露心迹的同时，也始终在感受着、思考着、觉悟着，并由此感悟"人生如登山，不同的高度，有不同的境界"（《后记》）。比如"这个季节 空白只为一个人／有生命力地活着／／并不是所有的空白都能长到秋天／不过 即使空白结几枚酸涩的苦果／也使生活阳光般明媚"（《空白》）。心怀阳光，苦果也是人生的希望。"你没有别的依靠／只能把头靠在树干上／你感到人和树之间／有某种相通之处／一棵树会有瑟瑟凋零的叶子／一个人会有汩汩流淌的眼泪"（《把头靠在树干上》）。这是孤独而自怜的情感，表明了人与树的相通相似之处。李壮萍在《在田野上》中写道："整个田野　只有我一个人在歌唱／天穹下四处都是回声……但整个田野空空荡荡／只有我一个人手舞足蹈／在回到拥挤的城市之前／我忍不住　又大喊了几声。"长久待在城市里，已经习惯了拥挤和克制，在空旷的田野上自由地放声呼喊，让人欢欣雀跃使人俯视一切，远离城市一个人手舞足蹈更充分证明了——自然与田野才是心灵自由的故乡，城市只是人被迫寄居的他乡。

谭延桐在李壮萍的诗集《放在能看见的地方》序中认为，无论做什么，理念在先，李壮萍无疑是悟了这个内涵的。悟了便去——落实，既落实到自己的骨头和血液里，也落实到自己的思想和文字中。顺着李壮萍的生命理念和文学理念，目睹了她的心灵的表情和诗歌的神情。她的双重的表情，无疑是自然的、怡然的，给人以真实、丰富的感觉。诗歌要写出新意是有难度的，要写得大气对于一个女诗人来说就更有难度。李壮萍迎难而上，向难度写作挑战，并且写得软硬兼有、柔情与激情俱在，有着一股无形的力量。比如"走在路上／就有一些想法产生／这些想法／原先藏在什么地方／这时像鱼一样浮到水面上来／为的是让我看见它们／由此 路程开始生动／我一步一步走下去／这些想法就伴随我／把前方的路延长／直到又有一些想法产生"（《有一些想法在路上产生》）。这首诗平静、舒缓、随意、天然、质朴、清新，一条路由一些想法串起，由一些想法生动起来。典型的意识流式写法，散淡而传神，在具体中写出了共相，在个别中反映了普遍。

李壮萍在对待诗歌上，是善良而谦逊的，一再承认自己的卑微，并以悲悯之心观察事物，从而在人文关怀的层面上完成诗性的跨越。是的，李壮萍在努力创造着，努力使诗作具有与众不同的特质，在轻描淡写之间显示出只属于她自己的风格。

羽萱（1969—），原名唐君，曾用笔名唐珺，宁夏中宁人。先后做过办公室文秘、工资人事、新闻宣传等工作。1985 年，高中就读的羽萱开始文学创作，自此一写未停。诗作发表于《绿风》《朔方》《黄河文学》等报刊。著有诗集《梦中的红嫁衣》《守望飞翔》，其中《梦中的红嫁衣》于 1999 年荣获宁夏第五届文艺评奖二等奖。与古越合著长篇小说《金羊毛》《菊花醉》《大黄吟》，其中《金羊毛》《菊花醉》荣获宁夏首届文化旅游产品展示会图书类银奖。宁夏作家协会会员，宁夏诗歌学会理事。

诗人潇潇在《守望飞翔》的序中认为，一个热情、善感、傲然的公主形象；一个低调、忧郁、孤独的美女诗人；一个和蔼、宽容、慈爱的好母亲。这些自我形象是立体的，仝立于诗人对心情的委婉描述、对爱情和亲情的纯真抒写之中。"阅读羽萱的《守望飞翔》,我看见一个美丽单纯而气质优雅、但历经伤害又坚韧向前的女诗人,她戴着太阳镜、穿着运动鞋向银川的贺兰山攀登而上。'我偶尔也要上山来的/让山风带走一些事情/让山风告诉我一些东西/如鸟一样梦幻地飞翔一次'(《上山》)。在此,不仅是诗人登高望远,而且是与圣者一般的'山风'相约。这里的'山风'既是在高处的、形而上的,又是可触摸的、温暖的。而'事情'和'东西'是抽象的,是属于她个人的生命之谜,是难以解释或者猜测的,但是富有张力和意味。"还有写故乡、童年、亲情、友人、贺兰山等诗篇,实际上都是在写一个诗人的满怀情意。羽萱的诗语言质朴,她只是掏出心窝里的话娓娓道来,仿佛只说给她爱的和爱她的人,具有很强的个性化或私人化色彩。羽萱的诗宁静、清澈,像一眼汩汩冒出的清泉,透明、甘美、沁香。

羽萱在《罹难的小草》中写道,"我只是一棵瘦弱的小草/还做着太阳与风的梦呢……如果我能安然挺过/那么我会更加地感恩 好好地生长/即使没有一双目光投向我/即使一生听不到一句赞扬"。小草的呢喃是关于太阳和天堂的梦想,对于生命的感恩,不在意他人的关注与评价,这是真正的草芥之思,但充满了淡然与平和的生命魅力。比如"仅仅两日的游历/却让贺兰山的风/掳去了心魄/归来后/城市的一切/都变得似是而非/……继续任城市的喧嚣困扰/继续让红尘的烦恼捆绑/而一个梦/已经深深根植——做一名/贺兰山的儿女/让孤独漂泊的灵魂/从此找到幸福的归宿"(《魂系贺兰山》)。在这里,羽萱用她的真情和智慧,有感而发,写出了一种真实的心态,将心灵的体验提高到了一个审美的高度。她用细腻的情感和特有的艺术感悟,将情、意、象融合,营造出一种纯净的语言境界,充分体现了语言的活性。在《坚持》中写道:"经历了很久的黑暗/对于每寸亮光……我们都会倍加珍惜/慢慢走出那道门槛/尽管没有看见明媚的阳光/但那些暗夜已被关在门外"。在通往成功的路途中每个人都经历过苦难和黑暗,只有在艰辛环境中隐忍与坚持的人,才持有生命的坚韧和对光明的珍惜,也才能最终获得上苍的救助。再如"就这样穿过人流穿过车流/只向着太阳升起的地方/和伊甸园的方向/让笑弥漫成超越岁月的甜蜜/成为内心城堡中高贵的公主"(《爱和花香》)。从这里,我们发现了一个建立于岁月之上的城堡,认识了一个似乎与世隔绝的公主。

羽萱在《往回走的人》中写道："虽然也穿着很现代的衣服／却无人知道我是往回走的人／一直向着那遥远的古代／踽踽行进"。形式的现代、精神的执守和向古典的回归，希望穿越时空隧道回到遥远的古代，找到属于自己的精神原乡。

还有写故乡、童年、亲情、友人等诗篇，实际上都是在写一个诗人的满怀情意。羽萱的诗情感真挚，每一首都来自她敏感而深情的内心，每一首都因她内心城堡公主式的高贵、率直、孤傲，而具有了与众不同的品质。

瓦楞草（1970—），原名于洪琴，吉林柳河人。2008年开始文学创作，诗作发表于《中国诗人》《朔方》《扬子江》诗刊等，入选《中国当代风景诗选》《黄河诗金岸》《潮》等。同时创作诗评、散文、传记等。著有诗集《词语的碎片》。宁夏诗歌学会委员。

瓦楞草的诗具有玄思、性别趋向不明显等特点，常借助物象反映人的意识活动，"拉开窗帘／你进来占据了屋子／把我拥入体内／我因此年轻了／我的中年／每当拉开窗帘／你从夜空落下向我靠近／并借影子裸出身形／我并不惊讶／多年间／我们如此相融"。这首名为《月光》的短诗可见其诗歌的风格和特色。再如"也许，在片刻自我消灭后／我睁开眼睛死而复生／在复生前，我与树同亡／……它的灵魂注入／我的脚，我的眉毛，我的眼睛，我的心／……我们合二为一／好吧，树／就这样活下去"（《我和树》）。角度独特，写人的生命和树的生命同生共死，是物我合一的状态。

王晓静在《馨香目击——读瓦楞草诗集〈词语的碎片〉》（瓦楞草新浪博客）中认为，《词语的碎片》由一些灵感的片段缀合而成，任诗情如涓涓细流，缓缓向前。第一印象来自她发现了树木和小生灵身负的诗的生活。《一只蜂》《当她化身一只猫》《每个秋天都有一些忙碌的精灵》这几首诗中，都有一些小生物，以其灵性的存在冲撞着诗人一颗敏感的心，能极小同大，于细微处见深邃。"每条巷子／都有瓦楞草纤长的身影／她在清冷的屋脊随风摇曳／用灰色瓦片／掩饰难以言说的心事"（《打开梦境这本书翻到那个城市》）。这样的自我写照，让内心深藏的孤独和寂寞，优雅地浮现。是这些富有灵性的小生物，这些如忠诚卫士的树木，陪伴她度过了一些漫长而无助的时光，使诗人更多地理解了生之灵犀丰富多彩的存在，诗人对天地万物的理解和感念也因此而得到了升华。瓦楞草对疼痛的体验更深入肌理，诗的滋润和疗愈功能被诗人发挥到了极致。而对本土一些历史遗迹的诗意抒怀，再一次强化了诗人极大同小的平等意识。曾经"水洞沟诸神开始播种／冥想穿不透年久失修的历史"（《旧石器》）。但是眼前，父亲靠在老树下乘凉的形象，母亲向灶下添一把柴的身影，仍然是回忆里最亲切的画面。瓦楞草透过诗性语言表达对世界的观察，超越了一般女性狭窄封闭的见识。她深切地感悟了一个诗人成长的过程，要经历太多探索与磨炼，因此只有不断否定自己才会有更大提高与突破。她对生活对世界保持独特的角度和独立的看法，坚守属于诗人的申述权限——"阳光里有个思想在悬浮"（《阳光里有个思想在悬浮》），这是《词语的碎片》融入诗歌大众视野和而不同的地方。

　　杨森君在其诗集《词语的碎片》的序中认为，写作诗歌的能力其实就是一个诗人想象与组织想象的能力。这个能力直接印证写作者本人与所要描述的事物之间非同寻常的联系——注视与被注视，感受与被感受。物我相待，执其共通，直至形成一首首既有物在又涵盖了作者智慧的作品。瓦楞草的诗歌提供给我们的正是这样的范本。她亲抵亲历，有感而发，叙述所见。她对事物的想象始终建立在某个"实体"上，然后从这个实体出发，衍化其可能的枝蔓，如她写道："沙沙作响的秋风／一经点燃就变成了灰烬"；也如她写到一棵植物时留下了这样的诗句："我想在这陌生植物里寻个入口／然后将花香与泥土的味道分离……"瓦楞草运用了想象，同时带给了我们想象。

　　"没有谁在枕边等我醒来"，这是瓦楞草的一句诗。这句诗所形成的张力，令人抚额生怜，也令人感慨时光似乎也常有一副寂寞的面容，不在远处，就在身边。她把一个人的孤单或者孤寂写得很别样。像所有性情的诗人一样，瓦楞草的良善之心、悲悯之情几乎贯穿在她的大部分诗歌里。这不只是她为人的基础，也是她为诗的一个准线。当看到一棵枯死的树时，"这棵树死了，我局促不安"；当看到一棵树孤零零地伫立在旷野上，"我们合二为一，好吧／树，就这样活下去"；当她与文友别离之际，"是的，我们都健忘／我们早已学会了用健忘掩饰不能流露的伤"。诸如此类动情怀柔的诗句，建构了瓦楞草与世对望的苍凉的一面，也折射出了她内心中柔软深情的一面。自始至终，她都有所担待——她常用一种小型的孤独支撑起更为宏大的孤独本身。也许，这就是一个诗人有别于常人之处，她敏于物动于心，悄悄地承担，默默地搭建，直至以文本的样式，给出她思绪的轨迹。

胡琴（1973—），宁夏固原人。就职于新知讯报社。1995年开始发表诗作于《星星》《朔方》《诗歌月刊》《雨花》等。入选《中国诗萃》《当代爱情诗选》《生命的重音》等选本。著有诗集《开花的手指》。宁夏作家协会会员，宁夏诗歌学会委员。

由于地域环境的缘故，胡琴幼年时的方言很重，为讲好普通话，她开始刻意朗读，因此与文学书籍结缘。十三岁时，她在固原二中读书，课余时光几乎都泡在学校阅览室里，自此认识了裴多菲、泰戈尔、拜伦、雪莱、歌德等大诗人，并对诗歌产生兴趣。正如诗人自己所言："播音似乎更接近我的理想。然而，正是因为朗诵，让我迷恋上了文字的魅力。而诗歌更像一个供灵魂飞翔的磁场，让我的心暗生翅膀……我对文字充满了敬意，不敢轻易亵渎她的光芒和色泽。我只能用自己尚不够成熟的笔端，为自己修一条洁净的、通透的心灵之路。"而这一段关于"迷恋上了文字的魅力"，也在诗人日后的诗歌创作中，随处可见。

1995年大专毕业后，胡琴到六盘山脚下的什字镇税务所做会计，这期间积蓄多年的诗情迸发，开始了诗歌创作。在胡琴的诗中，诗人仿佛是一个"不食人间烟火"的孩子，从不在意身边出现的人、周围发生的事，仿佛任何的人都不能真正走进她的内心，了解她的真实想法，也无法打破诗人美好的幻想和梦境。诗人在自己的诗歌世界中，构建了一个只属于她自己的童话宫殿，任她随意奔跑，自由飞翔。"这个霜浓如昼的冬夜／我梦到一面青铜神镜散射着蓝色的灵光／将我深藏心事的心脏雕成花蕾的形状……我能从容转身，不喊疼痛／前半生，我用一缕初白的发遮挡前尘"（《梦境之一》）。奇幻的梦境让诗人内心充满了光、花瓣、色彩、美妙的音乐和打开心灵的舞蹈，从容以白发遮挡了过往的历史，从青春过渡为衰老，这种碎片式拼贴的方式写作梦境是恰到好处的呈现方式。胡琴在《开花的指头》中写道："寂寞的灯光／从静脉血管流出／暖在掌心／成了针的眼睛……看到了一掌开满鲜花的指头／恰是她深深爱着的那个男子／牵过她的那只左手"。诗人在写已经失落的爱情和曾被深爱之人牵过的"左手",但是不用叙述也不用描述,而是用艺术变形的手法,让一只"左手"开满鲜花来特异呈现,新颖别致。读胡琴的诗,会让读者陷入深深的怀念和回忆中,那些我们曾经也拥有并且发誓会珍藏到永远的美好,都被岁月磨平了棱角,失去了色彩。胡琴用纯真的语言让我们能够擦亮被世俗蒙蔽的双眼,重新找回属于我们自己的那一处心灵港湾。

对于胡琴的诗歌,舒洁在《开花的手指》的序文中认为:"在我还算广泛的诗歌阅读记忆里,我觉得,林雪的诗歌已经从精神层面超越了时下这个繁芜的时代。而胡琴的诗歌,也让我看到了相同的品质,这就是尊严。胡琴是一个懂得借助纯粹的诗歌语言实现灵魂倾吐的诗人,纵观她的诗歌,我没有看到哪怕一个不洁不雅的字,这是诗人的,也是诗歌的尊严。"

瓦楞草在《迷惘与觉醒——解析胡琴诗歌的女性意识》(《宁夏文艺家》2013年3期)一文中认为,阅读诗集《开花的手指》,很大一部分诗歌带给我们特别的感受。如《一个人的战争》:"爱情是一种武器/闪烁着含毒的光/从对面将我猎中/我遍体鳞伤的快乐/沿着血管各个通道逃走/我看到了那个人/骄傲地握着一把简单的武器/划伤了我/漫长的一生/还会有谁来安慰我/不会终生残疾";如《玫瑰舞》:"我以泪的容颜与你共舞/风起云落及任何形式的安慰/都不能阻止一场雪的缤纷/我舞动的姿态/是一条温柔的水路/逼近你无边的寒冷。"胡琴诗中的女性意识里总潜藏着忧郁和困惑。作为心灵的呈现,她的诗很大程度上流露出复杂的内心状态。现实生活中,女性心理不仅要承受来自客观世界的风霜雨雪,还要承受更多来自男权的困惑和隔膜。面对重重压榨,女性意识中的苦难体验和不安全感弥漫开来。这种苦难和不安来源于女性对自身命运的困惑和对未来前程的莫测,诗人胡琴亦是如此。她在诗歌中试图表明一种复杂的关怀,即在这种具有个人性的经验中触摸到一种普遍性的现实意义,并渗透于诗人的主体意识中,抒写着生命慈悲的篇章。

在胡琴的诗中,我们可以感到一个新时代女性对独立不懈追求的魅力。虽然一度沉浸在自己营造的温馨舒适的童话世界中,但她深知生活不是花前月下,便勇敢地挺身而出,去战胜一切艰难阻挠,并保持着自己的尊严,没有畏惧,没有退缩,一步步地用实力成全了自己。

林一木(1978—),原名郑建鸿,宁夏固原人,祖籍陕西岐山。就职于中国银行。发表作品于《人民文学》《诗刊》《诗歌月刊》等，入选《诗选刊》和多个诗歌年度选本，荣获宁夏八届文艺评奖三等奖、《朔方》首届文学奖；个人荣获银川市文艺工作特殊贡献奖。著有诗集《不止于孤独》。中国金融作家协会会员，宁夏作家协会理事，宁夏诗歌学会委员。

林一木自幼受到母亲影响，对文学产生浓厚兴趣，中学时代便开始文学创作。1998年，她考入宁夏大学中文系，开始发表作品。2002年大学毕业后，林一木供职于中国银行宁夏分行，她没有因为工作繁忙放弃诗歌创作，陆续发表了大量的作品。她在诗歌创作中注重挖掘诗性语言潜在的魅力，重视取材生活，强调结构之美。

对于林一木诗作，杨献平在《以深情，以善意——林一木诗歌欣赏》（《黄河文学》2007年12期）中指出："读林一木的诗歌，我蓦然觉得，这是一种将情感嵌于骨头乃至灵魂的诗歌写作，情感深沉而不动声色，意蕴丰厚且简朴从容。应当说，这种诗歌写作是秉承传统，又融汇了西方意识和技术的。从字里行间，我觉察到的是一种涌动的情感力量，柔和平静的诗句之下，是潜流在地下的呼啸，是岩浆的暗中运作，给人一种欲爆而敛的情感力量和阅读效果。"

民间文艺家王知三在《林一木诗歌漫议》（《西风》2010年2期）一文中，从民俗学的角度对其诗作了评论，认为林一木的诗意存在于丰厚的民俗中，诗人要丰富自己的诗意世界，要表现自己心里珍藏的家乡风土人情，这不是她新颖的创意，而是诗人文化意识责任的促使。乡村是诗意的源泉，诗人用激情和责任，用艺术和良心，在大山的沟沟岔岔、山山峁峁耐心地寻觅着，把触角深入到故乡记忆的深处和民族历史的文化深处。她用优美的、诗意的文字记叙着乡村的风俗，这些优美的诗歌文字，构成了一幅幅乡村的风俗画，色彩艳丽而文化底蕴厚重。林一木透视西海固民俗文化的感悟，是那样的真切和具有诗情画意。当你游览于作者为我们描绘的五彩缤纷的西海固民俗万象的诗意世界时，你会由衷地发出这样的感叹：诗寓的物质和诗情的语言，在诗意的民俗氛围里流淌到宁夏的田野和山间，流淌进滔滔的黄河里。

白草在《林一木和她的诗》（《六盘山》2009年3期）中评论道："林一木的诗写得真实、感人，它表达出了一种纯粹的爱；它因此亦唤醒了我们内心深处那点珍贵的、非功利的激情,这是一种与美、艺术、理想等相关的激情,是一种被工业化、资本化、消费化要联手消灭掉的激情;当它被诗人唤醒时,我们充满感动。"

林一木的《第二次看桃花》不是写桃花极盛之时的妖娆,而是写其残败时的容颜,"这是我第二次来看你们／我一眼就望见了你们憔悴的面容／我不敢抬头……像必然开败的花朵,我决定承接／这个季节带给我们最深的悲伤／而抬起头,我却什么也没有看见"。低头是与残败桃花的对峙,是哀悼是怜惜,接受人如桃花的命运似乎是最深的悲伤。但更让人扼腕叹息的是,抬起头来,似乎生命的凋零很快就会被漠视和遗忘。用无力之笔恰有力之锋,令人赞叹。林一木在《贺兰山雨》中写道:"如幕如烟,松林是上天派来的画师／笔端轻垂时光之墨／……一座山站在历史的弦上如泣如诉／整个人地都在轻微地晃动／……正解与误解都是命运／它知道,雨的后面是无边的贺兰山／贺兰山后面是无边的雨。"松林是画师,山因雨的存在充满了悲戚的动感,但诗人对山雨和贺兰山的无限融合充满了包容和豁达的接受之态,这也是对于命运豁达的接受态度。在同一诗人的两首不同诗作中,对桃花凋零的漠视和遗忘,与对山对雨的接受,形成了强烈的反差和张力,让人对生命和命运的不确定性和确定性充满了感慨和深思。"没有谁,比一个贺兰山下的土著／更懂得沉默的含义／没有谁比一个西夏国的后裔／更懂得隐姓埋名的孤独"(《西夏王陵》)。沉默与孤独是西夏王陵留给人最深重的历史和文化感伤。成吉思汗用铁血骑兵消灭了一个民族,西夏文字和西夏民族从此被苍茫的大地所吞食。我们终于可以破解他们天书般的文字,却再也无法找到这个民族沉默千年的后人,这是无法言说的哀痛。

林一木的诗往往于不经意间给人突然的触动,她写了不少的爱情诗。比如"草还没被秋风分开,我就把自己放了进去／亲爱的,我只等天黑／打着诗歌的灯笼给你开一扇窗户／去经历又一次风与火的别离／亲爱的,我爱了,把自己出卖了"(《吉光片羽》);或者波涛汹涌,称王称霸"厌烦了锦衣玉食,我只爱清风朗月／高楼百尺的境界／月夜,我站在你的城下／把寂静的河流全涌向你／越过长江的屏障,做天下的女王"(《你的贵妃》)。林一木的诗好像在对某人倾诉,实际上那人并不存在,所以与其说她爱着具体的个人,不如说爱着"爱"本身,那是一种广大无边而不死永存的"本体"。个人死了,但爱活着。

　　林一木的诗写得真实感人,表达出了一种纯粹的爱;也不仅仅是写具象的、感性的爱,在其后还存在着一种抽象和玄思,这使作品有了分量。融具象与玄思为一体,乃是殊难达到的境界,而林一木的诗作渐趋此境。

　　2009年至2011年,林一木工作之余致力于现当代外国女诗人及其作品的推介,主持《绿风》杂志的"外国女诗人"栏目,任栏目特邀编辑。2012年至今,林一木主持《朔方》杂志翻译栏目,任"新译作"特邀编辑,翻译推介现当代外国作家、诗人及其作品,有英美、东亚、欧洲作家和诗人的短篇小说、散文、随笔、诗歌、评论、通信等作品,她编辑的篇目多次被《读者》等杂志转载,为文学的编辑和交流作出了积极的努力,值得褒扬。

　　查文瑾(1978—),回族,宁夏灵武人。1997年开始发表作品于《诗选刊》《民族文学》《朔方》《黄河文学》等报刊,入选《宁夏文学作品精选》《宁夏青年作家作品精选》《时光之轴》《临风的泥香》《安放倒影的湖泊》等。著有诗集《纯棉》。宁夏作家协会会员,宁夏诗歌学会理事。

　　查文瑾短诗所包含的生命本质很有力量。比如"不管世界是冷是热/亲爱的,我们都务必抱紧自己/抱紧自己就是给别人一个可以想念的天空/要知道在这不咸不淡的人间/叶子绿出灵魂的时候/更多的人都回不到自己的身体里面"(《微光》)。光的大小来源于内心,光的呼吸在我们的呼吸中,在个体存在的孤独的今生。"没有什么美比得上这个欲雪欲雨的夜晚/一切的疯都呼之欲出/又绝望成一地即将空茫的雪"(《写给空茫》)。此诗以疯狂写安静,真正的疯狂是雪静静地落下,给树披上雪装的声音,而这声音恰恰是无声的,这种感觉的敏锐具有无法消弭的生命力量。

　　作家闵生裕为查文瑾诗集《纯棉》写了评论《谁把诗歌酿成醇酒》(《文学报》2013年7月4日),认为查文瑾的诗总体上温婉明净,精致隽永。查文瑾的许多诗,善于捕捉并赋予身边的事物以诗性,比如竹子、桃花、红柳、玉兰、菊花、黄叶等花草,蚂蚁、燕子等虫鸟,雪和月、晴与雨、白与夜、秋寒与春风等自然现象,给一滴水、一棵草、一朵花以生命和思想。写诗是人类与生命体系宇宙体系整体自由的体现。她的诗展示的是"万物与我为一,天地与我共生"的哲学意境。

诗人保剑君在《晴空一镜悬明月》(《朔方》2014年增刊"文艺评论专号")一文中对《纯棉》作了评论,认为《纯棉》带给我们的除了远离尘嚣的温婉与安静,还有对现代诗迷们的温暖与慰藉。温婉忧伤、坚强内敛、深邃纯粹,就是织就"纯棉"的经和纬,是诗歌得以站立的骨头。尤其是哲学精神的如影随形,诗眼的无意布局却恰到好处,更显示了诗人不凡的功底。这本书里,诗人赋予凡间每一样事物以诗性,简短的语句蕴含了较大的力量,意象简单却能量很大,语言朴实却韵味悠长,带给人绵延不绝的隽永。

宁夏的女诗人还有范一凤、聂秀霞、莲子、王江辉、常越、朱敏、许艺等,有的离开了宁夏,但她们曾经丰富了塞上的诗歌园地;有的出道时间不长,但出手不凡。

范一凤(1960—),宁夏银川人。曾在银川第一人民医院工作。1984年开始创作,作品发表于《宁夏青年报》《通俗文艺家》《朔方》等报刊,著有诗集《五月风》。现已移居英国。

或许是因为之前在医院工作过的缘故,在范一凤的诗歌中,随处可见的是对于个人成长经历和个人命运的关注。"一个皎洁的夜晚/我凝视你悒郁的眼睛/第一次读懂了这双眸中/凝聚着的经历和情感/是生活的惊涛骇浪/在你童年的礁石上/刻下了一道道褶皱"(《爱,从这里流出》)。诗人只愿陪伴这双"眼睛",和它一起去体验接下来路途中的快乐与辛酸。读范一凤的诗,不用过多留意,便可在诗歌中发现自己的影子,找到和自己相同或相似的部分。诗人用一种生活化的语言来描写、记录她的生活经历,而这也正是我们每一个人都曾经过的或正在经历的。范一凤是我们身边的普通人,她真心实意地记下了一个人的点点滴滴,这既让人感受到神通意洽,也让人感受到生命应有的坚强、勇敢和自信。

聂秀霞(1964—),笔名雪儿,宁夏隆德人。1989年开始文学创作,诗作入选中国女子博客作品精选集《心灵的灯》。著有诗集《灵之鸽》《雪之魂》。曾参加中国社会科学院文学研究所举办的首届中国文学现状与发展暨创作研讨会。中国散文诗研究会会员。

聂秀霞的诗歌吸纳了古典诗词的韵味，古典语言和意象是她的诗歌美学的主要特征，围绕此二范畴，其诗歌语言的抒叙倾向于生命的体验系统。"矜持的月亮／裙纱裹身／碎步穿越历史的河流／婀娜于谁家窗口／纤手卷帘／翘首西风暗渡／试问秋／可否描出当初的温柔"（《试问秋》）；"千年描眉／一朝舞袖／只为一曲恋歌／瘦了今宵／青丝霜冻／唤醒了谁的灵与肉／除了南国／赤脚的红豆／为何在此／一步三回头"（《七夕 正坐在时光的膝头》）。由上述例诗中可见，其诗歌语言超越了具体有限的物象、事件和场景，达到虚与实、显与隐的统一，从而达到了一个情致悠长、空灵透莹、直觉圆融的艺术境界。聂秀霞诗歌的古典化倾向，尤其是语言的古典意味浓厚，这在宁夏诗人中较为独特，是值得大胆走下去的一条创作之道。

莲子（1968—），原名焦雪莲，宁夏中卫人。当过老师，曾遍游中国边缘地区，现居北京。著有诗集《单人牢房》、作品集《西域的忧伤》、自传体散文集《活着走着爱着》、电影文学剧本《中国故事》等。宁夏作家协会会员。

莲子的诗歌含蓄委婉，将表达的意图藏在形象中，让读者自己展开想象，思而得之。"好消息有一张可疑的面孔／它诓我款待过太多的门铃／它真的来了／我却无动于衷／它已是不受欢迎的客人"（《好消息》）；"一个字是一个固执的浪头／叩击我无歌的白天／一句话是一条骚动的小河／流进我迷乱的夜晚／所有的故事都储在心底的海洋／再加一滴就会漫上岸滩"（《读信》）。读莲子的诗可以感受到，女性特殊的心理体验营造了她诗歌独特的意象构造和思维逻辑，诗人通过内心的自白表达了自己的情绪或观点，以独一无二的语言方式对自身和世界进行关照，在诗中寻找灵魂的栖居。

王江辉（1973—），宁夏银川人。就职于宁夏大学。1992年开始诗歌创作，作品见于《十月》《青年文学》《北京文学》等，诗作荣获宁夏第七届文艺评奖三等奖。著有诗集《水墨时光》。

王江辉的诗有恬静和温暖，还有淡淡的叹息。她的诗歌语言质朴，没有意象的渲染却能铺就浓浓的思绪氛围，例如"在普陀的夜里听雨／当钟磬想起／我忽然知道了／为什么普陀的雨／可以改变大海的颜色／为什么普陀的雨／一旦落进我的心里／就让我想起远方的母亲"（《普陀的雨》）。在诗人眼里，那些沉默的琉璃瓦、那些无语无言的浮雕、那些遗落在岁月的底片、那些寂寞的篝火、那些一起仰望的苍穹等，在诗人笔下，都是温暖的记忆，都化作了诗人一声声温暖的叹息，在书页间来回飘荡，流连忘返。

常越（1973—），宁夏大武口人。近年来开始创作，诗歌、散文作品发表于《绿风》《朔方》等。宁夏文学艺术院第一期学员，宁夏作家协会会员，宁夏诗歌学会会员。

常越的诗想象大胆，意象丰富，语言别致，令人耳目一新。"我听见牵牛花和向日葵的告别／仿佛雨停了，就会赶路／我的耳朵里慢慢长出一棵树／春去秋来，一些汗水和忧郁／留在远山的小溪旁"（《我听见》）。"我"听见自己的声音、雨声、牵牛花和向日葵告别的声音，这真实世界存在的虚幻之音，而我耳朵里长出的树，恰恰是最虚幻的，正是无声的岁月和遥远的过往的漫漫记忆，让人获得超越现实而不同寻常的审美感受。"如何寻觅万物之中的我并不重要／我已在要与不要之间轻轻穿过／就像风穿过十字路口／此刻，哪怕是大风天降／吹散我所有的幻想"（《风和幻想》）。不在意自己的存在，心与幻想之物随风飘舞，只要有风吹过，梦想的种子就会散播四方，弥散宇宙，呈现出了"青山得去且归去"的高雅人格与心理状态。常越是宁夏女诗人中的后起之秀，值得关注。

朱敏（1978—），宁夏中宁人。就职于中宁县邮政局。诗作发表于《宁夏日报》《诗潮》《诗选刊》等。

在朱敏诗歌中，意境的创造从来都是追求无限时空、形而上的超越，而不是仅仅停留于语象的层面。如《菊花茶》："水说／在摄氏100度沸腾／只是为了迎接菊花的到来／菊花说／在水中不停飞旋／只是为了生命的第二次绽放／茶杯说／静默不语／只是为了全心体验一场缠绵悱恻的爱情"；再如《后来》中的诗句："太阳的阴谋／被你愤怒的眼睛／燃烧成一根细细的马鞭／穿越时空／抽打在我无辜的身上／我能忍受马鞭落下的疼痛／我不能忍受／你明知故犯的遗忘"。朱敏的诗歌擅长借助隐喻巧妙托出想要表达的意图，能够激发读者主动接受诗人意欲表达的内容，自然，这取决于读者具有的领悟力。

许艺（1983—），宁夏隆德人。任教于宁夏师范学院。诗作发表于《黄河文学》《朔方》《绿风》等，入选《诗选刊》等。

许艺的诗选题接地，紧贴现实，小说化倾向明显。"我只是个被驱逐出原乡的土著／将沿途捡来的谷种与花籽／一颗颗串起挂上脖颈／让它们跟随我走向无边无际的前方／……它们将从一根绳索开始发芽／长成金黄和大红的花环／从此后不再悲伤"（《途中的花环》）。这些谷种与花籽就是诗人远离故乡沿途捡拾起来的思念和希望的种子，带着它们前行才内心踏实，只要有雨水它们就会沿着思乡的绳索，长成色彩绚丽的花环。

20世纪70年代中期至今，宁夏女性诗歌创作群体中还有薛秀兰、李爱子、肖屏、储春兰、张廷珍、魏萍、郝雪峰、李岩、赵晓宁、郭雅妍、牛丽健、姚海燕、高丽娜、紫艺、周瑞霞、武碧君、马晓雁、杨燕、杜玛丽、李晓园、马玉文、王妍、赵雅榛、董雅慧等女诗人，她们在国内文学报刊发表诗歌，诗作各有特色，以繁花似锦的姿态亮相诗坛，成为推动宁夏女性诗歌发展不可缺少的力量。

在女诗人中，陈晓燕、王慧、查文瑾、周瑞霞、马玉文等回族女诗人占有一定比例。由于受宁夏移民文化的影响，可以看到这部分回族女诗人的作品，并不局限于反映本民族人民的生活与内心世界，而是涉猎广泛，融抒情性、叙述性和民族性于一体。

综上所述，宁夏女性诗歌群体的写作，以生存起点或感受为基础，虽然诗歌语言的表达不很深刻，但也能够贴切地传达隐秘、曲折、细腻的心理活动，呈现出女性诗歌特有的情绪和意识。其诗歌总体上蕴含着动人的旋律，注重渲染个性化意境，或托出坦然的自白，或强调个体的尊严与捍卫，或呈现敏锐的感觉和自我情感活动的自省，给人以美的启迪和享受。大多都写过情感真挚的爱情诗，在直觉、细腻、温婉等方面都优于男性诗人。凸显女性的内心世界，是宁夏女性通过诗歌彰显自身价值的一种阐释。

第六节　诗歌评论：鸟之一翼亟待丰满

魏晋南北朝时期是中国古代文学批评史上第一个繁盛时期，既产生了"体大虑精"的《文心雕龙》，又产生了中国诗学的开山之祖《诗品》，两者堪称中国文学批评史上的双璧。《诗品》之后出现了"诗话"。诗话是中国古代评论诗歌、诗人、诗派，记录诗人议论、事迹的著作，是中国古代诗歌体制特别是唐代律诗高度发展的产物。写作诗话之风，始于宋代欧阳修的《六一诗话》，而严羽的《沧浪诗话》，是宋代最负盛名、对后世影响最大的一部诗话。

明清之际早期启蒙思潮的哲学代表王夫之，其文艺美学思想承上启下，影响较大，其《古诗评选》收录了所评选的自汉至隋的诸体诗歌作品七百余首，每首诗都有其独出机杼的评点，集中体现了王夫之的诗学思想。王士祯主张"神韵说"，以诗为例、援引古说的诗论总编为《带经堂诗话》。袁枚的《随园诗话》、叶燮的《原诗》等都影响了沈德潜，他的《说诗晬语》和他所编的《古诗源》《唐诗别裁集》《明诗别裁集》《清诗别裁集》等书，形成了"格调说"的诗论。刘熙载的《艺概》是近代一部重要的文学批评论著，共六卷，分别论述文、诗、赋、词、书法及八股文等的体制流变、性质特征、表现技巧、评论重要作家作品等。

传统诗学向近代诗学的转化，是到了鸦片战争之后，梁启超、黄遵宪、王国维乃至鲁迅等人的诗论，才有了明确的转向，最具代表性的是王国维的《人间词话》，主张的"境界说"对近代诗论有较大影响。

20世纪70年代末到80年代初，"朦胧诗"兴起，是伴随着文学全面复苏而出现的一个新的诗歌艺术潮流。由于朦胧诗在思想内容和艺术手法上的变革，对中国诗歌传统和欣赏习惯带来了强烈的冲击，也由此产生了两种截然不同的看法。持肯定、赞赏态度的主要以谢冕、孙绍振、徐敬亚为代表。他们分别写了《在新的崛起面前》《新的美学原则在崛起》《崛起的诗群》等文，为朦胧诗潮推波助澜，故被称作"三个崛起"。持批评甚至否定态度的以丁力、郑伯农、程代熙等为代表，他们以历史传统和现实政治的视角观照诗歌，认为朦胧诗是晦涩诗、古怪诗，"崛起论"是古怪诗论。老诗人艾青、臧克家对朦胧诗和"崛起论"基本上也持一种批评甚至否定的态度。

1986年，《诗歌报》和《深圳青年报》联合举办了《中国诗坛1986现代诗群体大展》，展出了朦胧诗派、非非主义、他们文学社、海上诗群、莽汉主义等诗群的诗作和艺术自释。这些自释是一种创作主义或倾向，具有建设现代诗歌理论的意义，但因五花八门，缺乏系统性而成为史料。

80年代诗歌界已经出现了"民间写作"与"知识分子写作"之间的潜在分歧苗头。"民间写作"的主要倡导者韩东、于坚等人在"第三代"诗歌潮流中，便已体现出了以诗歌的日常性反拨朦胧诗宏大叙事和自我英雄化的趋向。这种倾向与精英化了的知识分子立场间存在显见的距离。而"民间写作"与"知识分子写作"的争论以《岁月的遗照》和《1998中国新诗年鉴》两本书的出版作为导火索，并于1999年在盘峰宾馆召开的诗歌研讨会上大规模展开。此次论争成为90年代诗歌批评的有机组成部分，并集中反映了90年代诗歌批评的动态。

90年代中期，中国诗学批评史研究有三部专著相继问世。袁行霈、孟二冬、丁放的《中国诗学通论》，陈良运的《中国诗学批评史》，萧华荣的《中国诗学思想史》，是中国诗学的重要研究成果。

宁夏诗歌评论是在中国诗歌的大背景下展开的，同诗歌创作发展一样，经历了从无到有的历程。针对宁夏文学，杨梓做过界定，认为小说和诗歌是宁夏文学创作的两个翅膀，那么散文和评论自然就成了弱项。而创作和评论又是车之双轮、鸟之双翼，但诗评这一翼与宁夏诗歌的繁荣不相适应，亟待丰满。从古代到近代，查不到有关塞上或宁夏的诗歌评论。直到20世纪80年代，评论家高嵩、荆竹、刘绍智、白草，诗人吴淮生、秦中吟、贾长厚、张铎、白军胜等涉猎过诗歌评论。新世纪以来，杨梓、牛学智、瓦楞草、王武军、倪万军、安奇、王晓静、火东霞、王西平等，从不同的角度对宁夏中青年诗人的诗歌创作予以评介。但似乎缺乏专门的诗评家，他们以小说评论或以诗歌创作为主，兼写几篇诗评，并且大多都是个评。而对宁夏诗歌创作整体评论的只有白军胜《宁夏青年诗坛的窘境》（《朔方》1998年7期）、杨梓《宁夏青年诗人创作漫评》（《朔方》2002年7期）等几篇，而安奇《在宁夏写作》（《诗潮》2001年6期）、倪万军《在苦难的土地上高蹈的精灵——点击宁夏诗人》（《绿风》2004年5期）、王西平《中国西部最后一群"诗歌赤子"——兼论宁夏诗歌的"整体性"》（《中国诗人》2010年第3卷）等侧重的是对宁夏诗人作品专辑的点评。现对宁夏评论家、诗人所创作的诗歌评论予以评介。

高嵩（1936—2013），河北阜城人。1960年毕业于西北大学中文系，曾在教育界任职二十年，"文革"后转入文艺界。曾任宁夏文联理论研究室主任，研究员，宁夏作家协会副主席，中国敦煌吐鲁番学会理事，宁夏政协常委等。著有《李白杜甫诗选译》《敦煌唐人诗集残卷考释》《张贤亮小说论》《岩画中的文字和文字中的历史》《大麦地岩画——夏朝档案》等。评论作品荣获宁夏第一、第三、第四届文艺评奖三等、一等、优秀奖（不分等）。

高嵩写了大量的诗歌评论。他很欣赏罗飞的诗，对其诗评也较多。如《泪花·土地和雪花——读罗飞悼胡风的两首诗》（《名作欣赏》1992年3期）。高嵩认为这两首诗的情绪由心的深处涌出，那形象和意绪的光景，是感人的也是魅人的。体现在几个方面。第一，他将他艺术的自我，先幻化为假定性形象——"土地"；第二，他让他的"土地"和胡风之诗的"雪花"进行充分的、高频的心灵感应，让那"土地"将"雪花"完全化尽，直至"春蒸大野融"的境界；第三，他从胡诗繁多的端绪中单取那激切的剖白来应答，让那"土地"发出理解的、爱的回声。这样，他就有了一个理想的构思角度，就有可能以舒闲的姿容，运千斤之重力。"我知道／你的洁白／是你把全部阳光／反射了出来／你的轻盈／是你把醉了的历史／加给你的负担全部委弃／你的冷俏／是你蒸腾尽了你的全部热能"。这里，诗的意象叠合着对"雪花"的物格和胡风人格的精切理解和深情摩挲。

高嵩在《诗格与人格的交辉——论贾长厚》（《朔方》1998年11期）

中，认为贾长厚用他对人世的各种思索，用他对人生命运和价值的体验和估评，用他从燥热沙原上寻找到的一朵朵信念的小花儿，酿造着真实的诗。他的诗缺乏的是浓郁，然而他的诗能够向你心里滴渗一种微苦的蜜液。他对诗的形式进行了一些探索。如《小河》一诗，高嵩认为，"排列成 S 型，因为小河是流动的，这样可以造成一个视觉形象，拉开一个空间，展现一个意境（也寓意于小河的坎坷）。"这类探索，与无标点诗不同，它似乎有点"字句形意化"的味道。一般来说，贾长厚不属于豪放派，但他也有豪放之作，比如《跋涉者，深深的足迹》："到大戈壁来吧／到莽莽大漠里来／大漠里的足迹／如大鼓般热烈……"这是跋涉者的独特发现。这里，他运用了联觉，将视觉印象转换成听觉印象，密集的、深沉的足迹转换为热烈的大鼓之声。他在诗中寄寓了人生的价值在于奉献的哲理。贾长厚诗歌在选材上有些琐屑，容量受到明显的局限。

在《在回旋的空心球体——论刘国尧》（《朔方》1987 年 5 期）中，高嵩把刘国尧当作宁夏诗坛上的一个现象来看，他已经成为理论的对象。这是因为，他终于抛开了由十几家杂志堆积起来的参照体系走向了他自己，他终于辞绝了某些先验的时髦框式，像勤苦的采珠人那样向生活潜沉，又带着他自己采得的珠宝向心灵的底部潜沉，直至那生活的珠宝辉耀出心的灵光，再把它们化为歌唱。认为刘国尧避开了"纯自我"的雕镂，没有以一己之孤闭搜讨"纯心灵"的幽曲，没有以"代表未来"的"纯美"的观念去追求"纯精神世界"的奇幻。这使他的诗带着生活本有的光热从那飘飞着彩焰的幽寒境界的上空，大步走了过来。一是对我们时代的崭新生活有一种真诚的参与意识，并且热情地拥抱着它；二是努力把握生活的主潮，对它的美和它的冲突灵敏地作出情绪的反应；三是人生之美，成了他诗中常见的主题。刘国尧的诗《别学我，新来的徒弟》能让人闻到了机油味儿。热情，敏感，不拘谨，不保守，处处寻诗，处处有诗，灵机易动，出活很快，这是他的特点。

高嵩认为马乐群的诗《我和朝霞一齐走进车间》很好地表现了三中全会以后我国工人阶级的生活和情绪。不俗，不虚，不僵，不夹生，不绵弱，是马乐群诗歌创作迈向新阶段的一个信号。作者切出早展上班的一小段时间来起头："踏着电铃的金色音符／我和朝霞一齐走向车间／穿过绿叶间泻下的光束／兴致勃勃地跟工友交谈。"

高嵩为绿原的诗歌写过几篇很有分量的评论文章，例如《生命哲学的幽思——读绿原新作〈哦，你?〉》《雪线以上的孤攀者——绿原诗断议》《关于〈微型诗学〉的札记》《评绿原〈……他走?〉》。他评道："它的发表，是中国新诗的一个节日。这是一首象征的大诗。……在这首诗象征性的意象下面，是巨大的人格感叹，而在更深层，则是由批判产生的历史的、社会的、人生的巨大感叹的炽烈燃烧。这首诗是绿原用全部人情体验和世情体验，用全部生命力和艺术理想写出来的。

在《美与善的颂歌——谈吴淮生同志的新诗近作》（《朔方》1987年5期）中，高嵩认为吴淮生执着地歌颂历史与人生的美，歌颂祖国山川的迷人风采。在他的性情与理念之中，有一个由二十多年教师生涯积淀而成的夹层。这个夹层决定着他所有诗歌的共同特色：仪态端严，理路清畅，而往往有激切的真情。第一是端严的仪态，如《采自金沙江畔的诗·攀枝花方言》。在这里，情绪的产生和发展，遵循着朴素、明朗的逻辑关系，那言语的表达，也完全没有潜意识的漫漶所造成的晦涩和拖沓。第二是神州风物在诗篇。吴淮生的第一本诗集是《塞上山水》，里面选的是他赞颂宁夏山川风物的作品。后来，他诗中出现了南方及北方一些山水风采。这些新的山水诗，高嵩以为比《塞上山水》里的作品要好些。《天府偶拾》中《青城山拾幽》和《黄山纪游》，堪称这方面的代表作品。第三是天伦的旋律。吴淮生《给病中的妻子》有这样几句："抚摸你鬓边的浓霜／我遗憾我的体温／为何不能把它融解／我爱／是我午夜的灯光／将它一丝丝漂白……"高嵩认为，在宁夏新诗中，这是呕心沥血的"妻颂"。第四是芳醉赖良曲。吴淮生写新诗，也写古体诗。他写诗多半靠渐悟。读他的诗往往要一行一行读完，通体琢磨才能使心里的诗味渐渐醇浓起来。吴淮生的每一个诗行给予读者心灵的信息，都比较鲜明，比较结实有力。

在《匍匐在慈母般的前套平原上——秦克温诗断议》（《朔方》1986年4期）中，高嵩每想到"论心最爱直如弦"，都会想到秦克温（笔名秦中吟）。比较了解他的人，也比较了解他的诗。将他的人与诗联结起来的，就是他的耿直与激切，敢为真理挺直腰杆；同时，他一直带着乡音涌流，带着土味的句子和乡音搅拌在一起便令人激切。

在《谈孟虎的诗》(《朔方》1989年11期)中,高嵩认为读孟虎的矿山诗,觉得在质朴、健康的生活气息中,有他个人的一种精神在萦绕,那就是他对工人群众的真知与真爱。这种真知与真爱,原本就在工人和工人中间放热、发光。可贵的是,孟虎基于切身的体验,将这种爱的光热捃取到他的诗里。

高嵩《宁夏新诗点评——在"塞上诗会"上的发言》(《朔方》1983年2、3、4、5期),是对宁夏诗歌点评的重要文章。他点评了马乐群《我和朝霞一齐走进车间》、赵福辰《少女》、罗飞《人的标本》、李震杰《古庙三题》、肖川《乡恋》(三首)、贾长厚《帆的风格》、吴淮生《飞过桂林上空》、高深《鹿回头》、马静《雪天》、陈幼京《无题》、王庆《宇宙之恋》、秦中吟《唱给毛驴》、刘国尧《别学我,新来的徒弟》、丁文《愿望》、屈文焜《我是六盘山的农民》、万里鹏《兔子的悲剧》,"是一篇随读随写的手记",既客观评介了宁夏80年代初涌现出来的较为优秀的诗作,又为宁夏诗歌评论起到了领军和带头作用。

作为学者的高嵩先生,其诗评颇具个人特色,他从不人云亦云,而珍视从自己内心深处流出来的真实文学感受,除了厚重的大文外,他的小文也写得十分精巧。

荆竹(1953—),原名王金柱,宁夏平罗人。1969年应征入伍,1977年毕业于复旦大学中文系文学评论专业。历任宁夏日报文艺部编辑、宁夏青年报社副总编辑、宁夏文联理论研究室副主任、宁夏文学艺术院院长,研究员,宁夏文联副主席、宁夏作家协会副主席。1972年开始发表作品。1995年加入中国作家协会。著有专著《智慧与觉醒》《诗文探美》(合作)、《学术的双峰》等。评论作品荣获宁夏第五、第六届文艺评奖一等奖,宁夏第六届社科优秀成果三等奖。

荆竹前期以小说和散文评论为主,后期主要研究王国维和陈寅恪,结集为《学术的双峰》。而在诗歌评论上,他虽写得不多,但高屋建瓴,一针见血,既成理论体系,又中肯到位。

在《在蝉蜕、裂变中梳理羽毛——论马钰诗歌审美意象的嬗变》(《朔方》1989年3期)中,荆竹认为马钰以"黄河诗"确立了自己的地位,使他摆脱了过去的窘境,抒发历经灾难之后的民族革新的愿望。使审美主体在激情喷发、形象再现的同时,显示出雄浑、狂躁、悲壮的特征。同时,荆竹对马钰"黄河诗"的这一特点进行了批评,认为"黄河诗"表现出来的雄浑只是执着于现实的表层现象,狂躁的情感的迸发忽略了复杂情绪的渲染,悲壮也多是涂写了一种英雄开拓艰难的主观色调。诗的物化形体越来越臃肿,意象堆积,美感效应除了给人一种情感的低沉之外,意蕴的飘逸却难以觅得,表现了诗人审美主体抒情方式的缺陷。马钰对肃穆美的追求,将抒情视点与现实拉开的尝试,试图在这种审美距离之间取得超脱,但尚有距离。荆竹希望马钰能够独立地对全部现存的人类社会生活进行透视、提升,愿马钰能够再多一点思考和探险的胆量,使诗美艺术的追求有一股强劲的纵深感和走向更高的层次。

在《海恋与诗人之魂——贾长厚诗集〈海恋〉漫论》(《朔方》1996年4期)中,荆竹认为《海恋》一些奶声奶气的诗句,蕴含着儿歌童谣的韵味,显示了贾长厚诗歌创作的乖巧和可爱,是童声歌唱的天然美,属于人类一种特有的诗情,有着恒久的光彩与价值。贾长厚生在海滨,来到戈壁生活形成的人格的自然化和自然的人格化的双向建构,构成了他创作的现实和心理背景。作为审美心理结构的主要内在依据,它不仅制约着其创作的基本风貌及其发展,而且指明着他的独特追求和主要特征。贾长厚的创作属于新的现实主义,无论是诗的内容或是艺术方法都在这个规范之内,"贾长厚诗中的形象的突出点是鲜明性和稳定性","其基本的特征是:以最诚实的目光和执着的热情拥抱大海与沙漠,用崇高的理想与审美感知,对观察和意识到的社会内容,通过自己的审美经验进行个性的反映。"同时,荆竹也指出贾长厚与其他诗人一样不可避免地存在着某些不足,主要是深入探索的不足。

刘绍智(1958—),曾任教于宁夏教育学院中文系。发表论文《也谈〈红楼梦〉八十回后的原稿》《试论西门庆》《〈念奴娇·过洞庭〉赏析》等。

刘绍智在给张铎的文学评论集《塞上潮音》写的序言《漫谈张铎的文学评论》中,认为张铎评论的对象有两个特点:一是青年作者居多,二是山区作者居多,这使张铎的评论具有了难以替代的价值。张铎对山区的深厚感情,使他对山区作家的作品体验出许多细微而独特的东西来。这些体验一旦化成理性的评论文字,就立即显示出评论的独特性。张铎没有停止追求,都在寻求人类美好的东西。这样一种可贵执着的感情,成为他写评论的巨大动力。他认为张铎的"评论在理论水平上的表现是多方面的,他不仅从内容方面进行深刻的剖析,从而显示出他锐利的眼光,而且还能从结构布局、语言、形象塑造、意境创造等各方面入手进行分析。这不单是换个角度的问题,它本身就是个理论视野的问题。""好的评论其实也是一种创作,读一篇好的评论也是一种精神享受。张铎的评论就是艺术品,耐人咀嚼,耐人寻味。……张铎虽也创作诗歌、散文,但他更突出的还是评论,而且是很有特色的评论。"

在《"生活的苦恋者"——刘国尧诗歌创作论》(《宁夏社会科学》1988年2期)一文中,刘绍智评论了刘国尧的诗歌创作,知人论诗。刘国尧出生于繁华的古都南京,告别学校后就来到了荒凉的大西北,成了"大西北的开拓者"。作为一个诗人,其孕育、诞生、发展和成熟的全部过程,都是在大西北进行的。刘国尧开笔于70年代初,正当人们普遍热衷于保卫"革命路线"而迷狂之时,他却与现实拉开了一段距离,躲进了"象牙之塔",从此敲开了诗歌艺术的大门,为他在80年代国内诗坛上崭露头角奠定了基础。刘绍智指出了刘国尧诗歌的独特性。认为如果要从刘国尧几百首丰富多彩的诗作中品味出一个基调,那么就可以用他的组诗《永不失落的童年》中的"希冀着甜美的种子/孕育出流光滴翠的蜜果"这两行诗句来表达。从刘国尧的诗歌创作历程看,可以说他是一位地道的西部诗人,他的全部诗作可归属于"西部文学"。对于大西北,诗人突出了地理环境、自然灾害给西部人带来的不幸。如《不,我不是旅游者》所描绘的雪暴,"冲塌桥梁,捏断了南北土地的脉搏";沙暴,"卷走驼队,埋葬了一家三代的欢乐"。的确,地理环境、自然条件在人的生活中起着重要作用。地域开放性与心理结构的严重封闭性给西部人留下了沉重的心理负担,而这正是刘国尧诗歌有待于开拓的一个很大领域。

张铎(1962—)原名张树仁,宁夏固原人。历任泾源县委副书记,宁夏政协秘书处处长、文史和学习委员会副主任等。1986年开始发表作品于《朔方》《诗歌月刊》《星星》等,入选《中国诗人自选代表作》《诗国·2011年诗典》等。著有散文诗集《春的履历》、评论集《塞上潮音》、诗集《三地书》等。中华诗词学会会员,宁夏作家协会理事,宁夏诗歌学会副会长，宁夏诗词学会副会长。

张铎的创作体裁比较丰富，有诗歌，散文、报告文学和文学评论。《塞上潮音》共收录三十篇诗歌评论。他的诗歌评论相对宽泛，罗飞、肖川、秦中吟、高琨、虎西山、王怀凌、冯雄、杨建虎等的诗歌和花儿，都诸一品评。

评价罗飞《你的泪花》《炮手的心》等诗歌用形象说话，写得饱满而又有味，自然朴素而又凝练，中间留下大片空白。既有诗人对人生的独到感受及艺术化表现，又与人民之情息息相关，是典型的"诗家语"，如《火的抒情——论罗飞的诗》。

评论肖川的诗《剪不断、理还乱，别是一番滋味在心头——读肖川的塞上诗》，认为肖川对于塞上的关注，使他的诗像黄河一样沉稳，像塞上本体一样浑厚。肖川确想和塞上融为一体，构造一个理想的艺术境界，但他与塞上总有一段距离，这大概是因为塞上积淀的黄土太厚了，山和沟也太大太深了。其实，问题的关键在于肖川歌唱塞上时总是摆脱不了旁观者的格局。对肖川塞上诗的评价，可以看出张铎对塞上这片生活的土地，是有很深的理解和很浓厚的感情。

在《直人真诗——论秦中吟的边塞诗》一文中，张铎评说秦中吟的诗无论是描绘塞上风物，还是讴歌改革开放，大都写得气骨兼备，充满了积极昂扬的精神，闪耀着现实主义的光辉，具有鲜明的时代特色，充分反映了现实社会生活，感情真挚，强烈而又深沉。《试论秦中吟的诗歌创作》一文提到，诗人自十年动乱结束后，创作的"归来诗"明显变得深沉、凝重，一扫早期的清新、明朗之风，诗人前后风格的变化，与社会生活的变化息息相关。《心中唯有赤和诚——读秦中吟的古体诗词》，不但注重感情的抒发，而且也很讲究抒发感情的形式，诗人那些直面人生的古风诗，如《自题小像》《悼程造》《观京剧"人鬼鉴"》等，最能体现他具有强烈责任感和使命感的创作风格。

张铎在《新时代的花儿歌手——读高琨的花儿抒情诗》中说："生活在花儿的故乡，我对花儿有一种特殊的感情。"认为高琨写的是熟悉的生活情景，重视花儿的音乐美，旋律明快轻松，冲破了以往花儿光唱爱情的窠臼，既写"山乡新花"，又写"山里人经见了稀罕"，给人多姿多彩而又繁复的感觉。诗人在赋比兴表现手法的基础上，又大量应用拟人、夸张、象征和通感等手法，提高了花儿这种古老艺术品种的表现力。同时，张铎也指出高珉花儿的不足是铺叙成分较多，未能做到虚实相生，评价中肯。

张铎以高珉的花儿为切入点，在《散发着泥土的清香——读〈六盘山花儿两千首〉》一文中，对西部的花儿特点作了概括：手法多样，形象鲜明；感情真挚，意境深远；口语传神，通俗晓畅。同时指出西部很多诗人的诗歌创作受到过花儿这种原生态诗歌的影响，如宁夏诗人虎西山、王怀凌、杨建虎、冯雄、泾河等。这与张铎的生活阅历有关，他出生于西海固，在西海固生活工作四十多年，对西海固风土人情的了解较为透彻，与西海固诗人有着密切往来，知人论诗，品评诗歌更接近西海固诗人创作诗歌的初衷。正如刘绍智在《漫谈张铎的文学评论》序言里说："张铎对山区的深厚情感，使他对山区作家的作品体验出许多细微而独特的东西来。这些体验一旦化成理性的评论文字，就立即显示出评论的独特性。"

在《清新质朴——读虎西山的诗》中，张铎认为，虎西山的每首诗都有对故乡丰富多彩生活独特的感知和反映。浓郁的生活气息，清新的泥土韵味，善于把主观之"意"藏于客观之"象"，注意营造意境，爱情诗尤其突出。也指出其诗开掘欠深，缺少大气磅礴之作。

在《大山，浓缩在你的眸子里——读王怀凌的诗》中，张铎认为王怀凌的诗一开始歌吟就关注着父老乡亲，心中装着人民，是一位具有一定审美理想的诗人。《村庄》等两首诗的发表是一个新的里程碑，这两首"乡土诗"的情绪是怀乡、赋思，主题亦是目前乡土诗流行的主题，但审美感受却很特别，"六年后的一个黄昏／沿途的庄稼长势喜人／我突然出现在村口／曾经爱过我的姑娘已经远嫁他乡了……"这种感觉带有诗人强烈的个性色彩，是属于他"这一个"的声音。

在《从背影到火——读冯雄的诗》中，张铎认为，作为一个生活在缺水的海原的海原人，冯雄的《海原》小诗，从海原的"海"起笔"，最后又归结到"海"："我不敢把目光投向那个偏旁／正在黄土中劳作的乡亲／已被你烫伤"。一方面极言天热，旱情严峻；另一方面从侧面渲染出了乡亲们盼雨的焦渴心情。冯雄的诗单纯而又饱满，没有停留在对现实的勾勒和描摹上，而是追求不动声色的内在交流。

在《流过乡间的谣曲——读杨建虎的诗》中,张铎认为,歌吟故乡,通过心灵来感知故乡,反映父老乡亲的生活,是杨建虎创作的主旋律。杨建虎是一个内秀的人,感情丰富,影响到他的诗歌创作,体现在诗歌的空灵和宁静,需要慢慢阅读,细细品味。《灵魂的出口》这组诗,冲破了以情动人的审美程式,将感情潜藏于缤纷的意象后面,以富有质感的直觉思维取胜。

在《走出大山,超越自己——读1997年〈六盘山〉诗歌专号》《浮躁与寂静——关于宁夏青年诗人创作的感想》两篇总结性诗评中,张铎对西海固90年代的诗歌创作作了简要品评,对宁夏青年诗人的总体创作情况进行了分析,肯定了取得的成绩;也诚恳地批评个别青年诗人不断重复自己,缺少发现,缺少创造,缺少大气之作;鼓励青年诗人们,不要因宁夏本土的局限而自我设限,不要浮躁,要开阔视野和胸怀,用作品冲破壁垒,引起全国诗界的重视。他说:"以抒情言志为己任的诗人,如果不能准确地把握自我世界的认识,那么,他就无法准确地把握我们所处的这个伟大时代的心灵律动。"

张铎的诗歌评论,短小精致,篇篇有分量,给人以沉甸甸的感觉,突出的特色在于文本细读,对诗歌本身细腻的感受和体悟。而评论的对象大多是西海固青年诗人的诗作,为西海固诗歌占据宁夏的半壁江山,为宁夏诗歌走向全国作出了较大的贡献。

杨梓(1963—),宁夏固原人。1986年开始创作,以诗歌创作为主,入选百余种选刊选本,诗作连续三届荣获宁夏文艺评奖一等奖,个人入选国家百千万人才工程。著有《杨梓诗集》《西夏史诗》《骊歌十二行》。同时在《宁夏大学学报》《文艺报》《新文学评论》等发表诗评十多万字。一级作家。中国作家协会会员,中国诗歌学会理事,宁夏作家协会副主席,宁夏诗歌学会会长。

杨梓在诗歌创作的同时,还写了不少诗评。因为他首先是诗人,而后才是诗评家,所以他评诗是从诗的本身出发,感性地把握诗的本质成分,理性地总括诗人的创作特点。他的诗评主要有以下三个方面。

一是诗论,主要是他对诗的认识,对诗本质的把握。《诗的碎片,扔掉而又拾起》(《朔方》1993年3期),这是他发表最早的诗论,也可以说是创作谈。他写道,"我受过外国文艺思潮的影响,可我的骨子里纯粹是民族的。我的诗是从《诗经》流过来的。"这是他对自己诗歌的定位,也是对诗歌创作体用关系的阐明。再如,"写诗六年,我一直游荡于诗坛之外。我代表不了一个诗潮,那么我决不跟着某一个诗潮乱跑一气;我不会去写应时之作,那么我用不着急于发表。"在这里,他对占山为王的诗坛予以拒绝,因而彰显了一个诗人应有的傲骨和独立的品格。在《试论西夏文学的特色》(《宁夏大学学报》2001年2期)中,可以追溯到他《西夏诗史》的创作情况。"从文学比较学的角度来看,西夏文学虽然深受汉语言文学的影响,但十分浓厚的宗教色彩和贯穿始终的民族精神,是西夏文学的灵魂,是西夏文学特色中的特色。"从《诗经》到西夏文学,杨梓继承了中国古典诗歌传统,注重发掘地域文化特色,因此他的诗论既向后看——推崇古典诗词,又向前看——把握艺术生命力。

《骊歌十二行》中的《汉诗:世界诗歌的中心》(代序)和《讲稿或诗歌创作浅释》(代跋)是他重要的两篇诗论。前文是他应邀参加第三届青海湖国际诗歌节,为"国际交流背景下各民族语言的差异性和诗歌翻译的创造性"主题所撰写的论文。首先他把汉英语言文字进行比较,认为汉语具有诗性语言的禀性,或者说汉字和汉语本身就具有诗意,而英文诉诸理性,具有科学性语言的特质。他总结道,"不是中国诗歌要走向世界,而是中国诗歌本来就是世界的中心,尤其是古典诗词为世界树立了高不可攀的标杆,这是由于汉语的特点和诗歌的本性所决定的。"杨梓是诗人,从诗歌创作的经验出发,提出了汉诗是"世界诗歌的中心"这样充满豪情的论断,为中国诗歌在世界诗歌版图上予以定位,为中国诗人在创作上提供自信心的支撑。

《讲稿或诗歌创作浅释》是他为北方民族大学文学班准备的讲稿,主要是本体论部分,即什么是诗歌本质的部分。比如他谈《感觉》,"只有敏锐的感觉才能发现平凡生活中不凡的诗情画意";他谈《感悟》,"梵文 Buddha 的音译为佛,意译就是觉悟,所以佛即觉悟,觉悟即佛。世俗地说,觉悟低者自私为己,觉悟高者无私为众……诗人要有觉悟,其觉悟的高度决定其境界的高度,也决定其诗作的品位";他谈《想象》,"想象是脆弱的,它的天敌就是经验";他谈《抒情》,认为抒情与叙述就是行云和流水,"抒情是情感的弥漫,叙述是事件的流动";他谈《独创》,"大诗人的作品可以阅读,但仅仅是让作品点燃我们的想象,而我们写作时,绝对要让大诗人站在一边,不要挡住我们的诗作接受自身光芒的照耀";他谈《时间》,"在时间的意义上,必须站在人类未来的巅峰俯视现在,为众人指明精神前行的方向,并且持久地慰藉人们的心灵"。这些观点深入地阐明了他的诗歌理论,既要有传统文化的底蕴,又要具备开阔的现代眼光。

二是诗评,主要是对宁夏诗歌的整体性的评论。《宁夏青年诗人创作漫评》(《朔方》2002年7期)是他新世纪之初对宁夏青年诗人创作的总体性梳理和评价;同时对地域诗歌创作予以关注,见《西海固诗歌刍议》(《宁夏大学学报》2002年5期);他在此基础上对宁夏诗歌创作进行了丰富,见《宁夏青年诗歌创作简论》(《宁夏大学学报》2007年6期)、《诗歌峰会·宁夏地域诗歌创作的特点和发展》(《黄河文学》2011年12期)。他选取代表性的中青年诗人,突出他们某个方面的典型倾向,从中窥探宁夏中青年诗人的创作规律。他认为,虎西山、洪立具有传统化创作倾向;王怀凌、马占祥具有本土化创作倾向;泾河具有民族化创作倾向;梦也、米雍袤具有心象化创作倾向;冯雄、杨建虎具有风格化创作倾向;杨森君从心象化创作走向西域;单永珍具有民族化和地域化创作的双重倾向;安奇具有古典化创作倾向。还有张不狂的意象密集化和风格多样化创作倾向、张联的同题材化创作倾向、阿尔的口语化创作倾向等。在此他没有谈到自己的创作倾向,但《西夏史诗》具有历史化、民族化、地域化倾向,《骊歌十二行》具有古典化、意象化、心象化倾向。他认为:"宁夏中青年诗人的诗作,都形成了自己较为独特的风格,互相的差异性较大,这就丰富了宁夏诗歌。但个别诗人在创作上出现自我重复的现象,缺乏突破和创新。"

三是序言,是对宁夏五位诗人诗集所写的序。杨梓在为泾河诗集《绿旗》所作的序——《虔敬与曲呈》中,他评论道,泾河的诗里充满着爱,或者说蕴含着作为爱的最纯粹的形式——渴念;泾河的诗具有浪漫主义的秉性;以爱的方式对浪漫进行了一回诠释,更重要的是他把宗教生活纳入诗的视野,以否弃世俗的、庸常的和经验的东西,以追求心灵的纯净、自由和独立。作为一名回族青年诗人,写出了回族人民的生活片段,在一定程度上吟出了回回民族的声音。泾河业已显示出驾驭长诗创作的潜质，并在内容或者形式上显示出了特点。在选材、结构、意象等方面有所创新，表现了宗教生活的一个方面。他以泾河诗歌为切口，展示了宁夏本土回族诗人诗歌创作的基本特征。

杨梓在为单永珍十年诗选《词语奔跑》所作的序——《风行与豹吼》中，他认为，《词语奔跑》中的地域性就像单永珍的胎记，而在此之后隐藏的是其诗的超越性；单永珍在西部大地上风行浪迹，他并没有停留在描述西部的景色风情之上，而是在张扬他作为一个诗人却不能拯救心灵的悲悯情怀，在倾吐他作为一个英雄却无对手的深深孤绝；单永珍诗歌的民族化倾向已经超越了本族，发散性地辐射到匈奴、党项、蒙古等其他的民族，并倾注了他的才华和心血；单永珍的诗有着强烈的主观性倾向，诗人的主观性，其本身就是一个朝向自我的世界。杨梓对《词语奔跑》从地域性、民族性、主观性和神话性等方面进行了深刻的阐释，对单永珍的诗歌创作予以肯定，具有引领读者阅读其诗的现实意义。

杨梓在为王怀凌诗集《风吹西海固》所作的序——《掩痛与默述》中，他评论道，王怀凌对无云的天空、缺绿的土地和受苦的乡亲，都充满了无尽的忧思，从中显影出一位真正诗人的悲悯情怀，甚至有一点普度众生的宗教迹象；《风吹西海固》有了中国传统诗歌美学的荣光，蕴含着普遍的象征意义；王怀凌以民间情怀和地域文化为立场，使他的诗作道法自然地彰显了特色，张扬了个性，袒露了傲骨。杨梓认为《风吹西海固》具有了内蕴风力、外修丹彩、情深意长、言直味潜的特质，是高原上暗夜里的风灯在探路。杨梓从《风吹西海固》总结出王怀凌诗歌的疼痛感、悲悯情怀、民间立场和关注地域文化等，更能体现出西海固诗人的天性和西海固诗歌的自然性。

杨梓在为马占祥诗集《半个城》所作的序——《苦守与袒现》中，他认为，从《半个城》中，我们读到一个受伤的自然但也看到一个潜在的希望；尽管马占祥面对的是酷烈的生存现状，但他的内心坚守着一片葱茏；在《半个城》中，马占祥往往直接从人入手，从物写起，轻描淡写，自然而然，这标志着马占祥创作的一个质变；马占祥采用了客观白描的手法，表面上显得寡情淡意，但内里藏着一团燃烧的火焰；从《半个城》中，我们还能读到马占祥对宗教的虔诚、对汉语的敬重、对祖国的热爱等等，尤其是写实手法的熟练运用，显示出马占祥的独特之处。

杨梓在为洪立诗集《露珠上的太阳》所作的序——《诚抒与跳脱》中，他写道："洪立于1983年在《朔方》发表诗作，写诗已三十多年，《露珠上的太阳》却是他的第一部诗集。人生会有几个三十年？而三十年才出版第一部诗集又是何等的不易？"认为《露珠上的太阳》无疑是一朵朵怒放的荷花，"质地朴拙而透出灵巧，抒情诚挚且情感浓郁，语言简明又跳脱如兔。如一道黄昏中脉脉含情的目光，在不经意之间轻轻撞击一下我的心灵。"认为洪立的诗像他一样朴素，有时还显得笨拙；洪立很敏感、很细心、很柔情，也很会抒情；他写给父母的诗情真意切，感人肺腑，同时也消解了叙述；洪立的诗常常有词语从语言中跳将出来，令人眼前一亮，让人感到惊喜，正是"化板滞为跳脱"，亦使平面而立体。是的，"诗歌已流在我们的血液里，并成为我们继续生活的精神寄托，成为我们每天可以不写诗，但每天不能不思考的生活方式。在此，与洪立共勉。"

杨梓对诗集所写的序都是在熟读诗作之后的梳理、归纳和评论，饱含着对诗歌的热情和对诗人的呵护，以诗人的细腻贴近诗歌本身去知人论诗。无论是表述他的诗歌理念，还是品诗作序，都体现了他作为诗人的敏感与率真、关怀和激励，为推动宁夏诗歌走出地域文化的局限，在全国诗界争取一席之地作出了积极的努力。

王武军（1964—），笔名悟君，宁夏固原人。2009年开始诗歌创作，诗作发表于《朔方》《诗歌月刊》《绿风》等，入选《中国诗歌21世纪十年精品选编》《新乡土诗选》等。著有诗集《经年的时光》、评论集《疼痛与唤醒》。宁夏作家协会会员，宁夏诗歌学会会员，固原市作家协会副秘书长。

王武军的评论集《疼痛与唤醒》中有一篇诗评《疼痛与唤醒——西海固诗歌简述》，概括了西海固诗人创作的一些基本特征：西海固的诗人们"像苦行僧一样，在西海固大地上穿行。当所有的一切都蜷缩在洁净的雪花之下，我的思想却被闪烁的诗歌点亮"。他用散文诗一样的语言概括出西海固大地上诗人与诗歌的关系，诗歌是西海固大地上粒粒充满灵性的种子，诗人们扮演了双重角色，既是捕猎者又是播种者。

王武军与西海固诗人的关系比较切近，对王怀凌、单永珍、杨建虎、牛红旗这四位诗人的个性特点着眼于"疼痛"的共性基础，作了明确区分。王怀凌——现实呐喊的疼痛，紧贴着生活，是其诗歌创作的源泉和动力；质朴的语言，是其诗歌音符完美的体现；深邃的意境，是其诗歌审美的内在特质。单永珍——豪放高歌的疼痛，粗犷豪放、善于思考、敢做敢当、诗意的阐释、强健的诗风是单永珍给他的五个印象。杨建虎——浅唱低吟的疼痛，是贯穿始终的主题，是他满怀热情地对西海固的关注和对现实、对人生的思考。杨建虎的诗歌表现在语言的凝练、意境的优美和执着的守望上。牛红旗——执着守望的疼痛，以自己特有的声音，紧贴地面，吟唱出了一首首有良知而又不媚俗的诗作。《我发明了一个上帝》应该是他诗歌创作的一个里程碑，他凭借对本土的眷恋和感伤，面向西部，深入土地，更深地观察和体悟这个世界。另外对雪舟、林混、李兴民、刘天文等诗人的诗作也作了细致的品评。对西海固诗人的诗歌创作归纳出三条共通性：一是出生地的诗性指向，二是凸显出民族性和宗教性，三是注重内在的良知良能。

王武军的诗歌观点，诗歌是要有疼痛感的，一个诗人的疼痛，首先应该从故乡的泥土开始，再到故乡的泥土终结。日常的疼痛里无法感受诗意，倒是诗意里充满疼痛的感伤，这是王武军作为诗人兼诗评家的独特体验，他用自己的独特体验验证了诗歌的某种隐秘特征。

白军胜（1965—），笔名阿白、甚甚，宁夏固原人，祖籍甘肃清水。毕业于固原师专中文系、宁夏教育学院中文系本科班、北京师范大学教育硕士班，结业于西南师范大学新诗文体学专业研究生班。80年代初期开始写诗，著有诗集《期待你的风景》《白军胜诗集》、评论集《现代诗美论》等。宁夏作家协会会员，宁夏诗歌学会名誉副会长。

从80年代后期到90年代初期，宁夏诗歌创作达到一派繁荣的景象，白军胜的诗歌评论频频在《朔方》发表，对宁夏诗人的作品进行了广泛而深入的评论。

在《论肖川西部诗的美学特征》（《朔方》1993年10期）中，认为肖川的思想始终存在三种意识，即历史意识、生命意识和宇宙意识，以此形成了他独特的审美理念。

在《马乐群诗歌的使命意识和民族意识》（《朔方》1993年11期）中，认为马乐群的诗，一方面通过对民族色彩的把握与深化，另一方面通过对民俗文化的透视与理解，表现了深厚的使命意识和民族意识，展示了诗人独特的美学意蕴。白色是民族情感的象征，绿色是民族的审美情趣，马乐群都努力让色彩服务于自我心灵的表述需要，让他的"民族色彩"表现审美情感的颤动。

在《论秦中吟90年代诗歌的审美价值取向》（《朔方》1994年4期）中，白军胜肯定了秦中吟旧体诗、新诗、评论等都写得比较成熟。由于他的诗歌题材多选自黄土高原或黄河两岸，所以有人称他为"黄河诗人"。

在《痛苦的囚徒，精神的浪子——杨梓诗歌创作论》（文用笔名甚甚，《朔方》1994年7期）中，认为杨梓像一个在宇宙中寻梦的孩子，时而寂寞痛苦，时而凄婉迷惘；时而不焦不躁，时而清静虚无。杨梓用灵性的神秘语言，构筑了一个玄学般幽邃、音乐般灵幻清澈而又深蓝的世界。白军胜认为要用禅思禅想来解读他的诗，才能深入其诗歌的精神内质。杨梓的诗歌多呈现为立体多维空间，诗的感觉常常在天上人间、梦境现实跳来跳去，非常自由，诗句颠倒、断裂，追求意象化了的意象。杨梓从"本心"出发，形成了一种独特的思维方式，抛弃了语言、物象、概念、推理的理性逻辑思维的束缚，在玄奥处领悟，在不可思议中思议。

在《与阳刚的和谐统一——论王维堡散文诗的美学性格》（《朔方》1995年11期）中，认为王维堡散文诗的绮丽清奇、婉转蕴藉的阴柔之美，恢宏豪放、气势磅礴的阳刚之美在宁夏文坛很有独到之处。

在《论葛林诗歌的审美倾向》（《朔方》1996年2期）中，白军胜提炼出葛林诗歌特征之一，是将抒情基点一直放在乡村的自然与人之中，形成了他的"乡恋情节"；"鲜花盛开的村庄"是他的另一个世界，在这个世界，他仍保持着以抒情人物叙述社会现实，以情感的典型化塑造抒情人物，诗人的情感世界，精神世界在现实主义的创作原则指导下，呈现出了具体可感的形象，让读者同他一同去领略和感受"村庄"给人类的启示，"村庄"是其爱的萌发地，家园是诗人的全部世界。葛林对现实主义诗歌的继承表现在通过典型环境和典型情感，塑造普通的抒情主人公形象，努力实现"美在劳动"的美学命题和"美在生命"的哲学命题。由"村庄"的具体存在延伸到美学高度,从典型中概括一般性的特点,这是白军胜诗歌评论的个性化特色。

在《论虎西山诗歌的乡村情感》(《朔方》1998年7期)中,白军胜挖掘出诗人根植乡土的审美情感,借"韭菜、红辣椒、玉米秆、粮食、面灯、扁担等"这些具体物象寄托乡土情感、思想依托和文化心态,深情关注普通人的命运。

在《论杨森君诗歌哲学背景下的审美形象》(《朔方》1998年7期)中,白军胜概括出杨森君的诗歌特点是重形象思维、逻辑思维和理趣,他的诗歌很少用意象,大部分都是直叙一种道理或现象,让欣赏者去感知和想象,然后再去形象地填补。

白军胜综合性评论《宁夏青年诗坛的窘境》(《朔方》1998年7期),对80年代宁夏青年诗人的总体创作和发展状况作了综述,分析了尴尬现状产生的历史原因和现实条件。指出80年代中期,宁夏诗坛处于死寂状态,80年代后期和90年代初,青年诗人们较为活跃,中老年诗人更为冷静,有的干脆"弃诗从文"。90年代初期,《诗刊》有葛林、杨森君、虎西山等人的作品。90年代中期,西海固有几位年轻的诗人也上了《诗刊》《星星》等,但他们单枪匹马,没有群体意识,使外界无法把握宁夏诗歌的总体水平和总体趋势。

90年代,白军胜首先是诗人,在对诗作大量阅读并写了几篇诗评后,得到《朔方》评论编辑吴江先生的青睐,于是勤奋有加,写了不少的文学评论,尤以诗歌评论为多,在《朔方》频频刊发,使白军胜一跃成为宁夏声名鹊起的评论家。虽然后来没有评论文章问世,但当年为宁夏诗歌评论付出了心血。

白草(1965—),原名李有智,曾以李知、李三郎为笔名发表诗歌评论,宁夏海原人。宁夏社科院研究员,南京大学文学博士。著有《文学大家笔下的回族》。

白草多写小说评论,但他的诗评同样很丰富。如对唐朝诗人王之涣《〈凉州词〉浅析》(《湖北科技学院学报》1982年2期)的评论,诗人站在开阔的高处从下游向上游望去,由近及远,黄河逐渐上升,好像一条玉龙飞上云端。诗句抓住远眺的特点,描绘出了黄河如游龙腾跃而上、气象壮阔辽远的动人画面。一个"上"字写活黄河,这在其他诗评家当中是少有的。

在《执着的探索——宁夏回族青年诗人四人论》(《朔方》1990 年 11 期)一文中,认为宁夏的诗歌创作并不容持有过分乐观的态度,但宁夏四位回族青年诗人用年轻的心探索着,杨云才举起"血酒",在深沉地凝视一片远古高原"升起燃烧的高原魂";马钰步行于黄河边沿,苦苦探索着黄河以及黄河与他所属民族的内在精神联系;贾羽则在冷峻的北方背景上"走进一种信念";而丁学明在永远沉默的西部小毛驴身上看出有个民族"透彻世界的沉默",并如何贯穿于其人生当中。

在《接近神秘幽暗的中心———读梦也诗集〈祖历河谷的风〉》(《朔方》2005 年 2 期)一文中,白草对梦也诗集的评价有一种来自心灵深处的共鸣。比如《九月》:"落叶浓得看不见/凉州府了/只是——/草原上葬掉了马/天空葬掉了鹰。"梦也在他的诗中创造了一个别具一格的天地,就像一个隐秘的花园。那里有着神秘的光华,也时时掠过的片片阴影,在明灭交替中,活动着蜜蜂、飞鸟、马、羊等许多生物,在他的笔下都成了富有诗性特色的化身。认为梦也的诗是"接近神秘幽暗的中心",那种具有元气浑莽而又丰茂多义的品质的诗歌,在宁夏颇具地域和乡村的原野风情。

在《林一木和她的诗》(《六盘山》2009 年 3 期)一文中,白草指出林一木的诗写得真实、感人,表达出了一种纯粹的爱,因此唤醒了我们内心深处那点珍贵的、非功利的激情。这是一种与美、艺术、理想等相关的激情,是一种被工业化、资本化、消费化要联手消灭掉的激情。认为林一木的诗也不仅仅是写具象的、感性的爱,在具象和感性的背后,还存在着一种抽象和玄思;若无后一点,作品亦无分量。林一木多数诗作看似面对着某个人在倾诉,实际上那个人是不存在的;与其说爱着具体的个人,不如说爱着"爱"本身,那是一种广大无边、不死永存的"本体"。个人死了,爱活着。一如穆旦《诗八首》中所写:季候一到叶子飘零,可有着"老根"的"巨树永青"。糅具象与玄思为一体,乃是殊难达到的境界,而林一木的诗作渐趋此境。

王晓静(1968—),女,宁夏同心人。宁夏文学艺术院专职文艺评论员。评论发表于《朔方》《六盘山》等,著有文学评论集《梦断乡心又一程》。中国文艺评论家协会会员,宁夏作家协会会员,宁夏诗歌学会理事。

在《寄情自然的朴素之美——读梦也诗集〈祖历河谷的风〉》(《朔方》2010 年 8 期)中,认为梦也描述"远方的震响",激荡着诗人梦幻般的诗情。用声音和颜色将无声的画与有声的诗融汇成新鲜的意境,渲染着悲壮情调,荡开了读者的想象空间。秋天的收获与消失,生命的死亡与飞翔,使全诗笼罩着浓郁的忧患意识,给诗增添了无法形容的分量——莫名的沉重忧伤困在心头,一幅寓意深长的动态画卷里,与人类生活息息相关的事物在诗人笔下也呈现着诗意。

在《大地上的诗意——简析〈诗意大地〉》(《朔方》2011 年 9 期)中,认为冯雄的诗如西海固民风一般淳朴,阅读中亲切的感觉,如同在故园的田野里行走;与那些熟悉的风物进行着心灵与思想的交流,却又什么也不必用语言来描述。当冯雄身处异地,故土之情不经意间由南飞的雁阵延伸出去,牵动诗人的心绪。相对广阔无垠的天宇,经年累月蕴蓄下来的这一隅诗情,照样以朦胧之美陶冶着诗人的情怀,一点诗意,一片痴情,皆彰显了本色。

在《源自生活流动的韵律——读马占祥诗集〈半个城〉》(《朔方》2012 年 6 期)中,认为马占祥源自地域的诗情,每一处熟悉的村落,都能找到诗意抒写留下的墨迹。马占祥以独特的视频镜头,审视生活的土地上每一样蕴含美的事物,发现万物无间隔无距离的美,然后着墨成诗,于传统旋律中融入现代节奏,不饰繁华,不求闻达。土地、山川、河流、风物在诗人的笔底皆呈现流动的意象。当雨滴润湿了空气,马占祥的思绪又移向了《怀念一条河》"羞涩的光芒流淌在繁复的农事旁",期待的欣喜落入笔底,不见波澜,只看风景这边独好。

在《不得春风花不开——读单永珍诗集〈大地行走〉》(《六盘山》2012 年 5 期)中,认为结构与解构成为单永珍在古典传统与现实矛盾中寻求统一的两道风景线。单永珍是一个受传统诗歌影响的表现者,诗人的自我形象就是"一朵卑微的雪",带着北方寒凉而滋润的特质,像一个僧人在现实世界里"游方挂单",砥砺修行,以诗意的方式证明自己的身份和西海固大地的关系。行走的两条边缘线——继承传统与颠覆传统,两者相依相随,有矛盾有冲突。激情与理性的对立统一又成为诗歌中的另一鲜明特征。

在《大地行走》中,因为在经受历练之后,夯实的底蕴貌似平淡了,实则在深水里隐藏了更多源自天地万物的灵性和精华。

在《精神之乡的不懈构筑——读杨梓诗集〈骊歌十二行〉》(《朔方》2013年7期)中,认为杨梓将"回归古典,回归自然,回归内心"的诗学观点倾注笔端,无论内容还是形式都体现着诗人的独创精神,将身心融入自然,将小我融入天地大我,在写万物,也被万物所感染和熏陶。《骊歌十二行》以独具的古典魅力构筑诗意的心灵田园,在追寻回归的过程中,与当今诗界的很多观念和行为形成了对抗的、朴素的、有力的精神场域。

王晓静还对本土诗人安奇、王怀凌、王佐红等诗人的诗作给予简评,基本上以感悟式见长,多建立在地域性、民族性、个性特色的基础上,将诗歌的阅读感觉和欣赏感觉通融,有文本细读的特色。

瓦楞草(1970—),女,原名于洪琴,吉林柳河人。2008年开始文学创作,诗作发表于《中国诗人》《朔方》《扬子江》诗刊等,入选《中国当代风景诗选》《黄河诗金岸》《潮》等。同时创作诗评、散文、传记等。宁夏诗歌学会委员。

作为女性,瓦楞草写诗评,有独特的角度和独到的感悟。对张立作了如下评价,"一个诗人成长的过程,要经历太多探索与磨炼,因此诗人只有不断否定自己才会有更大提高与突破。走进张立诗歌,如同走进人生百态的万花筒,酸甜苦辣五味俱全。他的诗虽然只是一条浅水,但孜孜不倦的努力却使这条浅水碧波荡漾,有声有色。张立携诗意而来,必将留诗歌于大地,润泽一方"。

在《单永珍诗歌美学综述》(瓦楞草新浪博客)中,认为单永珍大量使用象征思维用于表达宗教意识、思想和情感。象征思维之所以在他诗歌中得到如此广泛的应用,是因为它承载诗人生活的文化模式,影响诗人的思维方式。作为回族诗人,单永珍思想中自然不缺乏宗教精神,而象征思维存在的领域即为视觉符号及其文化领域,鉴于宗教的主要表现形式是视觉形象,因此,象征思维更适合宗教意识的形态表达。在单永珍诗歌中,宗教意识与象征思维突出了诗人艺术视野的美学观念,作为自我的产物,他的宗教意识为诗歌中的象征思维提供了十分广阔的空间,同时,象征思维也生动地凸显了他的宗教意识,两者的相辅相成和密切关联,使我们感受到单永珍诗歌的神秘意境氛围。

　　诗歌不仅仅是美学角度的文学艺术，更是地域文化的一个侧影。瓦楞草在《地域文化之舟的摆渡者——浅评马晓麟的〈野山竹〉》（瓦楞草新浪博客）中，指出《野山竹》中，占很大比例的一部分是关于穆斯林人物及生活的写照，是诗集中独具特色的精髓，这是回族诗人思想的种子在这片孕育伊斯兰文明的土地上扎根、萌发，最后形成朴素干净的地域诗歌，囊括着穆斯林的繁衍生息，使人领略从未有过的新知。

　　解读女性诗人的作品，瓦楞草评论宁夏女诗人胡琴的诗集《开花的手指》（《迷茫与觉醒——解析胡琴诗歌的女性意识》，《宁夏文艺家》2013年3期），认为中国历史使女性作为男权统治下的工具而存在，在此前提下，女性诗歌基于女性对自身价值认识的阐释，目的在于改造不平等社会的可能性，这是女性诗人对现有文化权力结构明显不平衡状态的一种反抗。胡琴透过诗性语言表达对于世界的观察，超越了一般女性狭窄封闭的见识，呈现出女性的生存体验、情感的表达以及对男权的质疑和抗争，有着深刻的觉醒意识。像很多女性诗歌一样，胡琴诗歌营造的氛围多半是阴柔、低沉的，表现内心低沉的独白。

　　瓦楞草在《浅析"三亩地"的乡村诗》（瓦楞草新浪博客）中，对宁夏诗坛的"三亩地"——洪立、张联、潘春生三位有土地的诗人作品给予更多关注。他们的诗歌乡村气息浓郁，具有地方代表性，浑然天成，没有过多雕琢痕迹。除乡土元素外，更表现出诗人对生活感性或理性的思考。瓦楞草以浅显的美学分析揭开他们诗歌的冰山一角。诗歌中的游子情绪的流露，正是乡村残缺的补偿性诗意萦绕在诗人心头，诗人对遥远乡村的回忆与呼唤，衬托出诗人的情感，使之成为乡愁抒发的有效方式和手段，营造了一个单纯的地理空间和心理空间。

　　瓦楞草认为宁夏80后诗人处在徘徊的当口，或许是受了地域环境的影响，在创作中保持了更多的传统风格。但从《朔方》每年的诗歌专辑中，可以看出宁夏一部分80后诗人正在试图寻求对传统的突破与超越，而另一部分仍然坚持着传统，照猫画虎。

　　《〈西夏史诗〉：诗歌抒叙的魅力》（《朔方》2011年10期）是瓦楞草较有分量的诗评之一。她针对杨梓的《西夏史诗》，从以下五个方面进行了全面的阐述,即对我国诗歌发展的重要意义、与《格萨尔王传》的文体对比、群像塑造与个体独异、神秘主义的广泛运用、浪漫主义的具体呈现。认为诗人在参考大量文史资料和民间传说的基础上,以诗性语言对西夏党项文明的一次艺术再造,完整概括了西夏的辉煌与没落,完成了诗歌对历史的全新演绎。是西夏党项人最为生动、最为形象和最为壮观的历史叙述,对民族文化本源的探索诠释,填补了长篇抒叙体诗对于西夏文明叙述的空白。从文体上看,《西夏史诗》无疑是对我国传统史诗的一种引渡、延续和更新;从文学美学高度来看,完全诗性语言对历史叙事的应用,使作品更加彰显诗句的唯美和意境的抒情;从叙事效果上看,这部作品的一体和连贯,更能够成功展示历史的完整。从《西夏史诗》中看到了西夏党项人历史发展连续过程的全貌,唤醒我们心中对西夏党项人历史的重新认识和联想。

  瓦楞草认为,在作品的主要构架,即西夏的发展、昌盛及覆灭这个过程中,《西夏史诗》比较注重群体关系,轻个体塑造。诗人运用刻意强化或夸张渲染的创作手法,突出历史人物思想的某个层面,使之个性鲜明,以便在诗的情节构造或人物冲突的关系中,起到推波助澜的作用。另外,为陪衬历史场景出现的一些虚拟化人物,在叙事链条中担当起某种功能,形成了多姿多彩的社会生活画廊,彼此呼应又相互衬托,体现出一种文化群体的本位意识。神秘主义在这部宏大的抒叙诗体作品中一直被广泛运用,为作品增添了瑰丽、神奇的色彩。贯穿始终的神秘主义包含着生命主义、人道主义、诗性主义和人文主义,在不知不觉之中恢复了世界的"魔力",这应当解释为诗人为人类寻求精神依托作出的文化努力。《西夏史诗》广泛地采用浪漫主义创作手法,托以梦幻,设以虚境,大胆地运用高度夸张的比喻,使诗歌具有强大的艺术感染力。奇特而丰富的想象令我们感觉诗句驰骋于悠远的时间和旷邈的空间,无拘无束。纵览《西夏史诗》,综合而言,这部作品艺术造诣深厚,为当下诗人进一步探索诗歌创作途径,探索新的诗艺提供了参照。

  牛学智(1973—),宁夏西吉人。宁夏社科院文化研究所副研究员、副所长。1990年开始发表作品,2000年开始致力于文学批评,发表学术论文于《文学评论》《小说评论》《南方文坛》《文艺报》等约100万字。评论作品荣获中国文联文学评论三等奖、宁夏社会科学成果奖文学理论批评论文一等奖和著作二等奖、宁夏文学艺术评奖三等奖等。著有《寻找批评的灵魂》《世纪之交的文学思考》（系 2007 年 "21 世纪文学之星丛书"之一）《当代批评的众神肖像》《当代批评的本土话语审视》等。中国作家协会会员，宁夏作家协会理事。

文学评论集《寻找批评的灵魂》（青海人民出版社，2008 年）中有三篇诗歌评论。《"荒诞"与"荒诞主义诗歌"》是关于诗歌潮流的评论，具有诗歌评论提纲式特色。

在《独唱与自恋使文学陈腐》中，理论特色鲜明，主要对象是"西海固"诗人的创作。他认为，虽不能妄言第一首写西海固的诗就与"苦难"有瓜葛，但至少写西海固离不开苦难，基本成了评判西海固诗歌的一个诗学标准。一句话，那里的人过得苦过得难啊，诗人就是没有一点终极关怀的诗思，以上生活理应是西海固特征的最尖锐源泉。一味相信这种先验经验，使诗在蹈虚中走到了西海固的尽头，其结果有两种，一是回到磨盘、羊群、鸟鸣、犁铧所编织的泛乡村梦呓中；一是开始试探城市的咖啡、酒吧、情人、水泥钢筋的冰冷等。与西海固现实相关的苦难情结也开始消失，原因倒不是来自于对存在的思考的孱弱，而是来自于自己的内心：功利性对诗性的彻底瓦解和平民勇气的自我丧失。在"家园"或"还乡"的背景上来谈西海固诗歌中的家园意识，哲学层面的家园诗并没有出现。在某种程度上说，这些被提升的西海固精神背后，还隐含了诗人们潜在的自卑感：他们不是通过正视现实的贫乏、通过平民自身的努力来回应现实的困顿，而是把诗歌理想寄托于自造的英雄神话上。精神家园便只有在自恋的迷雾中产生冥想或梦呓，而并非清醒时代的"忧心者"。在这些诗中的美好恰好成了遮蔽真理的一种呈现方式，即起作用的是某种真实的事物，而不是真理。牛学智对西海固诗歌的创作态势产生了质疑，进行了有高度且委婉的批评。

"民族回声"也是西海固少数民族诗人诗歌里的主要内容，牛学智认为，西海固诗歌作为"狭窄的地方旋律"，一方面它表明了西海固诗歌内部秩序的打破，以及与外界交叉共振"对话"的另一新的视域；同时却又折射出主体对"西海固"未知文化进一步追问的放弃。此类诗歌有两种：一种是书斋气的理想守护型,其诗歌立场是不断生成的和解释性的,表现为对以"都市"为代表的消费文化、商品文化的消解,以温情缅怀已然遁失诗意的"田园"为核心,诗美价值趋向于忧伤的青春期伤感和安逸无为的牧歌农耕气氛。另一种是苦熬着的对理想受阻的书写,他们大多有最直接的生活体验和心灵受挫的经历,又保持着知识分子对终极、乌托邦信仰、真理扣问的热望,但又不得不面对环境的恶劣甚至现实的残酷。牛学智认为,最攸关的有两件事必须考虑:一是重新找回今天可能存在着的西海固内容,离不开西海固的象征和象征的西海固,即剥去西海固事物遮蔽物和存在的附生物。如古典韵致、田园情绪、集体幻想、神话原型、隐匿人格等等,让具体、细节、坚实的事物回到它本来的位置,让那些长期被文化象征、文化符号遮蔽、隐藏着的在暗处的部分显现出来——它既不高尚,也不卑下;它不像什么,它就是它自己;它存在着,如此而已。

  牛学智诗评见长的地方在于把诗歌评论提升到了理论层面。归纳了单永珍和杨建虎诗歌的共性:必要的歌唱和批判。杨建虎诗里表露了他比较稳定的"荒原情结",以及充沛的歌者情绪。相比之下,单永珍的诗却富于鲜血和批判,是"大风格"的风格,"大风吹灭了乡下的灯盏/也吹灭了秋天里陈酿的爱情"(《大风歌》)。杨建虎、单永珍他们深知对写作的敬畏和对"个人"言语局限的清醒警觉。在写不出诗的时候,他们选择的是深入民间,从而保持了一种从容心境。他们的诗歌精神,是凡·高从向日葵的燃烧般的烈焰中看到的生命赴会太阳的激情火焰。

  牛学智在《吟唱低地的锋芒》中提到诗人张联的诗集《傍晚集》,认为是一部傍晚时分的乡土诗。一是它过于恬静、过于满足;二是它的骚动还处在狭隘的功利和对物质不足的反叛上。"傍晚"在这里多少有一种象征,但愿诗人嗑着自给自足的葵花的同时,想到的不仅是幸福,而是比现有幸福多得多的危机以及潜伏的未来灾难。或许当下社会转型期农民未曾明确觉察到但势必要来的——只有超载物质满足欲才能最终探测农民心灵的真实焦渴。在同篇文章中,牛学智认为阿尔不停地怀疑自己,"我将像煮熟鸭子一样煮熟自己"(《我将……》),如果"在场"的深入不是经历一次次否定中苦熬的抵达,那便是退回去的田园牧歌或躲避到自我的后花园里吟唱残余的青春期伤感。阿尔的立场仿佛是就事体而写作,但这个事体存在于生命现象的内部,他也依赖一种个人经验,但比"私人"更广义,也不是简单意义上的集体经验,是荣格所谓的"集体无意识"——为人类所独有的生命。

对另一位民族特色鲜明的诗人马占祥发表在《回族文学》2013年5期的组诗《河畔》,牛学智写了一篇专评《重新唤醒"传统候选概念"的意义感》(《新消息报》2013年10月21日)。诗集《半个城》的出版,证实了马占祥诗歌的写实主义色彩。组诗《河畔》却干净利索地甩掉了那个写实主义的符号。认为《河畔》突出地表征了诗人的某种抉择。一是谨慎地告别"意象",并在打碎又重建的"传统候选概念"中掘取自然万象的神秘意味;二是审视地把诗人内心世界置于"天下"这个带有古人思维方式的空间视野中去。这组诗便因创新而有了新的表意迹象——它挑战了现有诗歌评价标准,无疑是有价值的写作探索。这段评论高度的理论概括,与牛学智深厚的理论功底有密切关系,但也给一般读者带来了理解上的困难。幸好有一个标准的词语那就是"符号",成为帮助读者打开领悟这篇诗评的钥匙。

牛学智显示的主要还是归纳、阐述、怀疑、批判、提出问题的能力,体现了他理论思考的深度和广度。他诗歌批评的另一特色体现在阅读的紧张感,他敢于批评、勇于批评、批评到位,能"戳疼"诗人隐藏的不足,他摒弃了近因效应所产生的作用。他基于多年研究社会学和文化学的知识背景,将诗歌放在社会文化的大背景下观照,在理论的高度,以宽泛的视域,尖锐地指出了宁夏诗人在诗歌创作上的局限性和纠偏的方向性。

倪万军(1976—),宁夏固原人。毕业于宁夏大学,宁夏师范学院讲师,西海固文学研究所所长。诗作发表于《朔方》《绿风》《中国诗人》等。

倪万军诗歌评论总体关注的重心是西海固诗人的作品。在《从故土家园到诗歌地理》(未刊稿)一文中,认为在西海固写诗,不能忽视诗人那种纯粹的诗歌理想和精神,那种饱满的情绪和高扬的写作姿态。在困顿低落的现实生活面前,诗歌成了拯救生命的水和粮食。他们大多数是为自己写作,细节的感受、现实的描摹、情感的流露,无一不打上了深深的生活烙印。西海固地区诗人的写作都是在自然状态下发生的,这就在很大程度上保证了诗风的多样性和丰富性,保持了诗歌的纯净和高尚,以及诗人内心的安静。有时候只有一个安静的写作者才能创作出优秀的作品，如果现在没有，那么就需要我们耐心等待。

正是这份宁静淡泊、自然拙朴的写作姿态使得宁夏诗歌的发展呈现出一种良好的状态。

倪万军认为，80年代，出生于60年代的宁夏诗人崭露头角，与40、50年代出生的诗人一起创作出一批优秀作品，主要以"新边塞诗"为主，与整个西部（尤其是新疆、甘肃）粗疏、雄浑、豪迈的诗风形成合唱，构成了西部之于中国诗坛的第一声嘹亮的高歌。当然此时宁夏的诗歌创作虽然有肖川、高深、秦中吟、吴淮生、罗飞、丁文、屈文焜、葛林等优秀诗人以各自不同的艺术追求发出自己的声音，但整体上依然被淹没在西部的众声合唱中，成为西部诗的一部分，没有完全显露出自己的风格。到90年代，60年代出生的诗人逐步走向成熟并形成自己的风格，引领宁夏诗歌创作走向繁荣；同时70年代出生的诗人以清新自然的艺术格调和个性化的写作姿态进入宁夏诗坛。对于这批诗人而言，民族宗教信仰和独特的地域文化、多元视野下的文化冲突、个性化的人生体验、沉重苦难的生存图景等构成了他们写作的精神资源，从而使宁夏诗歌能够以自己独特的艺术风格进入全国诗坛。

而以整体的形象始终坚守在西海固土地上的则是诗人和诗歌。而最为可贵的是西海固诗人们不附势、不驱时、不逐潮的写作状态，甚至这已经成了很多西海固诗人们的生命状态。正是这种坚守和隐忍无意间造就了当下西海固诗歌创作相对繁荣的局面。在深夜孤独的沉思中，只有一棵草的颤抖、一只小鸟的哀鸣、一只羊的眼泪被轰然作响的世界淹没时，他们写下了一行一行珍贵的句子，或许那并不是诗，那只是一个凡人的灵魂和良知在那一瞬间被唤醒，与真正的世界发生了碰撞。

虎西山、王怀凌、冯雄、单永珍、杨建虎、雪舟、红旗、郭静、林混、火禾等一大批诗人从始至终用朴素的方式坚守在小小的贫瘠的西海固，他们甘愿被别人的世界遗忘，然而在他们的世界里却满满地装着西海固的土地、草木和生灵，他们的诗呈现给我们的是卑微的土地和生命，是纯洁的情感和简单的道理。在这个众声喧哗的世界，我们知道，只有他们才有可能是真的，并点亮我们漫长生命旅途中的灯盏。

倪万军对宁夏女诗人也颇为关注。认为她们并没有赶上20世纪女性主义大旗高扬的时代，所以与女性主义写作擦肩而过，这就使得她们从一开始便比较纯正和自然，尤其在对于自身的认识和感受上，表现出一种非功利化的未经雕饰的原初感受，因此显得更加纯美和自然。在其诗集《不止于孤独》的序二中，认为林一木是新世纪以来宁夏优秀的女诗人。从纯净的西海固乡村到充满商业气质的城市银川，地域文化的差异，精神世界的矛盾、困苦和突围使她一次次陷入深刻的孤独之中无法自拔。十多年灵魂深处的自省和救赎、十多年内心世界的痛苦煎熬，使林一木迅速成长成熟起来。爱是女诗人写作的先天心理机缘，所以林一木的诗歌创作有一半以上热情的歌颂爱情、歌颂人类普遍的俗世的情感，这样的作品对于林一木而言，虽然自有其独到之处但并不突出。对于林一木来说最为重要的是那些深刻的充满哲学探险的思考，那些隐隐不安的象征和隐喻，那些难以直言的苦衷更是林一木之所以得以站立的主要原因。

西部的苍凉最适合悲壮的豪情。辽阔苍茫的高原丘陵、多民族杂居、多种宗教并存的地域文化形态滋润着整个西部诗人，也吸引着内地诗人不断向西追求灵魂和精神的宁静与超然。宁夏从地缘关系上来讲则处在中西部交界地带，特殊的地理环境和民族构成，伊儒释道并存融合的文化背景为诗人们提供了丰富的写作资源。因此宁夏诗歌在对民族、历史、宗教、山岳的叙述和抒情中张扬着粗狂剽悍、自由不羁的精神和人格，却又有自身先验的丰富性和复杂性，因为特殊的民族宗教信仰和特殊的地理环境的滋养，从而形成了自己独特的风格。

火东霞（1979—），女，宁夏西吉人。现为宁夏能源学院讲师。

火东霞的《西海固诗歌研究》（《六盘山》2013年3期）作为一篇综合性较强的诗歌评论，对西海固诗歌和诗人进行了系统的论述。她认为20世纪60年代出生的诗人，是推动西海固诗歌发展和获得全国效应的中坚力量，无论从诗人的数量还是诗歌质量上都有较大发展。一部分诗人着力营造着恬淡、静谧的田园景象，关注着农事、农村的收成，歌颂着故土乡情；另一部分诗人则进行着文化重建、根系指认的努力，关注在荒凉、严酷、贫瘠的自然生态条件下西海固人的生存困境和精神困惑，进而形成西海固诗歌中的苦难意识。从艺术修养来看，这部分诗人大都在80年代受过高等教育，具备一定的艺术审美底蕴和人文精神。在创作艺术上的追求主要呈现为两种状态，一部分诗人秉承造景、写意、点染等传统创作手法。另一部分诗人吸取现代诗的艺术表现力，同时也受到伤痕文学、寻根文学的启迪，以及现代主义的创作方法的影响。他们在诗歌语言、创作技巧和审美情趣上表现为传统与现代的交织相融，既秉承着传统的借景抒情、情景交融的创作方法，同时也追求语言的陌生化、意象的复杂化等艺术表现手法。

70年代出生的这一代诗人，一是他们一边重复着60后已经反复抒写过的苦难意识、乡土情结，一边在努力寻找着突围的途径。二是大量运用繁复而故弄玄虚的技巧，使诗歌失去了对意义和主题的追问。这部分诗人的创作不再关注诗歌的阅读效果，只是写出自己的经验、感受与情感。三是泛乡村主义写作。如果说60后诗人的写作都带有明显的乡村经验和乡村感悟的话，70后诗人的身上多了一些洋气，他们的乡村情感大多为臆造的，而真正关注的是自我生活空间和精神上的独语。虽大喊着苦难、悲情，实则总在暗夜里抚慰自我受伤的心灵，或干脆作出一种城市小资的情调，淡淡的感伤，浅浅的低唱。当然，也有个别70后诗人的部分作品开始超越乡土诗的地域局限，追问生命价值、人生意义，体现了西海固诗歌在乡土诗基础上新的突破。

80后诗人则思考如何使西海固诗歌从泛乡村主义的滥觞中走出来，提升西海固诗歌的语言艺术、审美意蕴和精神内质，开创西海固诗歌走向深厚、广阔的写作前景，则成为这代诗人的使命。西海固诗人的诗歌创作不是简单的文学创作，而是对现实苦难的担当与抵抗。对照当今大多数诗人主动或被动放弃诗歌创作的现象，西海固诗人的执着和坚守理应获得历史的尊敬。

总而言之，宁夏的诗歌评论，一是主流的评论，总体上是对诗歌本质的把握，肯定诗作的抒情、意象、简约、节奏、独创等诗的本质成分；二是仍处在零打碎敲的状态，多数评论是即兴式、感悟式、解释式的水准，褒扬有余，批评不足，引导缺位；三是缺乏全国层面、宏观把握、指导创作的诗歌评论。但愿宁夏的评论家和诗人多在诗歌评论上用力，更希望宁夏涌现出专职的诗评家，以适应宁夏诗歌创作的另一个羽翼，以推动宁夏诗歌在全国占据重要的一席之地。

第七节　绿色诗歌：从西部边陲走向全国

进入新世纪，人们对诗歌的热情逐渐下降。在转型的社会大背景下，人们普遍重视物质、金钱和享受，而人格、精神和信仰却被忽视，连道德底线都总被突破。当人们意识不到自己的灵魂之时，使心灵不死的一种审美活动——诗歌，谁还会在意呢？同时，诗人被后现代思潮所冲击，在付出失去神性和灵气的沉重代价之后，获得的是普通人的平凡性和现实性，诗人由创作者转换为写作者。在网络上口水泛滥、泥沙俱下、名声扫地。但相当一部分诗人并没有放弃思考、探索和努力，抵抗着消费时代和商业气息的侵蚀，在诗歌艺术的王国里坚守孤独，成为人类精神高地的守望者，民族精神品位的代表者。

地处西北的宁夏，由于远离政治、经济和娱乐、消费的中心，面对一次一次所谓的诗歌事件，面对诗歌越来越边缘化的事实，宁夏诗人无力改变诗坛现状，也不愿参与毫无意义的争端；没有出现某个诗歌大省的"集体模仿"现象，基本上没有喧哗与炒作，相对来说显得清醒而沉静。坚守孤独、安静从容、潜心探索、淡泊名利、冷眼向外、不为所诱，成了宁夏诗人进入全国诗坛的主要姿态。尤其是宁夏诗坛的中坚力量——60后诗人经历了青春写作、艰苦求索、获得肯定而步入中年的通透，精神回归成为他们努力的方向。他们扎根本土，凭借西北边地特殊的地理特征，思考生命和世界的意义，表现出稳健的审美追求和艺术格调。70后诗人奋力突围，走向全国；80后诗人张扬个性，锋芒毕露。

这一时期，宁夏诗歌创作取得了前所未有的优异成绩，除了在宁夏报刊发表了大量作品而外，是在《人民文学》《十月》《星星》《诗刊》《诗选刊》《诗歌月刊》《中国诗人》《中国诗歌》《绿风》等发表作品最多的时期，是出版各种诗歌选集、个人诗集、创办诗歌民刊最多的时期，是召开各种诗歌研讨会、诗会最多的时期，也是宁夏诗歌研究和批评开始走向成熟化和系统化的时期。这正是新世纪宁夏诗歌走向全国的过程，这一过程并不会随着时间的推移而终结，而是将诗歌推向独立的更大更远的发展空间。

在这一过程中，以文学期刊、报纸副刊、出版社、网络、微信等为主的诗歌传播阵地，以诗歌社团、诗歌奖励、诗歌活动等为主的组织形式，很多报刊出版社编辑和活动组织者，甘愿身处幕后，推举诗人，在新世纪宁夏绿色诗歌生态的构建中起到非常重要的作用。

一、以《朔方》为领军的诗歌大本营

新世纪以来，宁夏诗人经由《朔方》这一大本营走向全国。随着时代的发展，宁夏诗歌传播已由单一的报刊纸媒，发展为公开报刊、内部期刊、网络、手机等多元化的传播方式，尤其是微信的神速发展，为诗歌这种简短的文本提供了非常有效的传播渠道。

《朔方》：由宁夏文联主办，新世纪十多年来，《朔方》秉承其一贯的办刊宗旨，立足本地，放眼全国，注重地域特色和民族特点，力推宁夏作家、诗人，组织刊发市县作品专辑，召开各种文学座谈会、改稿会、研讨会等。为了宁夏青年作家、诗人走向全国，《朔方》编辑部实施"请进来，送出去"计划，先后与《人民文学》《中国作家》《十月》《诗刊》《小说选刊》《小说月报》《民族文学》等全国性文学期刊进行广泛的接触，邀请这些刊物的主编和著名作家、诗人、评论家来宁夏讲学，与青年作家诗人座谈交流。

新世纪《朔方》的诗歌品牌栏目当属于"诗西部"，这个名称是时任诗歌编辑杨梓所起，既是对当年"西部诗歌"的延伸，又是要提供一个诗一般阔大的西部，以刊发宁夏、西部乃至全国的好诗。杨梓在《我与〈朔方〉及老师》（《朔方》2011年1期）一文中谈道："一是把《朔方》诗歌水平提升到全国层面，于是我向国内主流的青年诗人约稿，并大组推出，之后全国各地的稿件源源不断。二是大量刊发宁夏青年诗人的作品，尤其是一些上不了《朔方》的好诗，因此还得罪了前辈诗人，在此我向他

们深表歉意。从 1999 到 2003 年，我责编的诗作被《诗刊》《诗选刊》转载、入选全国选本及荣获宁夏文艺评奖近四十次，成为《朔方》历史上诗作被转载、入选及获奖最多的五年。"杨梓于 2004 年被任命为副主编，虽不具体编诗，但仍约稿、组稿、策划等，力推宁夏诗人，如策划刊发"宁夏 80 后诗辑"等。

同时，《朔方》于 2003 年开设"每期一家"（后更名为"本期一家"）栏目，重点推出宁夏成就突出的作家和诗人的作品及创作谈。从 2003 年至 2013 年在"每期一家"栏目先后推出尹乔、杨梓、王怀凌、梦也、虎西山、杨森君、洪立、泾河、杨建虎、林一木、单永珍、冯雄、安奇、马占祥、李壮萍、张不狂、潘春生、骆英十八位宁夏诗人的作品专辑。其中杨森君、杨建虎、洪立两次在《朔方》发表个人作品专辑。这些诗人都是宁夏诗坛的中坚力量，集体崛起走向全国。"诗西部"和"每期一家"是新世纪以来《朔方》的品牌栏目，关注的是已在诗坛产生一定影响并且具有稳定风格和写作特征的诗人，他们的作品纯粹地道、干净独特、情意俱佳，如绿色有机无污染的生态精神食粮，被运送到了文化中心，并赢得了良好的赞誉。

新世纪以来，《朔方》在培养青年诗人方面作出了很大的贡献。2003 年 7 期推出"诗歌新人"，刊发马晓麟、李建华、何武东、张联、李俊杰、李壮萍等九位青年诗人的作品。这是新世纪以来《朔方》首推诗歌新人，其中张联、李壮萍、何武东、马晓麟等成为宁夏诗人队伍中的佼佼者。2004 年 12 在"文学新人"栏目推出倪万军的组诗《冬天组歌》；2005 年 1 至 8 期在"新星一族""校园 80 后""80 前后"等栏目，刊登了 80 后诗人的大量作品；2006 年 8 期在"宁夏文学新人作品专辑"栏目刊发了林一木、屈子信、杨春晖三位的作品；2007 年 10 期再次推出"宁夏文学新人作品专辑"，刊发了刘岳、林一木、雪舟、谢瑞、李俊杰八位青年诗人的作品；2010 年 11 期推出"宁夏 80 后诗辑"，刊发了刘岳、王西平、兰喜喜、许艺、火禾、王佐红、马璟瑞、李兴民、泾芮、田鑫等三十五位 80 后诗人的作品；2013 年 8 期推出"宁夏 70 后专号"，刊发安奇、林一木等七位 70 后诗人的作品。

《朔方》力推宁夏 45 周岁以下的青年作家的另一重要举措，是自

2001年开始以5—6两期合刊的篇幅编辑出版"全区青年作家专号",后更名为"宁夏青年作家作品专号",除2005年和2013年因故未出而外,共推出11期,刊发了宁夏青年诗人一百多人次大量作品,被《诗刊》《诗选刊》和年度选本大量转载。

这些专为青年诗人设置的栏目和力推宁夏青年作家的专号,对扶持青年诗人起到了非常重要的作用。宁夏绝大部分青年诗人都是从《朔方》步入宁夏诗坛,再经《朔方》大力推介,因而在区内外产生了一定的影响。

新世纪以来宁夏女诗人的队伍不断壮大,《朔方》对女诗人的成长也给予了极大的关注。2002年3期推出"宁夏女作家作品特辑",刊发了唐晴、胡琴、梦西、王慧四位的诗作;2007年3期推出"女作家作品专号",刊发了平原、李壮萍、林一木三位的诗作;2010年3期推出"宁夏女作家作品特辑",刊发了林一木、梦西、唐晴、艾琳、胡琴等六位的诗作。这几期女诗人为数不多,但她们能够代表宁夏女诗人的创作水准。《朔方》还推出了"宁夏农民作家作品专号""宁夏回族作家作品专号"等,推出彭阳、西吉、固原、石嘴山、泾原、吴忠等市县作家作品专辑,其中都有宁夏诗人的作品。

宁夏诗人同宁夏作家一起走向全国,离不开《朔方》几十年如一日的大力推举,离不开《朔方》主编冯剑华,副主编杨梓、梦也的辛勤付出。尤其是冯剑华主编,杨梓在《冯剑华文选》(阳光出版社2014年)的《跋:梨花催白头,与人做嫁衣》中谈道:"冯老师从常务副主编到主编期间,为了推出宁夏青年作家,数不清她推出多少个青年作家作品专号、市县作品专辑和个人作品专辑。尤其是以5—6期合刊形式推出的宁夏青年作家作品专号,在全国独树一帜,引起广泛关注,每期都有数篇作品被转载。数不清她请来多少位全国著名的作家、诗人、评论家和编辑家来宁讲学,并与宁夏青年作家广泛接触。数不清她主持召开过多少个笔会、座谈会和研讨会……""从1999年到2009年,宁夏文学取得了从'三棵树'到'文学林'的全国亮相,《朔方》创造了继推出张贤亮之后的第二次辉煌,先后荣获宁夏优秀期刊、一级期刊,中国期刊方阵双效期刊,国家期刊奖百种重点期刊,北方十佳期刊,新中国60年有影响力的期刊,《朔方》因而在全国报刊之中得以鹤立。是的,这十年宁夏文学的硕果,离不开冯老师一手的培育、浇灌、呵护。""冯老师自1974年到《朔方》编辑部工作。三十多年来,她是一个园丁,辛勤培育着宁夏的文学之林;她是一位大姐,小心呵护着宁夏的青年作家;她是一位家长,精心缝制着一件件华美的嫁衣。她把自己的青春、心血和才华毫无保留地奉献给了宁夏的文学事业。"所以,冯剑华主编为宁夏诗歌的繁荣作出了杰出的贡献,在宁夏诗歌史上占有重要的一笔。

《六盘山》:由固原市文联主办,是宁夏南部地区的文学重镇,具有得天独厚的地理优势和资源优势。但在新世纪十多年的发展中比较缓慢,刊发的作品在宁夏和全国都影响不大,处于一种维持并观望的状态。幸有诗人单永珍担任诗歌编辑和副主编,才使《六盘山》先后开设了"新诗经""西海固作家档案""汉语的锋芒""西部诗歌高地"等诗歌栏目,刊发了区内外大量的优秀诗作,促进了西海固诗歌和宁夏诗歌的发展,为西海固诗歌占据宁夏半壁江山作出了积极的努力,值得首肯。

《黄河文学》:由银川市文联主办,新世纪以来,《黄河文学》处在《朔方》力推宁夏青年作家和《六盘山》扶持西海固作家群之间,一时难以定位,约名家、发外稿一度占领着主要版面,大有直接跻身全国文学期刊之林的愿望,但这对一个市级期刊来说比登天还难。后来办刊方向有所改变,2005年签约十一位作家诗人,其中包括诗人阿尔、林一木、唐荣尧、王西平等,并于2006年1期和5期推出"首届黄河文学签约作家作品专辑",刊发了签约作家、诗人作品。2007年《黄河文学》由双月刊改为月刊,"诗歌""当代诗人""黄河诗岸""青年诗人"等诗歌栏目,及"诗歌80后""博客工厂""校园作品联展"等不定期栏目中,可见宁夏诗人的作品,在推动宁夏诗歌的发展中做出一定的成绩。诗歌编辑葛林、特约编辑阿尔、林一木等值得肯定。

内刊:宁夏五个地级市文联除了《黄河文学》和《六盘山》公开发行而外,其他三市文联亦办有内部交流的文学期刊,石嘴山办有《贺兰山》,吴忠办有《文苑》,中卫办有《沙波头》。而大部分市县区级文联也办有内刊,这些文学期刊有灵武市《灵州文苑》、永宁县《塞上回乡》、惠农区《石嘴子》、青铜峡市《古峡文学》、同心县《同心》、盐池县《盐池文苑》、中宁县《红枸杞》、原州区《原州》、西吉县《葫芦河》、隆德县《六盘人家》、泾源县《老龙潭》、彭阳县《彭阳文学》等十二种之多,都设有诗歌栏目,主要刊发当地诗人的作品,在为宁夏诗坛源源不断输送新鲜血液方面,功不可没。

还有宁夏诗词学会主办的《夏风》,于2004年改为16开本的诗词季刊,立足宁夏、面向西部、放眼全国,以发表诗词为主,兼及民族化新诗、诗歌评论、信息、诗人活动等,为综合性诗刊。开设栏目有时代强音、西部放歌、塞上新韵、感事抒怀、华夏山河、佳作欣赏、吟坛信息、读者来信等。通过多年努力,推出了一批新人,团结了一大批区内外及海外老中青年诗人、诗评家,现已成为在全国诗词界有一定影响的综合性诗刊。

平罗县诗词学会主办《平罗诗苑》季刊,于2007年11月创刊,基本栏目有平罗风采、塞上新声、感事抒怀、时代风云、华夏风情、楹联集锦、创作漫谈、新诗之页等。现已刊登诗词作品四千多首、诗词理论文章五十多篇,总计诗文五十多万字。为歌颂平罗、宣传平罗,提升平罗的知名度和影响力,促进文化大繁荣大发展作出了一定的贡献。

报纸副刊:这一时期,《宁夏日报》的文艺副刊《六盘山》,《新消息报》的文艺副刊《原野》,以及银川、石嘴山、吴忠、固原、中卫五市晚报或日报副刊,尽管刊发的诗作犹如点缀,但也对宁夏诗歌的繁荣起到了积极的作用。值得肯定的是《宁夏日报》的文艺副刊编辑秦中吟、王庆,《新消息报》的文艺副刊特邀编辑石舒清、白草、火会亮,《石嘴山日报》总编辑邱新荣,《固原日报》编辑杨建虎等,编发了不少优秀的诗作,与文学期刊编辑一起为促进宁夏新世纪诗歌走向全国作出了积极的努力。

民刊:全国各地的诗歌民刊纷纷创办,成为一拨志趣相投的诗歌青年的新园地。宁夏诗歌民刊主要有《原音》《北方向》《现代时报》《草根诗歌》《半个城》及各大院校的校园民刊等。

2002年,阿尔创办并主编的民刊《原音》,其前身是创办于1991年的《吉卜赛人》。《原音》以诗歌为主,但并不是一份纯粹的诗歌刊物,而是带有一定的泛文化的追求。内容除了诗歌之外还有小说、当代艺术、摇滚乐、爵士乐等,既有前卫、先锋的艺术追求,也有宁夏原生态的文化特征。《原音》第1期在封面上印着"硬表现作品集"几个字,并以"硬表现主义"作为《原音》的创作理念,直接进入现实写作,硬生生地来表现当下人的生活。因此，围绕着《原音》的一些先锋诗人和前卫艺术家有阿尔、老蓝、文征、苏阳、李伟、刘均、君儿、石子、张平、金瓯、苏勇、蒋勇、孙铁、苏非舒、臧新宏等，通过"硬表现主义"这一理念和《原音》来表达他们的审美追求。但《原音》的印刷交流并没有延续太长时间，后来阿尔在《现代生活报》副刊设置"原音"栏目，意在继续《原音》最初的诗歌和艺术理想。阿尔认为"《原音》是国内民刊潮流中的一员，是银川乃至宁夏现代艺术的启蒙和继承。她的存在和生长使得这儿的诗歌在诗学的意义上来讲，已经摒弃了我们通常所说的西部诗歌、塞上诗歌的所谓诗学概念，从而使银川乃至宁夏的诗歌向着人的存在、诗歌的真实状态行进"（张涛、王之文《存在、发展和愿景之———银川诗歌略论》，《黄河文学》2008年7期）。

新世纪宁夏诗歌民刊中有影响的除了《原音》之外，当属由牛红旗独立出资于2009年创办于固原并任主编，王怀凌、单永珍、杨建虎、倪万军担任副主编的同人刊物《草根诗刊》，从第4期起更名为《草根诗歌》，截止2013年印行了9期，在宁夏乃至全国诗歌领域产生了一定的影响。《草根诗歌》和已经不再出刊的《原音》构成历史的呼应，形成有趣的对应关系，就像西海固地区与银川平原的文化差异一样，《草根诗歌》和《原音》也代表着不同的诗歌理念。前者没有明确的理论阐释，但是从"草根"所代表的立场来看，其中暗含着坚守西海固这一民间弱势群体诗歌领地的意味。

还有林混创办于2004年并主编的《现代诗报》，主要成员有谢瑞、王永玮、田玉铭、杨春晖等。《现代诗报》是宁夏走得较远的诗歌民刊，其办刊理念介于《原音》和《草根诗歌》之间，口语化倾向明显，得到某些区外诗人的肯定，只是没有坚持下来。

除了上述三份诗歌民刊之外，宁夏的诗歌民刊有何武东、单晓春创办于2001年的《方向》，2003年改刊名为《北方向》。还有马占祥主持的《半个城》、一叹主持的《诗者》、王西平主持的《诗品》（原名《核诗歌》）等。

宁夏的诗歌民刊除了《草根诗歌》和《诗品》外都已经停刊，但这些民刊是汇入宁夏诗歌长河的一条条支流，与主流有着不同的色彩、波浪和渠道，从而使宁夏诗歌显得更加丰富。

网络：网络这一新媒体得到青年诗人的广泛认同，因为门槛低，不管什么样的诗都有了展示的平台，对激励创作有一定的积极意义。宁夏的网络阵地比较成熟而且具有一定的影响，在推动宁夏诗歌的发展中起着积极的作用。

新世纪宁夏诗歌的网络平台主要包括论坛、博客和微信三种形式。宁夏的诗歌论坛主要由一些观念相近的诗人依托诗歌民刊而创建，主要有《原音》诗歌论坛、《北方向》诗歌论坛、《现代诗报》诗歌论坛等。此外还有诗人独立创建的诗歌论坛，主要有倪万军、林一木创建的"宁夏高校写作特别论坛"等。论坛的创建必须依托于团队的力量和一定的网络平台和后台管理模式，甚至部分诗歌论坛的运行还需要一定的费用。

而博客的建立相对比较简单，宁夏大部分诗人都有自己的博客，并且拥有一定的读者群体，比较有影响的有"杨森君·西域教父的BLOG"，访问量已经超过22万，发表博文700多篇；王西平的"一纸草诗"，访问量超过15万，发表博文1000多篇；"王怀凌的西海固"，访问量超过14万，发表博文300多篇；谢瑞的"在路上On the road"，访问量超过11万，发表博文800多篇；阿尔的"银川史记"，访问量超过9万，发表博文800多篇；林混的"林混的BLOG"，访问量超过6万，发表博文200多篇。

近几年来，又一新的传媒异军突起，势不可当，这就是微信。宁夏诗歌学会适应新媒体时代的要求，为了"共建精神家园，提高生活品位，丰富心灵世界，提升人生境界"，成立了微刊编辑部，把微刊办成"宁夏诗歌学会公众平台，塞上诗人家园力作展板"，张铎任主编，张涛、安奇任副主编，李辉任电子编辑。设有96磅、新创作、会员卡、翻译吧、论评谈、品古典、选汉诗、微迅息八个栏目，分别由李壮萍、唐晴、林一木、瓦楞草、安奇、张涛主持，于2014年发布6期，单期阅读量突破一千人次。

二、诗歌评奖

新世纪以来，宁夏文联继续举办宁夏文艺评奖，其中第六届是对1999年至2001年度的作品进行评奖，是跨世纪的奖项。十多年来，宁夏还进行了黄河金岸诗歌节、"西部大开发，宁夏新跨越"诗歌大赛的评奖，激励了宁夏诗人的创作热情。

宁夏文艺奖：宁夏文联举办了三次宁夏文学艺术评奖，第六届对1999—2001年度的作品进行评奖，罗飞的《红石竹花》（诗集）、杨梓的《回到析支》（组诗）、杨森君的《杨森君诗歌十二首》荣获诗歌一等奖；第七届对2002—2004年度的作品进行评奖，杨梓的《红炉点雪》（组诗）荣获诗歌一等奖；第八届对2005—2007年度的作品进行评奖，梦也的《梦也的诗》（九首）荣获诗歌一等奖。

黄河金岸诗歌节：黄河金岸诗歌节分别于2011年、2013年面向全国举办了两届，两届诗歌评奖的特等奖均为空缺，一等奖获得者均为区外诗人。在第一届评奖中，安奇、马占祥、张不狂三人的作品获得二等奖；在第二届中，项宗西、高鹏程、潘春生三人的作品获得二等奖。

诗歌大赛：宁夏于2011年举办了"西部大开发，宁夏新跨越"诗歌大赛，冯雄、杨森君、梦也、单永珍的诗作荣获一等奖。

三、诗歌活动

新世纪以来，在固原和银川召开过多次有质量、有影响的诗会、研讨会，举办诗歌活动，成立诗歌学会，取得显著成效，在全国产生很大影响。

六盘山下的诗会：2001年6月，"西海固诗会"在固原召开，会上除了雷抒雁、韩作荣、叶延滨作了讲话之外，火仲舫和杨梓分别作了题为《悄然崛起的西海固诗群》和《西海固诗歌述评》的发言。单永珍在诗会上发了言，一句"西海固绿着，我们也绿着"的诗，代表了西海固诗人的心声。2006年7月，中国西部首届"六盘山诗会"在泾源召开，伊沙、徐江、靳晓静、人邻、韩少君、马非、沈奇、萧融、君儿、梁积林等诗人应邀参加，他们和宁夏诗人共同围绕"在中国西部的背景下，诗人的创作与西部有着怎样的关系？在全球化的背景下，诗人的创作凸显出怎样的个性？在网络时代的背景下，诗人的创作该怎样才能具有独创性？"等议题展开讨论。2008年4月，"2008宁夏春潮笔会"在彭阳等地开展，舒婷、雷抒雁、陈仲义应邀参加。与宁夏一百多名作家、诗人和文艺爱好者们欢聚一堂，探讨诗歌、散文创作，共商文化发展之路。2011年6月，"轻叩大地之门诗歌研讨会"在固原召开，谢冕、洪子诚、吴思敬、林莽、刘福春、王明韵、王夫刚、黑丰等诗人学者应邀到会,进行了中国现代新诗研讨。

贺兰山麓的诗歌活动:2003年7月,"大地房产大型诗歌朗诵会"在西夏王陵召开,芒克、黑大春、多多、叶舟等应邀参加,芒克对朗诵会有过评价,宁夏老中青三代诗人大部分都参加了这次诗会,充分展示了宁夏诗人的群体实力。而且诗会所出现的传统诗歌、摇滚乐与诗歌、诗歌行为等,与诗会的地理背景西夏王陵一起,形成了对撞又融合的关系,这些影响和意义会在以后慢慢凸显出来。2007年9月,"首届中国·银川诗歌节"在银川举办,李亚伟、万夏、默默、马松、陈琛、野夫、赵野、周墙、梁健、远村、罗迪、祁国、安石榴、李海洲、苏菲舒等诗人和宁夏部分诗人应邀参加。2008年11月,"第二届中国·银川音乐诗歌节"在银川举办,雷抒雁、彭学明、牛玉秋、李建军、施战军等应邀参加。2009年8月,"2009中国70后诗歌论坛暨银川诗会"在银川召开,梦亦非、李海洲、安石榴等受邀参加,唐荣尧应邀参加论坛并作主题发言。2012年9月,"大风起兮——邱新荣诗歌研讨会"在银川召开,耿占春、李建军、续小强、刘涛等应邀到会,就邱新荣诗歌创作文本、诗风、诗学审美趋向展开了研讨。2012年10月,"回族诗人单永珍、马占祥、泾河作品研讨会"在银川召开,商震、耿占春、舒洁应邀到会,对三位诗人的作品予以评论。2012年12月,"骆英《知青日记及后记 水·魅》研讨会"在银川召开,谢冕、吴思敬、刘福春、耿占春、汪剑钊、张铎、王岩森、李生滨、牛学智、安奇、瓦栎草等对《知青日记及后记 水·魅》发表了评论。作者骆英回忆了自己在宁夏生活的往事,谈了自己创作感受。

黄河两岸的诗歌节:2011年6月,"中国·宁夏首届黄河金岸诗歌节"启动,历经沿黄采风、评奖、举办晚会、诗歌峰会、雷抒雁诗歌朗诵会等系列活动持续到11月,前后共有近百位区外诗人应邀参加。其间穿插了"鸿派国际青年诗会",来自美国、瑞典、墨西哥、伊朗、印度以及全国各地的二十多位诗人与会,在"世界诗歌日"举办了颁奖典礼。2013年5月,"中国·宁夏黄河金岸诗词赋联大赛暨第二届黄河金岸诗歌节"在青铜峡市启幕,历经沿黄采风、评奖、举办晚会等系列活动持续到8月份。

成立宁夏诗歌学会:2013年6月12日(端午节),由宁夏文联主管、宁夏作家协会业务指导的一级学会——宁夏诗歌学会成立暨第一次诗人代表大会在银川召开。选举出第一届全区理事会理事王佐红、王晓静、查文瑾等五十名,理事会选举出第一届全区委员会委员马占祥、牛学智、瓦楞草等三十名,全委会选举出第一届会长团成员杨森君、张铎、单永珍等十五名,杨梓当选为会长。聘请肖川、骆英为名誉会长,葛林、段怀颖、薛刚、导夫等十名为名誉副会长。

  宁夏诗歌学会成立之后,围绕宁夏文联"出人才,出作品"这一中心,服务宁夏文化事业大发展大繁荣这一大局,坚持"民主、团结、服务、倡导"的原则,回眸宁夏诗歌发展历程,鼓励宁夏诗人勤奋笔耕,力推宁夏诗人走向全国乃至世界,做了几件"出诗人,出诗作"的实事。学会成立伊始,便向理事约稿,《诗歌月刊》于 2013 年 10 期以"宁夏诗人作品特辑"的形式,在"诗版图"栏目选发了虎西山、王怀凌、杨森君、梦也、单永珍等二十三位学会理事的作品。2013 年 10 月,宁夏诗歌学会启动了编辑出版"诗宁夏双璧"工程,即《宁夏诗歌选》的编选和《宁夏诗歌史》的编撰工作,将于 2015 年初出版发行。同时,学会启动了"诗塞上云集",为符合条件的学会理事出版个人诗集,虎西山《远处的山》、洪立《露珠上的太阳》、王怀凌《草木春秋》、雪舟《雪舟诗选》、郭静《侧面》、瓦楞草《词语的碎片》、安奇《野园集》、孙志强《光阴之穗》八部个人诗集已于 2014 年 12 月由宁夏人民出版社出版发行。

四、全国性的关注

  新世纪是宁夏诗歌发展的春天,宁夏诗人的作品开始走上全国文学大刊,并引起外界的普遍关注,产生较大的反响。宁夏诗人除了在《人民文学》《十月》《诗刊》《星星》《诗选刊》《诗歌月刊》《中国诗人》《中国诗歌》《诗潮》《青年文学》《扬子江》《绿风》等发表作品而外,还引起全国文学期刊对宁夏诗人的关注,入选诗歌选本、年度选本,推出宁夏诗人的集体作品专辑、个人作品专辑,应邀参加诗歌活动、荣获诗歌奖项等,将宁夏诗人的形象和风格推到一个更加广阔的诗歌领域。

  入选选本:宁夏诗人入选全国性诗歌选本、年度选本,相对于 21 世纪之前,已是天壤之别。入选各种年度选本一百多人次,入选重要的选本有:杨森君、张联的诗作入选《中间代诗全集》;秦中吟《春雨》入选《中华诗词十年作品选》；高深《我默立在海瑞的墓前》、杨梓《回到析支》（长诗选二）入选《诗刊五十周年诗选》；王怀凌《有一个村庄名字叫喊叫水》、杨梓《羊皮筏子》、泾河《幸福的念珠》、马占祥《亚尔玛村》、杨建虎《城镇以西》、单永珍《雪地》、杨森君《镇北堡》入选《中国〈星星〉五十年诗选》；梦也《黄昏》、杨梓《王陵的雪》、杨森君《四月》（外一首）入选《风吹无疆——绿风十年精品选 1997—2006》；郭文斌《天意》、王西平《一双手》、谢瑞《以倒叙的方式给一只羊生路》、杨森君《彩虹》、杨梓《眼神》、张联《有一个名字叫簇拥》入选《中国诗典 1978—2008》；杨梓《默诵》《超越》入选《中国当代汉诗年鉴》；《林一木的诗》（五首）、《梦也的诗》（十二首）、《杨森君的诗》（十二首）、《杨梓的诗》（十二首）入选《中国西部诗选》；唐荣尧《我和风，一起穿过阿拉善》（三首），杨梓《汉诗：世界诗歌的中心》《穿过黑山峡》《味道》入选《诗歌无限的可能——第三届青海湖国际诗歌节诗人作品集》；秦中吟、崔永庆、魏康宁、崔正陵、闫云霞、张嵩、许凯七位的诗作入选《中华诗词家名典》；杨森君、张联、王西平的诗作入选《中国新诗百年大典》；杨森君入选《生于六十年代——中国当代诗人诗选》等。

集体专辑：

《中华诗词》2001 年 1 期在"八方吟苑"栏目推出"宁夏诗人专辑"，刊发了秦中吟、邓万、肖川、崔永庆、吴国伟、黄正元、段庆林、胡清荷、崔正陵、沙俊清、白林中十一人的诗作。

《十月》于 2001 年 2 期以"西海固的诗"为题推出虎西山、王怀凌、单永珍、杨建虎、冯雄、唐晴六位诗人的诗作，这是新世纪宁夏诗人首次在大型文学期刊上的集体亮相，也向全国展示了新世纪宁夏诗歌的发展状况，有力推动了西海固诗歌及宁夏诗歌的发展。

《诗刊》2001 年 8 期在"发现：报刊佳作选"中从《六盘山》选载了王怀凌、单永珍和杨建虎三位的诗作，并在选刊词指出，"在中国西部，'西海固的诗人作家群'的出现已成为文坛瞩目的现象，我们希望从这些青年诗人的力作中，感受到西海固这个贫困地区各族人民最顽强的精神和丰富的内心世界"。虽然这里主要是对"西海固"诗人而言，但王怀凌、单永珍和杨建虎所代表的也是当时宁夏诗坛的主流风格，因此这是《诗刊》对宁夏诗歌的一种普遍认知和理解。此后全国性诗刊并没有针对西海固诗人刊发专辑，但宁夏诗人的专辑中都是以西海固籍诗人为主的。

《诗潮》于2001年6期推出"宁夏诗人作品小辑"，刊发了杨梓、梦也、单永珍、冯雄、杨建虎、唐晴六位诗人的作品；同期刊发了安奇的评论《在宁夏写作》，分别对上述六位诗人及作品作了点评，并对他们的写作状态和风格作了肯定的评价。

《星星》于2001年12期在"大西部音画"栏目推出"宁夏11人辑"，刊发了杨梓、梦也、贾羽、泾河、单永珍、杨森君、虎西山、马占祥、杨建虎、胡琴、唐晴十一位诗人作品。

《绿风》曾推连续出"中国现代诗坛巡礼"栏目，以省区的方式呈现中国诗坛的创作状况，2004年5期推出"宁夏卷"，刊发杨梓、单永珍、杨建虎、杨森君、王怀凌、水尘、唐晴、泾河、梦也、马占祥、周彦虎十一位诗人的作品；同期刊发倪万军的评论《在苦难的土地上高蹈的精灵——点击宁夏诗人》，对这十一位诗人及作品作了简短评价。

《诗刊》2004年11月上半月刊，从《夏风》选刊了秦中吟、崔永庆、吴淮生、邢思颙、崔正陵、黄正元、沙俊清、刘剑虹、李玉民、熊秀英、张嵩十一位的诗作。

《中国诗人》2010年第3卷推出"宁夏诗歌小辑"，刊发了杨梓、郭文斌、王怀凌、阿尔、杨森君、梦也、王西平、红旗、谢瑞、倪万军、刘学军等二十五位诗人的作品；同期刊发了王西平的评论文章《中国西部最后一群"诗歌赤子"——兼论宁夏诗歌的"整体性"》。该文认为"一代又一代宁夏诗人在题材内容和艺术形式上不断探索，努力丰富着自身的精神素养和艺术诉求，以六盘山、贺兰山人文地理版图的原始净土为源头，积极与时代的节拍相融相合，勾勒出一幅精深广阔的诗歌谱系，繁荣并催生着当代宁夏诗歌的生态，并以其超前而活跃的观念，为诗歌的发展留下他们合唱的身影，并成为中国西部大地上最后一支'诗歌赤子'悄然崛起。"

《西部·新世纪文学》于2010年10期推出"一首诗主义·宁夏诗群"，刊发了杨梓、杨森君、冯雄、王怀凌、单永珍、虎西山、红旗、杨建虎、雪舟、马占祥、阿尔十一位诗人的十一首作品。

《扬子江》于2012年6期推出"宁夏小辑"，刊发了杨森君、王怀凌、杨梓、王西平、张联、雪舟、马占祥、石杰林、梦也、杨建虎、刘国龙、郭静十二位诗人的作品。

《诗歌月刊》于2013年10期为祝贺宁夏诗歌学会成立，以"宁夏诗人作品特辑"的形式，在"诗版图"栏目刊发了虎西山、王怀凌、杨森君、梦也、单永珍、洪立、唐晴、马占祥、泾河、潘春生、田鑫、林一木、阿尔、杨建虎、胡琴、郭静、瓦楞草、刘乐牛、刘学军、张联、牛红旗、王佐红、王西平二十三位学会理事的作品。

个人专辑：新世纪伊始，《诗刊》于2001年8期在头条位置"每月诗星"栏目推出杨梓作品专辑——《杨梓诗抄》（十一首）、《创作谈：触摸原型》和梦也的评论《沉郁之光》。梦也的评论把杨梓作为宁夏诗人的特征表现了出来："天性中依然具备了诗人的浪漫气质，敏感执着，倾心于雪山、草原，缅怀大夏古国，探寻党项民族诞生、迁徙、消亡的踪迹。近年来潜心于历史长诗《西夏》的创作。苦闷之余常用烈酒排遣心中的孤独。"《诗刊》的"每月诗星"是为参加"青春诗会"的诗人而设，而这一栏目大多居于《诗刊》中间位置，只有个别几人放在头条位置，可见《诗刊》对杨梓作品的推举。杨梓经由《诗刊》而进入中国诗坛，丁帆主编的《中国西部现代文学史》中，起于1900年，而专节论述的宁夏诗人只有杨梓一人。另外，《绿风》于2009年1期"三弦琴"栏目推出杨梓作品专辑《西夏史诗》（二首）、《行与思》（四篇）、《诗歌创作散论》（六篇）；《诗歌月刊》于2013年10期在"头条"栏目推出杨梓《塞上风光》（组诗十六首）。

像《诗刊》力推杨梓一样，杨森君受到《诗选刊》的青睐，从2002至2007年在"中国诗歌年代大展特别专号"中都推出《杨森君诗歌及诗观》或《杨森君诗歌及随笔》。2009年推出《梦也诗歌及诗观》，2010年推出《王西平的诗歌及诗观》，2013年推出《王怀凌诗歌及诗观》、《石杰林的诗歌及诗观》。

此外，全国性诗刊以个人小辑、专栏推出的诗人还有单永珍、牛红旗和林一木。《诗刊》于2002年9月下半月刊在"新诗人聚焦"栏目推出单永珍《西部散章》（五首），同期刊发了李文彦、谢建平、叶延滨三位编辑、诗人为其诗歌所写的推荐词。《星星》于2011年8期在"首席诗人"

栏目推出单永珍《向西的道路》（组诗）和唐晴的评论《高原上倔强的独行者》。《诗刊》于 2011 年 4 月上半月刊在"每月诗星"栏目推出牛红旗作品专辑——《大河之上》（组诗九首）、《诗歌，是一条很长的路》（创作谈）。《绿风》于 2013 年 3 期在"三弦琴"栏目推出牛红旗作品专辑——《弯曲即福报》（组诗八首）、《好日子》（随笔）、《我的小心眼》（创作谈）。《绿风》于 2009 年 3 期在"三弦琴"栏目推出林一木作品专辑——《做一颗琴心》（八首）、《安静地生活》（散文）和《无声无息却如在昨日》（创作谈）。

应邀参加活动：2006 年 10 月 12 日，由《诗刊》社、中坤集团主办，《朔方》编辑部协办的"贺兰山·第二十二届青春诗会"在银川举办，同届的有孔灏、高鹏程、邰筐、成路、苏浅、娜仁琪琪格等十七位青年诗人，单永珍应邀参加。2012 年 9 月 24 日，《诗刊》社第二十八届"青春诗会"在云南蒙自举办，同届的有陈仓、莫卧儿、翩然落梅、沈浩波、米深、唐果等十三位青年诗人，马占祥应邀参加。至此，宁夏进入中国有着"诗界黄埔"之誉的诗人已有三位，即杨梓、单永珍和马占祥。

除了参加"青春诗会"之外，宁夏诗人应邀参加全国性诗歌活动的主要有：2009 年 5 月，杨梓应邀参加在西安举办的"第二届中国诗歌节"；2011 年 8 月，杨梓、唐荣尧应邀参加在西宁举办的"第三届青海湖国际诗歌节"；2011 年 10 月，杨梓应邀参加在厦门举办的"第三届中国诗歌节"；2012 年 4 月，杨梓、单永珍应邀参加在北京召开的中国诗歌学会第三次全国代表大会；2012 年 9 月，"第四十九届国际诗人聚会"在塞尔维亚贝尔格莱德召开，受中国作家协会委派，杨梓随李少君为团长的中国诗人代表团一行四人前往参加；2013 年 8 月，杨森君、王西平应邀参加在西宁举办的"第四届青海湖国际诗歌节"；2014 年 7 月，杨森君应邀参加在四川绵阳市举办的"第四届中国诗歌节"等。另外，单永珍、马占祥分别到鲁迅文学院第七届、第十七届高研班学习深造。

荣获诗歌奖项：宁夏诗人荣获全国性诗歌奖项的主要有以下一些。

古体诗词方面：秦中吟的词《鹧鸪天·咏荷》荣获"全国第二届'建安杯'诗词大赛"一等奖；崔永庆、黄正元、刘剑虹的诗词荣获"凤城全国旅游诗词征诗大赛"一等奖；秦中吟《家有一杯称富贵》荣获"'世界华人咏瓷都'诗词大奖赛"金奖，崔正陵《景德瓷》获银奖；刘沧《浣溪沙·农村春色》荣获"全国第三届田园诗词大赛"二等奖；秦中吟、吴淮生、张嵩、崔正陵、刘剑虹、黄正元的诗作荣获"首届'华夏杯'全国诗词大赛"奖项；张嵩《重读'清贫'有感》荣获"全国廉政诗词大赛"一等奖；秦中吟、何志鉴荣获"'我的奥运'亿万网友祝福北京奥运诗词大赛"一等奖；张嵩《清明》荣获"全国清明诗词大赛"一等奖；张嵩《六盘山颂》荣获"'塞上江南·神奇宁夏'全国旅游诗词大赛"一等奖等。

现代诗方面：单永珍《大风起兮》荣获"第二届'八喜杯'全国新诗大奖赛一等奖，并在"云门山笔会"上被评为"全国十佳青年诗人"；洪立荣获《诗刊》社"中国诗人西部之旅"诗歌创作二等奖；杨梓荣获"中国首届（民间）地域诗歌奖"创作奖，入选"国家百千万人才工程"；王怀凌荣获《诗选刊》（下半月刊）"中国 2008 年度十佳诗人奖"；张联荣获 2010 中国罗江诗歌节"首届中国十大农民诗人"称号；王西平荣获"第三届张坚诗歌 2010 年度新锐奖"，《所谓书》（组诗）荣获"第二十届柔刚诗歌奖"新人奖，被《中国诗歌》推荐为"2013 年网络十佳诗人"等。

促进宁夏诗歌发展的因素还有诗歌选集的出版，《宁夏旅游诗词精选》《中国西部开发诗词大典》《宁夏青年作家作品精选·诗歌卷》《宁夏文学精品丛书·诗歌卷》《中华诗词文库·宁夏诗词卷》《黄河诗金岸——中国·宁夏首届黄河金岸诗歌节诗选》先后出版。而宁夏诗人主要在宁夏人民出版社、阳光出版社出版及区外出版社出版的古体和现代诗集近二百部。2001 至 2013 年，杨梓、葛林、杨森君、骆英、导夫、季栋梁、陈晓燕、刘和芳、杨森翔、张联、梦也、牛红旗、王怀凌、杨建虎、单永珍、项宗西、马占祥、唐荣尧十八位诗人先后加入中国作家协会。2012 年，杨梓、单永珍当选为中国诗歌学会理事。

十多年来，宁夏 60 后诗人集体崛起，70 后诗人冲出重围，80 后诗人勇于创新，形成了宁夏诗歌史上最为强大的力量，这一"塞上集团军"集体走向全国诗坛，部分诗作被译为外文，成绩卓然。在此，必须肯定的是促进宁夏诗歌繁荣的幕后英雄，他们或评论、或编辑、或出版、或组织，是宁夏现代诗歌较之于古代、近代最为不同的方面，也是众多而且最为有力的推手。

在评论方面，吴淮生、高嵩、秦中吟、贾长厚、刘贻清、马东震、王枝忠、荆竹、刘绍智、孟悦朴、导夫、左宏阁、吕颖、杨森君、张铎、梦也、杨梓、张嵩、王武军、白军胜、白草、王岩森、李生滨、王怀凌、武淑莲、王晓静、单永珍、瓦楞草、安奇、牛学智、沈秀英、倪万军、火东霞、王西平等，还有全国的评论家谢冕、吴思敬、耿占春、商震、舒洁、刘福春、汪剑钊、谭延桐、潇潇、李南等，他们对宁夏诗人作品予以批评，或长篇专论，或评论诗作，或作序诗集，肯定成绩，指出不足，引导创作，是宁夏诗歌繁荣"鸟之双翼"中重要的一翼。

在编辑方面，《朔方》《宁夏日报》《黄河文学》《六盘山》、五市报纸副刊、市县文联内刊、民刊、网络等编辑，《诗刊》《十月》《星星》《诗选刊》《诗歌月刊》《中国诗歌》《中国诗人》《绿风》《诗潮》等全国性期刊编辑，各种诗歌选本的编辑，还有各个出版社的诗歌编辑等，为宁夏诗歌的筛选、编辑和面世起到了决定性的作用，他们秉烛伏案，修改润色，点石成金，让每一首作品都穿上最美的嫁衣出现在读者面前。

在组织方面，宁夏党委宣传部、宁夏文联、宁夏作家协会、宁夏诗歌学会、宁夏诗词学会、文学期刊社、报社等，以及宁夏各市县宣传部、文联、作家协会等，还有中国作家协会、中国诗歌学会、中华诗词学会等，组织举办了各种形式的诗会、研讨会、诗歌节等，促进了宁夏诗人与全国诗人的交流；进行诗歌评奖，肯定成就，激励创作。张铎、段怀颖、杨梓、郭文斌、左宏阁、单永珍、张涛、谢瑞、牛红旗、平原、王西平等或策划或组织或主持诗歌活动，值得肯定。这对开阔诗人视野、提升诗人境界、提高创作水平有着不可低估的积极作用。

总之，诗评家、编辑、活动组织者，他们辛劳于幕后，任劳任怨，无私奉献；他们一双双有力的大手，把县市诗人推到宁夏诗坛，再把宁夏诗人推向全国诗坛，为宁夏现代诗歌事业做出默默无闻而非常突出的贡献。

附录：诗坛纪事

一、古体诗词

（一）发表专辑

1. 集体专辑

《中华诗词》2001 年 1 期"八方吟苑"刊发"宁夏诗人专辑"——秦中吟、邓万、肖川、崔永庆、吴国伟、黄正元、段庆林、胡清荷、崔正陵、沙俊清、白林中十一人十六首诗。

《诗词之友》2009 年 4 期刊发宁夏诗词学会会员十四人八十八首诗词作品。

《诗词之友》2011 年 3 期"团体联展"栏目刊发秦中吟、吴淮生、崔永庆、崔正陵、李宁善、刘沧、熊秀英、闫云霞的诗词作品。

2. 个人专辑

秦中吟在《中华诗词》2009 年 2 期"百家吟坛"栏目刊发多首诗词作品，并被介绍。

张嵩在《朔方》2014 年 6 期"本期一家"栏目发表作品专辑——《历史随笔五则》《古体诗词十七首》《搭建精神的家园》（创作谈）。

（二）入选诗集

1. 年度选本

《1990年散文诗选萃》，哈尔滨出版社，1991年。张嵩散文诗《凭吊侵华日军南京大屠杀纪念馆（两章）》入选。

《中国诗词年鉴》2006年度，线装书局。秦中吟《柳笛》《居塞》入选。

《中国诗词年鉴》2008年度，线装书局。秦中吟《七律四首》入选。

《中国当代诗词百家》，易行主编，线装书局，2009年10月。秦中吟诗词六首入选。

《中国诗词年鉴》2011年度，中华书局。秦中吟诗词十二首入选。

《中国诗词年鉴》2012年度，中华书局。秦中吟《盐池》《新居》、闫云霞《游黄河壶口瀑布》、闫立岭《归途》、许凯《饮马湖》（外二首）、项宗西《清明有感》、崔正陵《游腾格里湿地公园》（二首）入选。

2. 其他选本

《中国青年乡土诗选》，南洋出版社，1991年。张嵩散文诗《独木桥》入选。

《中华诗词十年作品选》，中国文史出版社，2004年。秦中吟《春雨》入选。

《诗刊》2004年11月上半月刊，秦中吟、崔永庆、吴淮生、邢思顗、崔正陵、黄正元、沙俊清、刘剑虹、李玉民、熊秀英、张嵩等十一人的作品入选。

《古都郑州新咏》，河南文艺出版社，2007年。张嵩诗《裴李岗遗址》、词《小重山·二七纪念塔》入选。

《中华诗词家名典》，中国文化出版社，2011年。秦中吟、崔永庆、魏康宁、崔正陵、闫云霞、张嵩、许凯七人的六十九首诗词作品入选。

《诗国2011年诗典》，诗国社主编，华龄出版社，2011年。项宗西《金门高粱酒》（外三首）、秦中吟《世博与我》、张铎《西湖》（外三首）

入选。

《中华诗词》2011年8期"诗刊选粹",选刊了项宗西、任登全、许凯、熊品莲、熊秀英、崔正陵、何志鉴、何敬才、马志凤、杨石英、刘沧十一人发表于《夏风》诗词作品十六首。

(三) 荣获奖项

1992年9月,周毓峰《塞上行》荣获"首届中华诗词大奖赛"二等奖。

1997年8月,周毓峰《古剑行》荣获"全国'回归颂'诗词大赛"一等奖。

2002年3月,秦中吟《鹧鸪天·咏荷》荣获"全国第二届'建安杯'诗词大赛"一等奖。

2002年5月,崔永庆、黄正元、刘剑虹的诗作荣获"凤城全国旅游诗词征诗大赛"一等奖。

2004年11月,秦中吟《家有一杯称富贵》荣获"'世界华人咏瓷都'诗词大奖赛"金奖,崔正陵《景德瓷》获银奖。

2003年3月,刘沧《浣溪沙·农村春色》荣获全国第三届田园诗词大赛二等奖。

2006年9月,秦中吟、吴淮生、张嵩、崔正陵、刘剑虹、黄正元的诗作荣获中华诗词学会主办的"首届'华夏杯'全国诗词大赛"奖项。

2006年9月,秦中吟《遇仙桥》、熊品莲《怀骊山胜景》荣获陕西省举办的"首届'瑞林杯'骊山女娲全球华人诗词大赛"三等奖。

2007年4月,张嵩《重读'清贫'有感》荣获"全国廉政诗词大赛"一等奖。

2008年10月,秦中吟、何志鉴的诗作荣获"'我的奥运'亿万网友祝福北京奥运诗词大赛"一等奖。

2009年7月,张嵩《清明》荣获宁夏主办的"全国清明诗词大赛"一等奖。

2009年9月,张嵩《六盘山颂》荣获宁夏主办的"'塞上江南·神奇宁夏'全国旅游诗词大赛"一等奖。

2011年6月，沈华维、张嵩的诗作荣获由宁夏主办的"'歌颂中国共产党成立90周年'诗歌大赛"一等奖。

2011年11月，闫云霞、崔正陵、王文华、邓万、刘剑虹的诗作荣获"首届黄河金岸诗歌节"三等奖。

2013年8月，项宗西的诗作荣获宁夏举办的"第二届黄河金岸诗歌节"二等奖，李玉成、孙永胜、兰书臣、邱少宣的诗作荣获三等奖。

（四）诗集出版

1. 集体诗集

《当代诗人咏宁夏》，秦中吟主编，宁夏人民出版社，1994年。

《重振边塞雄风》，秦中吟主编，宁夏人民出版社，1995年。

《中华当代边塞诗词精选》，秦中吟主编，宁夏人民出版社，1998年。

《宁夏旅游诗词精选》，秦中吟、吴国伟主编，中国文联出版社，2002年。

《中国西部开发诗词大典》，秦中吟主编，中国文联出版社，2003年。

《中华诗词文库·宁夏诗词卷》，秦中吟主编，中国文联出版社，2009年。

2. 个人诗集

韩练成：《韩练成诗词选》广东高等教育出版社，1995年。

贾朴堂：《新声集》，内部印行；《新声集》（二集），香港天马图书公司，2004年。

段　云：《旅踪咏拾》，北岳文艺出版社，1985年。

张　源：《张源诗词选》，宁夏人民出版社，1999年。

高　锐：《居吟集》，军事科学出版社，1995年；《行吟集》，军事科学出版社，1999年。

丁毅民：《丁毅民诗词选集》，宁夏人民出版社，2001年。

刘　沧：《晚晴吟》，内部印刷，2002年；《金秋放歌》，香港金陵书社出版公司，2007年。

林　锋：《林锋诗选》。

王祖旦：《斐然诗集》，内部印刷，2005年。

张程九：《晚晴室吟草》，宁夏人民出版社，2003 年；《雁韵鹅声》，国际炎黄文化出版社，2005 年。

张苏黎：《冰白诗词选集》，作家出版社，2006 年。

吴淮生：《新声旧调集》，内蒙古少年儿童出版社，1996 年；《吴淮生诗词选》，珠海出版社，2006 年。

唐麓君：《麓君吟草》，香港银河出版社，2000 年。

杨石英：《秋韵》，宁夏人民出版社，2005 年。

熊品莲：《寒塘韵语》，中国文化出版社，2008 年。

崔正陵：《百步斋诗文集》，香港天马图书有限公司，1998 年；《平仄人生》，中国文化出版社，2006 年。

秦中吟：《朔方吟草》，宁夏人民出版社，1993 年；《塞上新咏》，国际炎黄文化出版社，2003 年；《攀登兰山》，作家出版社，2009 年；《黄河浪花》，作家出版社，2009 年；《诗的理论与批评》，中国华侨出版社，1996 年；《诗论新篇》，中国文化出版社，2008 年。

杜桂林：《秋风》，宁夏人民出版社，2005 年。

任登全：《塞上吟草》《塞上放歌》，青海人民出版社，2008 年。

沙俊清：《青山集》，团结出版社，2006 年；《青山集续》，团结出版社，2013 年。

吕振华：《白菊诗稿》，中国文化出版社，2003 年；《墨菊诗稿》，内部印刷，2012 年。

薛九林：《闲情吟草》，香港金陵书社出版公司，2010 年。

崔永庆：《绿野春秋》，宁夏人民出版社 2000 年；《秋悦平畴》，中国文化出版社，2006 年；《流苏集》，华夏出版社，2008 年；《雪泥集》阳光出版社 2012 年。

刘剑虹：《剑如虹》，中国文化出版社，2007 年；《塞苑流韵》，阳光出版社，2013 年。

邓　万：《履痕韵语》，宁夏人民出版社，2010 年。

杨森翔：《韵语编年》，内部印刷，2003 年。

项宗西：诗词自选集《春色秋光》，宁夏人民出版社，2011 年。

白林中：《白林中诗词》，中国文联出版社，2003 年；《白林中诗词》

第二卷，阳光出版社，2013年。

高凤林：《时间深处的脚印》，作家出版社，2009年。

俞学军：诗文集《香山情恋》，宁夏人民教育出版社，2013年。

闫云霞：《云霞韵语》，作家出版社，2009年；《沙坡头吟怀》，宁夏人民出版社，2013年。

沈华维：《问心斋诗词集》，线装书局，2010年。

海　军：《履痕吟草》，宁夏人民出版社，2007年。

郭生有：诗文集《六盘星雨》，宁夏人民出版社，2012年。

杜晓明：《昔我往矣》，长江文艺出版社，2009年；《杨柳依依》，宁夏人民出版社，2011年。

王　凤：《绿岛拾翠》，中国文化出版社，2006年。

张　嵩：《渐行渐远集》，宁夏人民出版社，2014年。

（五）举办会议

1994年11月，宁夏诗词学会与银川市植物园合作，在该园建立"沙海诗林"，精选宁夏诗人诗词佳作，刻入石碑。

1995年5月，"中华诗词第八届研讨会"在银川召开，海内外一百多名诗人、评论家与会。

2003年10月，宁夏诗词学会举行骆英诗集《落英集》研讨会。

2009年8月，由宁夏党委宣传部、中国毛泽东诗词研究会主办，宁夏诗词学会、宁夏毛泽东诗词研究会承办了"第九届中国毛泽东诗词研究会年会"，区内外诗人学者一百二十余人参加了会议。张嵩在大会作了《试论〈清平乐·六盘山〉的历史内涵和现实意义》的主题发言。

2010年5月，宁夏诗词学会举行学术报告会，著名学者李增林教授作了题为《屈骚是世界文学宝库的明珠》的报告。

（六）参加活动

1990年5月，宁夏诗词学会会长张源参加在河南洛阳召开的"中华当代诗词第三次研讨会。"

1994年12月，秦中吟参加在山东济南召开的"中华诗词第七届研讨会"。

1995年10月27日，应全球汉诗总会新加坡（乙亥）诗词研讨会邀请，秦中吟赴新加坡参加全球汉诗第五届研讨会。

1997年12月，秦中吟、王邦秀赴马来西亚参加第六届全球汉诗研讨会。

2006年5月，第三届中国·常德诗人节暨首届华夏诗词奖颁奖大会在湖南常德市举行，杨石英代表宁夏诗词学会参加。

2008年8月，第十届中国散曲暨陕北民歌学术研讨会在陕西榆林召开，段庆林、闫云霞参加了研讨会。

2010年5月，中华诗词学会第三次会员代表大会在北京召开，秦中吟、张嵩参加会议。项宗西、秦中吟被聘为中华诗词学会顾问，吴淮生被聘为名誉理事，张嵩当选为理事。

2010年9月，中国毛泽东诗词研究会第四次会员代表大会在黑龙江大庆召开，张鸿才、张嵩、薛建民参加大会，张嵩、薛建民当选为理事。

2011年12月，中华诗词研究院召开全国诗词报刊主编座谈会，闫云霞代表《夏风》诗刊参加。

二、现代诗

（一）发表专辑

1. 集体专辑

《新大陆》（美国）2000年2期（总第56期）推出"宁夏特辑"，刊发了葛林、贾羽、杨梓、杨森君、郭文斌、梦也、伊农的诗作。

《绿风》2000年2期推出"宁夏诗人作品小辑"——杨建虎《大地上的秋天》（组诗）、杨梓《西夏·拓跋突起》、唐晴《流放自己》（组诗）、贾羽《立体的船舶》（组诗）、王怀凌《诗四首》、虎西山《寸草》（组诗）、冯雄《天堂回音》（组诗）、单永珍《长歌短吟》（组诗）。

《朔方》2000年8期推出"宁夏诗歌新人"作品专辑——马占祥《又唱散曲》（组诗）、阿尔《身体的秋天》、安奇《旋雪十四行》（组诗）、王苇青《挂黄手绢的月亮》（组诗）、泾河《猎人手记》（组诗）、阿康《返回大西北》）（组诗）、李学智《信天游的故乡》（组诗）、郭静《透明的欲望与我有关》（组诗）、潘春生《艾香里的村庄》（组诗）、胡琴《玫瑰舞》（组诗）、唐晴《风中的叶子》（组诗）、沈莅欣《春天的情绪》（外一首）、张富宝《歌，或沉默》（外二首）。

《十月》2001年2期推出"西海固的诗"，刊发了单永珍、杨建虎、唐晴、王怀凌、虎西山、冯雄的诗作。

《诗潮》2001年6期推出"宁夏诗人作品小辑"——杨梓《西夏·太阳根》、梦也《物语》（四首）、单永珍《盲琴》（外三首）、冯雄《天堂回音》（三首）、杨建虎《阳光下飞翔的鹰》（五首）、唐晴《千千结》（外三首）、安奇《在宁夏写作》（评论）。同期刊发了唐荣尧《一面旗子：更高的目标——说给院校诗歌的几句话》。

《星星》2001年12期在"大西部音画"栏目推出"宁夏11人辑"——杨梓《红炉点雪》（组诗）、梦也《诗四首》、贾羽《草垛印象》（外二首）、泾河《向下燃烧的玉米》（外一首）、单永珍《北方抒情》（组诗）、杨森君《美好部分》（组诗）、虎西山《在寒气中行进》（外一首）、马占祥《宁夏以南·写给高原的诗》、杨建虎《众鸟飞翔的天空》、胡琴《咖啡加伴侣》、唐晴《风中的叶子》（外一首）。

《绿风》2004年5期推出"中国现代诗坛巡礼·宁夏卷"——杨梓《玉门春雨》（四首）、单永珍《大风起兮》（二首）、杨建虎《春天，我在一首诗里居住》（组诗）、杨森君《被遗忘或忽略的瞬息》（组诗）、王怀凌《王怀凌的诗》（三首）、水尘《曾经》（三首）、唐晴《生命的碎片》（四首）、泾河《西行有光阴》（四首）、梦也《边界》（三首）、马占祥《马占祥的诗》（四首）、周彦虎《诗三首》、倪万军《在苦难的土地上高蹈的精灵——点击宁夏诗人》。

《中国诗人》2010年第3卷推出"宁夏诗歌小辑"——王西平《中国西部最后一群"诗歌赤子"——兼论宁夏诗歌的"整体性"》、杨梓《骊歌十二行》（组诗）、郭文斌《世界上最危险的事情》（外二首）、王怀凌《抬头已是黄昏》（四首）、阿尔《一叶知春》（三首）、杨森君《西域诗篇》（组诗）、梦也《蓝色》（外三首）、王西平《蜜蜂在人群中坠机》

(五首)、红旗《生活短章》(五首)、张虎强《当沙尘暴又一次来袭》(外三首)、雪舟《在龙头》(外二首)、谢瑞《开场》(外一首)、李飞《蜗居》(外三首)、乱码《批判》(外二首)、小调《关外的女人》(外二首)、高杲《内部赞美诗》(外一首)、李炯《站在城市的楼顶》(组诗)、许艺《家园》(组诗)、倪万军《献给四月》(二首)、张星洋《梦呓》(外一首)、瓦楞草《丽江古城》(外二首)、杜玛丽《关于速度的控制》(外一首)、马瑞博《黄昏》(外一首)、屈子信《鸟的碎语》(外一首)、刘学军《玉门,玉门》(外一首)、西野《昙花》(外一首)。

《西部·新世纪文学》2010年10期推出"一首诗主义·宁夏诗群"——杨梓《阿米娜》、杨森君《水洞沟峡谷》、冯雄《午夜:大地之唇》、王怀凌《听马尔撒唱花儿》、单永珍《玛曲:黄河向西》、虎西山《夏天所见》、红旗《我不知黎明如此凸出》、杨建虎《你可以》、雪舟《铡草》、马占祥《写给李小麦的便条》、阿尔《四棵白杨》。

《朔方》2010年11期推出"宁夏80后诗辑"——伏志强《一生的路》(组诗)、许艺《漂时代的赠诗》(组诗)、刘岳《碎瓷》(组诗)、张虎强《幸福的一半是悲伤》(组诗)、火禾《无题》(组诗)、田鑫《就这样一直走下去》(组诗)、陈凯《挚爱》(组诗)、王西平《纸草诗》(组诗)、春血《异地与故乡》(组诗)、王佐红《遥远的夏天》(外二首)、柳元《想起母亲》(组诗)、屈子信《十年之后》(组诗)、任建强《风中的一朵胡麻花》(外三首)、十画《天堂》(外三首)、张伟《行走江湖》(组诗)、王强《天地》(组诗)、李兴民《大地诗草》(组诗)、秦志龙《寂静的春天》(组诗)、丁壬甲《杏花》(外三首)、乱码《平淡捉弄着我》(组诗)、高杲《西行》(组诗)、张星洋《靠近梦想》(组诗)、王妍《仰望天空》(组诗)、赵雅榛《微小的部分》(组诗)、杜玛丽《与青春有关的句子》(外二首)、白军《夜晚》(外二首)、泾芮《稻草》(外三首)、邢江蒙《在人间》(外二首)、兰喜喜《希望》(组诗)、董雅慧《六月雪》(外一首)、王恒帅《蘑菇云》(组诗)、马璟瑞《父亲的前额》(外三首)、王树恒《西南大旱》(外三首)、王水清《车过小站》(外一首)、马玉文《多年以后》(外二首)三十五位青年诗人的作品。

《扬子江》2012年6期推出"宁夏小辑",刊发了杨森君、王怀凌、杨梓、王西平、张联、雪舟、马占祥、石杰林、梦也、杨建虎、刘国龙、郭静的诗作。

《朔方》2013年3期推出怀念雷抒雁专辑——雷抒雁《小草在歌唱——悼女共产党员张志新烈士》、吴淮生《走进历史的诗人——缅怀抒雁》、高耀山《他匆匆走了》、郭文斌《雷抒雁老师和他的第二故乡》、倪万军《丝织的灵魂——怀念雷抒雁先生》、殷高《老人家走了》。

《诗歌月刊》2013年10期，为祝宁夏诗歌学会成立，以"宁夏诗人作品特辑"的形式，在"诗版图"栏目刊发了虎西山、王怀凌、杨森君、梦也、单永珍、洪立、唐晴、马占祥、泾河、潘春生、田鑫、林一木、阿尔、杨建虎、胡琴、郭静、瓦楞草、刘乐牛、刘学军、张联、牛红旗、王佐红、王西平二十三位学会理事的作品。同期，在"现代诗经"栏目，刊发了《何武东的诗》（九首）。

2. 个人专辑

《诗刊》2001年8期在头条位置"每月诗星"栏目推出杨梓作品专辑——《杨梓诗抄》（十一首）、《创作谈：触摸原型》和梦也的评论《沉郁之光》。

《诗刊》2002年9月下半月刊在"新诗人聚焦"栏目推出单永珍《西部散章》（五首），同期刊发了李文彦、谢建平、叶延滨三位编辑、诗人为其诗歌所写的推荐词。

《朔方》2003年2期在头条位置"本期一家"推出尹乔（左侧统）作品专辑——《骨萧》（组诗）、《雪地之魂》（长诗）、《潜在的话语》（散文八题）、《诗的入口》（创作谈）。

《朔方》2004年1期在头条位置"本期一家"栏目推出杨梓作品专辑——《红炉点雪》（组诗）、《西夏史诗》（长诗节选）、《寻找原型》（创作谈）。

《朔方》2004年8期在头条位置"本期一家"栏目推出王怀凌作品专辑——《见证一棵树的飞翔》（组诗）、《散文三题》、《给沙发脱个精尻尻》（代创作谈）。

《朔方》2004年9期在"本期一家"栏目推出梦也作品专辑——《问与

答）（组诗）、《分割的一瞬间》（散文九题）、《时间的重量》（创作谈）。

《朔方》2004年11期在头条位置"本期一家"栏目推出虎西山作品专辑——《野烟》（组诗）、《散文四题》、《断想》（创作谈）。

《朔方》2005年2期在头条位置"本期一家"栏目推出杨森君作品专辑——《雨水压住了鸟的舌头》（组诗）、《西域的忧伤》（组诗）、《做个诗人该有多么幸福》（创作谈）。

《朔方》2005年9期在"本期一家"栏目推出洪立作品专辑——《乡村童话》（组诗）、《黄河岸边是我家》（散文四篇）、《一滴水的感悟》（创作谈）。

《朔方》2005年11期在"本期一家"栏目推出泾河作品专辑——《西风吹》（组诗）、《七日书》（长诗）、《内心的指向》（创作谈）。

《朔方》2006年9期在"本期一家"栏目推出杨建虎作品专辑——《喊着远方》（组诗）、《最后的荒野》（散文六篇）、《让语言亲自诉说》（创作谈）。

《绿风》2009年1期在头条位置"三弦琴"栏目推出杨梓作品专辑——《西夏史诗》（二首）、《行与思》（四篇）、《诗歌创作散论》（六篇）。

《绿风》2009年3期在头条位置"三弦琴"栏目推出林一木作品专辑——《做一颗琴心》（八首）、《安静地生活》（散文）、《无声无息却如在昨日》（创作谈）。

《朔方》2009年11期在"本期一家"栏目推出林一木作品专辑——《贺兰山巅》（组诗）《别碰我的孤独》（散文）、《下面是人间，上面是天堂》（访谈）。

《朔方》2010年1期在"本期一家"栏目推出单永珍作品专辑——《青海：风吹天堂》（诗歌）、《一个人的地老天荒》（随笔·外三篇）、《相信自己，相信未来》（创作谈）。

《朔方》2010年2期在"本期一家"栏目推出冯雄作品专辑——《尚河纪事》（散文）、《散记三十则》（散文诗）、《胡杨，胡杨》（诗歌）、《写作的数学命题》（创作谈）。

《朔方》2010年4期"本期一家"栏目推出安奇作品专辑——《野园集》（组诗）、《贺兰山风物》（组诗）、《云海远山的世界》（散文）、

《原野巡行》（代创作谈）。

《朔方》2010年8期"本期一家"栏目推出马占祥作品专辑——《半个城》（组诗）、《写给蒠子》（组诗）、《一些人和一些事》（随笔）、《二十年后不敢称诗人》（创作谈）。

《朔方》2010年11期在"本期一家"栏目推出李壮萍作品专辑——《忧伤的心灵》（组诗）、《美丽的空白》（随笔·外二篇）、《一切皆有诗意》（创作谈）。

《诗刊》2011年4月上半月刊在"每月诗星"栏目推出牛红旗作品专辑——《大河之上》（组诗九首）、《诗歌，是一条很长的路》（创作谈）。

《朔方》2011年7期在"本期一家"栏目推出张不狂作品专辑——《语丝》（组诗）、《流年之上的月色》（组诗）、《散文三题》、《冥想者的步履》（创作谈）。

《星星》2011年8期在头条位置"首席诗人"栏目推出单永珍《向西的道路》（组诗）和唐晴的评论《高原上倔强的独行者》。

《朔方》2012年10期在"宁夏农民作家作品专号"头条位置推出洪立作品专辑——《去新疆领奖的路上》（散文）、《看似平常的生活》（组诗）、《我》（创作谈）。

《朔方》2012年10期在"宁夏农民作家作品专号"推出潘春生作品专辑——《说出一个村庄的名字》（组诗）、《有一种祈愿叫"永远"》（外一篇）、《学诗片羽》（创作谈）。

《朔方》2013年2期在头条位置"本期一家"栏目推出骆英作品专辑——《7+2登山日记》（组诗）、《苦难岁月》（组诗）、《21世纪的乡愁》（创作谈）和耿占春的评论《为微物之神而歌——读骆英〈水·魅〉》。

《绿风》2013年3期"三弦琴"栏目推出牛红旗作品专辑——《弯曲即福报》（组诗八首）、《好日子》（随笔）、《我的小心眼》（创作谈）。

《诗歌月刊》2013年10期在"头条"栏目推出杨梓《塞上风光》（组诗十六首）。

3. 年代大展

《诗选刊》"中国诗歌年代大展特别专号"，2002至2007年都推出了杨森君的诗，及随笔或诗观。

《诗选刊》"2009年中国诗歌年代大展特别专号"推出《梦也诗歌及诗观》。

《诗选刊》"2010年中国诗歌年代大展特别专号"推出《王西平的诗歌及诗观》。

《诗选刊》"2013年中国诗歌年代大展特别专号"推出《王怀凌诗歌及诗观》和《石杰林的诗歌及诗观》。

（二）入选诗集

1. 年度选本

《中国新诗年编》，花城出版社，1983年。肖川《中年的船，没有港湾……》入选。

《1982年诗选》，《诗刊》选编，人民文学出版社，1983年。罗飞《人的标本》入选。

《1984年诗选》，《诗刊》选编，人民文学出版社，1985年。肖川《塞上的土地》、吴淮生《一对老少校友》入选。

《中国诗歌年鉴1996卷》，吕进主编，中国新诗研究所编印，1997年。罗飞《对饮》、杨梓《黄河之曲——西夏史诗序曲》、高深《告别大西北》入选。

《2000中国年度最佳诗歌》，《诗刊》选编，漓江出版社2001年。杨梓《西夏·蓬勃向上的山脉》入选。

《2000年中国诗歌精选》，中国作家协会创研部编选，长江文艺出版社，2001年。冯雄《青草谣》入选。

《2001中国年度最佳诗歌》，《诗刊》选编，漓江出版社，2002年。王怀凌《在西海固大地上穿行》、杨梓《奔腾的沙》入选。

《2001年中国诗歌精选》，中国作家协会创研部编选，长江文艺出版社，2002年。王怀凌《雨夹雪》、杨梓《红布》、杨森君《白昼》（外一首）、单永珍《一棵树》、梦也《祖历河谷的风》入选。

《2003中国年度最佳诗歌》，《诗刊》选编，漓江出版社，2004年。

马占祥《河套》《西海固》、杨梓《发光的黄河石》、杨建虎《临河而居》、杨森君《崆峒山林》《这样安静的下午》、单永珍《与青海有关的长短句》（组诗选二）、梦也《酥油灯》入选。

《2004年中国诗歌精选》，中国作家协会创研部编选，长江文艺出版社，2005年。杨森君《镇北堡》、杨梓《阴面的雪》、季栋梁《一头牛的死亡过程》入选。

《2007中国年度诗歌》，《诗刊》选编，漓江出版社，2008年。杨森君《牧场》、单永珍《从银川西眺》《在汉长城垛口》、唐晴《路过水洞沟》、郭静《风啊》、梦也《我会的》入选。

《2007中国最佳诗歌》，王蒙主编，太阳岛文学年选，辽宁人民出版社，2008年。刘岳《我要做的事》、王佐红《秋事》、王新荣《阳光》、谢瑞《虚无的寄托》入选。

《2008年中国诗歌精选》，中国作家协会创研部编选，长江文艺出版社，2009年。杨森君《八月》（外一首）、林一木《十月的雨水和白雪》、单永珍《一种事物的三个称谓》入选。

《2008中国年度诗歌》，《诗刊》选编，漓江出版社，2009年。杨森君《草穗吊灯》入选。

《中国2008年度诗歌精选》，《星星》诗刊编选，四川民族出版社，2009年。牛红旗《茶卡》、林一木《青花瓷》、单永珍《焉支，焉支》、梦也《疯女人》入选。

《2009年中国诗歌精选》，中国作家协会创研部编选，长江文艺出版社，2010年。林一木《黑夜中的拥抱》（外一首）等入选。

《2009中国年度诗歌》，林莽主编，漓江出版社，2010年。杨森君《白的梨花》《低落》、林一木《读诗》《为时代和命运鼓掌——致郑敏》入选。

《大诗歌》，灵焚、潇潇执行主编，中国青年出版社，2010年。杨梓《穿过黑山峡》《鹰逝》入选。

《2009中国诗歌民刊年选》，吴谨程主编，新世纪出版有限公司，2010年。杨建虎《在这幽暗而荒凉的夜晚》、张涛《银川在早晨里寂静》、杨梓《味道》、王西平《透明》、王佐红《在秋日的盐池》入选。

《中国2009年度诗歌精选》，梁平、韩珩主编，四川文艺出版社，2010年。王怀凌《风吹西海固》（组诗选二）、牛红旗《土豆岁月》（组诗选三）、杨森君《五月》（外一首）、单永珍《爪州的悔悟》（外一首）入选。

《2010中国年度诗歌》，林莽主编，漓江出版社，2011年。牛红旗《卡日曲，我遇见一滴水》、李兴民《关山：女人》、杨建虎《午后》、杨森君《再次来到镇北堡》、林一木《水上书》入选。

《2010年中国诗歌精选》，中国作家协会创研部编选，长江文艺出版社，2011年。牛红旗《卡日曲，我遇见一滴水》、杨森君《已经不可能了》入选。

《中国2010年度诗歌精选》，梁平、韩珩主编，四川文艺出版社，2011年。牛红旗《大河东去，我有一双耳朵》、单永珍《黄河的段落》（二首）入选。

《大诗歌》（2010年卷），灵焚、潇潇执行主编，中国青年出版社，2011年。《田鑫散文诗选》《王西平散文诗选》入选。

《2011中国年度诗歌》，林莽主编，漓江出版社，2012年。马占祥《8月13日大雾》、王怀凌《端午记忆》、牛红旗《黄昏》等入选。

《2011年中国诗歌精选》，中国作家协会创研部编选，长江文艺出版社，2012年。阿尔《黑暗》、田鑫《风吹草低》等入选。

《中国年度优秀诗歌2011卷》，杨志学、唐诗主编，新华出版社，2012年。牛红旗《夜宿莫云，一千零一颗星星》、杨森君《预兆》、李壮萍《老渡口》入选。

《大诗歌》（2011年卷），灵焚、潇潇执行主编，四川文艺出版社，2012年。杨梓《骊歌十二行·雪舞》（组诗选三）入选。

《中国2011年度诗歌精选》，梁平、韩珩主编，四川文艺出版社，2012年。牛红旗《一把小刀》、林一木《宁静》、单永珍《措哇尕则山》入选。

《2012年中国诗歌排行榜》，谭五昌主编，百花洲文艺出版社，2012年。唐晴、单永珍、李壮萍、杨建虎的诗作入选。

《2012中国年度诗歌》，林莽主编，漓江出版社，2013年。杨建虎

《闪亮》、骆英《马富贵》《黑狗》入选。

《中国年度优秀诗歌 2012 卷》，杨志学、唐诗主编，新华出版社，2013 年。牛红旗《大河日暮》入选。

《2012 年中国诗歌精选》，中国作家协会创研部编选，长江文艺出版社，2013 年。牛红旗《雪望》、骆英《泪别珠峰》（外一首）、杨森君《在桑科草原》入选。

《中国 2012 年度诗歌精选》，《星星》诗刊选编，四川文艺出版社，2013 年。牛红旗《送寒衣》入选。

《2013 年中国新诗排行榜》，谭五昌主编，百花文艺出版社，2014 年。王西平《模拟生活》（4 月）、骆英《赤脚的痛》（11 月）、牛红旗《昆仑玉》（11 月）入选。

《中国年度优秀诗歌 2013 卷》，杨志学、唐诗主编，新华出版社，2014 年。牛红旗《弯曲即福报》入选。

《中国诗歌 2013 年度诗选》，祁人、周占林、李犁主编，线装书局，2014 年。杨梓《雕花马鞍》入选。

2. 其他选本

《1949—1979 诗选》，诗刊社编，人民文学出版社，1980 年。刘国尧《一号宿舍》入选。

《中国当代西部新诗选》，甘肃人民出版社，1986 年。贾长厚《跋涉者深深的足迹》入选。

《现代情操诗选》，四川少年儿童出版社，1988 年。马钰《麦穗》入选。

《新中国 50 年诗选》，中国新诗研究所编，重庆出版社，1999 年。高深《鹿回头》、刘国尧《祭》、罗飞《你的泪花》、吴淮生《一对老少校友》、肖川《凤鸣》《风说》、杨梓《西夏史诗》（二首）入选。

《中国诗人自选代表作》，张同吾、祁人主编，作家出版社，2000 年。张铎《春歌》入选。

《新千家诗选》，中国文联出版社，2000 年。张铎《山里人》入选。

《中国二十世纪六七十年代出生诗人作品精选——词语的盛宴》，谭五昌、谯达摩主编，经济日报出版社，2001年。贾羽《候鸟的烈焰》、杨梓《献马》、王怀凌《大红喜字》、郭文斌《一只手拍手的声音》（节选）、单永珍《大风歌》《太苍》、杨建虎《站在高处望秋天》入选。

《2000—2002年中国诗选》，《诗选刊》杂志社策划，郁葱、赵丽华编选，2002年。杨建虎、杨森君的诗作入选。

《中国当代微型文学作品选》，中国文化出版社，2003年。李壮萍《留住你的爱》、杨贵峰《鸽子》、权锦虎《盼雪》、保剑君《蜻蜓》、周彦虎《老黄牛》入选。

《中国新诗白皮书》（1999—2002），谭五昌主编，昆仑出版社，2004年。单永珍《大风歌》、杨梓《红布》入选。

《中间代诗全集》，安琪、远村、黄礼孩主编，海峡文艺出版社，2005年。杨森君、张联的诗作入选。

《诗刊五十周年诗选》，《诗刊》社编，作家出版社，2007年。高深《我默立在海瑞的墓前》、杨梓《回到析支》（长诗选二）入选。

《中国〈星星〉五十年诗选》，《星星》诗刊编辑部编，以增刊的形式出版2007年。王怀凌《有一个村庄名字叫喊叫水》、杨梓《羊皮筏子》、泾河《幸福的念珠》、马占祥《亚尔玛村》、杨建虎《城镇以西》、单永珍《雪地》、杨森君《镇北堡》入选。

《风吹无疆——绿风十年精品选1997—2006》，《绿风》诗刊社编，青海人民出版社，2008年。梦也《黄昏》、杨梓《王陵的雪》、杨森君《四月》（外一首）入选。

《中国诗典1978—2008》，徐敬亚主编，时代文艺出版社，2009年。郭文斌《天意》、王西平《一双手》、谢瑞《以倒叙的方式给一只羊生路》、杨森君《彩虹》、杨梓《眼神》、张联《有一个名字叫簇拥》入选。

《中国当代汉诗年鉴》，张景主编，中国戏剧出版社，2009年。杨梓《默诵》《超越》入选。

《中国西部诗选》，翼人、曲近主编，中国作家出版社，2009年。《林一木的诗》（五首）、《梦也的诗》（十二首）、《杨森君的诗》（十二首）、《杨梓的诗》（十二首）入选。

《新中国少数民族文学作品选·诗歌卷》，中国作家协会编，作家出版社出版，2009年。高深《鹿回头》（外四首）、《神奇的西部》（四首）、查文瑾《离乡情思》（外一首）、陈晓燕《西部的太阳》（组诗）、泾河《圣咏之书》、马晓麟《落伍》（外一首）、马占祥《宁夏以南：写给高原的诗》、民冰《在塬上歌唱》（组诗）、雪舟《一个人的内心》（组诗）、咸国平《桃花》（外三首）、周占忠《西部之歌》（组诗）入选。

《2008—2009年中国最佳诗选》，周公度主编，太白文艺出版社，2010年。王怀凌的《树上的叶子》、杨森君的《白的梨花》、周鸣的《秋夜私语》入选。

《诗歌无限的可能——第三届青海湖国际诗歌节诗人作品集》，吉狄马加主编，青海人民出版社，2011年。唐荣尧《我和风，一起穿过阿拉善》（三首）、杨梓《汉诗：世界诗歌的中心》《穿过黑山峡》《味道》入选。

《中国新诗百年大典》，洪子诚、程光炜主编，长江文艺出版社，2013年。杨森君、张联、王西平的诗作入选。

《生于六十年代——中国当代诗人诗选》，潘洗尘、树才主编，长江文艺出版社，2013年。杨森君的诗作入选。

《新时期中国少数民族文学作品选集·回族卷》，中国作家协会编，作家出版社，2013年。何克俭《远征驼群的后裔》（二首）、沙新《祖国，请为他们记功》、杨云才《大西北恋歌》（二首）、丁学明《西部故事》（二首）、马钰《在静与动之间》、高深《爱在其中》（四首）、马乐群《绿色的启示》（外一首）、贾羽·《回回》（外一首）、左侧统《骨萧》（外三首）、马晓麟《米钵山之巅》（外一首）、民冰《境界》（四首）、保剑君《西海固：伤水的叶子》（三首）、杨少青《大西北放歌》（二首）、李春俊《安静的初夏》（二首）、王正伟《神奇的西部》（二首）、泾河《圣咏之书》（组诗）、查文瑾《纯棉》（三首）、单永珍《雪落敦煌》（组诗）、陈晓燕《宁夏写意》（二首）、马占祥《半个城》（组诗）、雪舟《泾河源头的咏唱》（二首）、李兴民《关山，关山》（组诗）入选。

（三）荣获奖项

1. 鲁迅文学奖诗歌作品奖（空白）

2. 全国少数民族文学创作奖"骏马奖"诗歌作品获奖名单
第一届：王世兴《莲花滩》（长诗）、高深《致诗人》；
第二届：沙新《祖国，请为他们记功》，二等奖；
第三届：杨云才《大西北恋歌》（组诗），新人新作奖；
第四届：高深《大漠恋歌》（诗集）；
第五届：杨少青《大西北放歌》（诗集）。

3. 宁夏历届文学艺术评奖诗歌作品获奖名单
第一届（1979年以前）
一等奖：肖川《唱在金秋》、吴淮生《不到长城非好汉》、蔡锦启《给大山的通告》；
二等奖：肖川《南行草》、冯竝《饮马歌》、秦中吟《塞上江南枸杞红》、白闻钟《勘探诗抄》、蒋金海《战士的爱情》、王庆《小战的春天》、刘国尧《畅想曲》、高琨《送哥进山》、赵玉如《我为啥这样乐》、赵福辰《银海浪花》、何新南《我们是伟大祖国的希望》、高深《为了诗和幸福而生》、贾长厚《夜，静悄悄》、苏海东《塞上放歌》；
三等奖：翟辰恩《九十九道清波暖》、李德明《寄南疆战友》、韩长征《玉皇阁的怀想》、马治中《春到山区供销社》、萧维章《读〈陈毅诗词选集〉有感》、马乐群《绿叶集》、陈葆梁《心儿飞到工地了》、丁侠《金银滩啊，我又回到了你的怀抱》、张士春《奔腾吧，骏马》、江晓阳《话务兵之歌》、杨启伟《雨中野餐》、胡大雷《六盘山上南飞雁》、井笑泉《礼物》、倪良华《金谷寄相思》、马忠骥《你睡熟了》、万里鹏《关于"x"》、马安《宁夏啊，你是我心头的鲜花》、高深《腾格里的春天》、徐恒堂《银鹰高飞》。

第二届（未评诗歌）

第三届（1980—1982年）

一等奖：肖川《乡恋》、刘国尧《网兜里的面包》、高深《我梦见》；

二等奖：杨启伟《晨歌》、何克俭《家乡的湖》、丁文《愿望》、万里鹏《兔子的悲剧》、刘和芳《北戴河抒情》、马东震《校园短章》、白闻钟《钟声、笑声》、贾长厚《晨歌》、陈葆梁《秋叶》、秦中吟《土屋》、王庆《在炉中》、马乐群《我和朝霞一起走进车间》、马治中《脚步》、屈文焜《我在故土里歌唱》、马忠骥《我是绿色的汗滴》、赵福辰《我在织机轰鸣中歌唱》、罗飞《眼睛》、杨少青《睡梦里笑出了声音》；

荣誉奖：王世兴《莲花滩》（长诗）、高深《致诗人》。

第四届（1983—1984年，不分等）

王庆《塞上，我富庶之乡》、丁文《六盘情诗》、贾长厚《我渴望燃烧》、刘国尧《自行车上的加座》（小叙事诗）、罗飞《淮海四首》（组诗）、白闻钟《搬迁》、高深《大西北组诗》（组诗）、赵福辰《一位厂长的故事》（组诗）、马忠骥《牧羊人》、杨少青《阿依舍》（长篇叙事诗）、秦中吟《贺兰山，我心中的山》、沙新《祖国，请为他们记功》、殷实《女兵班长》、马乐群《银川奏鸣曲》（组诗）。

第五届（1985—1998年）

特别奖：杨少青《大西北放歌》；

一等奖：罗飞《银杏树》（诗集）、杨森君《梦是唯一的行李》（诗集）、杨梓《黄河之曲》、秦中吟《秦中吟抒情诗选》（诗集）；

二等奖：陈晓东《雷锋》、王庆《红月亮》（诗集）、葛林《因为有桥，就有了路》、马乐群《新月·朝霞》（诗集）、贾羽《九曲黄河》、刘岳华《维纳斯星座》（散文诗集）、唐君《梦中的红嫁衣》（诗集）；

三等奖：周彦虎《百年香港》、陈晓燕《西部拥有开花的太阳》（组诗）、冯雄《大荒。一九九五》（组诗）、王怀凌《风从塬上吹过》（组诗）、万里鹏《雪山之镜》（组诗）、贾长厚《海恋》（诗集）、赵福辰《风流的翡翠地》（组诗）、段怀颖《听天宇涛声》（组诗）、薛刚《农民技师》、王景韩《磨砺与抒发》（组诗）。

第六届（1999—2001年）

一等奖：罗飞《红石竹花》（诗集）、杨梓《回到析支》（组诗）、杨森君《杨森君诗歌十二首》（组诗）；

二等奖：单永珍《甘南，抵达天堂的遭遇》（组诗）、虎西山《赞歌》（三首）、冯雄《天堂回音》（组诗）；

三等奖：王怀凌《在西海固的大地上穿行》（组诗）、泾河《幸福的念珠》（二首）、马占祥《又唱散曲》（组诗）、赵福辰《祭树及其他》（组诗）。

第七届（2002—2004年）

一等奖：杨梓《红炉点雪》（组诗）；

二等奖：梦也《草原童话》（组诗）、杨森君《在西域》（组诗）、单永珍《西部散章》（组诗）、马志恒《情感旅程》（组诗）；

三等奖：泾河《凡尘九叩》（组诗）、何英俊《水的情节》（组诗）、王江辉《夜听蒙古长调》（组诗）、洪立《眺望黄河》（组诗）、张联《张联的诗》（诗集）。

第八届（2005—2007年，同等奖项按作者姓氏笔画排序）

一等奖：梦也《梦也的诗》（九首）；

二等奖：马占祥《叙述或记事》（组诗）、杨森君《西域诗篇》（组诗）、单永珍《词语奔跑》（诗集）、洪立《诗五首》；

三等奖：牛红旗《春天丢失了我》（组诗）、民冰《岁月的划痕》（诗集）、刘岳《世上》（诗集）、张联《傍晚》（组诗）、李壮萍《空白》（组诗）、杨建虎《递过来的灯》（组诗）、陈晓燕《西部的太阳》（诗集）、林一木《倾斜的树》（组诗）、泾河《水微》（组诗）、段怀颖《永恒的璀璨》（组诗）。

4. "西部大开发，宁夏新跨越"诗歌大赛获奖作品名单（2011年5月）

一等奖（五名，另一名为区外诗人）：冯雄《我见证了十年的时光》、杨森君《诗意宁夏》（组诗）、梦也《十年之后回故乡》、单永珍《宁夏：五十行颂歌》；

二等奖（十名）：张不狂《回乡啊，让我像黄河一样和你奔腾》、虎西山《寸草》（组诗）、泾河《深蓝》（组诗）、张铎《朔方新韵》（组诗）、马占祥《宁夏》（组诗）、安奇《在宁夏写诗》（组诗）、葛林《开拓者之歌》、唐晴《凤凰涅槃》、李壮萍《旱塬异果》（组诗）、郭静《行进中的西部》（组诗）；

三等奖（二十名，另三名为区外诗人）：雪舟《泾河两岸》（组诗）、刘学军《宁夏书》（组诗）、田鑫《在宁夏，以诗的名义》（组诗）、洪立《走歌宁夏》（组诗）、杨春礼《我心疼着，黄河以东的村庄》（组诗）、王新荣《美丽的宁夏》（组诗）、杨贵峰《塞上新韵》（组诗）、莫小雨《银川之歌》、权锦虎《西海固》（组诗）、秦志龙《大河》（组诗）、潘春生《西部，将飞起一只图腾之鸟》、王西平《城市之书：北京路》（外一首）、刘学军《宁夏四景》（组诗）、谭进《不用擦亮我的眼睛》、高海燕《千年之诺》、戴艳良《仰望长城》、张星洋《宁夏十年》。

5. 黄河金岸诗歌节

首届（2011年11月）

二等奖：安奇、马占祥、张不狂；

三等奖：单永珍、郭静、冯雄、田鑫、岳昌鸿、牛红旗、瓦楞草、刘汉斌。

第二届（2013年8月）

二等奖：高鹏程、潘春生；

三等奖：泾河、安奇、马占祥、田鑫、王武军。

6. 其他奖项

1984年12月，肖川荣获宁夏党委、人民政府授予的"宁夏知识分子专业技术工作突出贡献奖"。

1993年11月，秦中吟荣获"当代中国诗人节"诗歌大赛三等奖。

1993年，保剑君《水手》荣获"世界华文诗歌大赛"优秀奖。

1994年，保剑君《城市》荣获"全国青年文学大赛"诗歌类优秀奖。

1999年10月，肖川作词的歌曲《沙湖美》荣获全国第七届精神文明建设"五个一工程奖"。

2000年12月，肖川作词、潘振声作曲的MTV歌曲《绿窗花》荣获第八届全国少数民族题材电视艺术"骏马奖"电视艺术片二等奖。

2005年11月,单永珍《大风起兮》荣获"第二届'八喜杯'全国新诗大奖赛一等奖,在"云门山笔会"上被评为"全国十佳青年诗人"。

2005年12月,杨森君荣获《飞天》1985—1995诗歌一等奖。

2007年7月,洪立荣获《诗刊》社"中国诗人西部之旅"诗歌创作二等奖。

2007年10月,杨梓荣获"中国首届(民间)地域诗歌奖"创作奖。

2008年12月,杨梓入选"国家百千万人才工程第三层次新世纪学术、技术带头人"。

2009年4月,王怀凌荣获《诗选刊》(下半月刊)"中国2008年度十佳诗人奖"。

2010年3月,张联荣获"2010中国罗江诗歌节""首届中国十大农民诗人"称号。

2010年8月,李兴民《瓦亭驿》《漫山杏花》荣获"塞上江南·神奇宁夏"全国旅游诗词大赛三等奖。

2010年12月,牛红旗《赤脚走进柴达木》荣获全国"柴达木杯"诗歌大赛征文三等奖。

2011年2月,王西平荣获"第三届张坚诗歌2010年度新锐奖"。

2011年6月,张铎《沙湖》荣获"第二届诗国·中华诗词创作荣誉金奖"。

2012年3月,李兴民《西入口的清晨:涌动的潮》、张虎强《贺兰山北寺:此在与彼在的对视》荣获《诗探索2011年度诗选》优秀诗歌奖。

2012年4月,王西平《所谓书》(组诗)荣获"第二十届柔刚诗歌奖"新人奖。

2013年7月,王西平被《中国诗歌》推荐为"2013年网络十佳诗人"。

(四)诗集出版

1. 集体诗集

《飘香的沙枣花》,宁夏人民出版社,1968年。

《光辉永照宁夏川》宁夏人民出版社1978年。

《塞上龙吟》，秦中吟、杨克兴主编，宁夏人民出版社，1988年。

《宁夏文学作品精选·诗歌卷》，王邦秀主编，宁夏人民出版社，1999年。

《宁夏青年作家作品精选·诗歌卷》，杨继国主编，宁夏人民出版社，2006年。

《宁夏文学精品丛书·诗歌卷》，杨春光主编，宁夏人民出版社，2008年。

《黄河诗金岸——中国·宁夏首届黄河金岸诗歌节诗选》，本书编委会编，阳光出版社，2012年。

2. 个人诗集

王亚凡：《王亚凡诗抄》，作家出版社，1962年。

李震杰：《李震杰诗文选》，宁夏人民出版社，2006年。

朱红兵：《沙原牧歌》，宁夏人民出版社，1982年；与李季、姚以壮合著长诗《银川曲》。

罗　飞：《银杏树》，宁夏人民出版社，1985年；《红石竹花》宁夏人民出版社，1999年。

刘和芳：诗文集《回眸》，宁夏人民出版社，2006年。

吴淮生：《塞上山水》，宁夏人民出版社，1979年；《漂泊的云》，宁夏人民出版社，1991年。

高　深：《路漫漫》，宁夏人民出版社，1981年；《大西北放歌》，湖南文艺出版社，1987年；《大漠之恋》，四川民族出版社，1989年；《苦歌》，东方文化出版社，1993年；《寻找自己》，广西民族出版社，1996年；《高深诗选》，作家出版社，2005年。

杨克兴：与肖川合集《与光同行》，香港新世纪出版社，1993年；与顾绍康合集《双色光》，宁夏人民出版社，1994年；《夕阳碎影》，宁夏人民出版社，1995年；《夕霞散歌》，宁夏人民出版社，1998年。

高　琨：花儿集《红牡丹》，宁夏人民出版社，1999年；花儿集《绿牡丹》，宁夏人民出版社，2006年；花儿散文集《黑牡丹》，宁夏人民出版社，2013年。

秦中吟：《飘香的黄土》，宁夏人民出版社，1989年；《爬格者的情丝》，香港文光出版社，1993年；《秦中吟抒情诗选》，中国华侨出版社，

1996年。

张　洞：《人生谁不老》，宁夏作家协会编印，1994年。

万里鹏：《喷泉》，宁夏人民出版社，1991年。

马乐群：《新月·朝霞》，宁夏人民出版社，1993年；《沙丘·马队》，中国国际文化出版公司，2012年。

贾长厚：《海恋》，宁夏人民出版社，1993年。

王景韩：《寂旅》，宁夏人民出版社，1993年。

杨少青：花儿叙事长诗《豫海英杰》，宁夏人民出版社，1994年；新花儿作品集《大西北放歌》，宁夏人民出版社，2006年。

肖　川：《塞上春潮》，宁夏人民出版社，1978年；《黑火炬》，宁夏人民出版社，1989年；与杨克兴合集《与光同行》，香港新世纪出版社，1993年；《肖川诗选》，阳光出版社，2014年。

韩长征：《雪晴塞上·诗歌卷》《雪晴塞上·诗论卷》，宁夏人民出版社，2007年。

刘国尧：《山丹又红了》，宁夏人民出版社，1978年；《爱的旋律》，宁夏人民出版社，1989年；《国尧诗选》，中华文化出版社，1992年。

薛建民：《岁月的情结》，宁夏人民出版社，2008年。

王　庆：《红月亮》，宁夏人民出版社，1993年。

李劲松：《岁月河》，宁夏人民出版社，2003年。

屈文焜：《爱与人生》，宁夏人民出版社，1988年；《苦恋》，学林出版社，1989年版；《边地乐舞》，宁夏人民出版社，1994年；《屈文焜诗选》，宁夏人民出版社，2010年。

何克俭：《新月恋》，宁夏人民出版社，1993年；《岁月的划痕》，宁夏人民出版社，2007年。

薛秀兰：《贺兰山情歌》，中国广播电视出版社，2004年。

冯海泉：《沁石雨》，宁夏人民出版社，2010年。

邓海南：《青山的恋歌》，宁夏人民出版社，1979年；《机器与雕像》，上海文艺出版社，1985年。

陈幼京：《春花秋叶》，宁夏人民出版社，1992年。

葛　林：《年轻的太阳谷》，宁夏人民出版社，1993年。

民　冰：《岁月的划痕》，宁夏人民出版社，2007年。

骆　英：《落英集》，华文出版社，2003年；《都市流浪集》，作家出版社，2005年；《7+2登山日记》，北京大学出版社，2011年；《知青日记及后记　水·魅》，人民文学出版社，2012年；《骆英诗选》，作家出版社，2013年；《绿度母》，人民文学出版社，2013年。

马　钰：散文诗集《爱河？恨河？》，宁夏人民出版社，1993年；《九曲黄河梦》，宁夏人民出版社，1994年。

李宗武：《走在时空的年轮上》，中国文化出版社，2006年。

段怀颖：《蓦然回首》，宁夏人民出版社，1993年；《时光里的寂静》，宁夏人民教育出版社，2011年。

罗存仁：《西吉月》，香港天马图书有限公司，1993年。

邱新荣：《野风》香港天马有限出版公司，1994年；《邱新荣诗的自选》之《晃动的风景》《青铜古谣》《脸谱幻影》《长歌短调》，宁夏人民出版社，2009年；"大风歌"诗丛之《风老青铜》《风之狞厉》《风漾摇篮》《野风沁玉》，宁夏人民出版社，2010年；"大风歌"诗丛之《风弄云烟》《风之野》《风之鼓》《风之舞》，宁夏人民出版社，2011年；"大风歌"诗丛之《风之情》《风之旗》《风之烈》《风舞长空》，宁夏人民出版社，2012年；《史·诗——邱新荣历史抒情诗精选》，宁夏人民出版社，2012年；"大风歌"诗丛之《风之扬》《风之涌》《风之激》《风之碎》，宁夏人民出版社，2013年；《诗·史》，阳光出版社，2013年。

范一凤：《风筝鸟》，宁夏人民出版社，2003年。

陆占洪：《心灵的独白》，宁夏人民出版社，1998年。

导　夫：《丁鹤年诗歌研究》，宁夏人民出版社，2008年。

虎西山：《远处的山》，宁夏人民出版社，2014年。

薛　刚：《薛刚的诗》，宁夏人民出版社，2005年；《塞上放歌》，宁夏人民出版社2010年。

贾　羽：《北国草》，宁夏人民出版社，1992年；《风起之源》，宁夏人民出版社，1999年；《立体的船舶》，宁夏人民出版社，2000年。

朱安宁：《心旅牧歌》，中国文联出版社，2008年。

李春俊：《西北诗篇或者深圳歌谣》，内蒙古人民出版社，2002年；

《抵达之谜》，花城出版社，2006年。

杨森君：《梦是唯一的行李》，香港天马图书有限公司，1993年；《上色的草图》，重庆出版社，2005年；中英文诗集《砂之塔》，华龄出版社，2006年；《午后的镜子》，宁夏人民出版社，2012年。

张　记：《大地深处的回响》，宁夏人民出版社，2008年；《神木谣曲》，吉林文史出版社，2009年。

张　铎：散文诗集《春的履历》，香港天马图书有限公司，1993年；诗评集《塞上潮音》，宁夏人民出版社，2007年；诗集《三地书》，阳光出版社，2014年。

洪　立：《露珠上的太阳》，宁夏人民出版社，2014年。

梦　也：《祖历河谷的风》，宁夏人民出版社，2004年；《大豆开花》，宁夏人民出版社，2012年。

权锦虎：《穿行的树根》，中国文史出版社，2008年。

米雍衷：《喊疼的风》，宁夏人民出版社，2008年。

周彦虎：《一壶夕阳》，宁夏人民出版社，2011年。

杨　梓：《杨梓诗集》香港天马图书有限公司，1993年；长诗《西夏》（上卷），宁夏人民出版社，2000年；《西夏史诗》，文化艺术出版社，2006年；《骊歌十二行》，宁夏人民出版社，2012年。

张　嵩：《遥远的岸》香港天马图书有限公司，1993年；《散落的羽片》，宁夏人民出版社，2014年。

牛红旗：《地面》，宁夏人民出版社，2011年。

刘敬东：《远夜遥唱》，中国国际文化出版社，2013年。

王武军：《经年的时光》（诗歌卷）、《疼痛与唤醒》（评论卷），阳光出版社，2014年。

潘春生：《在农历的筋脉上穿行》，吉林文史出版社，2009年。

冯　雄：《诗意大地》，宁夏人民出版社，2010年。

杨云才：《西部和她正年轻》，四川民族出版社，1992年；评论集《逃避或反叛》，宁夏人民出版社，2001年。

白军胜：《白军胜诗集》、评论集《现代诗美论》，宁夏人民出版社，2008年。

丁学明：《横撇竖捺》，中国文化出版社，2003年。

陈晓燕：《西部的太阳》，宁夏人民出版社，2005年。

王怀凌：《大地清唱》，陕西旅游出版社，2000年；《风吹西海固》，太白文艺出版社，2009年；《草木春秋》，宁夏人民出版社，2014年。

郭文斌：《我被我的眼睛带坏》，宁夏人民出版社，2007年。

张　联：《傍晚集》，香港天马图书有限公司，2007年；《清晨集》，南方出版社，2011年；《张联诗精选》，漓江出版社，2012年；《张联诗歌译本选读》，南方出版社，2014年。

王　慧：《白光》，内部书号，1998年。

周　鸣：《背后的村庄》，宁夏人民出版社，2006年。

蔚　然：《灵魂的粮食》，人民文学出版社，2013年。

唐　晴：《嘿！我还活着》，宁夏人民出版社，2008年；《花，年年会开》，宁夏人民出版社，2011年。

莲　子：《单人牢房》，新世纪出版社，1993年。

雪　舟：《雪舟诗选》，宁夏人民出版社，2014年。

李壮萍：《对面是一把空椅子》，南方日报出版社，2007年；《放在能看见的地方》，青海人民出版社，2012年。

张　立：《途中的花园》，太白文艺出版社，2008年；《把岸还给河流》，中国戏剧出版社，2010年；《树的眼泪》，中国文联出版社，2011年。

冰　河：《冥想的石头》，中国文联出版社，2004年。

李永林：《行走在天地之间》，北京燕山出版社，1992年。

单永珍：《词语奔跑》，宁夏人民出版社，2007年；《大地行走》，宁夏人民出版社，2011年。

李耀斌：《河是水的衣裳》，宁夏人民出版社，2011年。

岳昌鸿：散文诗集《桃花一笑》，宁夏人民出版社，2007年；《尘埃中触动的芬芳》，宁夏人民教育出版社，2013年。

何武东：《纸边界》，阳光出版社，2012年。

羽　萱：《梦中的红嫁衣》，内蒙古少儿出版社，1994年；《守望飞翔》，阳光出版社，2014年。

伊　农：《鱼尾纹》，作家出版社，2000年。

郭　静：《侧面》，宁夏人民出版社，2014年

唐荣尧：《腾格里之南的幻象》，春风文艺出版社，2000年。

瓦楞草：《词语的碎片》，宁夏人民出版社，2014年。

安　奇：《野园集》，宁夏人民出版社，2014年。

刘学军：《虚拟的九十九个夜晚》，阳光出版社，2012年。

张不狂：《红磨坊》，香港新世纪出版公司，1997年；《城市与山水之间》，中国文联出版公司，2000年；《时间的划痕》，宁夏人民教育出版社，2013年。

林　混：《幸福生活》，重庆大学出版社，2014年。

阿　尔：《里尔克的公园》，宁夏人民出版社，2008年；《银川史记》，阳光出版社，2012年。

杨春礼：《生命是棵树》，中国文史出版社，2007年；《树的呓语》，阳光出版社，2013年。

孙志强：《光阴之穗》，宁夏人民出版社，2014年。

谢　瑞：《在路上》，宁夏人民出版社，2008年；《北京路纪事》，阳光出版社，2012年。

刘乐牛：《苦涩的甜蜜》，青海人民出版社，1999年；《当我再次比喻月亮》，中国戏剧出版社，2012年。

保剑君：《季节的呼吸》，中国科学文化出版社，2008年。

胡　琴：《开花的手指》，宁夏人民出版社，2012年。

杨贵峰：叙事诗《心恋如歌》，黑龙江人民出版社，2005年；诗文集《诗意塞上》，中国文联出版社，2013年。

姚海燕：《与花对语》，时代文艺出版社，2006年。

马占祥：《半个城》，宁夏人民出版社，2009年。

杨建虎：《闪电中的花园》，宁夏人民出版社，2009年。

马晓麟：《野山竹》，宁夏人民出版社，2010年。

咸国平：《风的泪》，沈阳出版社，2011年。

徐忠杰：《雕琢时光》，吉林文史出版社，2009年。

沈苉欣：《生命心语》，燕山出版社，1998年。

泾　河：《绿旗》，贵州人民出版社，2005年。

林一木：《不止于孤独》，宁夏人民出版社，2008年。

查文瑾：《纯棉》，长江文艺出版社，2012年。

李兴民：《放歌西海固》，宁夏人民出版社，2011年。

张虎强：《寂寞深处的风景》，宁夏人民出版社，2010年。

刘岳：《世上》，南方日报出版社，2007年；《形体》，中国戏剧出版社，2009年。

屈子信：《一只鸟的非正式报告》，自印，2013年。

谢　峰：《等你归来》，大众文艺出版社，2012年。

王西平：《赤裸起步》，不是独立出版基金，2014年；与春野合集《西野二拍》，春风文艺出版社，2014年。

王佐红：《零度梦想》，宁夏人民出版社，2008年；《背负闲云》，阳光出版社，2011年。

秦志龙：《寸草》（中阿对照），作家出版社，2011年。

杨　森：《水是睡醒的冰》，内蒙古人民出版社，2009年。

（五）举办会议

1976年12月8日，《宁夏文艺》编辑部、《宁夏日报》编辑部和宁夏人民广播电台编辑部联合举办诗歌朗诵演唱会，热烈庆祝粉碎"四人帮"伟大胜利。

1982年8月26日，宁夏作家协会举办"塞上诗会"。邵燕祥、韩嗣仪、查干、邓海南、佟明光、张央、毛锜、晓雷、师日新、赵亦吾、昌耀、李柏涛十二位应邀参加。邵燕祥就新诗问题作了长篇发言，邓海南谈了自己的创作体会，高嵩作了《李白浪漫主义和杜甫现实主义的美学机制》和《宁夏新诗点评》的报告，尹旭、何克俭、韩长征等分别就宁夏近年来的诗歌创作、新人新作、作品分析、新诗创作的地方特色和民族特色等问题谈了个人见解。诗会作品由宁夏作协结集编成《飘香的沙枣花》。

1991年7月6日，由《宁夏青年报》社主办的"塞上青年诗会"在银川贺兰山宾馆召开，时任自治团委副书记张小素出席会议并讲话，由杨梓策划并主持。来自银川周边的三十多位青年诗人杨云才、刘中、白军胜、徐幼平、王慧等参加诗会，大家广泛交流，深入研讨，刘中的《草帽之歌》成为诗会争议较多但又压轴的作品。会后游览了镇北堡和苏峪口原始森林。

1996年10月29日，宁夏文联、宁夏作协召开"吴淮生文学创作五十周年作品讨论会"。

2001年4月13日，由宁夏党委宣传部、宁夏文联、宁夏作协主办的"宁夏'金骆驼丛书'长篇重点作品研讨会"在银川召开。杨梓的长诗《西夏》（上卷）是研讨作品之一。

2001年6月，由固原地委宣传部、固原地区文联、《朔方》编辑部、《六盘山》编辑部主办的"西海固诗会"在固原召开，一百多位区内外诗人、诗歌爱好者参加了诗会。雷抒雁、韩作荣、叶延滨应邀到会并讲话。李克强、冯剑华策划，固原地委常委、宣传部部长李克强主持。固原行署专员马金虎、宁夏文联副主席肖川、固原地委副书记马清贵、《朔方》常务副主编冯剑华等出席诗会。火仲舫和杨梓分别作了题为《悄然崛起的西海固诗群》和《西海固诗歌述评》的发言。单永珍在诗会上发了言，一句"西海固绿着，我们也绿着"的诗，代表了西海固诗人的心声。

2003年7月13日，由《银川晚报》社举办的"大地房产大型诗歌朗诵会"在西夏王陵拉开了序幕，张涛、平原策划。芒克、黑大春、多多、祁国、苏非舒、爱若、谢荣胜、叶舟、潘维等和宁夏诗人一百多人应邀到会。于小龙致辞后，齐越首先朗诵了杨梓《西夏史诗》片段，随后芒克、黑大春、叶舟、祁国、默然、潘维、安奇、王慧等先后登台朗诵，朗诵员为观众朗诵了马钰、杨森君、阿尔、段庆林、陈晓燕、梦也等宁夏诗人的作品。期间发生了"意外事件"，但未影响朗诵会的进行。芒克对朗诵会有过评价，宁夏老中青三代诗人大部分都参加了这次诗会，充分展示了宁夏诗人的群体实力。而且诗会所出现的传统诗歌、摇滚乐与诗歌、诗歌行为等，与诗会的地理背景西夏王陵一起，形成了对撞又融合的关系，这些影响和意义会在以后慢慢凸显出来。

2006年7月13日，由宁夏文联，固原市委宣传部，泾源县委、县政府，固原市六盘山林业局主办，《朔方》编辑部、泾源县委宣传部、固原市作家协会、《六盘山》编辑部承办的中国西部首届"六盘山诗会"在泾源召开,张铎、单永珍策划,杨梓、张铎先后主持。围绕"在中国西部的背景下,诗人的创作与西部有着怎样的关系?在全球化的背景下,诗人的创作凸显出怎样的个性?在网络时代的背景下,诗人的创作该怎样才能具有独创性?"等议题,伊沙、徐江、靳晓静、人邻、韩少君、马非、李满强、张向国、干海兵、沈奇、萧融、君儿、梁积林等诗人,宁夏诗人安奇、梦也、王怀凌、唐荣尧、杨建虎、单永珍、马占祥、唐晴、海军等也先后发言。

2007年9月14日,由宁夏日报报业集团、银川市文联主办,《现代生活报》社、银川市作家协会、银川市诗歌学会、原音文化艺术网承办,以"亲近诗歌,亲近生活"为主题的"首届中国·银川诗歌节"在银川举办,张涛策划。李亚伟、万夏、默默、马松、陈琛、野夫、赵野、周墙、梁健、远村、罗迪、祁国、安石榴、李海洲、苏菲舒等诗人和宁夏部分诗人应邀参加。

2008年4月18日,由宁夏党委宣传部、对外文化交流中心、固原市委宣传部、彭阳县委宣传部主办的"2008宁夏春潮笔会"在彭阳开幕,段怀颖策划。诗人舒婷、雷抒雁,评论家陈仲义应邀参加,与宁夏一百多名作家、诗人和文艺爱好者们欢聚一堂,探讨诗歌、散文创作,共商文化发展之路。之后,雷抒雁、舒婷、陈仲义先后在宁夏师范学院报告厅为四百多名师生进行了讲学。

2008年11月12日,由银川市文联主办,以"和谐宁夏,诗意银川"为主题的"第二届中国·银川音乐诗歌节"在银川举办,郭文斌、张涛策划。崔波、洪梅香、雷抒雁、彭学明、牛玉秋、李建军、施战军、盘索、刘琪鹏等领导和嘉宾出席开幕式,尤艳茹致辞,郭文斌宣读了《第二届中国银川音乐诗歌节宣言》。之后在银川唐徕回中、十五中、唐徕回小三个分会场举办了音乐朗诵会,举办了"文学银军丛书"研讨会,在宁夏大学举办了"诗教传统与文学传统"论坛。

2009年8月7日,由宁夏旅游局、银川市文联等主办的"2009中国70后诗歌论坛暨银川诗会"在银川文化城开幕,张涛策划。梦亦非、李海洲、安石榴等四十余名国内优秀的70后诗人,郭文斌、梦也、杨森君、米雍衷、牛红旗、单永珍、杨建虎、安奇、王西平、谢瑞、计生贤、乱码等以三个梯队的形式集体亮相，在论坛上和区外与会诗人开展交流。唐荣尧应邀参加论坛并作主题发言。

2011年6月8日，由"诗探索·天问"中国新诗会所、固原市作家协会、《草根诗歌》编辑部主办的"轻叩大地之门诗歌研讨会"在固原市召开，牛红旗策划。谢冕、洪子诚、吴思敬、林莽、刘福春、王明韵、王夫刚、黑丰等应邀到会。来自宁夏的诗人林一木、马占祥、刘学军，以及甘肃诗人李满强、草人儿、仁谦才华、刘桂香、白荷和河北诗人九色鹿等三十多位诗人参加了研讨会。王怀凌致欢迎辞。首先进行了"中国现代新诗研讨会"，林莽、吴思敬、刘福春、谢冕先后发言；之后围绕"一首诗的诞生"，宁夏师范学院学生朗诵了林莽、王明韵、王怀凌、单永珍、杨建虎、牛红旗、倪万军、雪舟等诗人的诗作。

2011年6月16日，由宁夏党委宣传部、中国作家协会《诗刊》社、宁夏文联等九家单位联合举办，以"诗意宁夏·感恩黄河"为主题的"中国·宁夏首届黄河金岸诗歌节"在银川启动。来自黄河流域的马海轶、马非、李南、叶舟、沙戈、王若冰、敕勒川、何立亭、于彦华、第广龙、刘诚、横行胭脂、燎原、北野，来自各地的诗人大卫、潇潇、刘福君、楚天舒、周占林、汤朔梅、林溪、洛盏、张立群、韩少君、李东海、刘涛、凸凹、萧融、董继平、冉仲景、谭延桐等三十二位，和宁夏诗人十六位诗人一起参加了为期四天的采风活动。

2011年9月23日，"首届黄河金岸诗歌节鸿派国际青年诗会"在银川举行，来自美国、瑞典、墨西哥、伊朗、印度以及全国各地的二十多位诗人与会，王西平、张涛策划。9月24日是以和平为主题的"世界诗歌日"，晚上举办了宁夏首届黄河金岸诗歌节鸿派国际青年会颁奖典礼。乌克兰诗人卡明斯基荣获"国际青年诗人奖"，李成恩荣获"后一代金奖"，伊朗诗人玛丽安·阿拉－阿姆佳蒂、台湾诗人蒋阔宇荣获"后一代潜力奖"，北京诗人杨典荣获"经典诗集奖"，瑞典籍诗人李笠荣获"优秀翻译作品奖"，上海诗人祁国荣获"十年诗歌推动奖"。

2011年10月15日，初评委对"首届黄河金岸诗歌节"征集的748份、4000多首（篇）来稿进行了初选、分选、排名三个环节的公正评选。终评委对首届黄河金岸诗歌节初评的优秀诗作进行了审读、讨论、投票等环节的公正评比，对初评优秀诗作的顺序予以调整，确定了43组获奖诗作。其中一等奖3组，二等奖10组，三等奖30组。

2011年11月9日，"长河诗岸——首届黄河金岸诗歌节颁奖晚会"在宁夏人民会堂隆重举行。宁夏政府主席王正伟、中国作协副主席高洪波发来贺信，宁夏政协主席项宗西，宁夏党委常委、宣传部部长、诗歌节组委会主任杨春光，宁夏军区副政委盛建华出席颁奖晚会。著名作家、诗人艾克拜尔·米吉提、雷抒雁、彭学明、商震等嘉宾到会祝贺。刘诚、刘涛、凸凹、敕勒川、大卫、张不狂、单永珍、冯雄、田鑫、岳昌鸿等获奖诗人到会领奖。

2011年11月10日，以"现代语境下黄河主题诗歌创作的意义"、"宁夏地域诗歌的特点与发展"为主题的诗歌峰会在北方民族大学举办，郭文斌、左宏阁策划。哈若蕙、艾克拜尔·米吉提、高岳林先后讲话。杨梓介绍了宁夏中青年诗人的创作倾向，雷抒雁回忆了在宁夏工作生活的情景。商震、李自国、刘诚、刘涛、凸凹、敕勒川、高旭旺等先后发言。峰会由《世界文学》副主编高兴主持。

2011年11月11日，首届黄河金岸诗歌节雷抒雁诗歌朗诵会在宁夏大学音乐学院举办，张涛策划。尤艳茹、赵利宁、哈若蕙等与宁夏大学、北方民族大学师生近五百人一同欣赏了诗歌朗诵会。来自《宁夏日报》、宁夏广电总台、《黄河文学》、宁夏国土资源厅、中国石油宁夏销售公司、宁夏大学、北方民族大学的四十六名朗诵者饱含深情地朗诵表演了雷抒雁三十年来记载中国历史变迁的十六首诗歌佳作。雷抒雁先生亲临现场，并为现场观众签名。

2012年9月23日，由宁夏社会科学院、宁夏新闻出版局、宁夏作家协会等主办的"大风起兮——邱新荣诗歌研讨会"在银川森森生态旅游区召开，宁夏文联副主席哈若蕙主持。耿占春、李建军、续小强、刘涛应邀到会，与左宏阁、王岩森、赵炳鑫、梦也等就邱新荣诗歌创作文本、诗风、诗学审美趋向展开了研讨。当日还举行了邱新荣诗集《史·诗》首发式。

2012年10月12日，由宁夏文联、《诗刊》社主办，宁夏作家协会、《朔方》编辑部、固原市委宣传部、同心县委宣传部承办的"回族诗人单永珍、马占祥、泾河作品研讨会"在银川召开，杨梓策划并主持。商震、耿占春、舒洁应邀到会，对三位诗人的作品予以评论。张铎、牛学智、王岩森、李生滨、瓦楞草、沈秀英、王晓静等评论家先后发表了评论。

2012年12月12日，由人民文学出版社、北京大学中国诗歌研究院、中国诗歌学会、宁夏文联主办，宁夏作家协会、中坤诗歌发展基金承办，以"知青诗歌创作的意义"、"《知青日记及后记》的时代内涵和文本特征"为议题的"骆英《知青日记及后记 水·魅》研讨会"在银川隆重召开，李小雨、李红雨策划，杨梓主持。郝林海、谢冕、李小雨、哈若蕙、李春阳、脚印到会讲话，吴思敬、刘福春、耿占春、汪剑钊、薛刚、张铎、王岩森、梦也、李生滨、牛学智、安奇、瓦楞草等对《知青日记及后记 水·魅》发表了评论。作者骆英回忆了自己在宁夏生活的往事，谈了自己的创作感受。

2013年5月11日，由宁夏党委宣传部、中华诗词学会、宁夏文化厅、宁夏文联、宁夏日报报业集团联合主办，以"诗意宁夏，感恩黄河"、"共筑中国梦，抒写黄河情，领略宁夏美"为主题的"中国·宁夏黄河金岸诗词赋联大赛暨第二届黄河金岸诗歌节"，在青铜峡市黄河楼盛大启幕。来自全国的五十多名诗词赋联诗人将赴吴忠、中卫、石嘴山等地进行为期四天的采风活动。

2013年6月12日（端午节），由宁夏文联主管、宁夏作家协会业务指导的一级学会——宁夏诗歌学会成立暨第一次诗人代表大会在银川召开。选举出第一届全区理事会理事王佐红、王晓静、查文瑾等五十名，理事会选举出第一届全区委员会委员马占祥、牛学智、瓦楞草等三十名，全委会选举出第一届会长团成员杨森君、张铎、单永珍等十五名，杨梓当选为会长。聘请肖川、骆英为名誉会长，段怀颖、薛刚、导夫等十名为名誉副会长。

2013年8月1日，"中国·宁夏黄河金岸诗词赋联大赛暨第二届黄河金岸诗歌节大赛闭幕式及颁奖晚会"在宁夏人民会堂举行。经过沿黄采风，面向全国征稿，共收到来自全国31个省市自治区和美国、澳大利亚、新加坡等国家近三千多位作者的二万余件参赛作品。经过评委会严格的初评和终评，最终评出一等奖3名，二等奖14名，三等奖42名，优秀奖70名。部分获奖诗人代表应邀参加了颁奖晚会。

2013年10月30日，为了围绕宁夏文联"出人才，出作品"这一中心，服务宁夏文化事业大发展大繁荣这一大局,坚持"民主、团结、服务、倡导"的原则,回眸宁夏诗歌发展历程,鼓励宁夏诗人勤奋笔耕,力推宁夏诗人走向全国乃至世界,宁夏诗歌学会启动编辑出版"诗宁夏双璧"工程,即《宁夏诗歌选》的编选和《宁夏诗歌史》的编撰工作。同时为宁夏诗歌学会理事编辑出版个人诗集。

2013年11月24日,由宁夏诗歌学会、石嘴山作家协会举办的"首届石嘴子诗会"在惠农区红果子召开,杨梓、潘春生策划。就如何繁荣石嘴山诗歌和文学创作、诗歌创作的个性与地域性、诗歌创作与历史与生活的断裂等问题,杨梓、梦也、张涛、安奇同来自惠农区、大武口、平罗的潘春生、岳昌鸿、徐忠杰、常越等二十多位诗人、作家进行了座谈交流。

2014年5月12日下午,由北京大学中国诗歌研究院、法国驻华大使馆、北京海淀区文联、中坤诗歌发展基金、中国诗歌学会、宁夏诗歌学会、宁夏农垦集团有限公司联合主办的"2014·中法诗歌节银川站诗歌朗诵会"在玉泉营酒庄隆重举行,李红雨、常利民策划,刘宏宇主持。法国著名诗人雅克·达拉斯、安德烈·维尔泰,翻译家玛蒂娜·夏尔杜、徐爽,宁夏诗歌学会名誉会长骆英、中坤集团副董事长李红雨、宁夏农垦局局长王永忠、宁夏农垦局副局长常利民、宁夏文联副主席哈若蕙出席朗诵会。宁夏诗歌学会杨梓、张铎、梦也、冯雄、周鸣、安奇、张不狂、唐晴、李壮萍、胡琴、林一木、杨建虎、瓦楞草、羽萱等,以及骆英的朋友发小五十多人参加了朗诵会。

2014年8月16日,由银川市人民政府、中国诗歌学会主办,北京大学中国诗歌研究院、银川市委宣传部、银川市广播电视总台、宁夏诗歌学会承办的"'西部放歌'书香银川中华经典朗读诗会"在银川举办,骆英、周鸣策划。表演艺术家、节目主持人高峰、瞿弦和、张家声、虹云、雅坤、海霞、鲁健、詹泽、刘婧等应邀与会,与诗人骆英、西川、臧棣、马乐群等先后登台朗诵。

2014年8月17日下午,由银川市广播电视总台、宁夏诗歌学会主办,银川广电网、泰和房地产公司承办的《西川:传统文学之我见》讲座在地中海小区举办,张涛策划并主持。杨梓、杨森君、权锦虎、李生滨、李壮萍、谢瑞、保剑君、平原、曹海英、阿舍等,以及来自全区的诗人、文学爱好者一百多人相聚一堂，与著名诗人西川进行零距离交流，探寻诗歌创作的秘密。

2014年11月21日，宁夏诗歌学会微刊第1期上线发布，刊发了《单永珍：向西的道路》（六首）和荆竹《宁夏诗人人格类型摭论——〈宁夏诗歌选〉序》。

2014年12月31日，旨在围绕"出诗人，出诗作"这一中心工作，宁夏诗歌学会在银川针对微刊事宜召开会长团（扩大）专题会议，杨梓主持，总结了微刊出刊6期的经验，设置并丰富了微刊栏目，就进一步办好微刊决定如下：一、成立微刊编辑部，主编张铎，副主编张涛、安奇，电子编辑李辉。设置栏目有：96磅——力推45岁以下的宁夏实力青年诗人，李壮萍主持；新创作——原创、新作、首发，唐晴主持；会员卡——宁夏诗歌学会会员诗作，林一木主持；论评谈——诗论、诗评、序跋、创作谈，瓦楞草主持；品古典——品评中国古典好诗，安奇主持；选汉诗——精选国内现代汉诗，张涛主持；翻译吧——汉语之外的优秀翻译之作，林一木主持；微迅息——宁夏诗坛动态，张涛主持。二、微刊为周刊，每周五发布，遇节假日休刊。三、两位副主编每人一月轮值。四、微刊工作均为义务，编辑人员根据情况进行轮换。所刊作品亦无稿费，凡给微刊投稿到指定邮箱nxsgxh@163.com的作者视为接受此约定。

（六）参加活动

1979年1月14日，《诗刊》编辑部在北京召开"诗歌创作座谈会"。来自全国28个省、市、自治区的诗人及诗歌编辑百余人参加了座谈会。肖川应邀参加。

1979年2月，《诗刊》编辑部组织、以艾青为团长的"诗歌作者学访团"，赴上海、广州、海南、湛江等地采访创作。肖川应邀参加，其诗作载于《诗刊》，并收入《大海行》《海恋花》合集。

1981年7月，肖川率自治区青联学访团，一行十三人赴华山等地，创作"华山游"组歌十首。

1982年4月15日，中国作家协会组团赴成都、攀枝花钢铁公司等地参观访问。吴淮生应邀参加。

1982年4月19日,中国作家协会和解放军总政文化部在京召开"军事题材创作座谈会"。高深应邀参加。

1982年7月3日,"郭小川诗歌学术讨论会"在河北承德召开,来自全国各地三十余位诗人、评论家参加了会议。肖川应邀参加,就郭小川诗歌的社会影响及艺术风格作了发言。

1983年4月5日,安徽举办"巢湖诗会"。吴淮生应邀参加。

1983年6月,肖川作为宁夏青联副主席率团赴兰州、成都、乐山、峨眉山、重庆、三峡、武汉等地考察学习,历时近一月。

1983年8月,新疆石河子举办"绿风诗会",来自全国各地百余名诗人参加了诗会。肖川应邀参加,并创作发表诗作五十余首。

1983年9月15日,罗飞应中国作家协会邀请,赴南京部队驻地及海防前线深入生活。

1984年10月5日,刘国尧应中国作家协会和解放军总政文化部邀请,赴东海舰队深入生。

1985年月14日,吴淮生应总政文化部和中国作家协会邀请,赴大连部队深入生活,访问了黄海诸岛。

1986年11月20日,中国作家协会组织中国作家代表团赴深圳、珠海、海南岛等地访问。刘国尧应邀参加。

1988年4月26日,"第二届漓江诗会"在桂林召开,贺敬之等出席会议。肖川应邀参加,之后赴柳州、张家界、长沙与当地诗歌作者座谈。

1991年5月,杨云才参加全国第四届青年作家代表大会。

1991年5月,"中国散文诗研究会年会"在嘉峪关召开。杨梓应邀参加。

2000年2月15日,肖川受中国作家协会委派,随邓友梅为团长的中国作家代表团一行九人出访马来西亚。

2000年7月,"'西部之声'诗歌朗诵会暨首届中国十月太阳历诗歌节"在云南举办。杨梓、葛林应邀参加。

2000年12月,《人民文学》社组织代表团赴西欧十一国考察访问。秦中吟应邀参加。

2001年8月19日，《诗刊》下半月刊编辑部在兰州召开"西部部分省区诗歌研讨会"，来自甘肃、新疆、宁夏的诗人和《诗刊》社雷霆、朱先树、林莽、蓝野、艾龙共二十八人参加了会议，围绕西部诗歌的现状与发展作了深入研讨。会议由下半月刊编辑部主任林莽主持。杨梓、单永珍、杨建虎应邀参加。

2006年7月6日，"宁夏青年作家作品研讨会"在北京中国现代文学馆召开。杨梓参加。

2007年9月，单永珍参加鲁迅文学院第七届高研班。

2007年11月13日，单永珍参加第六届全国青年作家创作会议。

2009年5月，由《诗探索》编辑部在河北白洋淀组织召开"白洋淀诗会"，牛红旗应邀参加。

2009年5月23日，由文化部、中国作家协会、陕西省政府主办，西安市政府承办，以"盛世中国、诗意长安"为主题的"第二届中国诗歌节"在西安举办。杨梓应邀参加。

2010年9月，中国诗歌研究院成立大会在北京大学举行。牛红旗应邀参加。

2011年5月，中国诗歌研究院召开"第二十届未名湖诗会"。牛红旗应邀参加。

2011年8月8日，青海省政府、中国诗歌学会、中国少数民族作家学会主办，以"国际交流背景下各民族语言的差异性和诗歌翻译的创造性"为主题的"第三届青海湖国际诗歌节"在西宁举办，来自五十多个国家和地区的二百余位诗人参加。杨梓、唐荣尧应邀参加。

2011年10月15日，由文化部、中国作家协会、福建省政府主办，厦门市政府承办，以"情满神州、诗颂中华"为主题的"第三届中国诗歌节"在厦门举办。杨梓应邀参加。

2012年3月，马占祥参加鲁迅文学院第十七届高研班。

2012年4月24日，中国诗歌学会第三次全国代表大会在北京召开。杨梓、单永珍应邀参加。

2012年9月18日，"第四十九届国际诗人聚会"在塞尔维亚贝尔格莱德召开。受中国作家协会委派，杨梓随李少君为团长的中国诗人代表团一行四人前往参加。

2013年7月，受宁夏作家协会委托，杨梓作为编委参加了《新时期中国少数民族文学作品选集·回族卷》诗歌部分的编选工作。编选了我国七十位回族诗人的作品，于2014年由作家出版社出版。

2013年8月8日，青海省政府、中国诗歌学会、中国少数民族作家学会主办，以"诗人的个体写作与诗歌的社会性"为主题的"第四届青海湖国际诗歌节"在西宁举办，来自四十八个国家和地区的二百余位诗人参加。杨森君、王西平应邀参加。

2013年9月24日，马占祥参加第七届全国青年创作会议。

2014年7月15日，由文化部、中国作家协会、四川省政府主办，文化部艺术司、四川省文化厅、四川省作家协会、绵阳市人民政府承办，以"中国梦想、华夏诗情"为主题的"第四届中国诗歌节"在四川绵阳市举行。杨森君应邀参加。

（七）青春诗会

1999年5月16日，《诗刊》社第十五届"青春诗会"在山东聊城举办，杨梓应邀参加。同届的有李南、歌兰、冉仲景、卢卫平、谯达摩、莫非、殷龙龙、刘川、凸凹、牛庆国、树才、小海、侯马、商泽军、李舟、安斯寿、姚辉、赵贵辰、高昌共二十位青年诗人。因1998年未举办"青春诗会"，本届实际是两届的诗会。

2006年10月12日，由《诗刊》社、中坤集团主办，《朔方》编辑部协办的"贺兰山·第二十二届青春诗会"在银川举办，单永珍应邀参加。同届的有孔灏、高鹏程、邰筐、徐俊国、宗霆锋、哥布、成路、黄钺、霍竹山、吴海斌、杨邪、苏浅、娜仁琪琪格、李小洛、李云、樊康琴共十七位青年诗人。

2012年9月24日，《诗刊》社第二十八届"青春诗会"在云南蒙自市举办，马占祥应邀参加。同届的有陈仓、灯灯、莫卧儿、翩然落梅、泉子、泉溪、沈浩波、三米深、唐果、唐小米、王单单、夭夭共十三位青年诗人。

（八）加入协会

1960 年，姚以壮加入中国作家协会。

1979 年，李震杰加入中国作家协会。

1980 年，张贤亮、高深加入中国作家协会。

1982 年，吴淮生、罗飞加入中国作家协会。

1983 年，刘国尧、肖川加入中国作家协会。

1985 年，张涧加入中国作家协会。

1991 年，屈文焜加入中国作家协会。

1994 年，马乐群、杨少青、贾长厚加入中国作家协会。

1995 年，杨克兴、秦中吟加入中国作家协会。

1997 年，万里鹏加入中国作家协会。

1999 年，何克俭加入中国作家协会。

2002 年，杨梓、葛林加入中国作家协会。

2004 年，杨森君、骆英加入中国作家协会。

2007 年，导夫、季栋梁、陈晓燕加入中国作家协会。

2008 年，刘和芳、杨森翔、张联加入中国作家协会。

2010 年，梦也加入中国作家协会。

2012 年，杨梓、单永珍当选为中国诗歌学会理事。

2012 年，牛红旗、王怀凌、杨建虎、单永珍、项宗西加入中国作家协会。

2013 年，马占祥、唐荣尧加入中国作家协会。

（九）其他

1986 年 7 月，马钰在工作单位——银川第二毛纺厂、宁夏文联和宁夏作家协会的支持下，开始只身自费考察黄河。途经兰州时，杨云才为他写了《成为黄河》一诗，送他西行。马钰徒步考察黄河历时近半年，他收集、记录、整理有关资料五十余万字，拍摄照片三千多幅，创作了百余篇诗歌和散文。

《宁夏当代作家论》，吴淮生、王枝忠主编，宁夏人民出版社，1988

年，其中有对宁夏部分诗人创作的论述。

《中国西部现代文学史》，丁帆主编，人民文学出版社，2004年10月。其中有杨梓的专节论述。

2005年1月，杨梓《西夏史诗》列入中国作家协会2004年度重点扶持作品项目。

2007年1月，杨森君《西域诗篇》列入中国作家协会2006年度重点作品扶持项目。

2010年5月，诗歌《父亲老了》被IB（international baccalaureate）国际文凭组织中文最终考试（全球统考）试卷卷一采用。

（资料有限，遗漏难免）

跋：执毫品塞上，舞墨言春秋

杨 梓

适时修史，兴国安邦，以史励志，激励后者，向来是中华民族的优良传统，更是中华文明得以延续的关键所在。一部《史记》就是"史家之绝唱，无韵之《离骚》"，而"二十四史"更成规模，是一部最详细、最正统、最权威的历史皇皇巨著。

大凡写史都必然要遇到一个历史分期问题，尤其是中国的近代、现代和当代问题。郑振铎早在1958年就撰写了《中国文学史的分期问题》，将中国文学史分为上古期，以邃古到春秋时代，是奴隶社会文学的时期；古代期，从战国时代到隋代，是封建社会文学的前期；中世期，从唐帝国的建立到鸦片战争，是封建社会文学的后期；近代期，即鸦片战争之始的半封建半殖民地时期；现代期，即中华人民共和国成立以后，是社会主义建设的时期。丁帆主编的《中国西部现代文学史》将1900年以后均划为现代。我暂且不管其他观点及分法，至关重要的是诗歌的发展从来都与社会性质的改变有关，所以《宁夏诗歌史》的分期，就是将1840年鸦片战争之前统归为古代；按照半殖民地半封建的社会性质，将鸦片战争到1949年中华人民共和国成立这一时期确定为近代；新中国成立至今都是现在进行时，所以称为现代。这正是要以"风物长宜放眼量"的前瞻眼光回顾历史、正视现在、展望未来。

考察诗歌的发展不能脱离中国社会的大背景，我国汉代的《孔雀东南飞》和北朝的《木兰诗》，是乐府民歌中最著名的两大代表作，在我国诗歌史上被称为"乐府双璧"。我们尽管地处偏远的宁夏,但也想做一些事情,所以继承一下我国古典诗词的优良传统,把《宁夏诗歌选》和《宁夏诗歌史》称为"诗宁夏双璧"也未尝不可,以此自我加压,激励我们做得更好。

再回到诗歌本身,所有的诗歌作品都不能没有思想,没有思想的诗作就是没有语言,只是字词的堆积。因为思想要结晶并隐藏于语言之中,所以思想才是诗歌真正的核心。诗歌史的撰写则更需要思想,一部诗歌史也可以说就是一部思想史。这就要求我们必须站在人类未来的巅峰鸟瞰现在,梳理诗歌发展脉络,品评能够慰藉人们心灵的优秀诗作;同时还要站在人类历史的巅峰俯视现在,重温前辈诗人走过的道路、留下的作品和总结的经验,从而审视我们现在的创作目标、创作道路和创作手法是否符合中国诗歌的发展趋向。

中国诗歌是以《诗经》为代表的抒情诗传统,是以日常凡俗生活为内容,将日常生活诗意化、神圣化,通过个人瞬间的经验来表现普遍的象征意义,即"具体的共相"。其结构大多为"情景结构",即借景抒情或情景交融,重在抒情。在中国古代诗人的心目中,史诗是故事或者小说。中国的诗歌就像国画,点到为止,讲究飞白,画内即有象外之象。而西方诗歌是以"荷马史诗"为代表的史诗传统,是以超越凡俗的神话世界为内容,把客体与个人的感情予以分离,对客体之间纷纭复杂的关系进行分析,将神话世界生活化、世俗化,即"客体的全部"。黑格尔在《美学》中曾言:"为着显出整部史诗的客观性,诗人作为主体必须从所写对象退到后台。"其结构基本上是"情事结构",借事抒情,重在叙事。西方的诗歌就像油画,画得很满,不留空白,象外之象在画外。

反而言之,中国诗歌缺乏史诗传统,虽有《格萨尔王》《玛纳斯》《江格尔》等少数民族英雄史诗,有史诗色彩的叙事诗,但没有达到西方史诗长度的汉语史诗文本,这不能不说是中国诗歌的缺憾。西方诗歌缺乏抒情传统,《伊利亚特》《变形记》《熙德之歌》《神曲》等史诗文本,重点在于叙事,抒情处其次。

这与中西方语言文字的巨大差异有关。诗是最高形式的语言艺术,诗性语言是物象内心化、感觉具象化了的语言,从而达到主观情思和客观形象的融合,即意和象的浑然一体。但各民族之间在语言上有着很大的差异,现仅以汉语与英文为例。汉语是一种形音意三者合一的表意文字,重视主观思想与客观事实的融合,讲究意义的指向;汉语以意统形,多是句内与句间的直接组合,缺少明显的衔接;汉语的结构是立体的、形象的、动态的、突出话题的,注重思维的连贯,形散神凝,常常以具体的形象表达抽象的内容,具有诗性语言的禀性,或者说汉字本身就有诗意。而英文是记录语音符号的表音文字,重视语法意义和逻辑关系;英文以形统意,语法严谨,层次分明,很少歧义;英文的结构是流线形的、符号化的、静态的、突出主语的,注重语义的连贯,衔接严谨,诉诸理性,具有科学性语言的特质。

思维创造了语言文字,语言文字又影响着思维方式。也可以说思维就是语言,语言就是思维,一种语言方式也就是一种思维方式。尽管中西方的语言和思维方式差异很大,但各个方面的交流一直在进行着。很多外国诗人深受中国古典诗词的影响,如庞德在《一位意象派者所提出的几条禁例》中,提出诗要具体,避免抽象;要精练,不用废字,不用修饰等等。他说一个意象要在转瞬间呈现给人们一个感情和理智的综合体,也就是说意象的形成意味着感情和理智融为一体。这几乎是中国古典诗话的另一种版本。庞德《在地铁车站》:"人群中这些脸庞的隐现,/湿漉漉、黑黝黝的树枝上的花瓣"(裘小龙译)是意象派的经典之作,但与马致远《天净沙·秋思》相比,只能说庞德从中国诗词中学到了"象",而没有学到"意",或者说他未能将意象熔为一炉,未能将感情和理智融为一体。

中国诗歌从《诗经》到唐诗发展达到鼎盛,之后从宋词到元曲再到明清之诗,一路走来有些江河日下,但主要的"情景结构"还在传承,即以借景抒情或情景交融为主。如"孤帆远影碧空尽,惟见长江天际流"(李白)、"山重水复疑无路,柳暗花明又一村"(陆游)、"枯藤老树昏鸦,小桥流水人家"(马致远)、"黄河水绕汉宫墙,河上秋风雁几行"(李梦阳)、"落红不是无情物,化作春泥更护花"(龚自珍)等。而白话文运动的"全盘西化"直接颠覆了中国诗歌以"情景结构"为主的传统,连承载中国文化载体的汉字也差点被废,由此开始的新诗或白话诗或现代诗,从结构上、形式上发生了巨变。现代诗大多以"情事结构"为主,主要是借事抒情,如"撑着油纸伞,独自/彷徨在悠长、悠长/又寂寥的雨巷/我希望逢着／一个丁香一样的／结着愁怨的姑娘"（戴望舒），"从明天起，做一个幸福的人／喂马，劈柴，周游世界"（海子）。现代诗中常常贯穿着细节、情节、故事等，很多是不具普遍意义的个人小事，而消解了"孤帆"、"花明"、"落红"等这些永久的意象，逐渐走上了散文化、小说化、戏剧化的叙事之道，把诗写成了分行的小散文、小小说、小故事。所以现代诗与古典诗词之间出现了断裂，或者说现代诗放弃了古典诗词以"情景结构"为主的传统，反而继承了西方诗歌的"情事结构"传统。

　　为何如此，这与中国传统文化教育欠缺而西方文化大量引入有关，致使人们普遍重视物质、金钱和享受，而人格、情感和精神却被忽视。当人们意识不到自己的灵魂之时，使心灵不死的一种审美活动——诗歌，谁还会在意呢？而中国当前的部分诗人在崇洋媚外和追名逐利上都很有天赋，只是缺乏对诗歌本质的认识、对中国古典诗词的领悟和对中西方诗歌的比较研究。

　　正由于中西方语言文字和思维方式的不同，我们可以学习西方的科学技术，但在诗歌方面，不是中国诗歌要走向世界，要与世界并轨，而是中国诗歌本来就是世界的中心，尤其是古典诗词为世界树立了高不可攀的标杆，这是由于汉语的特点和诗歌的本性所决定的。世界上再没有任何一种文字，能像汉字这样具有诗意，所有用汉语创作的诗人都应该感到自豪。但把现代汉诗写成了翻译体的诗，写得跟西方诗歌一样时，一个中国诗人失去的恐怕是诗歌的意境、汉字的魅力、诗人的品格和中国的味道。

　　再过五十年或者一百年，回望以"情事结构"为主的现代诗的发展，因为背离了中国诗歌以"情景结构"为主的传统而不会成为中国诗歌发展的主流，因为结构之于诗，如同骨骼之于人。同样，用现代汉语所写古典形式的诗词，因为背离了现代社会的语言环境，也只能成为中国诗歌发展的一个支流。所以现代诗的出路在于继承古典诗词的优秀传统，如情景交融、语言简约、节奏鲜明、意境高远、人格独立、思想自由等，用现代汉语写出关注社会本质、敢于批评现实、具有民族情感、诗意浓郁、形式自由的作品。

　　面对中国诗歌的源头，面对受西方诗歌影响的中国现代诗，尤其是中国诗歌从古典到现代的发展历程，如何把握宁夏诗歌在这一大背景下的走向，我列出几点想法，发给每位撰稿的诗人、诗评家，仅供他们参考。

第一，秉承司马迁修撰《史记》的最高理想是"欲以究天人之际，通古今之变，成一家之言"。

第二，要有强烈的历史责任感，坚守史家的尊严、良知和道义，尊史重实，秉笔直书，对诗人负责，对历史负责，编撰宁夏第一部无愧于历史的经得起时间检验的诗歌史。

第三，站在诗歌未来的高峰俯视塞上大地，客观全面地总括宁夏诗歌自古至今的发展历程；以全国乃至世界的视野考察区域诗歌，公正权威地阐述宁夏诗歌的个性和特点。

第四，对宁夏诗人予以界定，就是在塞上及宁夏出生、生活、工作、离世的诗人，只评介塞上及宁夏诗人，并论述他们的诗作。

第五，弘扬塞上及宁夏诗歌远离文化中心而"抒写地域、歌咏民族"的特色，发掘宁夏诗歌不逐潮流而"坚守本质、汇入主流"的特点。

第六，对诗人的评介做到"尊老爱幼"，肯定前辈诗人辛勤笔耕的贡献，呵护年轻诗人的求新求异的勇气。

第七，对作品的评价以"人格独立、境界深远、思想自由、艺术创新"为标准，强化具有艺术生命力、超越时代、超越地域的作品。

第八，对资料进行核实和考证，存真求实，去伪存真。

第九，对促进宁夏诗歌繁荣的编辑、诗会举办者、活动策划组织者等予以肯定。

宁夏诗歌史犹如西北边陲精神变迁的编年史，要记录塞上及宁夏诗人不屈不挠的思考、探索和心血，要记录宁夏诗人精神成长的历练、蜕变和突破，要记录宁夏诗人对地域和民族的一贯重视，要记录宁夏诗歌艺术的逐步成熟和风格的多样化趋向。同时，由于独特的地理环境和民族宗教信仰的影响，使宁夏诗歌在抵达中国现代诗歌前沿之时要保持足够的警惕，要做到既有本土特色又具普遍意义，既有民族特点又能反映人类共性，以形成自己独特的风格，而在全国形成影响。

《宁夏诗歌史》是宁夏文学艺术门类中的第一部史书，其古代和近代部分代表了宁夏文学史，可以说是一部具有创始意义的区域诗歌史。为此，我们抛砖引玉，试图引出宁夏文学艺术门类的《宁夏小说史》《宁夏美术史》《宁夏书法史》等等。

  我们确定了很高的目际，满怀对诗的热爱、对史的敬畏、对诗人的尊重、对编辑等幕后工作者的肯定，并为此积极努力。一年多来，参与各章节撰稿的张铎、左宏阁、安奇、王武军、张嵩、倪万军、牛学智、火东霞、沈秀英、瓦楞草、吕颖、王晓静；还有配合左宏阁撰稿的程景牧、聂泽文、牟彪、魏艳艳、何佳、雷雅静，配合吕颖撰稿的毕晓、林益帆、樊俊鹏，他们在工作学习之余查找资料、考证撰写、几易其稿。因为大家都没有写史的经验，需要时间和精力，更需要阅读和思考，难度是非经历者不可想象的。而我对全书的统稿，是在尊重撰稿者的辛劳成果的前提下，认真细致地统一全书的观点、体例、语言、风格、注释等，使之连贯、完善和整一。但不可能完全统一，百花齐放实为本色。我对所有稿件都有修改，逐字逐句地顺过，个别章节未能采用，有些章节改动较大，融入了我的观点、语言和风格，责任由我承担，成果大家分享。至于统稿的滋味，正是如人饮水，冷暖自知。

  面对从古到今的四百多位塞上及宁夏诗人，与编《宁夏诗歌选》一样，既要选取他们的代表性作品，还要对这些作品予以中肯的评论。而在具体撰写上如何把握评价的高低、分量的轻重和篇幅的多少，我们首先挖掘诗人及其诗作的特点，侧重直接论述作品，较少一般性或常识性的引用，就是为了成就我们的一家之言。其次，以撰写方式弥补专业性研究的缺乏，进而撑开一个较大的空间，纳入更多的宁夏诗人及其诗作。第三，我们尽力做到客观和公正，但不可能面面俱到，还请论述较少或未被论述或未被提及的诗人见谅。第四，中国清代和近代在历史上有一段重叠时期，即1840年近代开始到1912年清朝灭亡，而出生、生活、创作在这一时期的宁夏诗人如何归代，我们以1858年出生为界，即近代开始诗人18岁以上归入近代，之前归入清代。第五，文中所引诗作均来自诗人的诗集或发表的报刊，诗集的出版社可参见《附录：诗坛纪事》，均不再作注。第六，我们首次撰写一部从古到今的诗歌史，能力有限，时间紧迫，论述不当之处在所难免，希望读者不吝指正，便是对我和参与撰稿同道的最好肯定。

  时光如梭，我们终于携手完成了这项工程。毕竟是宁夏第一部诗歌史，能否以较高的高度审视塞上大地，系统梳理宁夏诗歌自古至今的发展历程；

能否以较广的视野考察区域诗歌，客观阐述宁夏诗歌的地域特色和民族特点；能否以史家的尊严、良知和道义，公正评价塞上及宁夏诗人的创作风格和艺术成就，尚需读者的认可和时间的检验。

在此，感谢宁夏文联领导对"诗宁夏双璧"工程——《宁夏诗歌选》和《宁夏诗歌史》的大力支持；感谢郑歌平主席对宁夏诗歌学会工作的亲切关怀，并为之题字；感谢占春兄于春节期间为《宁夏诗歌史》作序，给予高度评价；感谢参与章节撰写的同道志士，辛苦大家了；感谢出版社和印刷厂的认真校对和细心排版；感谢能够阅读到此的读者，已在不知不觉中进行了心灵的交流，参与了精神家园的建设。这都是最美好的情愫，是默如惊雷的诗意，是落在心上的春雨。

2015 年 2 月 2 日初稿、2 月 26 日定稿于夏都闻月阁